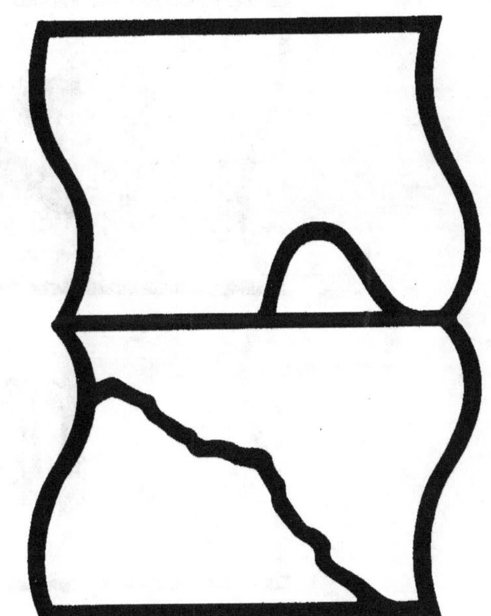

Texte détérioré — reliure défectueuse

NF Z 43-120-11

Contraste insuffisant

NF Z 43-120-14

Première livraison
5 centimes.

Douze pages par livraison.
(Chaque livraison renferme un chapitre entier.)

Chaque livraison suivante
10 centimes.

LIBRAIRIE BLÉRIOT
HENRI GAUTHIER, SUCCESSEUR, 55, QUAI DES GRANDS-AUGUSTINS, A PARIS
L'ouvrage sera complet en 85 livraisons

LIBRAIRIE BLÉRIOT

HENRI GAUTIER, SUCCESSEUR

55, QUAI DES GRANDS-AUGUSTINS, 55

PARIS

LIBRAIRIE BLÉRIOT
HENRI GAUTIER, SUCCESSEUR
55, QUAI DES GRANDS-AUGUSTINS, 55
PARIS

LES CAMISARDS

CHAPITRE 1er

A TOUR-MAUDITE

A peu de distance de la petite ville d'Anduze, commencent les Hautes-Cévennes, montagnes abruptes, rocailleuses ou boisées, ravinées par les torrents, embarrassées par d'impénétrables taillis, percées de cavernes et de souterrains, abondantes en retraites cachées et en gorges obscures, dédale inextricable où tout est embuscade, retranchement, barrière infranchissable, obstacles de toute nature à travers lesquels serpentent, sur d'étroites corniches et taillés au flanc de précipices insondables, des sentiers connus par les seuls habitants de la montagne.

La population de ces lieux sauvages est sobre, brave, amoureuse de son indépendance, mais rare, clairsemée et fanatique au plus haut degré. Pâtres pour la plupart ou bûcherons, les Cévénoles s'abritent avec leurs familles dans de grossières cabanes groupées en petits villages au fond des bois ou perchées sur les pics les plus inaccessibles. Ignorant les fausses nécessités du luxe, ces hommes au corps de bronze, au courage allant parfois à la férocité, se contentent d'un drap grossier ou de peaux de bêtes pour se couvrir, d'un lit de feuilles sèches pour reposer leurs membres; l'eau limpide de leurs torrents ou le lait de leurs troupeaux suffit pour étancher leur soif, les châtaignes qu'ils récoltent en abondance, un peu de seigle ou de maïs sont plus qu'il ne faut pour assouvir leur faim.

La vie patriarcale s'est conservée parmi eux avec toute sa pureté, les mœurs sont simples dans ces gorges retirées et silencieuses, la famille y est en honneur et l'autorité du père de famille absolue et incontestée.

Le protestantisme en naissant s'était posé en réformateur des vices de l'humanité, en restaurateur de la simplicité des temps antiques, en rénovateur des vertus de la primitive Église. Le masque d'austérité sous lequel les premiers prédicants pénétrèrent dans les Cévennes, la gravité des paroles bibliques qu'ils avaient sans cesse sur les lèvres, la sévérité affectée de leur costume trompèrent les crédules montagnards, trop francs pour soupçonner le mensonge chez autrui. Ils embrassèrent avec enthousiasme la nouvelle doctrine.

A l'appel de leurs ministres, au temps des premières guerres de religion, ils se levèrent comme un seul homme, emmanchèrent leurs faux à rebours en guise de lance, et bientôt, d'un bout à l'autre des Cévennes, il n'y eut plus que des révoltés de bonne foi, prêts à mourir jusqu'au dernier pour ce qu'ils croyaient avoir été la religion de leurs pères.

Pour réduire ces fanatiques, il ne fallut pas moins que de fortes armées, commandées par le roi Louis XIII en personne.

Des combats aussi sanglants que nombreux, et que suivirent de terribles exécutions, amenèrent enfin une apparence de soumission. Trahis par le duc de Rohan, généralissime des églises réformées, vaincus, mais non pas domptés, les montagnards déposèrent leurs armes. Le roi crut ou feignit de croire à leur repentir et leur pardonna.

Il n'eut pas sujet de s'en repentir.

Les Cévénoles, loin de profiter de son éloignement pour se révolter de nouveau, lui surent gré de son indulgence, et satisfaits de pouvoir en toute liberté pratiquer les exercices de leur culte, retournèrent à leurs charrues.

La révocation de l'édit de Nantes, mesure nécessitée par les perpétuelles intrigues du parti protestant, bien qu'en les privant du plus cher de leurs droits, celui de la liberté de conscience, ne put pas les faire sortir de l'obéissance, et pendant près de quinze années, les appels à la révolte restèrent sans résultats dans les Cévennes.

Les réfugiés Genevois se désespéraient de cette tièdeur de leurs frères à prendre les intérêts du Seigneur.

— Il faudrait absolument les faire soulever, dit un jour Flottard, un réfugié français, à un de ses amis, Guillaume du Serre, gentilhomme huguenot du Dauphiné, venu pour assister à une délibération des *vrais enfants de Dieu* à Genève.

— Ah! fit en soupirant un ancien ministre, si le ciel pouvait faire quelque miracle en faveur de nos frères endormis et leur envoyer des prophètes comme il en envoya à Israël, pour le retirer de la terre d'Égypte!

— Croyez-vous qu'ils les écoutassent? demanda Flottard.

— J'en suis persuadé, reprit le ministre.

— On pourrait leur en fabriquer, murmura le docteur Valter, huguenot hollandais, à l'oreille du gentilhomme.

Du Serre le regarda fixement.

Le docteur soutint sans faiblir cette interrogation muette.

La séance terminée, le Français prit sous le bras le docteur et ils allèrent se promener sur les rives du lac. Un canot amarré près du bord se balançait paresseusement sur les flots ; du Serre y entra avec son compagnon, prit les rames et poussa au large.

Quand ils furent assez loin, le gentilhomme laissa tomber les avirons, et pendant plus d'une heure ils causèrent avec animation.

Quand ils revinrent au rivage, le médecin hollandais était pâle comme un mort ; du Serre, au contraire, paraissait en proie à une sorte d'exaltation fiévreuse ; ses lèvres tremblaient, quand, en rattachant l'esquif au poteau, il dit à son compagnon :

— C'est convenu ?

— C'est convenu, répéta Valter d'une voix sombre.

Quelques personnes qui passaient par là furent surprises de la visible émotion de ces deux hommes, qui affectaient de causer très haut du charme d'une promenade sur le lac et de la beauté des sites.

Huit jours plus tard, le gentilhomme huguenot parcourait les Basses-Cévennes avec un soin minutieux, sous prétexte, disait-il, d'y établir une verrerie ; ses recherches le conduisirent presque aux portes d'Anduze.

Là, sur un rocher escarpé et solitaire, se dressaient les ruines menaçantes d'un vieux château démantelé aux temps des premières guerres de religion ; quelques pans de murailles, une haute tour carrée, cicatrisée par la foudre et rougie par l'incendie, objet d'effroi pour les habitants de la plaine, qui ne la connaissaient que sous le nom de Tour du Maudit, et de vastes caves creusées dans le roc vif étaient tout ce qui restait de la forteresse féodale, mais l'assiette du château était formidable. Du côté de la plaine, on ne pouvait l'aborder que par deux chemins découverts et difficiles, pendant que, de tous les autres côtés, il existait de nombreuses communications avec les sombres forêts de Saint-André-de-Valborgne, de Saint-Jean du Gard, de l'Aigoal et de l'Espéron.

Comme position stratégique, celle de la future verrière était admirablement choisie : une poignée d'hommes déterminés eût pu y soutenir un siège en règle contre toute une armée. Par la Combe de l'Homme Mort et par celle de l'Uselade, sa garnison pouvait facilement pénétrer

Du Serre s'occupa de rassembler des ouvriers. (*Voir page 9.*)

dans la vallée d'Anduze et porter le ravage jusque sous les murs d'Alais, dérober sa marche par le Serre du Mal-Bouquet, profiter des hauteurs à peu près inaccessibles de l'Englas et de l'Espéron pour surprendre le Vigan, menacer Barjac et Pont-Saint-Esprit, par les montagnes de la Lozère, ou si elle se trouvait trop vivement pressée, échapper à toutes les poursuites grâce aux innombrables retraites que lui offraient les environs.

Aucun de ces avantages n'avait échappé au coup d'œil presque infaillible du gentilhomme verrier. Il acheta la ruine et fit immédiatement commencer d'étranges travaux, destinés à l'installation de sa verrerie, d'autant mieux située, assura-t-il à l'intendant étonné d'un pareil choix, que grâce à la proximité des bois, le combustible lui reviendrait à un prix insignifiant.

L'intendant secoua la tête d'un air de doute, mais comme après tout peu lui importait que l'étranger se ruinât, il donna son approbation au plan soumis par le spéculateur.

Six mois plus tard, les constructions déjà fort avancées présentaient un aspect des plus singuliers : un mélange incohérent d'architecture civile, religieuse et militaire, un inexprimable enchevêtrement de fabrique, de couvent et de forteresse. Les bâtiments, isolés les uns des autres par de vastes cours murées, se composaient de grandes salles, de petites cellules, de pièces d'une forme toute particulière auxquelles on arrivait par d'étroits corridors à angles heurtés, des escaliers dérobés, des trappes même ouvrant dans les planchers ou dans les plafonds. Quelques-unes de ces salles étaient rondes, sans jour, à demi-souterraines, garnies de bancs rangés circulairement comme les gradins d'un amphithéâtre, d'autres ne recevaient la lumière que d'en haut ; tout était, dans la partie claustrale, surprise ou mystère.

La partie des constructions destinées au logement des ouvriers et à la verrerie, n'avait de remarquable que l'épaisseur de ses murs percés d'étroites meurtrières, et leur savante disposition comme ouvrage de défense ; la fonderie, véritable forteresse voûtée et blindée, commandait tous les abords du côté de la montagne ; les logements des ouvriers, construits aussi solidement que des casemates, couronnaient le rocher du côté de la plaine.

Au centre de ces constructions qu'elle séparait en deux groupes, tout en communiquant par des passages souterrains avec l'un et l'autre, se dressait la grande tour, murée, sauf une petite porte de fer massif, jusqu'à moitié de sa hauteur et surmontée d'une sorte d'observatoire ou chambre vitrée, d'où la vue s'étendait au loin sur la plaine.

Quand les travaux touchèrent à leur fin, du Serre s'occupa de rassembler des ouvriers ; il les choisit un à un et exclusivement parmi les montagnards les plus fanatiques et les plus robustes.

Pour ceux qui connaissaient le gentilhomme verrier, ce triage scrupuleux n'avait rien qui pût surprendre ; on savait qu'il appartenait corps et âme à la religion réformée, que sa famille avait été mêlée à toutes les guerres de religions, et que sa femme n'était autre que la fille du fougueux ministre Gauthier, rompu vif quelques années auparavant par ordre de l'intendant de Languedoc pour avoir, à la tête d'une troupe de fanatiques du Vivarais, brûlé l'église et le village de Saint-Florent. En 1695, un frère du gentilhomme avait été tué par les soldats royaux et les autres membres de sa famille étaient réfugiés en Suisse et en Hollande. Seul, du Serre s'était soumis aux ordres du roi, en apparence du moins, mais personne ne doutait qu'il ne fût resté dans sa patrie que pour mieux préparer sa vengeance. Ce qui causa un étonnement réel fut de voir le sombre verrier parcourir les montagnes pour réunir, par un étrange caprice, trente enfants des deux sexes de douze à quinze ans, les plus malingres et les plus maladifs qu'il pût rencontrer. Quels services d'aussi chétifs apprentis pourraient-ils rendre aux cinquante colosses précédemment embrigadés, personne ne put le comprendre et du Serre ne se donna même pas la peine de l'expliquer, seulement il les logea dans la partie des bâtiments séparés de la fonderie par un grand mur et en confia la direction à Mme du Serre et à un petit homme nouvellement arrivé de Genève, en qualité de chimiste. Frère Bernard, c'est ainsi que le verrier nommait ce nouveau compagnon, ressemblait à s'y méprendre au docteur Valter, et jouissait à un si haut point de la confiance du maître, qu'il n'était permis qu'à lui seul de pénétrer dans la tour mystérieuse où le verrier avait établi le laboratoire secret où il faisait ses expériences chimiques et peut-être bien aussi de l'astrologie.

Le 22 octobre 1699, la verrerie fut solennellement inaugurée.

Cette fête eut un caractère particulier : ni fleurs, ni rubans, ni joyeux banquet, ni chansons bruyantes comme cela se pratique d'ordinaire. Elle eut lieu le soir, après un repas frugal et silencieux, quand les dernières lueurs du soleil couchant se furent éteintes derrière les cimes neigeuses du Ventalon, avec une gravité triste, un appareil funèbre.

Le four avait été préparé à l'avance ; ce fut presque à tâton que les cinquante ouvriers, vêtus de drap brun, se rangèrent en silence à droite du hangar dont il occupait le fond ; à gauche, les trente apprentis, vêtus de blanc, furent placés en ordre par la dame du Serre toute enveloppée de voiles noirs, dont l'épais tissu laissait à peine entrevoir les traits durs et le visage amaigri de l'austère huguenote.

Au bout de la salle et en face de la gueule du four, une bible était posée sur un billot près d'une hache, symbole de persécution ; derrière le billot, du Serre se tenait debout, les bras croisés sur la poitrine, le front penché, la tête nue.

Sur un geste muet du maître, les assistants se découvrirent et fléchirent le genou.

La prière commença par ces mots :

« Seigneur, du fond des ténèbres, nos voix implorent ton assistance, Seigneur, Seigneur, rends la lumière à ton peuple persécuté..... »

Frère Bernard s'approcha alors portant entre ses mains un cierge de cire jaune qu'il tint devant le billot, pendant que, d'une voix sombre et caverneuse, le gentilhomme lisait les plus effrayants passages de l'Apocalypse et les commentait.

Quand il eut fini, le chef des ouvriers lui remit une torche de résine.

« Ainsi que par ce feu allumé de vos mains, dit du Serre, le bois entassé va être dévoré et changé en cendres calcinées que le vent emporte sans qu'il en reste trace, ainsi périssent les ennemis du Seigneur. »

Et, après avoir secoué la torche, il reprit :

« Ainsi que par ce feu allumé de vos mains, de vils cailloux vont être changés en un cristal limpide et brillant, ainsi soient purifiés les cœurs des vrais enfants de Dieu, par le feu de la persécution. »

Puis, d'une voix dont son corps, amaigri par l'étude et les veilles, n'eût pas pu faire soupçonner la puissance, il entonna le psaume :

> Qui, en la garde du haut Dieu,
> Pour jamais se retire,
> En ombre bonne et en fort lieu
> Retiré se peut dire.

Et agitant toujours sa torche comme l'ange du châtiment, il traversa lentement la salle pendant que les ouvriers et les apprentis répétaient le psaume en chœur.

Du Serre était arrivé près de la gueule du four.

« Ainsi périssent les ennemis du nom du Seigneur », s'écria-t-il d'une voix tonnante, et il plongea sa torche dans les matières inflammables accumulées à l'ouverture.

On entendit un léger crépitement accompagné de flots d'une fumée blanche, sillonnée de langues de feu, puis tout à coup les flammes se firent jour, une lueur éclatante remplit la salle, embrasant de ses reflets de pourpre l'assemblée tout entière.

Du même pas lent et majestueux, du Serre avait regagné sa place.

Il frappa dans ses mains, le silence se fit.

« Ainsi périssent les ennemis du Seigneur », répéta le maître verrier pour la troisième fois.

Et les deux troupes, reformant leurs rangs, sortirent dans le même ordre qu'elles étaient entrées, sans se douter dans quelles terribles circonstances elles devaient se retrouver.

En ce moment, un lourd carrosse roulait sur la route d'Anduze à Alais, deux femmes et un vieillard occupaient la voiture à la portière de laquelle galopait un jeune officier enveloppé dans son manteau.

— Monsieur de Laudun, demanda la plus âgée des voyageuses, en avançant la tête, qu'est-ce donc que cet incendie *sur la montagne*?

— Quelque fabrique sans doute, ou quelque feu de charbonniers, madame la comtesse; auriez-vous eu peur?

— Oh! monsieur! n'êtes-vous pas là pour nous défendre?

— J'y serai toujours dans l'occasion, madame, répondit l'officier.

— Dieu le veuille, murmura la jeune femme, qu'agitait un secret pressentiment, et elle se renfonça dans la voiture.

Personne ne prit garde à ses paroles; le vieillard dormait profondément et la jeune fille était occupée à regarder les flammes de la tour maudite, dont la noire et menaçante silhouette se détachait comme un fantôme sur le fond de pourpre de l'incendie.

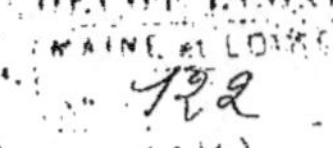

Chapitre II

L'AUBERGE DU SOLEIL D'OR

Le soleil était déjà haut sur l'horizon, lorsque le carrosse, bruyamment annoncé par les grelots des chevaux de poste et le claquement du fouet des postillons, traversa au grand trot la rue principale d'Alais et vint s'arrêter devant la porte du *Soleil d'Or*, la première auberge de la ville.

L'arrivée de voyageurs de distinction était à la fois grand profit et grand honneur pour l'hôtelier ; aussi, bien que surpris à l'improviste, au moment même où il s'apprêtait à retirer de la poêle une omelette frémissante et dorée, abandonna-t-il, au risque de le compromettre, ce chef-d'œuvre aux mains d'un vulgaire marmiton et accourut-il tout essoufflé pour abaisser le marche-pied de la voiture de ses illustres hôtes.

Ce fut peine perdue, car au moment où le digne bonhomme, attardé par une obésité noblement gagnée à goûter ses sauces, arrivait au perron, le vicomte de Laudun, debout, le feutre à la main, près de la portière, offrait galamment la main aux deux voyageuses et au vieillard qui les accompagnait.

Visiblement contrarié, l'aubergiste voulut au moins se rendre utile en aidant dame Brigitte, mère nourricière de Mlle Marguerite, la plus jeune des deux voyageuses, à descendre du siège sur lequel elle était perchée en compagnie d'un garçon portant la livrée du marquis de Meyrargues, mais la robuste Provençale, sans lui en donner le temps, sauta sur le perron d'un air si déterminé, en brandissant un énorme parapluie de coton rouge, que le pauvre Planchut se vit réduit pour ne pas honteusement battre en retraite, de se charger de quelques cartons oubliés dans la voiture, et qui l'embarrassèrent grandement dans les saluts obséquieux qu'il adressait avec force révérences grotesques au sire de Meyrargues.

— Monsieur le marquis est en bonne santé, j'espère, dit-il enfin, quand il crut avoir la bonne fortune d'être remarqué par le gentilhomme.

— Merci, mons Planchut, merci, avez-vous un appartement disponible ?

— Celui du premier, avec balcon et vue sur le Gardon, fraîchement décoré et.....

— Bien, bien, conduisez-nous et occupez-vous du déjeuner, nous mourons de faim.

— Que désire monsieur le marquis ? nous avons des perdreaux attendus à point, des truites encore vivantes, de l'anguille du Gardon, des œufs que.....

— Tout ce que vous voudrez, pourvu qu'on ne nous fasse pas attendre.

— Dans une demi-heure monsieur le marquis sera servi, j'ai aussi des conserves de petits pois, frais comme le jour où ils ont été cueillis, et comme viandes froides.....

Mais déjà M. de Meyrargues ne l'écoutait plus et donnait ses ordres à Olivier, revêtu pendant le voyage des fonctions multiples de page, de courrier et de valet de chambre.

— Combien de couverts, demanda maître Planchut, en grimaçant un sourire au moment où les voyageurs entraient dans l'appartement qui leur était réservé.

— Quatre, répondit le vieillard en regardant M. de Laudun, vous êtes des nôtres, n'est-il pas vrai, monsieur le vicomte ?

— Ce serait avec bonheur, monsieur, mais vous savez que mon temps ne m'appartient pas, et que....

— Bah ! mon cher vicomte, quand M. de Miraman ne recevrait la dépêche, dont vous êtes chargé pour lui, qu'une heure plus tard, la France ne serait pas en danger.

— D'autant plus qu'en retardant de quelques instants votre départ, vous me donneriez le temps d'écrire un mot à mon mari, dit la comtesse, et je ne pense pas que pour cela vous soyez plus mal reçu.

— Dès que le service de Madame l'exige, je n'ai pas le droit de faire d'objection, fit le jeune homme, en jetant à la dérobée un joyeux regard sur Mlle Marguerite.

— Eh bien ! voilà qui est arrangé, continua M. de Meyrargues, quatre couverts, mons Planchut, et le déjeuner dans une demi-heure au plus tard, c'est plus qu'il ne faut à ces dames pour réparer le désordre de leur toilette ; d'ici là, monsieur de Laudun, nous vous rendons votre liberté.

Les voyageuses rentrèrent dans leur appartement et le lieutenant sortit pour aller veiller à ce que son cheval eût en avoine autre chose qu'une ration fictive, ainsi que cela arrivait quelquefois même à l'auberge du *Soleil d'Or*.

— Jacques, Timothée, Mathieu, à vos pièces, cria maître Planchut en rentrant dans sa cuisine, allons, qu'on se dépêche, tas de fainéants, nous avons à déjeuner des comtesses, des marquis et des vicomtes, attention !

c'est moi qui dirige. La réputation du *Soleil d'Or* est au fond de nos casseroles.

Cette harangue, digne des grands capitaines de l'antiquité, produisit l'effet attendu par l'orateur cuisinier.

En un instant, les fourneaux ravivés flambèrent, le beurre chanta dans les casseroles, les grils posés sur les charbons ardents remplirent l'atmosphère d'odorantes vapeurs et l'on n'entendit plus que la voix du chef, dominant la plainte harmonieuse du tournebroche et le grésillement des fritures.

Pendant que tout était en mouvement à l'auberge du *Soleil d'Or*, un voyageur, arrivant lui aussi d'Anduze, mais sans carrosse et sans laquais, le sac de voyage au dos et le bâton à la main, entra dans la cuisine pour y prendre sur le coin de quelque table un modeste et frugal repas.

Petit, mais bien proportionné et vigoureux, le nouvel arrivé portait le costume du peuple : vêtements bruns de cadis des Cévennes, gros souliers ferrés et chapeau de feutre de forme basse. Sa tête grosse et enfoncée, son visage large et rougeâtre, encadré de longs cheveux blonds pendant sur des épaules beaucoup trop élevées, n'auraient eu rien que de vulgaire, si de grands yeux bleus et vifs, singulièrement intelligents, n'eussent donné à cette physionomie une expression d'intelligence et de fierté qui frappait au premier abord.

— Bonjour, maître Planchut, fit le jeune homme en saluant avec une singulière aisance, pourriez-vous me faire manger un morceau ? Et coiffant de son chapeau son bâton qu'il appuya contre la muraille, il s'assit sur un escabeau.

L'orgueilleux cuisinier jeta un regard distrait sur ce voyageur vulgaire et se contenta de répondre :

— Tu es arrivé dans un mauvais moment, mon pauvre Jean, nous avons des comtesses, des marquis et des vicomtes à déjeuner.

— Je pense qu'ils ne mangeront pas toutes les provisions de la ville en une seule fois, reprit Jean en levant les épaules.

— Qui sait, fit Planchut avec dignité.

A cette burlesque déclaration, le paysan éclata de rire avec un tel sans façon, que l'hôte du *Soleil d'Or*, violemment scandalisé, donna un furieux coup de pied à un pauvre chien qui n'en pouvait mais, et qui s'enfuit en hurlant, sans cependant lâcher l'os qu'il rongeait à belles dents.

— En voici un qui s'est servi d'avance, quoiqu'il ne soit ni comte, ni marquis, dit le voyageur en montrant le fuyard. S'il y en a pour les chiens, il doit bien y en avoir pour les hommes.

Planchut était un peu humilié de son emportement ridicule, aussi s'empressa-t-il de répondre :

— Sans doute, sans doute, il y en aura pour tous, mais chacun son tour, les premiers sont les premiers.

— Dans le royaume du ciel les derniers seront les premiers, reprit Jean d'une voix grave et sentencieuse.

— Chut ! fit le cuisinier, pas de religion ici, Jean, tu sais, à quoi bon ? cela ne pourrait que nous compromettre.

— Je rougirai de ceux qui ont rougi de mon Fils, continua le jeune homme d'un ton solennel.

En ce moment, dame Brigitte passait devant la cuisine, elle se retourna.

— Que fais-tu à Anduze ? demanda précipitamment le gros hôtelier à son importun voyageur pour faire changer une conversation brûlante.

— Je suis garçon boulanger, dit Jean.

— Et tu vas ?

— A Vézenobres faire une visite à Lacombe, mon ancien maître et aujourd'hui mon ami.

— Quand pars-tu ?

— Aussitôt que j'aurai déjeuné.

— C'est vrai, que te faut-il ?

— Un morceau de pain et de fromage, si vous n'avez pas le temps de me préparer autre chose.

— Il y a bien là une omelette, mais j'ai peur qu'elle soit froide.

— Donnez toujours, je ne suis pas délicat.

— Parbleu, se dit le cuisinier intérieurement, il ne manquerait plus que cela, un rustre que j'ai connu porcher à Ribaute.... et se levant, il alla lui-même chercher l'omelette si bien réussie au moment de l'arrivée du marquis, mais que le marmiton avait oubliée dans la poêle où elle s'était calcinée d'abord et puis refroidie.

Jean ne fit aucune observation et, rapprochant son escabeau de la table, commença à manger.

En ce moment, un violent coup de sonnette se fit entendre.

— On y va, cria maître Planchut, en se précipitant hors de la cuisine, de peur que quelqu'un ne le devançât à l'appel du marquis.

M. de Meyrargues était seul dans sa chambre.

— Mons Planchut, voici une lettre que je voudrais envoyer sur l'heure.

— Je vais la porter moi-même, monsieur le marquis.

— Merci pour votre empressement, mais la lettre est pour Vézenobres, reprit le vieillard en souriant, à quatre lieues d'ici, je crois.

— Près de cinq, monsieur le marquis.

— Cherchez-moi un exprès sur lequel on puisse compter et qui la remette au marquis de Calverte à son château.

— J'ai précisément une excellente occasion sous la main, un jeune homme que je connais et dont je puis répondre.

— C'est parfait.... et ce jeune homme où est-il ?

— Ici, en bas qui déjeune avant de partir.

— Priez-le de monter me parler.

L'hôte du *Soleil d'Or* se repentit probablement alors d'en avoir tant dit, mais il n'y avait pas à reculer, il fit donc une profonde révérence et se retira assez inquiet du succès de son ambassade.

Jean, le bâton à la main, se disposait à sortir :

— Combien dois-je ? demanda-t-il à maître Planchut.

Le marquis regarda le paysan avec étonnement. (*Voir page* 21.)

— Trop peu pour en parler, Jean, je crois que tu plaisantes, et c'est moi qui serai ton obligé si tu veux bien me rendre un service.

— Deux plutôt qu'un, si cela se peut, mais je suis pressé.

— Il s'agirait de porter une lettre à Vézenobres.

— Oh ! pour cela avec bien du plaisir, où est la lettre ?

— Le marquis ne veut la remettre qu'à toi.

— Quel marquis ?

— Le marquis de Meyrargues.

— Je n'aime pas trop à faire les commissions de marquis ; cependant, puisque c'est promis, donnez la lettre....

— C'est que, reprit Planchut avec embarras, le monsieur, il n'osa plus dire le marquis, ne me l'a pas remise, et il désirerait te parler.

— Qu'il vienne alors et finissons-en, riposta le jeune homme, dont les sourcils se froncèrent.

— A quoi diable ai-je pensé de proposer ce rustre ? pensa Planchut, et de son ton le plus doucereux il reprit :

— C'est un vieillard et tu ferais une bonne œuvre en allant prendre toi-même sa commission, d'autant plus, ajouta-t-il en baissant la voix, qu'il a été toujours, quoique catholique, très compatissant pour ceux de notre religion.

— Alors c'est différent, répondit Jean, soyons bons avec les bons, jusqu'au jour, qui n'est pas éloigné peut-être, où nous pourrons être méchants avec les méchants.

Et déposant sur l'angle de la table une pièce d'argent, que l'hôtelier fit semblant de ne pas remarquer, il alla frapper à la porte de M. de Meyrargues.

Le gentilhomme venait de fermer sa lettre.

— C'est vous, mon ami, qui voulez bien vous charger de remettre ce billet ? demanda le marquis sans lever les yeux.

— C'est moi, monsieur.

— Vous aurez la bonté de le remettre au baron de Calverte, un de mes bons amis ; voici la lettre et un écu de trois livres pour la course.

— Monsieur le marquis de Meyrargues se trompe, fit Jean, en repoussant fièrement la pièce, je n'accepte jamais d'argent pour un service.

A cette réponse si peu attendue, le marquis regarda le paysan avec étonnement, et soupçonnant sans doute à la physionomie singulièrement expressive et fière du jeune homme, qu'il pouvait bien s'être trompé.

— J'avais demandé un commissionnaire à l'hôtelier, reprit-il, je vous demande pardon si je me suis mépris et je serais fâché d'abuser de votre complaisance.

Jean ne s'attendait pas à tant de politesse et son orgueil fut singulièrement flatté des excuses du sire de Meyrargues ; aussi changeant subitement de disposition, assura-t-il au vieillard qu'une pareille commission, loin d'être un dérangement pour lui, ne serait qu'un plaisir et un honneur.

Maître Planchut, tout en achevant les préparatifs de son déjeuner, attendait avec inquiétude le résultat de la conférence.

— Eh bien ! dit-il au jeune homme quand il sortit, comment l'avez-vous trouvé ?

— Très bien, fit celui-ci sans s'arrêter, et avec un accent de mauvaise humeur qu'il ne prit pas la peine de dissimuler.

Ce ne fut qu'avec tremblement que le digne homme osa annoncer que le déjeuner était servi.

— Comment se nomme la personne qui s'est chargée de ma lettre ? demanda le vieillard.

— S'il a manqué au respect dû à des personnes de qualité, je prie monsieur le marquis et sa compagnie de l'excuser, balbutia Planchut, c'est le fils d'un paysan d'Anduze, il a été porcher à Ribaute, domestique à Vézenobres et à présent il est garçon boulanger à Anduze, états dans lesquels il lui a été difficile de s'instruire dans les lois de la politesse et....

— Eh bien ! c'est ce qui vous trompe, mons Planchut, c'est un garçon qui, malgré la bassesse de son extraction, m'a paru avoir fort bon air et être fort intelligent, vous le nommez ?

— Jean Cavalier pour vous servir, monsieur le marquis.

— Jean Cavalier ! c'est un joli nom; ne trouvez-vous pas, monsieur Laudun, dit en souriant Marguerite au jeune lieutenant qui lui offrait son bras.

— Charmant, mademoiselle ; il faudra que je le prenne pour valet de chambre.

— Ils ne le connaissent pas aussi bien que moi, pensa l'hôte du *Soleil d'Or*, il y a du tigre et du renard dans ce petit garçon.

. . . .

Avant de pousser plus loin notre récit, nous croyons utile à l'intelligence des faits qui vont suivre, de jeter un rapide coup d'œil en arrière et d'indiquer les causes de l'atroce guerre des Cévennes à laquelle prirent part les principaux acteurs du drame que nous allons raconter.

Que le lecteur nous pardonne donc cette courte digression. Sans elle, le terrain sur lequel vont manœuvrer nos personnages, presque tous historiques, ne serait qu'un épais et obscur taillis, hérissé de ronces et de broussailles, à travers lequel il serait impossible de distinguer quoi que ce soit.

On sait qu'au temps des guerres civiles, le parti protestant, infime minorité dans la France catholique, avait combattu de toutes ses forces pour faire arriver au trône le prince de Béarn qui, lui aussi, appartenait à la religion réformée. Bien qu'il eût publiquement abjuré son erreur et eût embrassé la religion catholique au moment de son avènement au trône de France, Henri IV n'en resta pas moins reconnaissant à ceux qui lui avaient facilité l'arrivée au pouvoir suprême. Avec la générosité qui le caractérisait, il leur accorda ou leur fit accorder les édits de Poitiers, de Nérac et de Flex, qui les mettaient sur le pied d'égalité avec les catholiques.

Ce n'était pas assez aux yeux de cette minorité ambitieuse et turbulente : elle voulait des privilèges.

A force d'intrigues, de violences, de menaces même, les réformés obtinrent enfin du roi la concession de l'Édit de Nantes, qui leur octroyait le libre et public exercice de leur culte, l'établissement de chambres composées mi-partie de catholiques et mi-partie de protestants, auxquelles tous les réformés pouvaient appeler de leurs procès ; la libre admission à toutes les charges et à tous les emplois publics ; l'engagement par le roi de verser une somme de 140.000 livres pour l'entretien des ministres de leur religion ; la garde, pour huit années, de toutes les places, villes et châteaux, qu'ils occupaient et dont le nombre était de cent vingt et un. Le roi se chargeait d'en payer les garnisons.

Ces concessions exagérées constituaient un très sérieux danger : elles créaient au milieu de la France monarchique un État républicain indépendant, armé, ayant ses assemblées, ses forteresses, ses armées, son gouvernement particulier et pour protecteur immédiat, un souverain non seulement étranger à la nation, mais son ennemi.

Les protestants ne tardèrent pas à abuser des privilèges qu'ils avaient obtenus, et leurs menées étaient devenues telles en 1685, que Louis XIV crut devoir révoquer purement et simplement l'Édit de Nantes.

A la suite de cette révocation, soixante mille huguenots sur un million quittèrent la France, et se réfugièrent en Suisse, en Hollande, en Angleterre. Beaucoup s'enrôlèrent dans les armées étrangères au risque d'avoir à combattre leurs compatriotes.

Mais ceux qui ne prirent pas les armes contre leur patrie furent peut-être ses plus redoutables ennemis. Ils s'établirent sur les frontières d'où ils pouvaient plus facilement correspondre avec leurs coreligionnaires demeurés en France et firent de Genève un redoutable foyer de conspirateurs.

Pendant plusieurs années, ils inondèrent le Dauphiné et les Cévennes d'appels à la révolte et employèrent les moyens les plus odieux pour envenimer les esprits des protestants paisibles, et exciter contre eux de nouvelles rigueurs dans le coupable espoir de les pousser à la révolte. Longtemps, ils échouèrent dans leurs tentatives, mais ne désespérèrent pas pour cela, et nous avons vu, dans le chapitre précédent, Guillaume du Serre préparer de nouveaux complots.

La suite nous dira s'il réussit dans sa coupable entreprise.

CHAPITRE III

UN CONSEIL D'AMI

Il y avait à peine quelques heures que le vicomte de Laudun avait quitté la ville lorsque déboucha, par le chemin d'Alais, un cavalier de quarante à quarante-cinq ans, montant un superbe cheval dont le poitrail moucheté d'écume témoignait de la course rapide.

Arrivé à la porte du *Soleil d'Or*, le gentilhomme jeta la bride de son cheval à son valet, gravit précipitamment les marches du perron et entra, sans se faire annoncer, dans l'appartement de M. de Meyrargues.

— Quel aimable empressement, cher baron, s'écria le marquis en s'avançant les bras ouverts vers M. de Calverte, j'étais loin de vous attendre si tôt.

— Le hasard, qui d'ordinaire me sert si mal, répondit le baron, m'a comblé de ses faveurs aujourd'hui ; c'est lui qui m'a fait rencontrer votre envoyé.

— Et c'est sans doute à un second hasard qu'il doit de vous avoir reconnu ?

— Oh ! quant à cela, non. Il y a longtemps que je connais le drôle et si j'ai lieu de m'étonner de quelque chose, c'est qu'il ait osé se charger d'un message pour moi.

— Pourquoi donc ?

— Parce que nous sommes une franche paire d'ennemis.

— Auriez-vous déjà croisé le fer ? continua le vieillard.

— Pas tout à fait et pour cause, messire Cavalier n'ayant jamais porté d'autre arme que son bâton de porcher ; mais c'est un huguenot renforcé qui, depuis mon retour au catholicisme, me regarde comme un abominable apostat. Savez-vous, qu'il y a quelques mois, ce petit effronté s'est permis de dire publiquement que je mériterais la roue pour m'être chargé de surveiller les mouvements de messieurs de la religion prétendue réformée ? Je me suis contenté de le faire expulser de Vézenobres.... Mais vous n'êtes pas seul ici, monsieur, et je serais heureux de présenter mes civilités à Mme de Miraman.

— Ma fille en serait assurément très honorée et très aise, mais elle est en ce moment à la promenade avec sa cousine, Mlle Marguerite de Saint-Véran.

— Mlle de Saint-Véran, fit le baron d'un air étonné, je la croyais en religion, ou tout au moins dans un couvent !

— Elle a en effet passé deux ans dans la maison des Dames de la Font-Saint-Sauveur à Beaucaire, mais à la mort du comte de Saint-Véran elle en est sortie pour ne plus y rentrer.

— Sa vocation avait donc été un peu forcée ?

— Vous savez combien le pauvre comte avait la tête faible. Quand Mlle Marguerite eut perdu sa mère, il se trouva singulièrement embarrassé de la garde de cette charmante enfant et pour s'en défaire il n'eût pas mieux demandé que de la marier.

— Mais il me semble que beaucoup de nos jeunes gentilshommes n'eussent pas mieux demandé que de venir en aide à ce brave comte, car sa fille, s'il faut en croire la rumeur publique, est remarquablement belle.

— C'est en effet une charmante personne, et, comme vous dites, les partis n'eussent certainement pas manqué. Malheureusement le père ne voulait pas attendre, et comme Méric.....

— Méric de Puymarcé ! interrompit le baron avec un geste de dégoût.

— Je vois que vous le connaissez, reprit le marquis. Eh bien ! oui, Méric qui, le plus proche parent des Saint-Véran, avait su par ses manières hypocrites gagner l'affection du comte et qui, depuis long-temps, épiait le moment, hélas ! trop prévu, de la mort de la comtesse pour épouser la grande fortune de sa cousine, se présenta le premier.

— Quel prétendant, grand Dieu ! un débauché à demi ruiné, une espèce de géant à barbe rousse, à figure patibulaire !

— Beau ou non, le comte de Saint-Véran se laissa prendre au piège grossier tendu à son amour-propre. Sa maison fut ouverte à Méric, il le traita plus encore comme un fils que comme un futur gendre. Méric redoubla de flatteries exagérées, feignit un amour passionné pour la fille, écarta tous les concurrents à force de honteuses intrigues, et ne recula pas même devant la calomnie contre la jeune fille, dont il ne se disait si épris, que pour rester seul maître du champ de bataille. Le comte l'aida si bien lui-même, en répétant hautement qu'il n'aurait d'autre gendre que lui, qu'en peu de mois Méric ne douta plus du succès Mlle de Saint-Véran ne connaissait pas le monde ; habituée à la soumission, elle se serait probablement laissée conduire à lier sa destinée à celle de cet homme méprisable, quand un événement, tout à fait

insignifiant en apparence, vint changer tout à coup ses dispositions.....
Mais peut-être, me suis-je déjà trop étendu sur des détails sans grand
intérêt pour vous.

— Au contraire, au contraire, continuez, je vous en prie, dit le baron.

— Mlle de Saint-Véran était née à Beaucaire et y avait été nourrie
par une brave fermière, du nom de Brigitte. Chaque année, la bonne
Provençale venait passer quelques semaines au château, où son fils
Olivier, frère de lait de Mlle de Saint-Véran, était élevé et d'où il n'est
sorti plus tard que pour entrer à mon service. Méric lui aussi avait
habité Beaucaire, il ne connaissait pas Brigitte, mais pour son malheur
Brigitte le connaissait. D'abord, elle ne fut qu'étonnée de le rencontrer
à Sauve, mais bientôt instruite du motif qui l'y retenait, elle résolut de
tout mettre en œuvre pour déjouer ses cupides desseins. Seule,
Marguerite ignorait que ce fût là l'époux que son père lui destinait. Ce
fut sa nourrice qui le lui apprit et qui, en même temps, lui inspira pour
lui une véritable horreur. Méric ne tarda pas à s'apercevoir de l'effet
qu'il produisait sur sa future femme, et n'eut pas de peine à en deviner
la cause. Furieux, il alla effrontément se plaindre au comte des soi-
disant calomnies de la fermière. Il était prêt, disait-il, à céder la place
à un rival plus heureux et peut-être plus digne d'affection, mais il
n'avait pas voulu quitter l'homme vénérable qui l'avait accueilli avec
une si paternelle tendresse, sans lui dévoiler des perfidies qui n'allaient
pas moins qu'à faire perdre à M. de Saint-Véran l'amour et le respect
de sa propre fille. Ce pénible devoir rempli, il le suppliait de lui
permettre de s'éloigner. Le comte fut la dupe de cette scène sentimentale.
Les larmes hypocrites de celui qu'il avait choisi pour son gendre
l'émurent moins encore qu'elles ne l'indignèrent ; naturellement indécis,
il voulut faire preuve de décision et, comme il se sentait faible, il crut
de son honneur de se montrer fort. Il exigea que Méric ne partirait
pas et comme celui-ci, tout en ayant l'air de céder à regret, lui disait :
« Je me résigne à vous obéir, mais je vous en supplie, que mon

obéissance ne coûte qu'à moi, le bonheur de Mlle. Marguerite a été jusqu'à ce jour mon unique but, que son cœur seul parle, s'il se prononce contre moi, mon devoir est de me sacrifier, et ce devoir je saurai le remplir sans murmure si ce n'est pas sans douleur », le comte lui serra la main avec effusion en s'écriant : « Cher Méric, oubliez tout cela, dès ce moment je vous engage ma parole, ma fille n'aura pas d'autre époux que vous. » Le chevalier de Puymarcé n'en demandait pas davantage.

— Infâme hypocrite, fit le baron.

— Le soir même, le comte de Saint-Véran fit signifier, par son intendant, à Brigitte, qu'elle eût à quitter le château sur l'heure, en emmenant son fils, et le lendemain matin, une femme de chambre vint prévenir Mlle de Saint-Véran que son père désirait l'entretenir. Elle trouva le comte le visage mécontent, le maintien raide, solennellement assis dans son fauteuil, moins comme un père qui va causer avec sa fille que comme un juge prêt à rendre une sentence inexorable.

« — Mademoiselle, lui dit brusquement son père, j'ai fort à me plaindre de certains propos calomnieux, tenus sur le compte d'un homme en qui vous auriez dû au moins respecter l'ami de votre père.

« — Je n'ai tenu aucun propos, répondit la jeune fille blessée.

« — Vous les avez écoutés et encouragés, c'est déjà beaucoup trop, quand il s'agit de votre cousin qui, je vous le répète, est mon ami et qui sera bientôt votre mari.

« — Je ne puis empêcher M. de Puymarcé d'être mon cousin et votre ami, repartit froidement Mlle de Saint-Véran, mais quant à être mon mari, il ne le sera jamais.

« — Vraiment, mademoiselle, et pourquoi cela ?

« — Parce que plus je le vois et moins je me sens d'affection pour lui.

« — Je suis désolé de votre indifférence, mademoiselle, mais vous épouserez d'abord votre cousin, ensuite ce sera à lui de changer vos sentiments à son égard.

Cela fut dit avec un petit rire sardonique qui acheva de révolter Marguerite.

« — Monsieur, répéta-t-elle avec une décision que son père lui avait rarement vue, je n'épouserai pas M. de Puymarcé.

« — Cette déclaration vient un peu tard, votre cousin a ma parole.

« — Si vous m'aviez consultée, vous ne l'auriez pas donnée, monsieur.

« — Vous voulez dire que je dois la reprendre.

« — Vous ferez ce que bon vous semblera, mais je n'épouserai pas M. Méric de Puymarcé, parce que je le méprise, dit Mlle de Saint-Véran, emportée par l'indignation.

« — Assez, assez, mademoiselle, vous oubliez trop à qui vous parlez, retirez-vous dans votre appartement. Je vous donne deux jours pour vous décider, entre votre cousin ou le couvent. Allez. »

— Et elle préféra le couvent ? demanda le baron.

— Plutôt que de se laisser lier de force à son avide cousin, elle aima mieux renoncer au monde, et Mme de Saint-Paulet, abbesse des religieuses de Saint-Sauveur, et amie de la famille de Saint-Véran, consentit à recevoir Mlle Marguerite, comme novice, dans sa maison de Beaucaire.

— Et Méric ?

— Méric continua pendant quelque temps à jouer la comédie ; il feignit la douleur en même temps qu'il remuait ciel et terre pour obtenir de l'archevêque d'Arles une dispense d'âge qui permît à Mlle de Saint-Véran de prononcer des vœux qui lui eussent assuré la fortune de sa cousine, mais il ne put y parvenir, parce que Mme de Saint-Paulet, informée du motif de ses pieuses démarches, put prévenir à temps l'archevêque et faire échouer le complot. Battu sur ce terrain, Puymarcé fut obligé de céder, ce ne fut pas sans entrer dans une violente colère et sans jurer qu'à la première occasion il saurait se venger des religieuses et de leur abbesse. L'enjeu était toutefois trop considérable

Au détour d'une rue elle aperçut un homme de haute taille..... (*Voir page 35.*)

pour qu'il renonçât si vite à la partie, il continua donc plus d'un an
encore son triste rôle de flatteur du père et d'espion de la fille. Enfin,
quand, à force de calomnies, d'insinuations perfides, de mensonges
déguisés, il crut être parvenu à avoir brouillé entièrement le comte avec
Mlle Marguerite, il quitta Sauve sous prétexte d'affaires et vint s'établir à
Nîmes où, peu de temps après, il parvint à épouser une riche héritière,
que vous connaissez, je crois.

— Oui, oui, j'ai entendu parler de cette lamentable histoire. Aussitôt
qu'il se vit riche, Méric jeta le masque, se replongea dans une vie de
désordre, ruina en peu de temps sa jeune femme, un ange de douceur et
de résignation, et finit par la sacrifier à une servante de cabaret,
huguenote de religion, avec laquelle il ne rougit pas de se montrer en
public, bravant sans pudeur l'opinion des honnêtes gens et le mépris
de l'homme dont il convoitait l'héritage.

— Ce n'est pas tout. Avant de quitter Sauve, Méric avait eu soin
de séquestrer entièrement le comte, fort malade alors, de l'entourer
de domestiques vendus à ses intérêts et à la tête desquels il avait placé
un certain Tortilia, son âme damnée, dont la principale mission était de
ne pas perdre de vue M. de Saint-Véran, de supprimer toutes les lettres
qui pourraient lui arriver et de prévenir Méric à la première maladie,
pour qu'il pût arriver sur le champ et faire signer au mourant un
testament préparé à l'avance, par lequel le comte déshéritait sa fille
pour donner à son cousin la presque totalité de ses biens.

— Et ces infâmes scélérats n'ont pas été envoyés aux galères? s'écria
le baron avec indignation.

— Ils ne peuvent manquer de finir par là, reprit le marquis, mais
Méric a déjà reçu une partie de sa punition. Le complot, ourdi avec une
si infernale habileté, tourna à sa honte. La santé du comte semblait
se remettre, Tortilia crut pouvoir sans inconvénients s'absenter
pendant quelques jours. Le soir même de son départ, M. de Saint-Véran,
en sortant de table, fut frappé d'une attaque d'apoplexie presque

foudroyante. Un médecin appelé en toute hâte déclara qu'il n'y avait plus d'espoir. A peine si le curé eut le temps de donner l'absolution à l'agonisant. Quelques instants après, il expira. Lorsque Tortilia arriva le surlendemain, il trouva les scellés apposés et ne put pas mettre la main sur les valeurs qu'il comptait s'approprier.

— Et le testament?

— On n'en trouva pas trace et toutes les recherches que fit la justice restèrent infructueuses. Mlle Marguerite fut reconnue comme unique héritière, mais elle ne devait pas pour cela être débarrassée de son odieux cousin. Méric, bien que furieux contre Tortilia, avait encore besoin de son complice, et Tortilia lui conseilla de réclamer la tutelle de la jeune fille, dont il était le plus proche parent. Heureusement pour l'orpheline, le comté de Miraman était alors à Anduze, il prit chaudement son parti, et, bien que parent plus éloigné, fut choisi pour tuteur par le conseil de famille. Bientôt après, Mlle de Saint-Véran partit pour Anduze, où ma fille la reçut comme une sœur et où elles ont vécu ensemble jusqu'à la semaine dernière, époque à laquelle M. de Miraman, nommé par Sa Majesté gouverneur de Saint-Ambroix, dut partir pour prendre son commandement. La sourde agitation qui règne dans les montagnes de ce côté, nécessitant de fréquentes absences de mon gendre, a engagé ma fille à venir passer, avec Mlle de Saint-Véran, quelques mois soit à Uzès, soit dans ma terre de Sainte-Anastasy, pays parfaitement calme et où Méric, qui a juré de délivrer sa cousine, c'est le terme dont il se sert, n'osera pas, je pense, venir la chercher

Le baron secoua la tête d'un air soucieux.

— Croiriez-vous qu'il y ait péril? lui demanda le vieillard.

— Grand péril, pour le moment je ne le pense pas, mais je connais Méric, il est homme à tout tenter pour assurer sa vengeance, et je suis fâché de vous voir mêlé dans cette affaire.

— Cependant, fit le marquis, il me semble que mon honneur ne me permettait pas d'hésiter.

— Je suis loin de blâmer votre conduite, mais si j'ai un conseil à vous donner.....

— Parlez, parlez, c'est précisément pour vous demander votre avis que je vous ai écrit.

— Eh bien ! au lieu d'un conseil, permettez-moi de vous en donner deux, le premier, de ne plus voyager la nuit : le second, de chercher à Mlle de Saint-Véran un défenseur autre que vous ou son tuteur.

— Qui donc, alors ?

— Un mari, oui, le mieux serait de la marier au plus vite.

— Entre nous, c'est un moyen auquel nous avons pensé et qui, je crois, ne répugnerait ni à Mlle Marguerite, ni au vicomte de Laudun.

— Quel est ce M. de Laudun ?

— Un officier de dragons, du régiment de Fimarcon, peu riche, mais appartenant à une excellente famille, et brave comme son épée.

— Dans les circonstances difficiles où vous vous trouvez, un parti comme le vicomte est une providence, à votre place je n'hésiterais pas.

— Il y a si peu de temps que le comte est mort, et Marguerite est bien jeune.

— Voici bientôt un an qu'elle est orpheline, et dans moins de deux ans elle sera majeure.

— Elle n'a que dix-sept ans.

— Pour quelques mois de plus ou de moins, peu importe, mon avis n'en changera pas pour cela.

— Ma fille eût désiré qu'elle attendît sa majorité et, franchement, avec nous, que risquera-t-elle ? Le château de Sainte-Anastasy pourrait, en cas de révolte, soutenir un siège, et tout me fait présumer que Méric, qu'on a perdu de vue depuis plusieurs mois, s'est retiré dans les Cévennes avec sa Débora.

Le baron secoua la tête :

— Si Méric a disparu, c'est qu'il se cache ; s'il se cache, c'est qu'il épie sa proie, les allées et les venues de certains personnages suspects me donnent fort à penser que quelque chose se prépare : avant-hier, Ravanel était à Alais ; aujourd'hui, j'ai rencontré Cavalier ; du Serre inaugure sa verrerie avec ostentation, et Méric, que vous croyez dans les Cévennes, Méric pourrait bien être ici.

Le marquis tressaillit et regarda sa montre.

— Je ne comprends pas que cette promenade dure si longtemps, murmura-t-il.

Et se levant, il sonna violemment.

Ce fut maître Planchut qui se présenta.

Mme de Miraman est-elle de retour ? demanda le vieillard.

— Ces dames viennent de rentrer, répondit Planchut avec un certain embarras, et... se reposent... c'est-à-dire... elles ne sont pas fatiguées... du moins, Mme la comtesse.

— Priez Mme de Miraman de venir me parler, je ne comprends rien à ce que vous dites.

Le maître du *Soleil d'Or* se retira en saluant.

— Dieu veuille que vous n'ayiez pas trop raison, fit le marquis en serrant fiévreusement la main de M. de Calverte.

Presque aussitôt Mme de Miraman entra.

Elle était pâle, émue et sa voix tremblait.

— Que vous est-il arrivé ? demanda le marquis avec inquiétude.

— Rien, moins que rien, mon père, Marguerite est mieux à présent.

— Quoi ? qu'est-ce ?

— Je rentrais avec Mlle de Saint-Véran quand, au détour d'une rue, elle a aperçu un homme de haute taille, et qui semblait nous suivre en se cachant. J'ai senti la main de Marguerite trembler sur mon bras. Entrons ici, m'a-t-elle dit, en me montrant un magasin où elle s'est assise, pâle comme une morte, mais sans dire un mot. L'homme a disparu à l'angle d'une rue et Brigitte, qui le surveillait, est venue nous avertir qu'il était loin. Alors Marguerite s'est relevée en me disant : Rentrons, rentrons vite. Nous sommes parties sur le champ, et ce n'est

qu'au moment où nous franchissions le seuil de l'auberge que je me
suis retournée, l'homme était encore là. A sa tournure, et à la couleur
de ses cheveux j'ai pensé que ce pourrait bien être....

— C'est lui, madame la comtesse, mais rassurez-vous, vous voyage-
rez sous bonne escorte. Demain matin, quatre dragons seront ici sous
mes ordres, nous ne vous quitterons pas jusqu'à Uzès.

— Ah! merci. monsieur, répondit Mme de Miraman avec émotion ;
mais, en vérité, ce serait abuser de votre complaisance.

— Eh bien! moi j'accepte votre offre, mon cher de Calverte, dit le
marquis, j'accepte avec reconnaissance, et je vous remercie d'avance.

— A quelle heure voulez-vous partir ? demanda le baron.

— Demain, à dix heures.

— A dix heures, soit, tout sera prêt. Reposez-vous sur moi.

En saluant la comtesse et le vieillard, il sortit pour tout préparer

CHAPITRE IV

LES MARCHANDS DE PEAUX DE LAPINS

Depuis l'entrée de Mme de Miraman, maître Planchut, collé contre la porte, prêtait à travers le trou de la serrure une oreille attentive à la conversation de ses hôtes. Malheureusement, cette oreille était un peu dure, et la crainte de se laisser surprendre en flagrant délit d'espionnage par ceux qui arriveraient du côté de l'escalier, préoccupait tellement le digne hôte du *Soleil d'Or*, qu'il n'eut ni le temps, ni la présence d'esprit de se ranger pour faire place à M. de Calverte et reçut un violent coup à la tête.

— Que diable faites-vous ici? demanda sévèrement le baron au pauvre Planchut, qui, tout honteux, ne songeait qu'à s'esquiver sans demander ni compresse, ni onguent

— Je cherchais... j'étais venu... c'est-à-dire que j'apportais de l'eau pour la barbe de M. le marquis, balbutia le gros homme de plus en plus déconcerté.

— De l'eau chaude pour se faire raser à huit heures du soir, allons donc! fit le baron en haussant les épaules, où est-elle cette eau?

— Je venais m'informer si M. le marquis en désirait.

— Très bien! très bien! vous aimez à plaisanter, Planchut!

— Monseigneur !...

— Moi, continua M. de Calverte, en appuyant sa main sur l'épaule de l'espion et en le regardant au visage, je suis beaucoup moins gai : vous comprenez, je pense, que vos stupides mensonges ne me trompent pas, vous étiez ici pour chercher à savoir ce qui se disait de l'autre côté de cette porte.

— Oh! monseigneur, pouvez-vous supposer!

— Je ne suppose pas, je suis sûr ; faites attention, je n'aime pas les traîtres et je vous connais : je sais parfaitement que vous n'êtes qu'un faux converti, ennemi des catholiques et payé par les huguenots pour nous espionner.

— C'est une calomnie, monseigneur et je vous jure sur tout ce que j'ai de plus cher au monde...

— Ne jurez pas et taisez-vous, je sais en outre que vous recevez des rebelles chez vous, et pas plus tard qu'aujourd'hui vous avez vu Cavalier.

— Il s'est arrêté un instant seulement pour déjeuner, voilà tout et l'on peut vous dire comment je l'ai accueilli.

— Et ce soir, M. Méric de Puymarcé a été vu près de votre auberge.

— M. de Puymarcé est catholique, monseigneur.

— Oui, très mauvais catholique et partisan avoué des idées de votre Calvin.

— Enfin ? monseigneur que voulez-vous que je fasse ? je ne puis cependant pas chasser les voyageurs de mon hôtel et empêcher les étrangers de passer devant ma porte. Je suis aubergiste, et il faut bien que je gagne ma vie.

— C'est bon, en voilà assez, que je ne vous surprenne plus à espionner, ou il vous en cuira. Je suis chargé par Sa Majesté, vous ne l'ignorez pas, de surveiller vos pareils, et si j'ai un conseil à vous donner, c'est de ne vous occuper désormais que de vos fourneaux, sans quoi vous pourriez apprendre à vos dépens que de votre cuisine à la prison d'Alais il n'y a pas loin : vous m'avez compris ; tenez-vous le pour dit.

— Je vous jure, monseigneur !

— Ah ! morbleu ! vous m'échauffez la bile avec vos explications, allez à vos affaires et que je ne vous surprenne plus, interrompit brusquement le baron, et faisant avec sa canne un geste qui n'admettait pas de réplique, il poussa vers l'escalier maître Planchut, qui faillit tomber dans sa précipitation à éviter les arguments frappants du terrible baron.

— Coquin de renégat, tu me le paieras, va, murmura entre ses dents le cuisinier, quand il eut donné prudemment à M. de Calverte le temps de s'éloigner, insolent qui oses menacer un homme comme moi du bâton et de la prison... aussi faut-il être bête d'avoir été parler d'eau chaude à cette heure... j'étais si troublé... parbleu ! c'est ce coup qu'il m'a donné à la tête, en sortant comme un ouragan, qui m'a fait perdre toutes mes idées..., après tout, je ne suis pas plus sot qu'un autre... Il m'a abîmé le front et pour s'excuser il me montre sa canne... C'est égal, mon petit baron, tu as beau faire le fin, tu ne sais pas grand chose... Peste, voici huit heures qui sonnent, je serai en retard... n'importe, je te rendrai la monnaie de ta pièce, monseigneur le surveillant de rebelles... attends, attends. Tu ne connais pas encore Maître Planchut. Il a plus d'un tour dans son sac.

Ce disant, maître Planchut rentra dans sa cuisine où les marmitons achevaient de nettoyer et de ranger la vaisselle, jeta un coup d'œil sur leur besogne, gronda quoiqu'il n'y eût pas lieu, donna des ordres, bien que cela ne fût nullement nécessaire, échangea son bonnet de coton contre un chapeau à larges bords, prit ostensiblement un grand panier et sortit en annonçant qu'il allait au bureau du coche de Nîmes chercher des provisions que de l'avant-veille il avait donné commission au conducteur de lui rapporter.

Jusqu'au détour de la Grand'Rue, l'hôtelier du *Soleil d'Or* marcha en effet dans la direction du bureau, mais, une fois caché par l'angle d'une maison en construction, il prit une impasse sur la gauche, revint sur ses pas, s'engagea dans une petite ruelle, rasa les maisons du plus près qu'il lui fut possible, poussa une petite porte entrebâillée, suivit un corridor obscur, traversa une grande cour obstruée de bois de construction et après s'être assuré que personne ne l'observait, frappa trois coups à une petite fenêtre.

— Qui est là? cria de l'intérieur une voix de femme.

— Un marchand de peaux de lapins, répondit Planchut, d'une voix mal assurée.

— La porte s'ouvrit aussitôt et par un escalier vermoulu, auquel une corde servait de rampe, il monta sans hésiter au premier étage et entra dans une grande salle éclairée par une méchante lampe et garnie d'une longue table autour de laquelle cinq ou six individus causaient et buvaient.

Au bruit que fit le loquet en se soulevant, il y eut un tressaillement général et l'un des membres de l'honorable assemblée, s'approchant vivement de la lampe, se tint prêt à l'éteindre à la moindre apparition suspecte. Celle de maître Planchut n'avait pas, paraît-il, ce caractère, car elle fut saluée par un joyeux murmure de l'assemblée, tous les visages des marchands de peaux de lapins s'épanouirent et le président, un vrai géant aux formes athlétiques, dont la mise aisée et le fier visage contrastaient singulièrement avec les haillons et la mine inquiète de ses compagnons, tendit vivement la main au nouvel arrivant, auquel un petit homme à figure allongée comme un museau de fouine s'empressa de céder sa place auprès du chef.

— Je commençais à désespérer de te voir ici ce soir, ami Planchut, fit le colosse, tu t'es bien fait attendre. Qu'est donc devenu ton beau zèle à nous servir ?

— Un autre que moi ne serait pas venu sitôt encore, monsieur Méric, il m'a joliment fallu ruser avec mes pensionnaires, et j'ai vu le moment où il m'aurait été impossible de sortir.

— Oh! oh! la petite colombe m'aurait-elle reconnu par hasard ?

— Si elle vous a reconnu ! je le crois et vous pouvez le croire aussi, elle est rentrée plus pâle que pas une de mes serviettes et s'est si gentiment pâmée entre les bras de Mme de Miraman, que j'ai cru que nous n'aurions pas assez de vinaigre pour la faire revenir de ses émotions.

— L'ingrate ! interrompit l'homme au museau de fouine, avoir peur de M. de Puymarcé, un si brave et si digne seigneur, qui cependant ne veut que *son bien*.

Les marchands de peaux de lapins se mirent à rire, sauf Planchut qui ne comprit pas.

— Pas mal, Tortilia, fit Méric en applaudissant au bon mot de son digne conseiller, pas mal, seulement souviens-toi qu'en religion je m'appelle frère Méric et pas Puymarcé, tâche donc d'oublier mon nom de famille qui ne peut être que compromettant non seulement pour moi, mais pour tous nos compagnons.

— Comment *en religion*, demanda Planchut tout ahuri, seriez-vous sur le point d'entrer dans un couvent ?

— Pas tout à fait, mon bon Planchut, et c'est au contraire pour avoir l'occasion d'en brûler quelques-uns avec les moines et les nonnes qui s'y renferment, que je songe très sérieusement à adopter la *religion réformée*.

— C'est là une noble pensée, monsieur Méric.

— Je ne doute pas que ma conversion ne soit très agréable à saint Calvin, répartit Méric avec un sourire ironique, mais, en attendant que je la mette à exécution, un peu de prudence ne gâtera rien à l'affaire.

— Ça c'est vrai, la prudence avant tout, reprit l'hôte du *Soleil d'Or*, en hochant la tête d'un air sentencieux; moi je fais tout avec prudence et voilà pourquoi j'ai fait semblant de me convertir au catholicisme, et pourquoi aussi ce soir j'ai pris ce panier en annonçant que j'allais aux provisions.

— Et c'est sans doute par prudence que vous vous êtes fait cette balafre à la joue, interrompit malicieusement Tortilia.

— Cette égratignure, voulez-vous dire, c'est une casserole qui me l'a faite en tombant; ces messieurs, continua Planchut pour changer le cours de la conversation, appartiennent sans doute à la religion persécutée!

— Pour le moment, répondit un des *messieurs*, soldat déserteur auquel la hideuse contraction de sa bouche avait mérité le surnom de Torte-Gueule, nous ne sommes pas encore bien décidés et tout dépend du tintement des pistoles pour nous faire pencher à droite ou à gauche.

— Ça, dit Méric, le marquis est devenu bien soupçonneux pour que tu aies été forcé de ruser avec tant d'adresse avec lui. Il était autrefois facile de lui en faire voir de toutes les couleurs.

— S'il n'y avait que le marquis!

— Alors c'est la Provençale qui continue son métier d'espion, interrompit Tortilia, ou bien encore cette petite vipère d'Olivier, un garçon que je voudrais bien voir aux cinq cent mille diables de l'enfer!

— Si je n'avais eu affaire qu'au marquis, aux dames et aux domestiques, j'aurais été bien tranquille, dit majestueusement Planchut.

— Le Laudun serait-il revenu par hasard? demanda Méric, dont les sourcils se contractèrent d'un air sinistre, et dont le visage exprimait une curiosité anxieuse.

— Non, non, le bellâtre est parti, mais le baron de Calverte est arrivé

Il frappa trois coups à une petite fenêtre. (*Voir page* 40.)

et celui-ci est un rusé compère, je vous prie de le croire. Il n'est pas bon de jouer au plus fin avec lui.

Les honorables négociants se regardèrent d'un air qui semblait dire : Nous ne le savons que trop.

— De quoi cet homme vient-il se mêler ? s'écria le géant, en frappant la table avec impatience, voudrait-il lui aussi se constituer le défenseur de la colombe ?

— Tout me porte à le croire, car je l'ai entendu qui disait au marquis : Je vous accompagnerai jusqu'à Uzès.

— Et quand partent-ils ?

— Demain matin à huit heures.

— Et le marquis a accepté ?

— Je le crois, car il n'a pas répondu.

— Au diable les protecteurs ! ma foi, au fait, je m'en lave les mains, ce n'est pas moi qui suis allé le chercher, et s'il lui arrive malheur c'est bien qu'il l'aura voulu, n'est-il pas vrai, Ravanel ? dit Méric en se retournant du côté de son voisin.

Le personnage auquel s'adressait Puymarcé était un petit homme trapu, de figure énergique, mais couturée par la petite vérole et qui paraissait avoir sur ses compagnons une grande autorité.

— Quand le vin est tiré il faut bien le boire, dit-il en haussant les épaules : les balles ne connaissent personne, tant pis pour ceux sur qui elles tombent.

— C'est possible, interrompit son voisin, mais nous avons traité pour un enlèvement seulement et si de plus il faut expédier le baron, il est juste d'élever le prix : tant pour la prise de la colombe, tant pour la prise du barbon.

— Je me charge, dit Tortilia, de vous faire indemniser largement de vos peines par les protestants auxquels la suppression du renégat causerait une grande joie.

— Pour ma part, je promets un bon déjeuner avec vins et liqueurs à discrétion à ceux qui feront le coup, ajouta Planchut.

— Tout cela est bel et bon, mais à tant faire que de jouer ma tête, je veux au moins être bien payé, les affaires sont les affaires, continua l'interrupteur.

— Combien demandes-tu en plus? fit Méric, pressé d'en finir.

— Cinquante pistoles.

— Pour une seule peau de lapin, c'est un peu cher.

— Il y a lapins et lapins, murmura le brigand.

— Cinquante pistoles à partager entre tous?

— Non pas! cinquante pour moi, que les autres s'arrangent comme ils l'entendront.

— Cinquante à partager entre tous, c'est mon dernier mot, répliqua Méric d'un ton impatienté.

— Alors je me retire.

— Tu es libre, je ne donne pas davantage.

— Voyons, que je contente tout le monde, reprit Ravanel, soixante pistoles à partager, entre vous quatre, quinze pour chacun, cela vous va-t-il, monsieur Méric?

— Va pour les soixante, quoique la vieille peau du baron n'en vaille pas dix.

— Consens-tu, Beulaigne?

— Non, répondit l'avide bandit, pour se faire rouer et tenailler en place publique, et pour donner ensuite sa guenille à manger aux corbeaux, ce n'est pas assez.

— Alors va te faire pendre ailleurs, riposte Ravanel avec colère et surtout ne viens plus me demander à t'employer.

— Je n'ai jamais refusé de travailler, et puisque tu y tiens, j'accepte, mais en conscience l'ouvrage n'est pas payé.

— Le fait est, ajouta Torte-Gueule, qu'à ce prix-là il est impossible de gagner honnêtement sa vie.

— A présent que nous voici d'accord, il ne s'agit plus que d'arranger la chose de manière à ce qu'elle réussisse, reprit Méric. Qui de vous connaît bien la route d'Uzès?

— Moi, dit Beulaigne, j'y ai déjà travaillé.

— Quel est le bon endroit?

— A deux lieues d'ici tout au plus, entre Méjannes et Monteils, il y a une assez forte côte que la voiture ne pourra monter qu'au pas, la route est déserte et traverse un petit bois assez épais où il sera facile de nous embusquer, deux tireront sur le cocher, deux sur le baron; une fois les lapins à terre, nous enlevons la colombe, nous la mettons sur un cheval, et, sans rien risquer, nous gagnons Anduze en traversant le Gardon au-dessus de Saint-Hilaire de Bretmas, ou les hautes Cévennes par les bois de Bouquet, Thataux, Barjac et la forêt du Ronze. Bien fin qui nous dépistera.

— Il vaut mieux, je crois, abattre un cheval que le cocher, nous serons plus sûrs que la voiture ne bougera pas, dit Tortilia.

— Que ferons-nous des prisonniers? demanda Torte-Gueule; je n'aime pas beaucoup que le public connaisse mes affaires.

— Le mieux serait de tout tuer, répondit froidement Beulaigne, les morts ne parlent pas.

— Hum! fit Planchut, la prudence est une bonne chose.

— Nous avons des masques, fit observer Torte-Gueule et la prudence nous commande au contraire de tuer le moins possible, un enlèvement après tout n'est pas une chose bien grave, tandis que s'il y a du sang versé on risque sa tête.

— Et le baron alors qu'en ferons-nous?

— On le bâillonne et on l'attache à un arbre, tout cela peut se faire sans bruit; si, au contraire, nous nous amusons à tirer des coups de fusil nous donnerons l'éveil à toute la maréchaussée, et nous risquerons fort de ne pas pouvoir tous lui échapper.

— Moi, voyez-vous, fit Planchut, je serais assez d'avis de casser poliment la tête au baron.

— Si tu y tiens, riposta Ravanel toujours colère, j'y consens, seulement tu seras des nôtres, je te donnerai des armes et tu te chargeras de ton baron.

— A cette proposition, le prudent cuisinier ne put s'empêcher de pousser une exclamation de terreur si bien accentuée qu'elle excita une hilarité générale.

— Monsieur Planchut, dit sournoisement Tortilia, en faisant allusion au métier d'espion du peureux religionnaire, aime mieux aller aux provisions que de tenir la queue de la poêle.

— Alors qu'il continue à faire le chien, répondit brutalement Beulaigne, et qu'il laisse agir les bouchers.

La discussion continua entre Méric et les bandits ; tout fut calculé, étudié, arrêté avec un soin minutieux sans que l'hôte du *Soleil d'Or* osât souffler mot.

Dix heures avaient sonné à l'horloge de la ville, quand Puymarcé, après avoir terminé avec Ravanel ses derniers arrangements et pris ses dernières dispositions, vida sur la table une bourse contenant la moitié du prix convenu avec les bandits.

Ravanel compta l'or, en fit quatre parts égales pour lui et ses trois compagnons, puis rendez-vous ayant été donné à six heures du matin à la montée du bois, la séance fut déclarée levée ; on éteignit la lampe, et les scélérats, s'enveloppant soigneusement dans leurs longs manteaux, sortirent de la salle un à un, sans bruit, sur la pointe des pieds, s'arrêtant au moindre bruit, et prenant soin de suivre des directions contraires pour ne pas attirer les soupçons. Ils avaient juré de ne dévoiler à qui que ce soit le résultat de leurs délibérations, et certes ils tinrent parole. Quand, rentrés chez eux, on leur demanda d'où ils venaient, ils trouvèrent de bons prétextes pour cacher la vérité.

Quant à maître Planchut, rabattant soigneusement les larges bords de son chapeau et glissant sous son bras le fameux panier aux provisions, il se glissa furtivement, à travers un dédale inextricable de

ruelles étroites, à peine éclairées ; arrivé à l'hôtel du *Soleil d'Or*, il
regarda de droite et de gauche, et eut la satisfaction de constater que personne ne l'avait suivi. Il sortit alors sa clef de sa poche, la fit entrer
avec précaution dans la serrure, et, sur la pointe des pieds, se faufila
avec précaution à l'intérieur. Lorsqu'il eut refermé la porte, il poussa
un long soupir de satisfaction.

CHAPITRE V

LA CÔTE DE MONTEILS

Arrivé dans sa cuisine, le traître se laissa aller plus qu'il ne s'assit sur un escabeau et se prit à réfléchir.

L'idée de devenir conspirateur l'avait d'abord flatté, à présent elle l'effrayait.

Le sentiment qu'il éprouva en se retrouvant seul vis-à-vis de sa conscience, ne fut ni remords ni honte de sa mauvaise action, mais un sentiment de terreur. Il ne se repentait pas, il avait peur.

— Sans doute, se disait-il, je n'ai vu personne sur ma route, mais est-il bien certain que personne ne m'ait vu ? Il est si facile de se cacher, et quand j'ai eu l'imprudence de demander la vie du baron, qui sait si un espion blotti sous quelque table ne recueillait pas mes téméraires paroles pour les rapporter à M. de Calverte ? Qui sait même si parmi ces hommes auxquels je me suis confié sans les connaître, ne se trouvait pas un faux frère ?

Cette pensée lui donna le frisson ; il eut beau la chasser, elle revenait toujours, obstinée et bourdonnant à ses oreilles les mots de torture et de prison. Pour diminuer sa frayeur, il alluma une lampe, mais le sort s'en mêlait, elle éclairait si mal que sa clarté vacillante semblait épaissir les ténèbres et leur donner des formes étranges. Dans l'angle le plus reculé, le balancier du coucou allait et venait avec une régularité sinistre.

Quand les rouages mal graissés de cette effrayante machine grincèrent bruyamment pour sonner minuit, le conspirateur sentit son sang se glacer et faillit pousser un cri. Sans oser regarder autour de lui, il saisit convulsivement sa lampe et alla droit à sa chambre qu'il ferma à double tour pour se soustraire à la poursuite d'invisibles ennemis. Sa tête était en feu, sa poitrine oppressée, il se jeta tout habillé sur son lit et ferma les yeux, mais le sommeil ne vint pas.

Vers le matin, épuisé de fatigue et d'émotion, l'hôte du *Soleil d'Or* parvint enfin à s'endormir, ou plutôt il tomba dans une sorte de léthargie, lourde et angoissante, qui le livra pieds et poings liés à toutes les visions fantastiques qu'engendre le cauchemar. Alors, bien qu'il eût les yeux fermés, il crut voir des choses terribles. L'homme à visage de fouine l'avait dénoncé, les dragons du roi envoyés à sa poursuite venaient de découvrir sa retraite, ils approchaient, il pouvait fuir encore, mais ses jambes refusaient tout usage, il pouvait appeler à son aide, mais sa voix expirait sur ses lèvres. Le sabre des soldats menaçait sa poitrine, il sentit le froid de l'acier, la douleur et l'excès de la crainte l'éveillèrent. Il lui fallut un moment pour reconnaître qu'il vivait encore, m...is il n'osait pas regarder autour de lui, enfin il fit un suprême effort et ouvrit les yeux.

Le ciel était bleu, le soleil éclairait la cime des ormeaux. Au dehors, on n'entendait que le gazouillement des moineaux qui s'ébattaient au bord du toit, et le murmure naissant de la ville à son réveil; au dedans, nul autre bruit que le va-et-vient des marmitons empressés dans les cuisines.

Planchut poussa un long soupir de satisfaction, passa la main sur son front brûlant et se souleva sur son lit pour bien s'assurer qu'il était non seulement vivant, mais à l'abri de tout danger. Alors seulement, il s'aperçut qu'il s'était couché tout habillé. Cette circonstance lui rappela désagréablement sa soirée de la veille.

Mais déjà il faisait grand jour, et le grand jour est la providence des poltrons. Quelle sottise d'avoir eu peur, pensa-t-il, peur de quoi? Ce rêve ne peut être que la suite du coup que j'ai reçu hier du baron. D'ici à quelques heures il me le paiera. Quelle journée! on dirait que le soleil est plus gai que d'habitude... Nos marchands de peaux de lapins ont de la chance, ils doivent être à leur poste en ce moment. C'est eux qui feront l'affaire, moi je m'en lave les mains. Quel motif aurait-on de me poursuivre, je reste dans ma cuisine, qu'y a-t-il à dire? n'est-ce pas ma place? Voilà ce qui s'appelle bien mener une affaire, car au fond c'est moi qui ai tout fait, c'est moi qui ai prévenu le Méric, moi qui ai surpris le projet du baron, les autres sont le bras, moi la tête!

Cette idée de sa supériorité chatouilla agréablement sa vanité, il descendit de son lit et ne put résister au plaisir de se camper fièrement devant une glace pour y contempler sa physionomie d'habile conspirateur.

Pendant qu'il admirait avec une naïve fierté sa grosse face redevenue rubiconde, un bruit de chevaux se fit entendre dans la rue, et presque aussitôt un marmiton essoufflé lui cria à travers la porte :

— Patron! on vous demande, descendez vitement.

Planchut, pour se donner une apparence plus belliqueuse, s'ingéniait à donner à son bonnet de coton une tournure de casque.

— Qui me demande? répondit-il négligemment.

— Les dragons du Roi, dit le gâte-sauce.

— Les... qui? fit le héros, dont l'ardeur martiale s'évanouit subitement.

— Les dragons du Roi.

— Les dragons du Roi?

— Eh! oui, ils sont en bas avec M. de Calverte.

La porte était peu solide, un coup d'épaule eût pu l'enfoncer, la fenêtre trop élevée pour qu'on pût sauter dans la cour, la cheminée trop étroite et le lit trop bas pour offrir un refuge, que faire?

— Holà! eh! cabaretier de malheur, criait la Tulipe, faut-il monter te couper les oreilles?

Planchut rabattit piteusement l'orgueilleux bonnet de coton, s'enveloppa la tête d'un mouchoir comme s'il eût une fluxion et descendit. Ses jambes se dérobaient sous lui, il entra dans la cuisine, saluant à droite et à gauche, avec un respect profond.

— Le diable te torde le cou, monsieur le lanternier, s'écria le farouche brigadier, j'ai le gosier sec à force de t'appeler.

— C'est ce mal de dents, balbutia l'hôte du *Soleil d'Or*....

— Mal de dents, mal de dents, grommela la Tulipe, voilà ce que c'est que de courir la nuit.

Planchut faillit tomber à la renverse; il avait donc été vu.

— Fais-nous donner du vin et du bon, en deux temps et trois mouvements, continua le brigadier, nous sommes pressés.

— Bertrand, prends la clef de la cave, se hâta de dire la victime, espérant désarmer la colère du soldat, cours vite et apporte du meilleur.

— Bien parlé! fit un trompette, dont les recherches dans une armoire venaient d'être couronnées de succès, ça nous empêchera de nous étrangler en tâtant ce gigot de mouton.

— J'ai toujours aimé les dragons du Roi, continua le maître du *Soleil d'Or*, sans se soucier du pillage.

— Cela fait itérativement l'éloge de ta capacité, remarqua sentencieusement la Tulipe.

— Pourrais-je savoir à quoi je dois l'honneur de votre visite ? se hasarda à demander l'aubergiste.

— D'abord au désir de goûter ton vin, et conséquemment à l'ordre de notre capitaine, d'escorter jusqu'à destination certains civils qui logent dans ta cahutte.

Planchut respira.

— Alors vous allez à Uzès ? ajouta-t-il de son ton le plus patelin.

— Je le suppose péremptoirement, reprit le brigadier, en décapitant d'un revers de main, une bouteille cachetée de cire verte ; tenez, voilà le vrai moyen de déboucher proprement un flacon sans perte de temps ; et il se versa un grand verre de vin.

Ses camarades l'imitèrent.

— A ta santé, monsieur de l'auberge.

— A la vôtre, messieurs les dragons du Roi.

Le gigot était succulent et le vin capiteux, rarement les cavaliers s'étaient trouvés à pareille fête. Cinq ou six bouteilles succédèrent à la première, la Tulipe n'en manqua pas une seule.

A chaque goulot décapité, Planchut était le premier à applaudir. Il eut volontiers donné toute sa cave.

Pendant ce temps, les voituriers attelèrent.

Le brigadier, tout à fait radouci, faisait claquer sa langue à chaque rasade, le trompette versait des larmes d'attendrissement, un soldat voulait embrasser l'hôte qu'il appelait son bienfaiteur, le quatrième, quoiqu'il fût matin, cherchait déjà de l'œil où il pourrait bien s'étendre pour dormir à l'aise.

Heureusement pour le caveau réservé, M. de Calverte apparut sur le seuil de la cuisine.

— A cheval, dit-il, et il jeta sur la table une pièce d'or.

Les dragons sortirent en se raidissant sur leurs jambes. Presque aussitôt les voyageurs sortirent de leur appartement, précédés de dame Brigitte, qui, à elle seule, avait voulu porter tous les paquets de peur qu'il ne s'en égarât quelqu'un.

Le marquis, la comtesse et Mlle de Saint-Véran, prirent place dans le coche, Olivier et sa mère se hissèrent sur le siège, et la voiture escortée par le baron de Calverte, son domestique et les quatre dragons, prit au grand trot la route d'Uzès.

L'aubergiste du *Soleil d'Or* regarda le tourbillon s'éloigner avec la joie qu'éprouve un naufragé qui, après avoir lutté contre les vagues, est enfin parvenu à se cramponner à la bouée du sauvetage. Ses hôtes avaient disparu depuis longtemps quand, enfin, il se décida à rentrer dans la cuisine. Là, il compta les cadavres de ses bouteilles, l'argent reçu du baron et du marquis. Tout calculé, il gagnait encore deux écus de six livres, non compris le louis d'or que lui avait rapporté son espionnage au profit de Méric. Total, trente six livres de recette. Pour une journée, c'était plus qu'il n'avait osé espérer.

Sa joie eut été sans nuage, s'il n'eût appréhendé les suites de la maudite embuscade des marchands de peaux de lapins, mais, bah! se disait-il, en voyant les dragons, ils n'oseront tenter l'attaque, et foi de cuisinier, je le préfère, du moins je ne serai pas compromis.

Les marchands étaient à leur poste, couchés derrière une haie vive qui domine le chemin ; l'œil au guet, le fusil au poing, ils attendaient la voiture. Deux chevaux attachés dans le bois étaient destinés à Méric et à Tortilia, son complice, pour l'enlèvement de Mlle de Saint-Véran. Ravanel, Béulaigne, Torte-Gueule et la Jeunesse, n'ayant à s'occuper que d'eux-mêmes, devaient, après le coup de main, fuir dans différentes directions. Tout était habilement calculé. Du poste qu'ils avaient choisi, les bandits découvraient au loin la route, elle était déserte et pas un travailleur ne se montrait dans les champs.

L'œil au guet, le fusil au poing, ils attendaient la voiture (*Voir page* 54.)

Vers huit heures et demie, des coups de fouet et le son lointain des grelots annoncèrent l'approche des voyageurs.

— Attention ! commanda Méric, qu'on se prépare !

Les six hommes avaient la figure cachée par un masque de toile blanche, percé aux yeux de deux trous, ils apprêtèrent leurs armes.

— Qui abat le cheval ? demanda Tortillla.

— Moi, dit la Jeunesse.

— Et le baron ?

— Moi, fit Ravanel.

— En cas que l'un des deux manque, Beulaigne tirera après la Jeunesse et Torte-Gueule après Ravanel, ajouta Méric.

— C'est convenu.

— Alors, silence !

Le temps était splendide et le soleil si chaud, que les voyageuses avaient fait baisser les glaces de leur carrosse ; en arrivant au pied de la côte, les postillons mirent leurs cheveaux au pas. Marguerite, penchée à la portière, regardait la campagne et causait avec M. de Calverte.

Les dragons et le domestique réglaient l'allure de leurs chevaux, de manière à se touver toujours à cinquante pas en arrière du premier groupe.

— Quelle est cette petite rivière que nous venons de traverser ? demanda Mme de Miraman.

— La Droude, madame, répondit le baron, et le village que nous avons laissé à notre gauche avant d'y arriver, Méjannes-lez-Alais.

— Sommes-nous loin de Monteils ?

A une demi-heure, tout au plus.

— Je ne connaissais pas ce pays, fit Mlle de Saint-Véran, il est on ne peut plus pittoresque.

— Moins cependant que les environs de votre château de Sauve, mademoiselle.

— Les montagnes sont moins hautes à la vérité, mais l'ensemble a plus d'harmonie, et tenez, ajouta-t-elle en étendant la main, voici des ruines qui produisent un effet charmant.

— Ce sont les restes d'une ancienne ville abandonnée que nous appelons encore, nous gens de la langue d'oc, la *vié cioutat*, et la montagne qui occupe le second plan, et sur laquelle elle se détache si bien, doit à sa couleur le nom de *serre rouge*; ici, le terrain est découvert, mais, dans un moment, vous allez voir apparaître à l'horizon les sombres forêts de Saint-Just et Vacquières.

— Vous connaissez donc bien ce pays, monsieur?

— Je le sais par cœur, mademoiselle.

— Eh bien, qu'allons-nous trouver au haut de la côte?

— Sur la droite, un petit bois précédé d'une friche, séparée de la route par une haie touffue.

— Et derrière cette haie interrompit Mme de Miraman en riant, que trouve-t-on?

— Des lapins et des violettes probablement, madame, voulez-vous que j'aille m'en assurer

— Si nous étions à la saison des violettes, je vous prierais d'aller m'en cueillir, quant aux lapins je n'y tiens pas.

Le carrosse venait de contourner une petite colline.

— Tenez, mademoiselle, voici le petit bois que je vous annonçais, dit le baron.

— Attention, répéta Méric, les voici. Le baron est de notre côté.

On entendit craquer les batteries des fusils.

— Par les cornes du diable! ils ne sont pas seuls, dit tout à coup Ravanel; en arrière, je vois des cavaliers.

M. de Puymarcé se souleva à demi.

— Sang et tonnerre! Qu'est-ce que cela?

— Les dragons du Roi. Nous sommes trahis, fit Tortilia.

— Combien sont-ils?

— Cinq et le baron six, la partie n'est pas égale.

— Malédiction ! Que faire ?

— Ne pas bouger, repartit la Jeunesse, le coup est manqué.

— Nous sommes six contre six, reprit Puymarcé. Feu toujours, les dragons se sauveront.

— C'est vouloir se faire écharper, dit Tortilia, moi je ne tire pas.

— Ni moi, fit la Jeunesse.

— Ni moi, ajouta Torte-Gueule.

— Il est trop tard pour reculer, gronda Méric.

Le carosse avançait toujours.

Le baron devisait avec les dames, les soldats causaient entre eux.

— Pas d'imprudence, murmura Ravanel, à voix basse. Gardez-vous bien de faire feu.

Personne ne répondit.

Les chevaux passaient devant l'embuscade.

Tout à coup un hennissement se fit entendre sous le couvert : c'était le cheval de Méric qui saluait la cavalcade.

Le baron tressaillit, les dragons relevèrent la tête.

Au même instant, un des buissons s'écarta, un éclair brilla suivi d'une détonation d'arme à feu et une balle, sifflant aux oreilles du baron, alla trouer le haut du carosse. C'était Méric qui venait de manquer son ennemi.

— A moi, dragons, cria M. de Calverte eu poussant son cheval vers la haie sur laquelle il déchargea au hasard ses deux pistolets.

L'obstacle était infranchissable, il fallut le tourner ; quand les cavaliers arrivèrent en haut du talus, les bandits fuyaient à toutes jambes vers le bois.

Avant de disparaître dans le fourré, un d'eux se retourna et fit feu une seconde fois. La précipitation de son mouvement avait fait tomber son masque.

— Méric de Puymarcé, je te reconnais, lui cria le baron. Attends-moi donc, assassin, si tu as du cœur.

— Nous nous retrouverons, hurla le colosse en s'élançant dans le bois.

Il était impossible d'y poursuivre les scélérats. Les soldats tirèrent une dernière fois : les branches et les feuilles volèrent sous les balles, ce fut tout.

Seulement, en revenant au chemin, on retrouva près du buisson trois fusils chargés et amorcés. La crosse de l'un d'eux était ensanglantée et de larges gouttes de sang constellaient la terre.

— Commandant, votre plomb n'est pas perdu, remarqua le brigadier, un des oiseaux en a dans l'aile. Voulez-vous que nous suivions la trace ?

— Non, répondit M. de Calverte, rechargez vos armes et en route. Seulement, tenez-vous plus près du carosse et l'œil ouvert à chaque buisson.

Les cavaliers obéirent à contre-cœur et suivirent le baron qui redescendait sur la route où la voiture était arrêtée.

Il courut rassurer les voyageuses, pâles d'émotion plus que de frayeur.

— Ah ! les brigands ! criait Brigitte, pourpre de colère en se démenant sur le siège ; si je les tenais, et elle brandissait son parapluie dans la direction du bois.

— Si le baron voulait tant seulement nous laisser chasser les merles dans le taillis, nous en pincerions bien quelqu'un, dit le trompette à la Tulipe.

— C'est exorbitamment certain, répondit le brigadier en relevant les crocs de ses longues moustaches, car il y en a-t-un qui a conséquemment gobé la chose.

Cet un n'était autre que Tortilia, dont une balle avait traversé la jambe.

Le voyage continua sans autre accident, et le soir du même jour la voiture, toujours escortée par les dragons, entrait dans la cour du château de Sainte-Anastasy, résidence habituelle du marquis de Meyrargues.

Le baron voulait repartir aussitôt, il avait hâte de retrouver Méric, il ne fallut pas moins que les instances de ses belles protégées pour le décider à attendre le jour suivant.

— Si j'ai un avis à vous donner, dit-il au vieillard en prenant congé de lui le lendemain matin, c'est de marier au plus vite Mlle de Saint-Véran, et jusque-là d'aller demeurer à Uzès, ici vous êtes trop isolé pour pouvoir y garder en sécurité votre double trésor.

— J'ai huit domestiques sûrs, répondit le marquis, et ces murailles résisteraient à une armée.

— A une armée peut-être, mais non pas à un traître. Croyez-moi, mariez Mlle Marguerite.

— Eh bien! par amour pour vous, nous la marierons, repartit le vieillard en serrant la main de son vaillant ami, et vous serez son témoin. Mais conseil pour conseil, vous avez fait avorter le complot de Méric et démasqué le scélérat, prenez garde à vous.

— J'arracherai les dents de la vipère, s'écria le baron en s'élançant en selle, si cela ne suffit pas, je lui briserai la tête avec le talon de ma botte; comptez sur moi, et saluant une dernière fois son hôte, il enleva gracieusement son cheval et reprit, avec la troupe, le chemin de Véze-nobres.

CHAPITRE VI

LE CHATEAU DE SAINTE-ANASTASY

Le château du sire de Meyrargues était en effet une prison ou un fort plutôt qu'une habitation agréable ou simplement commode. Construit à une époque où l'on songeait plus à se défendre des attaques du dehors qu'à se ménager ses aises au dedans, le sombre édifice avait tous les avantages, mais aussi tous les inconvénients de ces citadelles en miniature, qu'au temps de la féodalité les seigneurs turbulents et batailleurs avaient fait élever à grands frais sur les rochers les plus escarpés et dans les positions les plus inaccessibles, véritables nids d'aigles d'où les soldats du roi

n'eussent pas facilement délogé les ducs et barons fiers de leurs prérogatives.

Au point de vue de la stratégie, le donjon de Sainte-Anastasy laissait
peu à désirer. Au point de vue de l'agrément et du confort, c'était tout
autre chose.

Parmi tous les gigantesques escarpements, véritables murs de rochers
dont la base plonge dans les eaux rapides et torrentueuses du Gardon,
l'architecte avait choisi une montagne de calcaire séparée des sommets
voisins par de véritables précipices, une sorte d'île aérienne défiant également l'escalade par sa hauteur, et la mine par la dureté de ses parois
tranchées à pic.

Pour rendre le plateau plus formidable encore, l'habile ingénieur avait
couronné les arêtes de hautes murailles formées avec les blocs arrachés à
grand effort pour niveler le terrain. Puis, comme si toutes ces précautions
n'eussent pas suffi, il avait hérissé cette enceinte de menaçants créneaux
et de machicoulis, que reliaient à chaque angle des poivrières ou petites
tours surplombant l'abîme, et protégé la seule poterne, par laquelle il fût
possible d'arriver à cette aire, par deux tours servant comme de point
d'appui aux lourdes chaînes d'un étroit pont-levis, s'abattant de l'intérieur
à grand renfort de bras et d'engrenages, sur un rocher nu et découvert
à dessein, auquel venait aboutir le chemin qui conduisait à la plaine. Ce
chemin était lui-même coupé de barrières qu'il était facile de rendre
infranchissables au moyen de fascines et de solides fermetures.

Tout ceci n'était encore que le revêtement, ou, si l'on veut, la cuirasse
de l'imposant manoir féodal, ensemble de massives constructions que
dominait de toute sa hauteur le donjon, haute tour carrée, ajourée de
rares et étroites fenêtres, et surmontée de la tourelle du guetteur ou
surveillant, au sommet de laquelle flottait le drapeau jaune et noir des
nobles châtelains. Du haut de cette tourelle, on dominait tous les environs, de sorte qu'il était impossible à la plus petite troupe d'approcher
du château sans être aperçue.

En disant au baron de Calverte que dans une pareille enceinte huit hommes déterminés, bien armés et suffisamment munis de provisions pour soutenir un siège, résisteraient à toutes les bandes de pillards assez osés pour en faire le siège, en admettant qu'il leur fût possible de s'en approcher, le marquis de Meyrargues ne faisait que rendre témoignage à la vérité.

Plusieurs fois attaqué dans les siècles antérieurs par les puissants barons de Saint-Chapte et de Fournès, jamais le château de Sainte-Anastasy n'avait été pris, et dans les temps plus modernes, les religionnaires avaient en vain essayé, dans diverses circonstances, de s'en emparer. Tous leurs efforts s'étaient heurtés à ces massifs remparts de pierre que les béliers les plus robustes n'avaient pu entamer. L'artillerie elle-même, invention si funeste à la puissance de tant de nobles seigneurs, avait été impuissante contre les formidables murailles de la forteresse et les boulets destinés à les renverser étaient retombés honteusement dans l'abîme, après les avoir écornés peut-être, mais sans avoir jamais pu les ébranler dans leurs solides assises.

Du reste, bien qu'en temps de paix, le sire de Meyrargues, par une sorte d'orgueil de famille, était préparé pour la défense. Jaloux de leurs prérogatives féodales, les de Meyrargues n'avaient jamais rien négligé pour les sauvegarder. De longues couleuvrines prêtes à allonger à travers les embrasures leur tête de serpent, et à vomir la mort autour d'elles, dormaient dans les deux tours. Il y avait de la poudre et des balles dans l'arsenal souterrain, des piques, des carabines et des épées dans la salle des armures, des sacs de farine et des tonneaux de vin dans les caves creusées dans le roc vif; un four pour cuire le pain, des médicaments pour les malades et les blessés, des citernes, un puits descendant jusqu'au Gardon et communiquant à moitié de sa profondeur avec une sortie secrète. Enfin, un souterrain partant de la grande salle basse permettait de gagner la campagne à couvert d'un épais taillis. Grâce à cet étroit couloir, on pouvait donc, en cas de surprise, abandonner le château sans aucun danger pour la vie des assiégés.

Rien n'avait été oublié.

Mais, à tout dire, la force de la garnison ne répondait pas à celle de la place. Sur les huit soldats que M. de Meyrargues comptait comme pouvant être mis en ligne, deux portaient des jupons, et l'intendant du château était encore plus embarrassé de ses quatre-vingt-quatre années que la cuisinière et Mlle Suzon, femme de chambre de la comtesse, n'eussent pu l'être de leurs jupes. Le jardinier Jérôme n'était guère plus valide que l'intendant et surtout ne brillait pas par le courage : il eut rendu des points au lièvre le plus craintif. En sorte qu'après réduction faite, l'effectif des combattants se trouvait réduit au cocher, au palefrenier, à un garde-chasse excellent tireur, et à Olivier, frère de lait de Mlle Marguerite, garçon aussi hardi qu'intelligent, auquel son adresse et son agilité avaient mérité le surnom d'Olivier l'Anguille. Depuis longtemps, ce dernier était passé maître dans l'art de se faufiler à travers les passages les plus étroits, et s'il y avait quelque entreprise difficile à tenter c'était à lui que l'on pouvait s'adresser en toute sécurité, certain par avance qu'il mènerait sa tentative à bonne fin.

L'état-major du château se composait du marquis de Meyrargues et des deux dames. En adjoignant à ces trois personnes les deux petites filles de la comtesse, deux blonds chérubins de quatre et cinq ans, on arrivait au chiffre de cinq officiers supérieurs pour quatre soldats, proportion que l'on retrouve dans les armées de certains princes allemands et dans celle du puissant empire de Monaco. Celui-là, à la vérité, a été assez habile pour trouver, dans l'exploitation des passions humaines, un défenseur plus certain que toutes les armées du monde.

Trois personnes pour peupler un vaste château d'où la prudence défend de s'éloigner, c'est bien peu. A Sainte-Anastasy, la jeune fille se trouvait donc un peu plus recluse et plus isolée que dans le monastère de Saint-Paul de la Font. Là, du moins, les religieuses étaient nombreuses ; si quelques-unes étaient d'une société peu attrayante, plusieurs ne manquaient ni de gaieté, ni d'esprit, et puis, après tout, on pouvait causer tantôt avec les unes tantôt avec les autres. Au château, pas de variété possible ; Mme de Miraman, si bonne, si affectueuse pour Marguerite, ne pouvait pas même être pour elle d'une grande ressource ; attristée par l'absence de son mari et presque entièrement absorbée par l'éducation de ses enfants, la comtesse tenait rarement compagnie à l'orpheline.

Quant à M. de Meyrargues, il sortait peu de son cabinet, et ses anecdotes sur la cour de Versailles, où il avait passé une grande partie de sa jeunesse, n'avaient pas un grand intérêt pour une personne qui, n'ayant jamais quitté la province, se souciait fort peu de savoir que tel jour Sa Majesté avait daigné faire monter telle duchesse en son carrosse ou refusé un tabouret à telle autre ; que celle-ci avait été reçue au petit lever de la reine, tandis que telle autre avait été envoyée en disgrâce dans quelque coin du royaume.

Heureusement pour elle, Marguerite était du nombre de ces rares personnes qui savent se suffire à elle-même et pour lesquelles la société d'étrangers est plus une charge qu'une distraction. Vaine et frivole, elle serait morte d'ennui entre ces quatre murs qui lui servaient de prison. Son amour pour le travail et pour l'étude, sa piété presque austère qui lui conseillait de s'isoler souvent avec Dieu, furent sa sauvegarde.

Aussitôt après son lever, et ses prières achevées, elle se mettait à son clavier, jouant, faute de mieux, les morceaux qu'elle savait déjà et déchiffrant quelques pages de l'*Armide* de Quinault, retrouvée par elle dans la bibliothèque de la Tour, ou bien, assise à sa fenêtre, d'où elle découvrait au loin la terre promise, baignée par les méandres argentés du Gardon, elle s'essayait à dessiner les cascades et les rochers, les pics colorés par les teintes chaudes du midi, ou les croupes abruptes des montagnes assombries par d'épais taillis d'yeuses et de genévriers. Parfois aussi, elle lisait à haute voix à la bonne Brigitte, assise à ses pieds, les merveilleuses légendes de la Vie des saints ou quelques passages de romans de chevalerie, que la naïve Provençale, illettrée et avide d'émotions, écoutait avec une ardente curiosité. Mais sa plus grande distraction était encore de confectionner quelque chaud vêtement pour les pauvres des alentours.

A onze heures et demie, un coup de cloche annonçait aux dames que l'heure était venue de se préparer à la cérémonie du dîner. Cérémonie est le mot. Le marquis ne permettait pas le sans-gêne pour ce repas solitaire. C'était un des petits travers du vieillard : il avait été tellement plié et comme pétri par l'étiquette, qu'il avait fini par s'en faire une seconde nature. Peu lui importait le nombre et la qualité des mets, pourvu qu'ils fussent présentés sur un plat d'argent par un domestique en livrée, et il eut préféré ne point se mettre à table que de s'y asseoir autrement qu'en habit et en grande perruque. Pour plaire au marquis, ces dames s'appliquaient à suivre son exemple. Aussi ne venaient-elles s'asseoir à la table de famille qu'après s'être vêtues aussi soigneusement que si quelque riche seigneur des environs, quelque aspirant à la main de Marguerite, eut dû partager leur repas.

Après le dîner, venait la promenade sur la terrasse ; c'était le moment choisi pour conter les anecdotes, que Madame de Miraman et Marguerite écoutaient toujours avec un religieux respect, désireuses de montrer ainsi au vieillard combien grande était leur condescendance pour lui. Ce devoir accompli, M. de Meyrargues rentrait dans son cabinet, laissant sa fille et sa pupille causer plus librement entre elles, tout en travaillant à quelque ouvrage de broderie, pendant que les enfants s'ébattaient avec une charmante gaieté sous les yeux de leur mère, avec Proserpine et Pluton, deux grands chiens courants blancs et roux, renommés dans le pays pour leur ardeur à la chasse au renard.

A sept heures du soir, on se réunissait de nouveau, mais avec moins de cérémonie, pour le souper, après lequel on passait aussitôt au salon, où était dressée à l'avance la table du pharaon, jeu favori du marquis, qui manquait rarement, pendant que Mme de Miraman donnait les cartes, de raconter comme quoi il avait eu l'honneur de faire un jour au

Elle lisait à la bonne Brigitte les merveilleuses légendes de la Vie des Saints. (*Voir page 65.*)

château de Versailles la partie du roi et de perdre cinq cents pistoles contre sa Majesté, qui, très heureuse de son succès, avait daigné le tutoyer.

Cet inflexible programme, répété sept fois la semaine, était d'une implacable monotonie, et cependant, telle est la force de l'habitude, que personne ne se doutait ou tout au moins ne semblait se douter qu'il pût se rencontrer ailleurs plus de variété et plus de distraction. Chacun était heureux de son sort et nul ne paraissait aspirer à une vie plus mouvementée.

Après le marquis, Marguerite était celle qui s'accommodait le mieux de cette existence. D'une nature calme et réfléchie, elle préférait de beaucoup la solitude à la vie plus agitée des petites villes et avait le bon esprit de se plaire beaucoup plus dans la société des bons livres que dans celle des personnes ennuyeuses et futiles, rare qualité pour une jeune fille que sa naissance et sa distinction semblaient destiner à une existence moins austère.

Sans être à beaucoup près aussi belle que la comtesse de Miraman, dont la beauté sculpturale était digne de la plus haute admiration, Mlle de Saint-Véran produisait cependant à première vue plus d'effet que son amie. L'éclat de ses grands yeux noirs ombragés de longs cils et la limpidité de ses regards, donnaient à sa physionomie franche et ouverte un attrait tout particulier. Son nez était peut être un peu fort, et ses lèvres un peu épaisses, mais son teint mat avait la blancheur du lait, ses cheveux étaient soyeux et opulents, sa taille bien prise et élevée, ses mains d'une distinction parfaite, sa voix douce et harmonieuse, et l'on respirait autour d'elle comme un vague parfum d'innocence et de pureté.

Bien qu'habitué à admirer chez les grandes dames de Versailles un tout autre genre de beauté, le marquis était cependant, lui aussi, sous le charme de sa protégée, seulement il ne se rendait pas compte de ses propres sentiments et il lui semblait que moins simplement vêtue

Marguerite eut été plus charmante encore, alors qu'au contraire son plus
grand charme résidait dans cette simplicité même.

— Avec un œil de poudre et quelques mouches bien posées, Mme la
vicomtesse de Laudun, dit-il un jour à Mme de Miramaa, fera bonne
figure à la cour; il est seulement dommage, ajouta-t-il en savourant
longuement une prise d'Espagne, puisée dans une riche tabatière ornée
de superbes diamants, qu'elle aime si peu l'étiquette. Il semble qu'elle
prenne plaisir à cacher ses avantages sous la simplicité de ses vêtements. Vraiment, lorsqu'on est appelé à faire figure à la cour, il ne faut
pas s'habituer à s'habiller comme une nonne.

— Elle se formera, mon père.

— Croyez-vous? Je crains, moi, que Mlle Marguerite ait peine à
s'accoutumer aux grands airs, ce qui serait très fâcheux pour le
vicomte. Une femme n'est-elle pas un précieux auxiliaire pour un
mari ; ce ne sont pas toujours les plus habiles ni les plus courageux
qui arrivent aux plus hautes dignités, ce sont souvent ceux qui ont su
se faire remarquer en haut lieu, et la femme est pour beaucoup dans les
faveurs accordées au mari.

— A la cour, elle fera comme les autres. Comment voulez-vous que
cette chère enfant, vivant dans la solitude la plus absolue, songe à se
parer? Vous pensez bien que ce n'est pas à nous à qui elle songe à plaire.
Et d'ailleurs ne, sait-elle pas que nous apprécions par dessus tout les qualités du cœur, et celles-là ne lui manquent pas. Mais jolie et intelligente
comme elle l'est, elle ne tardera pas, dès qu'elle sera à la cour, à
apprendre et suivre les règles les plus délicates de l'étiquette. Son tact
exquis nous en est un sûr garant.

— Hum ! l'étiquette ne s'apprend pas en un jour, madame ma fille,
il sera fort bon d'avertir M. de Laudun d'y veiller. Je me souviens
qu'à la cour, c'était, je crois, le 8 mai, jour de grand lever, Mme la
duchesse du Maine, qui cependant avait déjà une longue habitude de la
fréquentation des grands de la terre...

— Mais, mon père, avant d'avertir M. de Laudun, ne serait-il pas
bienséant d'attendre que Marguerite fût devenue sa femme? Il me semble que vous allez un peu vite en besogne et que vous sortez des bornes
de votre prudence habituelle.

— Sans doute, sans doute, mais cette union ne saurait tarder. La
noce se fera dans la chapelle du château, en présence de tous nos gens
et des paysans des environs; MM. de Miraman et de Calverte serviront
de témoins à votre amie; le commandeur, le baron de Verrune ainsi que
plusieurs autres gentilshommes signeront au contrat, et M. l'abbé de
Langlade, missionnaire et archiprêtre des Cévennes, a bien voulu me
promettre qu'il viendrait lui-même célébrer ce mariage que M. votre
mari, le baron de Calverte et moi avons décidé, le trouvant fort convenable à tous égards. Vous voyez que tout a été prévu et qu'il n'y a
aucune raison pour différer cette union que nous désirons tous.

— Mais si cependant Marguerite, qui est bien jeune, demandait à réfléchir avant de se lier pour toujours..... Songez que, pour une jeune
fille, le mariage est l'acte le plus grave de l'existence.

— Toutes les personnes de condition que j'ai consultées sont d'avis
que ce mariage soit différé le moins possible. Tout le monde sait qu'il
doit se faire et un retard, que rien ne justifie d'ailleurs, serait de nature
à donner à jaser aux mauvaises langues.

— Cependant, mon père, si...

— Mlle de Saint-Véran est trop bien élevée, je pense, pour qu'il soit
nécessaire de la consulter. Il suffit que tel soit le désir de sa famille
pour qu'elle s'y soumette. Elle n'est pas femme, Dieu merci ! à donner
le spectacle d'un refus que rien ne motiverait.

— Vous voyez pourtant qu'elle a refusé M. de Puymarcé, et, franchement, trouvez-vous qu'elle ait eu tort? Quant à moi, je ne saurais
l'en blâmer. Accepter une pareille union eût été faire le malheur de
toute sa vie.

— Mlle de Saint-Véran peut avoir eu raison par hasard, reprit le marquis avec hauteur, il n'en est pas moins vrai que les lois de l'étiquette sont immuables à ce sujet et je ne permettrai jamais que quelqu'un dans ma maison puisse songer un seul instant à les transgresser.

— Oh ! je ne doute pas qu'elle ne se soumette avec empressement, se hâta de dire la comtesse.

— J'en suis persuadé aussi, ma fille. Écrivez donc à M. de Miraman que je le prie d'accorder au plus tôt un congé au vicomte de Laudun et si cela est nécessaire, qu'il adresse une requête à Monseigneur le comte de Broglie, gouverneur général, pour Sa Majesté, de la province du Languedoc. Aussitôt sa réponse arrivée, j'irai moi-même solliciter les permissions nécessaires de Monseigneur l'évêque et comte d'Uzès, pour la célébration du mariage par notre allié et parent, M. l'abbé de Langlade, qui a daigné nous promettre son concours. Je vous recommande de faire toute la diligence possible. Vous me désobligeriez grandement en ne déférant pas à ce désir.

— Je n'y manquerai pas, mon père.

— Eh bien ! que ce soit aujourd'hui même. Allez, ma fille ; c'est demain que part l'exprès pour Saint-Ambroix, il est important qu'il puisse emporter votre missive.

Mme de Miraman fit une profonde révérence et se retira.

En passant devant la chambre de Marguerite, elle entendit la jeune fille qui chantait en s'accompagnant sur son clavecin. La comtesse entra et lui raconta, sans en rien omettre, la conversation qu'elle venait d'avoir avec le marquis.

Mlle de Saint-Véran l'écouta avec émotion et en rougissant un peu, mais sans faire aucune opposition. Seulement, quand son amie l'eut quittée pour aller écrire sa lettre, la jeune fille abandonnant son instrument, alla s'agenouiller devant une statuette de la Vierge, que chaque matin elle enguirlandait de fleurs des champs, et la tête entre les deux mains, elle pria longuement. Elle demandait à la mère de Jésus de la conseiller en cette grave circonstance.

Le même jour et à la même heure, pendant que l'orpheline invoquait la protection du ciel, des hommes pervers ourdissaient le plus abominable complot.

CHAPITRE VII

LES FRÈRES DE LA VENGEANCE

On touchait à la fin de l'hiver de 1701. Quatre mois s'étaient écoulés depuis l'inauguration de la verrerie d'Anduze. Quelques troubles partiels avaient eu lieu dans les hautes Cévennes, mais si peu importants que le comte Maurice de Broglie n'avait pas cru devoir envoyer de troupes de renfort et s'était contenté d'ordonner à M. de Miraman de poursuivre une bande de brigands commandée par deux scélérats, le pasteur Brousson et François Vivens, féroce fanatique qui pour obéir, disait-il, aux ordres de l'Esprit-Saint, avait assassiné de sa propre main, sur les marches de l'autel, le curé de Saint-Marcel et celui de Conqueyrac. Le gendre du marquis de Meyrargues s'était acquitté avec succès de sa mission, Vivens avait été tué les armes à la main dans le bois de Pompidou, et son complice, après avoir erré déguisé quelque temps en colporteur, avait été trahi par un faux frère dans les environs de La Rochelle, ramené chargé de fers à Montpellier et supplicié comme assassin.

Quelque courte qu'eût été l'absence de M. de Miraman, un autre fanatique du Vigan, nommé Huc, l'avait mise à profit pour surborner un certain Pic, capitaine de barbets ou soldats irréguliers qui, séduit par l'appât de l'or étranger, avait promis de livrer Saint-Ambroix aux religionnaires. La prudence et l'activité du vicomte de Laudun, gouverneur provisoire de la place, fit avorter le complot dont les deux principaux auteurs, arrêtés au moment qu'ils se préparaient à le mettre à exécution, avaient été livrés à l'inflexible Nicolas de Basville, intendant de la province, et pendus par son ordre.

Sur un autre point du diocèse, un autre aventurier protestant, Daniel Ravel, avait osé en plein jour surprendre le village isolé de Valeirargues, tuer quelques paisibles habitants, piller et brûler l'église, triste haut fait qu'il paya de sa tête. Méric, reconnu par le baron de Calverte, s'était jeté dans la montagne après avoir abjuré le catholicisme, et essayait de réunir autour de lui quelques bandits de son espèce, sous prétexte de secourir ses frères opprimés par l'intolérance religieuse. Maître Planchut continuait à recevoir le plus secrètement possible des marchands de peaux de lapins, mais n'osait plus aller à leurs assemblées. Çà et là se commettaient quelques assassinats isolés, des libelles injurieux au roi et à la religion semblaient se placarder d'eux-même la nuit jusque sur la porte des églises, de mystérieux appels à la révolte étaient répandus à profusion dans les villages, quelques soldats séduits par la promesse d'une haute paie disparaissaient sans qu'il fût possible de savoir ce qu'ils devenaient. On parlait aussi avec une vague terreur d'enfants de dix à douze ans enlevés sans qu'il fût possible d'en retrouver la trace. Du reste, les populations restaient calmes dans la plaine comme dans la montagne, et les plus ardents protestants, persuadés que le moment n'était pas encore venu, se soumettaient aux ordonnances du gouverneur.

C'était beaucoup d'or et de complots dépensés en pure perte par les réfugiés et les puissances ennemies de la France qui les protégaient. La société des Vengeurs s'en émut, ses commissaires firent recommander la plus grande prudence par leurs agents et convoquèrent une assemblée générale des enfants de Dieu à Genève, pour le 1er mars. Pendant un mois, il y eut un tel calme en Languedoc qu'on eût dit qu'il n'y avait plus un seul protestant. Le comte de Broglie s'y laissa tromper et licencia une partie de ses troupes. Seul, M. de Basville devina que ce calme annonçait l'orage.

Cet orage devait être une effroyable tempête.

Tous les États protestants tenaient à se faire représenter au congrès extraordinaire des Vengeurs, auquel se rendirent en grand nombre les députés des huguenots de France et particulièrement des Cévennes.

Le local choisi pour la réunion était une des plus vaste salles de l'ancien hotel-de-ville de Genève. Rien n'avait été épargné pour donner à la solennité un aspect imposant et lugubre.

Au-dessous des tribunes réservées au public génevois et aux étrangers, des gradins disposés en demi-cercle occupaient trois des côtés de la salle, dont les commissaires avaient réservé le fond pour y placer, sur le côté de l'estrade du président, une tribune drapée de noir et un billot recouvert d'un drap rouge sur lequel, entre une hache et une palme, symbole de supplice et de victoire, était posée une Bible, dont la première page portait écrits, en caractères de sang, les noms de Vivens, Brousson, Huc et autres, chefs de brigands métamorphosés pour la circonstance en généreux confesseurs de la foi persécutée.

En passant devant ce billot pour gagner les places qui leur étaient réservées, chaque conjuré, vêtu de deuil et un crêpe au chapeau, saluait les martyrs et étendant la main sur le livre sacré, jurait de les venger.

Plus de trois cents frères avaient ainsi défilé en prononçant le terrible serment de haine au catholicisme, haine à la patrie, quand le président, s'agenouillant sur l'estrade, entonna un psaume pour appeler les lumières de l'esprit et déclara la séance ouverte.

Elle commença par un violent discours du ministre Espérandieu, une sorte de réquisitoire furibond contre les crimes de Louis XIV et de tous les catholiques sans exception. « Les temps de l'abomination et de la désolation prédits par les prophète sont arrivés, s'écria l'orateur en terminant sa harangue. Réveille-toi, ô Israël! réveille-toi! brise de tes mains robustes les honteuses entraves dont l'impie Pharaon a osé charger tes épaules! Lève-toi dans ta force devant le Seigneur et tes ennemis seront frappés de stupeur, ils se voileront la face avec terreur et leurs dents se choqueront d'épouvante! Réveille-toi! le sang du juste a coulé sur la terre des impies. Israël, vengeance! vengeance! »

Un seul cri, sorti de cinq cents poitrines, répéta : Vengeance! vengeance! On eût dit le grondement du tonnerre.

« Oui, vengeance! reprit le président d'une voix pleine de larmes, nous la voulons, cette vengeance, car elle est plus qu'un droit, elle est un devoir. Mais vous, frères de France, vous sur qui nous comptions pour obtenir justice, voici quinze ans que vous dormez d'un sommeil coupable, quinze ans que vous courbez honteusement le front devant l'idole de Baal. Honte sur vous, frères de la plaine, honte sur vous, frères de la montagne. »

Il se fit un frémissement dans l'assemblée.

Un jeune homme se leva et dit : « Je suis député de la plaine, et au nom de mes frères absents, je proteste. Que le crime d'apostasie ne retombe pas sur nous. Dans nos villes peuplées de soldats du tyran, dans nos campagnes ouvertes de tous côtés à ses armées, la révolte serait l'extermination. C'est sur les hauteurs inaccessibles des rochers, dans les sombres forêts de la montagne que doit être arboré l'étendard de la liberté, poussé le cri de délivrance. Que les montagnards se soulèvent, et nous sommes prêts à leur venir en aide de notre or et de notre sang. Il y a longtemps que nous attendons. Les rochers restent déserts et les forêts silencieuses. Les Cévenoles avaient autrefois du sang dans le cœur, ils n'ont plus aujourd'hui que des larmes dans les yeux. Encouragés par tant de lâcheté, les hordes d'assassins soudoyés par l'infâme Louis ont redoublé de violence, les enfants sont arrachés des bras de leurs mères éplorées, les ronces et les épines poussent sur les ruines des temples détruits, le sang coule sur les échafauds, les flammes des bûchers éclairent de leurs sinistres lueurs les places publiques de Nîmes et de Montpellier. Basville le grand persécuteur, Basville le bras droit de l'Antechrist, triomphe dans son orgueil, et pour compléter sa victoire, lâche dans les montagnes des bandes de prêtres papistes, loups exterminateurs qui, sous prétexte de convertir le troupeau, dévorent sans pitié les faibles brebis. Encore quelques mois, et je le dis avec douleur, de la religion de Calvin il ne restera en France que le souvenir, de ses temples que les débris. Honte donc aux Cévenoles, cause première de tous nos malheurs ! »

— Honte ! honte ! répétèrent plusieurs voix.

Il y eut un murmure de colère au banc des députés de la montagne, sur qui tous les yeux étaient tournés.

Le jeune homme s'était rassis en jetant sur l'un des montagnards un regard de haine et de triomphe.

Celui-ci se leva à son tour. C'était une sorte de géant aux épaules carrées, à la tête de lion, fièrement drapé dans sa couverture de laine brune, les pieds chaussés de sandales de cordes, un bâton noueux ou plutôt une massue en bois de houx, suspendue au poignet par un cordon de cuir ; il s'avança lentement vers la tribune, promena sur l'assemblée un regard sévère et secouant sa chevelure épaisse comme une crinière, fit craquer les planches en les frappant de son poing nu pour commander le silence.

« Frères, dit-il d'une voix calme mais vibrante, mon oreille a entendu des mots qu'un montagnard ne saurait souffrir. Je suis Cévenole, j'ai combattu pour la foi, voici la marque du Seigneur. Et il montra sa main gauche à laquelle manquaient deux doigts, calcinés par la mèche soufrée dont les avait entourés le bourreau. J'ai passé huit mois dans un cachot, j'ai assisté au supplice du martyr Brousson, j'ai enseveli dans les bois de l'Aigoal mon père tombé sous les balles des papistes, j'ai mis le feu à trois églises, tué plusieurs soldats du tyran, arraché le cœur à un prêtre romain. J'ai le droit de parler et d'être cru, moi, Ébénézer, plus que ce député de la plaine qui ose traiter de lâches des hommes dont un seul ferait trembler dix enfants comme lui. »

— Les enfants comme moi n'ont pas l'habitude de trembler devant des hommes comme toi, interrompit le député de la plaine, pourpre de colère et de dépit ; si tu t'appelles Ébénézer, moi je suis Jean Cavalier.

— Y a-t-il parmi nos frères quelqu'un qui ait entendu parler de ce nouveau Machabée qui s'appelle Jean Cavalier ? demanda Ébénézer d'un air de mépris.

— C'est un ancien porcher, devenu pour la plus grande gloire du Seigneur garçon boulanger dans un petit village, répondit une voix.

Il y eut des sourires de moquerie dans l'assemblée. Cavalier, blessé dans son orgueil, écumait de rage. « Mieux vaut être porcher et boulanger que traître à sa religion », cria-t-il en montrant le poing à l'orateur.

Un inexprimable tumulte suivit cette violente apostrophe. Vous êtes des insolents et des ingrats, criaient les uns. Vous êtes des lâches et des traîtres, hurlaient les autres.

Un moment on put croire que la dispute dégénérait en combat ; les provocations se croisaient dans tous les sens. Le président ordonna de voiler d'un crêpe le portrait de Calvin et se couvrit.

Il se fit un moment de silence.

L'orateur profita de ce répit inattendu et reprit : « Non, les Cévenoles

Daniel Ravel avait osé piller et brûler l'église..... (*Voir page 74.*)

ne sont ni traîtres, ni lâches, mais le Seigneur a dit : Parce que vous
avez péché, je vous livrerai à la fureur de vos ennemis, et la lumière
d'Israël sera obcurcie jusqu'au jour où mon ange viendra, qui fera dans
le ciel des signes merveilleux, et alors je me ressouviendrai de mon
peuple. Que nous importent l'or et les promesses? Dieu n'a pas besoin
pour vaincre de secours étrangers. Que sa voix se fasse entendre, et le
lion des Cévennes rugira d'une manière terrible. Il se dressera sur ses
membres puissants, le sang de la colère rougira ses yeux, il bondira
sur ses ennemis et se rira de leurs flèches, alors on entendra de grands
cris de douleur dans le camp des Philistins, et les loups s'engraisseront
des cadavres des infidèles, les corbeaux et les vautours planeront en
tournoyant sur ce qui fut le camp de Sennachérib, et l'orgueil de l'impie
sera abaissé. Jusque-là ne cherchez pas à ébranler les fidèles de la montagne, ce serait tenter Dieu. Au nom de mes frères, je vous le dis, tant
qu'un signe visible du Seigneur ne paraîtra point dans le ciel, pas une
main ne se lèvera contre l'oppresseur. »

Les huées et les vociférations recommencèrent.

— C'est trahir la cause du Seigneur !

— C'est une excuse à la lâcheté !

— C'est un faux frère !

— Un traître vendu à Basville !

— Un renégat !

Cavalier se faisait remarquer entre tous par sa violence.

Le Cévenole, toujours debout à la tribune, les mains croisées sur son
bâton, ferme et immobile comme un rocher battu par les vagues, attendait pour y répondre les questions qu'il plairait de lui adresser et semblait dédaigner les insultes.

« Eh ! quoi frères, s'écria le ministre Flottard, Français au service de
l'Angleterre, en s'avançant au bord de l'estrade, allons-nous tourner
contre nous-mêmes nos propres forces ? Est-ce à nous à combler de joie
par nos déchirements nos infâmes persécuteurs ? Au lieu de nous diviser,

unissons nos efforts. Frère Cavalier, et vous Ébénézer, au nom de notre religion persécutée, au nom des martyrs morts dans les tourments pour soutenir notre sainte cause, joignez vos mains en signe d'alliance sur ce livre sacré, qu'il n'y ait plus ici que des vengeurs sans distinction de plaines et de montagnes.»

Des applaudissements saluèrent ces paroles. Les deux rivaux obéirent et se serrèrent la main, avec une répugnance marquée.

— Si le ciel envoyait des prophètes à nos frères endormis, comme il en envoya à Israël pour le tirer de la terre d'Égypte, les montagnards prendraient-ils les armes? demanda une voix partie du fond de la salle.

Le géant releva la tête : « Beaucoup, dit-il, se donnent comme prophètes qui ne le sont pas, mais que Dieu leur mette un signe au front, et la terre tremblera sous nos pas. Les faux brilleront dans les airs comme l'éclair de la vengeance. Les ennemis du Seigneur, frappés d'épouvante, tomberont sous nos coups et leur sang écumera sous les pieds des enfants de lumière comme le jus du raisin dans le pressoir. »

— Retourne donc vers la montagne, reprit la voix, et dis à tous les fidèles : Levez les yeux vers le ciel, car le jour de la délivrance est proche. Voici venir les prophètes du Seigneur.

Un mouvement électrique parcourut la salle. On eût dit un avertissement venu d'en haut, tant la parole qui venait de résonner était grave et solennelle. Le Cévenole lui-même tressaillit.

Un homme vêtu de noir, au front chauve et élevé, les yeux brillants, d'une lueur étrange, les joues creusées par l'étude et les privations, s'avança lentement en face de la tribune, en gravit les degrés et appuyant sa main sur l'épaule du paysan : «Oui, frère, continua-t-il, les jours du Pharaon sont comptés, la coupe de colère va déborder sur l'impie. Écoutez : avant que la moisson qui verdit dans nos champs soit tombée sous la faucille, les prophètes marqués au front de la marque du Seigneur pousseront dans la montagne le cri de la délivrance. Ébénézer, vas, et dis aux pâtres et aux pasteurs : Le froment est mûr, aiguisez vos faux pour le couper, préparez l'aire pour étendre les gerbes ; le raisin est mûr, aiguisez vos couteaux et appelez les vendangeurs pour fouler aux pieds le marc écumeux. »

— A quel signe reconnaîtrons-nous les prophètes ? s'écria le Cévenole fasciné et presque tremblant sous le regard ardent de celui qui parlait avec tant d'assurance.

— Quand les branches du figuier se gonflent, c'est que le printemps approche. Quand tu verras des signes briller dans le ciel pendant l'obscurité des nuits, c'est que les prophètes auront déjà paru dans la montagne. Leurs chevelures seront resplendissantes de lumière, leurs vêtements blancs auront l'éclat de la lune quand elle se lève à l'horizon, et leur puissance sera grande sur la terre et sur les eaux.

— Frère, murmura le paysan épouvanté, jure-moi sur la Bible que tu ne me trompes pas.

— Te tromper, moi ! Comment le pourrais-je ? C'est dans le ciel que les signes brilleront, c'est au ciel seul que tu dois obéir. Mais puisque tu doutes encore, viens seul ou accompagné, au commencement du mois de juillet, à la verrière d'Anduze, et demande le frère du Serre ; c'est moi. Je t'attendrai, et avec la permission de l'Esprit, tu seras convaincu.

— J'y serai, s'écria Ébénézer, et le lendemain, du haut de la montagne, dix mille soldats du Seigneur se lèveront comme un seul homme, prêts à vaincre et à mourir.

A cette promesse de vengeance, qui flattait les espérances du parti vaincu et celles des puissances étrangères, les applaudissements éclatèrent de toutes parts. Dans l'enthousiasme général, personne ne songea à suspecter les paroles du gentilhomme verrier.

Les principaux chefs des conjurés profitèrent de ces dispositions pour prendre de nouvelles mesures. Sur l'invitation du président, plusieurs orateurs se succédèrent à la tribune pour y dénoncer les plus redoutables adversaires du protestantisme et dresser une liste de proscription.

Flottard le premier prit la parole : « Avant de nous séparer, dit-il, pour ne plus nous retrouver que sur les champs de bataille, il nous reste un devoir à remplir. Le sang demande le sang. Ceux qui ont péri par la hache doivent être vengés par le poignard. C'est par ordre de Broglie et de Basville que le généreux Brousson a été torturé. Frères, je propose que Broglie et Basville soient voués à la mort infâme, à la mort par la main de l'un de nos exterminateurs. »

— Périssent Broglie et Basville! hurlèrent les conjurés.

Un tableau avait été préparé d'avance. Les deux noms y furent inscrits.

A Flottard succéda du Serre : « Deux hommes, fit-il de sa voix lente et austère, François de Langlade du Chayla, prieur de Laval, archiprêtre des Cévennes, et l'aventurier Poulx, l'un par la parole, l'autre par l'épée, ont causé plus de maux à la religion réformée que le Pharaon et tous ses sicaires, ils méritent mille fois la mort. Que leurs crimes reçoivent leur punition. »

— Périssent l'archiprêtre et le bandit son complice! répondirent les vengeurs.

Deux nouveaux noms furent inscrits.

Un troisième accusateur s'élança impétueusement à la tribune, où son apparition fut saluée par un murmure d'étonnement. Ce frère c'était Méric de Puymarcé. « Vivens lui aussi, cria-t-il d'une voix tonnante, est tombé sous les coups des brigands; ces brigands je les connais et je demande leur mort. Que le martyr Vivens soit vengé par le poignard sur l'infâme Miraman et sur son complice Laudun. »

— A mort Miraman et Laudun! répéta la foule.

A chaque nouveau nom, jeté du haut de la tribune à cette meute de bandits altérés de sang, le seul mot de mort! mort! répondait comme un lugubre écho. Les assassins, enivrés par leur propre fureur, battaient des mains et trépignaient avec fureur. La lugubre liste s'allongeait toujours, des poignards brillaient aux mains des plus forcenés, ce n'était plus une assemblée de conspirateurs, c'était une orgie d'assassins.

Chaque frère tenait à honneur de proposer des victimes. Jean Cavalier avait demandé la proscription du baron de Calverte et celle du marquis de Meyrargues, Roland celle de Fimarcon, le féroce Castanet celle de l'évêque Fléchier. Plus les condamnations se multipliaient, plus les dénonciateurs se pressaient au pied de la tribune. Tout vengeur voulait avoir ses proscrits. Cette émulation sanguinaire menaçait de dégénérer en tumulte. Le but des conspirateurs réfugiés était atteint; le président des Vengeurs, craignant qu'il ne fût dépassé, se couvrit de nouveau, et peu à peu, comme une tempête qui s'éloigne, la foule s'écoula lentement avec un sourd murmure dans les rues, que les ombres de la nuit commençaient à envahir.

CHAPITRE VIII

DANS LES BOIS

Si les nuages précurseurs de l'orage s'amoncelaient du côté de la Suisse, le ciel était pur et souriant à Sainte-Anastasy. Là, nul autre bruit que le murmure lointain des cascades, le chant des oiseaux dans les bois et le joyeux bêlement des troupeaux répandus sur la bruyère. Le printemps, en enfant prodigue, hâté de dépenser, jetait, sans compter, son or aux genêts, son argent aux aubépines. Les taillis étaient devenus des fouillis de verdure, peuplés de nids de fauvettes et de rossignols, chaque fissure de rocher avait son bouquet de campanules bleues ou de liserons pourpres, chaque buisson avait son parfum, il neigeait des fleurs sous chaque amandier.

Quelque prudent que fût naturellement le marquis de Meyrargues, il ne put cependant résister à l'opinion générale, et sans croire que tout danger eût encore disparu, il se laissa cependant persuader que ce danger s'était singulièrement amoindri. De cette conviction au relâchement d'une surveillance trop minutieuse, il n'y avait qu'un pas, et, peu à peu, ce pas fut franchi.

Méric, devenu protestant, s'était fait justice à lui-même en allant cacher sa honte et son infamie dans les montagnes des Cévennes. Le marquis savait par M. de Miraman qu'on l'avait vu errant de village en village dans le haut Vivarais, en compagnie de la huguenote pour laquelle sa passion insensée lui avait fait trahir ses devoirs de chrétien, d'époux et de gentilhomme. Il n'y avait donc plus rien à craindre de ce misérable tombé au rang des vulgaires bandits.

D'un autre côté, bien que les assemblées secrètes eussent à peu près cessé du côté de Saint-Ambroix et de Portes, les nécessités du service du roi enchaînaient le comte de Miraman et ne lui permettaient pas de hâter, comme il l'eût vivement désiré, l'union de sa pupille avec le vicomte de Laudun, spécialement chargé de parcourir les villages suspects et d'en surveiller les habitants.

Ces retards obligés prolongeaient outre mesure la captivité de Marguerite. La cage dans laquelle la colombe avait cherché un refuge contre le milan, était trop étroite pour elle. Continuer à l'y retenir par excès de prévoyance, devenait une véritable imprudence dont les suites eussent pu devenir funestes.

Longtemps le vieillard n'avait pas soupçonné ce danger ; habitué à voir chaque jour Mlle de Saint-Véran, il ne s'apercevait pas que de jour en jour les joues de la jeune fille se décoloraient, que ses yeux perdaient en limpidité ce qu'ils gagnaient en éclat.

— Prenez garde, lui dit un jour le sire de Castellane qui, n'ayant pas grande occupation dans sa commanderie de Lavernède, venait souvent au château, votre jeune prisonnière change à vue d'œil, le grand air et l'exercice sont nécessaires à notre âge, au sien ils sont indispensables. Je la trouve extrêmement changée, on dirait une lampe qui s'éteint.

Ces quelques mots furent toute une révélation; en regardant avec plus d'attention, au dîner, Mlle de Saint-Véran, placée en face de lui, le marquis fut effrayé de l'altération de ses traits.

— Que faire? demanda-t-il au commandeur en quittant la table.

M. de Castellane étendit la main vers la campagne et répondit :

— Voici le remède.

— Quel remède ?

— La liberté.

Le marquis courba la tête, fit quelques pas en silence, puis s'arrêtant subitement :

— La liberté, murmura-t-il, oui, sans doute... mais avec qui? Je suis trop vieux pour l'accompagner dans ses promenades, ma fille trop occupée, Olivier trop jeune, d'ailleurs cela ne conviendrait pas.

Il se remit à marcher fiévreusement, puis s'arrêta soudain :

— Mariez-la bientôt, me disait le baron de Calverte; et il avait raison, s'écria-t-il avec amertume,

— Non, dit le commandeur, il avait tort.

— Tort, et pourquoi?

— Parce que, il faut attendre que le mariage soit possible.

— Sans doute, sans doute, c'est ce qu'il disait: Mariez-la le plus tôt possible. Le plus tôt possible, quand arrivera-t-il, ce plus tôt? et en attendant elle dépérit.

Le commandeur avait soixante-dix ans et les cheveux blancs, mais c'était un de ces hommes qui, à force d'énergie, savent ne pas vieillir ; ancien officier de cavalerie, il montait à cheval comme au temps où il portait le costume de mousquetaire du roi.

— Faute de mieux, voulez-vous me faire agréer comme écuyer-cava
cadour de Mlle de Saint-Véran? dit-il au marquis.

M. de Meyrargues le regarda avec étonnement, car il était loin
s'attendre à une semblable proposition.

— Votre charmante protégée, à laquelle je montrais quelques fleu
de mon herbier la semaine dernière, m'a témoigné le désir qu'elle aur
d'herboriser; c'est assurément la plus innocente occupation et e
deviendrait facilement l'occasion de très salutaires promenades.

— Mais vous avez raison, cher commandeur, parfaitement raisc
d'autant plus qu'avec la botanique pour but, vous pourrez éviter
grandes routes, que je n'aime pas trop depuis l'aventure de Monteils.

— Reste la question des chevaux.

— J'en ai un parfaitement sûr, le second est plus ardent et même
peu difficile, mais n'importe; Olivier, qui le montera, monterait,
crois, le diable en personne. Il pourrait se faire accompagner par
chiens, dont, en cas de besoin, les longs crocs seraient d'excelle
auxiliaires. Oui, en vérité, votre idée est bonne, et si je ne craigr
pas d'abuser......

— Alors, c'est convenu. Dès à présent je suis le cavalier servant
Mlle de Saint-Véran. Pendant que nous herboriserons, votre piqu
gardera nos chevaux, et nous le chargerons de rapporter notre mois
de fleurs au château, sauf toutefois les roses, dont Mlle Marguerit
manquera pas d'enrichir son teint.

— Charmant! charmant! comme disait le duc de Penthièvre,
aimable courtisan que vous avez dû connaître à Versailles, reprit le n
quis en belle humeur, vos promenades parfumées rappelleront celle
Mentor et de Télémaque dans l'île de Calypso.

— Hélas! fit le commandeur, je crains bien que si M. de Cam
nous rencontrait, il ne me comparât plutôt à Saturne veillant sur l'Auro

— Cette impertinente comparaison me remet en mémoire, cher c
mandeur, une anecdote fort piquante qui me fut contée par M. le g

veneur, répliqua le marquis; et profitant de cette heureuse occasion, il se lança à corps perdu dans ses chers récits.

Pendant cette conversation ou plutôt ce monologue, car M. de Meyrargues laissait rarement à ses auditeurs le loisir de placer autre chose qu'un monosyllabe approbatif, Marguerite, assise sur un banc de pierre, écoutait avec un intérêt beaucoup plus réel la lecture d'une lettre apportée par l'exprès de Saint-Ambroix. Le comte y parlait longuement de M. de Laudun, des services qu'il avait rendus. « Je ne doute pas, disait-il, qu'avec un pareil mari notre chère pupille ne soit heureuse. Ses sentiments sont élevés, son âme noble et pleine de généreux sentiments. Depuis qu'il est question de lui pour notre Marguerite, je l'étudie avec soin, et plus je l'examine, plus je découvre en lui de qualités solides. Son amour n'est, j'en suis certain, ni une affection vulgaire et banale, ni un de ces feux de paille qui s'éteignent en un moment. » — Et toi, friponne, interrompit la comtesse en regardant son amie qui rougissait moins d'embarras que d'émotion, es-tu bien sincère et bien sérieuse? Et sans attendre sa réponse, elle reprit : « Je comprends votre désir de hâter un mariage si désirable et si bien assorti, malheureusement les ordres de M. de Broglie ne me permettent pas, quant à présent, de donner un congé à M. de Laudun; il a eu le tort de si bien faire, qu'il s'est rendu indispensable. On en use et on en abuse. »

— C'est toujours comme cela, murmura Marguerite.

— Aimerais-tu mieux, par exemple, que le vicomte fût une des précieuses inutilités et nullités de Versailles? demanda la comtesse.

— Oh! certes, non! fit la jeune fille.

« Nous partons demain pour Barju, continua Mme de Miraman en reprenant sa lecture, de là M. de Laudun ira à...., mais je m'arrête, j'allais vous révéler des secrets d'État. » Le mot secret d'État était souligné. Évidemment c'était une plaisanterie, mais le comte n'en disait pas davantage, et laissant à dessein dans le vague le plus complet l'époque du retour, il finissait par ces mots : « Embrassez pour moi nos deux petits anges, qu'il me tarde tant de revoir. Je baise les mains de Mlle de Saint-Véran. M. de Laudun me prie de mettre ses respects à vos pieds, c'est une manière polie de se rappeler à votre gracieux souvenir. Je le fais, mais en vérité, est-ce bien nécessaire ? »

— Il sait bien que non, répondit naïvement Mlle de Saint-Véran. Et attirant dans ses bras l'aînée des deux enfants qui jouait près d'elle, elle l'embrassa tendrement.

— Il me semble que tu aimes bien mes enfants aujourd'hui, remarqua Mme de Miraman.

Marguerite rougit beaucoup, mais ne répondit pas.

En ce moment le marquis, à bout d'historiettes, se rapprochait du banc.

— Savez-vous bien, mesdames, dit-il en s'appuyant sur sa longue canne, la merveilleuse idée que vient d'avoir M. de Castellane ?

— M. le commandeur ne pouvant avoir que d'excellentes idées, il nous est impossible de deviner, répondit gracieusement Mme de Miraman.

— Si ce n'est raillerie, madame la comtesse, c'est assurément flatterie, fit M. de Castellane en s'inclinant.

— Eh bien ! puisque vous renoncez à le deviner, je vais vous le dire, continua le marquis. M. le commandeur, touché des rigueurs de votre captivité, songe sérieusement à vous enlever.

— Enlever est un mot que je ne puis accepter, se hâta de reprendre le commandeur, mon rôle est plus humble et je sollicite seulement l'honneur d'être votre écuyer servant dans les promenades qu'il vous plairait de faire dans les environs.

— Des promenades dans les environs ! oh ! quel plaisir ! s'écria Marguerite, toujours incapable de réprimer un premier mouvement.

— Je puis donc me flatter que ma proposition vous agrée et que vous l'acceptez ? dit M. de Castellane.

— De tout mon cœur ! monsieur, s'écria la jeune fille. A moins, dit-elle en se reprenant, que ma bonne cousine ne puisse ou ne veuille être de nos excursions.

Les paysans huguenots lui apportaient furtivemeut des vivres... (*Voir page* 93.)

— Chère Marguerite, je voudrai toujours, et je pourrai souvent, je l'espère, prendre ma part du plaisir que veut bien nous offrir M. le commandeur.

— Ainsi, pas d'objection ? s'écria le marquis, charmé du succès de sa proposition.

— Aucune, vous voyez, monsieur.

Dès le lendemain, les promenades commencèrent.

Le soir du même jour, les deux dames rentraient au château, un peu fatiguées, mais charmées de leur course à travers la campagne et les bois. Marguerite surtout était radieuse, jamais elle n'avait trouvé la nature si belle, les fleurs si parfumées, les gazons si verts, les bois si ombreux. Elle fit à sa fidèle Brigitte une description si enthousiaste des environs de Sainte-Anastasy que la Provençale, qui d'abord avait paru peu goûter pour sa chère maîtresse ce genre de plaisir, finit, en la voyant si heureuse, par trouver qu'après tout l'idée du commandeur n'était pas si mauvaise.

Pendant que Mlle de Saint-Véran, se promenant insouciante et heureuse dans les bois de Sainte-Anastasy, cherchait des fleurs et retrouvait sa santé, les bandits de la côte de Monteils erraient aussi dans les forêts et dans les gorges des Cévennes, mais pour une tout autre cause.

Méric, reconnu par M. de Calverte, et la Jeunesse, dont la tête avait été mise à prix par M. le comte de Broglie, se cachaient dans les montagnes les plus sauvages, beaucoup moins occupés à cueillir des fleurs nouvellement écloses qu'à éviter la rencontre des dragons envoyés à leur poursuite. Plus heureux par suite de leur précaire incognito, Ravanel et Tortilia, l'un à Uzès, l'autre à Alais, surveillaient les mouvements de M. de Calverte et du marquis de Meyrargues. Beulaigne attendait à Rochegude l'occasion de se venger de M. de Miraman, dont le seul tort était de n'avoir pas reconnu ce monstre et de lui avoir rendu la liberté après avoir eu la bonne fortune de l'arrêter. Planchut continuait à trembler et à espionner. Cavalier, toujours en mouvement, organisait la jeunesse protestante dans les villages et dissimulait au profit de sa popularité son ambition personnelle sous le masque du zèle religieux.

Le plus maltraité de la bande, Torte-Gueule, grièvement blessé à la jambe gauche et abandonné de ses complices, s'était, après le départ des dragons, traîné avec des peines infinies jusque dans les épaisses garrigues de Bourdic, où les paysans huguenots, dressés par leurs ministres à vénérer comme martyr de l'intolérance chaque scélérat que ses crimes obligaient à se dérober à la justice, lui apportaient furtivement des vivres dans le creux du rocher qu'il s'était choisi comme retraite.

En venant chercher un refuge dans cette caverne, le soldat déserteur ne songeait certes pas à tendre une nouvelle embuscade à Mlle de Saint-Véran. Sa récente mésaventure l'avait singulièrement refroidi sur le chapitre des enlèvements, et s'il avait de légitimes sujets de se plaindre de quelqu'un, c'était bien plutôt de Méric et de Ravanel, que de la jeune fille, cause plus qu'innocente de la blessure qu'il avait reçue. Protestant beaucoup plus par calcul que par conviction, l'ex-soldat ne se cachait que pour n'être pas reconnu et renvoyé, comme déserteur, ramer sur les galères du Roi, et s'il attendait avec impatience sa guérison, ce n'était que pour passer à l'étranger comme soldat d'aventure, ou si quelque rebellion venait à éclater en France, pour se ranger dans le parti le mieux disposé à payer ses services.

N'avoir ni Dieu, ni patrie, ni famille, se procurer par tous les moyens le plus d'argent et de grossières jouissances possibles, éviter le plus longtemps que faire se pourrait la potence, en commettant tous les crimes qui y conduisent, telle était la philosophie du blessé et celle de ses dignes compagnons.

Bien qu'avançant lentement, la convalescence avait fini par arriver, la plaie de la jambe était cicatrisée et le moment approchait où Mathias pourrait reprendre sa vie de débauche et d'aventure. On comprend que la résignation chrétienne ne devait pas être une des vertus du bandit. Le silence et la solitude des bois, la lecture des psaumes qu'il fallait bien cependant connaître un peu pour jouer le rôle de chrétien de la primitive Église, la frugalité des repas et surtout l'usage à peu près exclusif de l'eau claire étaient pour lui une pénitence involontaire et qu'il trouvait au-dessus des forces humaines. Il eut échangé avec bonheur tous les livres de prières pour un jeu de cartes et donné le Gardon en entier pour une cruche de bon vin.

Torte-Gueule s'ennuyait donc formidablement; c'était une occasion excellente pour qui eût désiré louer ses services.

Le gibier abonde dans les garrigues de Bourdic. Ne pouvant pour le moment se faire voleur de grands chemins ou pilleur d'églises, ce qui eût été encore plus lucratif, le routier se fit braconnier; c'était au moins une manière d'améliorer son ordinaire. Puis il pouvait arriver que sur la route d'Uzès à Moussac, qui traverse le bois, une bonne occasion vint à s'offrir de dépouiller sans danger quelque voyageur isolé, et dans sa triste position, Torte-Gueule, n'était pas homme à dédaigner les petits profits.

Un jour donc que le braconnier retournait a son rocher, rapportant le produit d'une chasse assez heureuse, il aperçut de loin, à travers les arbres, un cavalier qui se dirigeait vers Moussac. Le bois était fourré, l'homme seul, l'endroit désert. Torte-Gueule posa sa besace au pied d'un chêne vert, passa une épingle dans la lumière de son fusil, coula une balle par-dessus la charge de plomb et attendit, prêt à dire, suivant la circonstance, au voyageur : Dieu vous conduise, ou bien : La bourse ou la vie.

L'homme avançait sans défiance, au petit trot de sa monture.

Torte-Gueule, caché dans l'herbe, la crosse de son arme appuyée à l'épaule, le doigt sur la détente, n'attendait pour tirer que de voir son gibier à bonne portée.

Le cavalier avançait toujours.

Il n'était plus qu'à cinquante pas.

— Hum! fit le routier désappointé, cette allure et ce costume ne

promettent rien de bon, ce ne peut être qu'un procureur ou un médecin, le merle ne vaut pas la charge, et posant son fusil, il s'assit au
pied de l'arbre.

Tout à coup ses traits se détendirent.

— Eh! bonjour, compère, cria-t-il au cavalier.

Celui-ci, brusquement interpellé, tressaillit et talonna instinctivement
son cheval, tout en jetant un regard inquiet sur cet ami peu désiré que
la Providence lui envoyait au milieu d'un bois.

— Alors, tu ne me reconnais pas? fit Torte-Gueule éclatant de rire.

— Le fait est, dit Tortilia en s'arrêtant aussitôt, que je ne m'attendais pas à vous rencontrer.

— Pourquoi pas : à l'honneur de vous rencontrer? répliqua le soldat
blessé dans son amour-propre, je croyais qu'ayant fait ensemble la campagne de Monteils, nous pouvions bien nous tutoyer comme de bons
camarades.

— Chut! ce nom ne doit pas même être prononcé dans un bois, dit
l'homme de loi toujours prudent.

— A moins que le Calverte ne soit perché dans un arbre, je ne suppose pas qu'il puisse nous entendre.

Tortilia mit pied à terre, attacha son cheval à un buisson et prit place
sur le gazon près de son ami.

— Par quel hasard es-tu ici? lui demanda-t-il.

— Peuh ! en attendant mieux, je chasse sur mes terres.

— Le long des routes, remarqua Tortilia.

— Et toi?

— Moi, je continue à m'occuper d'affaires pour mes clients.

— Alors, nous sommes toujours dans la même partie.

— Comment cela?

— Eh ! je crois qu'entre tes mains une plume est aussi dangereuse
qu'un fusil entre les miennes.

L'homme de loi grimaça un sourire.

— Puisque nous sommes réunis, dit-il, si nous causions affaires?
Le bandit secoua les oreilles.

— Y a-t-il à gagner? fit-il.

— De l'or à remplir ton escarcelle.

— Alors, causons. De quoi s'agit-il?

— D'une partie de chasse.

— Au tigre ou au lion ?

— Rien qu'à la colombe.

— Peste! c'est plus dangereux, si c'est la colombe que nous avons
déjà manquée une fois.

— Celle-là même, mais cette fois c'est moi qui monte le coup.

— Si nous nous enfoncions dans le bois, nous serions plus sûrs de
n'être pas dérangés, dit Torte-Gueule en se levant.

Tortilia détacha le cheval sans répondre, et ils disparurent dans les
taillis.

CHAPITRE IX

LES INVENTIONS DE FRÈRE BERNARD

Il n'y avait que quelques jours que Guillaume du Serre avait quitté Genève, lorsque, le lendemain même de son arrivée à Anduze, il se présenta chez le gouverneur de la ville pour lui offrir ses civilités.

Le gouverneur était un vieux soldat, homme d'honneur, parfaitement intègre, mais peu clairvoyant, quoiqu'il se persuadât qu'après Richelieu la France n'eût point eu son égal en fait d'habileté diplomatique.

Le gentilhomme verrier fut introduit.

— J'arrive de voyage, dit-il à M. le chevalier de Mornas, et ma première visite a été pour vous.

— Je vous suis infiniment obligé de votre courtois empressement, répondit gracieusement le gouverneur, en l'invitant à s'asseoir; y aurait-il indiscrétion à vous demander d'où vous arrivez ?

— De Genève, M. le gouverneur.

— Ah ! fit celui-ci en jetant à la dérobée un regard soupçonneux sur son visiteur, vous étiez en pays ennemi.

— Je ne m'en suis pas aperçu, répondit simplement le verrier.

— Et quelles nouvelles rapportez-vous ?

— D'assez mauvaises.

— Vraiment ! contez-moi cela, continua le gouverneur en rapprochant son fauteuil et en baissant la voix d'un air de mystère.

— Très mauvaises même, reprit du Serre, et vous pourrez en juger : le verre fin a considérablement baissé de prix, et une nouvelle société se forme pour la taillerie du cristal.

— Et c'est là ce que vous appelez de mauvaises nouvelles ? interrompit le gouverneur désappointé.

— Mais sans nul doute, continua du Serre le plus naturellement du monde, Genève est un de nos principaux débouchés, et la baisse du verre porte un coup sensible à notre industrie.

— Oui, je le crois, c'est-à-dire je le pense, car, voyez-vous, je suis assez incompétent dans ces matières-là.... La taillerie du cristal, c'est très important, certainement, mais vous avez dû apprendre autre chose.

— En effet, et j'allais vous en parler; j'ai, et ce n'a pas été sans peine, surpris un secret des plus importants pour la France.

Le chevalier était tout oreilles.

— C'est, continua le gentilhomme huguenot, un nouveau mode de coloration pour les émaux. En mélangeant en certaines proportions le cobalt et le minium, on obtient des produits vraiment magnifiques..

— Sans doute, sans doute, c'est une fort belle découverte. Et, dites-moi, y a-t-il toujours beaucoup de réfugiés français à Genève ? demanda M. de Mornas, décidé à mettre la conversation sur le terrain de la politique.

— Comme par le passé, je le suppose, un peu plus, un peu moins, je ne saurais le dire, répliqua du Serre de l'air le plus parfaitement indifférent. Entre mes mains, ce secret pourrait devenir une fortune. Je vais m'occuper de l'appliquer dans ma verrerie, et je serais bien heureux si vous daigniez assister à nos premiers essais.

— Au diable les verres et les émaux, pensa le chevalier, et du ton le plus gracieux : Je n'y manquerai pas, soyez-en sûr, et ce sera avec un vif intérêt, car j'aime beaucoup l'industrie. De quel œil les Génevois regardent-ils ce qui se passe en France ?

— D'après ce que j'ai pu comprendre, ils sont très irrités contre Sa Majesté le Roi de France (le gouverneur redoubla d'attention) à cause des nouveaux réglements sur les droits d'importation des pièces d'horlogerie. Cet édit ruine leur commerce, monsieur.

— J'ai cru que vous alliez me parler de l'édit de Nantes ; il doit sans doute en être question aussi.

— Hum ! bien peu, en vérité. Je crois bien que dans le fond les Génevois n'approuvent pas cette mesure, mais voici quinze ans que la révocation a été signée, et dans ce monde tout s'oublie. D'ailleurs, les réfugiés se sont créé de nouvelles ressources, ils ont leurs affaires auxquelles ils vaquent. De plus, le Roi est si puissant et si fort aimé de ses fidèles sujets qu'il serait insensé de rêver une guerre ou une révolte. Aussi les querelles religieuses sont-elles abandonnées.

— On m'avait cependant dit que dernièrement il s'était tenu une assemblée de conspirateurs à Genève.

— Bah ! fit du Serre d'un ton d'incrédulité, si cela était, moi qui en viens, j'en saurais bien quelque chose.

— Et vous n'en avez pas entendu parler ?

— C'est la première nouvelle.

— Voilà qui est singulier, car la personne de qui je tiens ce rensei-
ment m'a cité le jour, l'heure et le lieu de l'assemblée.

— Quand on sait inventer en gros, rien n'empêche de conter en
détail, remarqua le verrier, qui commençait à être inquiet. Sans doute,
ajouta-t-il en feignant de rire, cette même personne a dû vous dire les
résolutions arrêtées par les conspirateurs ?

— Non, fit naïvement le gouverneur, sans soupçonner le moins du
monde le piège qu'on lui tendait, cette personne n'appartenant pas à la
religion prétendue réformée, n'a pu pénétrer dans la salle.

— Dieu soit loué ! ils ne savent rien, se dit intérieurement du Serre,
et éclatant de rire, il reprit : Je devine à présent ce qu'est en réalité le
fameux complot. Évidemment ce ne peut être que l'assemblée qui a eu
lieu pour organiser la nouvelle taillerie de cristal. J'y étais, moi,
voulez-vous savoir ce qui s'y est passé ?

— Merci, fit le gouverneur confus, j'ai en ce moment-ci une affaire
un peu pressante, et .....

— Je serais désolé, monsieur, d'abuser de vos précieux moments,
interrompit du Serre en se levant.

— J'espère, monsieur, pouvoir prendre ma revanche à ma prochaine
visite, répondit M. de Mornas en reconduisant son visiteur.

— Les imbéciles ! s'écria le gouverneur demeuré seul, ils voient
partout des complots. Quelle belle sottise ils ont fait croire à M. de
Miraman ! Et prenant une plume, il lui écrivit :

> Mon cher comte,
>
> Ne vous alarmez pas pour la nouvelle que vous savez ; j'ai pris mes
> renseignements, et je sais de source certaine que la fameuse assemblée
> des Vengeurs de G... n'était qu'une réunion d'industriels. Et voilà cepen-
> dant comment on écrit l'histoire !
>
> Votre serviteur et ami,
>
> BERTRAND DE MORNAS.

La nuit commençait à tomber quand le gentilhomme verrier entra dans la verrerie, où ses Cyclopes à demi-nus, noircis de fumée et rougis par la réverbération des fourneaux, soufflaient des globes de feu, ou remuaient à l'aide de longues barres de fer la lave incandescente. On eût dit une assemblée de démons. Sur un signe du maître, tous les bras s'arrêtèrent et l'on n'entendit plus que la sourde aspiration des fourneaux et le lourd bouillonnement du verre en fusion.

— Que les cœurs des enfants de Dieu se réjouissent, le jour de la délivrance est proche ! dit du Serre de sa voix solennelle.

Les robustes travailleurs de la verrerie avaient appris à ne jamais douter de la parole du maître.

Sans faire ni une interrogation, ni un geste de surprise, ils entonnèrent le psaume de la délivrance.

> Du sein de la terre d'Égypte
> Israël est sorti vainqueur, etc.....

— Que celui qui a des oreilles pour entendre écoute, continua le huguenot à la fin du verset : quand des signes paraîtront dans le ciel, que personne ne retourne à sa maison pour changer de vêtement, que le faucheur s'arme de sa faux, le bûcheron de sa hache, le verrier de son croc de fer. Frères, serez-vous prêts pour le grand combat du Seigneur ?

— Nous serons prêts, répondirent les cinquante verriers.

— Alors que la paix du Seigneur soit avec vous, dit le maître.

Et, s'éloignant sans ajouter une parole, il traversa lentement la cour, ouvrit la porte de fer de la tour et monta au laboratoire où frère Bernard s'efforçait d'arracher à la nature quelques-uns de ses secrets.

Depuis près d'un mois, les deux hommes ne s'étaient pas revus.

— Bonjour, frère, que le Seigneur soit avec toi, dit le verrier.

— Et avec ton esprit, répondit le docteur sans relever la tête.

Du Serre s'assit sur un escabeau de cuir et attendit.

Son attente fut longue.

Dans une bouteille en verre blanc à large panse, Valter recueillait une à une les bulles d'air qui s'échappaient du fond d'un vase dans lequel un acide achevait de décomposer de la limaille de fer.

De temps à autre, il enlevait la bouteille pour la déposer sur le plateau d'une balance. Du Serre remarqua que chaque fois, quoique plus remplie, elle paraissait plus légère.

Au bout d'une demi-heure, l'opération étant terminée, l'Allemand toujours silencieux délaya dans de l'eau un peu de savon, remplit un soufflet, d'une forme particulière et terminé par un mince chalumeau, avec l'air contenu dans la bouteille, suspendit une goutte d'eau de savon à l'extrémité du chalumeau et pressa légèrement le soufflet.

La goutte d'eau se renfla aussitôt en forme de ballon transparent et devint en quelques instants un globe irisé de toutes les couleurs de l'arc-en-ciel, en tout semblable à ceux que les enfants s'amusent à façonner en soufflant dans une paille.

Mais du Serre savait bien qu'il ne s'agissait pas d'un jeu puéril, il devina que sous cette légère pellicule était enfermée une des plus grandes découvertes de la chimie.

Il ne se trompait pas.

Quand la bulle fut suffisamment grossie, elle se détacha d'elle-même du chalumeau comme un fruit mûr de la branche d'un arbre, seulement au lieu de tomber sur le sol elle s'éleva dans l'air.

Elle allait atteindre le plafond et s'y briser quand le docteur la toucha légèrement avec l'extrémité enflammée d'un long roseau. Aussitôt une lueur brillante et rapide comme celle de l'éclair illumina le laboratoire, dont les vitraux furent ébranlés par une forte détonation.

— Gloire à toi, Valter ! s'écria du Serre avec une joie fébrile, gloire à toi dont la science nous permet d'avoir, quand nous le voudrons, des signes dans le ciel.

L'Allemand délaya dans de l'eau un peu de savon. (*Voir page* 102.)

Les yeux du docteur rayonnaient de fierté, il sourit ironiquement et répondit :

— Sera-ce toi, frère ? qui iras enflammer ces globes quand ils planeront dans le vide ?

Le verrier courba la tête :

— C'est vrai, dit-il, il est impossible que la puissance de l'homme puisse s'étendre si loin dans le domaine de Dieu.

— Difficile, oui, reprit le docteur en se redressant avec fierté, difficile, mais non impossible. La science, vois-tu, frère, continua-t-il avec enthousiasme, ne connaît pas d'obstacles. Un savant du moyen âge a dit : « Un jour viendra où les hommes parcourront leur domaine dans des chars de fer, traînés par des coursiers de feu, où la transmission de la pensée d'une extrémité de la terre à l'autre sera plus rapide que le sillon de feu tracé par l'éclair, où de gigantesques vaisseaux cingleront dans les plaines de l'air; cet homme était un moine et se nommait Bacon, il est mort, mais la science ne meurt pas, elle grandit tous les jours. Un temps viendra où l'homme régénéré par elle et devenu inaccessible aux infirmités et à la mort, commandera en maître aux éléments; un temps où l'homme sera Dieu ! Ce que le moine n'avait fait qu'entrevoir par la force de son génie, je viens, moi Valter, de le réaliser en partie. L'homme ne possédait encore que le domaine de la terre et des eaux, dès aujourd'hui, les plaines immenses de l'air lui appartiennent et c'est à moi qu'il les devra. Je te le dis, frère, il n'y a d'autre Dieu que l'homme.

En écoutant cette tirade sacrilège, du Serre eut un sourire de joie satanique. La folie du docteur était entre les mains du gentilhomme huguenot un précieux instrument que le verrier saurait bien briser quand il s'en serait servi.

Valter continua :

— Écoute, dit-il, en posant la main sur la cornue à demi vidée, tu as vu ces globules que laisse échapper sous forme de bouillonnement le métal attaqué par une liqueur corrosive, elles renferment de l'air, non pas un air lourd et chargé de vapeurs comme celui que nous respirons; mais une essence subtile, déliée, impalpable, s'enflammant au moindre contact igné, et d'une légèreté telle que, rendu libre, il s'élance dans les hautes régions de l'atmosphère comme le liège qui, du fond de l'eau, s'élève d'un seul bond à la surface. J'ai enfermé cet esprit, comment pourrais-je l'appeler autrement? dans une mince enveloppe taillée en forme de globe et de lui-même ce globe s'est élevé. Alors, à sa base j'ai attaché un léger fil de matière combustible dont l'extrémité était allumée et du haut de la tour, pendant une nuit obscure, je l'ai laissé s'envoler vers les nues étonnées. Rien ne trahissait son ascension, plusieurs minutes s'écoulèrent, je faillis douter. Tout à coup un éclair brillant accompagné d'une forte détonation déchira le sombre nuage, et du haut du ciel tombèrent en tournoyant les fragments embrasés de l'enveloppe et les ténèbres se firent de nouveau. Je suis sûr de ma découverte. Je puis en quelques jours fabriquer cent météores pareils et à la nuit que tu me désigneras, sur chaque point indiqué d'avance, faire gronder la foudre et tomber une pluie de feu.

Du Serre se leva et serrant dans ses bras le docteur avec des transports d'une joie terrible:

— Enfin, rugit-il de sa voix caverneuse, le jour de la vengeance est arrivé. Enfin, les populations abruties par la peur vont se lever comme un seul homme à la voix des prédicateurs d'extermination. En se ruant sur les catholiques pour les égorger, les Cénévoles croiront obéir à la voix du ciel, ils n'obéiront qu'à toi; sans le savoir, ils seront tous tes esclaves, tu seras grand comme Dieu !

Devant cette explosion de haine poussée jusqu'à la férocité, Valter se sentit trembler, c'était pour la première fois que l'austère et mystérieux du Serre se révélait à lui dans toute son horreur. Peut-être le docteur enthousiaste regretta-t-il d'avoir quitté les bords paisibles du lac de Genève pour s'associer à cette œuvre du démon, dans laquelle il

n'avait vu de loin qu'un moyen de continuer des expériences scienti-
fiques, mais qui, vu de près, le remplissait de terreur.

Il était trop tard pour reculer.

Le moment est donc proche? demanda-t-il d'une voix émue.

— Oui, répondit du Serre, qui, ce moment d'exaltation passé, s'était
rassis sombre et menaçant, oui, le moment est proche. Tout se prépare
à la guerre dans la plaine et sur les montagnes. J'arrive de Genève, les
Vengeurs redoublent d'efforts, leurs émissaires ont franchi la frontière
sur tous les points. De faux colporteurs répandent par milliers dans le
Languedoc des proclamations sorties des presses clandestines de Nîmes
et d'Orange, les soldats du tyran commencent à déserter. Les protestants
nos frères, demeurés en France, encouragent et favorisent notre entreprise. Cavalier, Daniel, Castanet, Joigny, Ravanel, partisans d'un
courage éprouvé, enrôlent les soldats du Seigneur dans les basses terres.
Roland, Méric et le farouche Ebénézer se préparent dans les montagnes.
Les cavernes ignorées se changent en magasins de vivres et en arsenaux,
l'or afflue de toute part; nous avons des armes en abondance. Nos
cinquante verriers sont prêts à former un bataillon sacré, les prophètes
préparés par nos soins n'attendent plus pour pousser le cri de guerre que
l'apparition des signes promis dans le ciel. Ces signes, ta science les a
forgés dans ce laboratoire. Tout est donc prêt.

Valter demeura pensif; pour la première fois, apparaissait à ses yeux
la terrible responsabilité que sa passion effrénée pour la science assumait
sur sa tête, et il roulait dans sa pensée le dessein encore vague de s'y
dérober par la fuite.

Du Serre devina sa pensée.

— Frère, dit-il de sa voix lente et profonde, oserais-tu m'avouer
quelles sont les pensées qui t'agitent en ce moment?

Le docteur tressaillit sans répondre.

— Tu m'as livré tes secrets, tu connais les miens, continua le huguenot, nous sommes associés par ce que le vulgaire appellerait sottement

le crime, notre sort est désormais irrévocablemnnt lié par des liens que rien au monde ne saurait briser. Ou nous serons vainqueurs ensemble. ou ensemble nous périrons dans les plus atroces supplices.

— Dans les supplices, pourquoi donc ? fit le docteur avec effroi.

— Pourquoi ? tu me le demandes ? toi Valter, reprit du Serre enveloppant son complice d'un regard ironique et ardent. Ignores-tu donc, toi le savant alchimiste, que l'assassinat est puni par la torture ?

— Mais, fit Valter, je n'ai jamais assassiné, moi.

— Vraiment ! ricana le verrier, et que faisons-nous donc ensemble depuis bientôt une année ? entends-tu ce chant plaintif qui, des entrailles de la terre, semble monter comme un cri d'anathème contre ?...

— Ce chant est celui de nos élèves, interrompit le docteur en passant sa main sur son front.

— Tu veux dire de nos victimes, reprit l'implacable verrier, de ces malheureux enfants que, sous prétexte d'instruire dans les principes du calvinisme, nous nous sommes fait livrer par de trop crédules parents. Leurs corps vivent encore, mais leurs âmes, leurs intelligences ne les avons-nous pas tuées par calcul, froidement, longuement, ne nous sommes-nous pas armés de tous les secrets de la science pour éteindre en eux le flambeau immortel qu'y avait allumé la main de Dieu ? N'avons-nous pas ensemble par des breuvages empoisonnés et par la terreur achevé d'égarer leur raison déjà ébranlée par le jeûne, le manque de sommeil et la séquestration ? Tu voulais, toi, Valter, expérimenter si la science pouvait produire des convulsionnaires, moi j'avais besoin de fabriquer des prophètes pour soulever un peuple crédule et, sans remords ni pitié, de ces cinquante malheureux confiés à notre garde nous avons fait cinquante hallucinés. Est-ce vrai cela ?

— C'est vrai, murmura le docteur.

— Oh ! ne re repens pas, frère, il est trop tard, si je te démasque à tes propres yeux, c'est moins pour éveiller en toi d'inutiles remords que pour te faire sonder la profondeur de l'abîme dans lequel t'a entraîné pas à pas ton avide curiosité. Mes crimes surpassent les tiens, car tu n'as fait que succomber, tandis que je jouais près de toi le rôle de tentateur. S'il existe un Dieu, peut-être t'accordera-t-il ton pardon, à moi jamais, mais sache-le bien : des hommes nous n'avons plus rien à attendre.

— Que faire donc? murmura Valter en se parlant à lui-même.

— Cela te regarde, frère, reprit froidement du Serre, en restant tu pourrais nous servir encore, en nous quittant tu pourrais nous nuire au contraire.

— Puisque tu me soupçonnes, je resterai, dit le docteur.

— Je crois que tu as pris le bon parti, dit le verrier.

Et se levant, il sortit.

Valter l'entendit fermer à double tour la porte de fer.

— Insensé que je suis d'avoir révélé ma découverte à un monstre! A présent qu'il n'a plus besoin de moi je suis un homme mort, s'écria le docteur, en se frappant le front avec désespoir. Oh! science, viens-moi en aide; toi seule, tu peux me donner le moyen de sortir d'ici.

Un moment, il demeura comme accablé, puis tout à coup apercevant un large carré de toile servant de rideau au laboratoire, il s'élança vers la fenêtre et arracha l'étoffe avec un éclat de rire sauvage.

CHAPITRE X

LE DOLMEN D'AUBUSSARGUES

Ainsi que l'avait prévu le commandeur, l'exercice et le grand air avaient, en peu de jours, rendu la santé à Mlle de Saint-Véran. En moins de trois semaines, la valétudinaire s'était redressée, ses lèvres décolorées avaient repris leur couleur vermeille, son regard, sa limpidité ; la transformation était complète.

— Savez-vous, cher commandeur, répétait le marquis, que vous êtes un grand docteur et que je préfère de beaucoup votre traitement aux médecines noires du sieur Fagon, ce premier médecin du Roi dont le tapissier Molière nous a tant amusés dans les divertissements de Versailles ?

— Sans compter que mon remède est une panacée universelle, reprenait en riant M. de Castellane, je voudrais que vous vissiez vos chevaux s'allonger dans le bois ou franchir une barrière. Point n'est besoin de leur faire sentir la cravache et l'éperon ; une simple pression de jambes est encore trop pour leur fougueuse ardeur.

— Et mes bons chiens, ajoutait Marguerite, leur poil est devenu un vrai velours, et quand je descends en amazone dans la cour, ils bondissent de joie, font mille folies et me prodiguent mille caresses, comme pour dire : Partons, partons.

— M. Fagon ou Purgon, comme l'appelait Molière, n'avait pas autant de succès ; je me souviens qu'en une occasion une de ces médecines noires, ordonnée pour une légère migraine, faillit envoyer de vie à trépas, Mme de Montespan qui ne l'a jamais pardonné au pauvre docteur, interrompit le marquis, toujours amoureux des anecdotes de cour.

Dame Brigitte n'était pas la moins satisfaite. Pour témoigner son contentement d'une manière effective, elle s'était, de sa propre autorité, investie du soin de dessécher les plantes rapportées par sa chère maîtresse, et rien n'était amusant comme la gravité avec laquelle elle rangeait chaque brin d'herbe sur son lit de papier brouillard. Elle apportait à cette occupation le soin minutieux d'un vieux botaniste allemand, et, à l'occasion, elle eût dit avec la même majesté que Louis XIV, quand il parlait de la France : L'herbier, c'est moi !

Grâce à ses fréquentes herborisations, M. de Castellane connaissait les environs de Sainte-Anastasy, comme un propriétaire son domaine, aussi chaque jour variait-il les promenades de la manière la plus imprévue et faisait-il avec un goût exquis à Mlle de Saint-Véran les honneurs de cette nature, tantôt gracieuse, tantôt sauvage, toujours pittoresque et admirable.

Olivier seul trouvait qu'il manquait quelque chose à la fête, il eût beaucoup mieux aimé chasser qu'herboriser, et souvent en voyant Proserpine et Pluton s'enfoncer dans les halliers, il avait pensé en lui-même que pour une heure ou deux il ne serait pas fâché d'être chien pour courir sus au gibier à travers bois.

— Si encore, se disait-il, M. le marquis me permettait de porter un fusil.

Mais M. de Meyrargues n'entendait pas de cette oreille, il fallait avant tout quelqu'un pour garder les chevaux.

Le hasard lui vint en aide.

Un jour la petite cavalcade s'était engagée dans une longue et étroite vallée qu'arrose la petite rivière du Bourdiguet; les chevaux trottaient sans bruit sur un épais tapis de mousse; à droite et à gauche se dressaient, comme un mur gigantesque, de rocailleuses montagnes couronnées de chênes verts; quelques faucons, seuls habitants des rochers creusés par le temps, planaient lentement en décrivant de grands cercles dans le ciel bleu; au fond de la vallée, nul autre bruit que le babillage de l'eau écumant autour des blocs énormes tombés dans son lit, ou le cri moqueur que jetaient les merles effarouchés en s'envolant de buissons en buissons.

— Ne trouvez-vous pas, mademoiselle, une forme étrange à ce plateau isolé qui semble fermer la vallée au devant de nous, et s'avance dans le vide comme un promontoire aérien? demanda M. de Castellane, en dirigeant sa main vers une masse noire de rochers escarpés.

— Je le remarquais depuis un moment, monsieur, et je me disais qu'il semble taillé tout exprès pour servir d'assiette à une redoutable forteresse.

— Vous ne vous trompez pas, mademoiselle, reprit le commandeur en prétendant y voir un oppidum celtique.

— Vous dites, monsieur?

— Un oppidum, mot latin qui signifie forteresse, remarquez, je vous prie, la disposition des lieux : de deux côtés, des rochers taillés à pic ; en face de l'oppidum, un étroit sentier descendant par une pente rapide jusqu'à la rivière, en arrière de la forteresse, d'impénétrables taillis, sauf une sorte de bloc énorme, dont les parois ont été taillées de mains d'hommes pour en rendre le sommet inaccessible et dont je n'ai pu deviner la destination ; j'ai visité ces lieux en tous sens, soit en chassant, soit en herborisant, et je ne serais pas étonné que réellement l'oppidum eût servi de retraite à quelque tribu celtique.

— Mais quelle raison avez-vous de le supposer ? interrompit Marguerite que la conversation du commandeur intéressait au plus haut point.

— D'abord l'apparence elle-même des lieux, des traces visibles, quoique fort effacées, de fossés et de retranchements, puis surtout l'abondance, inexplicable autrement sur cette cime isolée, de fragments de poterie à cassure noirâtre, de pointes de lances ou de flèches, de casse-têtes, de haches et autres objets en pierre, tels qu'en fabriquaient les Celtes auxquels, comme vous le savez, l'usage du fer était inconnu.

— Je me rappelle, en effet, avoir vu quelque part une de ces haches ; de pareils instruments devaient être bien incommodes et d'un maniement bien difficile.

— Assurément, ils ne valaient pas les nôtres, et étaient beaucoup moins faciles à fabriquer : il fallait les polir et en aiguiser le taillant par le frottement, et......

— A vous ! à vous ! monsieur le commandeur, à vous ! cria tout à coup Olivier resté quelque cent pas en arrière.

— Mon Dieu, qu'est-ce donc ? s'écria M. de Castellane, en retirant vivement de ses fontes un pistolet chargé qu'il portait par précaution.

— A vous ! répétait toujours Olivier poussant son cheval au galop ;

à gauche, du côté de la rivière! Hâtez-vous! Hâtez-vous! La bête va nous échapper.

En ce moment, et à dix pas tout au plus des promeneurs, passa, rapide comme une flèche, un renard de grande taille serré de près par les chiens courants.

Avant que le commandeur eût songé à faire feu, le tourbillon était déjà loin.

— Il ne peut pas échapper, fit Mlle de Saint-Véran, forçons-le, et se courbant sur le cou de son cheval elle le lança à fond de train dans la direction qu'avait prise le renard.

Le commandeur en fit autant.

— Hurrah! allez, Pluton, allez Proserpine! sus mes bons chiens! vociférait Olivier, courant comme un fou derrière la meute et agitant son bonnet avec frénésie.

C'était une chasse à courre improvisée et conduite avec un merveilleux entrain.

La vallée close de toute part n'avait pas d'autre issue que la pente rapide de l'oppidum, dont la séparait la rivière. La bête était traquée si elle ne prenait pas un parti décisif.

Le renard se jeta résolument à l'eau, les deux chiens y tombèrent en même temps que lui.

Quand les cavaliers arrivèrent sur la rive, le fugitif avait déjà atteint le bord opposé, les chiens ranimés par ce bain forcé gravissaient le talus; les broussailles les arrêtèrent une seconde; ne pouvant les traverser, ils les franchirent.

L'eau était peu profonde, les chasseurs passèrent sans hésiter; au pied de la côte il leur fallut s'arrêter, pour des chevaux le sentier était absolument impraticable.

L'escarpement était si rapide que les chiens détachaient à chaque bond des pierres qui roulaient avec bruit jusqu'aux pieds des chasseurs risquant de les blesser grièvement.

Pluton regagnait du terrain, Olivier ne se possédait pas : Hurrah !
criait-il, hurrah ! Pluton ! à toi ! à toi !

Le renard, évidemment épuisé par la course, et affolé par les aboiements des chiens, piquait droit sur le rocher à pic dont avait parlé M. de
Castellane.

Ce rocher était tout simplement infranchissable, quelques bouquets
d'ajoncs croissaient au pied du bloc gigantesque et leur enchevêtrement
semblait en rendre l'accès impossible.

Le fugitif, sur lequel la gueule de son ennemi s'ouvrait déjà, fit un
suprême effort et plongea dans les ajoncs.

— Pris ! pris ! s'écriait Olivier en battant des mains. Bravo ! Pluton !
hurrah, Proserpine !

Les deux chiens avaient disparu dans le même buisson. Un moment
les branches s'agitèrent violemment.

— Quelle bataille il doit y avoir là-dedans ! pensa Olivier.

Puis tout demeura immobile.

— Le renard est mort, dit-il d'un accent de triomphe.

— Pauvre bête, fit Marguerite, prise de pitié, j'aurais voulu qu'il s'é-
chappât.

Le commandeur regardait la touffe d'ajoncs avec étonnement.

— Que font donc les chiens ? demanda-t-il au jeune garçon ; rien ne
remue plus.

L'apprenti piqueur ne répondit pas. Ce silence et cette immobilité,
succédant si rapidement à l'animation d'une poursuite acharnée, lui
paraissaient encore inexplicables. Les chiens ne pouvaient pas avoir
contourné le rocher, encore moins l'avoir escaladé ; il fallait bien cependant qu'ils fussent quelque part.

— Voyez donc là-haut, s'écria Mlle de Saint-Véran, en montrant
du bout de sa cravache la plate-forme aérienne, n'est-ce pas notre
renard ?

C'était bien lui en effet, se penchant par-dessus le bord et cherchant

Le jeune piqueur enleva en l'air la victime d'un air de triomphe. (*Voir page* 117.)

par où il pourrait s'élancer pour fuir dans les bois, mais la hauteur du bloc l'effrayait, et il courait tout autour, les oreilles droites, la queue étalée au vent, n'osant tenter un saut de cette nature. En même temps, des hurlements de fureur se firent entendre distincts, mais sourds comme s'ils fussent partis de l'intérieur de la montagne. C'étaient les chiens évidemment, mais où pouvaient-ils bien être?

Olivier n'en croyait ni ses yeux, ni ses oreilles.

— Ah! fit le commandeur, je comprends maintenant. Ce rocher, dont je n'avais pu m'expliquer la nature, est un dolmen celtique, la sépulture de quelque chef puissant, dont le renard, plus habile que moi, avait découvert l'entrée et où il avait élu domicile. Je me m'attendais, ma foi, pas à faire aujourd'hui une trouvaille de cette nature, et je regrette de n'avoir plus vingt ans pour aller l'explorer à l'aise. C'est une découverte fort intéressante.

— Ce serait en effet bien curieux, répondit Mlle de Saint-Véran, et quelque rude que soit l'ascension, je la tenterais volontiers. Un peu de courage, et en route! voulez-vous?

— Pour aujourd'hui, nous nous contenterons du rapport de maître l'Anguille, reprit M. de Castellane.

Pendant cette conversation, Olivier, un bâton entre les dents, escaladait en effet la pente, non pas en suivant le sentier, mais en grimpant droit devant lui à l'aide des pieds et des mains, périlleuse ascension pour laquelle ce n'était pas trop de toute son agilité.

Le jeune garçon était leste et intrépide; au bout de quelques minutes, il atteignit la touffe d'ajoncs et les écarta avec son bâton.

— C'est une grotte, cria-t-il en se retournant, les chiens sont à dix pas; et sans attendre de réponse, il pénétra résolument dans l'ouverture.

Bientôt les hurlements des chiens redoublèrent et l'inquiétude du renard sembla croître, il fit cinq ou six fois, en courant, le tour de la plate-forme, mais sans oser sauter.

Le commandeur et Mlle de Miraman avaient mis pied à terre et suivaient avec curiosité les péripéties du drame.

Le péril grandissait toujours, il devenait même extrême, car le fugitif, avançant la tête au-dessus de l'abîme, la queue tendue et le corps ramassé sur ses jambes à demi repliées, se prépara à s'élancer. Sans aucun doute, il allait se casser les reins.

Mais au moment même où il allait tenter cet effort désespéré, Pluton, qui semblait jaillir du rocher, s'abattit sur lui, le saisit par les reins, l'enleva en le secouant rapidement, lui frappa la tête contre une roche et le rejeta mort sur le plateau.

Cette scène inattendue et rapide comme l'éclair fut suivie de l'apparition successive de Proserpine et d'Olivier.

Le jeune piqueur éleva en l'air la victime avec un cri de triomphe, pour la montrer à ses compagnons, et, suivi des deux chiens, disparut de nouveau dans les entrailles de la montagne.

Un moment après, dégringolant plutôt que descendant la pente rapide de l'oppidum, il déposait le renard si vaillamment forcé, aux pieds de Mlle de Saint-Véran, pendant que Proserpine et Pluton, les flancs haletant et la langue pendante, se couchaient sur le gazon avec une orgueilleuse fierté.

Le renard tué était un magnifique animal au pelage roux, et d'une taille au-dessus de l'ordinaire; il fut décidé que sa dépouille serait réservée pour en faire un trophée de chasse, auquel on donnerait la place d'honneur dans la salle à manger.

Au grand scandale d'Olivier, le commandeur et Marguerite paraissaient s'intéresser plus vivement à la découverte de la grotte qu'au résultat de la chasse.

M. de Castellane surtout l'accablait de questions auxquelles le chasseur était fort embarrassé de répondre, fort peu versé dans les sciences archéologiques.

— Dis-nous donc ce que tu as vu là-haut, dit Marguerite en riant de l'impatience du commandeur.

— J'ai vu un trou, mademoiselle.

— Bon, et ce trou est-il large ?

— Assez pour qu'un homme pas trop grand ni trop gros puisse passer en se courbant beaucoup.

— Et ce trou est-il profond, va-t-il en descendant ou en montant ?

— Il a quelque chose comme sept ou huit pas de longueur et va tout droit.

— C'est cela, c'est cela, interrompit le commandeur, un corridor de quatre ou cinq toises de longueur ; continuez, mademoiselle.

— Après ce corridor qu'y a-t-il ? reprit Marguerite.

— Un autre trou, mademoiselle, c'était là que les chiens...

— Décidément, mon pauvre Anguille, tu n'es pas observateur, voyons : ce second trou quelle forme avait-il ?

— Ah ! ma foi pour vous dire au juste, je ne sais pas trop... attendez, c'était comme une petite chambre carrée... non, je me trompe, ronde au contraire, vous savez..., comme un four.

— Précisément......, c'est bien cela, en forme de four, interrompit de nouveau le commandeur, et au centre de cette chambre qu'avez-vous remarqué ?

— Au quoi ? fit Olivier abasourdi, interrogeant sa jeune maîtresse du regard.

— Au milieu de la chambre, qu'as-tu vu ? continua-t-elle en riant de l'ahurissement du jeune garçon.

— Ce que j'ai vu, c'est qu'il y faisait nuit, et que les deux chiens grattaient avec fureur autour d'une grosse pierre.

— Alors qu'as-tu fait ?

— Dame ! je me suis approché ; la pierre fermait aux trois quarts une ouverture par laquelle avait passé le renard ; elle était un peu lourde, mais avec mon bâton j'ai si bien travaillé que je l'ai fait tomber ; alors le jour est entré par une espèce de tuyau de cheminée où il y avait des marches comme à un escalier. Pluton a passé le premier, puis moi, puis Proserpine qui trouvait que je n'allais pas assez vite et me poussait avec sa tête, elle aurait voulu passer la première, la pauvre bête; moi je ne pouvais pas lui faire place et puis j'étais pressé de voir, mais ma foi l'affaire était faite quand nous sommes arrivés.

— Y avait-il quelque chose sur le rocher? demanda M. de Castellane impatienté par les explications peu claires d'Olivier.

— Il y avait le renard d'abord, puis Pluton, puis moi, puis Proserpine, puis....

— Ma foi je n'en tirerai rien, s'écria le commandeur; mademoiselle je vous en prie, reprenez votre interrogatoire, vous savez mieux que moi tirer quelque chose de ce garçon.

Grâce à Marguerite, M. de Castellane finit par savoir que le sommet du rocher avait la forme d'une table, qu'au centre de cette table, il y avait un creux en forme de cuvette avec une rigole assez profonde, partant du centre et aboutissant à l'extrémité du plateau. Enfin, que dans la chambre voûtée en four, il avait semblé à Olivier qu'il heurtait quelque chose, qui, en se renversant, avait produit le même son qu'une cruche qui se brise.

— Quel dommage de n'avoir plus vingt ans, ne fût-ce que pour quelques heures, répétait le commandeur..... c'est égal j'y reviendrai, car évidemment c'est un monument unique dans son genre... un dolmen celtique surmonté d'un autel gaulois.

— Vous pensez qu'il y a eu aussi un autel? demanda Marguerite de plus en plus intéressée.

— J'en suis sûr, mademoiselle, parfaitement sûr, tous les autels gaulois sont ainsi faits : une immense pierre plate, la pierre du sacrifice sur laquelle se tenaient les prêtres ou Eubages autour de la victime humaine, au centre de la pierre, un creux en forme de coupe pour recueillir le sang dont ils aspergeaient le peuple, puis une rigole qui permettait de laver le bassin et d'en faire écouler l'eau après la cérémonie.

— Il faudra absolument voir cela, monsieur le commandeur, reprit la jeune fille, nous reviendrons exprès avec Mme de Miraman, que notre dolmen intéressera vivement, j'en suis sûre.

— Je vous demande la permission de nous adjoindre le prieur de Saint-Nicolas de Campagnac, grand amateur d'antiquités.

— Très volontiers ! ce sera une charmante partie. Nous déjeunerons sur le plateau. Olivier portera les provisions.

— Et moi je me chargerai des flambeaux, car il paraît qu'il ne fait pas très clair dans l'intérieur du dolmen, où l'histoire de la cruche, cassée par ce vandale d'Olivier, me fait supposer que nous trouverons une ample moisson de poteries celtiques.

— Bravo ! bravo ! ce sera une délicieuse journée, fit Marguerite en battant des mains. A présent, je crois que nous n'avons rien de mieux à faire qu'à retourner bien vite au château, le soleil descend déjà sur l'horizon.

Et ils repartirent au petit galop, précédés du jeune piqueur, portant fièrement le renard lié en écharpe sur son épaule.

De l'autre côté de la montagne, deux hommes assis au plus épais du taillis, organisaient eux aussi une partie, mais moins innocente.

CHAPITRE XI

UNE BONNE PAIRE D'AMIS

Ces deux hommes, c'étaient Tortilia et Torte-Gueule.

— Ça, dit ce dernier, nous voici à un endroit où personne ne viendra ni nous espionner, ni nous interrompre. Causons donc. Tu m'as dit qu'il s'agissait d'une chasse à la colombe.

— Que j'organise moi-même, fit Tortilia.

— Pour ton compte?

— Pas si bête, j'aime mieux travailler pour les autres.

— Qui paie?

— Méric.

— Combien pour chacun.

— Dix louis d'or de 24 livres, bon poids trébuchant au soleil.

— Combien sommes-nous !

— Deux seulement.. Toi et moi..

— Payés à l'avance ?

— Peste, comme tu y vas ! on dirait à t'entendre que deux cent quarante livres se ramassent dans le pas d'un bœuf.

— Je ne prétends pas cela, mais ce que je sais c'est qu'il est peu agréable d'attraper une balle dans la jambe, et si on a la chance d'échapper à la corde, de n'avoir pour hôpital qu'un creux de rocher et pour pitance que des châtaignes bouillies dans l'eau claire.

— Je te le répète, aucun danger à courir, bon gîte, le grade de sergent, une part de prises et trois francs par jour.

— Je m'étonne que tu ne fasses pas la chose seul.

— Malheureusement, je ne puis le faire à moi seul.

— Si j'essayais, moi ?

— Oh ! mais non, répartit naïvement Tortilia, ne pouvant pas tout avoir, je préfère partager.

— Moi j'aimerais mieux tout garder aussi.

— Alors bonsoir, je vais trouver Ravanel qui n'est pas en fonds.

— N'y-a-t-il réellement que vingt pièces d'or à partager ?

— Pas une de plus, sur mon honneur !

— Oh ! du moment que tu jures sur ton honneur, tu comprends, fit Torte-Gueule en ricanant, que me voici parfaitement tranquille.

— A la bonne heure, je craignais que tu n'eusses pas en moi toute la confiance que je mérite...

— Quelle injustice, cher ami, et dis-moi, le rôle que tu me réserves n'est pas plus périlleux que le tien ?

— Beaucoup moins dangereux.

— Ce coquin veut me jouer quelque tour, pensa Torte-Gueule, et il reprit avec son hideux sourire : Sais-tu que de la part de tout autre que de toi, une pareille générosité m'étonnerait?

— J'y suis forcé, répondit modestement Tortilia.

— Forcé par l'amitié que tu me portes?

— En partie sans doute, mais aussi parce que je suis trop connu de la belle Marguerite, et que pour réussir, la principale condition est de n'être pas connu.

— Celle-ci je la remplis, s'il en est ainsi pour les autres tout ira bien; voyons tes propositions.

— Ma première proposition, car j'en ai deux à te faire, est de t'enrôler comme sergent de la première compagnie de Camisards, sous les ordres du capitaine Méric : trois livres de solde par jour, un équipement complet et part proportionnelle dans toutes les entreprises.

— Ah ça! que me chantes-tu là, avec tes Camisards, ton capitaine Méric et ton équipement? Tu parles grec ou hébreux pour sûr.

— Oh! oh! oh! fit Tortilia, pris d'un accès d'hilarité, on voit bien que tu vis au fond des bois. Je parie que tu n'as pas lu les prophéties.

— Laisse-moi donc tranquille, est-ce que j'y crois à tes prophéties?

— A quoi crois-tu donc?

— Aux pièces d'or quand je les tiens, et au vin quand je le bois. Qu'annoncent-ils donc de beau tes oracles de malheur?

— Que les temps sont proches, où les enfants de Dieu vont secouer le joug de l'esclavage et la tyrannie des Égyptiens oppresseurs.

— Superbe! et dis-moi, c'est nous qui sommes les enfants de Dieu, jusqu'à présent je m'étais cru fils du diable.

— Ta modestie te trompait, ami Torte-Gueule, tu es un défenseur de la foi, un martyr de la persécution.

— Je commence à croire que tu te moques de moi, gronda le bandit, dont le sang était prompt à s'allumer.

— Je ne me moque ni ne plaisante, repartit Tortilia, redevenu sérieux, que les oracles soient clairs ou obscurs ce n'est pas mon affaire. Ce qu'il y a de certain, c'est qu'une révolte générale se prépare et qu'elle éclatera probablement bientôt. Les protestants qui seraient bien aises d'êtres les maîtres à leur tour, ont imaginé tous ces bruits, ces prédictions, révélations et le reste pour tromper les Cévenoles et les faire se soulever. Notre armée, car nous avons déjà une véritable armée d'aventuriers et d'enfants perdus, grossit tous les jours. Nos cadres sont prêts, notre uniforme tout trouvé : armement à volonté et pour signe distinctif, une chemise en grosse toile par-dessus les vêtements. Le Conseil des vengeurs a nommé Méric capitaine d'une bande. C'est moi qui suis chargé à Uzès du recrutement pour son compte, et tu comprends que je réserve les grades pour de vieux amis.

— Cette attention t'honore, dit le déserteur devenu attentif.

— J'avais quatre compagnies à former ; trois sont déjà au complet, poursuivit Tortilia, tu as la première, Ravanel la seconde, Beulaigne commandera peut-être la troisième, s'il ne préfère entrer dans la bande de Jean Cavalier. Pour la composition de ta compagnie j'ai mis de la coquetterie. Tes soldats sont la fleur de notre troupe, presque tous des marchands de peaux de lapins ; Jean Marius, le boucher d'Uzès ; Simon dit l'écorcheur, Gédéon, Espérandieu, je crois que tu les connais.

— Si je les connais ! J'ai travaillé dix fois avec eux. Dans ce temps, ils n'étaient pas dévots et se souciaient peu d'être comptés au nombre des enfants de Dieu.

— Trente sous par jour et une part du butin ont rallumé le zèle huguenot dans leurs cœurs.

— Comme trois livres et le grade de sergent ont fait descendre l'enthousiasme dans le mien. A ce prix-là, vive Luther, vive Calvin, vive e diable en personne.

— Tu vois, frère, soupira l'homme de loi, d'un air hypocrite, combien la grâce opère en toi.

— Le fait est que je brûle du désir d'aller avec mes pieux compagnons faire de nombreux pèlerinages dans les sanctuaires les plus riches, interrompit le bandit en levant les yeux au ciel.

Les deux compagnons éclatèrent de rire.

Cette gaieté ne fut toutefois pas de longue durée.

— Un mot, reprit Torte-Gueule, les affaires sont les affaires, je serais bien aise de savoir qui tient la caisse.

— Oh ! quant à cela, tu n'as pas à craindre la banqueroute, nos caissiers sont nombreux et tous solvables ; d'abord, il y a les protestants, qui feront bien semblant de ne pas nous connaître, et, peut-être même, de nous regarder avec horreur, pour ne pas se mettre mal avec le Basville, mais sois sûr qu'en dessous ils ne nous laisseront manquer de rien. Ensuite, il y a encore le roi d'Angleterre, la Hollande et l'Allemagne qui gagneront assez gros aux tracas que nous allons donner au Pharaon pour ne pas regarder à quelques poignées d'or.

— Tu as réponse à tout, s'écria Torte-Gueule. Marché conclu, j'accepte le grade de sergent dans l'armée des Camisards, seulement je t'avertis que ma jambe ne me permet pas encore de faire de longues étapes.

Tortilia sourit de son sourire faux.

— J'y avais pensé, dit-il, et comme les opérations ne commencent pas encore tu auras tout le temps de te remettre, mais tu sais que la solde ne commence qu'à partir du jour de l'entrée en campagne, et comme tu ne me parais pas en avance....

— Pas une obole, interrompit le sergent, depuis un mois les araignées tendent leurs toiles dans mon gousset.

— Aussi ai-je pensé, poursuivit le recruteur, que tu serais aise de gagner dix bonnes pièces d'or à ne rien faire, qu'à boire et manger et d'aller te guérir dans un bon gîte.

— Cause toujours, cher ami, je t'écoute avec intérêt.

— Connais-tu le château de Sainte-Anastasy ?

— J'en ai entendu parler par les paysans, comme d'un vieux château sur les bords du Gardon, pas loin d'ici, n'est-ce pas cela ?

— Parfaitement. Seulement ce vieux château est une forteresse imprenable.

— Et tu veux que je m'en empare ?

Tortilia haussa les épaules.

— C'est là, dit-il, que la colombe est enfermée.

— Aïe! fit Torte-Gueule.

— Charmant séjour du reste, continua l'homme de loi, air pur, très favorable à la guérison des plaies, très agréable société, bonne chère, à ta place j'irais y passer huit jours.

Torte-Gueule était abasourdi.

— Je crains vraiment que ta tête ne soit plus malade que ma jambe, dit-il à Tortilia.

— Pourquoi cela, cher ami?

— Je t'ai dit que je ne connaissais personne au château.

— Je me le rappelles parfaitement... après?

— Comment après? et tu me proposes d'aller y passer huit jours, comme si j'étais le cousin du marquis.

— Décidément c'est toi qui baisse. Rien n'est plus facile cependant.

— Je serais aise de m'en convaincre.

— Le maître du château est un bon vieillard, dévot et charitable, catholique enragé et plus royaliste que le Roi; toi, tu es un soldat du roi, fervent catholique aussi....

— Halte-là? je croyais être sergent des Camisards et huguenot.

— Et non, pour le moment tu es catholique, te dis-je, tu as été blessé dans les Cévennes en combattant les rebelles, tu reviens en congé de convalescence, mais la route a rouvert ta plaie, tu ne peux pas aller plus loin, tu demandes l'hospitalité, naturellement on s'intéresse à toi, on t'héberge pour un jour ou deux, mais toi tu fais traîner la convalescence en longueur, huit jours se passent, ta jambe n'est pas tout à fait guérie, mais ton ardeur pour le service de Sa Majesté ne te permet pas d'attendre plus longtemps, tu repars comblé de bénédictions

Moi, Tortilia, notaire royal, dicta le déserteur...., (*Voir page* 130.)

et objet d'enthousiasme des crédules papistes, qui croient que tu vas rejoindre Miraman ou Fimarcon, pendant qu'au lieu de cela tu viens prendre le commandement de ta compagnie et toucher deux pièces d'or comme acompte.

— Sans avoir rien fait de plus?

— Rien, seulement pendant ton séjour tu as gagné la confiance du maître, l'amitié des valets et étudié la disposition des lieux.

— Et cela suffit?

— Pour le moment oui, plus tard, quand il s'agira d'enlever la colombe, tu reviens au château, dans l'intention de serrer la main à tes amis et de leur apprendre des nouvelles. Ta compagnie arrive pendant la nuit; tu ouvres la poterne, fais entrer tout le monde et le tour est fait.

— Tu étais né pour être général, dit Torte-Gueule avec conviction.

— Je crois, en effet, que j'avais quelques dispositions naturelles.

— Une fois le château pris, que faudra-t-il faire des prisonniers?

— Méric te donnera ses instructions à ce sujet; si par hasard il l'oubliait, tu trouveras sans doute des cordes à Sainte-Anastasy, répondit Tortilia en faisant le geste de nouer son rabat.

— Le bandit eut un sourire féroce.

— Et la colombe? fit-il.

— Pour elle c'est différent, et si tu tiens à ne pas être pendu veille à ce que personne ne froisse une seule plume de son nid.

— Diable! comme tu y vas, il y tient donc bien à sa colombe?

— A elle, pas le moins du monde, mais à sa fortune, énormément.

— Crois-tu qu'elle l'emporterait cette fortune au bout de sa mâchoire? Méric est son cousin, il hériterait tout naturellement.

— Comme si Miraman, qui est parent aussi et très bien en cour, lui laisserait cet héritage.

— Une balle ferait l'affaire de Miraman.

— Et la femme et les enfants?

— Diable, cela se complique,

— Tandis qu'en enlevant la Saint-Véran, reprit l'homme de loi, d'abord on l'empêche d'épouser le Laudun, puis on gagne du temps, Mme de Puymarcé peut mourir soit d'elle-même, soit autrement et alors Méric, devenu libre, épouse de gré ou de force la belle cousine, ce qui arrangerait les choses au mieux ; les Miraman peuvent aussi passer de vie à trépas et alors rien n'empêcherait d'engager doucettement la colombe à en faire autant. Enfin au pis aller, on l'enferme en un lieu sûr jusqu'à sa majorité, et cette époque arrivée on lui vend sa liberté au prix d'une donation ou d'une vente simulée faite en bonne et due forme, en présence de maître Tortilia, notaire royal du lieu et mandement d'Uzès. Tu vois qu'on a plus d'une corde à son arc et tu comprends qu'il importe également et d'empêcher le mariage dont on nous menace et de conserver précieusement Marguerite jusqu'à l'âge de vingt-un ans accomplis.

— Nous disons donc, interrompit Torte-Gueule, assez indifférent sur le sort réservé à l'orpheline : 1° S'enrôler comme sergent dans la première compagnie de Camisards du sieur Méric. 2° S'arranger de façon à passer de huit à dix jours au château de Sainte-Anastasy. 3.° Y gagner la confiance générale par une grande ferveur catholique. 4° Introduire dans l'occasion une douzaine d'hommes dans ledit château. 5.° Enfermer la colombe en lieu sûr et faire prévenir Méric. Est-ce bien cela ?

— Parfaitement.

— Moyennant quoi : 1° Dix louis de vingt livres de gratification dont deux payables après lesdits huit jours, et le reste le jour et l'heure de la remise de la susdite colombe aux mains du capitaine Méric. 2° Trois livres de solde pour chaque jour, à partir de l'entrée en fonctions. 3.° Une part proportionnelle dans le butin. Est-ce bien encore cela ?

— Un homme de loi ne ferait pas mieux un mémoire, affaire conclue et à revoir, fit Tortilia en se levant, j'ai quelques affaires à Moussac, et je te quitte en t'engageant ma parole.

— J'aimerais autant un petit bout d'écrit, remarqua le sergent.

— Allons donc, puisque c'est convenu.

— Nous sommes tous mortels, et un engagement écrit est toujours plus sûr, reprit Torte-Gueule.

— Eh bien! va pour un écrit, je te le ferai à Moussac.

— Pourquoi pas ici?

— Parce que je n'ai rien de ce qu'il me faut.

Le sergent avait son idée, il insista :

— Tu vas à Moussac pour instrumenter et bien certainement tu es trop prudent pour partir sans tes outils.

— Tu y tiens donc absolument?

Torte-Gueule avait repris son fusil.

— Oui, répondit-il d'une voix doucereuse, cela m'obligerait beaucoup.

L'homme de loi savait ce que valait une prière dans la bouche du bandit, et une arme dans sa main.

— Tiens, dit-il en fouillant son pourpoint et avec un air d'étonnement dont le soldat ne fut pas dupe, j'ai *par hasard* sur moi ce qu'il faut pour écrire.

— Quelle heureuse chance, cher ami! interrompit Torte-Gueule, avec un sourire férocement railleur, permets-moi d'en profiter; je vais te dicter le petit engagement, ce sera l'affaire d'un instant.

Le légiste posa une feuille de papier sur son genou et attendit.

— Moi, Tortilia, notaire royal, dicta le déserteur, au nom du sieur Méric de Puymarcé, ai promis et promets....

— Et promets, fit le notaire en s'arrêtant.

— A Jean Mathias, dit Torte-Gueule, mon complice dans l'arrestation de la côte de Monteils....

— Tu plaisantes sans doute, dit Tortilia en s'arrêtant de nouveau

— Tu te trompes, je ne plaisante jamais.

— Mais ne vois-tu pas qu'en écrivant cela je me dénoncerais moi-même à la justice ?

— J'ai autant d'intérêt que toi à lui cacher ce papier.

— Sans doute, mais si tu venais à être tué à Sainte-Anastasy, et le papier découvert?

— Tu m'as assuré que je ne courrais aucun risque.

— Sur mon honneur, je te le jure.

— Tant mieux pour nous deux, alors tu ne seras pas compromis.

— Mais enfin, si par hasard, tu venais à être tué.

— Probablement, alors par le même hasard, tu serais pendu, répliqua froidement l'aventurier.

— Je n'écrirai pas cela, s'écria Tortilia, blême de peur.

— Tu l'écriras au contraire pour me faire plaisir.

— Il n'y a aucun avantage pour toi.

— Tu crois? Eh bien moi je suis d'avis contraire, répondit le sergent; comprends bien mon petit raisonnement : Si je suis tué, et qu'on ne trouve sur moi aucune preuve de ta complicité, tu pleureras sans doute ma mort comme un ami, mais cette mort te procurera l'avantage de toucher vingt louis au lieu de dix. Si au contraire, j'ai ce petit bout de papier dans ma poche, ma mort ne pourrait te procurer que les honneurs de la balançoire. En sorte que, dans le premier cas, tu serais intéressé à ma mort, et dans le second, au contraire, à ma vie. Ce qui est très différent pour ma sécurité personnelle.

— Ce brigand m'a deviné, pensa Tortilia, et si je refuse absolument, fit-il.

— Cher ami, ne m'oblige donc pas à te faire remarquer que le bois est bien solitaire et que ton cheval ferait parfaitement mon affaire.

— Quel homme! quel homme! fit Tortilia, feignant de croire que cette menace n'était qu'une plaisanterie, il le ferait comme il le dit.

— J'ai si mauvaise tête, répondit Torte-Gueule, en armant son fusil, allons, y sommes-nous?

— Oui, fit l'homme de loi, pâle de terreur.

— Alors, je reprends : mon complice dans l'enlèvement....

— Dans l'enlèvement, soupira le scribe qui, cette fois, acheva la rédaction de l'acte sans faire une observation.

Torte-Gueule était quelque peu clerc, il prit le papier des mains du notaire, le lut avec soin et vérifia la signature.

— Tout est en règle, dit-il en l'enfonçant dans la poche de son pourpoint. Ça, cher ami, ajouta-t-il, avoue que j'ai été prudent.

— Au fond, tu as peut-être eu raison, soupira l'homme de loi.

— Pour cette fois, sans rancune, cher ami, et à bientôt, cria Torte-Gueule à son complice qui s'éloignait, tout confus, au petit trot de sa monture.

CHAPITRE XII

L'ÉVASION

Valter travailla toute la nuit avec l'énergie du désespoir.

Sa conversation avec du Serre avait fait écrouler les espérances ambitieuses de toute sa vie. Tout en taillant le morceau de toile arrachée de sa fenêtre, il réfléchissait amèrement sur l'égoïsme de son complice.

— Par ma science, se disait-il, je suis parvenu à faire à mon gré, de créatures raisonnables, des illuminés et des convulsionnaires, par ma science, j'ai découvert un gaz puissant dont les propriétés extraordinaires vont changer la face de la terre, mes cheveux ont blanchi dans les veilles,

12

et au moment où mon nom va devenir immortel, il veut me condamner à l'obscurité pour assurer sa vengeance. Pour tromper de stupides paysans, il exige que je demeure inconnu, que ce secret meure tout entier avec moi. Si je parlais, les hommes, éclairés par moi, ne se laisseraient pas entraîner, et il me brise sans pitié pour étouffer ma voix. Malédiction sur lui ! Oh ! si j'étais assez ignorant pour croire qu'il existe un Dieu, je croirais que ce Dieu se venge d'avoir trouvé en moi un rival. Mais il n'y en a pas de Dieu, non il n'y en a pas, et cependant, peut-être..., mais non, non, il n'y en a pas, je ne veux pas moi qu'il y en ait !

Et il frappait du pied avec rage, tâchant, mais en vain, d'écarter de sa pensée ce terrible *peut-être*, effroi et supplice des criminels.

Entre les mains du savant, le travail avançait rapidement. La toile découpée en triangles et cousus fortement les uns avec les autres, s'arrondissait régulièrement et présentait le même aspect qu'aurait l'étoffe servant à recouvrir un vaste parapluie. De longs roseaux, étaient déposés dans un angle du laboratoire. Valter en lia trois ou quatre ensemble, et, les courbant avec ménagement, en fit un large cercle qu'il posa sur la toile étendue sur le sol. Puis, de nouveau, il se mit à coudre avec ardeur l'étoffe aux roseaux auxquels, de distance en distance, il avait eu soin de nouer de fortes cordelettes assez longues pour pouvoir se nouer facilement par leurs extrémités.

Pendant plus d'une heure, il resta ainsi à genoux sur la terre, l'œil ardent, la sueur au front, cousant avec une sorte de rage.

Enfin, il se releva triomphant, puis réunissant tous les cordons dans sa main, il grimpa sur une chaise placée sur une table, éleva au-dessus de sa tête le disque et sauta sur le plancher aussi lourdement qu'il le put.

Un oiseau ne se pose pas plus doucement sur une branche, que les pieds du savant ne touchèrent le sol. Quelque faible que fût la hauteur d'où il s'était élancé, la toile fortement tendue par l'air comprimé sous la vaste surface du cerceau avait eu le temps de se gonfler, et de s'arrondir

Il s'élança dans le vide..... (*Voir page* 136.)

en forme de dôme au-dessus de l'expérimentateur doucement suspendu.

— Oh! science, tu as encore vaincu, s'écria-t-il avec un rire strident.

Un moment encore il contempla son ouvrage, essuya la sueur de son front et sortit sur la plate-forme de la tour.

Le ciel était chargé de nuages noirs, les raffales du vent apportaient comme une longue plainte la grande voix des forêts; dans la plaine, tout était ombre et silence.

En face de cette nature menaçante, l'orgueilleux savant eut peur. Qui sait, pensa-t-il....mais aussitôt relevant la tête comme s'il eût eu honte. Non, non, murmura-t-il avec rage, il n'y a d'autre Dieu que l'homme.

L'horloge d'Anduze sonna trois heures, le jour allait venir.

Valter entra dans le laboratoire, essaya de nouveau la puissance de son cerceau et remonta sur la terrasse. Là encore il s'arrêta pour réfléchir. En sautant du côté de la cour intérieure, il courait risque de se trouver enfermé; du côté du rocher, il n'y avait pas de murailles, mais pour gagner la plaine, il fallait tenter un second saut, plus périlleux encore que le premier.

Valter se décida pour ce dernier endroit, l'horloge sonnait trois heures et demie, il lui sembla entendre grincer une clef dans la porte de fer, il n'y avait plus à hésiter, il enjamba la balustrade, vomit un dernier blasphème, puis élevant son cercle au-dessus de sa tête, il s'élança dans le vide.

En croyant entendre ouvrir la porte de la tour, le docteur hollandais ne s'était pas trompé. Tout entier au soin de sa vengeance, du Serre dormait peu.

Cette nuit, la proie qu'il cherchait c'était Valter.

Les découvertes qu'avaient faites le docteur étaient trop utiles au gentilhomme révolutionnaire, pour qu'il ne fût pas inébranlablement décidé à se les approprier n'importe par quel moyen. Mais pour qu'elles produisissent un effet utile, il fallait qu'elles parussent un miracle du ciel et non pas un prodige de la science. Or, Valter n'était pas homme à sacrifier sa gloire, pour le seul profit du parti protestant. Athée dans le fond, plutôt que de renoncer à la gloire, il allait tout révéler, il allait tout perdre. Il avait été longtemps un auxiliaire utile ; en publiant un secret qui enlevait tout prestige aux prophéties, il devenait nuisible, il devait donc mourir.

Mais de quelle mort ? C'était pour se donner le temps de réfléchir que du Serre avait enfermé le prisonnier.

Pour sa femme huguenote fanatique, du Serre n'avait pas de secrets. Quand une femme a passé plusieurs mois à torturer de pauvres enfants, on peut être sûr qu'elle n'a ni cœur ni entrailles. Aussi quand son mari lui eut révélé la grande découverte de frère Bernard, et qu'il eut ajouté que l'orgueil du savant rendait probable une funeste indiscrétion de sa part, la huguenote répondit sans hésiter :

— Il faut qu'il meure.

— Oui, mais comment ? demanda-t-il, le poison laisse des traces.

La huguenote se recueillit.

— Il y a un moyen, fit-elle.

— Lequel ?

— Monte au laboratoire, et dis : Frère je t'ai parlé durement, pardonne-moi ; tu veux que ta découverte soit connue du monde entier, publie-la aux quatre vents de la terre ; je ne te demande qu'une grâce, c'est de dissimuler ta gloire pendant huit jours.

— Mais, dit du Serre effrayé, il acceptera, j'en suis sûr, et alors...

— Il tombera dans tes bras avec reconnaissance et pour témoigner sa bonne volonté, consentira à t'accompagner à la salle des miracles. Le souterrain qui y conduit a des portes qu'un homme, fût-il Samson, n'ébranlerait pas, et il est assez sourd pour que de ses profondeurs les hurlements de la faim ne puissent arriver à aucune oreille.

— L'esprit de sagesse a parlé par ta bouche, femme, dans quelques jours il n'y aura qu'une fosse à creuser ; et se levant, il se dirigea vers la tour au sommet de laquelle brillait une faible lumière.

— Frère Bernard, dit le gentilhomme en entrant dans le laboratoire, je vous ai…. Il s'arrêta, il n'y avait personne dans le cabinet mystérieux.

Du Serre ferma la porte derrière lui, et monta sur la plate-forme.

Elle était déserte.

Le jour commençait à poindre, le verrier examina les barreaux de la balustrade un à un, il n'y trouva aucun vestige de cordes ou d'échelle. Il rentra dans le laboratoire, regarda sous les meubles, fouilla toutes les armoires. Rien !

Un frisson parcourut tout son être.

— Malheur ! malheur ! murmura-t-il. Ici même, Valter m'a expliqué le moyen de se précipiter du haut d'un roc au fond d'un abîme sans courir aucun danger. Le traitre est à présent sur la route d'Anduze. Dans quelques heures, nos secrets seront vendus, les soldats ici, mes élèves enlevés, mes préparatifs inutilisés, mes prophéties réduites à néant !

Et, s'élançant comme un fou dans l'escalier, il sortit de la tour, traversa les cours, et, le poignard à la main, descendit en courant le rapide sentier qui, conduisait au pied du rocher.

CHAPITRE XIII

UN MARTYRE DE LA FOI

En arrivant au bas de la côte, du Serre crut entendre un gémissement étouffé et s'arrêta. Dans cette plainte il lui avait semblé reconnaître la voix de Valter.

Après une minute d'examen, du Serre allait repartir, quand un nouveau gémissement plus distinct le cloua de nouveau sur le sol; il leva les yeux vers le ciel, d'où la plainte paraissait descendre.

Tout à coup, il fit un pas en avant et s'arrêta de nouveau, dans l'attitude d'un homme surpris par une vision inexplicable. Au-dessus de sa tête, à une prodigieuse hauteur, il venait d'apercevoir sur la paroi du rocher une large tache d'un gris opaque, et au-dessous de cette tache quelque chose de noir, un corps peut-être, se balançant dans le vide.

Ce pendu poussait de sourds gémissements.

Cette fois il n'y avait pas à s'y tromper, c'était Valter.

On pouvait le sauver encore, mais comment arriver jusqu'à lui?

Un moment, du Serre hésita, puis, comme honteux de son indécision, il remonta le sentier qui conduisait à la plate-forme supérieure.

Aux trois quarts environ de la hauteur du rocher, naissait une espèce de corniche étroite qui entourait l'énorme bloc d'un cordon peu saillant. La direction de cette corniche devait être à peu près celle de l'objet aperçu d'en bas.

S'aventurer sur cette étroite saillie, c'était affronter mille fois la mort.

Pour arriver à Valter, il fallait pourtant passer par là.

L'indomptable huguenot mesura le danger sans pâlir. Son parti était pris. Il détacha sa chaussure et quitta son pourpoint, et le poignard aux dents, les deux mains se cramponnant à chaque saillie, il commença à avancer.

Un instant, il dut se croire perdu, le suintement des eaux avait désagrégé une partie de la corniche et recouvert les pierres à demi détachées d'un limon verdâtre et glissant.

En voulant se retenir et assurer son pied, du Serre acheva d'ébranler une large dalle, il la sentit osciller sous lui. Avec un sang-froid et une adresse prodigieuse, il saisit son poignard, l'enfonça dans une étroite fissure et se faisant un point d'appui de la garde, il repoussa la pierre branlante, et posant son pied dans le creux qui avait servi comme d'alvéole au bloc précipité, il franchit heureusement l'obstacle.

A partir de cet endroit le bourrelet, en s'élargissant, formait un sentier moins impraticable jusqu'au-dessous de la tour.

Un figuier sauvage ombrageait le promontoire aérien sur l'arête duquel se courbait une des plus fortes branches de l'arbre, violemment ployée par le poids suspendu à son extrémité.

Encouragé par l'heureux succès du premier saut qu'il avait fait, le fugitif n'avait pas hésité à en tenter un second; seulement, comme il craignait que la corde ne lui échappât des mains, il l'avait nouée autour de ses poignets, puis il s'était hardiment élancé dans le vide, sans songer au perfide figuier.

Son corps avait traversé facilement la voûte du feuillage, mais elle avait arrêté le large parachute.

Les efforts qu'il avait faits pour se dégager, en cherchant à briser la branche par des secousses, avaient affreusement resserré les nœuds, ses poignets étaient tuméfiés, les veines de son front battaient à se rompre, ses yeux sortaient de leurs orbites, et de sa poitrine oppressée, la respiration ne s'échappait qu'avec des sifflements.

Le rival de Dieu souffrait les tourments d'un damné.

Oh! s'il eût su que son frère en Calvin était si près de lui, n'ayant que la main à étendre pour le sauver!

Mais la toile de son appareil l'empêchait de l'apercevoir. Pour sauver le malheureux docteur, son complice avait deux moyens également faciles : ou trancher la branche de figuier et permettre au parachute de descendre doucement, ou attirer l'appareil à la hauteur de la terrasse.

Le verrier en adopta un troisième.

La branche, usée par le frottement, était déjà à demi rompue. Du Serre se coucha sur la terrasse, saisit la corde prête à s'échapper et, l'assura sur une pointe de rocher : alors seulement il respira.

En sentant un mouvement extraordinaire et en entendant craquer le figuier, Valter oublia un instant son supplice, il était sauvé.

Cet instant de bonheur fut rapide comme la pensée, et le cri de joie commencé s'acheva dans un cri de désespoir.

Ce n'était pas l'arbre qui se brisait, c'était la toile qui venait de se fendre. Tout était perdu.

Dans les convulsions de la terreur, il renversa sa tête en arrière et, à travers son parachute, il aperçut le visage du verrier.

Il fallait que l'expression de la physionomie du huguenot fût bien atroce, car le docteur poussa un cri d'épouvante.

Bientôt cependant, l'amour de la vie l'emportant sur l'effroi, la victime essaya de fléchir son juge :

— Sauve-moi, frère, dit-il, et je serai ton esclave.

Du Serre, impassible, ne répondit pas, il s'occupait à scier la corde.

— Mon bon frère, grâce, grâce !

Le poignard continuait à grincer sur la corde.

Une dernière fois, Valter leva vers l'inflexible huguenot un regard suppliant; le travail de mort touchait à sa fin.

— Ainsi périssent les ennemis du Seigneur, dit enfin du Serre en tranchant le dernier fragment.

— Infâme, hurla le patient, sois......

La branche du figuier se releva violemment, puis on entendit un bruit sourd et mat. C'était celui de la chute du cadavre. Les deux mains appuyées sur le rebord de la terrasse, le huguenot contempla un moment son ennemi étendu sanglant dans la poussière, puis, quand il se fut assuré qu'il était bien mort, il détacha avec soin l'appareil suspendu au figuier, brisa les roseaux, ramassa soigneusement les bouts de cordes et jusqu'aux feuilles arrachées et cacha le tout dans la crevasse du rocher.

Cela fait, il s'assura de nouveau que toutes les traces de son crime avaient disparu et, sans crainte comme sans remords, il reprit audacieusement le chemin par lequel il était arrivé jusqu'à la terrasse.

Dieu permit qu'il regagnât le sentier.

Quelques heures plus tard, frère Guillaume entrait dans l'atelier.

Le visage du maître était profondément abattu et sa voix semblait brisée par la douleur quand, posant une main sur poitrine, il dit :

— Frères, bénissons le Seigneur, même lorsque son bras s'appesantit pour nous châtier.

A cet exorde imposant, les Cévenoles se regardèrent avec anxiété.

— Un de nos plus vertueux frères, continua le verrier, vient de succomber sous la rage des papistes, notre ami Bernard n'est plus.

Les ouvriers poussèrent un cri de rage.

— Nomme-nous les assassins et nous irons les exterminer jusque dans la ville d'Anduze, s'écria Baruc le fondeur.

— Ceux qui ont frappé le frère Bernard, je ne les connais pas, mais je sais qui a mis le poignard entre leurs mains, voulez-vous que je le nomme ?

— Oui, oui, vociférèrent les ouvriers.

— Eh bien ! cet assassin, c'est le féroce abbé du Cayla.

— Toujours lui, hurla Baruc ; ou je mourrai ou j'aurai sa vie !

— Je m'y oppose, dit une voix.

Tous les yeux se tournèrent vers un autre colosse, à la figure féroce, qui se tenait à l'écart, appuyé sur une large hache.

— Pourquoi t'y opposes-tu ? demanda Baruc avec colère.

— Parce que sa vie m'appartient, répliqua Jérémie. Sa vie m'appartient, car j'avais un frère, il l'a fait apostasier.

— Il a replongé ma mère dans les superstitions papistes, fit un autre.

Chacun jeta son accusation.

Du Serre triomphait. Il avait commis le crime, et il en faisait tomber l'odieux sur son ennemi.

— Écoutez, dit-il enfin, oui, nous avons tous droit à la vie de ce monstre, mais aujourd'hui un devoir plus triste nous appelle. Au pied du rocher, le cadavre de notre frère est couché dans la poussière. Allons relever ensemble les restes mortels de ce héros.

— Allons ! répondirent les verriers.

Quelques instants après, quatre hommes descendaient, précédés par du Serre, le sentier qui conduit à la Combe de l'Homme-Mort.

Quand ils furent arrivés au bas :

— C'est ici, fit le verrier en se découvrant avec respect.

On releva le cadavre affreusement mutilé. Baruc ramassa une branche teinte de sang, et l'attacha à son chapeau. Jérémie avait apporté sa hache, il trempa le fer dans la terre humide, d'autres se partagèrent les liens.

Quand le corps eut été posé sur un brancard, le cortège se remit en route.

Le corps, recouvert d'un voile noir, fut déposé dans une salle. La pieuse dame du Serre voulut elle-même l'envelopper dans son linceul.

Le verrier avait choisi pour le dernier asile du docteur la terrasse même d'où le malheureux Valter s'était élancé pour fuir, ce fut au pied de la tour que l'on creusa sa fosse.

Le lendemain, au point du jour, il aida à descendre le cercueil dans la fosse. Quatre heures sonnaient, c'était l'heure où la veille il tranchait la corde à laquelle était suspendu son ennemi sans défense.

Quand la dernière pierre eut été posée, les ouvriers défilèrent un à un devant le tombeau, en prononçant le même serment de vengeance que les conjurés de Genève avaient prêté sur la Bible :

« Haine aux papistes! mort à l'assassin ! »

Par l'assassin, ils entendaient l'archiprêtre des Cévennes, l'abbé de Cayla.

Sous le masque de la douleur, du Serre triomphait, il exploitait audacieusement son crime dans l'intérêt d'une seconde vengeance,

Peu à peu, il assurait sa vengeance; elle devait être terrible.

CHAPITRE XIV

LA COLOMBE ET LE SERPENT

Maître Tortilia ne s'était pas trompé en croyant reconnaître un rusé coquin dans son ami Torte-Gueule ; seulement, en cherchant un complice, il avait trouvé un maître capable de le gagner en lui rendant des points, et il avait appris à ses dépens que la besace percée d'un déserteur peut contenir plus de tours que le sac à chicane du procureur le plus retors.

L'homme de loi se consola pourtant facilement. Partie perdue, partie gagnée, pensait-il ; car, après tout, c'est un fameux auxiliaire que je me suis donné là.

Quant au braconnier, après avoir suffisamment ri de la mésaventure de son complice, passé, présent et futur, il était retourné à son rocher où, tout en plumant ses perdrix, il pourrait méditer à l'aise son plan de campagne.

De simple soldat, devenu général en.....désertant, il tenait à honneur de se montrer digne de son brillant avancement.

En jouant le huguenot persécuté, le bandit avait trompé les huguenots ; en jouant le catholique victime de son dévouement, il tromperait sans doute non moins facilement les catholiques. Le plan était, on le voit, aussi simple qu'habile. C'était toujours le même manteau d'hypocrisie dans lequel il se drapait ; seulement, après s'en être servi d'un côté, il le retournait de l'autre, comme un vieil habit qu'on veut faire paraître neuf.

Son parti pris et arrêté, il voulut, avant de quitter sa solitude, faire ses adieux en forme à ceux qui l'avaient secouru pendant sa convalescence.

— Frères, dit-il aux paysans qui lui apportaient sa nourriture, l'esprit du Seigneur me pousse à marcher à la défense de son saint nom et à rejoindre mes anciens chefs. Demain, dans la nuit, je partirai. Si quelques-uns d'entre vous ont des messages ou de l'argent à envoyer aux frères de la montagne, je m'en chargerai avec joie pour reconnaître, autant qu'il sera en moi, par ce petit service, votre charité à l'égard d'un persécuté.

Les paysans n'étaient pas riches, mais plusieurs d'entre eux avaient des enfants ou des amis dans les Cévennes, et tous regardaient comme un devoir de venir en aide aux champions de la foi. Le lendemain soir ils revinrent en nombre, apportant une modeste collecte et quelques lettres écrites en leur nom, par un ministre caché dans les environs.

Le pieux solitaire prit l'argent et les lettres, puis, après une fervente prière faite en commun et une touchante allocution qui fit couler les larmes de tous les auditeurs, Torte-Gueule, étendant les mains, bénit une dernière fois le troupeau fidèle prosterné à ses pieds, puis, le bâton à la main et la besace à l'épaule, il s'enfonça dans le bois, en se dirigeant du côté d'Aubussargues.

Quelques huguenots s'étaient offerts à l'escorter et à lui servir de guides, mais le futur martyr, assuré sans doute que les lumières du ciel ne lui manqueraient pas, repoussa généreusement leurs propositions, de peur, disait-il, de compromettre des frères, mais en réalité, pour être plus tôt débarrassé de leur surveillance.

— Si vous voulez réellement m'être agréables et utiles, ajouta-t-il en prenant congé d'eux, restez encore ici quelques instants tous réunis à prier, afin qu'avec la protection du ciel j'échappe, dans mon périlleux voyage, aux embûches des Philistins

Quand l'assemblée, agenouillée pour réciter un psaume, se releva, le bandit avait disparu dans le bois. Alors seulement les crédules religionnaires se séparèrent pour regagner furtivement leurs demeures.

Deux d'entre eux habitaient aux portes d'Aubussargues, tout en suivant le sentier par lequel le sergent s'était éloigné, ils causaient avec édification du nouveau Machabée.

— A peine sa blessure est-elle fermée et déjà il court à de nouveaux dangers, disait l'un. Quelle foi! quelle ardeur!..

— As-tu vu, pendant qu'il nous parlait, comme son visage resplendissait? répondait l'autre. On eût dit que.....

Torte-Gueule ne put pas en entendre davantage du haut du chêne vert dans les branches duquel il s'était blotti pour leur donner le temps de s'éloigner.

Ce ne fut qu'après s'être bien assuré qu'il ne courait plus aucun risque de rencontrer d'importuns admirateurs que le Judas-Machabée, se laissant glisser jusqu'à terre, se remit en route, mais en tournant le dos cette fois à Aubussargues et aux Cévennes.

La nuit était sereine, la lune brillante, il n'eut pas de peine à s'orienter.

Au point du jour, il arriva sur les bords du Gardon. L'eau paraissait profonde, la rive déserte. Torte-Gueule s'assit en vrai poète au pied d'un arbre, tout au bord de la rivière, sortit de sa poche tous les petits rouleaux de monnaie qu'il avait reçus, enleva l'enveloppe qui recouvrait chacun d'eux et désignait la personne à laquelle il était destiné, fit un seul paquet des lettres ainsi que des adresses déchirées, y joignit un caillou d'une honnête grosseur et lança le tout au milieu du Gardon, puis, sans doute pour se payer de ses peines, il s'adjugea sans plus de façon les 22 livres 5 sous 8 deniers, montant de toutes les petites sommes confiées à sa probité, mit l'argent dans sa poche et, heureux de se sentir la bourse ainsi bien garnie, se remit en route et descendit par le chemin de Saint-Nicolas de Campagnac, jusqu'a l'auberge isolée appelée la *Bégude-Basse*, où il entra pour se rafraîchir aux dépens des frères de Bourdic.

De la *Bégude* à Sainte-Anastasy, surtout après un bon déjeûner, le trajet est une promenade. Torte-Gueule, réconforté par quelques verres de vin, boisson dont il avait été privé si longtemps, traversa sans se hâter le bois de Saint-Nicolas, entra dans la garrigue de Saint-Anastasy, gravit le devois ou côte escarpée de Bramefière et, parvenu au sommet, s'arrêta en proférant un juron admiratif.

En face de lui, sur la montagne voisine, se dressait comme un fantôme enveloppé des blanches brumes du matin, le château du sire de Meyrargues.

— Peste ! se dit le sergent, ou je ne m'y connais pas ou cette cage est bien la plus solide que j'aie vue de ma vie, et je comprends que mon cher capitaine Méric ait besoin pour y entrer que je lui en ouvre la porte.

Le hasard avait favorisé l'aventurier, de l'endroit où il s'était arrêté, on pouvait admirablement étudier le pays et surveiller les mouvements de l'ennemi, seulement le lieu était trop découvert, l'aventurier descendit donc la colline du côté du château, gagna un taillis épais, tout auprès du chemin qui conduisait à Sainte-Anastasy et y établit son poste d'observation.

Depuis qu'il avait adopté son plan de campagne, Torte-Gueule ne négligeait aucun des moyens qui pouvaient en assurer la réussite. Celui sur lequel il comptait le plus était la blessure reçue à la côte de Monteils, aussi la soignait-il dans ce but avec un intérêt tout particulier. Il s'assit donc derrière un buisson et déroula avec soin la bande de toile qui retenait sur sa jambe une large feuille de renoncule scélérate. Les faux mendiants connaissent parfaitement cette plante, très commune dans les lieux humides, et dont l'âcreté leur procure facilement les plaies artificielles dont ils ont besoin pour émouvoir la pitié publique. L'application de la feuille avait produit l'effet désiré, l'aspect de la plaie était hideux, les chairs rouges et violacées tout autour. Un habitué de la cour des Miracles l'eût trouvée admirablement réussie.

Torte-Gueule, grand connaisseur en cette matière, en fut satisfait, cependant, pour plus de précaution, il posa un nouvel appareil, puis après s'être assuré que sa besace contenait suffisamment de feuilles de rechange, il s'étendit sur le gazon, se fit un oreiller de son sac et, oubliant Bourdic, et les Cévennes, Méric et Tortilia, il s'endormit profondément.

Son sommeil dura longtemps, et quel sommeil ! une vraie béatitude de routier. Le bois était devenu un palais de marbre, plus grand que celui des États de la province, dans lequel le déserteur, devenu général en chef d'une armée de pillards, avait entassé des monceaux d'or et de pierreries. Dans cette magnifique demeure on goûtait toutes les joies du paradis, non pas du paradis des chrétiens bien entendu, mais de celui d'un Mahomet occidental qui, loin de proscrire l'usage des liqueurs fortes, en ferait jaillir des sources intarissables à l'usage de ses élus, éternellement altérés.

Vêtu de drap d'or et entouré de ses ministres et de ses capitaines, l'aventurier passait sa vie à boire, à jouer et à festoyer. A toute heure, ses soldats arrivaient, apportant de nouveau butin et chassant devant eux des troupeaux de belles prisonnières, qu'il faisait chanter et danser devant lui, pendant que des bourreaux, pour le distraire, torturaient sous ses yeux de Broglie et Basville, le terrible intendant. Il ne lui restait plus, pour compléter sa félicité, qu'à faire pendre son ami Tortilia, et déjà sur son ordre, la victime, amenée au pied d'une potence, dressée sur la table du festin, présentait le cou au fatal nœud coulant, lorsqu'un effroyable vacarme réveilla soudain le songeur.

Deux énormes chiens courants, le poil hérissé, l'œil en feu, les crocs menaçants, bondissaient autour de lui avec de féroces aboiements et semblaient s'exciter l'un l'autre à lui sauter à la gorge.

Le déserteur n'eut que le temps de s'adosser à un arbre en faisant le moulinet avec son bâton.

La vivacité de la défense, loin de ralentir l'attaque, la rendit plus furieuse.

Dans l'impossibilité de reculer et obligé de parer de droite et de gauche à la fois, Torte-Gueule, ruisselant de sueur, commençait à sentir ses forces s'épuiser, quand lui arriva enfin, et fort à propos, un secours inespéré, dans la personne d'Olivier qui, croyant ses chiens aux prises avec quelque bête fauve, accourait armé d'un bâton noueux, en criant à tue-tête : Ferme! ferme! les bons chiens! Mords, Pluton! tiens bon, Proserpine!

Dieu sait si de pareils encouragements étaient nécessaires. Les chiens faisaient rage.

— Holà! hé! l'ami, appelez vos chiens, si vous ne voulez pas leur faire dévorer un chrétien, hurlait le bandit, tout en continuant à manœuvrer à deux mains son énorme gourdin.

A la vue de l'étranger ainsi assailli, le jeune piqueur demeura stupéfait, ce fut l'affaire d'un instant.

— Ici, Pluton, ici, Proserpine, s'écria-t-il en se précipitant sur les chiens et leur distribuant une grêle de coups de pieds et de coups de poings; ici donc, mauvaises bêtes! Arrière, arrière donc, canailles!

A la voix du maître, les assaillants finirent par obéir de mauvaise grâce et reculèrent en grondant, tout prêts à s'élancer de nouveau.

Torte-Gueule s'assit au pied d'un arbre, sortit de sa poche tous les petits rouleaux de monnaie..... (*Voir page* 148.)

— Par les cornes du diable ! ce sont des tigres que vous avez là, grogna le déserteur essoufflé ; ils m'ont déchiré mes habits et en auraient fait autant de ma personne, si je n'avais eu un aussi bon bâton

— Oh ! ce sont de bonnes bêtes ! fit Olivier en essuyant avec une poignée d'herbe le muffle ensanglanté de Proserpine. Tu es blessée, ma pauvre belle.

— Parbleu ! c'est bien dommage, n'est-ce pas ? J'aurais voulu la tuer, dit Torte-Gueule.

— Après tout, ils ne vous ont pas fait grand mal, riposta l'Anguille avec dépit.

— Ah bien ! il paraît que c'est moi qui suis dans mon tort, à présent.

— Je ne dis pas, mais eux aussi n'ont pas tort, ils ne sont pas habitués à rencontrer des étrangers cachés dans les garrigues.

— Il ne fallait pas les mener sur les grands chemins alors, pour faire étrangler les passants.

Olivier allait riposter avec colère, quand il s'entendit appeler du chemin creux dont une haie les séparait.

— Eh bien ! l'Anguille, qu'y a-t-il donc ? demanda une douce voix de jeune fille.

— Rien, mademoiselle, c'était Pluton qui aboyait contre un étranger.

— Mon Dieu ! j'espère au moins qu'il ne lui a pas fait de mal.

— Dieu merci non, ma noble dame, répondit Torte-Gueule. Il n'y a eu que le pourpoint d'entamé.

— C'est déjà beaucoup trop, reprit une voix plus grave. Olivier, vous devriez être plus prudent ; il aurait pu arriver malheur. Je prierai M. le marquis de vous semoncer vertement.

— Oh ! oh ! pensa le mendiant, ce pourrait bien être la colombe, jouons notre jeu.

Et, ramassant sa besace, il suivit en boitant piteusement, l'Anguille qui, colère et confus, entraînait les chiens vers le chemin où l'on entendait piaffer les chevaux.

— Dieu de bonté ! ce pauvre homme est blessé, s'écria Marguerite, à l'aspect de l'étranger qui semblait se traîner avec peine.

— Je le suis en effet, mademoiselle, répondit celui-ci en saluant humblement, mais ce n'est pas la dent de vos chiens. Ils ne m'auraient pas mis en cet état, ajouta-t-il en montrant sa jambe dont il enleva rapidement l'appareil.

A la vue de cette plaie hideuse. Marguerite ne put réprimer un cri d'horreur, mêlé de pitié.

Plus habitué à de pareils spectacles, le commandeur reconnut au premier coup d'œil une blessure causée par une balle.

— Vous avez reçu un coup de feu ? dit-il au malingreux.

— Oui, monseigneur, une arquebusade que m'a tirée un fanatique des Cévennes.

— Vous êtes soldat ?

— Au 2me régiment de marine, 1re compagnie, capitaine Fiquelmont, actuellement à Florac, repartit, sans hésiter, le déserteur dont les réponses étaient préparées d'avance.

— Et, dans quelle affaire avez-vous été blessé ? continua le sire de Castellane.

— A l'attaque du bois de Pompidou, sous les ordres du brave comte de Miraman.

— Là, je crois, où a été tué Vivens, interrompit vivement Mlle de Saint-Véran, fière d'entendre l'éloge de son tuteur dans la bouche d'un soldat du roi.

— Là même, mademoiselle, reprit Torte-Gueule qui, tout en roulant de nouveau la bande autour de sa jambe blessée, avait parfaitement remarqué l'effet produit par le nom qu'il avait prononcé à dessein. La journée était finie, continua-t-il, sûr d'être écouté avec intérêt, et nous revenions tranquillement après la victoire, quand un scélérat, embusqué derrière un route, tira sur notre capitaine. J'aperçus le bandit au moment où il approchait la mèche de son arquebuse et, ne pouvant prévenir coup, je me jetai au devant. La balle me fracassa la jambe, mais le capitaine fut sauvé.

— Quel courage ! fit Mlle de Saint-Véran.

Olivier, moins crédule, parce qu'il en voulait à l'étranger, haussa les épaules avec dédain.

— Et, comment se fait-il que vous soyez ici ? demanda le commandeur.

— En effet, reprit Marguerite, il est étonnant que M. de Miraman ne vous ait pas gardé près de lui à Saint-Ambroix.

— Je n'appartenais pas à la compagnie du comte, et lui-même ne retournait pas à Saint-Ambroix, où il avait laissé, pour commander en son absence, le vicomte de Laudun, un officier comme on en rencontre peu pour le courage et la prudence.

Cette fois la jeune fille, prise au dépourvu, rougit visiblement et, pour cacher son embarras, feignit d'être très occupée à dégager ses pieds des plis de son amazone, où ils n'étaient nullement embarrassés.

Personne ne se trompa à cette manœuvre, et le commandeur, malgré sa gravité, sourit imperceptiblement.

Quant à Torte-Gueule, il savait à présent ce qu'il voulait savoir. C'était bien là cette colombe qu'à la côte de Monteils, il avait déjà essayé d'enlever pour le comte de Méric.

— Avec d'autres blessés, continua l'aventurier, je fus transporté d'abord dans un petit village, puis à Barjac, d'où je suis parti, il y a quelques jours, pour aller passer quelques semaines de congé à Nîmes. Je croyais ma blessure suffisamment cicatrisée, mais la fatigue l'a rouverte. Ce n'est qu'en me traînant et avec l'aide de mon bâton que je suis arrivé jusqu'ici et, ne pouvant aller plus loin, je m'étais arrêté pour me reposer sous ces arbres, quand les chiens sont venus m'attaquer.

— Il fallait monter jusqu'au château, vous y auriez été bien reçu.

— Je suis soldat et je ne sais pas mendier messire, balbutia le bandit en s'efforçant de rougir

— Je ne sais pas si tu es soldat, mais tu m'as tout l'air d'être un coquin, murmura entre ses dents Olivier qui, assis sur le bord du fossé, bassinait avec de l'eau fraîche la tête de Proserpine.

— Demander l'hospitalité n'est pas mendier, reprit Marguerite, et, quoique je ne sois pas la maîtresse de céans, je suis assurée que M. le marquis de Meyrargues recevrait avec joie un brave soldat qui a sauvé la vie à son gendre.

— J'en suis sûr aussi, dit le commandeur, et je me porte garant pour mon vieil ami. Un soldat du roi et un défenseur de la religion catholique sera toujours accueilli avec bonheur à Sainte-Anastasy.

— Je craindrais d'être importun, objecta le blessé, aussi bien il me reste encore quelque argent de ma paie, Nîmes n'est plus qu'à quelques lieues, peut-être rencontrerai-je sur la route quelque voiturier qui me permettra de monter sur sa charrette et, au pis aller, en ne marchant que la nuit, à la fraîcheur, je pourrai toujours arriver jusque-là.

Il fallut presque faire violence au généreux soldat pour le déterminer à accepter l'hospitalité au château. Enfin, vaincu par les instances du sire de Castellane, il finit par céder, à la grande joie de Mlle de Saint-Véran, toute heureuse de présenter à la comtesse le sauveur de M. Miraman.

Il n'y avait que la côte à monter, les cavaliers mirent leur montures au pas un peu lent de leur protégé ; Olivier suivait à pied, le bras passé dans la bride de son cheval et retenant, à contre-cœur, les chiens qui n'eussent pas mieux demandé de recommencer l'assaut si malencontreusement interrompu par l'arrivée de leur maître.

Le même soir le bandit, chaudement accueilli par le marquis de Meyrargues et la comtesse de Miraman, était, après souper, confortablement installé dans les cuisines du château où, assis dans un fauteuil de cuir, il contait en héros modeste ses campagnes et ses aventures dans les Cévennes, au grand ébahissement du jardinier, qui ne pouvait pas comprendre qu'un homme pût être brave.

Maître Tortilia avait raison. Ce genre de vie était de beaucoup préférable à celui qu'il avait mené dans les bois de Bourdic.

Une seule chose contrariait l'aventurier : la rancune soupçonneuse d'Olivier qui devinait le bandit sous le masque de l'hypocrite.

Mais bah! ce n'était après tout qu'un enfant boudeur.

CHAPITRE XV

DERNIERS PRÉPARATIFS

Depuis le tragique événement que du Serre avait si heureusement exploité sous le titre de l'horrible assassinat de frère Bernard, une sourde inquiétude s'était emparée des ouvriers Cévenoles.

Sous cette impression, leur âme était comme la nature à l'approche d'un orage, inquiète et frémissante.

Un mystère menaçant enveloppait la verrerie et rien n'expliquait cette vague menace.

Le verrier parlait peut-être moins encore que d'habitude, mais son regard brillait d'un feu sombre, son front était plissé par les soucis.

Parfois, il montait à cheval et disparaissait pour un jour ou deux.

Où allait il ? personne ne le savait.

Ou bien, sans motif apparent, il s'enfermait dans son laboratoire.

Qu'y faisait-il ? on l'ignorait.

Une nuit, des fondeurs aperçurent au sommet de la tour un spectre de feu en tout semblable au verrier.

Une autre fois, le laboratoire parut tout en flammes et comme entouré d'une auréole d'éclairs de toutes couleurs.

Des paysans, venus le lendemain, racontèrent qu'au-dessus du Ventalon, ils avaient aperçu en l'air trois globes de feu qui, après avoir éclairé le ciel pendant quelques instants, s'étaient brisés avec un bruit de tonnerre. Ils étaient persuadés que c'était le commencement des signes annoncés.

Dans la partie des bâtiments habités par les soi-disant apprentis, on entendait souvent des bruits étranges, un cliquetis de chaînes, des chants qui semblaient sortir des entrailles de la terre.

Sur toutes ces choses, le maître restait muet.

Un seul ouvrier, poussé par une invincible curiosité, avait osé franchir le mur de clôture, à la faveur des ténèbres, et se hisser à une fenêtre vivement éclairée pour regarder ce qui se passait à l'intérieur.

Sa tentative sacrilège avait failli lui coûter cher : du milieu de la salle déserte avait surgi tout à coup un monstre hideux dont le corps de dragon terminé par une queue de serpent était couverte d'écailles étincelantes. Le monstre s'était élancé vers lui en ouvrant à la fois dix gueules menaçantes qui dardaient des langues de feu.

Affolé par la terreur, le Cévenole s'était laissé tomber dans la cour en poussant un cri terrible.

Le lendemain, ses compagnons le retrouvèrent à 'a porte de l'atelier, les yeux égarés, la tête en feu, les membres meurtris.

De proche en proche, l'agitation gagnait la montagne, de rocher en rocher retentissait le cri : Frères! veillez, les temps sont proches.

Les paysans ne se soulevaient pas encore, mais déjà ils aiguisaient leurs haches et changeaient leurs faux en lances.

Vers la fin du mois de juin, plusieurs chariots de bois arrivèrent à l'usine. Quand on voulut les décharger, il se trouva que sous ce bois étaient cachées des caisses longues et lourdes. Du Serre les fit ouvrir, elles renfermaient cinquante fusils et autant de hallebardes, des épées, des mêches, de la poudre et des balles.

Ces caisses furent déposées dans un caveau dont le gentilhomme fit aussitôt mûrer la porte.

Dans la nuit, un inconnu arriva, conduisant un troupeau de chevaux pour lesquels des écuries avaient été préparées dans la cour mystérieuse.

Les jours suivants, de la montagne vinrent des étrangers se disant marchands ou colporteurs.

Contrairement à ses habitudes, le verrier les reçut tous, les uns après les autres, dans la tour maudite, où, seul, le premier arrivé de ces hommes, semblait avoir élu domicile.

Nul parmi les Cévenoles employés à la fabrique ne savait son nom, mais personne ne doutait que ce ne fût un grand personnage, chargé de quelque importante mission.

Probablement parce qu'il craignait d'être reconnu, un des prétendus marchands avait eu soin de se masquer. Il eut une longue conférence dans la tour et repartit dans la nuit.

Les ouvriers qui l'épiaienr remarquèrent que du Serre lui serra la main en lui parlant bas. A sa taille et à la couleur de ses cheveux, on supposa que ce pouvait bien être Jean Cavalier.

On savait que depuis plusieurs mois, frère Jean parcourait les villages, enrôlant les jeunes religionnaires et les exerçant à tirer de l'arquebuse et à manœuvrer comme de vrais soldats.

Tout ceci n'était pourtant qu'une supposition, car rien de ce qui s'était passé dans la tour ne transpirait au dehors.

L'inquiétude devenait de l'irritation.

Les prophéties se précisaient de plus en plus. Le nuage se faisait corps. Les ténèbres s'éclairaient peu à peu. Le 29 juin arriva.

Il y avait dans les esprits une telle fièvre, que M. de Mornas crut devoir prendre des informations par lui-même.

C'était le moyen le plus sûr pour être trompé.

Il se fit conduire au pied de la roche, gravit lentement l'abrupte sentier et se présenta à l'improviste à la verrière.

Du Serre le reçut avec un respectueux empressement, le promena longuement dans tous les bâtiments en lui parlant d'industrie, de nouvelles découvertes et de tout ce qui peut intéresser un fabricant.

Le gouverneur remarqua que les ouvriers semblaient ne s'occuper que de leur besogne. Point de curiosité défiante, d'empressement suspect. Tout était calme et bien ordonné.

Il mit incidemment la question sur la politique. Le verrier répondit avec une parfaite aisance, en homme qui connaissait les choses, mais ne partageait pas des craintes exagérées.

Lui-même proposa au vieillard de lui montrer ses fameux produits et il l'introduisit de l'air le plus naturel dans ce laboratoire que l'on disait impénétrable. Il y avait là des cornues, des flacons, des fourneaux, ainsi qu'il convient dans un cabinet d'essais, rien autre chose.

Les soupçons du gouverneur s'évanouirent entièrement. Au moment de se retirer, il se souvint pourtant des mystérieux bâtiments dont on lui avait parlé et témoigna le désir de les visiter.

Du Serre accéda avec un joyeux empressement au désir de son noble visiteur. S'il ne l'avait pas conduit tout d'abord à son école, c'est qu'il craignait de le fatiguer.

Ils traversèrent les cours et visitèrent plusieurs salles.

Dans l'une d'elles, la dame du Serre donnait, avec une angélique douceur, une leçon de lecture à une quinzaine de jeunes filles aux traits maladifs. M. de Mornas en fit la remarque au verrier.

— En effet, répondit celui-ci, ces enfants ont besoin des soins constants dont les entoure' Mme du Serre ; nous n'avons réuni ici que des enfants délicats ou malades, incapables de gagner leur vie en s'appliquant à des travaux pénibles. C'est une œuvre de pure charité.

Dans la salle voisine était l'école des garçons, dirigée sous la surveillance du gentilhomme, par le plus intelligent d'entre eux.

Le gouverneur remarqua avec satisfaction que le livre posé sur la table du maître était une Histoire de France dédiée au roi Louis XIV.

C'était un' heureux choix dont il fit compliment au verrier, puis il adressa quelques paroles d'encouragement aux enfants et sortit édifié de son hôte et enchanté de son patriotisme éclairé.

Du Serre le reconduisit, sans vouloir permettre que le vieillard s'appuyât sur un autre bras que le sien jusqu'au bas du sentier.

C'était, comme nous l'avons dit, le 29 juin 1702 que se passait cette scène de haute comédie.

Le verrier gravit rapidement la côte, rentra dans la tour dont il ferma soigneusement derrière lui la porte de fer et remonta au laboratoire où l'attendait, assis près d'une table chargée de papiers, l'un des chefs les plus exaltés de la société des Vengeurs, frère Flottard, agent secret de la reine d'Angleterre.

Les deux hommes se serrèrent la main avec un sourire à la fois ironique et triomphant.

— Le tour est joué, dit du Serre, continuons, et, pressant un bouton caché dans le mur, il fit tourner une pierre et retira, d'une armoire secrète, un plan détaillé des trois diocèses de Nîmes, d'Uzès et d'Alais.

Sur ce plan, les villes, les bois, les rochers étaient représentés par des points ou taches de formes diverses. Sur plusieurs de ces points on avait tracé à la main des croix noires ou rouges, dont l'une se faisait remarquer par sa grandeur.

Ce fut sur elle que le verrier appuya le doigt.

— Voici, dit-il, le pont de Montvert ; c'est là que doit être porté le premier coup.

— Je croyais que la révolte devait éclater partout à la fois, objecta Flottard.

— Notre ennemi mortel est là, reprit du Serrè. Il importe que l'archi-prêtre soit surpris et tué le premier. Sa mort sera pour nous plus qu'une victoire, car cet homme fait plus de mal à notre cause que toute une armée. Son châtiment sera le signal d'une prise d'armes générale.

— Qui guidera l'attaque ?

— Abraham Mazel de Saint-Jean de Gardonnenque.

— Combien d'hommes ?

— De leur côté, quatre soldats et deux ou trois domestiques, du nôtre, deux cents hommes et parmi eux Esprit Séguier, Salomon Couderc, Isaac et David Mazourie.

— Le prêtre est mort, fit Flottard.

Le verrier sourit haineusement.

— Et après ? demanda l'agent anglais.

— Après ? prise d'armes dans les trois diocèses.

— Les chefs ?

— Du côté de Vigan, Mazel, Castanet, Laporte, Séguier et Joigny.

— Bon choix, je les connais tous.

— Dans l'Aigoal, Ébénézer.

— Il a refusé.

— Il acceptera.

— Je le voudrais, mais je crains qu'il ne persiste ; ce serait cependant un auxiliaire précieux.

— Oui, il est sombre, fanatique, altier, mais sa crédulité et son igno-rance sont sans bornes, j'en ferai ce que je voudrai.

Flottard sourit avec incrédulité.

Après-demain, Ebénézer sera ici. C'est le jour que j'ai fixé pour lancer dans la plaine et dans la montagne mes trente élèves. Frère, tu

La dame du Serre donnait une leçon de lecture à une quinzaine
de jeunes filles..... (*Voir page* 160.)

assisteras à la sortie de mes prophètes et tu seras témoin de ma puissance sur Ébénézer.

— Je resterai, fit l'agent anglais, je serai bien aise de voir de mes yeux comment tu te tireras de tous tes prodiges.

Puis, se penchant de nouveau sur le plan :

— Qu'avons-nous pour le diocèse d'Uzès ? demanda-t-il.

— Méric, Jean Marius, les deux Ravanel et Espérandieu.

— Sauf Ravanel, qui a servi avec distinction, je ne vois là aucun chef de mérite. Je me méfie de Méric qui n'agit que par coup de tête ; Ravanel jeune est un ivrogne. Marius et Espérandieu deux bêtes féroces.

— Qui proposerais-tu à leur place ?

— Quoite, Elzear Plantavi, ou Abdias Maurel.

— Quoite est nécessaire dans le Haut Vivarais, Maurel dit Catinat opèrera à Beaucaire ; Plantavi est timide et ne connaît pas le pays.

— Il nous faudrait un homme d'action, Larose, par exemple.

— Mettons Larose, je n'y vois pas d'inconvénient.

Et, prenant un crayon, du Serre ajouta en marge le nom demandé.

— A Beaucaire, Catinat, m'as-tu dit?

— Catinat et Lajaunesse.

— Et pour Alais ?

— Roland, Lafleur et Daniel.

— Trois anciens, ceux-ci et bien connus, fit Flottard. Mais ajouta-t-il en indiquant du doigt le diocèse de Nîmes, un seul nom pour Nîmes qui est la tête et le cœur de notre révolte? Et pour cette chère petite Chanaan de la Vaunage, le seul endroit par lequel puissent arriver les secours étrangers, c'est bien peu.

— Je crains plutôt que cette circonscription militaire ne suffise pas au talent et à l'ambition du chef désigné pour y opérer.

— Vraiment et quel est donc ce nouvel Alexandre.

— Cet Alexandre ou ce César, comme tu le préféreras, repartit du Serre un peu blessé, s'appelle Jean Cavalier.

— Ce jeune blond, fade, qu'on appelait frère Jean. C'est un enfant.

— Un enfant que le consistoire de Nîmes et les frères de la Vaunage avaient choisi comme leur député au grand congrès, qui déjà éclipse tous les autres chefs par son ardeur et sa popularité, et qui les dominera par ses talents et son courage.

— Certes quel éloge ! Dieu veuille, pour le succès de notre cause, qu'il en soit digne, mais en vérité j'admets difficilement qu'Ébénézer, le sauvage de l'Aigoal, veuille plier devant son adversaire de Genève, l'élégant boulanger d'Anduze.

— Qu'importe, puisqu'ils ne doivent pas combattre ensemble.

— Et tu es sûr, absolument sûr des talents de Cavalier ?

— Depuis un an je l'étudie, et je puis le dire, son instinct d'organisation est merveilleux : seul, il a su se créer une véritable armée, c'est lui qui a inventé ce système de signaux par lesquels les bergers, et les travailleurs, transmettront de distance en distance, avec une rapidité inouïe, l'indication de la marche des ennemis. C'est lui encore qui sur cette carte a tracé ces lignes sinueuses, chemins à lui seul connus ; par lesquels il peut fuir ou attaquer avec avantage des forces vingt fois supérieures aux siennes. Chaque bois, chaque rocher est pour lui un camp retranché, chaque caverne un magasin de vivres. Pour ses soldats, plus de distances. Grâce à ces sentiers couverts, il pourra traverser, sans être aperçu, une armée ennemie, frapper à droite ou à gauche, se porter sur Nîmes, Alais ou Uzès, être partout et n'être nulle part. Son plan des cercles, comme il l'appelle, est une admirable invention dans une guerre de partisans. Avec lui, je ne crains qu'une chose... la trahison.

— Qui le trahirait ?

— C'est lui qui nous trahira peut-être.

— Dans quel intérêt ? demanda Flottard étonné.

— Dans l'intérêt de sa vanité, de son ambition. Si le Pharaon lui offrait un grade élevé dans ses armées, si la fille de quelque seigneur catholique....

Oh! oh! s'écria Flottard en riant, ton admiration t'aveugle, frère, ni le roi de France, ni une noble demoiselle, ne tomberont aux genoux d'un gardeur de pourceaux pour.....

— Aujourd'hui, non..... dans un an..... peut-être.

— Rien n'est impossible, mais je ne le pense pas.

— Pensais-tu que Valter, lui aussi, voudrait trahir un jour? dit le verrier en se redressant et avec un geste solennel.

— Tu l'as puni et tu as bien fait, nos frères puniraient aussi Cavalier, répondit l'agent du grand Conseil.

— Cavalier n'est pas un Valter, il ne leur en donnera pas le temps.

— Pourquoi alors ne pas le remplacer?

— Parce que c'est impossible. Il veut, coûte que coûte, jouer un rôle et, plutôt que de se résigner à l'inaction, il se déclarera contre nous.

Flottard demeura un instant pensif.

— A-t-il de graves motifs de haïr les catholiques? demanda-t-il enfin.

— Le baron de Calverte l'a fait chasser de Vézenobres.

— Ce n'est pas assez. A-t-il une famille?

— Un père et une mère, ardents huguenots, une sœur en bas-âge et un frère de treize à quatorze ans.

— Bien, je les ferai dénoncer à M. de Basville comme des conspirateurs dangereux. On arrêtera le père et la mère, le frère sera gardé en ôtage et la fille mise au couvent. Ces mesures exaspéreront Jean Cavalier et lui feront faire quelque coup de tête qui l'empêchera de se tourner du côté de nos ennemis.

— Peut-être serait-il bon aussi, interrompit du Serre, de provoquer la confiscation de leurs biens et au besoin de faire mettre le feu par quelqu'un des nôtres à leur maison de Ribaute.

— Bonne idée, j'en chargerai Beulaigue, il connaît ce genre d'exécution, mais pour la dénonciation, je suis plus embarrassé.

— J'en fais mon affaire, dit le verrier.

— Tu as quelqu'un?

— Planchut, d'Alais, l'hôtelier du *Soleil-d'Or*, comme hypocrite et comme espion, cet homme n'a pas son pareil.

L'agent des Anglais se renversa sur son siège avec un air important.

— Voici, dit-il, Cavalier brouillé avec les papistes, cela va bien. De ce côté, nous n'avons rien à craindre, mais il ne faut pas non plus qu'avec ses idées ambitieuses, il devienne trop puissant chez nous ; et, afin d'empêcher qu'il ne s'élève trop, il sera bon de lui opposer quelques rivaux dans la plaine. Le Puymarcé conviendrait, je crois, pour ce rôle. Qu'en penses-tu ?

— Hum ! fit du Serre, il n'y a pas besoin de préparer la discorde : gentilhomme et gardeur de pourceaux ne s'entendront pas longtemps, seulement je dois t'avertir que les forces ne sont pas assez égales pour se balancer.

— Alors, qui crois-tu pouvoir.....

— Roland, interrompit le verrier. Il est brave, ambitieux, ce qui lui donne une certaine popularité, et de plus, s'il n'est pas gardeur de pourceaux, il est fils de porcher, les deux rivaux pourront traiter d'égal à égal.

Flottard sourit du bout des lèvres : le dédain du gentilhomme verrier pour Roland et pour Cavalier le froissait, car il n'était pas, lui non plus, d'origine plus illustre.

Chez les chefs des Camisards, la prétendue fraternité n'était autre chose qu'un mélange de jalousie et de haine.

Ce sentiment se rencontre souvent ailleurs.

Les deux hommes n'en continuèrent pas moins à causer comme les meilleurs amis du monde.

Au nom du gouvernement anglais, le réfugié français promit des secours d'hommes et d'argent aussitôt la guerre commencée, des vaisseaux espagnols et hollandais opéreraient un débarquement à Maguelonne ou à Aigues-Mortes, au point indiqué par Cavalier. La Suède s'engageait à secourir les rebelles, et les frères de Genève à tenter une diversion sur la frontière. De son côté, du Serre ferait soulever les Hautes-Cévennes, le Vivarais, Castres, Béziers et Toulouse. Jamais plan n'avait été mieux combiné.

— Et tes prophètes seront-il prêts? demanda Flottard.

— Ce soir, l'Esprit-Saint descendra en eux, répondit le verrier, dans trois jours ils se disperseront dans la plaine et dans la montagne, et les signes annoncés paraîtront dans le ciel.

En ce moment, une cloche tinta trois fois au sommet de la tour.

Du Serre se leva :

— Adieu, frère, dit-il, je te laisse achever l'élaboration de tes plans, voici l'heure de mon école arrivée; moi aussi je vais terminer les préparatifs pour la grande œuvre du soulèvement d'Israël.

Et il sortit.

Quelques moments après, Flottard, accoudé sur le balcon de la terrasse, entendait comme un chant plaintif et menaçant à la fois, qui s'élevait des bâtiments claustraux; tout à coup les chants cessèrent et il se fit un grand silence.

CHAPITRE XVI

LA FABRIQUE DES PROPHÈTES

La vraie fabrique de du Serre c'était précisément la partie sombre et silencieuse des bâtiments qu'on appelait le cloître. La verrerie où cinquante ouvriers attisaient, nuit et jour, les fourneaux, cuisaient les vitraux, soufflaient le verre, agitaient avec des barres de fer la lave incandescente débordant en nappe de flammes des creusets, n'était qu'un prétexte et n'avait d'autre utilité, aux yeux du faux spéculateur, que de détourner l'attention des curieux et de la police.

Que lui importait après tout de gagner quelques pistoles sur la vente de ses produits; n'avait-il pas l'Angleterre, la Hollande et l'Espagne pour lui fournir de l'or autant et plus qu'il pouvait en désirer, et, s'il eût voulu seulement faire fortune, aurait-il choisi Anduze comme résidence?

Aussi, ne s'occupait-il que très médiocrement de sa verrerie, tandis que toutes ses pensées, tous ses soins, toutes ses préoccupations se tournaient vers les ateliers souterrains où il forgeait ses prophètes.

Cette fabrication, c'était pour lui sa pierre philosophale, son grand œuvre, comme disaient les anciens alchimistes; il ne vivait, ne pensait, ne respirait que pour cela, car par elle seule il pouvait arriver à la vengeance.

M. de Mornas, le seul étranger qui eût pénétré dans l'enceinte mystérieuse, n'y avait vu qu'une école destinée aux enfants du peuple. Avec plus de perspicacité, il y aurait découvert d'horribles secrets, qu'il fut heureux de n'avoir pas devinés; au moindre soupçon le verrier l'aurait poignardé.

Comme toutes les fabriques, celle des prophètes avait son aménagement, son outillage et ses procédés particuliers.

Seulement la matière à mettre en œuvre n'était pas, ainsi que dans les autres, une matière morte, végétale ou minérale, c'étaient trente enfants des deux sexes emmagasinés dans des cachots.

Les outils consistaient en des instruments de physique et de chimie, en plaques de zinc destinées à imiter le roulement du tonnerre, en cornues et en alambics, en batteries électriques et en appareils de fantasmagorie. L'aménagement avait un caractère singulier : au lieu de salles régulières, de caves, de magasins et d'ateliers, les constructeurs avaient établi de longs corridors bordés de cellules grillées comme les loges d'une ménagerie, un dédale de passages secrets, un réseau compliqué de souterrains, des trappes, des bascules, de grandes salles, des réduits obscurs, tout un système de constructions qui, tout en paraissant une débauche d'architecte en délire, était un prodige de science au service du génie du mal.

Au fronton de cette partie de la verrière, on aurait pu tracer ces mots terribles que le Dante vit gravés en lettres de feu au seuil des enfers :

« Vous tous qui entrez ici, abandonnez toute espérance. »

Pour les écoliers du maître verrier il n'y avait plus aucun secours à attendre du dehors.

Les parents de ces malheureux, séduits par les promesses du gentilhomme et aveuglés par l'apparence trompeuse de son hypocrite piété, les avaient remis entre ses mains pour les instruire dans la religion calviniste, les protéger contre les édits du roi et les soustraire aux ordres de l'inflexible Basville, qui exigeait que tous assistassent aux instructions faites par les missionnaires catholiques.

La confiance que les Cévenoles avaient dans la vertu et le dévouement du huguenot était telle que les mères mêmes, dont l'affection est pourtant si difficile à tromper, se résignèrent pour le bien de leurs enfants, non seulement à se séparer d'eux, mais même à ne plus chercher à les revoir pendant un an ou deux.

Telle était en effet l'inexorable condition imposée par le protecteur à l'admission de chacun de ses écoliers. Il craignait, disait-il, que l'impatience imprudente de quelque mère ne trahît le secret de la retraite qu'il avait ménagée à l'enfance persécutée.

Aux yeux des montagnards, trop francs pour être défiants, cette précaution était nécessitée par la prudence : ils n'hésitèrent pas à s'y soumettre. Aussi, loin de refuser leurs enfants, ils venaient les offrir avec un douloureux empressement.

Le verrier et sa femme n'avaient eu que l'embarras du choix : après un mois d'absence, les deux vampires étaient rentrés dans leur repaire, rapportant leur proie humaine, qu'ils avaient jetée en pâture à la science cruelle du docteur, chargé de préparer, en la repétrissant, cette matière palpitante.

Valter s'occupait de l'hygiène, c'est-à-dire que, par des moyens impies, il devait, savamment, empoisonner le corps de ces pauvres enfants et faire de ces êtres maladifs et souffreteux des épileptiques et des convulsionnaires.

Le problème à résoudre consistait à arriver à ce résultat sans amener la mort.

Au verrier et à sa femme appartenait le soin des âmes : celles-ci, il s'agissait de les tuer en éteignant d'abord la raison.

Sacrifier les enfants pour perdre ensuite leurs parents en les entraînant à la révolte, amener le délire des uns par la folie des autres ; d'un peuple inoffensif faire un peuple de furieux, le précipiter ensuite comme une avalanche du haut des montagnes sur les catholiques de la plaine, porter dans les villes et les villages le massacre et l'incendie, ouvrir la France à l'étranger, crier à l'intolérance pour pouvoir persécuter, se poser en victimes pour devenir bourreaux, exalter la fraternité pour produire la haine.

Tel était le but atroce de la fabrication des prophètes, le résultat final auquel aspiraient les Vengeurs, auquel se dévouait du Serre, auquel, faut-il le dire, prêtaient la main, par ambition, les chefs d'un parti intolérant par nature et qui s'est toujours regardé comme persécuté quand il a cessé de pouvoir tyranniser.

De cet infernal trio, qui prétendait tourner contre Dieu la science venue de Dieu, frère Bernard était peut-être le moins coupable. Au moins pouvait-on regarder jusqu'à un certain point, comme une circonstance atténuante, sa curiosité poussée jusqu'au délire.

Il avait lu dans les livres qu'à l'aide de moyens factices on peut produire chez de jeunes enfants des phénomènes d'extase épileptique, des accidents étranges, une sorte d'ivresse prophétique comme celle des sibylles, des ménades, des bacchantes et des convulsionnaires. Ses observations, comme médecin, le confirmèrent dans cette opinion. Rarement, il est vrai, mais quelquefois cependant, il put constater dans les hôpitaux des maladies étranges pendant lesquelles les fonctions de l'organisme semblent, non pas suspendues, mais renversées et où l'âme, accidentellement dégagée des liens matériels du corps, vit d'une vie particulière, de cette vie qu'on appelle l'état lucide pendant le sommeil magnétique.

Il aurait voulu savoir le dernier mot de ce mystère, en découvrir l'origine et les causes. Mais comment soumettre des créatures humaines à d'aussi périlleuses expériences? La loi s'y oppose et, au besoin, elle eût poursuivi et puni le savant comme meurtrier. Ses études demeurèrent donc incomplètes.

Sans doute il eût renoncé à pousser plus loin ses investigations, s'il ne se fût rencontré un jour, à Genève, avec du Serre et s'il ne lui eût dévoilé en partie sa théorie sur la possibilité de fabriquer des prophètes.

Une pareille fabrication était une arme assurée pour sa vengeance, aussi le verrier s'attacha-t-il au docteur comme un démon tentateur.

Valter eut beau résister, l'obstination du gentilhomme triompha de ses scrupules. Entraîné à Anduze par son ennemi, il y était devenu moins son complice que son esclave.

On sait comment plus tard il fut récompensé de sa faiblesse criminelle.

La dame du Serre était digne de son mari; vivante incarnation du fanatisme et de l'intolérance, étrangère à toutes les vertus de la femme, elle n'avait conservé, en les exagérant jusqu'à la monstruosité, que les défauts de son sexe : la ruse et l'hypocrisie.

Aussi frère Guillaume en avait-il fait son bras droit et son conseil.

Le plan d'éducation ou plutôt de fabrication des futurs prophètes était l'œuvre de ces deux criminelles intelligences.

Comme toutes les conceptions puissantes, ce plan se faisait remarquer par une effrayante simplicité.

On aurait pu le résumer en quatre articles.

1° Affaiblir la raison des enfants et exalter leur sensibilité nerveuse jusqu'à l'épilepsie, par la séquestration, le jeûne, l'insomnie et la terreur.

2° Leur inspirer une haine mortelle contre le catholicisme et une confiance absolue dans le pouvoir du verrier.

3° Leur persuader que Dieu lui avait donné le pouvoir de communi-quer l'Esprit saint, et qu'eux-mêmes étaient choisis pour être prophètes en Israël.

4° Leur faire désirer longtemps cette faveur, les y préparer par l'é-tude de la Bible et leur enseigner l'art des jongleries et les convulsions. pour tromper plus facilement le vulgaire.

Depuis près d'un an, l'accomplissement de ce programme se pour-suivait avec une patience et une exactitude inexorables. Les fruits obtenus dépassaient l'attente de du Serre lui-même.

L'enfer triomphait.

Si les parents des trente victimes fussent descendus dans le souter-rain, à l'aspect de leurs enfants ils auraient reculé, glacés d'épouvante et d'effroi.

Leur voix était grêle et stridente, leurs yeux hagards semblaient lancer des éclairs de fureur, leurs longs cheveux en désordre flottaient sur leurs épaules voûtées, un tremblement nerveux agitait leurs mem-bres décharnés. Au commandement du maître, ils savaient se rouler en écumant, hurler des versets de la Bible, des injures et des menaces contre Rome, proférer des paroles incohérentes, et agiter si horrible-ment les bras et la tête qu'ils surpassaient en contorsions les plus célè-bres convulsionnaires.

Ce n'était pas sans peine que le huguenot était parvenu à fabriquer cette effrayante légion de faux prophètes.

Son premier soin avait été de procéder au triage de son troupeau.

Après un examen approfondi, Valter avait divisé les victimes par catégories, l'empoisonnement devant être proportionné à la résistance qu'offrirait au traitement chacune de ces frêles créatures.

Du Serre appelait cela partager ses élèves en classes suivant leurs dispositions.

Au commandement du maître, ils savaient se rouler en écumant..... (*Voir page* 174.)

Les plus forts furent enfermés séparément dans des cellules, dont les murs blanchis à la chaux, ne présentaient que d'effrayantes peintures et qu'éclairaient des vitraux où les rayons du soleil faisaient étinceler des monstres hideux et menaçants.

Là, ils furent abandonnés seuls et soumis à un jeûne sévère.

S'ils levaient les yeux, ils apercevaient le dragon, s'ils les fermaient, une voix ou plutôt un rugissement souterrain les remplissait d'épouvante. La nuit, au lieu d'apporter un soulagement à leurs tortures, ne faisait que les aggraver.

A peine se laissaient-ils aller au sommeil que la terrible voix, éclatant à leurs oreilles, les réveillait en sursaut, tremblants et effarés, le vitrail flamboyait soudain au milieu des ténèbres, et l'on entendait comme un bruit de chaînes et de sanglots qui, grâce aux trappes habilement ménagées, tantôt semblait tomber du ciel, tantôt sortir des entrailles de la terre.

Frère Bernard avait imaginé ce régime pour ramener en peu de temps toutes ces intelligences au même niveau : la folie.

Seulement, comme nous l'avons dit, il *dosait* la frayeur, diverses sciences lui en fournissaient le moyen. Dans chacune d'elles il puisait comme dans un arsenal les armes dont il avait besoin.

Par la médecine, il connaissait la limite qu'il ne fallait pas dépasser, sous peine de tuer le corps ; à la chimie, il empruntait ses narcotiques puissants, ses compositions phosphorescentes au moyen desquelles on peut faire paraître en feu le corps qui en a été frotté. La physique lui fournissait les flammes bleuâtres de l'électricité, les rapides éclairs, le grondement de la foudre, les commotions subites et, par dessus tout, les prestiges effrayants de la fantasmagorie.

A l'aide d'un appareil apporté de Genève par le verrier, chaque nuit, paisiblement assis derrière un paravent, il peuplait les corridors de spectres de feu qui semblaient marcher, bondir, combattre ou menacer. Le simple mouvement d'une vis, adaptée à un réflecteur, faisait grandir comme des géants ou rapetisser comme des nains ces flamboyantes apparitions, qui s'avançaient avec mille contorsions vers la porte grillée des cabanons, dont des coups frappés par des mains invisibles ébranlaient les cloisons.

C'était un spectacle horrible, le vent soufflait par rafales, les éclairs se croisaient, la foudre grondait, les toits résonnaient sous le crépitement de la grêle, les voix hurlaient : Malheur! malheur !

Les prisonniers, glacés de terreur, n'osaient pas même crier, leurs dents s'entre-choquaient, un cercle de feu étreignait leur front, une sueur froide baignait leur visage.

Puis, au moment où il semblait que, sous l'effort des éléments déchaînés, tout allait crouler, du Serre, une longue baguette d'ébène à la main, un manteau rouge aux épaules, les cheveux resplendissants d'une lumière bleuâtre, s'avançait, calme et fier, au milieu du corridor et, étendant la main, s'écriait : Par le pouvoir que j'ai reçu du Seigneur, démons, disparaissez! tempête, apaise-toi ! Et aussitôt il se faisait un grand calme et, aux épaisses ténèbres, succédait une douce clarté.

A ces prodiges, qui avaient le double avantage d'égarer la raison des enfants et d'établir à leurs yeux la vérité de la mission de du Serre, succédaient les leçons du verrier et de sa femme, la peinture exagérée des souffrances du peuple fidèle, des fureurs des papistes, des excès de la grande Babylone.

Louis XIV, c'était l'impie Pharaon, l'Antechrist prédit par l'Écriture ; l'abbé du Cayla, le dragon à dix têtes dont il est parlé dans l'Apocalypse. Mais ces temps malheureux allaient finir. Dieu avait suscité frère Guillaume pour fermer le puits de l'abîme, il lui avait donné toute puissance dans le ciel, sur la terre et dans les enfers.

Le terrain, ainsi préparé, du Serre avait réuni ses disciples en séance solennelle et, après quelques miracles préparatoires, et avec un grand appareil, il leur avait annoncé qu'ils étaient les élus du Seigneur, choisis pour être prophètes à leur tour, et il leur avait tracé le programme des devoirs qu'ils auraient à remplir, et que leur imposait leur sublime mission. Mais, avait-il ajouté, ce don de prophétie, le plus grand qu'une âme humaine puisse recevoir, est aussi le plus terrible. Ma parole, a dit le Seigneur, est un glaive à deux tranchants, malheur à qui oserait le manier sans être préparé.

Et, après une longue prière, il les avait renvoyés en leur disant : Allez et purifiez vos cœurs par le jeûne, la prière et la méditation, le ciel me fera connaître par des signes certains le moment où je devrai vous élever à la dignité de prophètes.

Sous l'influence de cette promesse magnifique, le peu de raison qui restait encore aux élèves du thaumaturge acheva de s'égarer, leurs cerveaux ébranlés par de fréquentes secousses, ne purent résister à l'idée de devenir rédempteurs, d'assister d'esprit aux conseils de Dieu, de commander aux éléments, de connaître l'avenir et d'annoncer à leurs frères le rétablissement du royaume d'Israël.

Déjà, il y avait eu parmi les plus avancés en perfection des novices prophètes quelques cas d'hallucination, ils devinrent fréquents, journaliers, parfaitement caractérisés.

Le verrier redoubla d'efforts, il s'appliqua à tourner toutes les idées de ses convulsionnaires vers la prédication de la révolte, à donner à leurs paroles incohérentes une teinte biblique qui pût tromper les simples et, pour ajouter à l'impression que devait produire le langage inspiré de jeunes enfants sans instruction, il leur enseigna à battre des mains, à se renverser en arrière, à contourner leurs membres, à feindre le sommeil extatique et toutes les autres jongleries mises en usage par les faux prophètes de l'antiquité.

Il importait que les acteurs dressés par ses soins fussent eux-mêmes de bonne foi. Le verrier voulait qu'avant tout ils fussent convaincus que le don de prophétie n'était pas un don vulgaire. Les échelons qu'il imagina pour les élever peu à peu au rang de thaumaturge, ne contribuèrent pas peu à les laisser dans l'erreur.

Pour convaincre les autres, répétait-il à Valter, il faut être soi-même convaincu.

Les trente enfants choisis étaient sans doute appelés à devenir un jour prophètes, mais pour arriver à ce haut rang, il fallait le mériter et passer successivement par quatre degrés :

L'avertissement qui séparait le novice du commun des fidèles et le mettait au rang des aspirants.

Le souffle qui communiquait l'esprit, mais d'une manière trop peu complète pour prévoir l'avenir.

La prophétie qui produisait sur la bouche de l'élu le même effet que le charbon ardent sur les lèvres d'Isaïe et déchirait le voile de l'avenir impénétrable pour le vulgaire.

Enfin le *don*, clarté sublime, communication pleine et entière de l'esprit, pendant laquelle l'âme, comme une coupe trop pleine, débordait de toutes parts, où la lumière était si vive qu'elle éblouissait et que le prophète, enivré et rempli de Dieu, tombait pendant quelques instants dans un sommeil extatique.

Au moment où l'orgueilleux Valter, fier de ses découvertes, songeait, au risque d'anéantir, au profit de sa propre gloire, les travaux de son complice, à révéler au monde la possibilité de fabriquer des prophètes, par les simples ressources de la science, les trente avertis avaient déjà reçu le souffle, quinze étaient prophètes, mais deux seulement, Astier et une belle jeune fille nommée Marie, allaient s'élever, par le don, au sommet de l'échelle prophétique et partager avec leur chef la plénitude du sacerdoce.

La mort tragique de frère Bernard n'arrêta point la marche régulière de la fabrication. Du Serre n'avait brisé l'instrument que lorsqu'il l'avait jugé inutile.

Le temps pressait, les consécrations de prophètes se succédaient rapidement.

C'était pour préparer l'une de ces cérémonies que le verrier venait de quitter Flottard.

L'avant dernière consécration allait avoir lieu, les temps étaient proches.

Le front du verrier rayonnait d'orgueil, en pensant qu'enfin il allait inaugurer sa vengeance, en sacrant prophétesse la douce protégée de l'illustre Fléchier, évêque de Nîmes, celle que le peuple de Beaucaire avait appelée *Marie la Sainte*.

De l'ange, du Serre avait fait un démon; il devait éprouver dans son cœur le même barbare plaisir que les Juifs, quand, au prétoire, ils arrachaient des mains du Christ le roseau pour l'en frapper.

CHAPITRE XVII

ÉBÉNÉZER

Au pied de l'escalier de la tour et à l'entrée du souterrain, la dame du Serre attendait son mari.

Il paraît que le verrier le savait, car sans témoigner aucune surprise de la trouver là, il lui dit :

— Tout est-il prêt ?

— Tout, répondit-elle.

— Êtes-vous sûre de Marie ?

— Aussi sûre qu'on peut l'être de cette singulière fille. Je viens de lui faire répéter son rôle, sans avoir besoin de ceci. (Ceci était une longue épingle avec laquelle la huguenote stimulait au besoin les inspirations du Saint-Esprit.) Elle prononce le : Mort aux papistes ! mort au prêtre de Baal avec une intonation qui ne laisse rien à désirer. Je crois que nous n'avons rien à craindre de ce côté.

— Ce matin, pourtant, elle hésitait encore.

— Voulez-vous la voir ?

— Je crois que ce ne sera pas inutile, je désire qu'elle prophétise bien. Flottard assistera, sans être vu, à la cérémonie.

— Ah ! et l'autre aussi ?

— Quel autre ?

— Le garde de l'Aigoal.

— Ébénézer ? il ne viendra que dans deux jours.

— Il est ici depuis une heure.

— Pourquoi ne m'a-t-on pas averti ?

— Il s'y est opposé, de peur d'interrompre une conférence utile à la gloire du Seigneur.

— C'est bien, je m'entendrai avec notre agent. Nous le ferons entrer dans la salle octogone. Quelques prodiges feront un bon effet sur ce sauvage. Y en a-t-il de prêts ?

— Le dragon, le cavalier, les voix, le spectre.....

— Cela suffit. Au besoin Flottard nous donnera un coup de main.

— Alors, il sait.....

Le verrier sourit.

— Oui, il sait, répondit-il, puisque c'est lui qui m'a aidé à choisir mon appareil ; mais ne craignez rien, il a le même intérêt que nous à tromper le peuple.

— Depuis la trahison de Valter je me défierais de moi-même.

— Femme, je vous le répète, son intérêt est de tromper.

Quand du Serre avait prononcé le mot intérêt, il croyait avoir tout dit.

— Que fait Marie? continua-t-il en entrant dans une pièce où, comme dans un vestiaire de théâtre, étaient suspendus des costumes en grand nombre.

— Elle dort encore. J'ai cru devoir lui faire prendre un narcotique pour la préparer au délire prophétique.

— Et les autres?

— Ils sont dans l'attente. Jamais consécration n'a excité un plus vif intérêt à leurs yeux. Marie est une créature choisie de Dieu pour l'accomplissement de nos projets.

— Ah! soupira du Serre, il ne lui manque pour être une insigne prophétesse, que de savoir *haïr*. Jamais je n'ai pu le lui enseigner.... Allons la voir.

Il s'enveloppa dans un long manteau rouge qui le faisait ressembler à un spectre, prit une baguette de verre, terminée par une boule de cuivre, qu'il chargea d'électricité et se dirigea vers la cellule de la prisonnière où il entra seul et sans bruit.

Comme l'avait dit la dame du Serre, elle dormait.

Le sommeil avait détendu ses traits, redonné le calme à son visage, et rendu quelques couleurs à ses joues. La tête appuyée sur son bras, elle dormait enveloppée de sa robe blanche.

Le verrier, comme fasciné par tant de pudeur et d'innocence, s'arrêta pour la contempler avec un respect involontaire.

Peut-être le bourreau, en présence de sa victime, éprouva-t-il quelque chose comme un sentiment de pitié.

Née de parents catholiques, dans une chaumière aux portes de Beaucaire, Marie avait alors seize ans. De soyeux cheveux blonds encadraient son angélique visage comme d'une auréole d'or; ses grands yeux bleus, baignés d'une lumière humide, avaient une expression d'une douceur infinie; sa taille était mince et élancée, sa voix harmonieuse, sa physionomie pleine d'une poétique mélancolie.

On eût dit un ange exilé sur la terre et soupirant après sa patrie.

Demeurée orpheline avant même d'avoir pu sourire à sa mère que la peste de Beaucaire avait enlevée, elle avait été recueillie sur le lit de la mourante par le charitable évêque de Nîmes et confiée par lui aux soins de la bonne Brigitte.

A l'âge de huit ans, une maladie extraordinaire arrêta tout à coup le développement de son intelligence, mais augmenta prodigieusement la sensibilité de ses organes, la finesse de son ouïe et en particulier la puissance de sa vue. Dans l'état de crise, et cet état était facile à provoquer, elle percevait les sons les plus faibles et distinguait les objets à une distance extraordinaire.

Les médecins ne sachant quel nom donner à cet état singulier, l'appelèrent folie.

Mais c'était une folie douce et mélancolique, une sorte d'extase souvent répétée, pendant laquelle l'enfant, les yeux tournés vers le ciel dont ils reflétaient la couleur, chantait doucement ou semblait écouter des voix mystérieuses.

« — Elle a entendu les anges qui l'appelaient, disait Brigitte, et elle a le mal du pays. »

A Beaucaire, on la nommait la sainte.

Bien qu'affectueuse pour ceux qui l'entouraient, elle aimait surtout la solitude. Le plus souvent elle gardait les troupeaux sur la croupe rocailleuse des collines que baigne le Rhône et elle passait ses journées tantôt tressant des guirlandes de fleurs sauvages, que le soir elle suspendait aux pieds de la madone, tantôt assise et recueillie, contemplant les flots azurés du fleuve ou écoutant des voix mystérieuses.

Un soir, la sainte ne revint pas à l'heure accoutumée; les agneaux qu'elle conduisait rentrèrent seuls au bercail.

Le lendemain et les jours suivants, un grand nombre de personnes explorèrent la montagne et les bois environnants.

Ils ne trouvèrent rien.

Les bateliers du Rhône fouillèrent le fleuve et ses rives.

Ils ne furent pas plus heureux.

Mais il arrive souvent que le Rhône ne rend pas sa proie, on supposa la sainte noyée.

Brigitte la pleura et fit dire pour le repos de son âme nombre de messes, à l'autel de la Vierge qu'elle aimait tant à parer. Les jours passèrent, puis les semaines et les mois, et, peu à peu, Marie fut oubliée.

Elle vivait cependant.

Du Serre avait entendu parler de la folle, c'était une prophétesse toute trouvée et un excellent sujet d'étude pour Valter. Longtemps, il l'avait guettée avec la patience du loup qui épie sa proie. Enfin, il était parvenu à la surprendre dans un bois, l'avait bâillonnée, puis, la nuit venue, il l'avait solidement garrottée et l'avait emportée, sur la croupe de son cheval, jusque dans son antre.

Accroupie dans un angle de sa prison, et cachant sa tête entre ses bras pour ne pas voir les monstres qui grimaçaient sur les murailles ou flamboyaient dans les vitraux, la folle était restée trois jours pleurant aux sanglots et appelant sa mère.

Ah! si la Provençale l'eût entendue.

Il avait fallu que la dame du Serre vînt la consoler et la rassurer. La femme sans cœur, dans la crainte de perdre une créature à tourmenter, avait osé jouer le rôle sacré de mère, elle avait posé la tête de la prisonnière sur ses genoux, elle l'avait rassurée traîtreusement en lui répétant que le monstre qu'elle voyait était un papiste, que c'étaient les papistes qui l'effrayaient nuit et jour de leurs hurlements, mais qu'elle et son mari lui apprendraient à les faire fuir en récitant de belles prières que, chaque jour, elle lui faisait répéter et qui n'étaient autres que de sinistres versets des Écritures sacrilègement détournés de leur vrai sens, que des malédictions contre l'infâme prêtre de Baal.

Malgré tant de soins, la prophétesse ne progressait pas assez vite; à la terreur on avait ajouté les narcotiques et l'insomnie, l'épilepsie était enfin arrivée. Il suffisait du regard pénétrant et fixe du verrier pour en provoquer les accès.

En ce moment, il ne voulait pas aller jusque-là. Du bout de sa baguette il toucha le front de la dormeuse. Elle poussa un cri d'effroi et de douleur causée par la commotion électrique, et se levant comme mue par un ressort, resta debout devant le magicien.

Il la prit par la main, et la forçant à le regarder :

— Que dit l'Esprit? demanda-t-il, avec une voix et un regard étranges.

Sans hésiter, elle récita sa leçon, qu'elle termina par le cri : Mort au prêtre de Baal!

Le maître fut satisfait.

— Écoute, dit-il, l'ordre du Seigneur : si tu prophétises bien ce soir, la voix ne se fera pas entendre cette nuit et tu ne verras pas les apparitions. Comprends-tu?

Elle fit signe que oui.

— Alors, prépare-toi, continua-t-il, et obéis, car autrement...

Et il lui montra la baguette électrisée.

La folle tremblait de tous ses membres. Le verrier sortit, ne voulant pas la fatiguer outre mesure.

— Tout ira bien, dit-il à la huguenote, toujours aux aguets.

Et, déposant ses insignes, il monta rejoindre Flottard.

L'agent anglais était toujours sur la plate-forme, écoutant les chants. Au bruit des pas de son complice, il se retourna et lui montra du doigt le tombeau de Valter.

Sur la pierre, un homme de haute stature, coiffé d'un large chapeau et les épaules couvertes d'une peau de bête sauvage, était agenouillé, lisant attentivement une bible; près de lui un cheval sauvage, sans selle ni bride, broutait le maigre gazon. Deux dogues de forte race, au poil hérissé, aux crocs aigus, soulevant hideusement les lèvres et aux yeux injectés de sang, étaient couchés à ses pieds, prêts à se jeter sur quiconque approcherait leur maître sans sa permission.

Les bateliers du Rhône fouillèrent le fleuve et ses rives..... (*Voir page* 184.)

— C'est Ébénézer, le garde de l'Aigoal, dit le verrier. Je t'avais bien dit qu'il viendrait.

— Celui que ses frères avaient envoyé à Genève?

— Lui-même. Ce sauvage à lui seul vaut une armée.

— Il faut le gagner.

— Rentrons. Avant de le faire monter, j'ai à t'entretenir à son sujet. Il est crédule et superstitieux; son esprit est faible autant que son corps est robuste; avec ton aide, ce soir il nous appartiendra.

Ils se retirèrent dans le laboratoire et causèrent à voix basse.

Quand ils eurent arrêté leur plan, le gentilhomme remonta sur la terrasse; Ébénézer priait toujours.

— Que l'Esprit du Seigneur descende sur ses serviteurs, dit à haute voix le verrier.

— Et que son bras puissant protège la justice, répondit le montagnard sans lever les yeux.

— Béni soit celui qui vient au nom du Seigneur, continua du Serre.

Et se penchant sur la balustrade, il laissa tomber la clef de la tour aux pieds du montagnard en ajoutant :

— La parole de l'homme prudent et craignant Dieu est un bien précieux pour ses frères.

Ébénézer continua à prier encore quelques instants, puis ayant ramassé la clef, il se dirigea vers l'escalier.

Tout était disposé pour le recevoir.

— Frère, sois le bienvenu, lui dit le verrier quand il entra. Je ne t'attendais pas si tôt.

A la vue d'un inconnu, courbé sur une carte de la province, le bûcheron de l'Algoal s'était arrêté indécis.

— C'est un frère de Genève, fit le gentilhomme huguenot en désignant Flottard. Parle librement. Quelles nouvelles apportes-tu?

— J'arrive du camp des philistins où mes affaires m'avaient forcé à me rendre. En revenant d'Uzès, je me suis arrêté à Anduze pour y

renouveler ma provision de poudre et de balles, j'allais repartir pour la
montagne, quand l'Esprit de Dieu m'a fait passer près de l'église maudite des papistes.

— Et qu'y as-tu vu? demanda Flottard.

— Sur le mur était affiché un papier aux armes du Pharaon; je me
suis approché pour le lire, il était infâme. L'indignation a rempli mon
cœur, j'ai arraché le placard sacrilège. Le voici, écoutez.

Et, tirant de sa poche une affiche lacérée, il lut :

De par le roy.

*On fait à savoir que, conformément à la déclaration du roy, du 1ᵉʳ juillet
1686, il sera payé à celuy ou à ceux qui par leurs avis feront prendre un
ministre de la religion prétendue réformée, qui sera rentré dans le royaume,
la somme de 5, 500 livres, et que monsieur de Lamoignon, conseiller d'Estat,
intendant de Languedoc, en délivrera sur-le-champ une ordonnance et fera
compter l'argent par le fermier du domaine.*

Et pour qu'il n'en soit ignoré,

ay signé :

Baron de MORNAS.

Flottard et du Serre se regardèrent.

— Et tu as arraché ce placard à la porte d'une église?

— Je l'ai arraché.

— Sais-tu à quoi tu t'exposais, si on t'avait aperçu?

— Cinquante personnes ont été témoins de mon action.

— Et personne n'a rien dit?

— Deux ou trois ont applaudi; les autres murmuraient et voulaient
m'arrêter. Mais Gog et Magog ont tenu les lâches en respect; Léviathan
s'est mis à hennir en se dressant sur ses pieds, les philistins ont eu peur
et je suis sorti de la ville sans qu'ils osassent faire autre chose que me
poursuivre de leurs vaines injures.

— Le bras des enfants de Dieu est puissant et leur courage indomptable, dit Flottard.

Ébénézer sourit dédaigneusement et continua :

— A la porte d'Anduze, j'ai rencontré Baruch qui m'a raconté l'odieux assassinat du frère Bernard par les papistes. Je n'ai pas voulu m'éloigner sans avoir prié sur la tombe du martyr, et lui avoir demandé sa protection pour la grande œuvre que nous allons entreprendre, voilà pourquoi je suis ici.

— Le sang du juste crie vengeance ! reprit le verrier. Tu sais qui l'a versé ?

— Les crimes de l'archiprêtre de Baal seront sur sa tête comme des charbons ardents, dit le montagnard d'une voix sourde. Malheur au persécuteur !

Les deux complices échangèrent un rapide regard. La ruse de l'assassin avait réussi.

— Israël est-il prêt pour le combat ? continua du Serre.

— Nos bûcherons ont leurs cognées et nos laboureurs leurs faux pour s'en forger des lances et des épées, quand le temps de la délivrance sera venu.

— Eh quoi ! interrompit Flottard, nos frères de la montagne ne connaissent-ils pas les prophéties ?

— Qui leur assure qu'elles ne soient pas fausses ?

— Ils doutent donc encore ? s'écria du Serre.

— Ils doutent, frère.

— Mais, quand ils seront sûrs, agiront-ils enfin ?

— Frère, je te l'ai dit, et mes lèvres ont horreur du mensonge, que le ciel parle et Israël se lèvera en masse. Les vengeurs descendront de la montagne comme une avalanche et ils déborderont dans la plaine comme un torrent dévastateur, les impies seront remplis de terreur et le sang des enfants des ténèbres coulant à pleins ruisseaux rougira le pavé des cités de prostitution.

Flottard regarda le montagnard avec étonnement.

— Frère, es-tu sûr que cela arriverait ainsi ?

La taille d'Ébénézer s'était redressée, ses yeux lançaient des éclairs ; d'une voix ferme et vivement accentuée, il répondit :

— Oui, j'en suis sûr, car nous avons entendu les sanglots des opprimés et les sourds rugissements de leur colère. Oui, j'en suis sûr, car l'incendie couve sous la cendre, prêt à tout engloutir dans une mer de feu ; oui, j'en suis sûr, car la mesure de la patience est remplie et une seule goutte suffira pour faire déborder la coupe de la fureur. Et alors, malheur ! malheur aux impies pour lesquels il n'y aura plus ni compassion ni pitié. Malheur ! malheur ! car ces jours seront ceux de l'abomination et de la désolation prédite par l'Écriture. Mais, ajouta-t-il en baissant subitement la voix et d'un ton découragé, les prophéties s'accompliront-elles ?

— Douterais-tu, toi aussi ? s'écria du Serre, le couvrant de son regard ardent.

— Nous doutons tous, murmura le montagnard en courbant la tête, dans un mouvement de profond découragement.

— Oh ! homme de peu de foi, reprit de sa voix douloureusement solennelle le gentilhomme huguenot, que te faut-il donc pour croire ?

— Voir, dit Ébénézer.

— Eh bien donc ! vois et crois, reprit du Serre d'un air inspiré. C'est l'Esprit qui t'a conduit pour ouvrir tes yeux. Frère, je vous le dis, avant que cette horloge ait marqué huit heures de la nuit, vous aurez vu de grandes choses.

Flottard et le bûcheron levèrent instinctivement les yeux vers le cadran ; l'heure allait sonner.

— Frère, prions, le moment est proche, dit du Serre, en frappant sur un timbre qui rendit un son prolongé.

Les trois huguenots tombèrent à genoux.

En ce moment, les rouages grincèrent sourdement et, comme un glas funèbre, le marteau frappa le premier coup.

Au même instant, une flamme bleuâtre, semblable à celle d'un météore, couronna la tour, les vitraux du cloître étincelèrent et un chant religieux se fit entendre dans le lointain.

—Voici l'heure du Seigneur, s'écria le verrier. Vous qui doutez encore, suivez-moi.

CHAPITRE XVIII

LES LOISIRS D'UN CONVALESCENT

Maître Tortilla avait raison, l'air était vraiment très pur à Sainte-Anastasy et la société excellente.

La vie de château pesait cependant à Torte-Gueule. Il eût préféré s'enivrer avec de mauvais vin, dans une taverne, que de n'en boire que modérément d'excellent à une honnête table. Jouer aux dés et chanter des chansons impies, lui eût paru plus divertissant que d'écouter chaque soir les lectures pieuses, faites par M. de Meyrargues à ses domestiques et de répondre à ses oremus. Surtout il eût changé volontiers son importune béquille contre un bon fusil et l'étroit préau de la forteresse pour cette belle forêt de Bourdic, où les perdrix couraient dans les clairières, et ces garrigues verdoyantes peuplées de lièvres et de lapins.

Il n'avait pourtant pas motif de se plaindre. Sauf Olivier, qui peut-être lui gardait encore rancune, et Proserpine qui lui montrait les dents, chacun faisait bon visage au brave soldat, dont la vaillance avait sauvé la vie de M. de Miraman. Le marquis ne manquait guère de lui envoyer chaque jour les meilleurs morceaux de sa table, le commandeur causait volontiers avec lui, Marguerite et la comtesse avaient toujours quelque nouveau détail à lui demander sur l'expédition des Cévennes, et les enfants qui, le premier jour, n'osaient le regarder que de loin, à travers leurs doigts, s'étaient si bien apprivoisées qu'elles venaient, sans façon, s'asseoir sur ses genoux pour lui demander quelque histoire.

A l'office, c'était mieux encore ; là, le sergent partageait avec Brigitte et Suzon le premier rang, peut-être même l'occupait-il à lui seul. Toujours est-il que le grand fauteuil de cuir lui appartenait sans conteste. Son titre de blessé lui donnait des droits que ni la Provençale, ni la femme de chambre de Mme de Miraman ne songeaient à lui disputer. Il s'y prélassait à l'aise daignant accepter dans l'occasion les services empressés de ses hôtes, dormant, si l'envie lui en prenait, ou, écouté avec un intérêt non équivoque, s'il voulait bien parler.

Le jour, chacun était occupé à son ouvrage : la cuisinière à ses fourneaux, le garde à ses tournées et Olivier à ses chevaux. Le héros du bois de Pompidou n'avait alors d'autre ressource que la conversation dans le préau avec le vieux Jérôme, dont le travail, comme jardinier en titre, consistait à arroser une demi-douzaine de vases de fleurs. Certes, la tâche n'était pas lourde, mais le bonhomme appartenait par tempérament à la nombreuse race de ceux qui s'imaginent avoir toujours de bonnes raisons de se plaindre du sort, aussi ne s'acquittait-il de sa sinécure qu'en gémissant de l'excès de fatigue auquel il était condamné.

Pour le père Jérôme, Torte-Gueule était une sorte de demi-dieu ; d'abord, il était flatté de la compassion que lui témoignait ce héros, ensuite il avait peine à comprendre la bravoure de ce soldat qui, après avoir été blessé une première fois, parlait encore de retourner à la guerre.

Torte-Gueule spéculait sur cette admiration sans bornes et l'entretenait avec soin.

De sa fenêtre, Marguerite, dont les distractions n'étaient pas nombreuses, s'amusait quelquefois à écouter les vanteries du soudard et les jérémiades du vieux domestique.

Un matin que Jérôme distribuait, en soupirant, à ses pauvres fleurs, une modique ration d'eau, tout juste suffisante pour les empêcher de mourir de soif, le sergent qui n'apercevait pas Mlle de Saint-Véran, vint s'asseoir sur le banc de pierre, au-dessous de son balcon.

— Ah ! maudite jambe, comme elle me fait souffrir aujourd'hui, dit-il en l'étendant sur une chaise qu'il plaça devant lui ; je n'ai pu fermer l'œil de toute la nuit, elle me donnait des élancements à me faire crier.

— C'est comme moi, mon rhumatisme, voyez-vous, monsieur le capitaine, se hâta de répondre le jardinier en déposant son arrosoir pour s'accouder plus à l'aise sur une caisse d'oranger, vous ne me croiriez pas si je vous disais que mes échines sont rompues pour cause que le temps va changer.

— Hum ! des rhumatismes, je connais ça, dans moins de six mois j'en ai attrapé, pour ma part, plus de cinquante dans les Cévennes.

— Cinquante ! fit le jardinier ébahi, péchaire ! vous en aviez donc comme qui dirait une dizaine sur chaque partie de votre pauvre corps.

— Plus de vingt, quelquefois, répartit le soldat, je m'en souciais comme de ça, et il cracha dédaigneusement par terre. A l'armée, nous avions un moyen bien simple de les faire passer.

— Sauf votre respect, j'aimerais bien avoir la recette.

— La recette, parbleu, elle est bien connue de tous les soldats, et si elle peut te faire plaisir, voilà : Vous choisissez un genévrier bien épineux, vous coupez les branches et vous les étendez par terre, ensuite.....

— Jusque-là, c'est pas malin, et les genévriers ne manquent pas dans la garrigue.

— Ensuite, reprit le médecin improvisé, vous quittez vos habits et vous vous roulez sur le fagot jusqu'à ce que le corps soit tout en sang. Fais cela deux ou trois fois, ça t'enlèvera la douleur comme avec la main.

— Non pas, s'il vous plaît, j'aime encore mieux garder mes douleurs. Dieu m'en préserve de votre remède. Moi, voyez-vous, je préfère prendre une tisane bien chaude le soir, et là où ça tire le plus, me faire frotter avec un morceau de drap trempé d'eau-de-vie.

— D'eau-de-vie, malheureux ! et tu la perds comme cela au lieu de la boire.

— Ah! oui, avec ça que ça vous brûle le gosier comme du feu. Un bon verre de vin sucré, à la bonne heure, voilà qui vous coupe la soif.

— Un verre de bon vin n'est pas à dédaigner, je ne dis pas, mais l'eau-de-vie a plus de bouquet.

— C'est bien ce que dit le garde. Moi, je me contente du vin.

— Vous êtes bien heureux, vous autres, de pouvoir choisir; à la guerre, ce n'est pas comme cela, mais ici, vous avez le vin à discrétion.

— Oh! pour sûr, ce n'est pas ce qui manque. Si vous voyiez, y en a des tonneaux et des tonneaux, alignés dans les caves comme un régiment.

Torte-Gueule fit claquer sa langue.

— J'aimerais à être colonel d'un régiment pareil, fit-il. Mais, dis-moi, il y a aussi des compagnies d'élite?

— Des..., demanda Jérôme.

— Je veux dire qu'il doit y avoir du vin de première qualité et des liqueurs aussi pour les jours de fête et pour la table du marquis.

— Que oui, il y en a, bonne mère ! dans les dames-jeannes cachetées qui portent leur étiquette au cou, comme qui dirait leur extrait de naissance, mais pas dans la cave.

— Elles craignent la mauvaise compagnie ?

— Elles sont dans les caveaux dont M. Ferret, l'intendant, a la clef.

— Des caves, des caveaux, il y a donc de quoi abreuver un bataillon de miquelets ?

— Et de quoi les faire manger aussi, répondit le jardinier, fier de donner à un soldat du roi, une haute idée des richesses du marquis de Meyrargues. Allez, vous auriez de la peine à compter les jambons et les quartiers de lard, et les salmées de farine et les boisseaux de haricots, de pois, de fèves, les caisses de confitures et de fruits secs, les...

— En fait de fruits secs, ce que je préfère, ce sont les saucissons.

— Et les saucissons aussi et les armes...

— Avec les saucissons ?

— Non pas ! dans des caveaux à part.

— Tu appelles armes, des scies, des bêches, des pelles ?

— Oh ! que nenni, des armes de vrai, pour se battre, que ça fait frémir rien que de les voir, des piques, des épées, des pertuisanes, des mousquets et même des couleuvrines.

— Mais alors, il y a aussi de la poudre.

— Plus de dix quintaux, dans des petits barils bien cerclés, continua Jérôme, flatté de l'attention que le capitaine, comme il l'appelait, prêtait à son récit.

Celui-ci n'eut garde de laisser tomber une conversation de ce genre.

— Et cette poudre est aussi dans les caveaux ?

Le jardinier prit un air mystérieux.

— Je sais bien où elle est, moi, répondit-il, mais il m'est défendu de le dire.

— C'est que, vois-tu, reprit Torte-Gueule, ce serait très imprudent de conserver pareille matière dans les caves. Il suffirait que le feu s'y mît par malheur et tu partirais comme un boulet pour le paradis.

— Oh! mais ça n'arrivera pas, parce qu'il est défendu d'approcher du caveau avec de la lumière.

— Ouais, et quand on veut tirer du vin, quelqu'un qui, par hasard, se tromperait de cave....

— N'y a pas de danger, la porte de la cave au vin est dans l'office et celle de la poudrière, comme on dit est dans... tiens moi qui allais le dire.

— C'est égal j'aime mieux ne pas le savoir, puisque tu as l'air de ne pas te fier à moi. Seulement, je t'avertis que l'été la poudre s'enflamme quelquefois toute seule, et ma foi, s'il y en a dix quintaux sous le château...

— Eh bien alors ? fit Jérôme inquiet.

— Alors..., le château et tout ce qu'il y a dedans sauterait comme un bouchon de vin de Champagne.

— Bonne mère ! et moi qui couche juste au-dessus !

Torte-Gueule mordit sa moustache pour ne pas rire, mais ne voulant pas pousser plus loin la frayeur du bonhomme :

— Je plaisantais, dit-il, la poudre ne prend feu que si l'on l'allume.

— Ah ! ce n'était pas pour de bon. A présent me voilà tranquille, mais vous m'avez fait une fameuse peur.

— Sais-tu à quoi je pense à présent, Jérôme ? C'est qu'il faudrait pour rendre le château imprenable et en faire comme nous disons, nous autres gens du métier, une forteresse de premier ordre. qu'on eût ménagé à la garnison un moyen de communiquer avec la plaine par une sortie secrète.

— Et le puits donc ? vous croyez qu'on l'a oublié.

De grâce, ne me parlez pas par énigme, dites vite.... (*Voir page* 201.)

— Ce puits communique ?

— Oh ! pas celui-ci, celui de la cave au vin seulement. Ah ! moi qui l'oubliais, et encore le souterrain qui ouvre dans la salle d'armes, auprès de la salle à manger.

— Ah ! vraiment !

— C'est-à-dire, il communiquait autrefois avec ce petit bois que vous voyez là au bas du rocher, mais il y venait des renards et on l'a muré.

Marguerite écoutait avec intérêt tous ces détails qu'elle ne connaissait pas et s'amusait intérieurement de la loquacité du vieillard qui, tout en se croyant parfaitement discret, répondait à toutes les questions du soldat.

L'idée ne vint pas à la jeune fille que cette indiscrétion pût être dangereuse. N'était-ce pas un type de courage, d'honneur et d'abnégation, que ce brave Mathias, auquel M. de Miraman devait la vie ?

La conversation dura encore quelque temps sur le même sujet et probablement Torte-Gueule n'eût eu rien à apprendre, le lendemain, de ce qu'il voulait savoir, lorsque quelqu'un ayant frappé à la porte, Mlle de Saint-Véran, sans se retirer de sa fenêtre, répondit à haute voix :

— Entrez, entrez, chère amie.

Le sergent tressaillit, et changeant subitement de conversation :

— A propos, dit-il au jardinier qui reprenait lentement son arrosoir, j'ai entendu quelqu'un se plaindre au-dessus de ma tête, ne serait-ce pas toi, par hasard ?

— Non, répondit naïvement Jérôme, je ne couche pas de ce côté.

— J'aurais cependant parié que ce fût ta voix.

— Péchaire ! il aurait fallu que je criasse bien fort, voici ma chambre.

— Bon ! pensa le soldat, je sais maintenant où est la poudre, et élevant la voix :

— En effet, dit-il, je me serai trompé.

Marguerite ne l'entendit pas ; en proie à une vive émotion, elle interrogeait d'une voix caressante et suppliante à la fois la comtesse qui, en ouvrant la porte, lui avait montré une lettre de Saint-Ambroix, en lui jetant ces mots :

— Ils vont arriver.

— Qui, ils ? s'écria Mlle de Saint-Véran.

— Mon mari et M... le... vicomte... de... A présent, devine, si tu peux, mignonne.

— Il y a donc bien du nouveau ? fit Marguerite en entraînant la comtesse vers un canapé.

— Il y en a parce qu'il n'y en a plus, répondit-elle en s'asseyant près de sa jeune amie.

— De grâce, ne me parlez pas par énigme, dites vite.

— Eh bien ! chère belle, puisque tu es si pressée, voici : Il n'y a pas de nouveau en ce sens que les fanatiques ne font plus parler d'eux et que, depuis plus d'un mois, on n'a signalé aucune assemblée depuis le fond du Vivarais jusqu'à l'extrémité des Cévennes, et il y a du nouveau, puisque les congés ont été accordés gracieusement au moment où M. de Miraman commençait à en désespérer, comme tu le sais.

— Oui, oui, dans sa dernière lettre, pas plus loin qu'il y a huit jours, il l'écrivait ; et d'où vient un si grand changement en si peu de temps ?

— Il paraît que M. de Broglie est revenu enchanté de son voyage dans les Hautes-Cévennes, voici du reste ce qu'en dit mon mari. Sa lettre, comme tu vois, n'est pas longue :

« Bonnes nouvelles ! d'ici à quelques jours, nous (remarquez bien ce pluriel) serons à Sainte-Anastasy ; M. de Broglie sort d'ici arrivant de Florac, Saint-André, Villefort, les Vans, tout ce qu'il y a de plus montagne dans nos trois diocèses. Il était parti voyant tout en noir, il revient

voyant tout-en rose. Il a vu notre vieil ami M. de Mornas, qui l'a fort
rassuré à Anduze, et s'est arrêté un jour à Alais. Le gouverneur étant
absent, il est descendu, comme un simple mortel, chez votre Planchut,
dont il m'a fait une peinture des plus divertissantes.

« Sur la porte même du nouveau converti, est apposée, au-dessous du
Soleil-d'Or, l'affiche par laquelle M. de Basville promet 5.500 livres à
qui fera arrêter un ministre ou un émissaire de Genève. Le gros hôtelier
travaille des pieds et des mains pour gagner la prime et se désespère de
ne pouvoir rien découvrir.

« Inutile de dire que le comte a loué son zèle et, pour l'exciter davantage, lui a promis la place de capitaine de la milice bourgeoise qu'il
brigue avec ardeur.

« Tout cela a mis le comte en si belle humeur, qu'il a bien voulu
m'accorder, ainsi qu'à M. de Laudun, auquel il a adressé force félicita-
tions pour son zèle, un congé de quelques semaines, à moins toutefois,
a-t-il ajouté, que M. l'archiprêtre ne juge la présence de l'un de nous
nécessaire pour protéger sa mission. Je vais lui écrire et j'attends sa
réponse pour... »

— Oh! fit Marguerite avec une moue significative, il ne manquerait
plus qu'il les retînt. Pourquoi ne reste-t-il pas dans son diocèse, cet
archiprêtre, et où est-il donc à présent?

— A quelques lieues seulement de Saint-Ambroix, au Pont-de-
Montvert, où il prêche une mission.

— Et qu'a-t-il besoin de soldats pour prêcher, continua-t-elle en
frappant avec impatience le parquet du bout de son petit pied ; M. de
Cambrai l'a bien dit, ce n'est pas à coups de fusil qu'il faut convertir, mais par la patience et la persuasion.

— Marguerite, Marguerite, vous parlez bien légèrement d'un saint
prêtre.

— Je ne conteste pas sa sainteté, reprit-elle avec vivacité, mais je trouve que les baïonnettes sont de trop pour ramener des brebis au bercail.

— Peut-être même approuvez-vous ceux qui affichent jusque sur les murs de nos églises : Mort au prêtre de Baal, dit sévèrement Mme de Miraman.

Mlle de Saint-Véran baissa la tête en rougissant.

— Je ne vais pas jusque-là, dit-elle, mais...

— Mais avant de condamner si sévèrement un ministre du Seigneur, parce que vous craignez une contrariété, peut-être auriez-vous dû un peu réfléchir que si ce prêtre a commis le crime de retenir quelques soldats auprès de lui, c'est moins pour ramener comme vous le lui reprochez, des brebis au bercail, que pour empêcher des loups dévorants de s'y introduire et d'égorger le troupeau commis à sa garde.

« Du reste, continua-t-elle en feignant de ne pas remarquer les larmes qui roulaient dans les yeux de sa pupille, l'archiprêtre n'est pas aussi coupable que vous avez pu le supposer tout d'abord. »

Et, reprenant sa lecture au point où elle l'avait interrompue, elle continua :

« J'attends sa réponse pour vous la faire connaître. »

Et un peu plus bas :

« *P. S.* — M. l'abbé du Chayla est bien l'homme le plus parfaitement bon que je connaisse. Quoiqu'il soit loin de partager les opinions de M. de Broglie sur la tranquillité et la sécurité du pays, il me presse de partir avec M. de Laudun, ne voulant pas, dit-il, imposer de nouveaux retards à votre juste impatience et faire ajourner encore une fois une union sur laquelle il sera si heureux d'appeler les plus hautes bénédictions du ciel.

« M. Poul arrivera ici le 2 juillet, avec une compagnie de dragons montés, je lui confierai pour quelques jours le commandement de Saint-Ambroix et, le soir même de son installation, c'est-à-dire le

3 au plus tard, M. de Laudun et moi galoperons ensemble sur la route de Sainte-Anastasy. Il en est fou de bonheur.

« Adieu, à bientôt. »

— Vous voyez, ajouta la comtesse, l'abbé n'était pas si coupable.

Elle fit un mouvement pour se lever.

Marguerite la retint en jetant ses bras autour de son cou.

— Je suis bien mauvaise et il est bien bon, murmura-t-elle à l'oreille de son amie ; puis, se rasseyant tout à coup, elle cacha sa tête entre ses mains et éclata en sanglots.

Il fallut que Mme de Miraman consolât la jeune fille en lui disant que son crime n'excédait pas un petit mouvement d'impatience presque excusable en cette circonstance.

Du reste, la gronderie avait été assez douce pour ne pas provoquer une telle abondance de larmes, si elle en eût été le seul motif; mais, il faut l'avouer, l'émotion causée par la lettre y était bien pour quelque chose.

CHAPITRE XIX

LE PARTISAN

La conversation dura longtemps entre les deux amies. Mme de Miraman s'étendit avec complaisance sur les qualités de M. de Laudun.

A cet éloge, Marguerite répondit en exaltant le mérite et la supériorité du comte de Miraman, ami et protecteur du vicomte.

La cloche du dîner suspendit sans le faire cesser cet assaut de courtoisie, et la causerie reprit son cours aussitôt que le marquis fut à table.

Le nom de Poul ayant été prononcé, Mlle de Saint-Véran fit remarquer qu'un pareil nom sentait singulièrement la roture et qu'il était peu probable que ce capitaine de fortune eût ses entrées à Versailles.

Ce mot imprudent suffit pour rappeler à lui le vieillard qui, s'emparant aussitôt de la parole, combattit l'opinion de Marguerite par une avalanche d'anecdotes telles que celles de Jean Bart, le fils d'un simple pêcheur, fumant en pleine cour ; le souper servi dans la chambre de Sa Majesté, au tapissier Poquelin Molière, et vingt autres traits du même genre, qui prouvent que le roi savait récompenser le mérite dans tous les rangs.

Cela dit, le marquis, s'appuyant sur sa longue canne, descendit au préau avec la majesté d'un triomphateur.

Le commandeur causait en ce moment avec Torte-Gueule qui, mélancoliquement accoudé sur le rebord de la terrasse, faisait ses petits calculs stratégiques tout en ayant l'air de prêter une reconnaissante attention aux instructions médico-chirurgicales de M. de Castellane sur les soins à donner aux plaies causées par les armes à feu.

— Surtout, d.sait-il en ce moment, évitez avec soin l'usage du vin et des liqueurs fortes qui échauffent le sang.

— Monsieur de Castellane, je vous dénoncerai à la Faculté comme empiétant sur ses droits, interrompit le marquis.

— Souvenirs de la vie des camps et des orages d'une jeunesse depuis longtemps écoulée, monsieur le marquis, repartit le commandeur avec un sourire. — Mesdames, permettez à votre serviteur de vous présenter ses plus humbles civilités, ajouta-t-il en saluant les promeneuses avec une profonde inclination.

— Mon Dieu, monsieur, je suis vraiment confuse, se hâta de dire Mlle de Saint-Véran, je m'étais figurée que notre promenade devait avoir lieu à l'heure habituelle, et je ne m'étais pas encore.....

— La confusion et les regrets sont pour moi, mademoiselle, interrompit M. de Castellane, et je ne viens ici, à une heure aussi indue, que pour vous prier de vouloir bien m'excuser pour ce soir, peut-être même pour quelques jours ; mais le service de Sa Majesté.....

— Les dames se regardèrent avec surprise.

— Le service de Sa Majesté ? s'écria le marquis. Parbleu, commandeur, je crois que nous avons payé notre dette dans le temps et que nous avons droit à être regardés comme faisant partie de *l'arrière-ban*.

— Aussi, n'est-il pas question de mettre flamberge au vent, mais simplement de conduire M. Poul à Uzès, où il va former une compagnie de dragons.

— Vous connaissez donc ce capitaine Poul ? demanda le marquis.

— Je l'ai vu, il y a quelques années, à son retour d'Arménie.

— D'Arménie, et qu'allait-il donc faire dans ce pays barbare ?

— Donner des coups et en recevoir comme en Hongrie, en Piémont, en Turquie, partout en un mot où il y avait des dangers à courir et des blessures à recevoir.

— Mon Dieu, c'est donc un démon incarné que cet homme ? interrompit Marguerite.

— Mais non, mademoiselle, mais ses manières soldatesques se ressentent un peu de sa vie aventureuse. Du reste, c'est un brave et digne soldat, franc et loyal, audacieux sans forfanterie, sévère sans cruauté, de mœurs irréprochables et d'une fidélité tellement connue à sa religion que les protestants n'ont pas même essayé de le séduire.

— Sait-on au juste quel est ce partisan ? demanda le marquis.

— Parfaitement, et je puis vous renseigner à cet égard. Sa famille appartient à une très honorable bourgeoisie et habite les environs de Béziers. A quatorze ans, son père lui donna à choisir entre le froc et le buffle. Denys Poul choisit la cuirasse, et depuis, il n'a cessé de se battre et de recueillir plus de blessures que de pistoles. C'est une carrière à laquelle on s'attache bien vite. Demandez plutôt à ce digne sergent qui n'attend que sa guérison pour reprendre l'arquebuse.

Le digne sergent feignit de ne pas entendre.

Torte-Gueule avait ses raisons d'en agir ainsi, il ne connaissait que trop le capitaine Poul et avait certains motifs de craindre d'en être connu. Aussi la conversation l'intéressait vivement.

Personne ne remarqua son tressaillement quand il s'entendit nommer.

L'histoire du capitaine était du reste bien faite pour captiver l'attention de la société. A une époque où les voyages présentaient des difficultés que nous ne pouvons même plus soupçonner, Denys Poul avait parcouru le monde, d'abord en qualité d'engagé volontaire, puis comme enfant perdu ou partisan. Et à la tête d'une petite troupe choisie par lui, il s'était signalé par des hauts faits dont quelques-uns étaient marqués au coin d'une héroïque originalité.

Ce ne fut pas sans frémir que les châtelaines de Sainte-Anastasy entendirent le récit de son combat corps à corps avec le lion de l'aga africain Nereddin, et de l'une de ses dernières aventures en Piémont, où il avait, avec vingt hommes, traversé le camp des féroces aventuriers nommés Barbets, pour aller couper la tête, dans sa propre tente, au célèbre brigand Barnabaïga.

— Vraiment, je serais bien curieuse de voir ce brave capitaine, dit Mme de Miraman.

— Rien au monde n'est plus facile, madame, répondit M. de Castellane, et j'aurai l'honneur de vous le présenter dans quelques instants.

— Comment, M. Poul viendra ici? demanda Marguerite.

— Oui, mademoiselle, je me suis permis de lui donner rendez-vous à Sainte-Anastasy, à trois heures.

A cette nouvelle inattendue, les homélies du père Bonaventure échappèrent au sergent.

Au bruit que fit le livre en tombant, Marguerite s'était retournée.

L'émotion de Torte-Gueule était si visible et sa physionomie tellement féroce, que la jeune fille en eut un frisson.

— Vous connaissez le capitaine? dit-elle au blessé.

— Non, mademoiselle, fit-il en grimaçant un sourire.

— Vous avez dû au moins en entendre parler? reprit le commandeur.

— Sans doute, monsieur, sans doute.

— C'est un brave auquel nous vous recommanderons.

Torte-Gueule, pris au piège, grogna quelque chose qui pouvait, à la rigueur, passer pour un remerciement.

— Et, dans trois ou quatre jours, poursuivit la comtesse, vous verrez ici quelqu'un auquel il ne sera pas nécessaire d'apprendre votre nom.

— Qui donc, madame?

— Mon mari, auquel vous avez sauvé la vie.

— Aïe! fit le bandit, pris à l'improviste et pâlissant de peur.

— Mon Dieu! qu'est-ce donc? s'écrièrent à la fois les deux dames.

— Oh! cette blessure! cette blessure! murmura le soldat.

— Ne vous effrayez pas, mesdames, interrompit M. de Castellane, j'ai remarqué que les plaies produites par les armes à feu....

— Ça, mon cher commandeur, reprit le marquis, il est deux heures trois quarts, par conséquent nous avons juste quinze minutes à nous préparer pour recevoir M. Poul, il est impossible de songer à faire une toilette convenable. J'espère qu'il ne s'en offensera pas. Je regrette seulement que nous n'ayons pas plus de temps pour préparer à M. Poul une réception digne de son mérite et de sa haute valeur.

— Ce serait, je vous assure, peine perdue; quelque mérite que puisse avoir le capitaine, c'est, je vous l'ai dit, un soldat avant tout et fort peu soucieux des lois de l'étiquette. Du reste, il ne peut tarder beaucoup et je soupçonne même que l'Anguille, que je vois accourir, nous apporte la nouvelle de son arrivée.

— Monsieur le marquis, voici deux cavaliers qui arrivent, dit en effet Olivier. Faut-il lever le pont ou les laisser entrer au château?

— Laissez-les entrer, répondit le marquis.

Torte-Gueule jugea le moment de s'esquiver favorable, et se prépara à battre prudemment en retraite.

Malheureusement pour lui, la comtesse s'aperçut de sa manœuvre.

— Restez, lui dit-elle, je vous ai promis de vous présenter et je tiens...

— Permettez-moi, plutôt, de me retirer, un pauvre soldat comme moi.....

— Non, non, restez au contraire, s'écria le commandeur, je tiens aussi à vous recommander.

— Oui, oui, à la potence, murmura le bandit en se rasseyant. Ah ! gueux de Tortilia, mais si je suis pendu, tu auras ta part.

Les cavaliers montaient rapidement la côte.

— Quel âge a donc M. Poul ? demanda le marquis.

— Cinquante et quelques années.

— Ventre saint gris ! quelle ardeur ! on dirait un jeune homme.

— Qu'a-t-il sur la tête ? fit Marguerite, on dirait un bonnet de fer.

— C'est une calotte circassienne surmontée d'une pointe aiguë, répondit le commandeur.

— Mais, voyez donc, monsieur, on dirait qu'il est à genoux sur sa selle, tant ses étriers sont courts et ses pieds ramenés en arrière.

— En effet, c'est une manière de monter à laquelle nous sommes peu habitués. Le capitaine l'a apprise des Arabes, et pour combattre elle présente de grands avantages, puisque le cavalier peut à son gré avancer jusque sur le cou de son cheval pour porter un coup à l'ennemi ou se réfugier à l'extrémité de la croupe pour éviter les atteintes de la lance.

— Et qu'est-ce donc aussi qu'il tient posé devant lui en travers ?

— Un sabre arménien, mademoiselle, une arme prodigieuse dont un seul coup partage un homme en deux, ou coupe un canon d'arquebuse comme un simple morceau de bois. Ce sabre appartenait à Barnabaïga. Quand le capitaine sera près de vous, remarquez, je vous prie, le nombre des petites entailles qui en zèbrent le fourreau.

— Qu'ont-elles donc de particulier ?

— Vous verrez, c'est un ornement assez original.

— C'est égal, je ne reviens pas de cette manière de se tenir à cheval ; il lui faudra une échelle pour mettre pied à terre.

— Hum ! j'ai dans l'idée qu'il ne la faudra pas bien longue.

— Ah ! mon Dieu, s'écrièrent à la fois les deux dames.

— Je vous avais prévenu, fit le sieur de Castellane en riant.

Monsieur Poul, dit le marquis en saluant son hôte, je suis heureux
de vous recevoir.... (*Voir page* 213.)

Arrivé à dix pas de la porte, et sans même s'arrêter, le partisan avait bondi sur le sentier avec la légèreté du tigre, tandis que son cheval, libre de toute br idese jetait de côté pour laisser place libre.

— Attends, lui dit Poul en lui frappant légèrement sur la croupe.

L'intelligent et fier animal demeura immobile comme s'il eût eu les entraves.

Olivier s'avança pour le conduire à l'écurie, mais Barnabaïga n'était pas un paisible roussin, il se dressa sur les pieds de derrière, et regarda son maître, comme pour lui demander : faut-il dévorer cet ennemi ?

— Non, fit Poul.

Le terrible animal retomba sur ses pieds, mais d'un air si menaçant que le palfrenier ne jugea pas prudent de renouveler sa tentative.

Le capitaine continua sa route sans s'en préoccuper autrement, et franchit le pont-levis, à l'extrémité duquel le marquis et le commandeur étaient venus l'attendre.

A quelques pas en arrière, les dames regardaient curieusement leur célèbre visiteur.

Son extérieur répondait dignement à sa réputation. Haut de six pieds, la taille bien prise, le visage fortement coloré, le sourcil noir et épais, la barbe rouge et pointue, Poul ressemblait à un géant de bronze, ses traits étaient durs, sans cruauté. Sans une balafre qui, partant du front, descendait jusqu'à la narine gauche, il eût été plutôt bien que mal, et sa tête, à cheveux courts, rappelait celle des guerriers romains, qu'aimaient à peindre les artistes du premier empire.

Quant à son costume, il eût été difficile d'imaginer quelque chose de plus bizarre. Au lieu des larges bottes à entonnoir, alors en usage, il portait une sorte de brodequins grecs, en cuir jaune, armés de deux longues pointes de fer destinées à remplacer l'éperon et attachées par de longues courroies qui, en s'entrelaçant sur la jambe, la protégeaient jusqu'au genou, où elles emprisonnaient le bas d'un haut de chausse écarlate, taillé à la mamelouk. Une veste de cuir grossièrement brodée et tachée de sang laissait en s'échancrant sur le devant, apercevoir une cuirasse de fer ; le cou était nu et libre, bien que protégé par derrière par le tissu de mailles attaché au casque.

Quant aux armes, elles consistaient en un large poignard à coquilles de cuivre, une paire de pistolets richement damasquinés, et le fameux sabre arménien, qu'au moment du combat le partisan attachait à son poignet droit, par une forte chaînette de fer.

— Monsieur Poul, dit le marquis en saluant son hôte, je suis heureux de vous recevoir dans mon château de Sainte-Anastasy, et je vous remercie d'avoir songé à vous y arrêter. Je sais....

Le partisan, après avoir salué en portant son gantelet à son front, ne songeait plus qu'à admirer les fortes murailles du château.

— Fameux ! fameux ! fit-il brusquement, une courtine de plus et dix hommes déterminés suffiraient pour arrêter une armée.

Cette exclamation intempestive produisit sur le cérémonieux orateur l'effet de la courtine, elle l'arrêta si bien qu'il ne put trouver la fin de sa phrase péniblement élaborée.

Le commandeur crut devoir venir à son secours.

— En effet, dit-il, l'assiette du château est des plus fortes, et cela est fort heureux pour le bien de la religion, car....

— Eh bien ! partons-nous ? demanda Poul.

— Permettez-moi au moins de vous offrir une légère collation, reprit le marquis atterré d'une si grande incivilité.

— Un verre de vin, si vous voulez, dit le capitaine. Pendant que nous le boirons, Barnabaïga va manger un peu.

— Si c'est la personne qui vous accompagnait dont vous parlez, elle doit être déjà à l'office, répliqua M. de Meyrargues.

Poul éclata de rire.

— Foin du rustre ! s'écria-t-il de sa grosse voix, Barnabaïga est mon cheval, celui-là saura bien se nourrir seul.

Et, se retournant vers le sentier :

— Va, cria-t-il.

Rendu à la liberté, le cheval se dirigea d'un trot joyeux vers la partie du plateau où croissait un maigre gazon.

— Mesdames, j'ai l'honneur de vous saluer, dit Poul en remarquant enfin la présence des châtelaines.

— Madame la comtesse de Miraman et mademoiselle de Saint-Véran, reprit le marquis, désespéré de l'irrégularité d'une pareille présentation.

— Miraman ! c'est le nom du commandant de Saint-Ambroix, un bon officier, sur ma parole. Sont-ils parents ?

— Madame est la femme du comte, fit remarquer M. de Castellane.

— Alors, enchanté de faire votre connaissance, madame. Sacrebleu, votre mari est un brave homme, trop doux cependant. A sa place, j'aurais fait brancher quelques douzaines de ces coquins. Ça, dites donc, qu'est-ce que cet homme, assis sur un banc.

— Un brave soldat, qui a été blessé en sauvant la vie à son capitaine, se hâta de répondre la comtesse.

— Comment, coquin ! tu es devenu brave et honnête, s'écria Poul en se rapprochant du soldat ; tu étais un fameux voleur dans le temps.

— Vous l'avez connu ? demanda le commandeur.

— En Italie ; il servait dans les Mignons. Et tu es blessé ?

— A la jambe, capitaine.

— Voyons la blessure.

Il n'y avait pas à hésiter, le sergent défit l'appareil.

— Peuh ! fit Poul avec dédain, tu appelles ça une blessure ? Un peu de poudre et d'eau-de-vie, demain il n'y paraîtra plus.

Et, lui tournant le dos avec dédain :

— Allons boire, dit-il, puisque le vin est tiré.

Arrivé dans la salle à manger, le capitaine posa sans façon son sabre sur la table, et, remplissant cinq verres jusqu'au bord :

— A la santé de la compagnie, fit-il en les choquant avec le sien qu'il vida d'un seul trait, sans remarquer que lui seul avait bu.

Marguerite, placée près du géant, regardait avec curiosité le fourreau de son sabre, couvert des coches dont lui avait parlé M. de Castellane.

Curieuse comme toutes les jeunes filles, elle profita du moment où Poul engloutissait un second verre, pour soulever l'arme terrible.

— Dieu, que c'est lourd, fit-elle.

— Vous trouvez, ma petite dame ? s'écria Poul en bonne humeur. Tenez, voulez-vous le voir ?

Et il tira, d'un coup sec, la lame large et brillante. On eût dit un gigantesque couteau de boucher.

— Qu'est-ce que cette tache noire ? demanda à demi-voix Mlle de Saint-Véran à la comtesse.

— Ça ? fit le capitaine, c'est le cachet de son ancien propriétaire.

— Comment, c'est un cachet ?

— Oui, ma petite dame. Quand je coupai la tête à Barnabaïga, j'étais un peu pressé et je ne pris pas le temps d'essuyer le sang ; le lendemain, quand je nettoyai la lame, la tache était marquée en noir ; je l'ai laissée comme souvenir, mais depuis, à chaque tête tranchée, je passe la lame ur ma manche.

Mlle de Saint-Véran jeta en frissonnant les yeux sur la veste du partisan. Le cuir de la manche gauche était noir aussi. Elle ne put retenir un geste de dégoût.

— Expliquez donc aussi à mademoiselle le sens des entailles de votre fourreau, dit le commandeur.

— Oh ! ça, fit-il en montrant la large gaîne, c'est ce que j'appelle mon livre de comptes. A chaque homme tué, je fais une coche avec mon poignard. Il y en a soixante-dix-sept. Ça simplifie la comptabilité, ajouta-t-il en riant.

— Le cheval de M. le commandeur est sellé, annonça Olivier.

— Alors, un dernier coup et partons, fit le capitaine.

— Faut-il aller chercher le cheval de M. le capitaine ? demanda Olivier.

Pour toute réponse, Poul haussa les épaules.

— Allons, bonsoir la compagnie! dit-il. En selle, commandeur; ne vous inquiétez pas de moi.

Et, reprenant ses armes, il sortit et traversa la cour à grands pas.

Du haut du perron, les dames le virent s'arrêter à la poterne. Là, il posa sa main sur sa bouche et, par deux fois, il poussa un sifflement aigu, puis il revint lentement vers ses hôtes.

— Eh bien! demanda le commandeur.

Le partisan releva la main, comme pour montrer le sentier.

Presque au même moment apparut, à l'entrée de la poterne, le cheval du capitaine. Le noble animal arrivait au galop, l'air fier et superbe. Arrivé près de son maître, il s'arrêta net.

D'un bond, le partisan fut en selle et se dirigea vers le sentier, où M. de Castellane ne tarda pas à le rejoindre.

— Ce monsieur Poul peut être un excellent soldat, murmura le marquis, mais en fait de politesse, il lui reste fort à apprendre.

— Il a été bien dur pour notre pauvre blessé, remarqua Mlle de Saint-Véran.

— Et je crains qu'il ne le soit encore bien plus pour les Cévenoles, ajouta Mme de Miraman.

CHAPITRE XX

LA DESCENTE DE L'ESPRIT

Au bas de la tour, du Serre appuya légèrement la main contre le mur ; une pierre tourna sur elle-même, et les trois hommes descendirent dans le corridor qui, du laboratoire, conduisait au cloître. Une lampe de fer éclairait faiblement la voûte. A droite et à gauche, s'ouvraient d'autres souterrains ; l'air était froid et épais comme dans les catacombes.

Après avoir fait faire plusieurs tours et détours à ses compagnons, le verrier s'arrêta devant l'entrée d'un des souterrains latéraux.

— Frères, dit-il en se retournant, vos cœurs sont-ils purs ?

— Oui, fit Flottard d'une voix moins assurée que d'habitude, car il venait de voir, sous le doigt du gentilhomme, le nom de l'Éternel apparaître en lettres de feu sur la muraille.

Ils continuèrent à avancer quelques pas. Le souterrain semblait s'être élargi considérablement, car les deux mains étendues ne pouvaient plus en toucher les parois.

Tout à coup, un grondement prolongé de tonnerre se fit entendre.

— Que les cœurs des fidèles s'élèvent devant le Seigneur. Frères, prions, s'écria du Serre.

Et ils tombèrent à genoux.

La foudre grondait toujours.

Au bout d'un moment, le silence le plus profond succéda au murmure du tonnerre, et une lampe, suspendue à la voûte, s'alluma d'elle-même.

Ébénézer regarda autour de lui, il était seul, au centre d'une vaste salle octogone, sans portes ni fenêtres, comme un tombeau. Il en fit le tour, cherchant des yeux et des mains une issue. Il n'y en avait point.

Dans cette salle mystérieuse, éclairée par une lumière vacillante et incertaine, on entendait tantôt à droite, tantôt à gauche comme des soupirs étouffés et un bruissement d'ailes d'oiseaux invisibles.

La terreur le gagnait peu à peu.

Pour s'y soustraire, il alla se placer au-dessous de la lampe, sur un banc de bois. Presque aussitôt, un souffle puissant le frappa au visage et la lampe s'éteignit. En même temps, une voix lugubre cria : Malheur ! malheur ! Et, au fond de la salle, apparut un squelette armé d'une faux et serrant entre ses jambes osseuses un cheval plus blanc que la neige, et dont les naseaux semblaient vomir du feu.

Le galop de ce coursier fantastique, pas plus que le rapide mouvement de la faux du cavalier, ne faisait aucun bruit. Cependant, la voix du cavalier était stridente et ses yeux lançaient des éclairs.

Trois ou quatre fois, le groupe infernal fit le tour de la salle, puis il s'évanouit comme une fumée.

Ébénézer essuya son front baigné de sueur et essaya de marcher pour échapper à son effrayant cauchemar.

Un éclat de rire moqueur retentit à la voûte.

Le Cévenole leva les yeux et aperçut un nain difforme et grimaçant qui, se laissant tomber à ses pieds, s'y changea subitement en un géant de feu, ouvrant les bras pour le saisir.

L'instinct de la conservation ranima le courage du huguenot ; il se précipita sur le fantôme, le bâton levé et lui en porta un coup terrible ; mais l'arme, traversant le corps diaphane, sans produire aucun effet, frappa rudement le sol et s'y brisa.

Enfin, le ciel eut pitié de lui et une voix, qui semblait venir d'en haut, s'écria : Parce que tu as douté de ma puissance, tu as été puni dans ton orgueil. A présent que tu es purifié, regarde les grandes choses que je vais faire pour mon peuple.

Au même moment, deux panneaux, en s'écartant sans bruit, démasquèrent une glace sans tain à travers laquelle, comme dans un lointain vaporeux, apparut une sorte de temple circulaire. Les murs semblaient de marbre blanc, et l'on y lisait écrit ce verset du prophète Joël :

A la fin des temps, je répandrai mon Esprit sur toute chair, vos fils et vos filles prophétiseront, les jeunes gens auront des visions et vos vieillards des songes.

Au centre de la salle, en face d'un trône noir, auquel on montait par quatre degrés, deux escabeaux recouverts, l'un de drap rouge, l'autre d'une étoffe bleue, étaient posés chacun sur un plateau en verre fort épais. A droite et à gauche, deux rangs de sièges plus simples formaient un demi-cercle.

Ébénézer remarqua avec étonnement que, bien que les lustres suspendus à la voûte ne fussent pas allumés, une clarté laiteuse remplissait l'enceinte encore déserte, et dont les portes demeuraient fermées.

Au dehors, on entendait un chant doux et triste.

Ce chant se rapprochait peu à peu. Au bout de quelques instants, les deux portes latérales s'ouvrirent comme d'elles-mêmes pour donner passage à une double procession d'un effet saisissant.

Celle qui entra par le côté de l'est se composait de quatorze garçons, vêtus de robes noires qui disparaissaient presque entièrement sous de longs manteaux rouges; tous avaient les bras croisés sur la poitrine, et les sept premiers portaient une couronne d'or. Ils s'assirent à gauche du trône.

Un même nombre de jeunes filles, en robes blanches et en manteaux bleus, entrèrent par la porte de l'ouest, traversèrent le temple, et prirent place à droite. Sept d'entre elles portaient une couronne d'argent.

Les traits de tous ces enfants étaient amaigris, leurs yeux hagards et brillants, leur physionomie empreinte d'un caractère sauvage.

A un signal donné par une femme, enveloppée de voiles funèbres, qui était venue se placer au bas des marches du trône, toute l'assistance entonne en chœur et sur un ton déchirant, le psaume :

> Des beaux jours adieu la clarté.
> Déjà ma vie est mise en terre
> Et parmi ceux qu'on enterre,
> Mon nom est déjà récité.

La strophe se termina dans une obscurité profonde et il régna un grand silence.

—Enfants, élevez vos cœurs, cria la femme en deuil, voici venir le prophète du Seigneur.

Au même moment, la coupole s'entr'ouvrit, des flots de lumière inondèrent le temple et, du haut de la voûte, descendit lentement un nuage, au centre duquel se tenait, debout, un homme dont le manteau de pourpre ruisselait de flammes. Dans sa main droite, cet homme tenait un globe d'or et dans sa gauche un sceptre de cristal surmonté d'une boule brillante; à ses pieds, étaient assis un prophète et une prophétesse, tenant chacun un bâton d'ébène, symbole de la haute dignité qu'ils allaient recevoir.

— Enfants de Dieu, prosternez-vous, s'écria la dame du Serre.

Le garde de l'Aigoal ne songea pas à fléchir le genou, son étonnement tenait de la stupeur. Il avait cru reconnaître le verrier dans le personnage au manteau de pourpre.

— C'est frère Guillaume, murmura-t-il.

— Un grand prophète, à qui l'Esprit a donné puissance de marquer ses élus du signe de la faveur céleste, répondit une voix grave.

Ébénézer tressaillit et se retourna.

Le frère Flottard était auprès de lui.

— Quels sont ces enfants? demanda le Cévenole.

— Les prophètes choisis de Dieu pour tirer Israël de la terre d'Égypte.

— Pourquoi n'ont-ils pas tous des couronnes?

— Parce que tous n'ont pas obtenu les mêmes faveurs.

— Il y a donc des rangs parmi eux?

— Oui. Tous ont reçu l'*Avertissement*, qui est le premier degré de l'initiation et le *souffle*, qui communique l'Esprit sans donner la connais-sance de l'avenir; plusieurs déjà sont *prophètes* et peuvent, dès à présent, dévoiler aux fidèles les secrets desseins de la Providence, mais les deux seulement que tu vois assis en face du trône, ont été jugés dignes de recevoir le *don*, qui est la plénitude de l'inspiration par l'extase.

— Et quand ce don leur sera-t-il fait?

— A l'instant. Écoute, frère Guillaume va parler.

En effet, le distributeur des grâces célestes avait étendu la main.

— Frères, dit-il d'une voix solennelle, le moment de l'inspiration est enfin venu, l'Esprit va habiter en vous; il vous fera assister aux conseils de la Sagesse éternelle, vous serez participants de la science de Dieu. Préparez-vous à annoncer à toute la terre la chute du royaume de l'An-techrist et le triomphe de la véritable Église. Frères, priez avec ferveur!

Et, descendant de son trône, il s'avança lentement vers la prophétesse, la baisa au front, puis lui souffla dans la bouche en disant :

— Marie, reçois l'esprit du Seigneur.

Et, la prenant par la main, il la regarda fixement.

Sous ce coup d'œil ardent, la folle frissonna comme l'oiseau fasciné par le serpent et détourna la tête, comme si elle eût voulu fuir.

— Marie, reçois l'esprit du Seigneur, répéta-t-il.

Et, en même temps, il étendit sa baguette au-dessus de la tête de la prophétesse, dont il continuait à tenir la main.

— Voici l'Esprit, murmura Flottard à l'oreille d'Ébénézer. Regarde les signes célestes par lesquels il manifeste sa présence.

A mesure que le sceptre magique approchait du front de l'initiée, les cheveux de la jeune fille se soulevaient, comme attirés par une puissance surnaturelle, et un tremblement convulsif agitait ses membres.

Tout à coup, une étincelle bleuâtre jaillit de l'extrémité métallique de la baguette chargée d'avance d'électricité.

Marie poussa un cri sauvage et vint tomber dans les bras du maître.

— L'Esprit ! l'Esprit ! hurlèrent à la fois tous les aspirants en se précipitant le front dans la poussière.

— L'Esprit ! l'Esprit ! fit le montagnard d'une voix étouffée.

Le verrier n'avait pas abandonné sa proie ; sous son regard de feu, elle se débattait et poussait des cris inarticulés.

La crise allait éclater.

— L'Esprit est-il venu ? demanda le bourreau.

— L'Esprit est venu, répondit la jeune fille toujours plus pâle et plus agitée.

— Le sens-tu ?

— Oh ! oui, oui, il est là,... il me brûle,... il m'étouffe..

Et, de sa main restée libre, elle serrait convulsivement sa poitrine.

— Va-t-il parler ?

— Oui... il... va... parler...

Enfants, élevez vos cœurs, cria la femme en deuil..... (*Voir page* 220.)

Ses paroles étaient saccadées et entrecoupées de hoquets qui ressemblaient à des sanglots. Un moment elle parut regarder quelque chose dans le vague, ses yeux se dilatèrent avec une indicible expression d'effroi ; elle rejeta la tête en arrière en agitant convulsivement les bras.

— Marie, dis, que vois-tu ? cria du Serre d'une voix menaçante.

— Je vois... je vois une mer immense, et il y a sur cette mer comme un nuage de soufre. Et, sur cette mer, je vois s'élever une bête à sept têtes et dix cornes, et sur ces sept têtes des noms d'impies.

— Quels sont ces noms ?

— Il y a les noms de l'archiprêtre de Baal, de Broglie, de Basville, de Poul, de Calverte, de Miraman... de....

— Comment est ce monstre ?

— Son corps est comme celui du léopard, ses pieds sont ceux de l'ours, sa gueule celle du lion, et sa queue est recouverte d'écailles.

— Prophétesse, que vois-tu encore ?

— Une femme, vêtue de pourpre et d'écarlate, assise sur le dos du monstre. Elle est parée d'or, et de perles, et tient à la main un vase d'or plein d'impuretés, et sur son front je vois une couronne d'or et sur la couronne il y a écrit, en lettres de sang : *Papisme !*

— Que fait cette femme ?

— Elle montre au dragon le rivage où sont réfugiés les serviteurs de Dieu, et le monstre ouvre ses sept gueules pour les dévorer.... Le sang coule sous ses griffes.... il déchire.... il dévore.... Oh ! c'est horrible !

Et, se renversant en arrière, elle tomba sur les marches du trône en se tordant dans des convulsions et en hurlant des mots sans suite.

Au bout de quelques minutes, l'accès commença à diminuer, les traits se détendirent, les bras tombèrent inertes : c'était la phase du sommeil épileptique de l'extase des prétendus prophètes.

La dame du Serre, agenouillée près de Marie, soutenait doucement sa tête et baignait d'eau fraîche son front et ses lèvres.

Ébénézer ne doutait plus : l'étrangeté du spectacle le clouait immobile à sa place derrière la glace, l'œil ardent, la poitrine haletante. Le ciel avait tenu les promesses de du Serre.

Cependant la jeune fille revenait peu à peu à la vie ; elle ouvrit les yeux et jeta autour d'elle un regard étonné.

— L'Esprit va parler, cria du Serre, sans lui donner le temps de reprendre entièrement ses sens.

— L'Esprit va parler, répondit docilement Marie.

Et se soulevant à demi, elle étendit la main :

Écoutez ce que dit l'Esprit, dit-elle d'une voix rauque :

« Mon enfant, je te le dis, la mesure de l'abomination est remplie et l'impiété déborde sur toute la terre, les temples du vrai Dieu sont abattus et son troupeau dispersé par des loups ravisseurs.

« Mon enfant, je te le dis, la bête sortie de la mer pour dévorer ceux qui m'honorent, ce sont les prêtres maudits et les soldats du Pharaon maudit ; la femme assise sur le dos du monstre, c'est le papisme. Mais je te le dis, je susciterai mes prophètes et le monstre sera enchaîné, et la femme précipitée au fond de l'abîme. »

La prophétesse, à bout de forces, semblait vouloir s'arrêter.

— Que dit encore l'Esprit ? fit du Serre avec un regard menaçant.

Marie comprit la menace, car, se redressant soudain, l'œil hagard et la main levée, elle s'écria d'une voix gutturale et entrecoupée :

« Mon enfant, je te le dis, le jour de la vengeance est arrivé. Israël, hors des tentes ! Israël, au combat ! Le vent de la colère a soufflé, entends le hennissement des coursiers, le choc des lances et des cuirasses, le sifflement des traits. Le monstre aux sept têtes, c'est Broglie, c'est Basville, c'est Miraman, c'est Laudun, c'est l'infâme archiprêtre. Mort aux impies ! mort à l'archiprêtre de Baal !

Elle retomba haletante et épuisée. Le verrier et sa femme la transportèrent au fond du temple où elle demeura comme inanimée.

— Mort à l'archiprêtre de Baal! hurla une voix puissante, avec un accent terrible de colère.

Les prophètes s'entre-regardèrent avec effroi. Ce cri venait du dehors : on eût dit un écho vengeur.

Du Serre seul reconnut cette voix : c'était celle d'Ébénézer. Le montagnard était dompté.

L'initiateur s'approcha alors du prophète demeuré immobile sur son siège rouge, et lui souffla dans la bouche, en disant :

— Astier, reçois l'esprit!

Astier n'était point fou, mais il se distinguait entre tous ses compagnons par la violence de ses convulsions.

Dès que le sceptre l'eut touché, il entra dans les fureurs épileptiques, peut-être même les exagéra-t-il pour se montrer supérieur à sa compagne. Il se roula sur le pavé, gonfla sa poitrine, battit l'air de ses bras décharnés poussa des rugissements sauvages, vociféra des injures contre le roi Pharaon et le pape antechrist, et, après la scène de l'extase termina cette repoussante représentation par le cri : Israël, hors des tentes!

Il y eut alors une sorte d'entr'acte pendant lequel Astier et Marie furent emmenés dans leurs cellules, pour s'y remettre de leurs fatigues.

— Eh bien! frère, crois-tu, maintenant? dit Flottard.

— Parce que j'ai vu, je crois, répondit le montagnard.

Et il ajouta comme se parlant à lui-même :

— Hors des tentes, Israël! Le jour du Seigneur est venu, le vent de la colère souffle dans la montagne, et la corne de Moab sera brisée!

On eût dit que l'Esprit voulait répondre à sa pensée, car les prophètes chantèrent en ce même moment :

> Cent mille hommes de front,
> Craindre ne me feront,
> Encore qu'ils l'entreprinsent,
> Et que pour m'estonner,
> Clore et environner,
> De tous costés ne vinsent.

— Israël était sans armes quand Dieu le tira de la terre d'Égypte!
murmura Ébénézer. Le souffle de l'Éternel est une tempête qui disperse
les bataillons ennemis!

Le chœur des prophétesses reprit :

> Viens donc, déclare-toi
> Pour moi, mon Dieu, mon roi,
> Qui de buffes renverses
> Mes ennemis mordants,
> Et qui leur romps les dents
> Et leurs gueules perverses.

A la fin de ce chant huguenot, tous ensemble se levant, hurlèrent avec
d'affreuses contorsions :

— Israël, au combat! Périsse l'archiprêtre de Baal!

C'était le mot d'ordre.

Le verrier venait de rentrer.

Du haut de son trône, il proclama les noms des quatorze aspirants
du degré inférieur, et les appela l'un après l'autre.

Ils s'avancèrent un à un, lentement, les yeux baissés.

A chacun d'eux, du Serre imposa les mains en disant :

— Au nom de l'Éternel, sois prophète pour le salut d'Israël!

Et il leur posait une couronne sur la tête.

La cérémonie se termina par des prières, le chant des psaumes et un
discours du grand pontife.

Après quoi l'assemblée se sépara.

Une heure après, Ébénézer, monté sur son vigoureux cheval, s'enfonçait, suivi de Gog et Magog, dans la montagne. Il brandissait le
tronçon de son bâton en répétant à haute voix :

— Israël, hors des tentes! Israël, au combat!

— Frère, que penses-tu de mes prophètes? demanda du Serre, calme
et souriant, à Fluttard.

— Ton invention est admirable, mais je crois qu'avec ce régime tes trente élèves n'ont pas pour longtemps de vie.

Le verrier haussa les épaules.

— Au besoin, dit-il, il ne manque pas d'enfants pour les remplacer. A propos, comment as-tu trouvé Marie, l'extatique ?

— Prodigieuse ! Ébénézer lui préfère Astier, parce qu'il est plus féroce, moi, je la mets fort au-dessus. Elle est de la montagne ?

— Non, de Beaucaire.

— Voilà qui est singulier.

— Et catholique.

— Marie, catholique ? ceci est plus fort.

— C'est elle que l'évêque Fléchier a fait élever et que les habitants de la plaine appelaient la sainte. Ils la croient noyée depuis deux ans.

— En vérité, dit Flottard, tu es l'homme le plus prodigieux que j'aie jamais rencontré. Grâce à toi, je commence à ne plus douter du succès.

— Le succès sera la vengeance, murmura du Serre, en dépouillant son costume de prophète. Maintenant, allons prendre un peu de repos.

Et ils sortirent.

CHAPITRE XXI

MARQUISE DE FLORAC

Le mardi 5 juillet 1702, la petite ville d'Anduze, ordinairement si calme, présentait le spectacle d'une agitation extraordinaire. La grande rue était pavoisée, les cloches carillonnaient joyeusement, et les bourgeois, en habits de gala, commençaient à envahir les estrades dressées au pied des arcs de triomphe, sur la verdure desquels se détachaient les lettres F et V entrelacées.

De temps en temps des charrettes de villageois, lourdement chargées, s'ouvraient à travers la foule un pénible passage pour aller prendre leur rang sur la grande place du marché. Quelques hommes de la garde bourgeoise, en grande tenue, hoqueton en tête et pertuisane à la main, gardaient les abords de l'église et répondaient par des lazzis aux plaisanteries ironiques que leur jetaient en passant les cavaliers rouges et bleus, du régiment de Saint-Cernin, venus des villes voisines, soi-disant pour entretenir l'ordre, mais qui, en réalité, semblaient chargés d'effrayer les bourgeois.

La cohue était surtout énorme aux abords de l'hôtel du gouverneur, situé au bout de la grande rue.

Les deux estrades construites de chaque côté de la porte cochère, étaient occupées par les chefs des corps de métiers, les marchands notables et leurs familles, parmi lesquelles celles de maître Simon, le tonnelier, et de l'épicier Martin, occupaient le premier rang. Maître Simon surtout, consul sortant et fort riche, s'y faisait remarquer par sa loquacité verbeuse et eût trôné sans conteste, si Martin, plus versé que lui dans la connaissance des familles nobles, n'eût mérité, par sa science héraldique, un respect particulier. C'était lui qui semblait avoir le monopole de proclamer les noms des arrivants, et il s'en était acquitté à la satisfaction générale, quand trois carrosses, escortés de plusieurs cavaliers, débouchèrent dans la grande rue.

— Jésus Maria ! quelle belle demoiselle ! s'écria Mme Simon, quand le premier passa devant elle fort lentement à cause de l'encombrement. La connaissez-vous point, maître Martin ?

— Je l'ai bien vue quelque part, mais dire où, voilà ce qui me serait impossible.

— Dirait-on pas subséquemment que ce marchand de noix avariées a couru toute la terre comme le Juif-Errant, cria du haut de son cheval, un brigadier, dont les moustaches relevées en croc, excitaient l'admiration des candides bourgeoises.

— Quoique je ne passe pas mes journées à relever la litière dans une écurie, je puis bien avoir vu le beau monde autant que toi, grogna, à demi-voix, l'épicier en rougissant de dépit.

— Place au marquis de Meyrargues et au commandeur de Castellane, crièrent deux coureurs en pourpoint de velours.

— C'est Mlle de Meyrargues, dit maître Simon.

— Je crois plutôt, Mlle de Castellane, objecta l'épicier.

— Ni l'une ni l'autre, fit à son tour un homme d'une obésité remarquable, qui n'était autre que maître Planchut.

— Alors, qui est-elle ? demanda la grosse madame Simon.

— Ces deux nobles dames sont mes clientes, répondit le bourgeois avec dignité. Celle de droite se nomme Mme la comtesse de Miraman, celle de gauche Mlle de Saint-Véran.

— Portez armes ! commanda un brigadier au moment où M. de Miraman arrivait à la hauteur du peloton de dragons.

Un murmure d'admiration accueillit le passage des brillants officiers, derrière lesquels la foule se referma pour contempler de plus près les magnifiques broderies de leurs pourpoints.

Le carrosse qui suivait fut forcé de s'arrêter.

Ce ne fut que l'affaire d'un instant. Un homme de haute mine passant la tête à la portière, et s'adressant aux soldats, leur ordonna de faire ouvrir la foule.

— Place au baron de Vézenobres, cria la Tulipe en poussant son cheval dans le groupe des curieux. Arrière, manants !

— Un jour viendra où le peuple se fera faire place à son tour, dit une voix irritée et si haut que le marquis l'entendit.

Le baron de Calverte essaya de reconnaître l'insolent, mais le mouvement causé par le reflux des bourgeois l'empêcha de distinguer autre chose qu'une tête expressive, encadrée de cheveux blonds.

Il se rejeta au fond de son carrosse en murmurant avec dépit :

— Encore ce Jean Cavalier.

Grâce aux trois laquais armés qui fermaient le cortège, la troisième voiture, sur le siège de laquelle trônait dame Brigitte, avec son parapluie rouge, put entrer sans difficulté dans la cour d'honneur. Mlle Suzon en descendit avec les deux enfants que la comtesse de Miraman avait refusé de laisser seules à Sainte-Anastasy.

Les derniers invités étant arrivés, les portes d e l'hôtel se refermèrent sur la foule, qui, n'ayant plus rien à voir, recommença à s'agiter bruyamment.

Au milieu d'un groupe nombreux de jeunes gens, Cavalier se faisait remarquer par son entrain.

Cavalier manquait rarement une fête ; il en était l'âme et souvent l'organisateur. C'était sur ce théâtre qu'en dépit de l'austérité paternelle il s'était créé sa réputation, et que, sous l'apparence la plus frivole, il préparait l'exécution des plus hardis projets. De tous les joyeux compagnons qui l'entouraient, il s'était fait des soldats qui plus tard devaient être ses gardes du corps.

Tout en affectant avec eux une camaraderie telle qu'elle doit exister entre égaux, le garçon boulanger était bien réellement leur chef par l'intelligence comme par la force et l'adresse.

Tous l'aimaient non seulement parce qu'il était brave, hardi, généreux mais parce qu'ils lui devaient de l'emporter dans presque toutes les circonstances sur leurs rivaux catholiques, plus nombreux, mais infiniment moins bien disciplinés.

Quelques-uns reconnaissaient en lui certains airs de supériorité, mais cette supériorité était si bien marquée que tout autre chef que lui paraissait impossible.

Quant à sa vanité, ils l'excusaient d'autant mieux qu'elle flattait davantage leur amour-propre. Peut-être eût-il pu retrancher le galon d'argent qu'il portait ce jour-là à son feutre, mais ce galon il l'avait gagné au tir de Castillon. Il est vrai qu'on n'eût pas pu alléguer la même excuse pour les rubans de couleur qui nouaient ses hauts-de-chausses de fin drap, ni pour les boutons d'argent de son pourpoint ; mais, après tout, n'était-ce pas un honneur pour la compagnie des francs-tireurs, que l'élégance de son capitaine ?

En ce moment le jeune capitaine était d'une humeur charmante, il se promenait, saluant à droite et à gauche, distribuant des poignées de mains aux jeunes gens, envoyant des sourires d'intelligence aux tribunes, donnant ses dernières instructions à ses tireurs et écoutant leurs rapports avec la gravité d'un général d'armée qui préside un conseil de guerre.

Déjà il avait descendu et remonté deux ou trois fois la grande rue, lorsqu'une rose rouge, lancée d'une tribune voisine de celle qu'occupait la famille Simon, vint tomber à ses pieds. Le Cévenole ramassa vivement la fleur, salua galamment une jeune fille d'une grande beauté, mais singulièrement pâle, qui lui souriait, et attacha la rose au cordon de son chapeau en disant : — Merci, belle Isabeau, elle me portera bonheur.

Une rougeur subite colora les joues de la jeune fille qui jeta un regard de défi à la seconde des filles du maître tonnelier. Celle-ci, bien que ses traits exprimassent un vif dépit, feignit de n'avoir rien vu, et ce petit incident n'aurait pas eu de suite s'il n'avait eu pour témoin la femme de l'épicier.

Mme Martin détestait les Simon, tout en se disant leur amie intime, aussi saisit-elle avec empressement l'occasion d'humilier sa rivale :

— Avez-vous vu cet insolent? dit-elle en poussant le coude de sa rivale, il ose dire devant vous que la rose d'Isabeau lui portera bonheur.

— Et je m'en réjouis repartit aigrement Mme Simon, parce que j'espère qu'il pétrira mieux son pain. Figurez-vous, ajouta-t-elle à très haute voix, et sans se soucier du regard suppliant de sa fille Rose, que le pain que nous a fourni ce mitron était tellement dur et brûlé l'autre jour ......

— Qu'il vous a cassé une dent de devant et ébréché sa voisine, riposta Cavalier en faisant allusion à l'un des plus grands chagrins de la vaniteuse dame.

Des rires étouffés partirent de la tribune.

— Hé ! là-haut, la mère Pivoine, cria l'insolent trompette, j'ai dans ma giberne un croc de sanglier, faut-il vous le passer pour réparer la devanture ?

— Conséquemment une pierre à fusil un peu large ferait mieux son affaire, rapport à la dimensionalité, remarqua le brigadier.

— Je ne souffrirai pas qu'on m'insulte, tas de lâches ! Partons, monsieur Simon, partons ! s'écria la tonnelière, pourpre de colère.

Et, saisissant le bras de son mari, elle se précipita comme une avalanche au bas de l'estrade, chassant devant elle ses trois filles consternées.

— Vous avez bien mal agi, monsieur Cavalier, dit la seconde en passant près de Jean.

— Mais aussi, Rose, murmura-t-il avec une vraie contrition, votre mère.....

— Laissez-moi, monsieur, fit-elle en le repoussant avec colère, c'est indigne....

— Va faire le beau avec la poitrinaire mendiante, rugit le tonnelier en lui montrant le poing.

— Au diable les rivalités de femmes, fit Cavalier avec humeur.

Et sans regarder davantage la triomphante Isabeau, cause bien innocente de cette querelle, il tourna sur lui-même pour s'éloigner.

Ce mouvement rapide le mit en face du gros Planchut.

— Bien riposté, Jean, très bien riposté ! D'un seul mot tu as mis tout un bataillon en fuite. Voilà qui est fameux, s'écria l'hôtelier en lui frappant sur l'épaule avec un gros rire.

Cette joie niaise acheva de dépiter le capitaine.

— Ah ! vous me reconnaissez aujourd'hui ? fit-il avec dédain. Il paraît qu'il n'y a ni comte ni marquis à faire déjeuner pour le moment ?

— Au contraire, au contraire, M. de Mornas m'a fait venir pour cela, répliqua le glorieux Planchut.

La multitude, en se massant des deux côtés de la rue, avait dégagé
un large espace..... (*Voir page* 237.)

— Grand bien leur fasse.

— Et aussi pour faire le repas du Roi du Papegai et de son lieutenant.

— Oh! pour ces manants, une omelette froide suffira, dit Cavalier avec un amer sourire.

— Quel rancunier, Dieu du ciel! Mais tu ne sais donc pas quelles instructions m'a données M. de Mornas?

— Moi, je ne sais rien.

— Eh bien! il m'a dit : Mon ami Planchut, il m'appelle son ami, le digne homme.

— Vraiment? voilà un fameux honneur qu'il te fait.

— Oui, continua l'hôtelier, il m'a dit : Mon ami Planchut, toute ma société dînera ce soir sur l'herbe, au bord du Gardon, fais mettre deux couverts de plus à notre table pour les deux vainqueurs du Papegai.

— Peste! il paraît que le gouverneur compte beaucoup sur l'adresse de Roland.

— Qui est Roland?

— Le garde-chasse du Calverte, parbleu : ce grand brun insolent, capitaine des tireurs papistes.

— Chut! pas de religion, tu sais.

— C'est juste, j'oubliais que tu es brave comme un lièvre poursuivi par les chiens.

— A quoi bon s'attirer de la peine, pour rien? Moi, vois-tu, je suis un homme paisible, un......

— Nouveau converti, n'est-il pas vrai?

— Et il ne s'agit pas de cela. Veux-tu que je te quitte ou préfères-tu causer?

— Tu dis donc, reprit Cavalier, dont le cœur vaniteux battait à l'idée de s'asseoir pour la première fois à une table de seigneurs, que celui qui abattra le Papegai, et, à quelque religion qu'il appartienne, sera invité au dîner.

— Précisément.

— Ce n'est pas l'habitude, cependant.

— Comme il n'est pas l'habitude aussi de faire tirer un second prix par les nobles et par les manants, indistinctement.

— Non, certes; et cela n'est pas sur l'affiche.

— Mais on l'y mettra, je le sais, le bailli me l'a dit.

— Et quels seront les prix?

— D'abord, il y a les deux bourses des mariés.

— Oui, c'est sur l'affiche.

— Puis, pour le second tir, un nœud en perles, donné par Mlle de Sabran, et une bague avec un diamant, de Mlle de Saint-Véran, les deux demoiselles d'honneur.

— Savez-vous s'il y a des tireurs étrangers ?

— Ma foi, je n'en connais que deux, mais il doit y en avoir davantage.

— Lesquels connaissez-vous?

— Monsieur Planchut! monsieur Planchut! venez vitement, cria tout à coup un gâte-sauce essoufflé , tout est perdu si vous n'arrivez, le déjeuner est avancé d'une heure.

— Aïe! la pièce montée! Il n'y a pas une minute à perdre, s'écria l'hôtelier, adieu, à revoir!

Et il se précipita vers les cuisines, au moment où une grande rumeur de la foule saluait la sortie du cortège, précédé par les deux trompettes de la ville, en casaque rouge, aux armes d'Anduze brodées sur la manche, et derrière lesquels s'avançaient en ordre quatre dragons bleus de Saint-Cernin, le sabre au poing, et dix pertuisaniers vert et argent, sur deux lignes, tambour en tête.

En un clin d'œil la multitude, en se massant des deux côtés de la rue, avait dégagé un large espace bordé d'une double haie de curieux.

Du haut de son estrade, maître Martin avait fort à faire pour nommer à ses voisins les principaux personnages de ce splendide cortège.

— Voyez-vous, disait-il, voici les trois consuls en manteau rouge.

Celui du milieu est M. d'Angelis, consul de la noblesse ; derrière, viennent les six conseillers politiques, dont les valets de ville, en manteaux noirs brodés de violet, vont prendre les bonnets à la porte de l'église.

Les fifres et les ménétriers viennent de Nîmes, ils reçoivent un écu de trois livres par jour et portent le palmier d'or au crocodile enchaîné, qui sont les armes de la ville.

Les tambours bleu et jaune arrivent de plus loin encore, de Tarascon, qui est une ville de la Provence ou pays d'outre-Rhône.

— Maître Martin, ce sont des hérétiques, sans doute ? demanda une vieille femme en se signant, ils ont sur la poitrine un diable en personne naturelle.

— Nenni, mère Coppeau, les Provençaux sont un peuple catholique comme les habitants de la province du Languedoc, quoique moins civilisés, fit l'orateur avec emphase. Ce que vos yeux prennent pour un diable n'est autre chose que la Tarasque, un dragon que sainte Marthe enchaîna avec sa ceinture, et dont ils ont fait les armes de leur confrérie, qui sont à la tarasque de gueule, carapacée d'argent armée et lampassée d'or, le tout brodé sur un plastron vert.

— Les carrosses ! les carrosses ! cria la foule.

En effet, les voitures drapées et armoriées, avec gentilshommes à cheval aux portières, s'ébranlant lentement, défilaient au pas, laissant apercevoir derrière les glaces abaissées, ces magnifiques toilettes du temps de Louis XIV, brochées de fleurs brillantes, lamées d'or et d'argent, qui ne sortaient des coffres de cèdre, où on les conservait comme des trésors, que pour les grandes solennités, et qui se transmettaient par héritage d'une génération à l'autre.

Les cavaliers n'étaient pas moins somptueux. Sur les habits de soie brodés d'or et l'éclatant velours des pourpoints, ruisselaient des flots de dentelles et de guipures, de légers manteaux de velours de toutes couleurs jetés sur l'épaule et que soulevait la poignée ciselée de l'épée, complé-

taient, avec la cravate de dentelle, le feutre à plume flottante et les
bottes à entonnoir bordées de guipures, la toilette des nobles seigneurs,
dont les plus jeunes et les plus élégants se faisaient remarquer par une
profusion de chaînes d'or et de bijoux de prix.

Parmi tous ces invités, accourus de tous les points les plus reculés de
la province, maître Martin eut la douleur de ne pouvoir nommer ni le
sieur de l'Ileroi, seigneur de Saint-Quentin, ni les marquis de Lafare et
de Saint-Victor, ni les comtes de Vogué, de Baune et de Lussan, ni les
nobles sieurs de Beauvoir, d'Hillaire, de Marmier et de Caveirac, mais
en revanche il reconnut cette fois le marquis de Meyrargues et le baron
de Calverte, et put nommer à l'assistance le brillant officier en pourpoint
gris perle à broderies d'argent et à aiguillettes violettes, qui faisait piaffer
son genet espagnol à la portière du carrosse de la belle comtesse de
Miraman.

Quant au carrosse dans lequel était assise, près du vieux gouverneur, Mlle de Verrune, en robe blanche et en couronne de fleurs
d'orangers, il n'eut pas besoin de donner d'explications à la multitude
qui criait en agitant mouchoirs et chapeaux avec un vrai délire :

— Vive Mlle de Verrune ! vive le marquis de Florac ! vive le gouverneur !

M. de Mornas remerciait de la tête et de la main :

— Aveugle qui se fie à l'enthousiasme populaire ! dit une voix profonde derrière Cavalier.

Le jeune capitaine se retourna en tressaillant.

— Je t'estime trop pour croire que tu es du nombre de ceux qui
insultent par leur joie aux misères du peuple, continua du Serre en le
prenant par le bras. Viens, j'ai à te parler.

Ils s'éloignèrent par une rue latérale et, sortant de la ville, se dirigèrent du côté du Gardon.

L'endroit était désert, ils causèrent longtemps

Quand ils se séparèrent, les salves de l'artillerie, le son des cloches, les cris de la multitude annonçaient que Mlle de Verrune, devenue marquise de Florac, venait, du haut de son balcon, de donner le signal du départ pour les jeux du tir. Presque aussitôt, on entendit le bruit des tambours qui appelaient les francs-tireurs sous leur étendard.

Cavalier n'eut que le temps de serrer la main fiévreusement au gentilhomme verrier en lui disant :

— Je le jure.

Et il revint presque courant pour se mettre à la tête de sa compagnie.

— Va, va, dit du Serre en le regardant s'éloigner, c'est par la vanité que tu vis, c'est par la vanité que tu périras; mais alors, ajouta-t-il, je serai vengé, que m'importe le reste !

CHAPITRE XXII

LES RIVAUX

Quelques personnes s'imaginent que les concours du tir au fusil sont une invention toute moderne, un des progrès de la civilisation raffinée du XIXe siècle, et que nos pères ignoraient ces nobles exercices qui excitent l'émulation et préparent si bien aux rudes travaux de la guerre. C'est là tout simplement une erreur grossière et un de ces nombreux préjugés d'amour-propre qui nous portent à nous estimer comme plus avancés en tout que nos devanciers. Sans doute, par certains côtés, il y a progrès incontestable, nul ne songe à nier cette vérité.

Le siècle dernier ne connaissait pas la vapeur, aujourd'hui reine du monde, et ne savait guère que le nom de l'électricité dont les nombreuses et presque merveilleuses applications sont une des gloires de la science actuelle. Nos ancêtres, à coup sûr, eussent été fort surpris si on leur avait dit qu'un jour on se transporterait en quinze heures de Paris à Marseille, et qu'à l'aide d'un fil de métal on pourrait, en quelques secondes, échanger ses pensées d'Europe en Amérique. Mais si nous sommes plus habiles que nos pères, peut-être sommes-nous moins heureux. En tous cas, il faut l'avouer, nos naïfs aïeux, comme nous les appelons avec une sorte de commisération méprisante, avaient au moins sur nous l'avantage de savoir beaucoup mieux s'amuser que leur intelligente et morose postérité, et souvent de tirer des résultats utiles de leurs amusements mêmes.

La Chandeleur, Pâques-Fleuries, la fête des Fous, le feu de Saint-Jean, Noël, l'adoration des Mages, et cinquante autres anniversaires, célébrés il y a un siècle, avec tant de pompe et d'entrain, ne sont plus qu'un souvenir décoloré des fêtes d'autrefois. En même temps que la foi chrétienne s'en va, les poétiques pratiques de notre religion tendent à disparaître.

Nous n'avons ni le temps ni les moyens de nous amuser, nous n'en avons même plus le goût.

Les peuples sont comme les individus, en passant de l'enfance à la maturité, ils se font tristes.

Le protestantisme d'abord, avec ses allures d'austérité qui cachent souvent bien des vices honteux, la révolution ensuite, ont tué la gaieté en France.

Autrefois, l'année était émaillée de fêtes, comme un jardin de fleurs, car outre celles que nous venons de nommer, chaque confrérie, chaque corporation avait les siennes, que l'Église, loin de réprouver, encourageait de sa présence, consacrait par ses bénédictions et rehaussait par ses pompes.

En un jour de colère, que depuis nous avons voulu qualifier de raison, pour nous excuser à nos propres yeux, nous avons brutalement arraché toutes ces fleurs et passé une impitoyable charrue sur le jardin pour le changer en un champ plus productif.

Comme si l'homme vivait seulement de pain et que, pour le rendre heureux, il suffisait de lui accrocher une bourse à la place du cœur, comme s'il n'avait pas besoin de se détacher de temps en temps du terre à terre de la vie pour élever son esprit vers des conceptions plus poétiques.

A quoi bon se plaindre, le vieillard ne revient pas à la jeunesse, le jeune homme à l'enfance. Mais s'il faut forcément marcher en avant, au moins est-il permis de se reporter par le souvenir vers d'heureux temps envolés.

De toutes les fêtes du Languedoc, le tir du Papegai était le plus populaire.

Les vieilles archives des villes du Midi sont pleines de curieux détails sur la célébration de ces jeux dont l'origine remonte aux premiers jours de la monarchie, alors que les rois, soucieux du plaisir de leurs peuples, cherchaient à leur créer d'honnêtes distractions. Ils faisaient ainsi acte de bons souverains et aussi d'habiles politiques; ne sait-on pas en effet, que lorsque le peuple s'amuse il ne songe pas à faire des révolutions.

En vain le sénéchal de Nîmes et Beaucaire avait, à plusieurs reprises, essayé de prohiber les réunions, souvent tumultueuses, des tireurs; en vain, Messieurs du présidial, sous des prétextes plus ou moins plausibles, avaient prétendu les abolir; chaque fois les consuls, gardes jaloux des privilèges de la ville, en avaient appelé aux rois, qui toujours leur avaient donné raison.

A la suite de longues guerres civiles, à peine assoupies, et dans la crainte de les voir se réveiller, Henri IV jugea de bonne politique de désarmer des sujets dont la fidélité lui paraissait douteuse, et défendit le port d'armes.

Cet édit, par le fait même duquel les sociétés de tireurs étaient dissoutes, causa une vive émotion parmi la jeunesse des campagnes qui se trouvait ainsi privée d'une de ses plus chères distractions.

Les magistrats municipaux en appelèrent cette fois du roi mal informé au roi mieux informé. Henri IV écouta leurs griefs et, se condamnant lui même, rendit une ordonnance dans laquelle on lit ces mots :

« Nous, Henri, par la grâce de Dieu, roi de France, etc...., désirant gratifier la jeunesse d'exercices honnestes, proufitables et utiles au bien public, désirant en oultre nostre dicte ville estre garnie de gens industriels pour la deffense d'icelle à l'encontre de nos ennemis. A ces causes avons confirmé les dicts priviléges et permettons ores et pour l'advenir à la dicte corporation de tireurs, s'assembler une fois l'an tabourin battant et avec enseigne en se comportant modestement et sans excès. »

Il était, on le voit, impossible de s'exécuter de meilleure grâce, et de se donner tort plus galamment.

Aussi, loin de disparaître, l'institution avait-elle prospéré et, dès avant 1701, s'était tellement répandue en Languedoc, qu'à cette époque il eût été difficile de trouver dans cette province une commune un peu importante qui n'eût pas sa corporation, ses champions, ses statuts, sa bannière et son papegai ou perroquet de bois aux couleurs de ladite commune.

Après la société des tireurs de Nîmes dont le roi était par privilège spécial quitte de tous impôts pendant l'année de son règne, société si exclusive que les grangers ou habitants de la banlieue n'y étaient pas même admis, les deux corporations les plus célèbres des trois diocèses qui aujourd'hui composent le département du Gard, étaient incontestablement celles d'Anduze et de Vézenobres, la première, entièrement composée de protestants; la seconde, au contraire, toute catholique, comptant toutes deux des tireurs de force à peu près égale.

La rivalité qui de tout temps avait régné entre elles s'était changée presque en haine depuis que Roland, devenu roi du Papegai de Vézenobres, avait, dans un concours ouvert par le baron de Mandajors, enlevé à Cavalier, considéré à bon droit comme le meilleur tireur de la corporation d'Anduze, un prix ardemment convoité.

Le hasard, plus que l'éloignement, avait, depuis, empêché les deux capitaines de se retrouver en présence, et le vaniteux Cavalier brûlait de prendre aux yeux de la noble société une éclatante revanche, et de prouver ainsi que le hasard seul avait donné l'avantage à son rival.

L'occasion ne pouvait pas se présenter plus favorable. M. de Mornas, pour donner plus de pompe au mariage de sa petite-fille, avait envoyé à toutes les corporations de tireurs une invitation collective à venir disputer plusieurs prix, dans un concours général, ouvert dans la prairie avoisinant le Gardon, et l'on sait que, pour enflammer encore l'ardeur des concurrents, il avait décidé que les deux vainqueurs prendraient place au banquet offert aux gentilshommes, faveur insigne et, pour ainsi dire, sans exemple.

Bien qu'un grand nombre de tireurs, appartenant à diverses sociétés, fussent accourus de toutes parts, ils avaient dû, pour obéir aux règlements particuliers établis par le gouverneur, se faire inscrire sous les drapeaux de l'un des deux rois désignés par la majorité des suffrages, de manière à ne former que deux compagnies, les verts et les bleus, ainsi appelés de la couleur de leur bannière.

Naturellement les protestants s'étaient rangés sous celle de Cavalier et les catholiques sous celle de Roland.

Le concours avait ainsi pris les proportions d'une lutte de partis. Grave imprudence, dans un pays divisé en deux camps toujours prêts à en venir aux mains, et qu'il eût fallu éviter de mettre en présence, mais M. de Mornas, guidé en tout cela par les astucieux conseils de son ami du Serre, n'avait pas songé aux conséquences fâcheuses d'un semblable arrangement et quand, sur les prudentes observations du baron de Calverte, il y avait réfléchi, il s'était facilement rassuré par la parfaite connaissance qu'il croyait avoir des bonnes dispositions de la population et la présence de cinquante dragons bien armés chargés de maintenir l'ordre.

Du reste rien n'avait été oublié pour donner à la fête le plus de pompe possible.

Deux grands mâts vénitiens, aux couleurs de Verrune et de Mornas, plantés au bord même de la rivière et à quarante pas desquels était tendue une corde, que les tireurs ne devaient pas franchir, faisaient face aux tribunes des invités, somptueusement décorées et adossées à une colline sur laquelle, comme sur des gradins naturels, pouvait s'étager la foule des curieux.

Une sorte de trône, accompagné de deux fauteuils pour les demoiselles d'honneur, avait été réservé, sur une estrade particulière, à la mariée, chargée de remettre aux vainqueurs les prix déposés devant elle, sur un plateau d'argent.

A droite et à gauche de cette estrade et à environ cinquante pas de distance, étaient tracés les deux camps des tireurs et dressés les échafauds en feuillage, sur lesquels devaient prendre place les fifres, tambourins et violons engagés pour jouer à la tête des compagnies, pendant le défilé et pendant les jeux.

Cinquante dragons à cheval et postés en arrière des camps avaient mission d'empêcher la foule d'envahir l'enceinte réservée, et d'empêcher toute manifestation bruyante en faveur de tel ou tel des concurrents.

Enfin, dans une sorte de presqu'île formée par un bras du Gardon, de nombreuses tables, dressées pour les nobles convives, s'alignaient à l'ombre de magnifiques platanes, entre les rameaux desquels l'on voyait briller un peu plus loin la flamme de ses foyers et s'agiter la blanche et magnifique armée de cuisiniers et marmitons dirigée par maître Planchut.

Cavalier faisait son entrée à la tête d'une troupe plus nombreuse. (*Voir page* 239).

Le soleil penchait déjà à l'horizon, et les places réservées à la foule étaient déja encombrées depuis longtemps ; on commençait à s'impatienter de ne pas voir arriver les concurrents, quand maître Martin, enorgueilli de son triomphe de la matinée, s'écria tout à coup de sa voix de stentor :

— Voici le cortège !

Toutes les têtes se retournèrent à la fois ; rien ne paraissait encore au détour de la route qu'un épais fouillis de verdure cachait presque tout entière aux regards.

Maître Martin étendait cependant la main avec la solennité et l'assurance qu'aurait pu lui donner la faculté qu'ont les lynx de voir à travers les corps opaques.

On continua donc à regarder et presque aussitôt, entre les verts rameaux, apparurent les casques brillants des dragons dont les épées hautes lançaient des éclairs.

Quelques enthousiastes crièrent :

— Vive Martin !

— Comment a-t-il pu être si bien informé ? murmurèrent quelques matrones.

— Parbleu, vociféra le tonnelier revenu à son poste, accompagné de son épouse édentée, ce n'est pas malin, il a fait monter son Édouard au haut d'un peuplier pour l'avertir au bon moment.

— Et le drôle a arboré le signal, ajouta un mauvais plaisant. Voyez plutôt le drapeau blanc.

Un immense éclat de rire accueillit cette remarque. Une branche malencontreuse, en déchirant le juste-au-corps trop étroit du rejeton de l'épicier, en avait fait jaillir sans pudeur une partie de son costume le plus intime.

— Regardez, père, regardez, criait Édouard, loin de se douter que l'on ne voyait que trop.

Maître Martin, honteux de la tenue peu correcte de son héritier, avait laissé retomber son bras et cherchait en vain à se dissimuler derrière sa trop chétive moitié.

Heureusement pour le couple infortuné que les dragons, qui débouchaient dans la prairie, précédés par deux cavaliers montés sur des chevaux blancs superbement caparaçonnés et sonnant de leurs trompettes éclatantes aux gonfanons armoriés, détournèrent l'attention de la multitude.

Bientôt les tribunes des invités se remplirent et, au milieu d'une immense acclamation, le marquis de Florac conduisit au trône de la présidence des jeux la nouvelle mariée, qui s'assit entre les deux nobles demoiselles de Saint-Véran et de Sabran, désignées par elle comme juges du camp.

— Nous voici revenus aux beaux jours de la cour d'amour du roi René, dit en souriant la comtesse de Miraman à M. de Castellane, son plus proche voisin.

— Il n'y manque que vous pour présidente, madame, remarqua galamment le commandeur.

— Si vous eussiez été Pâris, reprit gaiement la comtesse, je crois que Vénus n'aurait pas eu la pomme.

— Je l'aurais donnée à Minerve qui, à la beauté, joignait la sagesse, répliqua le commandeur.

— Allons, il faut rendre les armes ; MM. Voiture et Benserade ne seraient pas de force à lutter avec vous pour le madrigal. Vous étiez né pour vivre à la cour.

— Si ces messieurs avaient eu l'honneur de vous connaître, je ne doute pas.....

Les cris : Les bleus! les bleus couvrirent la voix du vieux gentilhomme.

C'était la troupe de Roland qui, musique en tête, s'avançait pour défiler devant la marquise de Florac.

Tous portaient un galant costume, mi-partie noir et bleu, avec la toque de même couleur, les bas bleus rattachés par un nœud en velours noir, le soulier découvert, à boucle d'acier, et l'arquebuse fièrement campée sur l'épaule.

Roland s'avançait à la tête de sa compagnie, portant crânement l'écharpe bleue frangée d'or, insigne de son grade, et à la main une épée à poignée ciselée, rehaussée de riches pierreries, prix d'honneur gagné par lui dans ce fameux concours où il avait vaincu Cavalier.

Arrivé en face du trône, il salua en soulevant sa toque et ordonna à sa troupe de présenter les armes, mouvement qui, malgré la bonne volonté des figurants, et malgré les nombreuses répétitions que leur chef leur avait données, manqua si fort de régularité que le vicomte de Laudun ne put réprimer un sourire et le baron de Calverte un geste de dépit.

— Jamais ces manants ne sauront manier une arme à feu, dit-il à demi-voix au comte de Miraman, son voisin. C'est pitié vraiment de mettre des armes entre les mains de ces gens-là.

— Il ne leur manque qu'un peu d'habitude, répondit celui-ci toujours indulgent.

— Habitude! habitude! c'est l'intelligence qui manque, s'écria l'irascible baron.

— Les verts! les verts! cria la foule.

Pendant que son rival se retirait un peu penaud du mauvais effet produit par les faux mouvements de sa troupe, Cavalier faisait son entrée, à la tête d'une troupe plus nombreuse et non moins richement vêtue.

Sans avoir la bonne mine du garde-chasse, le boulanger d'Anduze attirait cependant plus que lui les regards. Il portait un feutre à plume verte, galonné d'argent, une épée aussi simple que celle du dernier de ses soldats, mais lourde et tranchante, véritable arme de combat, et la carabine en bandoulière. Une écharpe verte, garnie d'une dentelle d'argent, tranchait sur son pourpoint noir; ses bas verts étaient brodés de coins également d'argent, et une rosette de velours vert remplaçait sur ses souliers découverts la boucle d'acier adoptée par le parti des bleus.

Il avait vraiment fière mine, et facilement on l'eut pris pour un officier de profession.

Sauf l'écharpe, les tireurs avaient le même costume que leur chef et marchaient d'un pas aussi régulier que de vieux soldats, avec une cadence toute militaire.

Quand, sur l'ordre de Cavalier, il s'arrêtèrent, l'arme à l'épaule, bannière déployée, en face de leur gracieuse présidente, ce fut avec une précision et un ensemble qui excitèrent l'admiration du frondeur la Tulipe et de son caustique trompette.

Au commandement de : portez armes! présentez armes! fait d'une voix brève et retentissante, les quarante arquebuses résonnèrent comme une seule, et le front de la compagnie offrit instantanément comme un mur de fer d'une admirable régularité.

— Eh bien? baron, fit le comte.

— Eh bien! monsieur, voici un homme qui, si j'étais Sa Majesté, aurait demain à choisir entre le brevet de capitaine de mes armées ou le bannissement à perpétuité du royaume de France.

— Pourquoi donc tant d'honneur ou tant de sévérité? demanda le vicomte de Laudun étonné.

— Parce qu'au temps où nous vivons, avec de pareilles dispositions pour le commandement, on doit forcément y aspirer comme soldat ou comme rebelle.

— Et monsieur de Calverte croit encore aux rebelles? dit une voix qui, en s'efforçant de se faire doucereuse, n'en restait pas moins âpre et ironique.

Le baron se retourna vivement.

— Ah! vraiment, monsieur du Serre, c'est vous qui me posez cette question; je ne l'aurais pas attendue de vous et je vous aurais cru plutôt capable de nous éclairer à ce sujet.

— S'il s'agissait de chimie ou de verrerie, peut-être pourrais-je donner utilement mon avis, mais en fait de politique je ne suis qu'un parfait ignorant.

— Alors, monsieur, interrompit brusquement le baron, feriez-vous sagement de moins vous en occuper.

Le verrier pâlit, malgré son ordinaire impassibilité, mais se remettant aussitôt, il se leva en disant :

— Je vois qu'en effet ma place n'est pas ici et, quoique invité, je me retire. Bientôt, ajouta-il, avec un sourire méchant et d'un ton où perçait l'ironie, j'aurai l'honneur d'offrir à M. le baron des produits de ma fabrique : il verra que je sais mon métier et travaille en conscience.

Et, saluant profondément, il se retira.

— Quel est cet homme qui semble le prendre de si haut ? demanda le comte quand il se fut éloigné.

— Un traître, messieurs, soyez-en certains, fit le baron. J'espère en avoir bientôt les preuves écrites.

CHAPITRE XXIII

LES ROIS DU PAPEGAI

Une éclatante fanfare annonça que les jeux allaient commencer.

Presque aussitôt l'intendant du marquis de Mornas s'avança sur le bord de l'estrade pour y lire à haute voix les *loix et ordonnances de la jeunesse tirant le papegai et prix à l'arquebuse, accordés par très haute et très puissante Anne-Radégonde-Louise de Verrune, épouse de noble seigneur Anthoine Jéhan, marquis de Florac, seigneur de Ceyrargues, Saint-Sauveur et autres lieux.*

D'enthousiastes acclamations accueillirent cette proclamation et les deux capitaines, après avoir juré au pied du trône d'observer les statuts de leur gracieuse présidente, tirèrent chacun, dans l'urne disposée à cet effet, leur rang dans le concours.

Le sort favorisa Cavalier.

Les deux rivaux s'avancèrent vers la corde à dix pas de laquelle Roland s'arrêta.

Arrivé près de la limite extrême, Cavalier jeta son feutre à ses pieds, essaya la batterie de son arquebuse, calcula lentement la distance à laquelle se trouvait le papegai qui, au haut du mât, ressemblait à un point noir, épaula son arme et visa.

Les cœurs battaient, un silence profond régnait dans l'assemblée.

Ce ne fut que l'affaire d'un instant; un éclair brilla et l'oiseau, ébranlé comme par une main invisible, se pencha en avant. La balle avait frappé la tige de fer à une ligne au plus du but.

Aux bravos qui saluèrent son adresse, Cavalier répondit en agitant gracieusement son feutre, et rechargea son arquebuse à la hâte; mais déjà tous les regards s'étaient portés sur son adversaire. Un moment Roland demeura immobile; on eût dit qu'il hésitait; puis tout à coup il avança rapidement, épaula sans quitter sa toque et fit feu.

Foudroyé en plein corps, le papegai bondit sur le coup, tourna deux ou trois fois sur lui-même et retomba lourdement sur le sol.

— Vive Roland ! cria la foule, bravo les bleus !

Le marquis de Florac conduisit Roland à la tribune où la présidente l'accueillit avec un gracieux sourire et attacha elle-même l'épingle à la boutonnière de son pourpoint en disant :

— Monsieur Roland, vous allez trop vite en besogne; si tous nos tireurs étaient de votre force, les jeux seraient trop tôt terminés.

Le baron de Calverte ne se sentait pas de joie.

— Bien tiré, mon garçon, bien tiré, criait-il en gesticulant.

Le second papegai était encore intact et il restait deux balles à Cavalier.

Par sa victoire, le capitaine des bleus se trouvait hors concours. Son premier lieutenant s'avança pour le remplacer.

Personne du parti des verts ne se présentait.

— Monsieur Cavalier, dit la présidente, à vous le premier coup.

— Madame, répondit le Cévenole en sortant des rangs, je suis capitaine et ne puis me mesurer qu'avec un tireur de même rang que moi, permettez donc que mon lieutenant me remplace.

— Qu'il soit fait comme vous le désirez.

Un jeune montagnard se détacha de la compagnie et s'avança vers le but.

Quoique bons tireurs, les deux nouveaux venus étaient loin d'être de la force de leurs chefs; sur six balles une seule effleura l'oiseau.

Un nouveau couple les remplaça et ne fut pas plus heureux.

La foule commençait à donner des signes d'impatience; à peine y eut-il quelques battements de mains, quand un vert, de son troisième coup d'arquebuse, fit sauter la tête du papegai.

La fusillade continua sans grands incidents, l'oiseau décapité semblait braver les tireurs : cependant les verts l'emportaient.

— Vous allez voir que le hasard donnera le second prix à ces huguenots, murmurait le baron. Ah ! voici un coup bien tiré, et c'est un bleu.

— A sa taille, on dirait un enfant, répondit M. de Laudun.

— Parbleu, mais le vert est aussi d'une jolie force, interrompit le comte de Miraman, il a touché la baguette.

On se levait sur les bancs, la partie devenait intéressante, le champion des verts était un colosse, celui des bleus de petite taille.

— Touché ! touché ! crièrent cent voix ; bravo, le petit bleu !

Le vert avait déjà pris sa place : on eût dit une statue de bronze.

— Hurrah ! victoire ! victoire à Jéroboham ! hurlèrent les verts en agitant leurs arquebuses et leurs chapeaux à plumes.

Le papegai, retenu par l'extrémité de la queue seulement à la hampe brisée, penchait les ailes pendantes.

— A moi ! s'écria le bleu, voulant s'avancer.

Son rival le repoussa rudement.

— Non ! non ! vociférèrent les verts, le prix est gagné.

— L'oiseau tient encore ! hurlaient les bleus, à toi, Olivier, à toi !

La foule se partageait.

Le tumulte allait croissant ; déjà les plus ardents quittaient leurs places en désordre : un vert s'oublia jusqu'à faire feu de son rang sur l'oiseau pour l'abattre. Ce fut une vraie tempête.

— Sonnez le ralliement, commanda le capitaine des gardes.

Les dragons firent évacuer l'enceinte réservée, malgré les réclamations des récalcitrants et des récalcitrantes, car dans le nombre se trouvaient plusieurs femmes, Isabeau entre autres et dame Brigitte, qui, son parapluie en arrêt, attendait de pied ferme le brigadier la Tulipe.

Il ne fallut pas moins que l'ordre formel de Mme de Miraman pour empêcher la bouillante Provençale de charger le rival de son fils.

Délivré de son redoutable adversaire, le brigadier poussa son cheval vers le groupe des huguenots, saisit celui qui avait déchargé son arquebuse et, l'enlevant à la force du poignet, le rejeta en croupe derrière lui.

Ce trait d'incroyable vigueur en imposa aux plus mutins. Le calme se fit par enchantement ; quelques verts menacèrent bien de faire usage de leurs armes pour délivrer leur compagnon. mais Cavalier imposa silence à ses hommes. Roland, de son côté, contenait sa compagnie.

La marquise de Florac profita de la circonstance pour faire proclamer qu'aux termes des statuts, le prix n'étant acquis qu'à celui qui aurait abattu l'oiseau, le tir devait continuer.

Personne n'ayant osé réclamer. Olivier reprit son poste. Sa main tremblait tellement que, par deux foix, il s'y reprit pour épauler.

— Le petit à peur, cria un vert.

Il n'en fallut pas davantage pour rendre au jeune tireur son sang-froid. il appuya son arme à l'épaule et fit feu.

Cette fois le papegai tomba, aux applaudissements frénétiques des bleus et même de la foule, toujours mobile dans ses sentiments.

Au tir du papegai succéda celui des joyes.

Une cible suspendue, de l'autre côté de la rivière, à un peuplier distant d'environ 150 pas de la corde, servait de but à l'adresse des concurrents; de loin on l'eût prise pour une énorme cocarde dont le point central noir, à peine large comme une pièce de trente sous, était cerclé d'une bande blanche de la largeur de la main, entourée elle-même d'autres cercles rouges, jaunes, bleus et oranges, qui allaient s'élargissant.

Un système de drapeaux, de même couleur que les cercles concentriques, servait au marqueur, caché derrière une petite muraille de pierre, à indiquer la bande touchée, et deux secrétaires, placés sur la ligne des tireurs, inscrivaient les résultats obtenus.

Le baron de Calverte approuvait peu cette joûte de nobles avec leurs vassaux; mais là encore M. de Mornas avait cédé aux suggestions du gentilhomme verrier.

Beaucoup de gentilshommes partageaient la manière de voir du baron, en sorte que cinq ou six au plus descendirent dans la lice.

Un murmure d'étonnement y salua l'apparition de M. de Castellane, mais le vieillard, sans y prendre garde, s'avança vers l'estrade et, saluant courtoisement la présidente, prit une arquebuse en disant:

— Madame et Mesdemoiselles, ne soyez point surprises si, en voyant votre gracieux printemps, j'oublie un instant mon hiver pour disputer à de plus jeunes que moi l'honneur de porter vos couleurs.

— Décidément le commandeur est fou, fit le baron de Calverte; il se croit encore au temps de ses caravanes.

— Si nous ne savions que les années ne font pas l'âge, vous nous l'apprendriez par votre galanterie, monsieur, répondit gaiement la marquise au vieillard.

— Et vous, cher comte, n'allez-vous pas lutter avec vos laquais? demanda brusquement le baron à M. de Miraman en voyant le vicomte de Laudun descendre lui aussi dans l'arène.

— A l'âge du vicomte, je l'eusse probablement fait, répliqua le comte, pour un prix offert par Mme de Miraman.

— Au fait, il est excusable de vouloir sauver le joyau de Mlle de Saint-Véran des mains des infidèles.

Un coup d'arquebuse retentit et le drapeau orange apparut.

— Pour un coup de noble, c'est bien vilain, fit Cavalier.

Un servant passa une seconde arquebuse au tireur.

— Dieu, quelle chance que le hasard ! s'écria le baron. Ah ! voici Laudun. Je gage qu'il donnerait cinquante pistoles pour gagner la bague.

Le vicomte en eût bien donné cent pour remporter un semblable prix sous les yeux de Marguerite.

Au premier coup, une large bannière se déploya près de la cible, dont la balle venait de frapper le centre.

Les fanfares et les bravos éclatèrent à la fois.

Cavalier se mordit les lèvres.

En repassant devant la tribune, le vicomte de Laudun s'inclina modestement mais non sans jeter à la dérobée un regard sur Marguerite.

La jeune fille était radieuse.

— Venez ici, cher vicomte, que je vous serre la main, s'écria le baron ; parbleu, il eût été dommage que l'anneau de votre belle fiancée allât briller aux doigts rouges du boulanger d'Anduze.

Le tir continuait toujours.

Après les gentilshommes vinrent les compagnies. Verts et bleus étaient de nouveau en présence.

Olivier tira l'un des premiers et fit jaune et blanc, puis son rival, qui ne réussit pas mieux, puis d'autres encore.

Le sort, qui seul avait désigné les places, semblait s'être amusé à réserver pour la fin Cavalier et Roland.

Le Cévenole s'avança le premier, mit un genou en terre pour mieux assurer son arme et visa longtemps.

Debout derrière lui, Roland regardait la direction de l'arquebuse.

Un éclair brilla et la bannière se déploya.

Marguerite et son fiancé échangèrent un rapide regard.

En repassant devant la tribune, le vicomte s'inclina modestement. (*Voir page 258*).

— Vive le capitaine! crièrent les verts.

Le tireur n'avait pas bougé. Sans se relever, il rechargea son arme, visa de nouveau et fit feu.

De nouveau la bannière flotta sur la muraille. Ce fut un tonnerre d'applaudissements bien mérités.

— A toi, fit froidement Cavalier en se retournant.

— A moi, fit le garde qui tira aussitôt.

Pour la troisième fois, la bannière apparut.

— Est-ce cela? demanda Roland.

— Il en faut deux, dit Cavalier avec dépit.

— Eh bien! mettons la seconde.

Et il la mit en effet.

C'était du délire dans la foule qui criait :

— Une troisième balle! une troisième balle!

Le prix ne pouvant pas se partager, la marquise accorda le coup décisif.

Cavalier reprit sa première position et visa plus longtemps encore; ses mains tremblaient et le sang l'aveuglait; enfin il fit feu.

Un guidon jaune annonça à la foule désappointée que la balle avait frappé dans le troisième cercle.

Quelqu'un applaudit avec fureur à ce coup malheureux. Cavalier se retourna vivement et vit le baron de Calverte.

— Cet homme était déjà condamné à mort, murmura-t-il.

— A toi, Roland, à toi, criait la foule.

Roland haïssait son rival. Il leva les épaules avec mépris, et montrant le guidon jaune :

— Je ne lutte qu'avec mes égaux, fit-il en parodiant la réponse du Cévenole, laissons-lui un prix.

Et, levant son arquebuse, il tira en l'air.

Un éclair de rage brilla dans les yeux de Cavalier qui hésita un instant s'il ne se jetterait pas sur l'insolent.

— Au fait, dit- il avec un sourire forcé, le hasard a tant fait pour toi aujourd'hui, que tu as le droit d'être généreux. Merci, Roland, à la pro-- chaine fois, je te promets de ne pas t'oublier.

Et il s'avança vers l'estrade pour y recevoir le prix.

— Ce n'est pas une récompense, c'est une aumône, crièrent plusieurs voix au moment où Marguerite lui remettait la bague.

Le Cévenole pâlit affreusement.

— Si c'est à titre d'aumône que le joyau m'est adjugé, je me retire, dit-il en s'inclinant.

— Il est à vous, monsieur, et bien à vous, reprit Mlle de Saint-Véran. Prenez cette bague, vous l'avez bien gagnée par votre merveilleuse adresse, et, peut-être, votre rival l'eût moins facilement abandonnée s'il n'eût craint qu'à une troisième épreuve la main ne lui tremblât.

— Noble demoiselle, je vous remercie de vos bienveillantes paroles qui, pour moi, ont plus de prix que tous les bijoux du monde, répondit Cavalier en baisant, suivant le cérémonial, la main de la jeune fille ; je ne les oublierai jamais, je vous le jure, non, jamais, en quelque occasion que ce puisse être, ajouta-t-il, avec une expression singulière.

— Vraiment, chère Marguerite, je crains que M. de Laudun n'ait trouvé un rival dangereux dans ce garçon boulanger, dit la marquise de Florac, au moment où Cavalier se retirait.

—Il ne m'a promis que sa protection, répondit la jeune fille en souriant.

— J'espérais mieux, fit la marquise en éclatant de rire.

Le tir de la seconde joye ne présenta aucun incident : les verts, si peu heureux dans le concours, avaient repris, avec leur chef, le chemin d'Anduze, et Roland, ayant refusé de tirer son troisième coup, n'avait plus droit à disputer le prix. Aussi le nœud de perles de Mlle de Sabran fut-il facilement gagné par le vicomte de Laudun.

La nuit approchait à grands pas quand les jeux furent terminés ; aussitôt les estrades se vidèrent, mais sans cependant que la foule se retirât, car au banquet devait succéder un brillant feu d'artifice.

Cette seconde partie de la fête étant annoncée sur le programme, les bourgeois avaient pris d'avance leurs précautions : réunis par bandes joyeuses ils s'attablèrent sur l'herbe autour des provisions apportées.

En un instant la prairie présenta le tableau le plus pittoresquement original d'une fête nocturne pleine de bonne humeur et d'entrain, dans laquelle les bruyantes exclamations des soudards, le choc des verres et les hennissements des chevaux se mêlaient aux sérénades données par les musiques réunies sous les platanes du rivage.

Dans la presqu'île, brillamment illuminée de feux de couleur et où, autour d'une table splendide, se pressait une nombreuse et brillante réunion de la noblesse, régnait une gaieté non moins franche.

Le baron de Calverte, fier du succès des catholiques, ne tarissait pas de verve, tandis que le commandeur et M. de Lafare, son contemporain, faisaient assaut de galanterie auprès de Mᵐᵉ de Miraman.

Marguerite causait avec M. de Laudun, devenu enfin son voisin.

En ce moment, la lune, descendant derrière les hauts sapins de la montagne, éclairait vivement la roche de la verrière.

— Voyez donc, madame, quel effet magnifique produit cette vieille tour, se détachant ainsi sur le bleu foncé du ciel, dit M. de Mornas à la baronne de Mandajors.

— On dirait un fantôme boudeur qui jalouse votre belle fête, répondit la marquise.

— Ou le Mane-Thecel-Pharès de votre banquet de Baltazar, ajouta le sieur de Beauvoir.

— Au fait, remarqua le gouverneur, M. du Serre, que j'avais invité, n'est point ici. Je croyais cependant l'avoir aperçu pendant le tir.

En effet, la tour, tout à l'heure sombre, venait de s'éclairer comme par enchantement, et des langues de feu rouges et violacées semblaient jaillir de chaque fenêtre, puis tout rentra dans l'ombre.

Un instant après, des cris d'effroi retentirent dans la prairie. A tous les points de l'horizon, du côté de la montagne, des globes de feu écla-

taient en l'air et retombaient en pluie de flammes, des torches s'agitaient
dans les forêts et l'on entendait comme des hurlements lointains.

Les convives s'interrogeaient avec un étonnement mêlé d'effroi.

Tout à coup Planchut s'approcha du baron et lui remit un papier.
M. de Calverte y jeta les yeux et, se levant précipitamment, fit signe à
MM. de Laudun et de Miraman de le suivre.

Tous les trois, après s'être concertés rapidement, s'élancèrent vers la
prairie où, presque aussitôt, les trompettes sonnèrent le boute-selle.

— Que personne ne s'effraie, il n'y a aucun danger, cria le baron
déjà à cheval, nous allons punir un traître. Dragons, au galop!

Le sol trembla sous les pieds des cinquante chevaux qui s'élancèrent
dans la direction de la Combe-de-l'Homme-Mort, et une voix se fit entendre dans l'obscurité qui disait :

— Malheur! malheur! car les prophéties vont s'accomplir.

En même temps la verrière apparut de nouveau au milieu des flammes, et, du pied de la tour, cinquante flambeaux s'agitèrent avec des hurlements sinistres et se dispersèrent de tous les côtés.

Il y eut un moment de terreur et de désordre inexprimable. La foule
épouvantée tourbillonna sans but. Si la compagnie des bleus eût lâché
pied, il serait arrivé de grands malheurs, mais Roland sut rallier ses soldats, et la vue de ce bataillon armé rassura les moins timides. La panique
se calma, et déjà les dames mêmes commençaient à se remettre de leur
effroi, quand la foule reflua subitement en désordre vers la presqu'île,
avec de nouveaux cris et un élan irrésistible.

Au même moment, par la combe de l'Usclade, déboucha un cavalier,
pâle, les cheveux en désordre, agitant une torche ardente et pressant de
ses jambes nues un cheval blanc.

— Israël, hors des tentes! Iraël, au combat! criait d'une voix aigre
et stridente le fantôme en secouant son bâton de résine emflammée.

Et, avec l'agilité d'un chat, il bondissait à travers les obstacles, faisant
franchir à sa monture fantastique haies et fossés.

A l'entrée de la presqu'île, Roland, toujours ferme à la tête de sa compagnie, voulut arrêter ce frénétique en s'élançant à la tête de son cheval.

— Arrière, philistin ! lui cria l'enfant en lui portant au visage sa torche enflammée.

Le colosse, malgré sa force prodigieuse, obligé de lâcher prise, n'eut que le temps de s'élancer de côté, et le nain difforme, continuant sa course effrénée, traversa le Gardon et disparut dans l'obscurité.

CHAPITRE XXIV

L'ASSAUT DE LA VERRIÈRE

En quittant le concours, le gentilhomme verrier avait rapidement repris le chemin de la tour maudite, l'aiguillon de la vengeance le poignait et il souriait en pensant que dans quelques heures cette fête se changerait en un inexprimable effroi.

— Tu m'as humilié, orgueilleux baron, murmurait-il entre ses dents, tu ris de moi ; mais patience. Un jour viendra où je vous verrai tous à mes genoux, implorant pitié et pardon. Pitié et pardon, il n'y en aura point pour vous, vos châteaux crouleront sous le vent de la colère, vos richesses seront dissipées, et vos dents claqueront de terreur.

Il poussa une sorte d'éclat de rire sauvage et continua à marcher.

Au moment où il arrivait près du cloître, un chant lugubre se fit entendre. Il tressaillit et s'arrêta.

Des voix grêles et discordantes glapissaient avec colère :

> Ton courroux les embrasera :
> Ainsi qu'une fournaise
> Toute rouge de braise
> Ton ire les engloutira ;
> En tes feux allumés
> Tous seront consumés.

— Pauvres insensés, murmura le verrier, c'est vous qui serez consumés dans les bûchers, aveugles instruments de ma colère.

En ce moment une bouffée de brise apporta à ses oreilles comme un lointain écho de cris de fête. C'en fut assez pour réveiller toutes ses mauvaises passions. Il se redressa avec colère et, le front haut, entra dans la cour qui précédait l'atelier.

Au pied de la tour, sur le tombeau de Valter, Ébénézer lisait la Bible.

Le verrier marcha droit à lui.

— Salut en Dieu, frère, dit du Serre. Pourquoi es-tu venu ?

— Aujourd'hui est le 5 juillet.

— C'est bien.

Sur le seuil de l'atelier, un montagnard, au visage féroce, aiguisait une hache sur un bloc de lave.

— Frère Baruch, dit le verrier, appelle tous tes compagnons.

L'ouvrier passa le doigt sur le tranchant de sa hache et rentra, pendant que du Serre, prenant Ébénézer par le bras, le conduisait au bord de la plate-forme, d'où la vue s'étendait sur la plaine.

— Que vois-tu ? demanda-t-il.

— Les Philistins célèbrent des fêtes, et la mort plane sur leurs têtes.

— Que l'Esprit de sagesse ouvre leurs yeux, répondit le verrier.

C'est lui qui a tiré la maison de Jacob du milieu d'un peuple barbare.

Pendant qu'ils parlaient, Baruch vint annoncer que les Cévenoles attendaient.

Le gentilhomme et son compagnon revinrent sur leurs pas et s'arrêtèrent en face de la ligne formée par les cinquante montagnards.

Un instant du Serre contempla avec orgueil ce bataillon d'élite, puis, levant la main vers le ciel, il s'écria :

— Frères, le moment est venu où le Seigneur va appeler ses enfants à la défense de son saint nom. Êtes-vous prêts à mourir ?

— Nous sommes prêts, répondirent-ils d'une seule voix.

— Au nom du Seigneur, Dieu des armées, je nomme pour vos lieutenants Baruch et Jérémie; êtes-vous disposés à leur obéir ?

— Nous obéirons jusqu'à la mort.

— Frère Baruch, et toi, Jérémie, jurez-vous de suivre les inspirations de la prophétesse que le ciel vous enverra pour vous éclairer ?

— Nous le jurons.

— Baruch, continua du Serre, prends dix hommes avec toi, pour desceller le caveau dans lequel sont déposées les armes. Toi, Jérémie, avec vingt de tes soldats, abats cette muraille.

Les ouvriers obéirent avec enthousiasme.

— Que deux frères me suivent, reprit le verrier, pendant qu'Ébénézer surveillera les mouvements des Moabites dans la plaine,

Un quart d'heure ne s'était pas écoulé qu'une forte explosion retentit du côté de la Combe-de-l'Homme-Mort.

Presque aussitôt du Serre rentra. Il tenait à la main une mèche allumée. Il monta dans la tour qui s'éclaira aussitôt de fanstastiques lueurs.

La grande cour présentait un aspect étrange, on eût dit un camp retranché. Les soldats de Baruch ouvraient les caisses d'armes et de munitions et formaient de distance en distance des faisceaux de piques, tandis que ceux de Jérémie achevaient de miner par le pied la muraille intérieure, qui tomba d'un seul bloc.

Un cri de triomphe salua cette chute qui démasquait enfin la façade
du cloître mystérieux.

— Et maintenant que faut-il faire? demanda Jérémie.

— Attendre que la lune ait disparu derrière la montagne.

La nuit enveloppait déjà la plaine, à l'extrémité de laquelle brillaient
les torches qui éclairaient le festin.

C'était le moment où le gouverneur faisait admirer à sa noble voisine
le beau point de vue que présentait la tour du maudit.

Le disque rougeâtre de la lune disparut lentement derrière les sapins,
les ombres envahirent le ciel qui, bien qu'étoilé, semblait tout noir.

Rien ne paraissait au-dessus de l'Aigoal : c'était là cependant que le
premier signe devait se montrer.

Les prophéties auraient-elles donc menti encore cette fois?

Du Serre avait disparu.

Tout-à-coup, à une prodigieuse hauteur, apparut un globe éclatant
de lumière. Un coup de tonnerre lointain retentit et le globe, comme
déchiré en mille pièces, tomba lentement en pluie de feu.

— Les signes! les signes! s'écrièrent les montagnards en se proster-
nant avec terreur, le ciel a parlé, les prophètes vont venir !

Soudain la tour sembla flamboyer et une vive lumière éclaira la cour.
Au même moment une voix formidable cria :

— A genoux, enfants de Dieu, voici les prophètes du Seigneur !

Les deux portes latérales du cloître s'ouvrirent d'elles-mêmes, laissant
passage à trente cavaliers étranges, ayant à la main des torches ardentes
qu'ils secouaient avec des gestes de fureur en criant :

— Israël, hors des tentes ! Israël, au combat !

A la tête de ce fantastique cortège, frère Guillaume, en manteau
rouge, agitait une sorte de sceptre terminé par une boule d'or.

— Ouvrez les portes, cria-t-il d'une voix tonnante.

Puis se retournant vers son escadron :

— Prophètes et prophétesses du Seigneur, dit-il, allez porter aux nations la bonne nouvelle; allez briser les fers des opprimés et relever les ruines de nos temples abattus par les impies. ·

Une acclamation sauvage accueuillit ces paroles et, comme un ouragan, prophètes et prophétesses précipitèrent leurs chevaux dans toutes les directions.

Quelques instants on vit les lumières briller entre les arbres et les rochers, puis bientôt en n'entendit plus que le cri, sans cesse s'affaiblissant, d'Israël, hors des tentes ! Israël, au combat !

A l'apparition des prophètes, Ébénézer s'était élancé sur Léviathan. Il avait disparu avec eux dans la montagne.

Indécis sur ce qu'ils avaient à faire, plongés dans un étonnement voisin de l'épouvante, les verriers entouraient tumultueusement leurs chefs, quand du Serre reparut dans la cour. Il conduisait par la main une jeune fille vêtue d'une robe blanche, par dessus laquelle était jeté un manteau bleu brodé d'argent.

— Frères, dit le gentilhomme à sa troupe, voici Marie la prophétesse, que le ciel vous envoie : respectez ses ordres : ils viennent de Dieu.

— Que commande la prophétesse du Seigneur ? s'écria Baruch.

— Que vingt hommes aillent garder le sentier qui conduit à la Combe-de-l'Usclade, un de nos frères doit arriver par là pour se joindre à nous. Le mot de reconnaissance est : *Enfant de Dieu*, dit le verrier qui avait chargé Planchut d'un billet pour Cavalier et l'attendait avec impatience.

— Frère, laisse parler la prophétesse, murmurèrent quelques ouvriers.

— Pourvu qu'elle n'aille pas oublier sa leçon, pensa du Serre.

Et, reprenant sa voix de maître, il toucha légèrement Marie à l'épaule et lui dit :

— Prophétesse du Seigneur, que vois-tu ?

Elle tressaillit et s'écria d'une voix gutturale !

— Ici, au pied du rocher, j'entends le galop de leurs chevaux.

— De quel coté ? interrompit le verrier.

— Là, là, répondit l'inspirée étendant son bras vers la Combe-de-l'Homme-Mort..... ils gravissent le sentier.

— Assez, assez, Marie, fit du Serre.

Et baissant la voix, de peur d'être entendu de loin :

— Baruch, dit-il, cours interroger la sentinelle.

Le lieutenant se rapprocha de la plate-forme.

— As-tu vu ou entendu quelque chose ? demanda-t-il au soldat.

— Rien, absolument.

— La prophétesse s'est trompée, dit Baruch en revenant.

— Alors ce n'est pas une prophétesse, dirent plusieurs voix.

Sans paraître entendre ce qui se disait, Marie écoutait toujours.

— Ils montent, dit-elle avec effroi, ils montent.

— Vingt hommes au défilé de l'Usclade, vingt au tournant du sentier de l'Homme-Mort, et dix pour couronner la terrasse du nord, ordonna le verrier. Obéissez à l'Esprit.

Les soldats se divisèrent en trois troupes, mais ils hésitaient encore.

— Alerte ! cria la sentinelle, ce sont les dragons.

Et il déchargea son arquebuse.

— Mal visé, maladroit ! cria M. de Calverte au montagnard.

— Douterez-vous encore, impies ? s'écria du Serre d'une voix tonnante. A vos postes !

Et, à la tête d'une compagnie, il courut au sentier de la Combe-de-l'Homme-Mort, pendant que Jérémie s'élançait dans le défilé de l'Usclade, et Baruch vers la terrasse.

M. de Calverte n'avait point perdu de temps. En sortant de l'enceinte des jeux, il avait piqué droit sur la Combe-de-l'Homme-Mort.

MM. de Miraman et de Laudun galopaient auprès de lui.

— Il s'agit de surprendre la verrière et de l'enlever aux ennemis du roi, avait dit le baron. J'ai la preuve de la trahison du verrier, écrite de sa main. Planchut, son émissaire, m'a remis son billet à Cavalier. Nous prendrons toute la nichée des conspirateurs d'un seul coup.

Prophétesse du Seigneur, que vois-tu? (*Voir page* 269.)

En moins de dix minutes, les chevaux, couverts d'écume, avaient atteint la base du rocher; ils ne pouvaient pas aller plus loin.

— Pied à terre et silence absolu, commanda le baron. Un cavalier sur cinq gardera les montures, pendant que les autres graviront vivement le sentier.

L'escalade avait réussi, lorsque au second tournant, c'est-à-dire à la hauteur de la corniche, une sentinelle donna l'alarme.

Il n'était plus temps de dissimuler.

— En avant! avait crié le baron.

Cinquante pas au plus séparaient la tête de la colonne du plateau, quand le trompette poussa un grand cri et s'abîma dans le précipice.

Peu s'en fallut que le baron de Calverte, qui le suivait, n'eût le même sort; il se rejeta en arrière en criant :

— Halte!

Les dragons s'arrêtèrent.

— Qu'y a-t-il donc? demanda le comte de Miraman.

— Il y a, répondit le baron, qui sondait le terrain avec son épée, que ces démons ont coupé le sentier.

— Si M. le baron m'eût fait l'honneur de me prévenir de sa visite, j'aurais eu soin de faire réparer le chemin, répliqua une voix railleuse.

— Démon! murmura le baron, j'arriverai jusqu'à toi.

Et, se retournant, il fit circuler à voix basse l'ordre de redescendre avec le moins de bruit possible, pendant que lui seul s'efforcerait de détourner l'attention de l'ennemi.

L'obscurité était telle que cette périlleuse retraite pouvait ne pas être remarquée par les montagnards.

Mais la prophétesse avait suivi du Serre. Accroupie sur une pointe de rocher, elle perçait les ténèbres de ses yeux ardents.

— Ils s'en vont, ils descendent, dit-elle en frappant des mains.

— Montre-moi où ils sont, demanda du Serre.

— Là, là, fit-elle en étendant son bras.

— Enfants de Dieu, visez dans la direction de mon arquebuse. Les papistes se retirent : feu !

Vingt balles sifflèrent à la fois. On entendit la chute d'un corps, et la lueur de la fusillade éclaira la fuite des dragons.

Avant que les montagnards eussent rechargé leurs armes, les soldats avaient tourné le rocher.

— A toi, Baruch ! Ils sont à la corniche, cria du Serre.

Une vive clarté couronna la terrasse et une seconde salve de mousqueterie éveilla les échos de la montagne.

Cette fois, les balles s'aplatirent contre le rocher.

— Mort aux papistes ! mort à l'archiprêtre de Baal ! hurlait la prophétesse.

Cependant les dragons avaient regagné le pied de la montagne où déjà leurs camarades avaient chargé sur les chevaux les cadavres horriblement mutilés du trompette et d'un soldat criblé de balles.

Les chefs tinrent conseil.

M. de Miraman, malgré sa bravoure, trouvait que vouloir s'obstiner dans une pareille entreprise était folie, et opiniat pour rentrer à Anduze.

M. de Calverte, au contraire, était d'avis de tenter le passage de l'Usclade.

Le vicomte de Laudun n'était pas éloigné de se ranger à cet avis, plus en harmonie avec son bouillant courage, et faisait observer que les soldats exaspérés par leur échec ne demandaient qu'un nouvel assaut.

Pendant qu'ils discutaient, un brandon de paille enflammée tomba au milieu des cavaliers et éclaira vivement l'endroit où ils se trouvaient.

D'un bond le vicomte s'élança sur la torche et l'éteignit.

Mais si rapide qu'eût été le mouvement du jeune officier, les révoltés avaient eu le temps de lancer, du haut de la terrasse, d'énormes blocs, qui couvrirent les dragons de leurs éclats.

— Ah ! brigands, vociféra la Tulipe hors de lui et menaçant les assiégès de son grand sabre, vous me paierez la contusion que vous venez de faire à mon brave cheval Moricaud. Nous compterons ensemble.

On eût dit que cette provocation avait été entendue, car un nouveau rocher vint éclater en bondissant au milieu de la troupe dont il blessa plusieurs soldats, tandis qu'une seconde pierre brisant le sabre du brigadier, atteignait légèrement au bras M. de Laudun.

— A toi, baron de Calverte, traître à ton Dieu, apostat maudit, cria la voix de du Serre, du haut de l'Esplanade d'où se précipita en même temps une troisième avalanche de pierres.

Mais déjà les dragons étaient à distance, aucun d'eux ne fut touché.

— Au galop, messieurs, et mort aux traîtres! fit le baron, pâle de fureur.

Sauf quatre ou cinq cavaliers, qui reprirent la route d'Anduze, en emmenant tristement leurs camarades tués ou blessés, tous les dragons se précipitèrent à la suite de leur chef. Déjà ils pénétraient dans le défilé de l'Usclade et se préparaient à donner assaut, quand un double éclair, suivi d'une pluie de graviers, jaillit à peu de distance du sommet du rocher.

Si rapide que fût la lumière, les soldats eurent le temps de voir que le second sentier venait de sauter et qu'au-dessus de la brèche impraticable, un groupe de Cévenoles attendait, l'arquebuse au poing.

Le baron de Calverte frappa du pied avec rage.

— A présent, murmura-t-il, c'est un siège à faire.

— Si ce n'est pas une guerre à commencer, répondit le comte en montrant les montagnes où, de distance en distance, des feux s'allumaient comme par enchantement.

— A cheval! commanda le baron d'une voix brève.

Et l'escadron, tournant bride, se dirigea au trot du côté de la ville.

Tout à coup M. de Calverte se redressa vivement sur ses étriers et, se rapprochant de M. de Miraman, lui dit à voix basse :

— Si par hasard j'avais disparu demain matin avec quelques dragons, ne vous inquiétez pas, ce sera pour le service du roi. Seulement, je vous en conjure, ne quittez pas Anduze avant mon retour.

— Mais M. de Mornas voudra-t-il ?

— Et qu'importe ! Je le respecte comme un homme de bien, mais cela n'empêche pas qu'il ne soit nullement à la hauteur de ses fonctions. Vous connaissez d'ailleurs les pouvoirs que m'a donnés le roi.

— Je les connais, répondit le comte.

— Alors, en vertu de ces pouvoirs, je vous charge, dès à présent, de la surveillance d'Anduze. Vous allez faire garder les portes afin que nul ne puisse entrer ou sortir sans votre permission, et vous aurez soin de couper toute communication avec la verrière.

— Parfaitement.

— De plus, si, pendant mon absence, vous parvenez à découvrir Cavalier, vous le ferez arrêter.

— Qu'est-ce que Cavalier?

— Le chef du parti des verts, un conspirateur d'autant plus dangereux qu'il est plus habile, et il importe de l'enlever par surprise.

Le comte de Miraman ne put retenir un geste improbatif.

— Je suis officier, dit-il, mais non pas prévôt.

— A votre aise, je ne puis pas vous forcer à être prudent si la prudence vous déplaît, mais j'espère être plus heureux avec vos soldats.

Et, se retournant vers la Tulipe :

— Brigadier, connaissez-vous Jean Cavalier, le tireur du Papegai ?

— Nous le connaissons tous, mon commandant.

— Il y a cent écus à gagner pour celui qui parviendra à le remettre entre mes mains. De la prudence, mais pas de violence, vous entendez?

— C'est compris, mon commandant.

L'escadron était arrivé à la porte d'Anduze : elle était fermée.

— Qui vive ! cria une sentinelle.

— Dragons du roi.

— Avancez à l'ordre, reprit le soldat en abaissant son arquebuse.

M. de Calverte approcha seul et se fit reconnaître par Roland, auquel M. de Mornas avait confié la garde de la porte du nord.

— Qui veille à la porte du midi ? demanda le baron.

— Cavalier et ses verts, répondit celui-ci.

— Voilà bien une mesure à la Mornas, s'écria le baron : une porte aux catholiques, l'autre aux réformés. Qu'en pensez-vous, monsieur de Miraman ?

— Monsieur le gouverneur aura voulu prévenir une rixe en occupant les deux partis, répondit le comte.

— C'est possible. Et après tout, cela simplifie singulièrement mon projet. Que dix hommes se joignent à la troupe de Roland et que le reste me suive. Vous, messieurs, je vous remercie, vous pouvez rejoindre l'honorable société du gouverneur; votre présence ne sera pas inutile pour rassurer les dames : avant peu j'irai vous rejoindre.

CHAPITRE XXV

LA FOLLE

La ville d'Anduze était plongée dans le trouble et la consternation
De tous côtés des groupes se formaient en commentant les événements
de la soirée ; chacun donnait son explication, et les plus étranges rumeur
circulaient dans la foule.

Les signes apparaissant dans le ciel, le départ précipité des dragons,
l'apparition du cavalier fantastique, tout cela était commenté de diverses
manières et, comme il arrive en pareille occasion, le récit, grossissant en
passant de bouche en bouche, était devenu une mystérieuse légende.

Des commères affirmaient sous la foi du serment qu'elles avaient vu passer une légion innombrable de fantômes, distingué dans le ciel des dragons de feu qui se combattaient avec un bruit effroyable. D'autres avaient senti la terre trembler et s'étaient trouvées enveloppées d'un épais nuage sulfureux, tout rempli de démons grimaçants.

Selon les uns, c'était la fin du monde qui arrivait; selon d'autres, une nouvelle révolte des mauvais anges que saint Michel poursuivait dans les airs, avec sa lance enflammée, pour les précipiter dans l'abîme. Les moins crédules voyaient en tout cela l'accomplissement des prophéties et les protestants, encouragés par la terreur générale, relevaient la tête et commençaient à dire tout haut que le jour du triomphe du saint Evangile était enfin arrivé.

Les miliciens catholiques, si braves le matin, quand il n'y avait rien à craindre, avaient disparu comme par enchantement, et prudemment dépouillés de leurs armures enrubannées, se faisaient petits dans la foule pour apprendre des nouvelles sans être remarqués.

Sans la présence des bleus qui, fiers de leurs succès, s'étaient réunis autour de leur capitaine, il est probable que les huguenots eussent tenté un coup de main, et la société de M. de Mornas eût pu courir un grand danger; mais les verts, contenus par la présence de leurs adversaires, n'avaient pas osé lever le masque et tous attendaient avec une fiévreuse impatience le retour des troupes royales.

L'arrivée des dragons, ramenant des morts et des blessés, sans aucun prisonnier, n'avait rien de bien rassurant pour le parti catholique et cependant, par une étrange bizarrerie, la vue de ces soldats vaincus sans avoir pu combattre calma singuliérement l'émotion populaire, en rendant aux événements de la soirés un caractére moins fantastique.

La curiosité remplaça donc la crainte, et, avant même que le baron se fût éloigné pour faire relever par ses dragons la garde fort suspecte des verts, les dix soldats qu'il avait laissés pour renforcer les bleus se virent entourés d'une multitude avide de nouvelles, au premier rang de laquelle se faisaient remarquer maître Planchut qui, grâce à son intimité avec le brigadier la Tulipe, était bien sûr d'être favorisé des premières confidences de l'habile déboucheur de bouteilles du *Soleil-d'Or*.

Si l'hôtelier avait envie de savoir, son ami, exaspéré par la blessure de Moricaud et la perte de son sabre, ne demandait pas mieux que de causer.

Il raconta donc sans se faire prier, mais non sans parer quelque peu la vérité de broderies à la plus grande gloire des dragons, l'expédition avortée contre la verrière de du Serre, s'étendit sur l'explosion de mines qui, à l'en croire, auraient fait tomber la moitié dn rocher et couvert l'escapron d'une vraie montagne de ruines; des cinquante montagnards il fit une armée d'au moins mille hommes et, ne trouvant pas assez noble d'avoir été désarmé d'un coup de pierre, il inventa, pour expliquer la perte de son arme, dont au reste il avait conservé la poignée, un canon placé en batterie au sommet de l'escarpement et dont un boulet avait brisé la lame de son épée au moment où le baron commandait un dernier assaut. Mais, ajoutait-il en jurant formidablement, il irait lui seul, dès le lendemain, chercher ces misérables paysans chanteurs de psaumes, et dût-il les embrocher tous avec son nouveau sabre, il leur apprendrait ce qu'il en coûte à manquer de respect vis-à-vis les dragons de Saint-Cernin.

— S'il est si facile de les prendre demain, pourquoi ne l'avoir pas fait aujourd'hui? remarqua naïvement maître Martin.

— Eh! quoi? plaît-il? grogna la Tulipe en tordant sa moustache et se relevant sur son banc avec une expression de colère qui fit reculer de trois pas l'imprudent interrupteur, je crois vraiment que ce vermisseau de bourgillon ose se gausser d'un brigadier du roi.

— Faites excuse, monsieur le brigadier, je sais trop le respect que je dois aux braves dragons de Saint-Cernin et à leur illustre brigadier en particulier, se hâta de répondre l'épicier tout en faisant des efforts surhumains pour reculer. Je m'étonnais seulement, ajouta-t-il en poussant de plus en plus ceux qui se pressaient derrière lui, de ce que vous ne vous étiez pas vengé sur-le-champ, ainsi que cela était convenable sur.....

— Convenable ! convenable ! En voilà un particulier qui va me donner des leçons de convenabilité à moi, la Tulipe, s'écria le brigadier hors de lui.

Et, se levant tout à fait, il causa dans l'assistance un tel mouvement de terreur, que le cercle, en s'élargissant, permit à l'épicier d'enfoncer la barrière à laquelle il était adossé et de s'esquiver en toute hâte.

— Trente millions de boîtes de grenades, continua le brigadier, intérieurement flatté de l'effet que sa colère causait dans l'assemblée, je l'ai dit et je le soutiens, que mon commandant me donne seulement la permission d'aller passer une heure à la tour des braillards et je lui ramène la garnison prisonnière ! entendez-vous, ami Planchut ?

— Oh ! je le crois comme vous le dites, et si vous êtes rentré ce soir, poursuivit le maître d'hôtel, c'est que probablement vous aviez autre chose à faire.

— Parbleu, fit le dragon en se radoucissant, voilà justement l'affaire. Sans doute il y a des traîtres là-bas, mais il y en a ici et, avant une heure, vous en verrez peut-être bien brancher un qui ne s'attend pas à danser sur l'escarpolette.

Par un geste, aussi rapide qu'irréfléchi, maître Planchut porta la main à sa cravate.

— Précisément, s'écria le brigadier se trompant sur le vrai sens de cette pantomine, voici le commandant qui va l'arrêter.

En effet, M. de Calverte, après avoir donné ses dernières instructions au comte de Miraman, venait de remonter à cheval.

— Quel est donc ce traître ? demanda Planchut qui commençait à respirer !

— Eh ! par le diable, qui pourrait-ce être autre que le beau capitaine des verts ? répondit la Tulipe. Je puis bien le nommer à présent, puisqu'il n'y a plus risque qu'il échappe.

— Le capitaine des verts ? Mais c'est Jean Cavalier, fit Planchut stupéfait.

— Juste, l'ami, et c'est ce Cavalier qui va coucher en prison, s'il n'est pas pendu avant le jour.

À cette plaisanterie faite à haute voix, un cri sauvage retentit derrière Planchut. Mais, avant même qu'il eût été possible de reconnaître qui l'avait poussé, une jeune fille, au risque de se faire écraser par les chevaux, avait traversé l'escorte du baron de Calverte et s'était précipitée dans une ruelle où elle avait disparu.

— En avant ! commanda le baron.

La foule s'écarta et les pavés étincelèrent sous le pas des chevaux.

Pendant que les cavaliers du baron descendaient la rue, se dirigeant vers la porte du sud, un groupe de dragons appartenant à divers régiments la remontaient dans le sens opposé. Aux deux tiers du chemin, ils se rencontrèrent.

— Qui vive ? cria la vedette placée en tête de la seconde troupe.

— Dragons du roi ! répondit le baron en s'avançant seul vers l'escorte du sire de Mornas.

Les deux chefs se serrèrent la main et causèrent quelques instants ensemble.

En quelques mots, M. de Calverte eut fait connaître au gouverneur l'insuccès de sa tentative sur la verrière et la révolte ouverte du gentilhomme verrier.

Le vieux gouverneur ne pouvait pas croire à tant de perfidie. Il fallut bien cependant qu'il se rendît à l'évidence.

— Qui aurait pu le soupçonner ? murmura-t-il en baissant tristement la tête.

Puis il ajouta :

— Et où allez-vous maintenant ?

— Relever les verts dont je me défie, répondit le baron.

— Mon Dieu ! fit M. de Mornas, seraient-ils des traîtres, ceux-là aussi ?

— Qui sait ! fit le seigneur de Vézenobres.

— Je viens de la porte du sud où tout m'a paru en ordre, reprit douloureusement le gentilhomme, comme s'il eût douté de lui-même.

— Qui commande le poste ?

— Jean Cavalier. J'ai cru devoir le lui confier pour éviter une rixe.

— Vous avez très sagement agi. Y est-il en ce moment ?

— Je le pense, il n'y a pas un quart d'heure que j'ai causé avec lui.

— Alors, tout va bien.

— Vous eussiez agi comme moi ?

— Probablement pas aussi bien.

Cette approbation de sa conduite rasséréna le vieillard qui, oubliant ses pressentiments avec la mobilité de caractère qui le distinguait, engagea vivement son ami à revenir avec lui à son hôtel.

— Nos dames ne sont pas toutes des héroïnes, vous savez ; quelques unes, cependant, Mme de Miraman et Mlle de Saint-Véran, ont été admirables de sang-froid, mais en revanche, la vicomtesse de Blaussac s'est pâmée en rentrant ; il a fallu lui faire respirer des sels. Heureusement que Mme de Florac, ma petite-fille, avait une abondante provision d'eau de la Reine de Hongrie et.....

Il aurait ainsi causé une heure.

— Permettez que je vous quitte, interrompit le baron, pour quelques instants seulement, le temps d'aller jusqu'à la porte et d'en revenir.

— Voulez-vous que je vous accompagne ?

— Non, de grâce, rejoignez la vicomtesse et toutes vos belles effrayées qui doivent s'inquiéter horriblement de votre absence.

— Allons, je vois qu'il faut vous obéir. Au revoir, baron, et à bientôt.

Les deux troupes se remirent en mouvement.

A la clarté des torches allumées de distance en distance dans la grande rue, moins en honneur de M. de Florac que pour faciliter la surveillance, la sentinelle des verts, apercevant de loin les casques des dragons et leurs sabres nus, appela aux armes.

Cavalier est ici, ouvrez! il faut que je lui parle (*Voir page* 286.)

En un clin d'œil le poste tout entier sortit et se rangea en travers de la porte, à dix pas en arrière de son commandant, qui tira son épée.

Au même moment, et débouchant d'une rue où l'obscurité n'avait pas permis de l'apercevoir, une jeune fille haletante s'élança vers l'officier en criant :

Jean, tu es trahi ! Jean, sauve-toi !

— Je ne suis pas Jean, mademoiselle, répondit en riant l'officier. Retirez-vous, ajouta-t-il en la repoussant doucement, voici les dragons du roi.

Mais elle, sans bouger d'un pas, répétait d'un air effaré :

— Jean, où est Jean ?

— Sentinelle, faites reculer cette femme, commanda l'officier impatienté.

Le tireur s'approcha pour obéir.

— Au nom du ciel, tuez-moi, si vous voulez, mais sauvez-le. Il est trahi, on vient l'arrêter.

L'homme hésita à porter la main sur elle.

— Aurons-nous bientôt fini ? reprit le lieutenant qui commençait à perdre patience.

— Je vous dis qu'on veut l'emprisonner, le déporter peut-être. Au nom du ciel, au nom de votre mère, où est-il ? répétait la jeune fille tordant ses mains avec désespoir.

Sur un signe impératif de son chef, la sentinelle essaya de saisir la folle, mais elle, lui échappant, se jeta aux pieds de Roboam, dont elle embrassa les genoux avec des sanglots.

Les dragons étaient à vingt pas.

L'idée de paraître ridicule aux yeux de tout un escadron bannit toute pitié du cœur du lieutenant ; frémissant de colère, il prit son épée entre ses dents, dénoua violemment les mains de la suppliante et, l'enlevant de terre, la repoussa si rudement qu'elle alla tomber violemment à l'angle du corps de garde.

Elle s'était blessée à la tête. Un tireur compatissant la releva en lui disant, pour la rassurer :

— Jean n'est pas ici; retire-toi, nous veillerons sur lui, je te le promets.

— Où est-il, au nom du ciel ?

— Au cabaret des *Armes de France*, répondit rapidement et à demi-voix le jeune homme, au moment même où la sentinelle criait : qui vive? en abaissant son mousquet.

La folle disparut avec une incroyable rapidité.

Il en était temps.

Le baron de Calverte s'était fait reconnaître.

— Qui commande le poste? demanda-t-il d'une voix sévère.

— Moi, répondit Roboam.

— Vous n'êtes que lieutenant, quel est le capitaine ?

— Jean Cavalier.

— Où est-il ?

— Aux *Armes de France*. Faut-il l'envoyer quérir ?

Sans répondre, le baron donna des ordres à voix basse à un fourrier qui partit aussitôt avec cinq hommes. Puis, se tournant vers Roboam :

— Faites former les faisceaux, dit-il, et commandez trois pas en arrière.

Le lieutenant obéit.

— Dragons, en avant! commanda le baron.

Et vingt soldats, le sabre au poing, passèrent rapidement entre les francs-tireurs et leurs arquebuses.

Alors seulement les verts s'aperçurent qu'ils étaient désarmés par cette manœuvre inattendue.

Quelques réclamations se firent entendre.

— C'est une trahison, fit Roboam avec dépit.

— Non, dit le baron, c'est une punition. Je trouve un poste sans chef et je le désarme. Ne me forcez pas à plus de sévérité. Lieutenant, votre épée.

— La voici, répliqua Roboam en la jetant aux pieds du baron, après l'avoir brisée sur son genou.

— Qu'on mette cet insolent aux fers, fit M. de Calverte. Quant à vous, continua-t-il en s'adressant à la compagnie cernée par ses soldats, vous êtes prisonniers jusqu'à demain ; rentrez dans le corps-de-garde ; plus tard, nous verrons.

Puis, après avoir placé un fort détachement pour garder les verts consternés et fait ostensiblement charger les carabines, il se retira, emmenant avec lui Roboam, les mains liées derrière le dos, et se dirigea vers les *Armes de France*.

La jeune fille l'y avait devancé.

Sans s'occuper de sa blessure et du sang qui inondait son visage, elle y avait couru dans l'espoir d'arriver à temps pour sauver Cavalier.

La porte était fermée et la maison était silencieuse ; cependant à travers les fentes on apercevait de la lumière.

La folle souleva le heurtoir et frappa avec précaution ; personne ne répondit. Alors elle frappa plus fort, mais avec le même insuccès : il semblait que tout le monde fût endormi. Voyant que c'était parti pris de ne pas ouvrir, elle s'arma de pierres qu'elle lança contre les volets, en appelant le cabaratier par son nom.

Alors seulement Georginet, craignant l'intervention de la police, se décida à entrebâiller la fenêtre et, d'une voix maussade, demanda :

— Qui est là ?

— Cavalier est ici, ouvrez ! Il faut que je lui parle, répondit-elle à demi-voix.

— A cette heure-ci, il n'y a personne au cabaret ; passez votre chemin, la fille, répliqua le cabaretier en refermant sa fenêtre.

— Si vous ne m'ouvrez pas, j'enfonce la porte, cria la folle exaspérée.

— Que diable voulez-vous, et qui êtes-vous ? grogna Georginet.

— Isabeau; ne me reconnaissez-vous pas ? Ouvrez-moi à l'instant, si vous voulez éviter un grand malheur.

— Ah ! c'est toi, coureuse, file ton chemin, ou, sur mon âme, je vais te faire empoigner.

Et, cette fois, le gros homme referma la fenêtre.

La folle essaya d'ébranler la porte avec ses bras. Tout à coup, une idée traversa son esprit: elle colla sa bouche à la fente du volet, par laquelle transparaissait la lumière et, appuyant ses mains de manière à empêcher sa voix d'être entendue du dehors, elle appela :

— Cavalier ! Jean Cavalier !

Au même instant la lumière disparut.

— Cavalier, je suis Isabeau, tu sais bien, Isabeau. Pour ton salut, ouvre-moi, on vient t'arrêter !

Quelqu'un s'approcha avec précaution à l'intérieur et répondit :

— On va vous ouvrir, ne faites pas de bruit.

Cette voix n'était pas celle de Jean.

— Vite, vite, il n'y a pas un moment à perdre.

— Silence, on y va, reprit la voix.

Isabeau lâcha l'appui de la fenêtre et se rapprocha de la porte. De l'intérieur on essayait de l'ouvrir, mais la clef ne tournait pas.

Pendant qu'on tâtonnait, une torche de sapin brilla à l'extrémité de la ruelle, et un bruit de sabres résonna sur le pavé.

— Vite, vite, voici les dragons; ils arrivent; ouvrez avec précaution, fit-elle affolée par la terreur et sentant son cœur prêt à se briser.

Enfin la clef tourna et, la porte s'entr'ouvrant pour donner passage à Isabeau, se referma aussitôt.

— Jean, es-tu ici ? demanda-t-elle à voix basse.

— Oui, répondit le Cévenole sur le même ton. Que se passe-t-il ?

— Le Calverte vient t'arrêter, fit-elle.

— Pourquoi ?

— Je te le dirai plus tard, fuyons d'abord, les soldats sont là.

— Alors, suivez-moi lestement, fit Georginet qui ne se souciait pas d'avoir des démêlés avec la justice.

Et les entraînant par un étroit corridor, il leur fit traverser une écurie dont la porte donnait sur une ruelle écartée, les poussa dehors et referma.

CHAPITRE XXVI

L'ÉVASION

Heureusement pour les fugitifs, Isabeau connaissait parfaitement Anduze; elle les conduisit rapidement à travers mille détours à l'extrémité de la ville, à une petite maison adossée aux remparts où elle habitait. Là, seulement, elle respira.

Les dragons n'étaient plus qu'à quelques pas quand s'était ouverte la porte de l'auberge des *Armes de France*, heureusement située dans un enfoncement; l'un d'eux crut apercevoir une ombre.

— Oh! dit-il en jurant, les oiseaux sont éveillés et se disposent à prendre leur vol; je crois en avoir vu un.

— Bah! fit un autre, la porte est fermée, et ce que tu as pris pour un fuyard est tout simplement l'ombre de l'enseigne.

— Dans tous les cas, nous allons nous en assurer, répliqua le chef. La Fleur, tu vas rester à la porte; toi, Bayard, passe derrière la maison, pendant que nous allons la fouiller.

Ces précautions prises, le fourrier, Cœur-d'Acier, frappa rudement la porte avec le pommeau de son sabre.

Rien ne bougea.

— Ah! tu dors, cabaretier de malheur. Attends, je vais t'éveiller, fit le fourrier.

Et il continua à frapper à tour de bras.

Une tête coiffée d'un mouchoir de nuit se montra à la fenêtre et une grosse voix, à demi-endormie, cria :

— Qui heurte ainsi? Que voulez-vous?

— Au nom du roi, ouvre sur-le-champ, coquin, ou j'enfonce ta boutique, répondit le fourrier.

— On y va, on y va, fit Georginet qui alluma une chandelle et descendit aussitôt.

— Cavalier est-il ici? demanda Cœur-d'Acier, dès qu'il eut ouvert.

— Ni Cavalier, ni aucun autre, respectable fourrier, vous savez que les règlements de police exigent que les tavernes, cabarets, boutiques de pâtissiers, rôtisseurs et autres soient fermés au second coup de dix heures, et ce n'est pas moi qui, à deux heures du matin...

— Bien, bien, maître patelin, mais avec ta permission, ou même sans ta permission, nous allons fouiller ton chenil, et si nous trouvons quelque chose de suspect... tu comprends.

— Si vous ne voulez pas me croire, vous pouvez fouiller tant qu'il vous plaira, répondit le cabaretier en affectant une assurance qu'il était loin de ressentir intérieurement.

— Cavalier n'est pas ici, dis-tu?

— Il y a beau temps qu'il est parti.

— Ah ! tu vois qu'il est venu.

— Oui, je ne le nie pas, lui et beaucoup d'autres avant et après les jeux.

— Et où est-il à présent?

— Je l'ignore.

— Bien, tu ne veux pas parler. Allons, mes enfants, à l'œuvre.

En un instant tout fut sens dessus dessous.

Il va sans dire que les bouteilles furent visitées comme le reste et mieux encore que le reste. Les soldats, à cette époque, se faisaient rarement faute de piller quand ils en trouvaient l'occasion.

Le baron de Calverte, en arrivant, les trouva à l'œuvre. Il était violent, mais juste, et tança vertement Cœur-d'Acier. Puis, après avoir fait subir un nouvel interrogatoire à Georginet et demandé si l'on avait fouillé les greniers, il se disposa à se retirer.

Déjà il était sorti de l'auberge, quand un dragon arriva triomphalement, apportant une longue plume verte, en tout semblable à celle du feutre de Cavalier et qu'il venait de trouver dans l'écurie.

A la vue de cet indice, qui, après tout, ne prouvait rien, le cabaretier se troubla visiblement; et le baron, profitant habilement de la circonstance, l'embarrassa tellement par ses questions que Georginet, ne sachant plus que répondre, tomba aux genoux du seigneur de Vézenobres et avoua tout ce qu'il savait.

« Cavalier, en effet, dit-il, était venu à son cabaret vers une heure du matin, suivi d'un étranger avec lequel il s'était enfermé dans une salle basse où ils avaient causé tout en buvant, jusqu'au moment où une folle nommée Isabeau était venue en courant les avertir de se sauver, ce qu'ils avaient fait en passant par la porte de l'écurie. Quant à ce qu'ils étaient devenus ensuite, il ne pouvait le dire, ayant aussitôt refermé sa porte, sans plus s'occuper de ces gens qu'il connaissait de vue seulement. »

En toute autre circonstance, le baron n'eût pas hésité à faire conduire le cabaretier en prison, mais après quelques moments de réflexion, jugeant sans doute qu'après tout Cavalier devait être encore dans la ville et que l'aide du complice de son évasion pourrait être utile pour retrouver sa trace, il se contenta de lui ordonner de servir de guide jusqu'à la maison où le Cévenole servait en qualité de garçon boulanger, et sortit avec toute sa troupe, dont il détacha deux hommes seulement pour conduire Roboam en prison, et avertir les gardes des portes de redoubler de surveillance.

A peine rentrée dans sa demeure, Isabeau avait soigneusement barricadé sa porte et introduit ses hôtes dans une petite chambre sans jour sur la rue. Là seulement, elle alluma une lampe.

A la vue du sang qui inondait son pâle visage et de l'égarement de ses yeux, Cavalier ne put retenir un cri d'épouvante.

— Qui t'a mise dans cet état, ma pauvre Isabeau? lui demanda-t-il avec un affectueux intérêt.

— L'envie de te sauver, répondit-elle avec un sourire triomphant. Je me suis heurtée en courant dans l'obscurité; car tu sais, ajouta-t-elle, que tu as été dénoncé comme.....

Elle s'arrêta en regardant avec défiance le petit homme aux cheveux coupés en brosse, comme les marchands ambulants, et au regard astucieux et faux, qui les avait accompagnés dans leur fuite.

Le capitaine devina sans doute les soupçons de sa libératrice, car il dit, tout en étanchant avec un mouchoir le sang qui couvrait le front d'Isabeau :

— Continue sans crainte, cet homme est plus qu'un frère, c'est un ministre du saint Evangile qui, déguisé en colporteur, a bravé la proscription, pour apporter des consolations à Israël opprimé.

— Béni soit celui qui console les affligés, dit la jeune fille en baisant ja main du proscrit.

Et elle ajouta:

— Ami, tu as été dénoncé comme conspirateur et le Calverte a donné l'ordre de t'arrêter.

Flottard et Cavalier se regardèrent.

— Un seul homme a pu me dénoncer, dit Cavalier.

— Lequel? demanda Isabeau.

— Celui auquel du Serre m'avait chargé de remettre la lettre dont je t'ai parlé? demanda Flottard.

— Et que je n'ai pas reçue, fit Cavalier.

— J'ai vu, en effet, pendant le banquet, le cuisinier s'approcher du baron et lui donner un papier, s'écria Isabeau dont les yeux lancèrent des éclairs.

— C'est bien lui, en effet, que du Serre avait choisi comme intermédiaire. Il aurait dû le connaître, murmura Flottard.

— Et c'est parce qu'il le connaissait comme un traître qu'il l'a choisi en effet, repartit Cavalier. Il y a quelques jours j'ai refusé à du Serre d'entrer dans sa composition; pour m'y forcer, il me dénonce à mon mortel ennemi.

— Frère Cavalier, de pareils efforts tentés pour t'engager dans une sainte cause sont la preuve de la confiance que tous tes coreligionnaires ont en toi et les miracles que le ciel opère en ta faveur sont une assurance de ton mérite.

— Eh bien! que la volonté du ciel soit faite, s'écria Cavalier en relevant la tête avec fierté. Ce n'est pas moi qui ai déclaré la guerre le premier, c'est l'orgueilleux baron qui me provoque. Que le sang versé retombe sur la tête de celui qui l'aura allumée!

— Le sang a déjà coulé, interrompit Isabeau, j'ai vu rapporter les cadavres de deux dragons tués à l'assaut infructueux de la verrière.

Il y eut un moment de silence.

— Voici ce que je ferai, dit enfin Cavalier; je vais me mettre à la tête de ma compagnie et sortir de la ville. Si le baron ose nous.....

— Ta compagnie a été désarmée par surprise, interrompit Flottard, elle est prisonnière et Roboam enchaîné.

— Qui t'a dit cela?

— Des frères causaient dans la rue quand nous avons passé près d'eux, et je les ai entendus, dit le ministre.

— Alors, les portes doivent être gardées?

— Elles le sont par les bleus et par les dragons.

— Quelle infâme trahison! s'exclama le Cévenole en frappant du pied. Oh! si j'avais des ailes.

— Paul n'en avait point, mais ses amis le descendirent du haut des remparts dans une corbeille, remarqua Isabeau.

— Que je vous abandonne seuls à la rage de mes ennemis, que j'abandonne tous mes soldats! Jamais! s'écria Jean.

— Tes soldats seront relâchés demain, et iront te rejoindre. Moi, à la faveur de mon passeport et de mon déguisement, je trouverai le moyen de sortir d'ici. Quant à Isabeau, il lui sera plus facile encore de s'esquiver et de te rejoindre.

— Chut! fit Isabeau, j'entends du bruit dans la rue.

Elle passa dans la pièce voisine et, de la fenêtre entr'ouverte, vit une patrouille qui passa sans s'arrêter et dont les pas se perdirent dans l'éloignement.

— Écoute, Jean, dit-elle en rentrant, si tu restes avec nous, tu ne peux que nous compromettre; consens à partir, bientôt nous te rejoindrons. Le ciel te l'ordonne, obéis à sa voix.

Son accent étaient triste et solennel comme un dernier avertissement.

La présence du capitaine des verts dans cette maison ne pouvait être que funeste pour ses habitants.

— Eh bien! qu'il soit fait comme vous le voulez, répondit Cavalier avec un accent rempli d'amertume.

Et, se levant, il se mit à se promener à grand pas.

Isabeau sortit et revint bientôt avec un rouleau de cordes qui lui servaient à étendre son linge. Elle fit des nœuds à cette corde de distance en distance et l'attacha solidement par une extrémité à l'appui de la lucarne qui, s'ouvrant à la hauteur du rempart, dominait la campagne.

Un dragon à cheval et un bleu l'arquebuse à l'épaule, furent de moins
facile composition (*Voir page* 297.)

Quoique la muraille fût très élevée, la corde toucha la terre.

— Tout est prêt, dit la jeune fille.

— Frère, dit alors le capitaine des verts, la maison sera probablement fouillée cette nuit, descends le premier et cache-toi dans le bois jusqu'à ce que le jour paraisse, alors tu pourras ou rentrer dans la ville ou t'éloigner sans danger. En restant ici tu ne pourrais que perdre Isabeau.

— Mon cœur vaut mieux que mes mains, répondit Flottard. Seul, il me serait impossible de prendre un pareil chemin, fût-ce pour échapper au supplice.

Isabeau vint à son secours.

— Attache-toi, dit-elle, par la ceinture, nous te descendrons peu à peu. Seule, je ne pourrais pas, mais avec Jean, ce sera facile.

Le ministre était peu rassuré, cependant il se laissa persuader et bientôt après il touchait, sain et sauf, la terre.

Isabeau remonta la corde, y attacha la valise du colporteur et la fit descendre par la même voie.

— A toi, dit la courageuse jeune fille à Cavalier.

Jean ne répondit rien, mais il la serra sur son cœur et, saisissant la corde, il se mit à genoux sur le parapet. Là encore, il hésita un moment, puis enfin prenant son parti :

— Adieu et à revoir, Isabeau, dit-il à sa libératrice. Mort ou vainqueur, je jure de n'appartenir qu'à toi.

Et, sans attendre la réponse, il se laissa glisser le long de la corde avec l'agilité d'un chat et sauta dans la prairie.

Flottard l'y attendait ; l'instant d'après ils eurent disparu.

Tant qu'elle put les voir, Isabeau les suivit du regard ; ensuite elle retira la corde, la replaça, après avoir soigneusement défait les nœuds, et, sûre d'avoir fait disparaître toutes les traces compromettantes, elle se mit à genoux devant la lucarne restée ouverte et resta longtemps en prière ; puis se sentant de plus en plus faible à mesure que se calmait la surexcitation nerveuse qui l'avait soutenue jusqu'alors, elle se releva défaillante et se traîna jusqu'à son lit, au pied duquel elle tomba comme inanimée.

.   .   .   .

.   .   .   .

Il pouvait être cinq heures du matin et le soleil déjà haut sur l'horizon empourprait la cime des montagnes et la fière tour du Maudit, lorsque Flottard, poussé par une invincible curiosité, se décida à quitter le bois de la Figuière, sur la limite duquel il s'était séparé de Cavalier, et à rentrer dans Anduze par la porte de Bagards, opposée à la direction qu'ils avaient prise d'abord dans leur fuite. La valise sur le dos, attachée au bout d'un gros bâton de voyage, et traînant le pied comme un voyageur fatigué d'une longue traite, il avançait lentement, tout en méditant les réponses qu'il aurait à faire à l'entrée de la ville, quand, en débouchant sur le pont, il se trouva face à face avec le baron de Calverte, qui, en pourpoint de voyage, l'épée au côté et les pistolets à la ceinture, sortait en ce moment, accompagné de cinq dragons armés jusqu'aux dents et montés sur des chevaux frais.

La rencontre était fâcheuse et inévitable; le proscrit vit qu'il n'y avait pas à hésiter, et au lieu de chercher à se cacher, poursuivit sa route de l'air du monde le plus naturel.

L'escorte passa près de lui et, sans que le baron daignât jeter un coup d'œil sur le manant porte-balle, prit au grand trot le chemin de Bagards.

C'était un premier danger d'évité, mais ce n'était pas le seul à craindre

Un dragon à cheval et un bleu l'arquebuse à l'épaule, qui gardaient la tête du pont, furent de moins facile composition et arrêtèrent le voyageur, qui dut entrer au poste pour exhiber ses papiers au farouche la Tulipe.

Sans doute la physionomie de Flottard ne revenait pas au brigadier, car, après l'avoir un instant regardé d'un air soupçonneux, il se donna le plaisir de faire subir au pauvre diable le plus minutieux interrogatoire.

Le proscrit en avait soutenu bien d'autres; aussi, tout en affectant le plus profond respect pour l'autorité, répondit-il d'une manière si assurée à toutes les questions qui lui étaient posées, et montra-t-il avec tant d'empressement les livres parfaitement orthodoxes, les images pieuses et les exemplaires de mandements et d'instructions de l'illustrissime évêque de Nîmes, monseigneur Fléchier, dont sa valise était remplie qu'à peine la Tulipe, suffisamment édifié, jeta-t-il les yeux sur un passeport signé du gouverneur, M. de Broglie, avant de donner à l'honnête colporteur un permis de circulation et de séjour valable pendant quarante-huit heures.

Flottard n'en demandait pas tant: il rechargea sa balle sur ses épaules et oubliant sa fatigue, descendit rapidement la grand'rue jusqu'à la hauteur du second arc de triomphe, où, après quelque hésitation, il s'enfonça dans une ruelle tortueuse qui conduisait aux remparts de la ville.

Là, il hésita longtemps, prenant tantôt à droite, tantôt à gauche, comme un homme qui, n'étant pas sûr de son chemin, ne veut cependant pas le demander aux passants.

Toutes les maisons adossées aux remparts se ressemblaient à peu de chose près, et pour comble de malheur, celle que cherchait Flottard, eût-elle eu une enseigne aussi apparente que celle du *Soleil-d'Or*, il n'eût pas été plus avancé pour cela, puisque, n'ayant passé qu'une fois dans sa vie dans ce quartier, et cela de nuit, il n'avait pu rien voir.

Indécis sur le parti qu'il avait à prendre, revenir sur ses pas et abandonner momentanément ses recherches, ou s'adresser à quelque enfant pour savoir de lui où demeurait Isabeau, il allait probablement se retirer afin de ne pas éveiller la curiosité des voisins, lorsqu'en regardant par hasard à ses pieds, il aperçut sur la terre (le pavé était alors tout aussi inconnu que les lanternes dans ce quartier solitaire) une large goutte de sang.

Elle n'était pas la seule ; de distance en distance le sol en était régulièrement moucheté ; on eût dit une suite de points de repère destinés à diriger les recherches du colporteur, qui, sûr de trouver bientôt ce qu'il cherchait, retourna sur ses pas, et, suivant la trace sanglante, arriva droit à une petite porte dont la cheville pendue à un bout de corde servant à la fois de serrure était également ensanglantée.

Flottard entra avec la même assurance que si ce logis était le sien.

Au bout d'un étroit corridor s'ouvrait un escalier de bois raide et humide par lequel on arrivait d'une seule haleine jusqu'à la chambre d'Isabeau.

Il le monta.

A la porte de cette chambre, ouverte sans doute avec violence, la serrure ne tenait plus que par un seul clou ; dans la pièce les meubles étaient renversés, le lit bouleversé, l'armoire enfoncée, on eut dit qu'une tempête avait tout ravagé.

Flottard, étonné de ce désordre, prêta l'oreille, mais n'entendant rien, appela. Personne ne répondit. Les dragons avaient passé là et la pauvre fille était sans doute en prison. Résolu à pousser ses investigations jusqu'au bout, il entra dans le cabinet et, à son étonnement, sur le rebord de la lucarne par laquelle il avait passé quelques heures auparavant, il vit Isabeau assise et contemplant la campagne.

Au bruit qu'il fit en entrant elle se retourna, le reconnut et poussant un cri de terreur, courut à lui et s'écria en lui saisissant fiévreusement la main :

— Il a été pris ?

Ses yeux étaient secs et brillants, son visage d'une pâleur de marbre.

— Sauvé ! répondit le proscrit.

Le regard de la jeune fille s'illumina d'une joie farouche et deux cercles d'un rouge presque violacé empourprèrent subitement ses joues ; en même temps, elle porta la main à sa poitrine et s'assit, ou plutôt s'affaissa sur une chaise en pressant sur ses lèvres un mouchoir qu'elle retira aussitôt taché de sang.

CHAPITRE XXVII

LA VOCATION D'ISABEAU

Avant que d'être ministre, Flottard avait été médecin; l'exaltation de la jeune fille ne l'étonna plus; il avait au premier coup d'œil reconnu en elle tous les symptômes d'une phtisie trop avancée pour ne pas être mortelle. Isabeau n'était point folle, mais poitrinaire.

— Si Valter vivait encore, pensa-t-il, il aurait là un précieux sujet. Huit jours suffiraient pour en faire une prophétesse hors ligne. Et il ajouta, toujours se parlant à lui-même: Après tout, pourquoi n'essaierait-on pas?

Après le premier moment de saisissement, la malade avait relevé la tête avec un sourire de triomphe.

— Il est sauvé? répéta-t-elle.

— Oui, hors d'atteinte de ses ennemis, fussent-ils dix mille.

— A la verrière ou dans la montagne?

— Il a pris du côté des bois de Gaujac.

— Quoi! il a descendu le Gardon! fit-elle avec effroi. Oh! mon Dieu, il sera retourné à Ribaute, l'imprudent!

— Ne crains rien, ma sœur. Jean est en effet allé à Ribaute, comme tu l'as deviné, mais seulement pour dire adieu à ses parents, car à partir d'aujourd'hui son parti est pris. La grâce du ciel a touché son âme, la lumière de l'esprit a éclairé son intelligence. Jean est soldat de l'Éternel!

La jeune fille laissa retomber sa tête et deux grosses larmes sillonnèrent ses joues.

— Eh quoi! femme de peu de foi! reprit Flottard d'une voix sévère, est-ce ainsi que tu accueilles la bonne nouvelle des grandes choses que Dieu opère en l'âme de ses élus! Comment, l'amour que tu ressens pour cet homme est-il si vil et si terrestre que ton esprit tombe en faiblesse parce que Cavalier a été jugé digne de servir la cause du Seigneur? J'enverrai mon esprit, a dit le Très-Haut, et la face de la terre sera renouvelée, mes saints se réjouiront et les ennemis de mon Christ seront dispersés. Cesse donc de pleurer, ô femme! De toute éternité Jean avait été choisi comme un nouveau Moïse pour délivrer Israël, pour le faire sortir de la terre d'Égypte; ses destinées sont grandes, il sera l'épée de Dieu. Malheur à qui voudrait faire tomber le glaive de cette vaillante main, malheur à la Dalila qui livrerait aux Philistins le nouveau Samson.

— Frère, pardonne à mon peu de courage, l'esprit est prompt, tu le sais, et la chair est faible; non, je n'empêcherai point Jean de remplir sa céleste mission; mais moi, qui peut-être ne dois plus le revoir, permets-moi au moins de le pleurer.

— Le jour de l'indécision et des larmes est passé, répondit impétueusement Flottard; le ciel a parlé, les voix se sont fait entendre, qui
criaient dans la silence de la nuit: Israël, hors des tentes! Israël, au
combat!

— Les femmes ne peuvent que prier, fit Isabeau.

— Que prier! dis-tu, Isabeau. Mais tu n'as donc point lu les livres
saints, ta main n'a pas feuilleté les pages de la Bible, ton âme ne s'est
pas nourrie de la nourriture des forts? Que prier! quand le ciel est un
royaume qui doit se conquérir par la violence! Que prier! oh! ce n'était
pas avec des prières que la veuve de Béthulie tranchait la tête de l'impie
Holopherne, que sa rivale en vertu clouait sur le sol la tête d'un ennemi
endormi dans sa tente, que la prophétesse Débora conduisait à la victoire
l'armée des Israëlites relevée par son mâle courage. Je te le dis, ô Isabeau!
ce n'est plus par des prières, c'est par du sang qu'il nous faut conquérir
le ciel.

La jeune fille hésitait encore.

— Ce ne sont pas des prophètes seulement que l'esprit a visités dans
la verrière de frère Guillaume, poursuivit Flottard, un égal nombre de
prophétesses a reçu l'inspiration. Marie est dans les rangs des défenseurs
de la forteresse! Jeanne a suivi le vaillant Ebénézer! Débora a choisi la
troupe du farouche Méric. Toutes sont allées conduire et éclairer les
enfants de Dieu. Seule la troupe de Cavalier manque encore de prophétesse. Jean comptait sur toi, il m'avait chargé de te le dire, il voulait
t'associer à ses dangers et à sa gloire. Y consens-tu?

— Oh! s'écria Isabeau, s'il ne s'agissait que de mourir, j'accepterais
avec reconnaissance, mais le ciel ne m'a pas favorisée de ses lumières,
je ne serais qu'une fausse prophétesse, je refuse.

— Alors il ne me reste plus qu'à te quitter et à aller trouver Rose,
qui, moins pusillanime que toi, s'est offerte d'elle-même.

— Quelle Rose?
— La fille du tonnelier.

— Elle n'est pas plus prophétesse que moi, fit Isabeau avec un accent de haine désespérée.

— Elle peut le devenir par la foi et par le courage.

— Quoi! on peut devenir prophétesse! Que faut-il pour cela ?

— Vouloir le triomphe de la religion, haïr les ennemis du Christ, ne craindre ni les tourments ni la mort.

Isabeau s'était relevée; ses yeux étincelaient, son visage exprimait la résolution poussée jusqu'à l'enthousiasme, ses narines étaient dilatées et ses lèvres frémissantes.

— Ne faut-il que cela ? demanda-t-elle d'une voix éclatante.

— Il ne faut que cela comme préparation. Les prophètes déjà envoyés ont le pouvoir de transmettre l'esprit aux fidèles qui, par leur ardeur, se montreront dignes d'une si grande faveur.

— Eh bien ! partons, frère, allons les trouver dans la montagne, car je ne crains ni les tourments, ni la mort, et je hais les papistes plus que personne ne peut les haïr.

— Isabeau, crains de mentir à l'esprit et de te tromper toi-même; la mission de prophétesse n'est pas seulement un éclair subit d'enthousiasme ou de folle ardeur. Les douleurs sans nombre, la prison, l'échafaud peut-être attendent les défenseurs de la foi. Te sens-tu capable de tout affronter?

— Oui! fit-elle, marchons !

Et elle se dirigea vers la porte, le front haut, l'œil étincelant.

— Arrête ! ma sœur, reprit Flottard, qui se souciait peu d'être compromis par l'exaltation de la fausse prophétesse. Je te l'ai dit, le parti courageux que tu embrasses demande de mûres réflexions, je t'impose cinq jours pour réfléchir; d'ici là, je te reverrai encore une fois.

— Cinq jours, c'est bien long.

— C'est une première épreuve, soutiens-la avec courage et surtout avec prudence; j'ai besoin de ce temps pour visiter nos frères, relever leur courage, enrôler des soldats, m'informer des projets de Cavalier et du lieu de sa retraite. Adieu, courage et prudence.

— Tu reviendras ?

— Oui, je te le promets, et je t'apporterai des vêtements d'homme pour rendre plus facile ta fuite, dans laquelle je veux te guider moi-même.

— Va donc, frère, puisqu'il le faut. Mon cœur sera ferme dans la voie du Seigneur et ma langue muette comme la tombe. Adieu, que le ciel te conduise !

— Adieu, Isabeau, que le ciel soit avec toi !

Au moment où il allait franchir le seuil, l'aspect du bouleversement de la première pièce le frappa de nouveau.

— Qu'est-il donc arrivé ? demanda-t-il en se retournant.

— Les soldats du Pharaon, conduits par l'impie Calverte, sont venus ce matin.

— Qui les conduisait ?

— Un gros homme d'une figure ignoble, et qui appelait le Calverte monseigneur le baron.

— Connais-tu cet homme ?

— Non, il n'est pas d'ici, mais hier je l'ai vu au tir.

— Parmi les tireurs ?

— Non, ce doit être un valet ou un cuisinier.

— Le Calverte l'a-t-il nommé devant toi ?

— Non, mais je le reconnaîtrais si je le voyais ; il est gros, ventru, et son visage sue la bassesse et la peur.

— Ah ! murmura le ministre entre ses dents, maître Planchut, vous jouez un rôle qui pourra vous coûter cher !

Et il ajouta à haute voix :

— Les dragons ont-ils fouillé partout ?

— Partout ! répondit Isabeau, et tu vois dans quel état ils ont mis la pauvre chambre d'une orpheline dont le seul crime est de suivre la religion de ses pères !

— N'ont-ils rien soupçonné ?

— Ils se retiraient furieux, quand leur chef a dit à l'espion : Voici la seconde école que tu me fais faire en deux jours ; tu mériterais d'aller en prison.

— Qu'a répondu l'homme ?

— Je suis sûr cependant que Cavalier et l'autre sont entrés ici, a-t-il bégayé livide de frayeur. S'ils n'y sont plus, c'est qu'ils se sont envolés par cette lucarne.

— Elle était donc restée ouverte ? demanda Flottard.

— Dans mon trouble, j'avais oublié de la refermer. Un dragon s'est alors avancé jusqu'au mur et de là il a crié : La muraille est écorchée par le frottement d'une corde ; il y a des traces de sang, et, au pied du mur, deux ou trois morceaux de brique tout fraîchement brisés.

— C'est vrai, Jean en a arraché une, fit le ministre.

— Alors, continua Isabeau, le chef des papistes a frappé du pied avec colère, puis, sans plus songer à moi, il s'est précipité hors de la maison avec ses soldats, en demandant : Où mène ce chemin ?

— Et l'espion l'a sans doute renseigné, murmura Flottard, car je viens de rencontrer Calverte sortant de la ville avec une troupe de cavaliers.

— Et ils allaient ? demanda Isabeau tremblante.

— A Bagards, probablement.

— La route de Bagards conduit aussi à Ribaute.

— Qu'importe ! Jean a pris par la montagne ; il y aura longtemps qu'il aura quitté cette ville quand les dragons y arriveront.

— Dieu le veuille ! fit la jeune fille. Oh ! que ne puis-je savoir ce qui sera arrivé !

— Tu le sauras ce soir, ma sœur, je te le promets. Regarde dans la rue la porte en face de ta fenêtre : si Cavalier, ainsi que je n'en doute pas, a échappé à ses ennemis, j'y tracerai une croix blanche. Courage et confiance !

— Adieu, frère, que Dieu te conduise !

Malgré son obésité, Planchut fit un bond de terreur (*Voir page* 310.

En sortant de la maison d'Isabeau, Flottard aperçut à l'angle de la rue voisine une tête qui se retira précipitamment.

— Oh ! oh ! pensa le colporteur, ne serait-ce pas.... ?

Et il hâta le pas.

Au détour de la rue il revit, mais cette fois distinctement, l'espion qui, lui aussi, pressait sa marche pour s'esquiver.

— Où courez-vous donc, maître Planchut ? lui cria le faux colporteur.

Se voyant reconnu, l'hôtelier du *Soleil-d'or* se retourna et attendit en grimaçant un sourire de satisfaction.

— Je me promenais pour prendre le frais, dit-il en tendant la main à son ancienne connaissance.

— Et, comme les philosophes et les poètes, repartit celui-ci en raillant, tu cherches les rues solitaires ?

— C'est-à dire que je me trompais de chemin.

— Conspirateur, va ! fit Flottard en lui poussant le bras. Je parie que tu viens de vendre des peaux de lapins.

— Chut ! on pourrait t'entendre, reprit Planchut, espérant donner le change à son ancien complice.

— Bah ! qu'as-tu à craindre ? Si je ne me trompe, le grand roi et son féal baron paient une bonne prime pour les lapins que tu chasses aujourd'hui ?

— Que veux-tu dire ? demanda Planchut, qui devint livide.

— Je veux dire que la prime pour l'espion qui a fait arrêter un ministre est de 3,500 livres et pour Jean de 900 écus seulement. N'est-ce pas cela ?

— Je ne comprends pas.

— Et que, continua Flottard, 3,500, plus 900, font 4,400 livres, ce qu'avec raison tu trouves un joli denier.

— Mais enfin, balbutia l'hôtelier.

— Enfin que, pour gagner cette prime, maître Planchut, l'ancien

huguenot nouveau converti, s'est fait le chien de chasse de Calverte et
que c'est lui qui a conduit les soldats chez Isabeau et...

— Je jure que...

— Non ! non ! ne jure pas, estimable espion, tu vois que moi, dont
la tête est mise à prix, je ne crois pas un mot de ces calomnies, puisque,
pour me faire arrêter, tu n'aurais qu'à faire un signe et tu aurais droit
ensuite aux 3,500 livres; mais comme je te connais bon huguenot et
homme incorruptible, je suis venu te trouver pour te prier de me rendre un service.

— Lequel ?

— Je suis ici sans ami, sans asile et j'ai pensé que tu me cacherais.

— Mais, fit Planchut abasourdi, je demeure dans l hôtel de M. de
Mornas !

— Raison de plus ! Jamais on ne soupçonnera qu'un ministre soit
précisément dans la maison du gouverneur.

— Mais....

— Allons ! c'est chose décidée, conduis-moi, tu es bien en cour et
personne mieux que toi...

— Mais c'est impossible ! impossible !...

— Si tu refuses, je te regarde comme un homme sans cœur.
Planchut réfléchit un instant.

— Ma foi ! se dit-il intérieurement, personne ne saura que c'est moi
qui l'ai fait arrêter, je ne suis pas d'ici et les 3,500 livres sont bonnes à
gagner.

— Consens-tu ? demanda Flottard.

— Je sais bien que je m'expose, répondit hypocritement l'hôtelier en
levant les yeux au ciel; mais nous nous devons les uns aux autres, viens,
suis-moi !

— Tu vois bien, frère, que je connaissais ton grand cœur et ta foi;
aussi t'ai-je bien soutenu l'autre jour dans une réunion.

— On y a parlé de moi ?

— Oui! quelques frères ont affirmé que tu n'étais qu'un espion jouant double jeu, un homme dangereux et...

— Quelle calomnie!

— C'est bien ce que j'ai dit, mais ils ont soutenu le contraire!

— Et alors?

— Pour leur prouver qu'ils avaient tort, je leur ai dit: Je pars pour Anduze; il me connaît; j'irai à lui, et non seulement il ne me trahira pas, mais il me cachera au péril de sa vie.

— Cette confiance m'honore sans doute, cependant peut-être as-tu eu tort de me soumettre à cette épreuve, car enfin si quelque chose venait à arriver, si...

— Oh! que cela ne t'inquiète pas. Les frères ont prévu le cas possible de mon arrestation, et dans ce cas, que tu en fusses la cause ou non, ton auberge d'Alais serait incendiée et toi poignardé.

Malgré son obésité, Planchut fit un bond de terreur.

— Tu plaisantes, sans doute, fit-il d'une voix étranglée.

— Oui, comme tu plaisantais quand, ce matin, tu conduisais les dragons chez Isabeau; quand tu indiquais au baron, auquel tu as vendu ton âme, le chemin de Ribaute; quand, dans l'espoir de me faire arrêter, tu guettais ma sortie tout à l'heure. Qu'as-tu à te plaindre? tu me cherchais, me voici! Appelle! fais-moi arrêter, je t'en défie!

— Grâce! grâce! murmurait Planchut.

— Tu n'es pas assez rusé pour jouer le rôle d'espion, tu n'es surtout pas assez courageux; à peine serais-tu de force à tenir tête à ton stupide patron, et tu oses entrer en lutte avec moi.

L'hôtelier, accablé, baissait la tête sans répondre.

— J'aurais pu te faire enlever au milieu même de tes marmitons, si je l'eusse voulu, continua Flottard, et te faire conduire à la verrière pour y être traité suivant tes mérites. Je veux bien te pardonner pour cette fois, mais c'est à la condition que toi-même tu vas me conduire aux offices du gouverneur, m'y présenter comme ton parent, me rendre tous les services que je jugerai à propos d'exiger de toi, en un mot..

— Mais c'est impossible ce que tu me demandes...

— Silence ! pas d'objections et marchons. Si un seul cheveu tombe de ma tête ou de celle d'Isabeau, tu es un homme mort !

— Et quand me rendras-tu la liberté ?

— Si c'est la liberté de partir, je te la donnerai demain; si c'est la liberté de parler, je te l'accorderai dans huit jours. A présent, reprends ton visage habituel, voici la grand'rue; causons comme de bons parents. Que fais-tu donc ?

— Je veux te faire prendre par ici pour éviter une rencontre fâcheuse.

— Laquelle ?

— Celle du brigadier la Tulipe, que j'aperçois là-bas, et qui, se doutant de quelque chose pourrait bien te dénoncer.

— Au contraire ! allons à lui. C'est une connaissance que je désire faire; invite-le à déjeuner avec ton cousin.

— Quel cousin ?

— Moi, parbleu ! Un cousin venu de Provence pour vendre des livres pieux.

La Tulipe venait de leur côté; Planchut le héla.

— Bonjour, brigadier, où courez-vous comme cela ?

— Je prends l'air en attendant mon tour de service.

— Le service est dur; ces damnés huguenots nous donnent du fil à retordre, répliqua Planchut. Il faut prendre des forces et rien ne remonte le moral comme un bon déjeuner arrosé d'une vieille bouteille. J'emmenais justement mon cousin que voilà à l'auberge. Êtes-vous des nôtres ?

Le brigadier accepta l'invitation avec empressement. A la première bouteille il nommait Flottard monsieur, à la seconde il l'appela son cher ami, à la troisième il lui raconta l'attaque de la verrière et tout ce qu'il savait de la visite domiciliaire opérée chez Isabeau.

Après le déjeuner, le farouche brigadier, qui avait besoin d'un bras pour retourner à son poste, prit celui de son nouvel ami, auquel il ne permit de retourner à ses affaires qu'après lui avoir fait promettre de revenir dans la journée.

Ce fut du poste même que le colporteur vit revenir les dragons envoyés à sa poursuite et à celle de Cavalier; il s'en fit conter tous les détails, alla tracer sur la porte désignée par lui à la jeune fille la croix blanche, si vivement attendue par la future prophétesse, et rentra tout naturellement chez son cousin, auquel la joie de revoir un si cher parent, fit oublier sur le gril une côtelette destinée au souper du baron.

Il aimait tant sa famille, ce bon Planchut!

CHAPITRE XXVIII

LE DÉPART

L'ami Torte-Gueule avait mis à profit l'absence du marquis et de sa famille; il n'était pas homme à perdre son temps. Demeuré à peu près seul, il errait dans le château, étudiant avec soin la disposition des pièces et achevant de compléter ses renseignements, grâce à l'imprudente loquacité du jardinier.

Tortilla, de son côté, ne demeurait pas inactif; toujours à cheval, sous prétexte d'instrumenter, il allait, battant la campagne, en quête de nouvelles pour Méric et ses complices.

Et, au fait, cet homme-furet trouvait moyen de tout savoir, et la venue de MM. de Miraman et de Laudun qui l'inquiétait fort à cause de certain papier cousu dans la poche de son complice, et le départ de toute la famille pour la noce de Mlle de Verrune, et la révolte ouverte de du Serre.

De son ami le sergent, il n'avait pourtant rien pu savoir. Il importait cependant d'être au courant des faits et gestes de ce brave déserteur.

En sa qualité d'infirme, Torte-Gueule ne pouvait pas venir le trouver à Uzès ; l'homme de loi prit un parti héroïque, celui d'aller lui-même le chercher là où il était, pour arrêter définitivement son plan.

Assis sur la terrasse, le sergent donnait au crédule Jérôme la recette d'une pommade pour guérir les rhumatismes quand tout à coup, s'interrompant pour montrer le sentier à son auditeur, il s'écria :

— Un dragon !

— Dieu du ciel ! et M. Ferret qui m'a défendu de laisser entrer qui que ce soit au château pendant son absence !

— Eh bien ! il n'y a qu'à ne pas baisser le pont, fit le déserteur, tout aussi peu soucieux que le jardinier de la visite d'un soldat du roi. Es-tu bien sûr au moins qu'il soit relevé ? demanda le sergent.

— Je crains que non, gémit Jérôme.

— Allons, arrive ! s'il est baissé je t'aiderai à le relever.

Le pont était bel et bien abaissé. En deux tours de main le sergent, eut rattaché les chaînes et mis la roue en mouvement. Quand le dragon apparut au détour du sentier, le pont était déjà à moitié levé.

— Ohé ! cria le cavalier, en se faisant un porte-voix avec ses deux mains, ohé ! les amis, attendez un peu.

— Oui ! oui ! grommela le sergent, attends que je t'attende, et il redoubla d'efforts.

— Ne levez donc pas le pont, répétait le voyageur en télégraphiant avec son chapeau.

— Faites vite, capitaine, faites vite, je vous en prie, disait Jérôme, qui, au lieu d'aider, reculait pas à pas.

Mais Torte-Gueule, au lieu d'obéir, examinait l'étranger à travers les fentes du tablier.

— Mon Dieu! mon Dieu! capitaine, que faites-vous? voyez, le pont se baisse, vous tournez du mauvais côté. Mon Dieu! mon Dieu! capitaine, le pont! répétait Jérôme avec angoisse.

Le tablier s'abattait en effet, et si bien qu'aussitôt le passage fut rétabli.

— Mon Dieu! mon Dieu! il va nous faire un mauvais parti, capitaine, répétait le jardinier à demi-mort d'effroi.

— Parbleu! camarade, j'ai cru que tu ne m'entendrais jamais, s'écria le nouveau venu en descendant du pied droit sous la poterne.

— Par les cornes du diable! mon brave, je ne m'attendais pas à te voir aujourd'hui, répliqua le sergent.

— Il est vrai que je suis équipé en guerre, reprit le dragon en jetant sur son costume un regard satisfait.

— Mais oui, en effet, tu as un air on ne peut plus guerrier, fit Torte-Gueule en se mordant la moustache pour ne pas rire du grotesque déguisement de son ami Tortilia, qui, faute d'un équipement complet, s'était composé un costume des plus pittoresques avec un haut-de-chausse de grenadier, un habit de dragon et un chapeau de garde française.

Jérôme n'y regardait pas de si près; il admirait de confiance.

En tout autre moment, maître Tortilia se fût fort amusé de son succès comme foudre de guerre, mais en ce moment il était préoccupé d'une seule chose, du but de sa visite, et tout en tirant sa cravate avec un geste qui sentait son procureur d'une lieue, il faisait signe au sergent d'éloigner l'importun témoin de leur entrevue.

Peine perdue. Torte-Gueule, en bonne humeur et d'ailleurs d'une sécurité parfaite, feignait de ne rien comprendre et continuait à pousser des exclamations sur le bonheur qu'il éprouvait à revoir son vaillant ami, la fleur et le modèle des guerriers.

— Regarde, disait-il à Jérôme, en faisant pirouetter fort irrévérencieusement le malheureux notaire pour le lui montrer sous toutes les faces, voici le César et l'Alexandre de l'armée royale, un capitaine comme il n'y en a plus.

— Finis donc, j'ai à te parler, murmurait Tortilia, quand, dans ses évolutions, il se trouvait face à face avec son terrible ami.

Mais bah ! le chat tenait la souris et ne voulait pas la lâcher.

— Et ce sabre, donc, continuait le sergent, tu ne l'as pas vu ; un sabre qui a coupé plus de têtes qu'il n'y a de jours dans l'année.

— Ne tire pas, ne tire pas, balbutiait Tortilia.

Hélas ! il était trop tard. Le sergent brandissait en l'air la poignée à laquelle l'économe procureur avait, pour la faire tenir dans le fourreau, ajusté une cheville en bois de châtaignier en guise de lame.

Pour le coup Torte-Gueule éclata d'un rire bruyant et prolongé.

— Voilà ce qui s'appelle un perfectionnement, s'écria-t-il ; ceci est un cric empoisonné ; la moindre blessure faite avec cette arme terrible cause une mort effroyable, instantanée. Veux-tu que je te pique au doigt pour te faire voir ?

— Pas de plaisanterie, capitaine, pas de plaisanterie, un accident n'est que trop tôt arrivé, fit Jérôme en reculant avec terreur devant cette cheville redoutable.

Tortilia était pâle de terreur.

— Et ce cheval, vois-tu, continuait le mauvais plaisant en montrant le pauvre Coco, ça a l'air fourbu, c'est maigre comme un cheval de l'Apocalypse, mais quelle agilité, quel feu dans le combat ! il faut le voir charger à la tête d'un escadron, il enfoncerait une armée comme rien et...

— Tu ferais mieux de le faire conduire à l'écurie, à moins que tu ne préfères que je reparte à l'instant, fit Tortilia blessé dans son amour-propre.

— Mon cher Jérôme, dit enfin Torte-Gueule, fais-moi le plaisir de conduire à l'écurie le coursier de bataille de mon compagnon d'armes,

Cœur-d'Acier, dit Tranche-Montagne, et de nous apporter ensuite quelques bouteilles de vin sur la table de pierre ; j'ai à causer stratégie avec ce vaillant soldat, et rien ne délie la langue comme un verre de vin.

Malgré sa réputation de cheval fougueux, Coco avait l'air tellement pacifique et semblait si peu disposé à charger, que Jérôme osa le conduire à l'écurie, où le pauvre animal le suivit en boitant.

— Ça, dit Tortilia avec humeur, es-tu disposé à m'écouter et à me répondre à présent ?

— Allons, viens et ne te fâche pas, fit Torte-Gueule en l'entraînant vers le banc, nous avons le temps et rien ne nous inquiète.

— Tu es seul ici ?

— A peu près, comme tu le vois.

— Je le sais, mais ce que tu ignores, c'est que Miraman revient demain.

— Demain ! s'écria le sergent en frappant du poing avec colère sur la table, le diable torde le cou à ce bélître !

— Tu es brouillé avec lui ?

— Brouillé, brouillé, je ne l'ai pas encore vu ; mais en arrivant ici, pour me faire bien accueillir, j'ai eu la malencontreuse idée de dire que je lui ai sauvé la vie. Je croyais que la chose en resterait là. Point, il tombe ici comme une bombe avec son beau muguet de Laudun ; le jour de son arrivée je garde le lit sous prétexte que ma jambe est plus malade ; le lendemain ils sont tous partis pour Anduze, mais s'il revient demain pour un mois ?

— Bah ! il ne pensera plus à toi.

— Oh ! oui, crois-le ; je suis bien sûr, moi, que la comtesse et ce vieil imbécile de commandeur vont vouloir me présenter comme libérateur.

— Hum ! la position est délicate et à ta place je serais fort ennuyé… mais tu es si rusé.

— Oui, oui, ris à ton tour, c'est ton droit… Si je partais aujourd'hui même.

— As-tu fini tes affaires ?

— Je connais le château comme ma poche; j'en ai même un petit plan dans mon pourpoint, veux-tu le voir?

Et il déploya sur la table un papier crasseux, sur lequel les deux complices se courbèrent pour l'examiner.

— Tiens, voici d'abord la porte d'entrée; ce carré, c'est la cour où nous nous trouvons, là le perron du château, en entrant, en face l'escalier de la tour, à gauche la salle d'armes ou salle à manger, à gauche le salon, au premier...

— Chut! voici l'homme, cache ton plan.

Jérôme arrivait en effet, portant pompeusement le vin demandé.

— Voici donc la position, continua Torte-Gueule le doigt appuyé sur son carré de papier : ceci est le bois, mon bataillon était ici, nous avions en face des ennemis dix fois plus nombreux que nous; sans m'effrayer, je fais sonner la charge, je m'élance le sabre à la main, je coupe la tête au chef ennemi, mes soldats me suivent comme des enragés; quand le général arriva tout était fini.

Le vieux jardinier écoutait avec admiration.

— C'était à Pompidou? demanda-t-il timidement.

— C'était en Turquie, dans les pays barbaresques, auprès de Vienne, repartit fièrement Torte-Gueule; il y eut cent mille hommes de tués en une heure de temps. Je te raconterai cela plus tard. Pose la bouteille et éloigne-toi, nous avons à parler de stratégie politique et royale, ce qui est un secret d'État. Je sais bien que nous pouvons compter sur ta discrétion, mais si l'on venait à savoir que tu nous as entendus, le juge prévôtal te ferait mettre en prison.

— Merci, j'aime mieux ne pas écouter; fit le jardinier en se retirant.

— Quel idiot! murmura Tortilia.

— Un homme précieux qui m'a révélé tout ce que je pouvais désirer, repartit Torte-Gueule, et, sûr de ne pas être troublé, il acheva de détailler son plan.

Tortilia suivait des yeux avec admiration.

Le vieux jardinier écoutait avec admiration (*Voir page* 318.)

— Parfait! parfait! s'écria-t-il enfin. A présent je suis de ton avis, tu ferais bien de partir.

— Très bien! mais sous quel prétexte!

— Je t'en apporte un excellent.

— Lequel?

— Je suis sergent dans le même régiment que toi et je t'apporte l'ordre de ton colonel de rejoindre immédiatement la garnison.

— Miraman saura bien que ce n'est pas vrai.

— Au contraire; car hier déjà les soldats du régiment de Folleville en congé à Uzès ont reçu l'ordre du départ.

— Tiens! et pourquoi?

— Parce qu'il y a du nouveau dans la montagne.

— Dans le haut Vivarais?

— Pas plus loin qu'à Anduze. Du Serre a donné le fameux signal et lâché ses prophètes; les paysans courent aux armes; nos affaires vont bien.

— Il y a pourtant des dragons à Anduze.

— Cinquante ou soixante, à peu près, que Calverte a conduits à l'assaut de la verrière.

— Eh bien?

— Ils sont revenus battus, démoralisés et rapportant une dizaine de cadavres.

— Peste! ça va chauffer dur.

— Ça brûle déjà. Cavalier s'est décidé, il soulève la plaine.

— Et Méric?

— Il est dans l'Uzège, aux environs de Gaujac, attendant le mot d'ordre; presque tous ses hommes l'ont rallié.

— Où cela?

— Sur la lisière du bois de Saint-Laurent, au val des Goules.

— Sang et tonnerre! nous allons donc en découdre! s'écria le routier transporté. Vive la joie! et faisant sauter le goulot de la bouteille, il emplit les deux verres jusqu'au bord.

— A la santé du diable et à l'extermination des papistes ! fit-il en les choquant l'un contre l'autre.

Tortilia souriait de son sourire de fouine.

— A présent, en route ! dit le sergent. Tu as ton cheval, je vais en prendre un à l'écurie et...

— Doucement ! doucement ! camarade ; en volant un cheval tu gâterais tout ; tu oublies que tu dois partir avec des sentiments de reconnaissance et de gratitude pour tes hôtes.

— A quoi bon ?

— A pouvoir rentrer quand le moment sera venu.

— C'est juste ! murmura le bandit.

— Et alors tous les chevaux seront ici, tu pourras choisir.

— C'est vrai ! moi qui n'y pensais pas.

— Si tu étais homme de loi tu penserais à tout, répliqua Tortilia en se rengorgeant.

— Alors que faire ?

— Tu vas le voir.

Et déboutonnant son pourpoint, le faux procureur en sortit une trousse renfermant ses instruments, tira de sa poche une écritoire de corne, et posant une feuille de papier sur la table, mit une plume entre les mains de son complice.

— Que diable veux-tu que je fasse de cela ?

— Que tu écrives sous ma dictée.

— Écrire, moi ! tu plaisantes. Je sais jouer de l'épée, mais de la plume, bonsoir !

— Tu ne sais pas écrire :

— J'ai oublié de prendre des leçons.

— Et signer ?

— Si tu me conduis la main, je ne dis pas.

— Cela suffira. Allons, donne, tu signeras ensuite.

— Fais, cher ami.

Pendant que Tortilia écrivait, Torte-Gueule, pour se distraire, acheva la bouteille.

— Écoute, fit le procureur.

Et il lut :

Monseigneur le Marquis,

Vous savez mieux que qui que ce soit dans le monde le respect et l'obéissance aveugle qu'un fidèle soldat du grand roi qui nous gouverne doit aux ordres de ses chefs et légitimes supérieurs. Une rébellion impie et damnable venant d'éclater dans la montagne, Monsieur le comte de Folleville m'a envoyé par un sergent l'ordre de rejoindre le bataillon de Florac, dont j'ai l'honneur de faire partie. En ces circonstances, la voix de l'honneur me défendait d'hésiter, et malgré ma blessure et le vif regret que j'éprouve de ne pouvoir avant de partir vous témoigner toute ma reconnaissance, je me vois contraint de partir sur l'heure, pour aller défendre la cause de notre illustre et vénéré monarque et celle de la sainte Église.

Agréez, Monsieur le Marquis, l'assurance du respect et du dévouement sans bornes de votre très humble et indigne serviteur,

« Le sergent. »

— En voilà une de bien tournée ! Quel nom faut-il que je signe !

— Comment t'appelles-tu ici ?

— Le sergent ou le capitaine, pas autrement.

— Signe Brisson.

— Voilà ! fit Torte-Gueule.

— A mon tour, reprit Tortilia.

Et d'une écriture grossière et incorrecte, comme celle de la lettre, il écrivit au-dessous :

Moi, Pierre Castellar, sergent au régiment de Folleville, certifie avoir donné l'ordre à Jean Brisson de rejoindre son régiment. »

« Signé : CASTELLAR. »

— A présent, appelle ton jardinier.

Jérôme s'était si bien caché, pour ne pas surprendre les secrets de la stratégie royale, que le sergent fut un quart d'heure à le retrouver.

— Mauvaise nouvelle, mon ami, lui dit-il d'une voix piteuse. Je pars pour la guerre.

Le jardinier demeura atterré.

— Blessé comme vous êtes ! s'écria-t-il enfin, les larmes aux yeux, et sans avoir vu monsieur le comte.

— Il le faut, vois-tu ; les montagnards se sont révoltés et si on les laissait faire ils viendraient mettre le feu au château.

— Oh ! alors, allez vite ! monsieur le capitaine, et empêchez-les d'arriver, dit naïvement Jérôme.

— Ne crains rien, je vais les exterminer.

— Dieu vous le rende ! Tuez-en cent mille, continua le brave homme, que la peur rendait féroce.

— En route ! en route ! voyons, pas de retard pour le service du roi, criait le dragon Tortilia en grossissant sa voix, qu'on me conduise mon cheval !

— Mais le capitaine ne pourra jamais vous suivre avec sa jambe blessée ! objecta Jérôme en ramenant le paisible Coco.

— Je ne crains pas la fatigue, moi, répondit fièrement Cœur-d'Acier dit Tranche-Montagne, dit Pierre Castellar. Que mon ami monte à cheval, je l'accompagnerai à pied.

Torte-Gueule ne se le fit pas dire deux fois, et pressant sur son cœur Jérôme, auquel il avait remis sa lettre pour le marquis, il éperonna sa monture en s'essuyant les yeux avec le revers de sa main, faute de mouchoir.

Un moment après les deux complices arrivaient à la plaine, le sergent toujours en selle, Tortilia le suivant à grand'peine, embarrassé qu'il était par le fourreau de son sabre.

— Halte ! cria ce dernier, quand, à quelques centaines de pas plus loin, ils arrivèrent à la garrigue de Saint-Nicolas. J'ai laissé derrière ce buisson mon costume habituel. Bonne chance ! va à Gaujac, moi je rentre à Uzès.

— Quel chemin faut-il suivre ? demanda Torte-Gueule.

— Le premier à gauche et toujours tout droit; tu ne peux pas te tromper.

— Merci et conserve-toi en bonne santé, ricana le bandit en donnant si vigoureusement du talon à Coco, qu'il lui fit prendre le trot.

— Hola ! hé ! pas de mauvaises plaisanteries, criait Tortilia en s'essoufflant à le suivre; rends-moi mon cheval.

— Je te le renverrai aussitôt que j'en aurai un autre, répondit le sergent, éperonnant de plus belle sa monture, qui cette fois s'oublia jusqu'à galoper.

— Ah ! brigand, c'est ainsi que tu me récompenses de mes bontés ! hurla-t-il une dernière fois en montrant le poing à son imprudent voleur, qui, le saluant avec une amère politesse, disparut dans le bois.

— C'est la seconde fois que tu m'attrapes, mais ce sera la dernière, murmura le procureur démonté en regagnant le buisson qui lui servait de vestiaire.

CHAPITRE XXIX

PÈRE ET FILS

En sortant du bois de Figuière, Jean, après avoir franchi le Gardon au gué des Chèvres, s'était aussitôt jeté, en coupant obliquement le chemin de la Madeleine, dans le pâté des montagnes boisées de la Sardonnarie.

Jusqu'au vallon des Mates, eût-il été poursuivi, il ne risquait rien. Du reste, il ne pensait plus à cela; connaissant admirablement le pays, il marchait, non pas comme un fugitif qui cherche à se cacher, mais d'un pas rapide et assuré, en homme pressé d'arriver au but, et qui craint de perdre un temps précieux.

Son parti était pris en effet et pris irrévocablement. En franchissant le Gardon, il avait répété, sans le connaître, le fameux mot de César passant le Rubicon :

— Le sort en est jeté !

Le sort, c'était la révolte.

Lui, le fils du porcher de Ribaute, il déclarait la guerre à ce Louis XIV devant lequel l'Europe s'était courbée si longtemps et qu'elle continuait à appeler Louis-le-Grand au moment même où elle réunissait toutes ses forces pour le combattre.

Était-ce surexcitation nerveuse causée par les événements qui se passaient depuis la veille, était-ce colère ou jalousie, ou les deux sentiments réunis qui exaltaient ce jeune homme de vingt ans ? Le fait est que ses yeux brillaient d'un éclat fiévreux et que, malgré la fraîcheur de la nuit, il allait tête nue, comme s'il eût voulu respirer plus à l'aise et calmer l'ardeur de son front brûlant.

Ses pensées bouillonnaient dans son cerveau comme une lave, et parfois il portait la main à sa tête, comme pour l'empêcher d'éclater.

Jamais il ne s'était trouvé en pareil état, mais aussi quels ambitieux projets il roulait en ce moment !

A sa voix, la plaine se soulevait, les soldats accouraient sous ses drapeaux ; à la pointe de son épée il se taillait en France un royaume à lui, englobant le Languedoc, le Rouergue, et le Vivarais tout entier, l'Auvergne peut-être ; un royaume de montagnes, d'un côté s'étendant jusqu'au delà de Toulouse, de l'autre touchant à la Méditerranée par laquelle il recevrait, si besoin était, les secours de ses alliés, les rois d'Espagne et de Portugal, des princes d'Allemagne, de la république Batave et de la jalouse Angleterre. Toulouse, Nîmes, Montpellier, Privas, Béziers, Carcassonne, Mende seraient ses villes à lui. De capitaine de papegai de village, devenu roi-prophète et grand protecteur de la religion réformée, il dictait ses conditions à Louis XIV humilié, aurait ses gardes à lui, ses ambassadeurs, ses palais, ses flottes, ses armées, ses trésors.

Ces idées gigantesques, ces visions d'une imagination en délire, montaient à son cerveau comme une vapeur brûlante qui l'enivrait, et il marchait toujours de son pas rapide, la lèvre frémissante, l'œil ardent, les narines dilatées, comme s'il eût entendu résonner à ses oreilles le clairon du combat, le bruit de la fusillade et les cris de victoire.

La distance qui sépare Anduze de Ribaute est de vingt kilomètres à peu près par la route, d'un quart moindre par les sentiers qui sillonnent, en se croisant, ce pays accidenté, coupé de collines et de vallons, sillonné de ruisseaux, embarrassé de vignes, ou hérissé de garrigues basses et emmêlées.

Tout autre qu'un habitant du pays se fût infailliblement égaré dans les mille bifurcations de ces petits chemins à peine tracés, mais outre que Cavalier les avait souvent parcourus, il avait fait, en général aussi prudent qu'habile, une étude particulière et approfondie de la contrée qui devait être un jour son premier champ de bataille, et tout en la traversant de nuit, il ne s'égarait pas d'un seul pas.

Un accident imprévu faillit cependant lui faire perdre toute l'avance qu'il avait gagnée.

En arrivant sur la lisière de la garrigue, il se vit tout-à-coup le chemin barré par une roubine large et profonde coulant à pleins bords entre deux talus escarpés.

Deux pieux à demi-arrachés et à l'un desquels tenait encore une planche, étaient tout ce qui restait d'un pont emporté la veille par une crue subite du torrent.

Pour trouver une passerelle, il fallait ou descendre la vallée jusqu'auprès de Ribaute, ou la remonter du côté de Vermeils.

Quelque parti que l'on adoptât, c'était une énorme perte de temps et le temps était précieux.

Sans balancer, le jeune capitaine marcha droit à un buisson, éloigné de soixante pas au plus, se fraya un chemin entre ses rameaux comme une couleuvre et, s'aidant des branches d'un saule, parvint à un rocher qui s'avançait, en la dominant, vers la rive opposée.

L'espace à franchir était peu de chose pour Cavalier. D'un bond vigoureux il se trouva sur l'autre bord, coupa droit à travers les vignes et, laissant Ribaute sur sa droite, s'avança jusqu'à un petit coteau, du sommet duquel l'œil découvre toute la presqu'île en forme de triangle qui, par sa pointe la plus aiguë s'allongeant dans la direction de Cassagnoles, est comprise entre les deux Gardons d'Alais et d'Anduze.

Là, il s'arrêta un instant, moins pour regarder que pour se recueillir.

Le soleil ne paraissait pas encore, mais déjà les bois de Vézenobres commençaient à se détacher vigoureusement en noir sur le fond empourpré du ciel et entre deux blanches traînées de vapeurs qui couraient, en suivant les deux bras du Gardon, se confondre, en s'épaississant; au confluent des deux rivières, apparaissait, à demi-enveloppée dans l'ombre d'un gigantesque châtaignier, une grosse ferme connue dans le pays sous le nom du Mas-de-l'Hort-de-Diou (le jardin de Dieu).

Les fenêtres de la maison étaient encore fermées, mais déjà à cette heure matinale on entendait, dans la cour intérieure, le jappement des chiens et le sourd mugissement des bœufs, que les ménagers attelaient au joug pour commencer le travail du jour.

Quelque pressé que fût Cavalier, il demeura immobile sous le chêne qui lui servait d'observatoire, jusqu'à ce que la porte cochère se fût ouverte pour laisser passage aux bouviers qui descendirent lentement vers la rivière.

Alors seulement le jeune capitaine s'approcha de la maison, mais au lieu d'y entrer par la cour, il fit silencieusement le tour de l'enclos, franchit la muraille avec précaution et vint frapper discrètement quelques coups à une petite fenêtre.

Sans doute ce n'était pas pour la première fois qu'un pareil signal était donné, car après quelques moments, le volet s'ouvrit doucement et une voix de femme murmura doucement :

— Est-ce toi, Jean ?

— Oui, nourrice, c'est moi, répondit le fugitif. Mon père est-il
ici?

— Il se prépare à sortir pour aller surveiller les travailleurs de la
Lévade; dans un moment tu pourras entrer sans crainte.

— Et ma mère?

— Toujours la même, la pauvre chère femme; ses accès lui ont repris
et elle tremble la fièvre; tu veux la voir, sans doute?

— Certainement et mon père aussi.

— Ah! ton père aussi, reprit la vieille domestique; tu arrives dans
un mauvais moment, mon enfant, car il est bien en colère contre toi

— Pourquoi donc, Suzanne?

— Peux-tu me le demander, mauvais enfant! il a appris que tu es
allé hier à la fête des Philistins et tu sais que cela nous fait bien de la
peine à tous de te voir mêlé ainsi aux damnables plaisirs de ces papistes
que Dieu confonde.

— Je te promets de ne plus y aller, fit Jean, et j'apporte à mon père
des nouvelles qui lui feront plaisir.

— Alors, pourquoi n'es-tu pas entré simplement par la porte?

— Je ne voulais pas qu'on me vît.

— Tes nouvelles sont donc bien mystérieuses ?

— Oui, nourrice. Ouvre-moi doucement et préviens mon père que
je voudrais l'entretenir un moment.

— Va donc m'attendre à la petite porte, pendant que je vais trouver
ton père qui pourrait sortir si nous tardions davantage.

Un instant après, Cavalier était introduit.

— Ton père t'attend dans sa chambre, dit Suzanne au fugitif; mais
je te le répète, il est mal disposé.

— Sois sans crainte, chère Suzanne, avant cinq minutes il m'aura
pardonné et sera fier de m'avoir pour fils.

— Dieu le veuille! soupira la nourrice, en refermant soigneusement
la porte dérobée.

Antoine Cavalier attendait en effet son fils, mais son attente était plutôt celle d'un juge que celle d'un père. Quand Jean entra, il trouva le vieillard assis dans un grand fauteuil de chêne et achevant de boucler ses longues guêtres de cuir fauve. Sur une table, à portée de sa main, auprès d'une bible entr'ouverte, étaient déposés un large feutre et une canne fortement ferrée.

Le visage du fermier avait une telle expression de mécontentement et le regard qu'il adressa à son fils était si triste et si sévère à la fois que le futur général demeura comme interdit et les yeux baissés. Il avait demandé à voir son père et maintenant il hésitait à lui adresser la parole.

— Vous avez désiré me parler? dit Antoine. Je vous écoute, parlez. Qu'avez-vous à me dire ?

— En effet, mon père, balbutia Jean, j'ai à vous apprendre des nouvelles.....

— De la fête d'hier, interrompit le vieillard ; vous auriez pu vous épargner cette peine, je tiens peu à honneur les prix que vous y remportez, c'est une triste gloire que vous payez au prix de votre âme; vous croyez, en désobéissant à mes ordres, acquérir renommée et fortune, et vous êtes du nombre de ceux dont l'Esprit a dit : *Vains, ils ont reçu une récompense vaine.*

— Je vous assure, mon père, que mon but en concourant pour le prix est plus élevé, qu'il ne s'agit pas d'une vaine satisfaction d'amour-propre, et que dans l'intérêt même de notre religion.....

— De notre religion! répéta Antoine en haussant les épaules avec mépris. C'est dans l'intérêt de notre religion que vous foulez aux pieds le premier précepte des Livres saints : *Honore ton père et ta mère pour vivre longuement sur la terre que le Seigneur ton Dieu te donnera.*

— Il faut bien cependant que la jeunesse s'exerce au maniement des armes, si elle veut secouer enfin le joug des infidèles. Depuis trop longtemps nous courbons la tête.

Que la volonté de Dieu soit faite, reprit le vieillard en se découvrant (*Voir page* 335.)

— Dans Israël les vieillards seuls étaient appelés au conseil, reprit Antoine Cavalier. Mais ici, ajouta-t-il avec un triste sourire et en passant la main dans sa longue barbe grise, la sagesse et la force appartiennent aux seuls jeunes gens. Il paraît que nous ne comptons plus pour rien aujourd'hui et que nos conseils, nos ordres mêmes sont lettre morte.

— Mon père, reprit le fugitif avec plus de fermeté, je respecte votre sagesse et votre autorité. J'ai eu tort sans doute en ne suivant pas vos bons conseils, mais aujourd'hui, je viens en fils soumis vous demander humblement pardon pour le passé et votre bénédiction pour l'avenir. La grâce d'En-Haut a ouvert mes yeux, je suis soldat de l'Éternel.

— Et c'est sans doute comme preuve de cette sainte vocation qu'aux ornements mondains, dont vous avez la coupable habitude de vous parer, vous avez ajouté cette bague, que je vois briller à votre doigt, et dont vous paraissez si fier?

— Cette bague est un prix que......

— Vous avez reçu des mains d'une ennemie de notre religion et que vous avez juré de toujours porter en souvenir d'une moabite qui, sous peine de se déshonorer, ne peut vous regarder que comme un sujet soumis, comme un obscur valet.

— Un valet, moi! interrompit Cavalier, pâle de dépit, je n'ai jamais été le valet de personne.

— Vous paraissez cependant être né pour l'être, puisque vous aimez à en porter la livrée, continua sévèrement le huguenot.

— Ce que vous appelez une livrée est un gage de combat, répondit impétueusement Cavalier.

— De combat avec qui?

— Avec tous les ennemis de l'Évangile.

— A commencer par le Pharaon sans doute? demanda ironiquement Antoine.

— Oui, à commencer par le Pharaon, et qui que ce soit qui veuille

s'y opposer, rugit Cavalier en frappant du pied avec colère, je lui mon-
trerai qu'il n'est pas prudent de tenir tête à Jean Cavalier, car.....

Le vieillard se leva, et du doigt montrant la porte à son fils :

— Jean, dit-il, l'orgueil vous aveugle; vous êtes la verge dont Dieu
se sert pour me punir de mes trop grandes faiblesses, sortez! Je ne vous
connais plus, je n'ai plus de fils!

L'autorité d'Antoine sur ses enfants était comme celle de tous les
pères dans les familles cévenoles, absolue et incontestée. Devant l'ordre
qui lui était donné, le roi du Papegai courba la tête et recula de quelques pas, cependant il ne sortit pas.

— N'avez-vous pas entendu ? répéta le vieillard en fronçant le sourcil.

— Avant de me chasser de votre présence, peut-être pour toujours.
murmura Cavalier, permettez-moi, mon père, de vous adresser une
seule question, après quoi, si vous l'exigez, je me soumettrai à vos
ordres, si cruels soient-ils pour mon cœur de fils.

— Parlez, fit Antoine en prenant son chapeau, comme décidé à
abréger une pénible entrevue et à ne pas écouter plus longtemps ce fils
insoumis.

— Vous a-t-on dit que les signes annoncés ont brillé au ciel et que
les ouvriers de du Serre ont pris les armes ?

— Je sais qu'hier au soir un fou a été vu poussant au galop un
cheval et criant : Israël, hors des tentes! Israël, au combat!

— Celui que vous prenez pour un insensé est un prophète inspiré
par l'Esprit. Cinquante autres de ses compagnons parcourent les montagnes en ce moment. Pendant toute la soirée une pluie de feu n'a
cessé de tomber sur les cimes de l'Aigoal et du Ventalon. La frayeur
causée par ce terrible spectacle de la colère céleste a dispersé les Philistins assemblés sur les bords du Gardon. Anduze est soulevé. La verrière
a donné le signal et repoussé, avec perte, les royaux commandés par
Calverte. La guerre est déclarée, elle va éclater avec fureur. Déjà toutes
les campagnes se soulèvent.

— Jean, ce que vous dites là est-il vrai? s'écria Antoine.

— Sur ce livre saint, je le jure, répondit le fugitif en étendant la main sur la Bible.

Le Cévenole doutait encore.

— Si ce que vous m'annoncez est vrai, d'où vient que dès hier au soir vous n'êtes pas venu me prévenir? Une nouvelle de cette importance n'est pas de celles qu'on remet au lendemain.

— J'étais à la tête de ma compagnie de francs-tireurs qui, pendant que je conférais avec notre digne ministre Flottard sur les mesures à prendre, a été désarmée par trahison. Dénoncé moi-même, je n'ai dû mon salut qu'au dévouement d'une jeune fille qui a bravé le danger pour m'aider à escalader les remparts, et qui peut-être a payé aujourd'hui de sa vie son généreux dévoûment.

— Et cette fille, quelle est-elle?

— Isabeau! répondit Jean en rougissant et, sans doute pour empêcher toute observation, il ajouta : Grâce à cette courageuse sœur (il appuya à dessein sur ce mot), j'ai pu, malgré mille et mille dangers, arriver jusqu'ici pour vous faire mes adieux et vous demander votre bénédiction.

— Quel parti avez-vous donc pris? demanda Antoine d'un ton radouci.

— Rejoindre mes frères des Basses-Cévennes, organiser la résistance, me dévouer à ma religion et verser mon sang pour elle, si cela est nécessaire.

— *Celui qui frappe par l'épée, périra par l'épée*, mon fils, reprit Antoine en qui la détermination de son fils éveillait à la fois les craintes et l'amour paternel. Il est facile de lever l'étendard de la révolte, mais il est difficile de le tenir debout. As-tu réfléchi au nombre et à la férocité des ennemis qui nous entourent? Ne crains-tu pas la colère du terrible Basville? A peine les enfants de Dieu auront-ils secoué les chaînes de l'esclavage que nous verrons accourir les satellites du Pharaon, plus

nombreux que les sauterelles d'Égypte; leurs chevaux fouleront nos
blés, l'incendie dévorera les forêts, le sang coulera à pleins ruisseaux
dans les villes, nos femmes et nos enfants seront traînés en captivité
et l'état des enfants de Dieu sera plus misérable qu'il n'é tait. As-tu
réfléchi à cela, Jean?

— J'y ai réfléchi, mon père, mais le ciel a parlé, Dieu ordonne à ses
enfants de se lever; devons-nous désobéir à ses ordres et refuser notre
corps à Celui à qui appartient notre âme? N'est-ce pas vous, mon père,
qui m'avez appris à exécuter ses ordres sans songer à les discuter?

— Que la volonté de Dieu soit faite et non la nôtre, reprit le vieillard
en se découvrant. Je sais que ta détermination attirera sur nous de
grands maux, mais à l'exemple du fidèle Job, je saurai les supporter. Reste avec nous un jour ou deux, je ne te demande que cela; ta
mère est alitée, je veux la préparer à cette nouvelle qui pourrait l'effrayer, aggraver son état, et peut-être amener une irréparable catastrophe.

— Ce serait avec bonheur, mon père, balbutia Jean, mais le baron de
Calverte doit me faire chercher avec activité et, s'il se doute que je suis
ici, attendez-vous à voir apparaître ses soldats d'un moment à l'autre. Alors
qui sait à quelles extrémités se porterait leur fureur. Pour le salut de
vous tous et surtout de ma mère, il vaut mieux que je parte sans tarder.

— Nous avons ici deux arquebuses et quelques haches, nous te
défendrons.

— Gardez-vous-en bien au contraire. Laissez-moi aller, ma mère est
malade, mon frère trop jeune; d'ailleurs il importe que lorsque la guerre
sera allumée, nous puissions trouver dans la plaine des fermes pour
nous approvisionner et nous reformer, des asiles sûrs où nous puissions
nous cacher; en vous ménageant pour nous, vous nous rendrez plus
de service qu'en prenant les armes. Je vous en prie, mon père, n'insistez
pas; laissez-moi partir.

— Alors, reçois cette arquebuse, c'est celle que ton grand-père

portait lors de la première persécution, reprit le vieillard qui ne pouvait
plus retenir son émotion.

Et, se dirigeant vers la cheminée, il décrocha du mur une lourde
carabine, entretenue avec un religieux respect, la chargea lui-même et
la remettant à son fils :

— Que le premier coup que tu tireras soit mortel pour un ennemi
du Saint-Évangile, que jamais elle ne te serve que pour la cause
de notre religion; et maintenant suis-moi, il faut que la bénédiction de
ta mère descende sur ton front en même temps que la mienne.

CHAPITRE XXX

L'HORT-DE-DIOU

Jean et son père entrèrent dans une pièce plus petite que celle dans laquelle Jean avait été introduit et que l'on appelait la chambre d'honneur, parce qu'elle était réservée aux étrangers; elle se faisait remarquer par l'extrême simplicité de son ameublement et l'exquise propreté de ses murs blanchis à la chaux. Quelques sentences tirées de l'Écriture sainte et inscrites en caractères noirs sur les murailles, y remplaçaient les tableaux profanes. Au fond de l'appartement, garni seulement de quelques chaises, d'une table et d'un bahut de noyer, s'ouvrait une alcove dans laquelle, à travers l'écartement de deux rideaux de serge verte, on voyait, comme enchâssé, une sorte de lit monumental, haut et large, supporté par quatre colonnes torses.

Au pied de ce lit, dans un vaste fauteuil en cuir de Cordoue, une femme d'un certain âge, à la physionomie grave et austère, lisait dans un grand livre de prières, à la clarté d'une lampe posée sur la table.

A voir cette pâle, mais énergique malade, vêtue avec une simplicité sévère, on eût pu croire que l'on avait devant les yeux un ancien portrait de famille détaché de sa toile. Bien que Marthe Cavalier eût à peine dépassé la cinquantaine, ses cheveux étaient presque blancs et des rides prématurées sillonnaient son front et ses joues. Vêtue comme une veuve, elle portait sur la tête un triangle d'étamine noire dont une pointe retombait sur les épaules, et les deux autres venaient se nouer sous le menton, en faisant ressortir plus encore la pâleur maladive et presque transparente du visage qu'elles encadraient.

A la vue de son mari, elle posa le livre qu'elle lisait et essaya de se lever par respect pour le chef de la famille.

D'un geste, Antoine la retint sur son fauteuil:

— Pourquoi, malade comme tu l'es, avoir déjà quitté ton lit? lui dit-il.

— De toute la nuit il m'a été impossible de dormir. A peine fermais-je les yeux qu'une main de fer se posait sur ma poitrine et l'étreignait comme pour la briser. A travers mes paupières abaissées je voyais d'horribles spectres, et des cris de mort, semblables à ceux que nous entendîmes dans cette fatale nuit où les miquelets surprirent l'assemblée dans les rochers de Peyrehorade, retentissaient à mes oreilles et me glaçaient de terreur. Pour échapper à cet affreux cauchemar je me suis levée pour prier.

— Tu as eu raison, femme. Pendant que les Israélites combattaient, Moïse tenait ses mains élevées sur la montagne et son peuple était victorieux. Prie donc, prie beaucoup, car le moment de l'épreuve est arrivé et la prière est puissante devant le trône du Seigneur.

Au mot de nouvelle épreuve, la malade avait tressailli et elle attachait sur son mari, son regard inquiet et interrogateur.

— Ne sais-tu pas, continua Antoine, répondant à sa pensée, que les prophéties se sont accomplies en partie déjà? La ville d'Anduze est soulevée, et pendant la nuit, le sang des Philistins, vaincus par le frère Guillaume, a rougi le rocher de la verrière.

— Dieu puissant! s'écria Marthe en joignant les mains avec saisissement, le ciel n'aura-t-il donc jamais pitié de nous?

— Silence! femme de peu de foi, oserais-tu bien murmurer contre les décrets de la Providence? reprit le huguenot avec sévérité.

Marthe baissa la tête et deux larmes roulèrent sur ses genoux.

— Prions, murmura-t-elle, pour que l'orage ne s'abatte pas sur.....

Elle n'osa pas continuer.

— Malheur aux lâches! continua le vieillard dont les yeux brillaient d'enthousiasme. Malheur aux lâches! car les violents seuls raviront le royaume du ciel.

Et, d'une voix plus adoucie, il ajouta:

— Femme, bénissons le Seigneur, Dieu des armées, qui a jeté ses regards sur notre fils et l'a choisi pour aller travailler à sa vigne. Jean va partir pour le camp du Seigneur.

— Partir! s'écria douloureusement la pauvre mère en saisissant Cavalier par le bras comme pour le retenir de force. Partir! et s'il était blessé..... tué!

— Dieu nous l'a donné, Dieu peut nous l'ôter, que sa sainte volonté soit faite et non la nôtre, répondit Antoine!

— Mère, je suis venu vous demander votre bénédiction, dit Jean.

Elle ne répondit rien et ne lâchait pas son fils ; on eût dit qu'elle voulait le défendre contre la résolution de son père.

Il fallut qu'Antoine la forçât doucement à se rasseoir.

— Fils, mets-toi à genoux, dit-il.

Jean obéit.

Le père alors se découvrit et, se tenant debout près de sa femme qui étendait ses mains tremblantes sur le front du jeune Cévenole, il prit la Bible et à haute voix il lut :

« Heureux l'homme qui n'a pas pris place au conseil des impies et qui ne marche pas dans le sentier des pécheurs, il grandira comme l'arbre planté le long des eaux courantes et donnera son fruit dans son temps. Que la bénédiction du Seigneur descende sur ton front et que son bras te couvre comme un bouclier. Que son souffle dissipe tes ennemis, que leur arc se brise entre leurs mains et que leurs flèches se retournent contre leur poitrine. Que les impies soient dispersés comme la paille emportée par l'ouragan, que le feu de la colère les consume, que leurs fils soient foulés aux pieds et leurs filles soient traînées en esclavage, que leurs prêtres meurent par l'épée, et que leurs soldats tombent sous le glaive comme les épis sous la faux. »

Il posa le livre, et élevant au ciel ses deux mains :

— Jean, dit-il, en mon nom et au nom de ta mère, je te bénis. En mon nom et au nom de ta mère, je maudis les ennemis du saint Évangile. En mon nom et au nom de ta mère, je te.....

Un violent coup de marteau, frappé à la porte principale, fit bondir la malade effrayée. En même temps une forte voix criait du dehors :

— Au nom du roi, ouvrez ou nous enfonçons la porte.

Suzanne se précipita effarée dans la chambre :

— Que faire, Dieu du ciel ! que faire ? ce sont les dragons du roi.

— Ouvrez les portes, fit Jean, en se relevant avec fierté, c'est moi qu'ils cherchent, il ne faut pas que les innocents paient pour le prétendu coupable.

— N'ouvrez pas, n'ouvrez pas, au contraire, s'écriait Marthe affolée de terreur.

Les dragons commençaient à perdre patience et les coups de crosse tombaient dru sur les huis de chêne.

— Fuis mon fils, fuis, répétait la pauvre malade, se tordant les mains avec désespoir.

Debout, son arquebuse à la main, les lèvres serrées, l'œil ardent, mais se forçant pour paraître calme à toutes ses supplications, Cavalier ne répondait que par ces mots :

— Ouvrez, je veux que personne ne soit inquiété à mon sujet.

Antoine, toujours silencieux, semblait hésiter sur le parti qu'il avait à prendre. Tout à coup il saisit son fils par le bras et, d'une voix qui n'admettait pas de réplique :

— Jean, dit-il, écoute-moi bien, au nom de l'obéissance que tu me dois, je t'ordonne de fuir dans la montagne pour rejoindre tes frères.

— Mais mon père, murmura Cavalier, ne craignez-vous point que....

— Je t'ai ordonné de fuir, Dieu le veut, répéta le huguenot.

— Les issues sont gardées.

Pour toute réponse le huguenot conduisit son fils à une fenêtre, près de laquelle croissait un énorme châtaigner dont les branches inférieures s'arc-boutaient contre les murs.

— Par ici, dit-il, tu as le temps de t'échapper sans être vu, les bois sont proches, va.

La porte, ébranlée par les efforts des dragons, venait de céder, on entendait dans l'escalier les cris tumultueux et les pas bruyants des soldats.

— Une fois encore, votre bénédiction, mère, s'écria Jean.

— Je te bénis, mon enfant, et que le ciel te conduise, reprit la mala de. Fuis, fuis promptement.

— Eh bien! qu'il soit fait comme vous l'ordonnez, s'écria le fugitif.

Un violent coup de pied enfonça la porte de la chambre au moment même où le capitaine du Papegai disparaissait dans le feuillage dn châtaignier protecteur.

— Manants, vous ne vous pressez pas d'obéir aux ordres du roi, s'é-cria le baron en entrant, l'épée à la main, dans la pièce; vous mériteriez que je fisse mettre le feu à votre maison comme à un repaire d'ennemis de Sa Majesté.

— Je ne suis pas un rebelle et je n'ai jamais désobéi au roi, répondit le vieillard.

— C'est possible, mais je ne le crois guère, reprit plus doucement M. de Calverte, étonné de se trouver en présence d'un vieillard et de deux faibles femmes. Où sont les habitants de cette ferme?

— Je suis le propriétaire du mas et voici ma femme, les deux bouviers et le pâtre sont aux champs. Voici une de nos servantes, l'autre et mon fils Paul ne sont pas encore levés.

— N'avez-vous pas un autre fils?

— Oui, Jean, un garçon de vingt ans.

— Où est-il?

— Il ne demeure pas avec nous et sert chez un maître boulanger d'Anduze.

— Où est-il en ce moment?

— Je ne sais, il n'est point ici.

— Jureriez-vous qu'il n'y est réellement pas?

— La parole d'un chrétien vaut un serment, et il est écrit: « Tu ne jureras pas en vain le nom du Seigneur ton Dieu. »

— Toutes ces paroles ne sont que des finesses qui ne me tromperont pas, s'écria le baron en jetant avec impatience son feutre sur la table et en s'asseyant dans le fauteuil qu'avait quitté la malade pour bénir son fils. Bras d'Acier, mes ordres sont-ils exécutés?

— La maison est cernée, monseigneur, répondit un brigadier de dragons, debout sur le seuil de la porte, et toutes les issues sont gardées.

— Vous entendez, maître Antoine, personne ne peut essayer de fuir. Dites-moi où est votre fils, je vous jure qu'il ne lui sera fait aucun mal.

— Je ne sais pas où il est.

— Et vous, madame?

— Je ne le sais pas non plus, balbutia Marthe.

Sa femme étendait ses mains tremblantes su r le front du jeune Cévenole (*Voir page* 540.)

— Bien, très bien, je m'y attendais, reprit le baron.

Et, tirant de son pourpoint son horloge de poche :

— Si dans cinq minutes vous n'avez pas répondu d'une manière satisfaisante, je fais fouiller la maison.

— Vous avez la force, nous n'avons que la justice, faites donc à votre guise, nous sommes habitués aux persécutions.

— Persécutions ! voilà le grand mot lâché. Et qui songe à vous persécuter ?

— Ceux-là même qui devraient partager nos croyances, reprit sévèrement Antoine en faisant allusion à l'abjuration du seigneur de Vézenobres.

M. de Calverte devint pâle de dépit.

— Vous refusez donc d'obéir ? s'écria-t-il avec colère. Ne craignez-vous pas de me pousser à bout ?

— Tu honoreras le Seigneur ton Dieu et tu ne craindras que lui seul, répondit le huguenot.

— C'en est trop ! fit le baron. Brigadier, faites fouiller cette maison, sans en excepter un seul coin.

Les dragons ne se le firent pas répéter. Tout fut bouleversé.

Le résultat de cette perquisition fut l'arrestation de la seconde servante d'abord et bientôt après du jeune Cavalier. Tous les deux furent conduits dans la chambre où M. de Calverte se promenait fiévreusement à grands pas.

Les recherches continuèrent sans amener aucune autre découverte. Le baron était furieux, il ne doutait pas que Jean ne fût caché dans le Mas-de-l'Hort-de-Diou, et ne pouvait se décider à manquer une seconde fois une aussi importante capture.

Il fallut pourtant bien s'arrêter ; le jour avançait, il était à craindre que les paysans, avertis de la présence des dragons dans la ferme, ne vinssent les y attaquer et leur faire un mauvais parti.

Pendant que le commandant délibérait en lui-même sur ce qu'il avait

à faire, un soldat vint le prévenir que des groupes menaçants se formaient sur les coteaux voisins.

Nul autre que Cavalier n'avait pu donner si promptement l'éveil. Il
n'était donc plus dans la maison, mais il y était venu. Il importait à tout
prix, puisqu'on ne pouvait le saisir, de paralyser ses desseins et de le
tenir en respect pendant la retraite à travers un pays trop accidenté
pour permettre à la cavalerie de pouvoir charger ou même se défendre
avec succès.

Pour parvenir à ce résultat, M. de Calverte crut avoir trouvé
un moyen infaillible, non seulement pour le présent mais pour l'a-
venir.

— Antoine Cavalier, dit-il, Jean est venu ici et vous lui avez donné
le moyen de s'échapper, il est à présent dans les rangs des rebelles ; vous
êtes responsable de sa conduite, au nom du roi je vous arrête, vous et
votre plus jeune fils, pour servir d'otages, jusqu'à ce que Jean soit venu
se constituer prisonnier ; préparez-vous à partir.

— Marchons, fit le huguenot. Un chrétien doit toujours être prêt à
souffrir pour sa foi.

— Monseigneur, ayez pitié de nous, s'écria Marthe éplorée, ne frappez
pas des innocents.

La douleur de cette femme, l'implorant à genoux, émut vivement le
baron.

— Rassurez-vous, Marthe, dit-il, je vous promets les meilleurs trai-
tements pour votre mari et pour votre fils, autant du moins qu'il se a
en mon pouvoir, car leur sort dépendra de la conduite de Jean. Sa conduite servira de règle à la mienne.

— Eh bien ! si vous persistez à les emmener, monseigneur, emmenez-moi avec eux ; seule, que deviendrai-je ici !

— Vous ramènerez votre fils au devoir, vous.....

— Le seul devoir de Jean est de suivre les ordres du ciel, interrompit
Antoine. Adieu, femme, notre vie est entre les mains de Dieu, mais

quoi qu'il puisse arriver, gardez-vous, par faiblesse de cœur, de vous opposer aux ordres de Dieu.

— Commandant, le nombre des paysans augmente de moment en moment ; presque tous sont armés de faux, quelques-uns même paraissent pourvus d'arquebuses, dit un soldat en rentrant avec précipitation.

— A cheval donc, fit le baron, et en route. Brigadier, faites mettre les prisonniers au centre de l'escorte, et si les paysans font mine de vouloir les délivrer, sabrez-moi ces gens-là et passez-leur sur le ventre.

— Monseigneur, de grâce, je vous en supplie, laissez-les ici, ils ne fuiront pas, répétait Marthe en se traînant sur les genoux.

— Femme, cesse tes pleurs et sois une chrétienne forte, répondit Antoine en la forçant à se relever ; ne sais-tu pas que les justes doivent souffrir persécution ? Suzanne, je te recommande ta maîtresse.

— Ne nous abandonnez pas, notre bon maître, dirent les femmes en sanglotant.

La cour se remplissait de rumeurs ; au loin, on entendait des décharges d'armes à feu, les dragons attendaient avec inquiétude.

— Qu'on emmène les prisonniers, commanda le baron.

— Viens, Paul, dit le vieillard en prenant son fils entre ses bras ; adieu, femme, que le ciel te protége, ajouta-t-il en bénissant la malade.

Et, d'un pas ferme, il descendit l'escalier et entra dans la cour où tous les soldats étaient réunis.

Les bouviers, avertis par Cavalier, étaient revenus à la ferme et se tenaient près de la porte, appuyés sur leurs aiguillons.

A la vue de leur maître ils poussèrent une exclamation de colère et s'armèrent de pierres, faute d'autres armes.

— Enfants, pas de résistance, je vous l'ordonne, commanda Antoine ; m'entendez-vous ?

Ils laissèrent tomber leurs pierres, mais gardèrent une attitude menaçante.

— Les prisonniers doivent-ils suivre à pied ou faut-il leur donner un cheval? demanda le brigadier.

— Que deux d'entre vous les prennent en croupe, dit le baron.

— Je ne me séparerai pas de mon fils, s'écria le vieillard; j'ai des chevaux.

Et, s'adressant à un des bouviers :

— Joab, veux-tu m'accompagner jusqu'à Anduze?

— Jusqu'à la mort, s'il le faut, répondit le Cévenole.

— Merci, frère, va chercher deux chevaux.

Le montagnard obéit et ramena les montures.

Quand le vieillard fut en selle, tenant son fils devant lui, il se retourna vers l'entrée de sa ferme, sur le seuil de laquelle pleuraient les trois femmes et, soulevant son large chapeau :

— Que la bénédiction du Très-Haut descende sur cette maison et ses habitants, dit-il à haute voix; que Dieu protège les opprimés !

— En attendant qu'il les venge, cria une voix.

— Antoine et le baron tressaillirent, l'un d'émotion, l'autre de colère; tous deux avaient reconnu Jean, mais il était trop tard pour songer à le poursuivre.

— En route, fit M. de Calverte.

L'escorte partit aussitôt en faisant un long détour, pour éviter les passages dangereux, et regagna la route de Bagards.

La marche continua jusqu'au rocher de Mal-Travers, presque à la lisière du bois.

— Au galop! commanda M. de Calverte.

Mais avant qu'il fût obéi, les buissons qui couronnaient le rocher s'écartèrent devant un montagnard tenant une arquebuse à la main.

— Baron de Calverte, moi, Jean Cavalier, je te rends responsable de tout ce qui arrivera à mon père et à mon frère; malheur à toi s'il tombe un seul cheveu de leur tête, cria-t-il d'un ton menaçant.

Le seigneur de Vézenobres avait arrêté son cheval; il porta vivement la main à ses fontes : elles étaient vides.

— Feu sur le rebelle! s'écria-t-il en menaçant le jeune homme de son épée.

Jean Cavalier tenait le baron en joue :

— Que personne n'ose tirer ou tu es mort! répondit-il. Voici tes pistolets que tu cherches, c'est moi qui les ai pris à ta selle. Pendant deux heures j'ai eu ta vie entre mes mains.

— Tirez donc sur ce scélérat! hurlait le baron.

— Ayez confiance, mon père, avant longtemps vous serez vengé, reprit Cavalier. A revoir bientôt, au camp de l'Éternel. Tiens, baron, voici mon souvenir : à la lame de ton épée.

Et il fit feu.

— Malédiction! rugit le baron en jetant loin de lui la poignée de son épée, brisée par l'habile tireur.

Et, enfonçant ses éperons dans le ventre de son cheval :

— Au galop! répéta-t-il et veillez sur les prisonniers.

Moins d'une demi-heure plus tard, les chevaux, lancés à fond de train, arrivaient, blancs d'écume, à la porte d'Anduze. Planchut y attendait le baron.

CHAPITRE XXXI

LE SACRILÈGE DE LA MÉLOUSE

Du Serre avait bien choisi son temps pour lâcher ses prophètes dans la montagne. En effet, en moins de quinze jours, la révolte avait embrasé les hautes Cévennes.

En un clin d'œil chaque rocher s'était métamorphosé en citadelle, chaque grotte en arsenal, chaque gorge en camp retranché.

Les troupes du roi, trop faibles pour occuper tous les villages, s'étaient concentrées dans un petit nombre de points importants, Barjac, Anduze, le Vigan, Florac, Saint-Ambroix, Génolhac, Mende, Rhodez, etc. De là les commandants lançaient de fortes patrouilles pour protéger les chemins, surprendre les assemblées, contenir les populations. Poul, Miraman, Laudun, Folville, Calverte, Florac et les autres rivalisaient de zèle.

Peine perdue, la révolte était partout et les révoltés nulle part.

Le mot d'ordre était donné, la consigne admirablement observée.

Une forte patrouille parcourait-elle le territoire d'une commune suspecte, elle ne rencontrait que des gens parfaitement inoffensifs, n'interrompant pas même leurs travaux, tant ils avaient la conscience calme.

Mais si la patrouille ne se composait que de quelques hommes, la scène changeait subitement, bûcherons, pâtres et laboureurs trouvaient comme par enchantement des arquebuses chargées dans les buissons, des faux dans les herbages, et il était rare que la petite troupe pût regagner son poste sans compter des morts et des blessés.

Chaque jour aussi, ou plutôt chaque nuit, des assemblées, convoquées par les prophètes insaisissables, se tenaient tantôt sur un point, tantôt sur un autre, mais, ou les espions avertissaient trop tard, ou les guides s'égaraient, ou si l'on arrivait à temps, on ne trouvait que la solitude.

C'était à désespérer.

Jusque-là, pourtant, on n'avait entendu parler ni de prêtres égorgés, ni d'églises incendiées, la guerre était, pour les paysans fanatiques, toute religieuse; les bandits, que n'attirait pas encore le pillage, ne se pressaient pas de se compromettre et les instigateurs de la prise d'armes gardaient vis-à-vis des Cévenoles un masque de modération pour leur donner le temps de s'exalter dans leur révolte.

— Laissez nos taureaux voir du rouge, avait dit le verrier à ceux qui lui reprochaient de ne pas agir avec assez d'énergie, le sang les rendra furieux; je ne leur en donne pas pour un mois avant de le devenir.

— Mais qui les excitera? avait objecté un des chefs.

— Eh quoi! comptez-vous donc toujours pour rien nos prophètes? Des assemblées, toujours des assemblées, et l'ivresse viendra vite.

Cet homme avait le génie du mal.

Ébénézer, lui, était la vivante incarnation du fanatisme dans ce qu'il a de plus horrible.

Ce n'était pas pour rien qu'on le désignait, dans la société des vengeurs, sous le nom du démon de la montagne.

Le gentilhomme verrier s'était emparé de ce géant de bronze, insensible à tous les sentiments humains, à la faim, à la soif, à la fatigue, comme à la douleur et à la pitié. Il avait eu l'air de respecter son indépendance, il en avait fait son esclave, l'instrument aveugle de ses vengeances, et l'avait, au nom de la Bible, constitué roi des montagnards.

Entouré du prestige de cette double puissance morale et matérielle, le forestier était devenu l'âme de la révolte.

Toujours à cheval, accompagné de ses farouches dogues, la hache pendue à l'arçon de sa selle, la Bible en bandoulière, on le voyait galoper à travers ravins et précipices, portant en croupe derrière lui un nain hideux et épileptique, toujours prêt à entrer en convulsions.

Ce nain difforme n'était autre que le cavalier fantastique qui pendant l'assaut de la verrière, avait, d'un coup de torche, renversé le capitaine des bleus et jeté l'épouvante dans la foule.

Le lendemain de ce jour fatal, le forestier avait aperçu le prophète suspendu par son manteau, au-dessus d'un précipice, au bas duquel avait roulé son cheval. L'étoffe ne tenait plus que par un lambeau, le nain allait périr d'une mort affreuse, et cependant, sans se soucier de son épouvantable danger, Abimélek hurlait de sa voix stridente : Israël, hors des tentes! Israël, au combat!

Ébénézer s'élança au secours de l'enfant et le délivra.

Au lieu de le remercier, Abimélek s'était cramponné à la crinière de Léviathan et, avec l'agilité d'un chat sauvage, il avait bondi sur le dos du fier animal en criant: Mort à l'archiprêtre de Baal.

— Celui-ci est le prophète envoyé de Dieu pour me conduire dans sa voie, pensa Ébénézer.

Et, enlevant l'enfant, il le posa en croupe derrière lui.

Depuis, le géant et le nain ne s'étaient plus séparés.

Plusieurs semaines s'étaient écoulées. Du manteau rouge du prophète il ne restait plus que quelques haillons déchiquetés. Pour couvrir sa nudité, le garde de l'Aigoal fit présent à son étrange compagnon d'un étroit sarreau de toile et de la dépouille d'un énorme loup.

Revêtu de ce manteau fauve, au poil hérissé, rattaché sur sa poitrine nue par les griffes de l'animal, dont la tête hideuse pendait entre ses épaules, le nain avait un aspect vraiment démoniaque.

Chose étrange, plus Abimélek était hideux et repoussant, plus grande était sa réputation comme prophète. Sa laideur, poussée à l'excès, ses contorsions extravagantes, le timbre criard de sa voix, le feu et la mobilité de ses regards lui donnaient un caractère surnaturel et en faisaient plus une apparition fantastique qu'une créature humaine.

Le nain, façonné par du Serre, avait tout juste assez d'intelligence pour comprendre qu'il ne devait sa célébrité qu'à la difformité de son corps et de son âme, mais quelque triste que fût cette célébrité, il y tenait et redoublait d'extravagances et de méchanceté pour conserver son prestige.

Tout entier aux suggestions de ce conseiller diabolique, Ébénézer sentait couler dans ses veines le feu de la colère. Il avait voué une haine mortelle à tous ceux qui s'efforçaient d'empêcher les réunions séditieuses, et sa rage contre l'archiprêtre de Baal tenait du délire.

Aucun moyen, pour arriver à une vengeance terrible, n'était plus sûr que celui des assemblées; car elles favorisaient les vues des organisateurs de la révolte et la vanité des prophètes, tout en offrant un attrait particulier aux vulgaires huguenots que les chefs du parti faisaient fanatiser par les jongleries de leurs émissaires, pour en faire le sanglant marchepied de leur ambition personnelle.

Ces assemblées se multipliaient donc dans la montagne et les crédules enfants de Dieu y accouraient avec ardeur pour y entendre la voix des prophètes, et assister aux prétendus miracles dont les convulsionnaires échappés de la verrière avaient soin d'illustrer quelques-unes de leurs séances.

Les dangers qu'offraient de pareils rendez-vous étaient un appât de plus, une nouvelle incitation, et il n'était pas rare que dans des gorges sauvages, deux cents personnes se trouvassent réunies.

Ces réunions étaient ou religieuses ou militaires. On y chantait des psaumes et surtout on y organisait la révolte.

Un ministre, ordonné par l'Esprit, c'est-à-dire par lui-même, un prophète et, faute de mieux, une femme présidait l'assemblée.

Placé à l'endroit le plus élevé, le président tombait à genoux en criant: Miséricorde! puis, les bras élevés au ciel, récitait une prière. Alors la foule prosternée se relevait et le prophète entrait en scène.

Des contorsions ridicules et l'extase servaient de prélude à la prophétie, sorte de discours incohérent, mélange de citations bibliques, d'injures contre l'Église romaine, d'excitations à la haine.

Ces scènes effrayantes, l'éclat fantastique des torches et l'aspect sauvage des lieux ébranlaient les nerfs des assistants. Les femmes entraient en convulsions avec des cris inarticulés; d'autres, soit par conviction, soit par ruse, pour attirer l'attention, se prétendaient visités par l'Esprit et prophétisaient tous à la fois.

— Taisez-vous, de la part de Dieu, criait le président, taisez-vous; mais le tumulte n'en allait pas moins croissant jusqu'à l'épuisement de soi-disant prophètes.

Enfin, quand par épuisement le calme commençait à renaître, les célébrant continuait à officier seul, communiquait l'Esprit aux plus pressés, distribuait la Cène et enfin donnait sa bénédiction.

D'ordinaire, après la bénédiction, la foule des fidèles se dispersait et tout était dit.

Parfois cependant le dénouement de la pièce était plus tragique. Un coup de sifflet des sentinelles annonçait l'approche de l'ennemi; en un clin d'œil pasteurs et troupeau avaient disparu.

Une seule fois cette mesure avait paru inutile; c'était dans une assemblée présidée par le célèbre Astier, le disciple favori de du Serre.

Après une violente prophétie, il se préparait à donner sa bénédition quand les vedettes signalèrent l'apparition des soldats; la foule agenouillée se leva aussitôt pour fuir.

— Frères, s'écrie Astier, ne craignez point. Rien ne peut nuire aux enfants de Dieu. Les armes de ces soldats vont leur tomber des mains, car, je vous le dis, Dieu a enchaîné le diable pour mille ans au fond de l'abîme et lui a ôté le pouvoir de nuire à ses élus.

Les fidèles, convaincus par leur prophète qu'ils sont réellement invulnérables, demeurent fermes et, du haut du rocher qu'ils occupent, s'apprêtent à faire pleuvoir des pierres sur les assassins du Pharaon.

Tirbon, lieutenant du capitaine Folville, arrive avec dix soldats du régiment de Flandres et s'engage dans le défilé en priant les rebelles de se disperser. Ils refusent. Il menace; une pierre, qui l'atteint à la tête, est la seule réponse des enfants de Dieu. Les soldats, exaspérés, font feu; trois Cévenoles tombent morts, mais aussitôt une grêle de pierres et de blocs énormes accable la petite troupe qui est exterminée.

— Frères, vous le voyez, Dieu est avec nous, crie Astier, les enfants de Dieu sont invulnérables. Quant aux trois cadavres étendus à vos pieds, ne vous souciez pas d'eux, ce sont des traîtres que le ciel a punis.

Et, tous ensemble, tombant à genoux, ils entonnent un cantique.

Le triomphe d'Astier avait enflammé Abimélek d'une colère jalouse. Ébénézer, aiguillonné par cet infernal compagnon, rôdait nuit et jour. Il lui fallait une revanche pour son prophète.

On était au 18 juillet.

Sur le soir de ce jour-là, deux voyageurs, fatigués sans doute par une longue route à pied, faisaient halte sous un châtaignier au bord d'un épais taillis traversé par la route étroite qui conduit à Sainte-Cécile-d'Andorge.

Sur la croupe du cheval était cramponné un nain grimaçant (*Voir page* 359.)

Tous deux avaient déposé leurs balles de colporteur au pied de l'arbre ; le plus âgé, étendu sur la mousse, son large feutre sur le visage ; l'autre, accoudé sur son ballot, dans l'attitude de la réflexion.

Ce dernier était un garçon de quatorze à quinze ans, au visage imberbe, mais fier et énergique, portant avec aisance le costume de sa profession. Le menton appuyé sur une main singulièrement fine pour un paysan, il laissait errer ses regards avec mélancolie sur le paysage agreste qui l'entourait et que bornait un enclos fermé par une muraille en pierres sèches ; au-dessus de cette muraille l'œil pouvait distinguer une trentaine de croix noires plantées sur d'humbles fosses, au milieu desquelles s'élevait une croix plus élevée, en pierre blanche ; aux bras de la croix était suspendu un christ en bois peint.

Sur le piédestal était écrit :

« Bienheureux ceux qui dorment dans la paix du Seigneur ! »

En face s'étageait le village de la Mélouse, composé de dix ou douze maisons et d'une vieille église à laquelle était accolée une masure servant d'habitation au vicaire perpétuel, pauvre prêtre sans autre paroissien qu'un vieux sacristain, seul demeuré fidèle au culte catholique.

Au moment où le soleil descendait derrière l'horizon, la cloche tinta tristement.

— Qu'est-ce donc que cette musique d'un autre temps ? grogna le dormeur en se soulevant sur son coude.

— C'est, je crois, ce que les papistes appellent leur *Angelus*.

— En vérité, c'est un peu fort que, dans un village tout entier peuplé d'enfants de Dieu, un papelard maudit ose ainsi nous braver. Mais enfin, pour ce soir ce charivari a cela de bon qu'il nous avertit que la nuit approche. Allons, sœur Isabeau, si tu n'es pas trop fatiguée....

— Chut donc ! tu sais bien que je suis ton cousin Jacques.

— En public, c'est possible, mais ici, à quoi bon ? reprit Flottard.

— Je crains toujours que mon secret ne soit découvert.

— Bah! avec tes cheveux courts, tes grandes guêtres et ton ballot, qui veux-tu qui puisse soupçonner que.....

Isabeau le prit par le bras :

— Qu'est-ce? Entends-tu, frère? murmura-t-elle.

— On dirait quelqu'un qui rampe dans les broussailles.

— Ou plutôt une bête féroce.....

— Ce pourrait être tout aussi bien un sanglier, lancé par quelque chasseur, reprit Flottard dont la voix commençait à trembler.

Et, se rapprochant prudemment du creux du châtaignier, il se dissimula du mieux qu'il put dans l'intérieur de l'arbre.

En ce moment, les broussailles s'ouvrirent violemment et, entre les branches écartées, apparut une tête hideuse.

Isabeau se blottit auprès de son compagnon en étouffant un cri d'effroi.

Ce n'était ni un loup, ni un sanglier : c'était un chien.

Une sorte de tremblement convulsif agitait son corps, recouvert d'un poil hérissé; de ses lèvres pendantes, souillées de bave, sortaient des crocs aigus. La queue entre les jambes, les mâchoires contractées par la douleur, la tête basse, une blessure saignante au flanc, il se dirigea vers le chemin, en poussant cet aboiement sinistre qui glace le sang des plus courageux et qu'on appelle le hoquet de la rage.

Il passa près du châtaignier sans apercevoir les voyageurs et continua sa course vers le chemin.

Le ministre était pâle comme un mort.

Isabeau serrait convulsivement son bâton ferré.

Le dogue continuait à s'éloigner. Tout à coup il s'arrêta, aspira l'air bruyamment et, collant son nez sur la terre, prit une allure plus vive.

Il était sur la trace, mais la prenait à contre-pied.

Flottard pressa le bras de sa compagne en murmurant :

— Il s'éloigne.

Mais le chien s'aperçut bientôt qu'il faisait fausse route. Il s'arrêta de nouveau et revint sur ses pas, tantôt flairant la trace, tantôt la tête haute et cherchant à éventer son gibier humain.

Soudain il poussa un rugissement terrible et, d'un bond, s'élançant sur la valise d'Isabeau, la déchira en mille pièces, lacérant avec une fureur inouïe livres et papiers, puis il fit le tour de l'arbre, faisant claquer ses mâchoires et renâclant avec bruit.

A la vue de sa tête hideuse, un double cri s'échappa de la poitrine du ministre et de celle de sa compagne.

Seul un hurlement sinistre répondit à ce cri, et le dogue s'élança en ouvrant ses larges mâchoires.

Isabeau était en avant, elle vit briller près de son visage les yeux flamboyants du monstre, dont les crocs, s'enfonçant dans les plis de ses vêtements, la renversèrent sur le gazon où elle tomba à genoux, se défendant avec le tronçon de son bâton brisé.

La lutte avait duré tout au plus quelques secondes; elle ne pouvait continuer plus longtemps. A demi-désarmée, affolée de terreur, Isabeau sentait ses forces défaillir, quand l'animal, reculant de quelques pas, se ramassa sur lui-même pour donner un dernier assaut.

La jeune fille le vit détendre ses muscles d'acier et s'élancer sur elle d'un bond prodigieux, puis au même moment elle se sentit frappée d'un choc terrible, et elle roula sur l'herbe, privée de sentiment.

Une sensation de fraîcheur la rappela à la vie, ses joues pâles se colorèrent peu à peu, elle entendit comme un bruit de voix confuses et rouvrit les yeux.

Près d'elle, Flottard, agenouillé, baignait son front avec l'eau puisée, dans son feutre, à une source voisine.

— Sœur, dit-il, remercie le Seigneur, qui a envoyé au secours de ses enfants un chasseur puissant devant lui.

Elle regarda avec étonnement, cherchant à rappeler ses souvenirs et tressaillit. Ses regards venaient de s'arrêter sur un géant à demi-nu, qui d'une main tenait une carabine et de l'autre soulevait le terrible dogue dont sa balle infaillible avait brisé la tête au vol.

A côté de l'homme aux muscles de fer, un cheval à demi-sauvage, sur la croupe duquel était cramponné un nain grimaçant, aspirait avec une volupté féroce l'odeur du sang qui rougissait la terre.

— Ainsi périsse l'archiprêtre de Baal! glapit le nain en agitant ses longs bras décharnés.

— Ainsi périsse l'archiprêtre de Baal! répétèrent à la fois Ébénézer et Flottard.

— Abimélek, que faut-il faire de cet animal immonde? demanda le forestier.

— Que l'immonde soit en opprobre aux immondes. Un papiste mort ne vaut pas mieux que ce chien. Qu'il soit donc réuni à eux dans l'enclos souillé par leurs bénédictions maudites! répondit le nain.

Et sa main osseuse indiquait le cimetière de la Mélouse.

Ébénézer fit sortir du fond de sa poitrine quelque chose comme un éclat de rire sauvage.

La joie de cet homme, qui ne riait jamais, était plus effrayante encore que sa colère.

Il rejeta sa carabine sur son épaule et, s'élançant sur Léviathan, il poussa droit à la clôture du cimetière que l'ombre commençait à envahir.

Au moment où Flottard et Isabeau, revenue de son long évanouissement, passèrent près de l'enclos, Ébénézer y avait déjà pénétré par une trouée faite à coups de hache.

Il sembla aux deux voyageurs entendre les glapissements du nain et les hennissements d'un cheval qui broutait l'herbe sur les tombes dont il foulait les croix sous ses pieds.

Le ministre était trop prudent pour se compromettre. Il continua paisiblement son chemin, laissant à Ébénézer le soin de consommer son sacrilège.

La première maison du village était celle du vicaire: il y frappa.

Le prêtre vint ouvrir.

— Nous sommes de pauvres colporteurs catholiques, que les huguenots ont pillés sur la route, dit Flottard.

— Mon frère, répondit le prêtre avec douceur, pourquoi voulez-vous me tromper en répondant d'avance à des questions que je ne vous fais pas? Ma maison est celle de tous ceux qui sont dans le besoin: entrez, je ne vous demande pas qui vous êtes.

Le lendemain, quelques heures après le départ de ses hôtes, le vicaire descendit pour prier sur la tombe de ceux qui, plus heureux que leurs enfants, n'avaient pas abandonné la vraie doctrine.

Une immense désolation remplit son âme; les croix brisées jonchaient la terre et, à la place où la veille était suspendue l'image du Christ, aux bras de pierre de la grande croix, pendait, par une dérision infâme, le cadavre immonde d'un chien, au-dessous duquel était écrit en lettres de sang:

AINSI PÉRISSE L'ARCHIPRÊTRE DE BAAL!!

CHAPITRE XXXII

L'ASSEMBLÉE DU CRATÈRE

En sortant de la Mélouse, Isabeau et son guide s'étaient en toute hâte enfoncés dans la montagne, craignant que le sacrilège commis par Ébénézer n'attirât sur le village une vengeance d'autant plus redoutable que personne n'ignorait la présence du terrible Poul dans les environs.

Une autre cause eût suffi pour engager les deux voyageurs à se hâter. Un paysan, qui avait reconnu le ministre génevois, l'avait prévenu qu'une grande assemblée était convoquée pour le mardi suivant à la Grand'-Combe. Cavalier n'y serait pas, à la vérité, mais du Serre, Castanet,

Abraham Mazel, Léguier, Saporte et Joigny, toute l'aristocratie du crime, s'y trouveraient avec plusieurs prophètes en renom.

Ce n'était pas sans raison que l'assemblée devait être plus nombreuse qu'aucune de celles qui avaient été tenues précédemment. Du Serre, le promoteur et l'instigateur de cette réunion, avait résolu d'y faire adopter en principe la nécessité du meurtre de l'archiprêtre, et d'en préparer l'exécution de manière à compromettre tout le parti huguenot et à donner, par cet attentat, le signal d'une guerre civile générale.

Après deux jours pendant lesquels les deux colporteurs furent rejoints par plusieurs pèlerins arrivant de différents côtés, la bande des enfants de Dieu parvint enfin aux montagnes de Portes et s'engagea dans les défilés qui donnent accès à la profonde vallée appelée Grand' Combe.

La nature de ces lieux est sauvage et pleine d'horreur; des chaînes de rochers couvertes de sapins et de châtaigniers s'y croisent en un inextricable labyrinthe. Le sol est rocailleux et stérile.

La nuit était venue.

Cinq Camisards, armés jusqu'aux dents, et commandés par Baruch, que du Serre avait désigné pour escorter les pèlerins d'Anduze, éclairaient la marche.

Mais à mesure que l'on descendait, l'ombre, en s'épaississant, nécessita l'emploi des lumières, et ce fut à la lueur vacillante et fantastique des branches résineuses que la troupe continua à s'avancer sous l'épais couvert des pins et des châtaigniers.

Au bas de la côte, les Camisards s'arrêtèrent pour donner le temps aux pèlerins de se reformer en colonne.

Cette halte dura près d'un quart d'heure; personne ne manquait à l'appel.

Tout à coup, dans le silence de la nuit, le chant d'un hibou se fit entendre.

Presqu'au même instant un second hibou répéta comme un écho le cri du premier.

— Éteignez les torches, frère, commanda Baruch avec précipitation

En un instant les ténèbres succédèrent à la lumière.

— Tous hors du sentier, continua le chef. Ventre à terre et silence.

On entendit un bruit de broussailles froissées, puis rien que le frémissement des branches de pin sous la brise.

Ils étaient à peine blottis depuis quelques minutes quand vingt cavaliers, portant l'uniforme des chevau-légers, débouchèrent du bois et prirent la route d'Anduze, tout auprès du sentier le long duquel étaient blottis les enfants de Dieu. Au milieu d'eux un paysan à cheval semblait servir de guide à la troupe. Tous marchaient silencieusement, cherchant à percer du regard les épaisses ténèbres du bois.

Un rayon de lune tomba sur le visage du chef au moment où il passait à vingt pas à peine du châtaignier sous lequel, dans la bruyère, était couchée Isabeau auprès de Flottard.

Les cavaliers passèrent sans se douter que ceux qu'ils cherchaient fussent si près d'eux. Bientôt ils disparurent et l'on n'entendit plus que le pas des chevaux qui se perdait dans le lointain.

— As-tu reconnu le capitaine? demanda Isabeau.

— Non, dit Flottard.

— C'est Laudun, le gentilhomme qui a disputé le prix du Papegai.

— Je préférerais que ce fût Poul.

— Pourquoi?

— Parce que nous n'aurions plus à craindre sa rencontre et qu'il est plus difficile de lui échapper.

En ce moment le chef des Camisards fit circuler l'ordre du départ.

Les enfants de Dieu traversèrent la clairière au pas de course et s'enfoncèrent dans le bois.

Comme ils passaient près d'un hêtre, quelque chose glissa le long du tronc de l'arbre et sauta légèrement sur la terre.

C'était un jeune garçon, celui qui, quelques moments auparavant, avait poussé le cri du hibou.

Il dit quelques mots à l'oreille de Baruch et remonta lestement à son poste aérien.

Il paraît qu'il y avait encore du danger, car on n'alluma qu'une seule torche.

— Quel est ce garçon? demanda Isabeau.

— Une sentinelle, répondit Flottard. Chacun de nos pas est surveillé.

— Et ce prisonnier qu'emmenaient les soldats?

— Je n'ai pas vu de prisonnier.

— Ce Cévenole, en costume de montagnard?

— Un guide qui s'est laissé surprendre à dessein.

— Un traître alors?

— Un sauveur au contraire, qui, au péril de sa vie, éloigne les impies du lieu assigné à nos réunions.

Les cinq Camisards armés avaient repris la tête de la colonne. La route devenait de plus en plus difficile.

— Qui vive! cria tout à coup une voix menaçante.

Et la lueur de la torche éclaira le canon de plusieurs arquebuses qui s'allongeaient à travers les fentes d'une crevasse.

— Enfants de Dieu! répondit Baruch.

Les arquebuses se relevèrent.

— Tournez à droite, dit la voix.

Les pèlerins s'engagèrent dans un épais hallier et, après un quart d'heure de marche pénible, arrivèrent au pied d'un rocher qui barrait entièrement le passage.

Là, Baruch fit rallumer toutes les torches, et la colonne pénétra, homme par homme, dans une étroite déchirure formant une sorte de corridor sinistre, embarrassé de broussailles et de buissons.

Au bout de ce vestibule digne des enfers, un spectacle étrange attendait les pèlerins. C'était un immense cirque entouré de rochers.

Dans cet amphithéâtre, qui ne communiquait avec les vallées voisines que par quatre ou cinq fissures appelées goules, près de mille personne de tout âge et de toutes conditions formaient des groupes compacts que venait sans cesse grossir l'arrivée de nouveaux fidèles.

Dans ce lieu reculé et comme perdu, toute précaution semblait sans doute inutile, car les torches brillaient de toutes parts, et les enfants de Dieu faisaient retentir les échos de leurs chants.

Sans doute aussi les pèlerins d'Anduze étaient les derniers attendus, car, au moment où les guides apparurent les premiers à l'entrée de la gorge, le prophète Abimélek, debout au sommet du monticule, entre Ébénézer et du Serre, cria de sa voix grêle et perçante :

— Miséricorde ! miséricorde !

Aussitôt il se fit un grand mouvement dans la foule qui se serra autour de son président.

— Prosternez-vous, peuple de Dieu, prosternez-vous et que votre aide soit au nom du Seigneur ! cria de nouveau le nain.

Les fidèles tombèrent à genoux.

Alors Ébénézer, d'une voix de stentor, entonna le psaume guerrier :

> Cent mille hommes de front
> Craindre ne me feront,
> Encore qu'ils l'entreprinsent
> Et que pour m'estonner,
> Clore et environner
> De tous costés ne vinsent.

Abimélek, la face contre terre, continuait à prier. Sans le troubler, du Serre descendit du tertre, alla prendre dans la foule une jeune fille portant une robe blanche et un manteau bleu et, la conduisant près du président, étendit la main :

— Silence ! silence ! fit la foule, voici Marie la prophétesse, Marie qui à elle seule a défendu la verrière.

A la vue de la glorieuse jeune fille, de l'héroïne d'Anduze, Isabeau sentit son cœur battre à se briser.

La vierge de Beaucaire, la main sur sa poitrine, les yeux au ciel, d'une voix suavement mélodieuse, chanta, comme ravie en esprit :

> En toi je veux me réjouir,
> D'autre soulas ne veux jouir.
> O Très-Haut, je veux en cantique,
> Célébrer ton nom authentique,
> Pour ce que par ta grande vertu
> Mon ennemi s'enfuit battu,
> Desconfit de corps et courage,
> Au seul regard de ton visage.

En terminant cette strophe, Marie regarda le verrier comme pour dire : Maître, est-ce assez ?

Le gentilhomme fit un signe, un seul signe, mais dont la signification devait être terrible, car la prophétesse frissonna de tous ses membres, recula d'un pas et, jetant ses bras en avant, comme pour repousser un ennemi, cria d'une voix stridente :

— Mort aux papistes ! mort à l'archiprêtre de Baal !

A ce cri, accueilli de tous les fidèles par un rugissement de colère, Abimélek bondit comme galvanisé par une commotion électrique. Ses traits étaient contractés, son visage livide. Bientôt il se roula par terre, hurlant des mots inintelligibles, raidissant et nouant tour à tour ses bras et ses jambes.

— L'Esprit ! l'Esprit ! hurlait la foule remplie d'une religieuse terreur

Les contorsions de l'épileptique, animé par le succès, redoublaient de violence : elles allaient jusqu'à la rage.

Bientôt cependant l'accès parut se calmer, les traits du démoniaque se détendirent sa poitrine, soulevée par un hoquet convulsif, ne laissa plus échapper qu'une respiration pénible, ses membres retombèrent inertes. Ébénézer à genoux reçut la tête de son prophète dans ses bras.

Abimélek était en extase.

La colonne pénétra, homme par homme, dans une étroite déchirure. (Voir page 364).

— Je vois le roi de France, s'écria-t-il tout à coup d'une voix entrecoupée de sanglots, il était grand comme un géant et il devient un nain..... Oh! bourreau de ta conscience, où te trouveras-tu dans peu de temps? Tu as fourragé mon peuple, mais tu seras fourragé..... Je viendrai détruire ta race ingrate, j'abattrai tes lauriers, ô traître et superbe Pharaon..... J'exterminerai de dessus la terre la tyrannie et la barbarie.... Je te le dis, ô mon enfant, voici l'archiprêtre de mon Antechrist...Armetoi, peuple fidèle, contre ce prophète de Baal... Je te le dis, je me vengerai des outrages faits à ma gloire, aucun de ses crimes ne demeurera impuni... Malheureux qui as persécuté mon peuple, tu seras persécuté à ton tour..... Je te le dis, ô mon enfant, cet infidèle n'en a plus que pour trois jours..... Allez venger mon nom, ma main sera avec vous.

Un immense cri de rage répondit à cette fougueuse invective.

Presque au même moment, une prophétesse entra en fureur au pied du monticule; d'autres hommes ou femmes, élèves de du Serre, ou nouveaux imposés, l'imitèrent: hurlements et prophéties se croisaient. Chacun parlait à tort et à travers, plusieurs s'injuriaient, se traitant de faux prophètes. Le désordre était au comble; il eût pu compromettre le résultat que s'étaient promis les instigateurs de la réunion.

Le verrier se pencha vers son ancien élève:

— Abimélek, lui dit-il, si tu n'empêches pas ces braillards de crier, je ne te permettrai plus de présider.

Le nain se souleva avec colère.

— Taisez-vous, de la part de Dieu! hurla-t-il avec fureur.

Le président de l'assemblée était tout-puissant, personne n'osa désobéir : le silence se fit tout à coup.

— Je vois un jardin, continua Abimélek, un jardin rempli de fleurs rares, leur parfum est comme celui de la rose et du jasmin. Hélas! hélas! je vois aussi un troupeau de grands bœufs noirs; ils foulent aux pieds les fleurs de l'Époux et broutent le thym des élus. Malheur! malheur! ... Un taureau féroce les conduit. Ses yeux sont rouges comme le charbon ardent...... Debout! debout! peuple chrétien..... Le frisson fait claquer mes dents, la moelle de mes os est desséchée..... Debout! debout! il est invulnérable celui qui combat sous le bouclier du Seigneur....

Debout! sus au taureau sacrilège..... Prenez vos armes..... Que son nom disparaisse, que sa gloire soit abolie. Mort aux papistes! mort à l'archiprêtre de Baal!

Abimélek était retombé épuisé sur le gazon.

L'agitation était extrême. Les Camisards eussent voulu partir sur l'heure.

Flottard avait aperçu du Serre. Il s'approcha du verrier:

— Frère, lui dit-il à voix basse, il serait bon, je crois, de modérer nos soldats; nous ne sommes pas en force.

— L'avalanche grossira en descendant la montagne, répondit le gentilhomme; le fer est chaud, il faut le battre.

Et, se redressant de toute sa hauteur, il cria:

— Mort à l'archiprêtre de Baal!

— A mort! à mort! répéta la multitude.

Un homme s'élança sur le tertre; son visage était hideux jusqu'à la bestialité, ses yeux tuméfiés et sanglants, sa barbe rare et hérissée.

— Frères, cria-t-il d'une voix rauque, écoutez ce que dit l'Esprit: Il faut écraser la tête du serpent dans son repaire pour l'empêcher de déchirer plus longtemps les enfants de Dieu. Allons exterminer le monstre.

— Vive Abraham Mazel! vive le libérateur! Mort à l'archiprêtre! crièrent les partisans du féroce paysan.

Et sur l'heure ils se seraient mis en route, en dépit des efforts de Baruch et des autres Camisards du parti d'Ébénézer, si Abimélek, revenant à lui, ne se fût écrié:

— Arrêtez, imprudents, de par Dieu, arrêtez! Qui donc ose quitter l'assemblée sans avoir adressé ses actions de grâces au Seigneur, sans avoir reçu sa bénédiction?

Des murmures accueillirent la déclaration du prophète-président et des groupes tumultueux se formèrent autour d'Abraham Mazel. Ce dernier se serait même difficilement soumis, si Séguier, Flottard et du Serre n'eussent obtenu de lui qu'il retardât jusqu'au jour suivant son expédition pour laquelle ils s'engagèrent à obtenir le concours du garde forestier.

Le calme étant rétabli peu à peu, Abimélek put enfin terminer la séance, par la prière, l'imposition des mains et la communication de l'esprit à diverses personnes qu'il en jugea dignes.

A la prière de Flottard, Isabeau reçut le premier degré de l'initiation : l'avertissement.

Puis, la foule s'étant agenouillée de nouveau, le prophète s'écria :

— Prosternez-vous, peuple de Dieu.

Et, élevant les mains vers le ciel, que colorait déjà l'aurore naissante, il commença l'invocation.

— Que le Seigneur Dieu, éternel, tout-puissant et roi des armées.....

Un sifflement aigu interrompit sa bénédiction. Les fidèles relevèrent la tête avec inquiétude. Presqu'au même moment, une des sentinelles donna le signal de l'approche des ennemis.

Dix dragons seulement composaient la troupe qui osait, dans des lieux presque inaccessibles, venir surprendre douze cents personnes. Mais Poul commandait les assaillants et ce nom valait une armée.

Le président acheva rapidement la cérémonie et congédia l'assemblée qui, aussitôt, se leva pour fuir par toutes les issues restées libres.

— Demain, à la Combe-du-Renard, vociféra Abraham Mazel aux enfants de Dieu, et de là au pont de Montvert.

Puis, le dernier de tous, il sortit de la vallée, grimpa sur les rochers escarpés qui formaient comme la croupe du cratère et, de ce poste aérien, au moment où le capitaine entrait dans l'enceinte déserte, il déchargea son arquebuse par bravade en criant :

— Mort à Poul ! mort aux impies ! mort à l'archiprêtre de Baal !

— Ah ! les brigands ! encore échappés, fit le partisan avec un geste de
colère. Ces démons ont donc des ailes?

Et, lançant son cheval au galop, il fit le tour du cirque, cherchant
l'issue par laquelle avaient pu fuir les huguenots.

Au lieu d'une seule ouverture, il y en avait plusieurs. Le capitaine
jeta la bride sur le cou de son cheval, en lui disant :

— Choisis.

Barnabaïga aspira l'air comme s'il y eût cherché une trace et s'élança
dans la direction de la goule des Faux-Monédiers.

— Par ici, dragons, s'écria Poul en brandissant son terrible sabre.

Par prudence, Flottard n'avait pas voulu suivre le gros des fuyards et
c'était par cette même goule qu'il était sorti du cratère en compagnie
d'Isabeau et de Séguier.

Ils avaient à peine gagné le fond de la combe, quand un bruit de
pierres roulantes frappa leurs oreilles.

— Chut ! fit Isabeau en s'arrêtant, écoutez.

Séguier colla son oreille contre terre, Flottard tremblait comme un
jonc.

— C'est un cheval, dit Séguier.

— Ébénézer, peut-être, murmura Flottard.

— Si ce n'est Poul, reprit Isabeau ; on dirait un cliquetis de sabres.

Ils se jetèrent derrière un massif d'arbres. Le jour, encore très incertain, permettait à peine de distinguer à vingt pas autour de soi.

Poul n'était donc plus qu'à cinquante pas quand il se retourna sur sa
selle pour examiner autour de lui.

Les fugitifs étaient couchés derrière des buissons, il était impossible
de les voir.

Barnabaïga dressa les oreilles et hennit avec colère : il avait éventé
l'ennemi.

— Attention, dragons ! dit Poul. Apprêtez vos carabines.

Et, seul, il avança dans le fourré.

En arrivant près des fugitifs, qui ne se croyaient pas encore découverts, il mit pied à terre et, le sabre à la main, s'avança vers eux.

A son aspect, Séguier voulut se lever et fuir.

D'un bond le capitaine fut sur lui et le cloua sur le sol avec sa botte de fer.

Les deux autres n'osèrent pas bouger; d'ailleurs Barnabaïga était là prêt, sur un signe de son maître, à les broyer sous ses pieds.

— Biscara, apporte des cordes, commanda Poul.

Le dragon obéit et lia les prisonniers.

Flottard voulut parler.

— Silence! fit le capitaine. Qu'on charge le gibier et en route.

On les hissa en croupe de trois cavaliers, et l'on partit sans échanger un seul mot.

CHAPITRE XXXIII

L'ARCHIPRÊTRE DE BAAL

Quel était donc cet archiprêtre, objet de haine et de terreur pour tous les huguenots, ce féroce antechrist contre lequel les prédications des prophètes et les efforts de tous les frères de la vengeance dirigeaient le poignard des assassins?

François de Langlade du Chayla, prieur de Laval, archiprêtre du diocèse de Mende, était une de ces âmes fortement trempées que le ciel oppose comme une digue dans les temps difficiles à la marée montante des opinions dangereuses et des fausses doctrines.

Agrégé à Paris, au séminaire des missions étrangères, il avait commencé sa carrière par l'apostolat chez les infidèles. La France, alors paisible, ne suffisait pas à son activité dévorante. Il partit pour l'extrême Orient.

La vapeur n'entraînait pas encore à travers l'Océan les vaisseaux, en dépit des vents et des flots. Réduit à ses seules voiles et aux caprices du temps, le navire qui emportait le courageux missionnaire ne mit pas moins de quinze mois à franchir l'énorme distance qui sépare la France de l'empire de Siam.

Ces quinze mois ne furent pas perdus pour l'infatigable travailleur de la vigne du Seigneur. Ne pouvant faire éclater son zèle sur un plus vaste théâtre, il se consacra à l'instruction religieuse des matelots dont il avait gagné le cœur en partageant leurs travaux les plus pénibles, en se montrant envers eux à la fois ferme et doux, indulgent et zélé.

« C'est un homme vraiment admirable, écrivait un de ses compagnons « de voyage, le savant abbé de Choisi, ses exhortations sont claires, fa- « milières, propres à des matelots à qui il faut se faire entendre ; nous « ne savons quel parti il prendra aux Indes, mais s'il se consacre aux « missions, ce sera un bon ouvrier, plein de zèle et de capacité. »

L'abbé du Chayla n'hésita pas sur le parti qu'il avait à prendre : le jour même où le vaisseau jeta enfin l'ancre dans le golfe de Siam, le missionnaire se fit conduire à la plage et là, seul, sans autre guide que sa foi, sans autre trésor que sa charité, il s'enfonça courageusement dans les marais pestilentiels que traverse le Meinam.

Après avoir traversé les plaines à demi-submergées, peuplées d'énormes crocodiles, et les forêts immenses, où rôdent sans cesse le tigre et l'éléphant, l'intrépide ouvrier, épuisé par l'insomnie, la fatigue et la faim, arriva enfin à Si-yo-Thi-ya, capitale de l'empire païen.

Là, il se mit en face des idoles à prêcher le Dieu inconnu.

Le ciel bénit ses efforts, et les conversions se multiplièrent à un tel point que l'empereur et les prêtres des faux dieux, effrayés de la solitude qui se faisait autour des autels, résolurent de se défaire d'un si redoutable rival.

Arraché de sa chaire en plein vent par des hommes farouches, frappé de verges et jeté dans un cachot si étroit qu'il ne pouvait s'y tenir ni debout ni couché, François du Chayla, après plusieurs mois de captivité fut enfin condamné à perdre la tête.

Le jour fixé pour le supplice approchait. Parfaitement résigné à son sort, l'intrépide martyr ne songeait qu'à se préparer à la mort, quand l'ambassadeur de Louis XIV à Siam, prévenu à temps, intervint énergiquement. Les demandes faites au nom du grand roi étaient des ordres qui n'admettaient pas de réplique.

L'empereur, effrayé, nia toute participatiou de sa part à une condamnation que lui-même avait prononcée; il accusa hautement ses ministres qui n'avaient fait qu'obéir à ses ordres, et pour convaincre le roi de son innocence et de la pureté de ses intentions, il fit livrer aux éléphants les malheureux juges qui, sur son commandement exprès, avaient osé condamner un sujet de Louis XIV.

L'abbé du Chayla, rendu à la liberté d'une manière si inattendue, voulut reprendre ses prédications, mais le cruel régime auquel il avait été soumis avait brisé ses forces, et sa santé, trop ébranlée, ne pouvait plus résister au climat dévorant de l'Inde.

Abandonner une terre si longtemps rêvée, et cela même au moment où elle commençait à être préparée pour recevoir la semence de la divine parole, fut pour lui un douloureux sacrifice.

Revenu en France, et se sentant à peu près rétabli, François de Langlade entreprit dans les Cévennes une nouvelle mission, moins lointaine mais non moins périlleuse que celle de Siam. Empressé à instruire le peuple, oubliant son propre corps pour se consacrer au salut des âmes, il n'hésita pas à s'enfoncer dans les lieux les plus sauvages, dans les gorges les plus affreuses.

Son apostolat était une guerre continuelle dans laquelle il déployait une infatigable ardeur. A la tête de quelques prêtres, dévoués comme lui et dont il dirigeait les efforts, il opposait une inébranlable barrière aux progrès de l'hérésie, lui arrachait des victimes et la forçait à reculer pied à pied devant lui.

Se multipliant sur la brèche pour faire face à tous les ennemis, l'intrépide archiprêtre ne descendait de la chaire que pour y remonter. En vain les ministres éperdus réunissaient leurs efforts pour multiplier les obstacles, les missions succédaient aux missions et son ardeur semblait s'accroître en proportion des dangers.

Au premier abord, sa physionomie était froide et sévère, son maintien grave, sa parole calme et brève. Le travail de l'intelligence avait, avant l'âge, couronné son large front d'une auréole de cheveux blancs; les jeûnes, les veilles, les austérités avaient creusé ses joues et pâli son teint, et dans ses grands yeux noirs, au regard profond et ardent, on entrevoyait comme des éclairs de passions ardentes violemment comprimées.

Le soir, quand, après une journée de rude tâche, et souvent découragé par l'insuccès, il se promenait, la tête penchée, les bras croisés sur la poitrine, on eût dit un de ces moines contemplatifs qu'aimait à peindre le sombre Ribeyra.

Mais quand, retrempé par la prière, la croix à la main, debout sur un tertre d'où il dominait ses auditeurs, le missionnaire, expliquant les dogmes du catholicisme, commençait à réfuter les erreurs du protestantisme, à démasquer les ennemis de l'Église et de la royauté, alors sa haute taille se redressait, sa physionomie s'animait, ses yeux lançaient des éclairs, sa voix, faible d'abord, vibrait comme une trompette d'airain, des paroles ardentes s'échappaient à flots pressés de ses lèvres, son geste était inspiré et son éloquence audacieuse jusqu'à la témérité. Orateur populaire aussi fougueux et non moins entraînant que Pierre l'Ermite ou que Brydaine, dès les premiers mots, il enlevait son auditoire et, sans lui donner le temps de se reconnaître, le précipitait, frémissant, à travers les ruines de l'erreur et l'écroulement des sophismes, à l'assaut de la vérité.

Avec un pareil genre d'éloquence, joint à un zèle extraordinaire pour le salut des âmes, l'abbé du Chayla luttait à lui seul contre les efforts combinés des vengeurs et des ministres protestants.

Chacune de ses missions était une campagne, chacune de ses prédications un combat, souvent une victoire.

Non seulement il retenait les faibles et affermissait ceux dont la foi chancelait, mais chose impardonnable, il opérait de nombreuses conversions et, au moment où tous les chefs huguenots, les uns ouvertement, les autres en cachette, prêchaient la guerre sainte et enrôlaient des soldats, lui, par l'effet de sa seule parole, désorganisait leurs bataillons.

De là la haine mortelle que du Serre et les autres lui avaient vouée.

Il fallait que cet homme mourût.

Ce n'était pas tout, il fallait qu'il mourût promptement. De là aussi les calomnies entassées contre lui, les manœuvres iniques employées pour le perdre, le cri sans cesse répété de : Mort à l'archiprêtre de Baal !

François du Chayla connaissait les manœuvres de ses ennemis ; son courage, loin d'en être abattu, semblait redoubler.

A ceux qui lui conseillaient de se ménager, il répondait : A quoi bon ? ma journée touche à sa fin, je travaillerai jusqu'à mon heure.

Vingt fois des scélérats avaient tenté de l'assassiner et toujours, sans s'en douter, il avait déjoué leurs embuscades ; on eût dit que ni le fer, ni le poison ne pouvaient rien sur cet homme.

Ne pouvant l'atteindre dans son corps, ses ennemis l'attaquèrent dans sa réputation, il n'y eut pas de calomnies que les émissaires des vengeurs ne dirigeassent contre lui. Ils le représentèrent comme un fanatique forcené, un maniaque furieux, toujours en quête de victimes. Ils inventèrent les crimes les plus odieux, les attentats les plus lâches. L'antechrist avait, disait-on, des basses-fosses dans sa maison, c'était là qu'il entassait ses prisonniers, femmes et enfants. Le monstre se plaisait à les y torturer. Leurs cris, leurs gémissements, les convulsions de leur agonie lui servaient de passe-temps ; il se repaissait de leurs souffrances, essayait sur

eux des instruments atroces, inventés par sa rage, les frappait et les mu-
tilait de sa main, se repaissait de leurs douleurs, savamment étudiées,
et exerçait ses fureurs jusque sur les cadavres de ses victimee.

L'infâme complot réussit auprès des crédules Cévenoles.

Dans la plaine comme sur la montagne, pour tous ceux qui ne connaissaient pas l'homme, le nom de l'abbé du Chayla devint synonyme
de férocité sacrilège, de froide cruauté, de fanatisme hideux.

Les Cévenoles ne prononçaient ce nom qu'avec horreur, et au seul
bruit de l'arrivée de l'archiprêtre de Baal, les habitants des villages fuyaient
avec précipitation dans les montagnes.

Obligé de poursuivre ses brebis dispersées par la terreur et, particulièrement, de se transporter dans les lieux où les assemblées séditieuses
mettaient le plus en danger la foi, l'abbé du Chayla avait choisi pour
point central, ou si l'on aime mieux, pour quartier-général de ses missions, Saint-Germain-de-Calverte, et lui-même, avec deux des dominicains, habitait depuis un mois et demi, à une demi-lieue de là, une
maison appelée le château du Pont-de-Montvert.

Assis sur une sorte de promontoire étroit et solitaire, se reliant en
arrière avec le plateau sur lequel s'éparpillent les maisons du bourg, le
soi-disant château, séparé du village et des trois ponts auxquels il devait
son nom, était loin de présenter aux regards l'aspect imposant des forteresses féodales de Vézenobres et de Saint-Anastasy.

Plus semblable à une auberge de campagne qu'à une habitation sei-
gneuriale, la maison se composait au rez-de-chaussée de trois grandes
pièces délabrées, séparées par une sorte de vestibule obscur, dans le fond
duquel un escalier en bois, à deux paliers, d'une vingtaine de marches,
conduisait au premier étage, divisé en sept ou huit chambres ou cellules
ayant vue, par des fenêtres non grillées, sur la rivière, et ouvrant du
côté opposé sur un long corridor, qu'éclairait une seule lucarne élevée
de quinze ou vingt pieds au-dessus d'un jardin envahi par les herbes,
et entouré d'une épaisse haie de buissons épineux.

Voyez, dit l'un d'eux, ne dirait-on pas qu'il y a du sang dans l'atmosphère?
(Voir page 380).

Ordinairement inhabité, le château de Montvert était, dans les derniers jours de juillet, occupé par les sieurs: Valette, fermier; Roux, régent de l'école; Blanc, juge de Florac, l'abbé du Chayla, deux pensionnaires qu'il instruisait, son secrétaire et son cuisinier.

Trois jeunes gens, surpris les armes à la main, à une assemblée tenue dans les bois et arrêtés par le capitaine Poul, y étaient provisoirement détenus, dans une des salles du rez-de-chaussée, sous la garde de deux soldats chargés de les conduire à Nîmes, après l'instruction de leur procès.

Il va sans dire que le missionnaire n'était pour rien dans la détention de ces rebelles emprisonnés par ordre du roi.

Un soir, c'était le 22 juillet, François de Langlade et les deux capucins ses acolytes, logés, faute de place au château, dans les maisons du village, causaient en se promenant sur le principal des trois ponts de pierre, jetés au-dessus des gorges sauvages dans le fond desquelles coule, en grondant, la rivière du Tarn.

Le soleil, en se couchant, étendait derrière le Montvert son manteau de pourpre sur le fond flamboyant duquel se détachait la sombre silhouette des grands sapins. Le village, plongé dans l'ombre, semblait endormi et, du haut des montagnes, le silence descendait avec la nuit.

Au bout du pont, trois ou quatre ouvriers achevaient d'établir une barrière, seule défense qui protégeât le château contre une surprise, encore était-ce une défense illusoire,

Quand le soleil disparut derrière la montagne, les ouvriers se retirèrent, et les trois prêtres, restés seuls, continuèrent à se promener sur e pont, s'entretenant de leurs travaux, de leurs espérances et de leurs inquiétudes.

— Voyez, dit l'un d'eux, en montrant le ciel, ne dirait-on pas qu'il y a du sang dans l'atmosphère?

— Et ce silence de mort n'est-il pas celui qui précède l'orage? ajouta l'autre capucin.

— J'espère encore que l'annonce de l'assemblée de la Rouvière sera controuvée reprit l'abbé du Chayla, voici déjà deux jours qu'elle a dû être tenue et nous n'en avons pas de nouvelles.

— Nous en avons attendu plus longtemps que cela de la fatale réunion de la Combe-du Renard, et cependant elle n'était que trop réelle, puisque Tirbon et ses soldats y ont tous été assassinés.

— Bienheureux, mes pères, ceux qui meurent pour la gloire de Dieu, et puisse notre mort être aussi honorable que celle de ces braves soldats !

— Si c'est la volonté de Dieu que nous souffrions le martyre, que sa volonté soit faite, interrompit le plus jeune des capucins ; mais j'avoue à ma confusion que je no me sens pas le courage de désirer le supplice.

— Assurément, mon frère, affronter le martyre ou plutôt le chercher sans nécessité, serait une témérité dangereuse. Mettons-nous entre les mains de Dieu, en nous offrant, s'il le faut, en holocauste pour nos frères égarés, et accomplissons notre devoir sans nous laisser ébranler par les menaces de nos ennemis.

— Menaces, menaces, murmura le plus âgé des missionnaires, il me semble que des menaces qui se traduisent par le poison, l'incendie et les coups d'arquebuses, sont de véritables faits et je vous avoue que je crains fort que le capitaine, à qui, comme à vous, les huguenots ont voué une haine implacable, ne finisse par....

Un coup de sifflet, parti de la lisière du bois de Montvert, interrompit le capucin qui, étendant la main dans la direction de Saint-Jean-de-Calverte, s'écria :

— Ah ! Dieu soit loué, le voici.

C'était en effet le capitaine qui revenait d'une expédition dans les montagnes, ramenant tous ses hommes, mais épuisés et sans autre butin que trois nouveaux prisonniers.

L'aventurier était d'une humeur massacrante.

— Sang et tonnerre! l'abbé, s'écria-t-il en arrivant sur le pont, je n'ai pas de chance avec cette vermine de brailleurs de psaumes. Après trois jours, voilà tout ce que je rapporte de gibier au juge de Florac.

— Il n'y a donc pas eu d'assemblée ? Dieu en soit loué! répondit l'archiprêtre.

— Pas d'assemblée! s'écria Poul, dites donc qu'il y en a par douzaines, mais le diable favorise ces brigands, on est averti, on les éntend, on les voit, on croit les tenir,..... plus rien, tout à disparu. Ils ont fait un pacte avec Satan.

— Capitaine, où faut-il mettre les prisonniers? demanda le sergent.

— En prison, parbleu, et les ceps aux pieds.

— Pourquoi ce surcroît de châtiment, la prison n'est-elle pas suffisante pour des jeunes gens plus imprudents que criminels? dit l'abbé.

— Oui, très suffisante pour les faire envoler. Parbleu, autant vaudrait leur laisser la liberté tout de suite.

— Mais, en les enfermant ?

— Dans quoi, s'il vous plaît? dans une chambre qui n'a pas même de grilles aux fenêtres et de serrures aux portes.

— On ne peut cependant pas mettre aux ceps des prisonniers qui n'ont pas été jugés et qui, après tout, peuvent être innocents.

— Innocents! fit Poul en s'élançant à terre et frappant du pied avec colère, regardez donc un peu ces innocents-là, deux gredins déguisés, des ministres, peut-être. Et leur compagnon donc, ce gentil colporteur en haut-de-chausses et en blouse, savez-vous qui il est?

— Un fils ou un associé, je suppose, répondit un des capucins.

— Ou une fille, ou autre chose de pis encore, mon révérend père. Oui, ce colporteur n'est qu'une femme déguisée.

— Est-il possible! fit le moine.

— Oui, mon révérend, possible et certain. Du reste, ce n'est pas mon affaire, M. Blanc en jugera, c'est à lui que je dois les remettre, et.....

— M. Blanc esr absent en ce moment.

— Eh bien! raison de plus pour les garder étroitement. Ma foi, le gibier est trop rare pour le laisser échapper, et c'est moi qui en répond. Biscara, mets-moi cette canaille aux ceps et serre en conscience.

— Capitaine, je m'y oppose, interrompit l'abbé avec dignité. Qu'on les enferme, j'y consens, mais pas de cruautés inutiles.

— Mais ils s'échapperont, c'est sûr.

— Je prends sur moi ce qui pourra arriver. Vous connaissez mes droits.

— Vous voulez donc qu'ils s'évadent?

— Les enfants de Dieu ne redoutent pas le martyre; ni les fers, ni les supplices n'ébranlent leur constance : Dieu est leur force, s'écria Séguier.

— Tais-toi, vieux hibou, et remercie ce bon prêtre sans lequel je te ferais chanter avec accompagnement de plat de sabre, repartit l'aventurier.

— Le Seigneur, qui a délivré de la fournaise.....

— Voilà, voilà, à présent que les merles n'ont plus peur, ils recommencent à chanter; ils n'étaient pas si fiers tout à l'heure, interrompit Poul qui commençait à perdre patience. Par mon sabre, s'ils m'échauffent trop les oreilles, je vais leur épousseter leurs habits de manière à en faire sortir la poussière de deux années.

— Sergent, suivez-moi avec les prisonniers, commanda l'abbé, qui craignait, non sans raison, que l'effet ne suivît de près la menace.

Le capitaine eut un geste de colère, mais le réprimant aussitôt, il dit à ses soldats :

— Allons, mes enfants, au village pour y faire un peu souffler vos montures. A la nuit, nous repartirons, mais le diable me torde le cou si je ne fais pas payer, aux braillards qui nous tomberont sous la main, un à compte pour me rembourser.

Et, passant à son bras la bride de Barnabaïga, il tourna le dos aux

capucins en haussant les épaules et, suivi de ses dragons mécontents, regagna la maison qui leur servait de caserne provisoire.

— L'abbé était réellement trop bon, murmura le plus agé des capucins
en regardant les prisonniers s'éloigner.

— Sa bonté le perdra et nous perdra, répondit l'autre prêtre.

— Mieux vaut encore être victime que bourreau, mon frère, ajouta
le premier; mais voici l'heure des offices. voulez-vous que nous les
récitions ensemble?

— Volontiers, frère.

Et, prenant leur bréviaire, ils se mirent à réciter alternativement les
prières du jour.

CHAPITRE XXXIV

L'ASSASSINAT DU PONT DE MONTVERT

Il y avait à peine une heure que les capucins étaient rentrés dans leurs habitations quand un bruit extraordinaire d'hommes et de chevaux attira leur attention. Ils sortirent pour s'informer de la cause de cette rumeur et demeurèrent fort surpris de voir les dragons seller leurs chevaux encore fatigués et faire en toute hâte leurs préparatifs de départ.

— Que se passe-t-il ? demanda le Père Dominique à Cœur-d'Acier.

— Il y a, répondit-il, que ces maudits Camisards viennent de faire des leurs.

— Où cela?

— Connaissez-vous la Mélouse?

— J'y ai déjà prêché, et j'espère avec quelque fruit, interrompit le plus âgé des deux prêtres. Qu'y est-il donc arrivé?

— Oh! rien autre chose, sinon que les Camisards ont renversé les croix, brûlé l'église et assassiné le prieur.

— Dieu du ciel! est-il possible?

— Ma foi, si vous ne me croyez pas, donnez-vous la peine d'interroger ce pauvre diable qui revient en si piteux état de chez l'archiprêtre.

Le messager de la triste nouvelle arrivait en effet. Les deux prêtres coururent au-devant de lui. C'était un vieillard, le sacristain et l'ami du vicaire de la Mélouse. A la vue des capucins il éclata en sanglots.

— Les méchants ont abattu les croix, incendié l'église, et assassiné à coups de hache, coupé en morceau notre pauvre vicaire, dit-il.

— Les malheureux! s'écria le Père Dominique en se voilant le visage avec ses mains, les malheureux!

En ce moment, le galop d'un cheval se fit entendre. C'était Poul qui arrivait. Sa moustache était hérissée de fureur, ses yeux flamboyaient.

— Dragons, cria-t-il en élevant son sabre, en selle et au galop. L'heure de la miséricorde est passée. En avant!

Les soldats s'élancèrent sur leurs chevaux dont les pieds firent jaillir du pavé des milliers d'étincelles et ils partirent comme un ouragan.

Les prêtres rentrèrent, emmenant avec eux le vieillard inconsolable.

Seul dans sa cellule, François du Chayla, prosterné devant le crucifix, répandait des larmes amères et répétait en se frappant la poitrine:

— Seigneur, illuminez les ténèbres des impies, mais ne les exterminez pas dans votre colère. S'il faut une victime à votre justice, frappez le pasteur, mais épargnez le troupeau.

L'archiprêtre pria longtemps.

Enfin il se releva soulagé, il lui semblait qu'une voix intérieure lui avait répondu : Ta prière sera exaucée.

Il s'approcha de la fenêtre et l'ouvrit pour respirer.

De gros nuages couraient dans le ciel ; l'air était lourd et orageux.

On n'entendait au dehors que le pas régulier de la sentinelle préposée à la garde des prisonniers.

Sur la rive opposée de la rivière, une masse noirâtre, indécise et silencieuse, semblait se mouvoir du côté du village.

On eût dit un immense serpent déroulant ses anneaux.

Absorbé dans ses pensées, le prêtre ne remarqua rien : il priait.

Le serpent montait toujours. Bientôt sa tête apparut à l'entrée du premier des trois ponts.

Ce fut alors que le soldat l'aperçut. Il rentra précitamment et réveilla son camarade.

Il n'y avait plus à en douter, les Camisards étaient là.

En un clin d'œil toute la maison fut remplie de rumeurs. Fuir du côté du village était impossible, se défendre non moins téméraire : quel parti prendre ?

Les deux jeunes pensionnaires de l'abbé tremblaient et pleuraient ; Roux, régent de l'école, soutenait que c'était une fausse alerte ; le cuisinier, armé d'un vieux fusil, songeait à vendre chèrement sa vie. François du Chayla, toujours calme, ne s'occupait qu'à sauver les siens.

Tout à coup de bruyantes détonations d'armes à feu se firent entendre, et deux cents forcenés poussèrent le cri :

— Mort à l'archiprêtre de Baal !

Sûrs de leurs forces, les Camisards s'avançaient lentement, comme une marée qui monte sans bruit, mais irrésistible.

A leur tête s'avançait un homme à cheval, portant une hache et en croupe, derrière lui, le nain dont la voix glapissante s'élevait au-dessus des autres.

Dans la cellule de l'abbé, tous les habitants du château étaient réunis en proie à une terreur mortelle.

A l'entrée du second pont, l'homme à cheval s'arrêta pour donner le temps à la colonne de resserrer ses rangs et de se préparer à l'assaut.

Il craignait encore que Poul ne se trouvât dans le village avec dix dragons.

Dans ce cas, la mêlée eût été sanglante.

Mais le capitaine galopait toujours dans la direction de la Mélouse et était déjà trop loin pour entendre la fusillade.

Les deux dragons préposés à la garde des prisonniers chargèrent leurs armes et, l'arquebuse à la main, s'avancèrent vers la barrière du troisième pont pour la défendre, sans songer qu'ils étaient deux contre deux cents.

Le capitaine Poul, en partant, leur avait donné pour consigne de se faire tuer à leur poste, ils obéissaient.

Ébénézer avait mis pied à terre.

— Que voulez-vous? crièrent les dragons.

— Arracher nos frères à la torture et à la mort.

Sur l'ordre de l'archiprêtre, la porte de la salle avait été ouverte et les prisonniers, libres, s'avançaient sous la conduite du sieur Roux.

— Voici vos frères, cria celui-ci ; vous voyez qu'ils ne sont ni morts ni blessés.

Et il leur fit ouvrir la barrière.

Flottard, Isabeau, Séguier et les autres furent reçus avec enthousiasme. Les Camisards semblaient satisfaits.

Ébénézer cependant n'avait pas bougé et semblait indécis.

Abraham Mazel, auquel du Serre venait de dire quelques mots à l'oreille, s'approcha alors du forestier : il tenait un pistolet à la main.

— Que voulez-vous encore? demanda Roux.

— La mort des impies.

— Mort aux impies! répéta la foule.

Aussitôt, Ébénézer et Mazel se précipitèrent sur la barrière que les soldats s'efforçaient de refermer.

— Nous entrerons, rugit Mazel.

Et d'un coup de pistolet il fracassa le crâne du régent des écoles.

En même temps le garde forestier attaquait la palissade.

Au signal de leur chef les brigands s'élancèrent sur le pont.

Les dragons firent feu et deux assaillants tombèrent.

Il y eut un moment d'indécision, les soldats en profitèrent pour ra-masser le cadavre du régent et l'emporter à la maison dont ils barrica-dèrent les portes.

— Vengeance ! vengeance ! glapisssait Abimélek. Mort aux assassins !

La colonne tout entière se rua, avec d'horribles vociférations, contre la palissade déjà fortement entamée.

Sous cette vague furieuse, les poteaux furent brisés et la horde des bandits envahit la cour en faisant pleuvoir sur la maison une grêle de balles. L'archiprêtre avait ordonné à ses compagnons de fuir par la lucarne donnant sur le jardin ; mais les deux pensionnaires seuls s'é-taient évadés, les autres, résolus à mourir, voulaient se défendre.

La porte résistait toujours.

Embusqués derrière les volets des fenêtres, les dragons, le secrétaire et le cuisinier se défendaient vigoureusement ; chacune de leurs balles tuait ou blessait un homme.

Les Camisards commençaient à hésiter.

Ce fut Baruch qui les sauva.

La colosse avait aperçu dans la cour un tronc de sapin à peine équarri, il appela à lui ses compagnons.

Vingt Camisards soulevèrent la poutre et s'avancèrent vers la porte.

Au premier coup du redoutable bélier, les planches craquèrent sour-dement ; au second, les gonds furent ébranlés ; au troisième, ils furent arrachés, et la horde tout entière se rua à l'intérieur.

Mais déjà les quatre assiégés s'étaient réfugiés au haut de l'escalier où, l'arquebuse à la main, ils attendaient l'ennemi.

Baruch voulut recommencer l'assaut. Sa redoutable hache entre les mains, il allait s'élancer quand Abraham Mazel le retenant, s'écria.

— Enfants de Dieu, cessez votre attaque; un siège nous retiendrait trop longtemps; la bête est enfermée dans son terrier, enfumons-là.

De frénétiques applaudissements accueillirent la proposition du chef, et aussitôt chacun se mit à l'œuvre : tables, bancs, fragments de porte, croisées ne firent bientôt qu'un monceau au pied de l'escalier.

Les assiégés s'étonnaient de n'être plus attaqués et cherchaient à deviner les préparatifs de l'ennemi.

Tout à coup, à travers les fentes du plancher, ils virent briller une flamme et se sentirent suffoqués par un épais nuage de fumée.

— Frères, dit alors l'abbé, un moyen de salut vous reste peut-être encore, les fanatiques n'ont pas songé au jardin, tâchez de fuir par la lucarne.

— Fuyez le premier, mon Père, nous vous suivrons, répondit un des soldats.

— Tant qu'un seul d'entre vous sera en péril ici, je n'en sortirai pas, dit l'abbé.

Il fallut obéir.

Tous coururent au corridor. Une paire de draps, noués à la ferrure de la lucarne, servait d'échelle. Un dragon sortit le premier, puis le secrétaire, puis le second dragon.

Il ne restait plus que l'abbé et le cuisinier, quand soudain une partie du plancher s'écroula dans la fournaise inférieure.

En même temps un madrier, en tombant, frappa violemment l'abbé à l'épaule. L'incendie approchait avec un bruit sinistre et le sol semblait trembler; encore une minute, il allait être englouti dans la fournaise.

En cet instant suprême, son courage ne l'abandonna pas.

— *In manus tuas, Domine, commendo spiritum meum*, dit-il.

Et il aida le cuisinier à s'échapper par la lucarne.

Alors seulement il y grimpa à son tour et voulut se laisser glisser

Les poteaux furent brisés et la horde des bandits envahit la cour. (*Voir page* 389.)

dans le jardin. Il avait trop présumé de ses forces; son bras droit, à demi-paralysé par la douleur, ne put le soutenir et il tomba lourdement.

Le cuisinier le voyant immobile courut à lui, l'enleva dans ses bras et l'emporta jusqu'à un buisson dans lequel il le cacha; après quoi, sur les instances de son maître, le brave serviteur songea à lui-même et se mit à courir du côté de la montagne.

Il allait franchir la muraille quand une balle le frappa au cœur : il tomba pour ne plus se relever.

La fuite des pensionnaires avait donné l'éveil aux assassins; quand ils les aperçurent passant la rivière à la nage, ils soupçonnèrent enfin l'existence d'une issue du côté du jardin, et trente des leurs s'y préci-pitèrent, pendant que leurs camarades tiraient vainement sur les deux nageurs qui atteignirent la rive opposée et disparurent dans le bois.

Un des dragons et le secrétaire s'étaient déjà évadés d'un autre côté. Moins heureux, le second soldat avait été fait prisonnier.

On le ramena sanglant dans la cour. C'était le premier des assiégés vivant sur lequel les cannibales pussent assouvir leur fureur.

Les uns voulaient qu'on le précipitât dans la rivière, les autres qu'on le rôtît à la fournaise : les opinions étaient partagées, quand un des bourreaux avisa du Serre et lui demanda :

— Comment faut-il le tuer ?

Du Serre se souciait peu de cet obscur papiste :

— Jugez-le, répondit-il en haussant les épaules.

— Juge-le toi-même, frère.

— Ce n'est pas moi qui commande ici, répartit le verrier ; adressez-vous à Mazel.

Et il s'éloigna.

— Quand vous aurez fini, vous me le direz, fit le dragon en s'asseyant à terre.

Le sang-froid de cet homme devant la mort étonna les Cévenoles et les disposa en sa faveur : il fut convenu qu'il ne serait que tué.

Cependant, avant de l'achever d'un seul coup, on alla chercher Mazel, qui arriva suivi de Séguier et d'Isabeau.

— Frère, que faut-il faire de cet homme? demandèrent plusieurs voix.

— Pardonnez-lui, s'écria la jeune fille, nous avons été ses prisonniers et il a été bon pour nous.

— Qu'en penses-tu, Séguier? poursuivit Mazel.

Séguier resta un instant silencieux, puis étendant la main :

— Frères, qu'il renonce au papisme et qu'il vive.

— Renonce! renonce! répétèrent plusieurs voix.

— Non! dit énergiquement le soldat.

Un épouvantable craquement, suivi d'une sourde détonation et d'une éblouissante lumière, interrompit brusquement le jugement. La charpente tout entière de la maison incendiée venait de s'effondrer dans les flammes. A l'aspect de cette scène infernale et grandiose, ils demeurèrent comme frappés de stupeur. Puis, tout à coup, comme si la tempête l'eût balayée d'un seul coup, la foule se précipita ivre de rage et de sang, vers le jardin, avec des cris de mort et des imprécations. Elle venait d'apercevoir l'archiprêtre, et celui-ci, se voyant découvert, s'était levé par un suprême effort et, le visage pâle, mais calme, le regard assuré, il attendait la mort.

Vingt mains en s'abattant à la fois sur lui, le firent retomber sur le sol, sans qu'il pût réprimer un cri de douleur arraché par la souffrance.

Ce fut sa dernière faiblesse.

Les bandits voyant qu'il était dans l'impossibilité de marcher, le lièrent sur une sorte de siège, faite avec les débris de la barrière, et le portèrent jusqu'au pont, en face de la maison incendiée,

Sur le parapet du pont, les juges avaient déjà pris place.

Ces juges étaient : Abraham Mazel, du Serre, Ébénézer et Séguier.

La foule forma un demi-cercle au centre duquel, en face du tribunal, fut déposée la chaise de l'archiprêtre.

Un silence de mort régnait dans la foule tout à l'heure si agitée.

Sur un signe d'Abraham Mazel, du Serre se leva : il était à la fois juge, accusateur et bourreau. Ses yeux brillaient d'une joie satanique; cependant il s'efforçait de se contraindre, et ce fut avec une douleur hypocrite qu'après avoir fait un bref exposé de tous les crimes reprochés à l'archiprêtre, il ajouta :

— Nous pourrions nous venger, nous ne voulons être que tes juges, tu as entendu les crimes dont tu es accusé, personne plus que moi ne voudrait t'en voir innocent. Réponds donc si tu peux. Avoue-tu que tu as torturé nos frères, persécuté les enfants de Dieu, envoyé au supplice nos ministres? demanda le gentilhomme verrier.

— J'ai cherché à ramener dans la droite voie des brebis égarées, je n'ai jamais torturé personne.

— Imposteur, rugit Baruch, as-tu oublié le meurtre du frère Thomas ?

— Mon ami, je ne sais qui vous voulez dire.

— Frère Thomas, de la verrière d'Anduze, s'écria Ebénézer. Tiens, voici un témoin de ton crime.

Et il montra du Serre,

Le prêtre arrêta son regard perçant sur le verrier, qui ne put s'empêcher de pâlir.

— Caïn, qu'as-tu fait de ton frère? murmura le prisonnier.

— Qui a replongé ma mère dans les ténèbres du papisme ? dit une voix.

— Qui a dénoncé nos assemblées ?

— Qui a combattu les progrès de l'Évangile?

— Et renversé nos temples ?

Les accusations se pressaient, la colère excitait la colère.

Abraham Mazel se leva :

— Frères, dit-il, à quoi bon rappeler tant de crimes, nous savons assez que cet homme mérite la mort. Que l'Esprit d'en haut nous fasse connaître sa volonté, par la voix de Séguier.

Séguier se prosterna la face contre terre, puis se relevant d'un air inspiré :

— Frères. s'écria-t-il, écoutez, écoutez, voici ce que dit le Seigneur :

« Mon enfant, mon enfant, je te le dis, je ne veux pas la mort du pécheur, mais qu'il se convertisse et qu'il vive !

« Mon enfant, je te le dis, que l'archiprêtre de Baal accepte parmi vous les fonctions de ministre de l'Éternel, et il vivra.

C'était une habile condamnation voilée sous un air de modération.

— Archiprêtre, consens-tu ? s'écria du Serre.

— Que mon sang versé en expiation de vos erreurs vous ouvre les yeux, répondit l'abbé du Chayla. Je meurs comme j'ai toujours vécu dans la religion catholique, apostolique, romaine, hors de laquelle il n'y a pas de salut.

— Alors, meurs, car ton péché est contre toi, s'écria Séguier.

Un cri terrible de : Mort à l'impie ! couvrit les dernières paroles du prophète.

Le cercle se resserra, sombre et menaçant.

— Que les victimes, les parents et les amis des victimes frappent l'impie chacun à son tour ; que chacun des crimes du monstre soit expié par une blessure, hurla Séguier, que chacune d'elles ait un nom.

Et, prenant un poignard, il en frappa l'abbé à la joue en disant :

— Voici pour ma prison, sois maudit !

Et il passa le poignard à du Serre.

Celui-ci enfonça la lame dans l'épaule en disant :

— Voici pour ma famille, sois maudit !

— Seigneur, recevez mon sang en victime de l'expiation, murmura François du Chayla.

Baruch se servit de la hache en disant :

— Pour frère Thomas, sois maudit !

— Seigneur, pardonnez-leur, continua la victime.

Aucun coup n'était mortel, mais le sang de l'archiprêtre coulait à flots.

Thomas dit l'Épée-du-Juste reçut le poignard et frappa le prêtre à la poitrine en disant :

— Pour mon père, mort dans les prisons de Nîmes, sois maudit !

Celui qui vint après, frappa au cœur en criant :

— Pour ma sœur, misérable, sois maudit !

La victime eut encore la force de murmurer :

—Pardonnez.......

Sa tête tomba sur sa poitrine et demeura immobile.

Le martyr avait cessé de souffrir.

Alors, les assassins détachèrent le cadavre, percé de cinquante-quatre blessures ; ce n'était plus qu'une plaie, le visage en particulier n'avait plus forme humaine. Ils jetèrent ces hideux débris sur les ruines fumantes de la maison en criant :

— Ainsi périssent les ennemis du Seigneur.

Quand l'aurore parut, la colonne se reforma et reprit, en chantant des psaumes, le chemin des montagnes.

CHAPITRE XXXV

MAURICE DE BROGLIE

Dans un cabinet décoré avec une luxueuse simplicité, un homme jeune encore, au regard fier et à la taille imposante, écrivait, assis devant une table couverte de papiers amoncelés. Sa plume courait fiévreusement depuis près d'un quart d'heure sur un cahier de papier encore aux trois quarts blanc, en tête duquel une main ferme mais peu exercée, avait tracé, en gros caractères : Mémoire à Sa Majesté.

Soudain, l'homme au mémoire, cessant son travail, se renversa sur son siège, et se prit à lire à demi-voix sa dernière phrase : « En icelles

conjonctures, Sire, mon opinion est que, pour arrêter le progrès d'une
rebellion, assurément damnable au bien de vos sujets, bien que moins
violente que ne le croit monsieur le comte de Basville, le meilleur
moyen serait... » Et il répéta plusieurs fois : le meilleur moyen serait...
serait quoi? J'en ai tant proposé déjà, et tous... toujours désapprouvés...
Dans mon premier mémoire, que proposai-je donc? Ah! oui... mais ils
n'en ont pas voulu : ce serait nuire au commerce... Dans le second...
Voici la note écrite en marge, de la main du roi : Impraticable... Je ne
vois pas pourquoi c'est impraticable... Quelqu'un travaille contre moi,
c'est sûr... mais qui? M. de Nîmes? Non. M. de Basville alors? Je
n'en serais pas étonné, quoiqu'il soit mon parent. Au diable le gouvernement de cette province, il n'y a qu'ennuis de toute sorte. Pourtant
le pays paraît calme à présent... Ah! bien oui, ce n'est pas l'avis de
M. l'intendant, je devrais dire du roi de Languedoc, mon cher cousin;
il voit tout en noir, lui.

Il se leva, se mit à arpenter la pièce, revint s'asseoir, se releva en
murmurant toujours : *Le meilleur moyen serait...*

— Bah! fit-il en frappant du pied, ce serait de rester tranquille et de
laisser chacun vivre à sa guise. Que diable, ces huguenots ne se remuent
pas trop, après tout, et pour l'absurde rebellion de ce verrier Serret,
Serre, du Serre, je ne sais plus quoi ni qui, il ne vaut pas la peine d'envoyer une armée... Ah! cela me rappelle...

Il se rapprocha de la table et agita une sonnette

La porte s'ouvrit aussitôt et encadra la gracieuse figure d'un jeune
aide-de camp qui s'arrêta respectueusement devant son chef.

— M. de Basville est-il ici, Georges?

— Il n'est pas encore de retour, monseigneur.

— Sait-on où il est allé?

— A Nîmes, pour y présider une assemblée de fabricants de bas, et
en revenant il doit s'arrêter à Lunel pour examiner par lui-même les
plantations de vignes et de mûriers.

— Je le reconnais bien là : fabrication d'étoffes et de canons, agriculture, justice, guerre, police, nettoyage des rues, assemblées des États, finances et mendicité, il s'occupe de tout, c'est un homme universel.

— Une tour de Babel, ajouta malicieusement l'aide-de-camp.

— Si ce n'est pas la confusion des langues, je crains que ce soit celle des idées, interrompit en souriant le comte. Qu'en pensez-vous, Gaston ?

— Monseigneur, je ne pense pas.

M. de Broglie se prit à rire :

— Déjà diplomate, fit-il, il n'y a plus d'enfants.

— J'ai dix-huit ans, monseigneur.

— Ah ! c'est vrai. Je vous demande pardon, mon cher Béthune ; une autre fois, je tâcherai de ne pas oublier le respect que je dois à vos cheveux blancs.

Puis, reprenant sa gravité, il ajouta,

— Avez-vous dépouillé le courrier ce matin ?

— Oui, monseigneur.

— Eh bien ! c'est comme à l'ordinaire, n'est-il pas vrai, des lettres de Mornas pour annoncer que tout va bien ; de Calverte, pour dire que tout va mal ; de Miraman, pour presser le mariage de son favori Laudun avec sa pupille, d'une quantité de grandes dames demandant des lieutenances pour de jeunes muguets et d'un tas de pauvres diables réclamant prétendue justice.

— Un peu de tout cela, monseigneur, mais des nouvelles plus graves aussi.

— Quelles sont ces nouvelles ?

— Une lettre de M. de Calverte, annonçant l'arrestation d'un certain Antoine Cavalier...

— C'est vieux.

— Et un second échec des troupes à la verrerie.

— Encore ? J'irai et nous verrons.

— Une de M. de Miraman, annonçant que les assemblées se multiplient, et ce qui est plus sérieux, donnant les détails d'un horrible assassinat sur la personne du prieur de la Mélouse.

— En effet, cela est sérieux, très-sérieux même.

— Il y a encore un rapport de l'abbé Terrien, et une lettre du gouverneur d'Uzès, parlant de bandes qui se forment dans l'Uzège, sous les ordres du fameux Méric.

— Peste ! c'est beaucoup pour une fois. Donnez-moi toutes ces lettres.

L'aide-de-camp avait déjà tiré la correspondance contenue dans le portefeuille qu'il portait sous son bras. Il la remit au gouverneur-général.

— C'est bon, laissez-moi seul, dit celui-ci en se rapprochant de la fenêtre d'un air soucieux.

M. de Béthune se retira.

Un instant après, le comte de Broglie sonna de nouveau.

L'aide-de-camp parut aussitôt.

— Écrivez à Miraman de se joindre à Poul et de se porter avec lui sur la Mélouse. Qu'un courrier se tienne prêt à partir.

Le secrétaire s'inclina et sortit.

— C'est affreux ! vraiment affreux ! murmura le comte. Un digne prêtre égorgé, l'église brûlée, le cimetière profané. Ah ! j'irai, j'irai.

En ce moment le galop d'un cheval se fit entendre sur la grande place de Montpellier, et un dragon sans armes, couvert de sueur et de poussière, s'élançant sur le perron de l'hôtel du gouverneur, monta précipitamment.

Le comte, debout près de la fenêtre où il relisait la lettre de M. de Miraman, avait reconnu l'uniforme des dragons de Poul, et bientôt, dans son antichambre, il entendit une violente discussion.

— M. le gouverneur est occupé, disait Gaston.

— J'ai besoin de le voir à l'instant même, cependant répondait le dragon.

— C'est impossible.

— Impossible ou non, il faut que j'entre.

— Vous n'entrerez pas.

— Qu'est-ce donc que ce tapage? fit sévèrement le comte en ouvrant lui même la porte.

— Monseigneur, daignez m'écouter, s'écria le soldat.

— Qui es-tu et d'où viens-tu ? demanda le comte en fronçant le sourcil.

— Trompe-la-Mort, dragon du capitaine Poul, et j'arrive du Pont-de-Montvert.

— Qui t'envoie? ton capitaine ou l'abbé?

— Le capitaine est absent avec sa compagnie. Et pour ce qui est de l'archiprêtre, voici tout ce qui en reste, fit le soldat en tirant de sa poitrine un linge taché de sang.

— L'archiprêtre est mort! s'écrièrent à la fois le gouverneur et l'aide-de-camp.

— Assassiné! répondit Trompe-la-Mort.

— Et par qui, grand Dieu?

— Par les Camisards, monseigneur. Les brigands l'ont mis en mo.-ceaux.

— Mais Poul, mais vous tous, qu'avez-vous donc fait?

— Le capitaine est en campagne. Nous étions deux seulement, Vert-de-Gris, mon camarade, et moi. Lui a été tué, moi, voici mon compte.

Il entr'ouvrit sa chemise et montra son côté qui saignait encore.

— Combien étaient-ils donc, ces monstres?

— Trois cents à peu près contre quatre. Le régent des écoles est mort, le cuisinier est mort, mon camarade est mort, l'archiprêtre est mort, je suis blessé, le château est brûlé, je ne sais pas ce que sont devenus les autres; je suis monté à cheval et je suis venu vous avertir. L'armée des assassins est encore là.

— Au Pont-de-Montvert ?

— Non, dans les environs. A présent ils doivent être à Saint-Germain ; en vous pressant, vous aurez le temps d'arriver.

— Connais-tu bien la route ?

— Parfaitement.

— Combien te faut-il pour te reposer ; quatre heures ?

— Le temps de boire un coup de vin et de bander mon côté, une demi-heure en tout. Seulement, j'ai crevé mon cheval et...

— On t'en donnera un autre ; tu es un brave, interrompit le gouverneur avec émotion en serrant la main du soldat.

Et il ajouta :

— Monsieur de Béthune, je partirai dans une heure, avec cinquante chevau-légers, et trois compagnies de fusiliers.

Et il rentra dans son cabinet où il écrivit à la hâte un mot à M. de Basville, pour l'informer du motif de son départ précipité.

Un instant après, tout était en rumeur sur la grande place.

Les chevau-légers, mis en alerte par les trompettes, sellaient et bridaient leurs chevaux. Les tambours battaient le rappel et les fusiliers quittant en toute hâte les tavernes et les promenades, accouraient d'un pas précipité. Les bourgeois s'attroupaient en cherchant à deviner la cause de ces mouvements insolites.

Les uns croyaient à l'arrivée de quelque grand personnage ; les autres attribuaient le départ précipité d'une partie des troupes à quelque émeute survenue à Nimes, mais aucun n'avait trouvé l'explication vraie de ce qu'ils voyaient, quand sur le perron de son hôtel apparut le gouverneur général en tenue de campagne, accompagné de son aide-de-camp et du dragon Trompe-la-Mort.

Trois chevaux tenus en main par des soldats, attendaient en piaffant au pied de l'escalier. M. de Broglie prit le premier et, tirant son épée, rendit le salut militaire aux chefs des compagnies qui s'avancèrent aussitôt pour prendre ses ordres.

Au grand étonnement des oisifs et des curieux, le dragon, pour se mettre en selle, se fit aider par un camarade, et maitre Barnabé expert-juré des drapiers, expliqua gravement à son voisin le mercier, étonné de voir un simple soldat venir se placer à côté du gouverneur, que ce

A la vue des assassins, Mlle de Ladevèze se releva. (*Voir page* 405.)

faux dragon n'était autre qu'un grand seigneur déguisé et probablement l'ambassadeur d'Espagne.

Les commentaires duraient encore quand les clairons sonnèrent le départ. Cavaliers et fantassins se mirent aussitôt en marche, en se dirigeant vers la porte de Sommières.

Arrivés là ils se séparèrent en deux troupes, l'infanterie devant venir à marches forcées rejoindre la cavalerie, avec laquelle le comte de Broglie prenait les devants. Il avait hâte de réprimer les succès des Camisards et, disait-il, d'empêcher la tache d'huile de s'étendre.

C'était déjà une tache de sang.

Depuis que ces taureaux avaient vu du rouge, ils étaient furieux : ce n'étaient plus une armée de partisans, c'était une légion d'assassins, de bandits aiguillonnés et excités sans relâche par une vingtaine de scélérats choisis par du Serre.

Flottard lui-même n'était pas loin de blâmer secrètement les monstruosités commises depuis quelques jours, mais du Serre, loin de se rendre à ses raisonnements, répondait :

— Il faut les compromettre tous, tous ; qu'ils ne puissent espérer de pardon, et pour arriver là il faut des meurtres, des pillages et des incendies.

Les Camisards ne s'en étaient pas fait faute.

Après l'assassinat du Pont-de-Montvert, ils avaient incendié l'église de Frugères, puis avaient marché sur Saint-Maurice, dont le prieur n'avait eu que le temps de fuir, emportant les vases sacrés. Les assassins le cherchèrent vainement dans sa maison. C'était une perte de temps.

— Qu'on brûle tout ! commanda Laporte.

Séguier courut allumer une torche, mais il n'eut pas le temps de s'en servir ; M. de Miral descendait une colline avec soixante homme de milice bourgeoise déterminés. Il n'en fallut pas davantage pour faire fuir les bandits, qui se jetèrent en toute hâte dans la forêt de la Faux-des-Armes.

Il était impossible de les y poursuivre. Ils en profitèrent pour se rallier et le lendemain matin en sortirent pour surprendre Saint-André-de-Lancyse. Un saint prêtre, l'abbé Boissonnade, en était prieur, les brigands se saisirent de lui et le traînèrent dans la rue où Baruch le frappa de sa hache encore pleine de sang.

Alors, comme saisis d'une rage insensée, tous ceux qui d'abord demeuraient interdits s'élancèrent sur le pasteur qu'ils percèrent de mille coups avec des cris sauvages et, sur ce cadavre horriblement mutilé, il poignardèrent le vicaire, puis il marchèrent, avec des cris de mort contre le château de Ladevèze.

Là demeurait, avec sa famille, ue homme de bien, le sire de Ladevèze.

A la vue de cette horde de bandits, il ordonna de fermer les portes Elles fur nt enfoncées.

— Que voulez-vous ? demanda le gentilhomme aux forcenés.

— Les armes cachées dans ton château.

— Je n'en ai pas.

— Et bien ! ta tête alors, vociféra Moïse Bonnet en lui assénant un coup de sabre qui lui fendit le crâne.

Le frère, l'oncle et le fermier de la victime accouraient à son secours, tous furent massacrés.

Puis les bandits se répandirent dans le château.

De pièce en pièce, ils arrivèrent à une chambre reculée.

Dans cette chambre, sur un lit était couchée une femme paralytique, dont une jeune fille agenouillée pressait les mains en pleurant.

A la vue des assassins, Mlle de Ladevèze se releva en criant :

— Grâce, grâce, pour ma grand'mère, pitié pour moi, grâce !

— Par la fenêtre, la sorcière ! hurla Moïse.

Et soulevant la paralytique dans ses bras, il la précipita dans la cour avec un ricanement féroce.

Mlle de Ladevèze ne vit pas le crime, un Camisard venait de la frapper au cœur d'un coup de couteau.

Le soir de cette épouvantable catastrophe et, dans l'enceinte même du château dévasté, les chefs tinrent conseil.

Le conseil fut froidement sanglant.

Du Serre le termina en disant :

— Frères, notre armée est constituée, chaque bande a son chef, son prophète et son exterminateur. Depuis huit jours nous avons vu nos soldats à l'œuvre ; l'Esprit saint les inspire, la soif d'une noble vengeance les anime.. Séparons-nous par le corps tout en restant unis par l'action, il le faut pour diviser les forces dont disposent nos ennemis, il le faut pour hâter l'œuvre de la délivrance. Laissons le sage Laporte et le vaillant Ébénézer poursuivre leurs triomphes Retournons chacun à notre poste, moi à la verrière, Catinat en Vaunage, Samuel dans l'Uzège, Roland dans les Cévennes, Flottard à Nîmes...

— Et frère Jean, interrompit ironiquement le garde de l'Aigoal, où commandera-t-il ? à Anduze sans doute, dans les cuisines du papiste Mornas.

— Frère, prends garde, reprit sévèrement du Serre, tout royaume divisé périra. Cavalier se prépare, il médite, il organise.

— Qu'il prenne une hache et qu'il frappe sans tant de réflexions. Il est bien tiède pour la cause du Seigneur, ton Cavalier, gronda Mazel.

— As-tu quelqu'un pour le remplacer ?

— Moi, fit Roland.

— Et bien ! va donc, dit simplement le verrier.

— Oui, va, reprit Séguier, tu t'entendras avec Méric et frère Abdias ; d'ici à huit jours il faut que tout soit en feu.

— Et maintenant, tout est prêt, s'écria Laporte, point de trève, point de merci.

Guerre à l'Antechrist ! guerre au Pharaon ! mort aux papistes !

Tous les membres du conseil levèrent la main et répétèrent :

— Vengeance et extermination !

Le lendemain, à la pointe du jour, les apôtres du crime quittaient précipitamment l'antique château, auquel les Camisards venaient de mettre le feu.

Depuis la veille, de Broglie était au Pont-de-Montvert, et avec lui, le comte de Peyre, lieutenant-général commandant cent trente cavaliers, et le marquis de Morangies, accompagné de soixante gentilshommes à cheval.

La ville était calme comme un tombeau, les habitants avaient fui : l'emplacement du château n'était reconnaissable qu'à un amas de ruines carbonisées et à de larges taches de sang.

Pendant la nuit, les deux dominicains cachés dans les bois et quelques habitants vinrent se mettre sous la protection des soldats du roi, puis arrivèrent successivement le marquis du Chayla, neveu de la victime, avec quatre-vingt chevaux, les trois compagnies suisses parties de Montpellier, et enfin Poul avec ses dragons. A l'arçon de sa selle pendait une tête sanglante, c'était celle de l'assassin du curé de la Mélouse.

Poul l'avait poursuivi trois jours à travers les taillis et les précipices où il cherchait à se cacher avec dix-sept de ses complices. Les dragons, exaspérés, avaient tout passé au fil de l'épée. Pour sa part, le terrible partisan avait fait sept nouvelles entailles à son livre de compte et sa manche de cuir portait encore humide la trace sanglante du sabre arménien.

On s'attendait à une terrible exécution de la part du gouverneur-général ; mais après le premier moment de colère, M. de Broglie était déjà revenu à ses idées de douceur.

Les Camisard effrayés, s'étaient hâtés, à la nouvelle de son arrivée, de se disperser ; les uns, les plus compromis, s'étaient cachés dans les bois, les autres étaient rentrés furtivement chez eux, après avoir enterré leurs armes.

Tout se borna à quelques arrestations. Le comte feignit de croire la sédition apaisée, il menaça, puis pardonna. Sous prétexte que le logement des gens de guerre ruinait le pays il renvoya ses auxiliaires, MM. de Morangies et de Chayla, qui pleuraient de rage.

Puis, après avoir, par précaution, distribué ses compagnies suisses entre Montvert, Arre, Pompidou, le Colet et Barre, il laissa le commandement du pays au capitaine Poul auquel il recommanda la prudence et surtout l'humanité, ne voulant pas, disait-il, donner prétexte à une guerre civile.

Cette œuvre de pacification achevée, il partit pour Anduze et de là pour Nimes, sans même s'arrêter à la verrière.

Il croyait tout fini.

Poul, lui, était déjà en campagne. La guerre venait d'éclater avec fureur partout à la fois.

CHAPITRE XXXVI

LA GUERRE CIVILE

Le départ du comte de Broglie ressemblait singulièrement à une fuite ; les fanatiques crurent qu'il avait peur, il n'en fallut pas davantage pour redoubler leur férocité.

Seulement la révolte, qui jusque-là avait été limitée à l'Aigoal et à ses environs, s'étendit dans les trois diocèses de Nîmes, Uzès et Alais.

Au lieu d'une bande, les rebelles en formèrent cinquante, qui toutes agissaient de concert, quoique sous des chefs différents. Chaque jour il en paraissait de nouvelles. Les cadres étaient formés à l'avance, les soldats ne manquèrent pas pour les remplir.

Ainsi qu'il arrive dans toutes les révolutions, l'écume de la société remonta tout à coup à la surface, et les villes et les campagnes regorgèrent en peu de temps d'hommes à la face patibulaire, à la démarche sinistre, renégats de toute religion, aventuriers de la pire espèce, qui, la torche et le poignard à la main, se ruèrent à la curée.

Les huguenots de bonne foi eurent le tort de ne voir dans ces ignobles recrues que de puissants auxiliaires. La guerre des Camisards, loin d'être une guerre de religion, ne fut plus qu'une effroyable succession de forfaits inouïs, d'assassinats de toutes sortes.

Le massacre des prêtres fut le signal de la dispersion du troupeau; les catholiques épouvantés refluèrent avec effroi vers les lieux fortifiés, abandonnant leurs maisons en ruines et leurs récoltes perdues. Il fallut pourvoir au logement et à l'entretien de ces malheureux sans ressources et mourant de faim.

De nouvelles impositions, assises sur les propriétés des protestants de la plaine, pour subvenir aux impérieux besoins des anciens catholiques émigrés, achevèrent d'indisposer les premiers.

Dans les villages demeurés catholiques, les habitants vivaient dans une perpétuelle terreur. Les rues barricadées étaient nuit et jour gardées par de fortes patrouilles de milice bourgeoise et, du haut de leurs remparts improvisés, les sentinelles toujours sur le qui-vive, voyaient, sans pouvoir y porter remède, les flammes qui dévoraient leurs fermes, et assistaient, l'arquebuse au bras, à l'enlèvement de leurs troupeaux.

Les soldats du roi ne pouvaient rien ou à peu près pour remédier à ce triste état de choses.

Ce n'est pas qu'ils manquassent de courage, mais leur valeur demeurait impuissante contre le nombre de leurs ennemis, et d'ailleurs la trahison les entourait.

Peu de jours après son retour à Montpellier, M. de Broglie avait été informé de ce qui se passait. D'abord il se refusa à y croire, mais quand enfin il se fut assuré de la gravité de la révolte, il reconnut avec douleur son impuissance à l'écraser. De toutes parts les capitaines et les gouverneurs lui demandaient du secours, et plus tard la cour le blâma fortement de n'avoir pas agi avec plus de vigueur. Mais, pour envoyer des soldats à la montagne, il fallait les tirer de la plaine et affaiblir les garnisons de villes importantes. S'il l'eût fait, une révolte n'eût pas manqué d'éclater. Devant la fidélité plus que douteuse des habitants, le gouverneur général de la province préféra temporiser.

Miraman, Laudun, Folleville, du Vidal et d'autres capitaines contenaient cependant, à force de prudence et de fermeté, les protestants de Cévennes, habitants des villes les plus considérables. Poul faisait des extravagances de bravoure.

Malheur aux bandes armées qui osaient franchir les limites du territoire confié à sa garde. Laporte en avait fait à ses dépens une rude expérience.

Ce chef féroce avait, à la tête de deux cents Camisards bien armés, investi le village de Barre.

Poul, averti à temps, se jeta dans le hameau avec ses dragons et s'adressant aux soldats réunis près de la porte et effrayés par la supériorité numérique de leurs adversaires :

— Trente hommes de bonne volonté pour balayer ces insolents, s'écria-t-il.

L'air d'assurance du partisan était tel que la compagnie tout entière fit un pas en avant.

— Trente, j'ai dit trente, pas un de plus. J'en suis fâché, mes amis, répéta Poul en choisissant ceux qui devaient l'accompagner, mais je promets aux autres leur revanche pour la prochaine occasion.

— Vive le capitaine ! crièrent les soldats.

— Vive le roi ! mes amis, répondit Poul.

Et il donna ordre d'ouvrir les portes.

Les Camisards, informés de l'arrivée du capitaine, se retiraient à la hâte, quoiqu'en bon ordre, vers les forêts.

— Camarades, s'écria Poul en montrant avec son sabre l'ennemi déja éloigné, puisque le vin est tiré nous le boirons ; seulement il ne faut pas nous endormir. . Au pas de course.

En arrivant au vallon de Fontmorte, Laporte y rejoignit une cinquantaine d'hommes de son parti, qui arrivaient pour prendre leur part du pillage.

La position lui sembla si favorable qu'il s'arrêta

Quand Poul, à la tête de sa demi-compagnie, apparut à l'extrémité de la clairière, il aperçut l'ennemi rangé en bataille, les deux premiers rangs à genoux, l'arquebuse à l'épaule, le doigt sur la détente, les autres debout et apprêtant leurs armes.

Une seule décharge pouvait exterminer sa petite troupe. Au lieu de marcher droit sur l'ennemi, ainsi qu'il en avait l'habitude, le partisan ordonna à sa troupe de faire halte.

Le prophète Séguier s'aperçut de son hésitation et feignant d'être inspiré de l'esprit, il s'écria :

— Mon enfant, je te le dis, étends ta verge sur les eaux, et l'armée du Pharaon sera anéantie. Aiguisez vos glaives, enfants de l'Éternel, j'ai livré vos ennemis entre vos mains.

A cette prophétie, qui leur assurait la victoire, les Camisards répondirent par une décharge générale de leurs arquebuses.

Les balles passèrent en sifflant à travers les branches des arbres derrière lesquels Poul avait ordonné à ses soldats de se coucher à plat-ventre, et un épais nuage de fumée couvrit entièrement le front des 'ignes ennemies, qui ne purent plus tirer qu'au hasard.

C'était ce que le capitaine attendait.

Alors, se redressant sur sa selle, il poussa son terrible cri de combat :

— Tue ! tue ! feu partout !

A ce commandement une violente détonation se fit entendre et un ouragan de fer déchirant le nuage ouvrit une large trouée par laquelle s'élancèrent avec furie les royaux.

— Tue ! tue ! hurlait Poul, en fauchant autour de lui avec son sabre arménien.

A la vue de l'exterminateur, son plus grand ennemi, le prophète Séguier rugit de fureur.

— Mort à l'Amalécite ! rugit-il, en se précipitant, une hache à la main, sur le capitaine, qu'assaillaient en même temps Moïse Bonnet et Villaret Éphraïm.

En un instant Poul fut enveloppé.

— Au capitaine ! cria Biscara, le dragon, en voyant son chef en danger.

Mais avant l'arrivée de ses libérateurs, d'un coup de sabre Poul avait fait voler la tête d'Éphraïm, et, d'un revers, tranché le poignet de Moïse Bonnet.

Séguier n'eut pas même la gloire d'une honorable défaite. Au moment où il levait le bras pour frapper le capitaine, celui-ci, faisant cabrer Barnabaïga, d'un seul coup de sa botte de fer, envoya le prophète rouler dans la poussière, la tête en sang et la mâchoire fracassée.

Les Camisards, éperdus, fuyaient à travers les bois dans toutes les directions, jetant leurs armes et ne songeant plus qu'à sauver leur vie. Poul fit cesser la poursuite et sonner le ralliement.

Les catholiques comptaient trois morts et une dizaine de blessés. Trente-deux cadavres de Camisards jonchaient la plaine ; là où avait passé Poul, ils étaient amoncelés.

Près d'une source où, assis sur un tronc d'arbre, le partisan mettait ses comptes en règle, en taillant avec son poignard de nouvelles coches sur le fourreau de son sabre, les soldats amenèrent huit prisonniers. Parmi eux était un homme maigre et sec au regard chargé de haine.

— Voici un des assassins du Pont-de-Montvert, celui qui a porté le premier coup, dit Trompe-la-Mort.

La main du capitaine se crispa sur son poignard ; toutefois le caractère de prisonnier étant sacré pour 'ui, il contint sa juste indignation et se contenta de dire :

— Eh bien ! malheureux, comment t'attends-tu à être traité ?

— Comme je t'aurais traité toi-même, répondit, d'une voix presque inintelligible, mais dédaigneuse, le prophète blessé.

— Bien, fit Poul, en haussant les épaules, il y a des juges à Montvert, tu y seras jugé les pieds dans le sang du juste que ton poignard a frappé.

— Je me glorifie de ce que j'ai fait, dit lentement Séguier.

— Et moi, interrompit Pierre Nouvel, dont un Suisse avait entouré avec un linge le poignet sanglant, je ne regrette qu'une chose, c'est la main avec laquelle j'ai jeté par la fenêtre du château la paralytique papiste, et je me fais gloire de mon action.

— Comme, moi d'avoir égorgé le prieur de Lancyse après lui avoir arraché les yeux, ajouta Moïse Bonnet.

— En route ! commanda Poul. Il ne faut pas que les monstres expirent avant le supplice qu'ils ont mérité.

Et, après avoir ramené ses Suisses à Barre, il se dirigea, sans perdre de temps, vers le Pont-de-Montvert.

Le jugement des scélérats ne fut pas long ; non seulement ils avouaient leurs crimes, mais ils s'en vantaient. Cinq d'entre eux furent envoyés sous escorte à Nîmes ; mais les juges se réservèrent les trois autres pour faire un terrible exemple.

Séguier expira sur un bûcher, au pont-de-Montvert ; Pierre Nouvel sur la roue à Ladevèze ; Moïse Bonnet fut pendu, à Saint-André-de-Lancyse. L'effet produit par ces terribles exemples de sévérité fut tout le contraire de celui qu'on se proposait.

Les scélérats ne furent plus aux yeux de leurs coreligionnaires que des martyrs qu'il fallait venger.

Les crimes se multiplièrent d'une manière inouïe.

Le seul résultat avantageux de la victoire de Poul avait été de rendre

Cheval et cavalier étaient immobiles, sombres et menaçants au milieu de
la lande. (*Voir page* 417.)

le courage aux troupes royales, démoralisées par plusieurs échecs partiels. Mais, loin d'intimider Laporte, elle ne fit qu'exciter sa rage.

Son premier soin fut de réorganiser sa troupe et de lui donner pour prophète un bandit non moins féroce qu'Esprit Séguier. Au prophète, le chef de bande joignit deux exterminateurs, un boucher habile à manier le couteau et un enfant de treize ans, que sa maladresse devait rendre plus redoutable encore pour ses victimes.

Cela fait, il rentra en campagne et débuta par le massacre d'une compagnie de la marine, qu'il surprit dans le bois de Pompidou.

Ce succès enfla l'orgueil du farouche Cévenole. Se croyant invincible, il envoya, par un prisonnier, un défi insolent au capitaine Poul.

Au bas de la pièce, le colonel des enfants de Dieu avait suspendu, en guise de sceau armorié, l'oreille droite de l'officier qui commandait les vaincus.

Poul, lui aussi, venait de refaire sa troupe ; abandonnant son premier commandement au vicomte de Germigny, il parcourait les Basses-Cévennes avec cinquante dragons et autant de miquelets, soldats indisciplinés et à demi sauvages, comme leur chef, mais braves jusqu'à la témérité, sobres, infatigables, habiles à combattre dans les bois et dans les rochers.

A la tête de toutes ses troupes, il marchait contre la verrière dans laquelle du Serre bravait, depuis un mois, les efforts du baron de Calverte, lorsqu'il reçut la lettre de Laporte.

Aussitôt il retourna sur ses pas, à marche forcée, pour ne pas manquer au rendez-vous.

C'était encore une ruse de guerre. Loin de l'attendre, le chef camisard s'était porté sur un autre point, et, pendant que son crédule ennemi l'attendait, lui, avec ses Camisards, incendiait un village catholique et y massacrait les femmes et les enfants.

A cette nouvelle, Poul eut un rugissement de rage et, il jura de ne plus prendre de repos qu'il n'eût rejoint le traître.

Laporte s'attendait à cette explosion de colère et fuyait maintenant, dérobant sa marche le mieux possible à travers les bois les plus épais et les rochers les plus inaccessibles, pour tâcher de rejoindre Ébénézer dans les défilés de l'Aigoal et y écraser son ennemi. Mais le partisan, avec son incroyable instinct de la guerre, avait deviné le plan de son rival, et s'attachait à ses traces avec l'ardeur et la sagacité d'un limier.

Après huit jours et huit nuits de marche, de contre-marches, de ruses et de stratagèmes de toutes sortes, Laporte arriva enfin à la grande lande découverte appelée *Camp-Domergue*. En face de lui se dressait l'Aigoal, dont Poul ne pouvait désormais plus lui barrer le chemin. C'était plus qu'une victoire. Il fit faire halte à sa bande et entonner le psaume.

Tout à coup, seul, à cheval, apparut Poul.

Était-ce une réalité? était-ce une vision? cheval et cavalier étaient immobiles, sombres et menaçants au milieu de la lande.

L'illusion ne dura pas longtemps, le redoutable sabre s'abaissa, Barnabaïga poussa un hennissement sauvage, et de chaque touffe de bruyère jaillirent des éclairs d'arquebuses.

— Tue! tue! hurla le partisan en lançant Barnabaïga au galop.

Les miquelets couchés se relevèrent en criant :

— A mort! à mort!

Mais, déjà revenus de leur premier saisissement, les Camisards fuyaient dans les bois. Les moins agiles tombèrent seuls sous les coups du partisan.

— Je me suis trop pressé, murmura Poul, en entaillant par trois fois le fourreau de son sabre. Continuons la chasse.

Cinq jours plus tard les miquelets cernaient le vallon de Sainte-Croix dans lequel les Camisards, poursuivis l'épée dans les reins, s'étaient imprudemment jetés, sans songer qu'il n'y avait pas d'autre issue que celle que Poul occupait.

— Cette fois, le sanglier est dans son fort, s'écria le capitaine, oubliant que ses miquelets n'étaient pas un contre quatre.

Les Camisards, eux, se comptèrent. Ils n'avaient d'autre choix à faire que de vaincre ou de mourir.

Ils voulurent vaincre et, avant même que les miquelets eussent pris leurs arrangements, l'avalanche furieuse des montagnards se précipita en poussant d'épouvantables vociférations, contre la gorge à demi obstruée par un abatis de branches et de troncs d'arbres.

Trois fois le torrent vivant d'hommes qui ne cherchaient à se servir que du poignard ou de la hache, se brisa contre la barrière à travers laquelle sifflaient les balles et s'allongeaient les piques teintes de sang, trois fois il se rua avec plus de fureur; à la dernière, il ne recula pas, le silence succéda aux cris, on n'entendit plus que le cliquetis des épées, le bruit sourd des haches qui retombaient, le râle des mourants et, parfois, la voix furieuse de Poul qui criait : Tue! tue!

Enfin, dans la double barrière de troncs d'arbres et de miquelets, il se fit une large brèche par laquelle s'élancèrent une centaine de bandits. Au milieu d'eux, un homme, horriblement balafré, se faisant un sanglant passage à travers ses propres soldats, fuyait au galop vers la montagne.

Cet homme c'était Laporte.

Poul l'avait aperçu.

— Ah! traître, rugit le partisan, j'ai juré que j'aurais ta tête.

Et s'élançant au plus épais du flot des fuyards, il se fit faire place en fauchant à droite et à gauche, bras et têtes avec son épée à deux mains. Ses dragons le suivirent.

Ce fut un épouvantable désordre; les brigands éperdus poussaient des cris d'épouvante.

Laporte, dégagé du milieu d'eux, se retourna et vit son ennemi.

Alors se penchant sur l'encolure de son cheval, il lui laboura les flancs de ses longs éperons. Le cheval partit comme une flèche.

Barnabaïga, la crinière au vent, s'élança sur sa trace.

Poul, le sabre à la main, le poignard entre les dents, les jarrets repliés à la hauteur de la selle, se tenait prêt à bondir comme un léopard.

Cette course effrénée dura longtemps. Murs de pierre sèche, petits fossés, haies de buissons, rien ne la retardait. Parfois Laporte tournait rapidement la tête pour voir si son ennemi gagnait du terrain. Poul regardait toujours devant lui avec une implacable fixité.

Après cinq minutes de course, miquelets et Camisards avaient déja disparu dans le lointain.

Les chevaux galopaient dans un vallon tapissé de verdure, qui s'élevait insensiblement vers un plateau rocailleux. La solitude était partout, partout aussi le silence. Le sabot des chevaux, sur ce tapis de mousse, n'éveillait pas le moindre écho, on eût dit une course de fantômes.

En abordant le plateau, Laporte vit à l'horizon un épais taillis, et le feu de l'espoir brilla dans ses yeux, mais il y avait loin encore et sa monture, dont les flancs saignaient, butta et faillit s'abattre.

Les éperons ne suffisaient plus. Laporte tira son poignard. Barnabaïga gagnait du terrain à chaque élan.

Soudain Poul poussa un cri de triomphe ; un fossé large et profond coupait le plateau devant eux.

Laporte l'avait aperçu le premier et avait voulu forcer son cheval à le franchir, mais l'animal épuisé avait refusé. Il fallut que son cavalier le ramenât en arrière pour lui faire prendre du champ.

Poul n'était plus qu'à vingt pas.

— Attends-moi donc, lâche et double traître, lui cria-t-il.

Mais en même temps il porta la main à son front et chancela comme un homme ivre.

Laporte poussa un strident éclat de rire, et piquant son cheval avec la pointe de son poignard, se précipita vers le ravin.

En se voyant sur le point d'être atteint, le chef de brigands avait laissé tombé sa hache et fait feu avec son pistolet.

Heureusement la balle avait frappé obliquement la calotte d'acier du partisan. Son étourdissement n'avait duré qu'un instant, Barnabaïga ne s'était point arrêté dans sa course.

Les deux cavaliers arrivèrent en même temps sur le bord du précipice tous deux s'enlevèrent à la fois par un bond prodigieux et planèrent ensemble sur le vide, mais un seul devait atteindre l'autre bord. Dans son vol, Poul avait eu le temps de décharger un coup terrible de son arme.

Laporte, le crâne fendu, tomba comme foudroyé dans le ravin.

François du Chayla était vengé !

Plus de cent cinquante Camisards avaient perdu la vie dans le combat. On abandonna leurs cadavres aux loups et aux oiseaux de proie, mais en témoignage de sa victoire, le capitaine fit trancher la tête de tous leurs officiers et les envoya dans un sac au comte de Broglie.

Le même jour, le prophète Joigny faisait clouer aux portes de Génol_ hac les têtes de six officiers du roi et incendiait deux villages de l'Uzège après avoir fait crever les yeux et arracher la langue à des femmes et à des enfants.

Castanet, Saint-Paul, Catinat, Bouccarut, Ravanel, faisaient pis encore dans les Basses-Cévennes. Mais ces atrocités pâlissent à côté des forfaits des Camisards noirs recrutés par Tortilia.

CHAPITRE XXXVII

LE CHEMIN DES CERCLES

Ainsi qu'il l'avait annoncé, Tortilia, le procureur, avait choisi avec soin les soldats destinés à son ami : c'était l'écume des bandits des trois diocèses, perdus de mœurs, bestialement ivrognes, aimant le sang pour le sang, objets d'horreur et de dégoût pour leurs alliés eux-mêmes qui, pour éviter jusqu'à la confusion du nom avec eux, les avaient surnommés les *Camisards noirs*.

Il fallait être bien sûr de sa force, de son audace et de son sang-froid pour accepter le commandement d'une semblable bande.

Roland, le neveu de Laporte, désigné le premier pour en être le chef, avait refusé ce honteux honneur. Mais ne voulant pas se priver de leur concours, il avait fait placer ces bandits sous le commandement immédiat de Méric, dont la force musculaire, la voix tonnante, les yeux flamboyants et la taille d'Hercule étaient autant de qualités indispensables pour se faire craindre et obéir.

On supposait que le gentilhomme ne voudrait pas d'un pareil poste : il l'accepta avec empressement, car il avait besoin de gens de cette trempe pour réussir dans ses projets contre l'orpheline de Sainte-Anastasy. Il avait choisi Torte-Gueule pour leur sergent.

Depuis cinq jours, Camisards noirs et enfants de Dieu ou simplement prophètes, campaient dans les bois de Gaujac, d'où ils pouvaient gagner soit les forêts de Montclus et de Valbonne, soit les grands bois de la Rouvière et de Fontarèche.

En ce moment, du reste, aucun ennemi ne songeait à les inquiéter. Poul était encore au Pont-de-Montvert, Miraman à Saint-Ambroix, le baron de Calverte surveillait du Serre, et M. de Broglie avait autre chose à penser qu'à aller chercher des ennemis jusqu'alors fort inoffensifs.

Grâce au bon vouloir du pauvre Coco, le déserteur arriva quelque peu avant la nuit, sur la lisière du bois,

Le lieu paraissait complètement désert et son aspect sauvage rappela singulièrement au voyageur l'aspect de cette forêt de Bourdic, où il avait mené pendant quelques mois, si fort à contre-cœur, la vie érémitique dans un creux de rocher ; mais il n'était pas là pour faire des comparaisons, la nuit pouvait le surprendre et le plus pressé, pour le moment, était de s'assurer un gîte et surtout un souper, que son estomac réclamait énergiquement.

Il s'engagea dans un des chemins qui se croisaient dans le bois, espérant que ce serait celui qui conduisait au val des Goules, puis en prit un second, puis un troisième, mais un mauvais génie semblait s'en mêler ;

après un quart d'heure de marche, il se retouvait toujours au même endroit. La forêt paraissait parfaitement inhabitée.

— Ça, pensa Torte-Gueule, le Tortilia aura voulu se moquer de moi en m'envoyant croquer le marmot. Bah! je le lui pardonne pour le cadeau qu'il m'a fait de son cheval.

Et il reprit ses explorations en suivant, cette fois, la rive de la Vayre et en pensant qu'à cette même heure la cloche de Sainte-Anastasie sonnait le souper dont il ne serait pas fâché que son admirateur Jérôme lui apportât sa part.

Un brusque arrêt de Coco tira le sergent de sa rêverie gastronomique. Il regarda devant lui et vit qu'une corde barrait le sentier.

— Bon, pensa-t-il, mes soldats doivent être par ici.

— Rends-toi ou tu es mort! cria en même temps une voix brutale.

Et, à travers une touffe épaisse de joncs, il aperçut, le couchant en joue, un nègre colossal, aux yeux brillants et aux dents blanches, dont l'aspect n'était rien moins que rassurant.

— Que me veux-tu? demanda le sergent, sans trop s'émouvoir.

— Savoir qui tu es.

— Un enfant de Dieu qui se rend au camp de l'Éternel.

— On peut y aller à pied, grogna le bandit. Donne-moi ton cheval.

— Il ne m'appartient pas, répondit tranquillement le cavalier. Il est au frère Tortilia.

— Ni à Tortilliard ni à toi, ricana le bandit, il est à moi. Où allais-tu?

— Je te le dis, au camp de l'Éternel.

— Tu lui tournes le dos, tu mens, où sont tes armes?

— Je n'en ai pas.

— Alors, ton argent.

— J'en ai encore moins.

— C'est ce que nous allons voir. Marche devant, et si tu fais mine de fuir... tu comprends?

— Oh! parfaitement, fit Torte-Gueule avec un haussement d'épaules.

Au peu de frayeur que témoignait le prisonnier, son conducteur vit bien qu'en effet il devait appartenir à la troupe des enfants de Dieu, mais les noirs professaient peu d'amitié pour les prophètes, comme ils appelaient tous ceux qui ne se noircissaient pas le visage, et ne portaient pas en guise de ceinture un nœud coulant.

— Sur quel ordre es-tu venu au val des Goules? demanda-t-il sournoisement.

— Sur l'ordre du capitaine Méric.

— Et te sait-il arrivé ? continua le bandit.

Torte-Gueule devina le piège.

— Parbleu, crois-tu donc que je sois venu seul ? répliqua-il, trois de mes camarades sont déjà au camp.

— Et dis... dans quelle troupe veux-tu entrer?

— Dans celle de Jean Marius.

— Alors, dans les noirs.

— Certainement.

Le géant, toisa Torte-Gueule de la tête aux pieds, et lui trouvant sans doute la physionomie d'un brigand accompli, lui tendit la main en disant:

— Touche-là et, puisque tu es notre frère en Belzébuth, reprends ton cheval. Que diable ! il ne faut pas que les loups se mangent entre eux, cela ferait trop plaisir aux brebis. Que puis-je pour toi?

— Je voudrais parler au capitaine.

— Je t'avertis qu'il est en conférence et qu'il n'aime pas qu'on le dérange; après tout, c'est ton affaire. Tu vois cette ferme?

— Oui.

— Et plus loin ces deux arbres? C'est là qu'il demeure. La maison s'appelle le Mas-Crémat.

Et, rejetant son arme sur son épaule, il s'enfonça dans le bois.

Moins d'une demi-heure après, le sergent arrivait auprès de la ferme. Il s'y passait sans doute quelque chose d'extraordinaire, car une cinquantaine de cavaliers semblaient en surveiller les abords.

— Halte, cria une vedette.

Coco obéissait toujours à la première sommation de cette nature, il s'arrêta.

— Qui demandes-tu? fit un sergent en s'avançant.

— Le général répondit Torte-Gueule.

— Es-tu pressé?

— Va le lui demander, puisque c'est lui qui m'a fait appeler.

— Alors tu es...

— Un espion déguisé, interrompit le déserteur

— Passe, alors, passe, repartit le soldat avec une sorte de respect.

Le sergent se dirigea vers la porte et entra brusquement.

Au bruit qu'il fit, deux hommes assis près d'une table cachèrent vivement un papier et portèrent la main à leurs pistolets.

— Capitaine, me voici, fit le déserteur en saluant militairement.

Méric souleva la lampe pour le regarder au visage et, sans doute ne le reconnaissant pas, dit en fronçant les sourcils :

— C'est très-bien, mais qui es-tu?

— Le marchand de peaux de lapins de Monteils, engagé comme sergent sous vos ordres, à raison de...

— Par Tortilia, interrompit Méric. Oui, je te reconnais à présent.

Et, il ajouta en s'adressant à son compagnon :

— C'est le sergent pour les noirs, un homme sûr. Nous pouvons continuer.

— Avant ma conversion, je l'ai vu chez les Philistins, répondit celui-ci, en fixant sur le déserteur son regard froid et pénétrant.

— Et, si je ne me trompe, je t'ai vu aussi à Alais chez Planchut; tu es le général Cavalier, dit Torte-Gueule.

— Je suis frère Jean, et pas autre chose, repartit le jeune homme.

— Comment! tu n'es pas le fameux Cavalier qui, après avoir soulevé la Vaunage, a, pour coup d'essai, tellement battu le capitaine Bonafoux que ses dragons sont arrivés de Saint-Giles à Caveirac, plus essoufflés que des estaffettes courant la poste.

— En effet, reprit le jeune homme, rougissant de plaisir, Dieu a permis que cela arrivât par le moyen de son indigne serviteur.

— Dis plutôt de son grand prophète, interrompit Méric, qui s'apercevait combien Cavalier était sensible à la flatterie.

— Général et prophète, si jeune, s'exclama Torte-Gueule, en faisant claquer sa langue. Par les cornes du diable, voilà un...

— Malheureux! tu offenses mortellement le Seigneur, par tes blasphèmes, s'écria impétueusement Cavalier.

— Pardon, général, c'est une mauvaise habitude que j'ai rapportée du camp des papiste, mais que veux-tu, j'ai été si étonné de te voir si rapidement devenu prophète.

— Ma vocation n'a pas été aussi subite que vous pourriez le croire, mes frères, reprit Cavalier en baissant les yeux, voici bientôt un an que le Seigneur a daigné jeter les yeux sur son indigne créature. Oui, un an, ajouta-t-il; j'assistais un jour à une assemblée, tout à coup je sentis comme un coup de marteau qui frappa fortement ma poitrine, il me semblait que ce coup excitait en moi un feu qui coulait par toutes mes veines. Cela me mit en une défaillance qui me fit tomber; je me relevais aussitôt, et comme j'élevais mon cœur à Dieu, je fus frappé d'un second coup qui me brisa la poitrine et me mit en feu. J'eus quelques moments de calme et puis je tombai soudainement dans des agitations de la tête et du corps. Sur le chemin, comme je retournais chez mon père, je ne cessai de pleurer, et de grandes agitations que j'eus de temps en temps me jetèrent plusieurs fois par terre.

Je fus près de neuf mois dans cet état. La main de Dieu me frappait souvent, mais ma langue ne se déliait point. Enfin, je tombai dans une extase extraordinaire, et Dieu m'ouvrit la bouche. Pendant trois fois

Qui demandes-tu, dit un sergent en s'avançant. (*Voir page* 425.)

vingt-quatre heures, je fis un jeûne après lequel je n'eus ni faim ni soif (1).

Ni Méric, ni Torte-Gueule ne firent une seule objection à ce récit qu'ils feignirent de croire, et bien que Cavalier devinât facilement leur incrédulité, il eut l'air de ne point s'en apercevoir, et, dépliant un plan couvert de signes particuliers et de lignes de diverses couleurs qui se croisaient dans tous les sens :

— Voici, dit-il, le fruit de mes travaux de dix années. Tant qu'il ne tombera pas entre les mains de nos ennemis, nous serons invincibles.

C'était une carte routière et stratégique d'une admirable précision, dont Cavalier faisait présent à Méric. En tête de cette carte étaient tracés, en grosses lettres, ces mots : *Chemins des Cercles.*

Le capitaine la plia soigneusement et l'enferma dans un mince portefeuille de cuir, qu'il portait toujours sur lui.

— N'oublie pas, ajouta Cavalier en se levant, que les points jaunes sont les hôpitaux, les rouges les magasins de vivres, les verts les arsenaux ; que l'étoile représente une forteresse naturelle et les deux épées croisées une position favorable pour livrer bataille.

— Je n'oublierai rien, général, répondit Méric en le reconduisant, et moins encore que tout autre chose, que chacun de nos succès, c'est à ton génie que nous le devrons.

— Frère, frère, ne parle pas ainsi, je ne suis qu'un pauvre pécheur.

Et il siffla dans ses mains.

Aussitôt les cinquante cavaliers accoururent et leur brigadier amena un superbe cheval, dont lui-même tint l'étrier à son chef.

— A Moussac ! commanda celui-ci d'une voix vibrante.

Et, se redressant sur sa selle avec orgueil, il salua Méric de son épée et partit au galop, devançant de quelques pas son escorte.

---

(1). Ce récit de la vocation de Cavalier est une copie de celui qu'il a écrit de sa propre main.

Torte-Gueule demeurait stupéfait

— Eh bien ! lui demanda Méric en le poussant dans l'intérieur de la maison, que penses-tu de ce garçon ?

— Peuh ! un hypocrite.

— Oui, un hypocrite et un ambitieux, mais un homme de génie.

Le sergent haussa les épaules.

— Dans le genre de Tortilia, dit-il, qui n'a jamais commandé que des soldats de plomb. C'est vous qu'il aurait fallu nommer et non pas ce blondin.

— Ce blondin sera et est déjà un grand capitaine. Oui, Torte-Gueule, nous, vieux soldats, nous ne lui allons pas à la cheville. Ah ! si tu l'eusses entendu me parler tout à l'heure, quel feu et en même temps quelle précision, quelle ardeur et quel sang-froid ! Je le méprisais hier, aujourd'hui je l'admire. Ce fils de porcher tiendrait tête à Villars.

— Peste ! ce n'est pas l'idée de Roland.

— Un imbécile.

— Ni d'Ébénézer.

— Un maniaque.

— Ni de beaucoup d'autres.....

— Qui le jalousent et qu'il trahira, j'en suis sûr, car ne t'y trompe pas, ce Cavalier.....

Méric n'acheva pas sa phrase ; il s'aperçut qu'il allait trop loin.

Toutefois, absorbé par ses conversations de la soirée, il tira le plan de sa poitrine et l'étalant devant lui :

— Regarde cela, dit-il au sergent.

— Je regarde beaucoup et vois très-peu, répondit celui-ci.

— Je ne m'en étonne pas, reprit Méric avec un sourire ; de plus habiles que toi ne se reconnaîtraient pas sur ce plan, et cependant, je te le répète, c'est un chef-d'œuvre. Vois plutôt. Voici les Basses-Cévennes et l'Uzége, ici la Vaunage. Il s'agit de passer d'ici là sans être aperçu, comment ferais-tu ?

— Parbleu, capitaine, en prenant à travers champs.

— Bien, avant trois semaines tu seras pendu.

— Ma marraine me l'a prédit le jour de ma naissance.

— Eh bien ! je veux la faire mentir, en te montrant les chemins par lesquels tu pourras déjouer, avec cinquante hommes, une armée royale et la battre en détail. Prenons la première route : tu pars des Cévennes pour la Vaunage, par exemple, tu marches droit sur Brignon, de là, tu gagnes ces deux points : l'un est Nozières, l'autre, Domessargues, et tu t'enfonces dans la forêt des Leins.

— Bonne retraite, trois lieues de long, une de large, interrompit Torte-Gueule, que cette promenade stratégique intéressait.

— Et où tu trouveras, ici un arsenal, là des hôpitaux, à cet angle une position formidable, et pour en sortir sans être vu, ces deux chemins de montagnes.

— Par Belzébuth, voilà qui est bon à savoir, grogna le sergent.

— Continuons. Pendant que l'ennemi cerne le bois d'où tu es sorti, trouves la rivière de Corme, cette ligne verdâtre, elle te mène à Montmirat.

— Où je suis pris et pendu.

— Non, certes, voici des issues par lesquelles tu t'échappes au contraire avec la plus grande facilité.

— Sur le papier.

— Et non, tête de bois, sur le terrain, en perçant, par les garrigues, vers Vaqueyrolles ou Puech-Méjan, et te portant sur Vallongue, Fons et Gajan.

— Trés-bien, mais si le Broglie ou le Poul ont eu l'idée de m'attendre de ce côté.

— Eh bien ! si tu es en force, tu leur passes sur le ventre ; si au contraire, tu échappes par Cabanne, Saint-Nicolas et Dions. Ou bien encore en grimpant la côte de Clarensac et, laissant Saint-Côme à ta gauche, tu suis la rivière de Saint-Peyre, tu traverses la Branne à Gajan et tu te retrouves dans la forêt de Leins.

— Bien joué, en vérité, s'écria Torte-Gueule émerveillé.

— Veux- tu maintenant que je t'enseigne comment on peut de Nîmes se porter au-dessus ou au-dessous d'Alais sans être vu ?

— J'aimerais mieux souper, capitaine.

— Ce plan ne t'intéresse donc pas ?

— Au contraire, capitaine, beaucoup, et je suis sûr qu'il intéresserait très-vivement aussi le Basville. Avec un pareil chiffon dans sa poche, on serait bien reçu.

— Quoique déserteur, n'est-ce pas ? interrompit Méric en regardant Torte-Gueule d'un air soupçonneux.

Et, repliant le plan, il le remit sous sa cuirasse.

Le sergent ne se sentait pas à l'aise, il découvrait que le capitaine avait deviné, sinon son projet, au moins sa pensée. Un moment il resta silencieux, puis tout à coup, se ravisant, il fouilla dans sa poche, en tira un papier crasseux et s'écria avec un rire forcé :

— Et moi aussi, j'ai un plan qui intéresserait quelqu'un que je connais. Oui, un beau plan, ma foi, celui du château de Sainte-Anastasy.

— De Sainte-Anastasy ? fit Méric, en relevant la tête, comme si ce mot magique l'eût arraché d'un profond sommeil. Comment as-tu le plan du château.

— Parbleu, je l'ai fait pendant mon séjour.

— C'est donc toi qui y étais ? Imbécile, comment ne me l'as-tu pas dit en arrivant ? La colombe y est toujours ?

— A perpétuité, capitaine.

— Tu crois donc qu'il sera impossible de l'en tirer ?

— Très-facile au contraire ; mais il me faut deux choses: ma compagnie et mon souper.

— C'est juste. Il est tard et j'ai à causer avec toi, demain je te ferai reconnaître ; mais je te préviens que tes agneaux ont la laine rude et les dents longues.

— J'en ai vu un échantillon ce soir, un nègre qui parle français et m'a volé mon cheval.

Méric éclata de rire.

— Ce n'est pas un signalement, ils sont tous noirs.

— Tous noirs?

— Oui, noirs de visage et de conscience; demain tu les verras, mais parlons de Sainte-Anastasy.

— Si nous parlions de souper, capitaine.

— Tiens, ouvre cette armoire, tu y trouveras de quoi te satisfaire; peut-être alors te décideras-tu à parler.

— Rien ne m'empêche de causer en soupant, répondit Torte-Gueule, tout en fouillant à l'endroit indiqué.

CHAPITRE XXXVIII

LES CAMISARDS NOIRS

La conversation entre l'aventurier et son chef dura longtemps, et dix heures venaient de sonner, quand Méric, frappant du poing sur la table, s'écria :

— Tu es un précieux serviteur, Torte-Gueule, et pour te prouver que je sais récompenser ceux qui me servent, tiens, voici un louis de vingt-quatre livres pour boire à ma santé et payer ta bienvenue aux bons compagnons auxquels je ne veux pas tarder plus longtemps à te présenter.

— Je croyais que la cérémonie était remise à demain, capitaine ?

— Oui, mais j'y ai réfléchi, à cette heure ils doivent tous être réunis dans leur palais et demain, le diable sait si nous en trouverions un seul. Allons ! en route !

Il appela un cavalier qui dormait sous un arbres près des chevaux entravés, et ils partirent.

Le bois était sombre, et le chemin difficile. Au bout de cinq minutes de trot, les cavaliers mirent pied à terre et s'engagèrent dans un étroit sentier qui traversait le taillis.

Non loin de là, on entendait des voix bruyantes et des chants avinés, qui semblaient partir de l'intérieur d'un rocher.

Méric en fit le tour et s'arrêta à l'entrée d'une grotte masquée par un épais rideau de lierre.

Le capitaine siffla. On ne répondit pas, Torte-Gueule l'entendit qui grondait sourdement.

Presque aussitôt il souleva le lierre et ils entrèrent dans une galerie tortueuse. Au détour d'un angle, une vive clarté les éblouit, et un spectacle étrange frappa leurs regards.

Vingt ou vingt-cinq brigands, le visage noirci avec de la suie, remplissaient l'intérieur de la grotte, éclairée par des torches de sapins et un grand feu, autour duquel plusieurs d'entre eux accroupis faisaient rôtir, à une longue broche de fer, un chevreau tout entier.

D'autres bandits, assis sur des escabeaux, autour d'une table formée de planches grossières, posés sur des tonneaux vides, buvaient et chantaient. Devant chacun des convives un long couteau de boucher, fiché dans la table, semblait marquer la place sur laquelle aucun autre n'avait le droit d'empiéter. Le vin circulait, les gobelets d'étain se heurtaient, les blasphèmes et les propos grossiers se croisaient dans l'air.

Cet ignoble banquet de soldats avinés, sans discipline, avait pour président, un brigant trapu, aux formes athlétiques et au cou de taureau, assis au haut bout de la table, et qui, avec une dextérité toute particulière, découpait avec son coutelas les pièces de viandes carbonisés et saignantes, dont il lançait ensuite les lambeaux aux plus affamés.

— Ohé ! par ici, Jean Marius, clama un des noirs, en étendant son bras nu sur lequel était tatouée, en rouge et en bleu, une tête de mort, tu n'es pas leste aujourd'hui.

— Attrape donc et tais-toi, cria le chef en lui lançant un os à ronger ; tant pis pour les absents s'il ne reste rien.

— Qui donc est absent à cette heure ? demanda une voix rude et impérieuse qui fit tourner toutes les têtes.

— Qui ose m'interroge ainsi ? fit Marius en promenant sur l'assemblée un regard menaçant.

— Moi, j'en ai le droit, répondit Méric en sortant de l'angle dont l'obscurité l'avait caché jusque-là.

A la vue de leur capitaine, tous les bandits firent silence.

— J'ai demandé quels sont les absents, répéta Méric.

— Cinq ou six hommes seulement, qui sont allés aux provisions.

— Aux provisions ? dit le capitaine en fronçant le sourcil. Il y a donc encore besoin de provisions ici, je ne m'en serais pas douté. Qui les commande ?

— Samuel-le-Borgne·

— Bien, je réglerai son compte. Commençons par le tien,

— Par le mien, capitaine ?

— Qui as-tu posé en faction à la porte de la caverne ?

— Jérôme-le-Chantre.

— Où est-il ?

— A son poste, sans doute.

— Et sans doute aussi il est allé à la maraude, sans que tu te doutes seulement de son absence. Je t'avais fait caporal, je te casse. Quitte cette place et donne la corde rouge à Beulaigue.

— Mais, capitaine·····

— As-tu obéi ? fit Méric en armant un pistolet.

Marius était à demi ivre, il se redressa sur son escabeau et étendit la main.

Mais avant qu'il eut arraché son couteau de la table, un violent coup de poing le renversa sur le sol, où il tomba comme une masse.

Pour une si belle entrée en fonctions, les brigands poussèrent un hurrah en l'honneur de Torte-Gueule.

— C'est votre nouveau sergent, fit Méric ; il n'est pas grand, mais vous voyez, il a la poigne solide.

— Vive le sergent! hurlèrent les bandits.

Ce fut ainsi que le déserteur fut intronisé.

— Qu'on remplisse la coupe, commanda le capitaine

C'était un énorme gobelet d'étain contenant environ deux litres de vin.

Barnabé, le roi des buveurs, l'apporta plein jusqu'aux bords et le déposa devant la place qu'occupait, un instant auparavant, Jean Marius et où Torte-Gueule venait de s'asseoir, avec Beulaigue à sa droite.

— Moi, Mathias Torte-Gueule, dit le sergent étendant la main sur le vase, je jure par l'enfer que je veux faire partie des enfants du diable, que j'entre de mon plein gré dans leur compagnie, par haine pour l'Antechrist, le Pharaon et les papistes, et qu'en toute occasion je serai sans pitié pour lesdits papistes, leurs femmes et leurs enfants. En foi de quoi, en présence de tous les frères ici assemblés, je bois la coupe du serment.

Et, soulevant le gobelet, il en absorba lentement le contenu.

Il y eut une bruyante explosion de bravos et d'applaudissements, et tous les assistants, levant leurs coutelas en signe d'adhésion, jurèrent obéissance à leur nouveau chef.

Jamais triomphe n'avait été plus complet.

Jean Marius, malgré sa sourde colère, n'osa pas réclamer.

Quelques jours après, sur les ordres de Méric, la bande des noirs, en trait en campagne pour commencer son œuvre de dévastation, et remontait du côté de Génolhac, renfoncer les troupes de Roland qui, battu par

Miraman, près de Sauve, venait de rallier les restes de sa bande dans les bois de Sénéchas.

L'arrivée de trente Camisards noirs et d'une soixantaine d'enfants de Dieu rendit le courage à ces troupe démoralisées.

Pendant les quelques jours que les Camisards employèrent à se réorganiser, il ne fut question que de prendre une éclatante revanche du double échec éprouvé par Roland à Sauve et par Joigny à Génolhac, d'où l'avait chassé le jeune et vaillant vicomte de Laudun

Une étroite vallée, d'une profondeur extraordinaire, au fond de laquelle coule la petite rivière de Cèze, et que borde de chaque côté une muraille de rochers à pic, sépare Sénéchas de la lignes de montagnes sur lequelles, s'élèvent, à environ huit kilomèrtes l'un de l'autre, le château de Portes, Chamborigaud, Génolhac, et Concoules, où la rivière se change en torrent.

Des bois immenses, des gorges sauvages, impraticables à la cavalerie et à plus forte raison à l'artillerie, offraient une position admirable pour la défense, un abri sûr en cas d'échec.

Tous les préparatifs étant terminés, les chefs tinrent conseil. Il y fut résolu que sept ou huit enfants de Dieu iraient à travers le bois mettre le feu à quelques métairies au sud du château, pour attirer l'attention du vicomte et se cacheraient ensuite dans les rochers. Pendant ce temps, la petite armée descendrait silencieusement dans la vallée, franchirait la Cèze sur le pont romain, et là se diviserait en deux bandes, dont l'une, sous les ordres de Joigny, se porterait sur Génolhac, tandis que la seconde, grossie par les noirs, surprendrait Chamborigaud.

La nuit venue, les troupes se mirent en mouvement ; elles descendirent silencieuses dans le vallon, gravirent la pente opposée et firent halte.

Protégés par le voisinage du château de Portes, dont les tours se dressaient à l'horizon, les catholiques dormaient paisiblement.

Sur la plate-forme de l'une de ces tours, un soldat du roi, appuyé aux créneaux, surveillait l'horizon.

— Eh bien! Sans-Peur, dit une voix douce et harmonieuse, mais habituée au commandement, rien de nouveau?

— Pour le moment, non lieutenant, cependant depuis quelques minutes je vois des lumières qui s'agitent.

— Où cela? demanda le vicomte de Laudun.

— Du côté de la Grand'Combe, répondit le soldat

Ils demeurèrent un moment silencieux.

Les torches s'agitaient toujours.

Le vicomte se pencha sur la plate-forme.

Quelques coups de feu retentirent dans le lointain.

— Je ne me trompe pas, s'écria M. Laudun, en s'élançant dans l'escalier, c'est l'Euzière qu'on attaque.

Quelques minutes après, dix cavaliers s'élançaient sur la route de la Grand'Combe. .

— Au galop! cria Laudun.

Au même moment, avec des hurlements de bêtes fauves, Camisards et enfants de Dieu se précipitaient dans les rues désertes de Génolhac et de Chamborigaud.

Marsili, avec soixante soldats, occupait le premier village. Bien que ne s'attendant pas à l'attaque, il se tenait prêt pour la repousser. En arrivant sur la place, les fanatiques furent reçus par une décharge à bout portant qui leur tua dix ou douze hommes et mit le reste en déroute.

Ils étaient huit cents contre soixante, et cependant ils n'osèrent pas renouveler l'attaque, ils allaient se retirer quand des protestants, habitant le village, leur ouvrirent les maison dominant la place

Du haut des toits, des brandons enflammés, lancés sur les casernes, y mirent feu, pendant que des fenêtres les rebelles faisaient pleuvoir une grêle de balles sur la place et dans les rues environnantes.

Dans l'impuissance de se défendre, poursuivis par l'incendie, décimés

Au moment où elle mettait le pied hors de son asile Beulaigne l'aperçut. (*Voir page* 440.)

par les décharges multipliées de l'ennemi, les soldats de Marsili s'élancèrent, l'épée à la main, pour se faire jour. Mais que pouvait le courage contre des ennemis invisibles ? Dix hommes et un officier gagnèrent seuls la porte et s'enfoncèrent dans les bois, laissant derrière eux cinquante et un cadavres horriblement mutilés.

A Chamborigaud, la victoire des Camisards fut encore moins difficile. Le village était presque entièrement habité par des catholiques ouvriers ou paysans et dépourvu de toute garnison. Ce ne fut pas un combat, mais un épouvantable massacre.

Les noirs avaient juré d'exterminer sans pitié, ils tinrent parole.

Au massacre succéda le pillage, au pillage l'incendie. Ce fut à la lueur sinistre des flammes qui dévoraient les maisons catholiques que les bandits égorgèrent leurs dernières victimes.

Dans cette nuit épouvantable, dont les horreurs dépassent les bornes de l'imagination, enfants de Dieu et enfants du diable, prophètes et Camisards noirs rivalisèrent d'atrocité.

Le dernier meurtre de cette nuit dépassa, s'il est possible, en horreur tous les raffinements de la plus monstrueuse cruauté.

Une jeune femme, mère de cinq enfants en bas âge, était parvenue à se cacher dans les décombres d'une maison en ruines. N'entendant plus de bruit dans le voisinage, elle crut les assassins éloignés et voulut fuir ; mais au moment même où elle mettait le pied hors de son asile, Beulaigue l'aperçut et appela ses compagnons. En un instant elle fut renversée, traînée par les cheveux jusque devant une maison embrasée.

Là, sourds à ses prières, à ses larmes et à ses supplications, les monstres la clouèrent par les pieds et par les mains à un poteau, lui coupèrent les paupières pour l'empêcher de fermer les yeux et, un à un, firent périr ses cinq enfants dans les plus horribles tourments. Au premier ils arrachèrent la langue, au second les yeux, remplirent de charbon ardents la bouche du troisième, arrachèrent les membres du quatrième et écrasèrent sous leurs pieds la tête du dernier, puis il firent un mon-

ceau de ces cinq cadavres aux pieds de la mère et se retirèrent, la laissant
vivante pour qu'elle savourât plus longtemps son épouvantable agonie.

Cependant au moment même où les soldats de Roland célébraient
leur triomphe une terreur subite vint changer leur victoire en une fuite
précipitée. Torte-Gueule, avait aperçu au haut de la tour du château de
Portes, la lueur d'un signal rouge, destiné sans doute à donner l'alarme
et à rappeler le vicomte de Laudun.

D'un moment à l'autre les troupes royales pouvaient arriver, et plus
que tout autre Roland avait appris à redouter leurs attaques.

Les Camisards abandonnèrent donc en toute hâte les ruines fumantes
du village et, pendant que la compagnie des noirs s'enfonçait dans les
bois pour aller, d'après les ordres de Méric, le rejoindre dans les gorges
de Vendras, les enfants de Dieu commandés par Roland, prenaient la
route de Génolhac pour s'y joindre à ceux de Joigny.

En ce moment, même le vicomte arrivait au galop.

Devant la porte du château, deux compagnies sous les armes attendaient leur chef.

A la vue de ces dispositions prises par le brigadier La Rose, le jeune
lieutenant comprit qu'il n'y avait point de temps à perdre.

— Où est l'attaque ? demanda-t-il.

— Chamborigaud brûle, répondit La Rose.

— Mes amis, en avant et au pas de course ! s'écria le jeune homme.
Il y va de notre honneur.

Les soldats partirent en courant.

A mesure qu'ils approchaient, les flammes semblait s'étendre, Dans
le village on entendait des clameurs furieuses, mais pas un coup de feu.

Bientôt, à la lueur des flammes, on put voir, sur la crête des murs,
des ombres qui s'agitaient, comme si d'un commun concert, une partie de
la population eût cherché à éteindre le feu, tandis que l'autre l'allumait
sur plusieurs points. C'était quelque chose d'étrange et qui paraissait
inexplicable.

Une explosion de cris et de fureur et de désespoir accueillit l'apparition des troupes à leur arrivée au village.

En entrant dans le bourg infortuné que Roland venait d'abandonner, les catholiques, ruinés par le pillage et l'incendie, n'avaient songé qu'à verser des larmes amères, mais quand sur les ruines fumantes de leurs maisons incendiées ils aperçurent les cadavres mutilés de leurs parents et de leurs amis, quand surtout ils arrivèrent à la porte où les cannibales avaient cloué leur victime, il furent frappés d'une profonde stupeur. La malheureuse mère vivait encore ; elle put raconter une partie de ses tortures et de celles de ses enfants. Elle n'avait pas fini de parler, quand le cabaretier Chabert accourut : il portait une longue broche de fer.

— Vengeance! vengeance ! plus de pardon.

La fureur est contagieuse ; celle de cette homme tenait du délire : elle embrasa tous les cœurs.

Il n'y avait pas de protestants à égorger, ils avaient fui, mais leurs maisons étaient debout et intactes. On se rua contre les portes qui furent enfoncées, non pour piller mais pour chercher des armes. Fourches de fer, haches, marteaux, bâtons noueux, tout en servit.

A la vue des troupes royales, les catholiques, s'élancèrent vers le commandant en hurlant: Vengance ! vengeance ! mort aux hugenots ! Et, tous ensemble, se précipitèrent sur la route de Génolhac, à la poursuite des assassins.

Le jour commençait à paraître, quand les hurlements lointains avertirent les deux chefs des enfants de Dieu de l'approche des ennemis. Les bandes réunies des Camisards formaient un effectif de douze à quinze cents hommes, bien armés et suffisament reposés.

Après une courte délibération, il fut convenu qu'on recevrait les catholiques en rase campagne, dans le vallon, où la poursuite serait plus facile à cause de l'escarpement des rochers. Les enfants de Dieu sortirent en bon ordre et se rangèrent en bataille derrière un ruisseau profond.

Bientôt les catholiques apparurent, toujours courant en désordre,

Chabert en tête qui, agitait, au bout de sa broche, un mouchoir teint de sang.

Derrière eux, et ayant peine à les suivre, arrivaient les deux compagnies, épuisées par une marche forcée de quinze kilomètres.

Les deux premiers rangs des Camisards mirent un genou en terre, les autres apprêtèrent leur armes.

— Halte ! cria le vicomte.

Les deux compagnies s'arrêtèrent, mais les six cents catholiques, entraînés par Chabert, continuèrent leur course, en mettant les soldats dans l'impossibilité de tirer.

M. de Laudun vit que tout était perdu.

— Soldats, s'écria-t-il, à la baïonnette et pas de quartier !

En ce moment, une première décharge des protestants renversa une vingtaine de paysans sur le sol, mais sans arrêter l'élan furieux de leurs compagnons. Ceux qui n'étaient que blessés se relevèrent et, tous ensemble, se précipitèrent dans le ruisseau.

En même temps qu'eux le vicomte, faisant franchir l'obstacle à son cheval, tombait sur le front des Camisards et, d'un coup de pistolet, brisait le crâne à un bûcheron.

Un instant la mêlée fut terrible. Les catholiques frappaient avec une fureur aveugle, les Camisards se défendaient avec désespoir.

Les Camisards tenaient bon cependant. D'un coup de hache, un de leurs centurions abattit le cheval du vicomte. M. de Laudun n'eut que le temps de se dégager. Joigny courait sur lui, une masse de fer à lamain.

Les deux chefs allaient s'attaquer corps à corps, quand un nouveau groupe de combattants les sépara. C'était Chabert et le prophète Marion D'un coup de poignard, Marion avait mortellement blessé le cabaretier, mais celui-ci avait encore eu la force de se cramponner à son ennemi, dont il étreignit la gorge avec fureur.

Pâle et les lèvres contractées, ils tombèrent pour ne plus se relever.

Tout à coup il se fit un mouvement étrange, comme si un puissant étau eût resserré entre ses mâchoires de fer le bataillon des Camisards, C'étaient les deux compagnies du roi qui, chacune par un flanc, chargaient, la baïonnette en avant, avec une irrésistible impétuosité.

— Sauve qui peut! cria Roland en quittant le premier la mêlée.

— Tue! tue! hurlait Martin.

En un instant la déroute fut complète.

Demeuré seul avec les deux compagnies, sur le champ de bataille, où il avait si bravement payé de sa personne, le vicomte de Laudun, confiant au brigadier La Rose le soin de recueillir les blessés et d'ensevelir les morts, se dirigea vers Génolhac, qu'il trouva abandonné, et où vinrent, dans la journée, le rejoindre, les catholiques émigrés et les quelques soldats échappés au massacre de la nuit précédente.

Pendant que le brave lieutenant vengeait ainsi les crimes commis par les Camisards et dispersait leur armée, la bande des Camisards noirs, rencontrée par le comte de Miraman, aux environs de Robiac, s'échappait à grand'peine par les rochers de Courri.

La nouvelle de la défaite de Roland exaspéra Méric, dont elle ajournait les projets.

Torte-Gueule et Beulaigue jurèrent de le venger.

CHAPITRE XXXIX

LE CRIME DU BOIS DE BOUQUET

Depuis la brusque interruption des fêtes d'Anduze, la vie des habitants de Sainte-Anastasy avait repris sa triste monotonie.

L'inquiétude dévorait Mme de Miraman, à laquelle les lettres de son mari laissaient vaguement deviner l'approche d'un orage terrible. Marguerite, plus résignée en apparence, cherchait en vain une distraction qu'elle ne trouvait plus dans l'étude, la musique et les promenades.

Mais la grande préoccupation, c'était la venue du messager qui, deux fois par semaine, apportait le courrier de Nîmes et d'Uzès.

Un matin, c'était le 26 juillet, le courrier si attendu avait manqué. Deux jours se passèrent, deux siècles. Que pouvait-il être arrivé?

Enfin, le 28, de grand matin, le messager arriva, apportant une lettre, datée du Pont-de-Montvert. L'une était un billet laconique du comte; mais ce laconisme était effrayant.

« J'arrive et je repars, écrivait M. de Miraman; un crime horrible a été commis; l'abbé du Chayla a été assassiné, M. de Laudun et moi poursuivons les scélérats. Le maréchal est avec nous. Nous ne courons aucun danger et nous nous portons bien. M. du Chayla donne des détails à votre père. Adieu, mes dragons m'attendent. Confiance en Dieu, à bientôt une lettre. »

A partir de ce jour, les nouvelles allèrent chaque jour s'assombrissant Quelques mois se passèrent, l'état des affaires, loin de s'améliorer, empirait. Il était impossible de se le dissimuler, la révolte devenait générale.

On avait cru d'abord que M. de Broglie enverrait dans les Cévennes de puissants renforts, et au contraire, il était obligé de rappeler auprès de lui Poul et le baron de Calverte pour l'aider à poursuivre Cavalier.

Le jeune Cévenole depuis sa fuite de l'Hort-de-Diou, avait singulièrement grandi en réputation; inconnu quelques mois auparavant, il était aujourd'hui le plus redouté des chefs Camisards. Mêlant la ruse à l'audace, la prudence à l'habileté, il s'était décerné à lui même le titre de prophète et se faisait obéir en parlant au nom du ciel.

Moins sanguinaire que les autres chefs, il n'hésitait cependant pas à commettre les plus atroces cruautés pour assurer son autorité ou effrayer ses ennemis. Au besoin même il sacrifiait sans pitié ses propres partisans à sa sécurité personnelle et pour prévenir la trahison, se faisait révéler de prétendus complots dont il punissait de mort les prétendus auteurs.

Dans ces actes d'une politique froidement féroce, Isabeau était son bras droit; la sombre prophétesse obéissait aveuglément au moindre signe de Jean. Aigrie par la souffrance et dévorée par la jalousie, cette femme était devenue implacable : elle ordonnait le meurtre et le voyait accomplir sous ses yeux, sans que son visage, trahît la moindre émotion.

Pour les femmes jeunes et belles, la prophétesse était surtout inexorable, et c'était avec un acharnement inouï qu'elle poursuivait toutes celles en qui elle pouvait soupçonner des rivales. La vue seule du diamant que Cavalier portait à son doigt avait allumé en cette jeune fille passionnée une haine mortelle contre Mlle de Saint-Véran.

Tel était Cavalier, telle était Isabeau.

Débora par jalousie, Méric par ambition, Tortilia et Torte-Gueule par avarice, Ébénézer par fanatisme, Beulaigue par férocité, complotaient avec Isabeau, la perte de l'innocente et pure Marguerite et de tous ses protecteurs.

La mort de Mme de Miraman fut la première résolue, comme lâche vengeance des derniers succès du comte et de sa victoire sur Roland. Beulaigue l'avait jurée, l'enfer lui fournit l'occasion d'accomplir son exécrable dessin.

En arrivant au bois de Vendras, où Méric leur avait donné rendez-vous, les noirs surprirent un courrier de M. de Miraman.

Le malheureux dragon, dépouillé de ses vêtements, fut pendu par les bras à une branche de châtaignier. Au-dessous de la victime, bâillonnée avec soin, les Camisards allumèrent un feu modéré.

Pendant qu'il expirait dans des souffrances atroces, au milieu des railleries et des quolibets de ses assassins, Méric, assis au pied du châtaignier, lisait froidement les dépêches trouvées sur le courrier.

Ces dépêches consistaient en trois lettres, dont l'une adressée au gouverneur d'Uzès l'avertissait de se tenir en garde contre une attaque possible des rebelles ; la seconde, destinée à M. de Broglie, lui annonçait la double victoire du comte de Laudun, la dernière était un simple billet à l'adresse de Mme de Miraman.

Laissant Méric déchirer l'enveloppe des deux autres, Débora avait décacheté ce billet avec un soin extrême pour ne pas en briser le cachet.

On eût dit que sa haine lui faisait deviner dans ces précautions un moyen de vengeance.

La lettre, ne renfermait aucune sorte de détails indiscrets. M. de Miraman y parlait simplement du fait d'armes de son lieutenant et exprimait le bonheur qu'il aurait à revoir enfin sa femme et ses enfants.

Méric lut la missive et, n'y trouvant rien de nature à l'intéresser, la froissa dédaigneusement et la jeta à ses pieds.

La prophétesse la ramassa aussitôt.

— C'est un papier inutile, fit le lieutenant.

— Qui sait? répondit la Cévenole, Tortilia est ici.

Méric la regarda sans comprendre.

— Il sait, m'as-tu dit, imiter toutes les écritures?

— Oui, c'est un habile faussaire, mais à quoi bon?

— C'est mon secret, dit-elle. Veux-tu me permettre d'agir.

— Fais ce qui te plaira.

La prophétesse ne perdit pas de temps et alla trouver le procureur.

— Peux-tu imiter cela? lui dit-elle.

L'homme de loi prit la lettre, l'examina en connaisseur et répondit :

— Écriture de gentilhomme, rien n'est plus facile. Faut-il copier?

Débora sourit.

— Non, dit-elle, il faut inventer, mais je m'en charge

Tortilia déploya sa trousse et choisit ses plumes.

— Je suis prêt, fit-il alors.

Alors, elle dicta une lettre dans laquelle, après avoir fait entrer ce qu'écrivait le comte, elle ajoutait :

« Le comte de Broglie arrive pour combattre les fanatiques, il passera quelques jours à Saint-Ambroix, je désirerais vivement que vous vinssiez pour lui faire les honneurs de mon hôtel.

« Ma blessure, quoique en voie de guérison, me fait toujours souffrir. »

— Mais, si dans ses autres lettres il n'a pas parlé de blessures?

— Raison de plus pour que la comtesse s'en effraie et vienne plus vite. Mets encore ceci :

« Quoique les chemins soient très-sûrs, le dragon, porteur de cette lettre, a l'ordre de vous escorter. »

— Ah ! pour le coup, voilà qui est parfait, la belle dame ne pourra pas se tromper de route, s'écria le faussaire en riant.

Pendant que maître Tortilia mettait la dernière main à son faux, Épée-du-Juste endossait le costume du dragon assassiné et recevait les dernières instruction de Débora.

Un quart d'heure après, il prenait, au galop, le chemin du château, pendant que Méric, remontant plus au nord avec sa troupe, s'éloignait, ne laissant dans le bois que Beulaigue et cinq ou six noirs.

— Encore un courrier de manqué, chère Marguerite, disait Mme de Miraman à sa pupille. Mon Dieu, pourvu que ce ne soit pas quelque affreux assassinat comme celui du Pont-de-Montvert.

— Dieu merci : rien ne peut faire prévoir, cette fois-ci, de pareilles atrocités, la dernière lettre de mon tuteur était l'annonce de sa victoire à Sauve, répliquait Mlle de Saint-Véran.

— Que veux-tu, depuis quelques jours, les pressentiments m'assiègent ; je fais mal peut-être de te le dire, au risque de t'effrayer, mais j'ai peur.

Marguerite ne répondit pas, la maladie de son amie commençait à la gagner.

Les deux femmes demeurèrent silencieuses au coin de leur cheminée.

Tout à coup le galop d'un cheval se fit entendre dans la cour.

— Qui donc peut arriver à cette heure ? murmura Mme de Miraman.

Marguerite s'était rapprochée nonchalamment de la fenêtre.

— Un dragon de Saint-Cernin, un dragon de mon tuteur, s'écria-t-elle, je reconnais son uniforme ; il porte une lettre.

Au même moment, Brigitte entra, apportant la dépêche que la comtesse ouvrit d'une main tremblante.

— Mon Dieu ! s'écria-t-elle tout à coup, mon mari est blessé et il me l'avait caché. Ah ! je l'avais deviné.

Marguerite et Brigitte demeurèrent atterrées

— Avertissez mon père que j'ai à lui parler, reprit Mme de Miraman, et qu'on mette les chevaux à mon carrosse, je vais partir.

— Partir seule, dans cet état ? s'écria Marguerite.

— M. de Miraman me demande, il a besoin de moi, je partirai.

— Si vous interrogiez le dragon ? interrompit Mlle de Saint-Véran.

Épée-du-Juste monta aussitôt. Sa leçon était faite : il parla de la blessure du comte, raconta les combats de Sauve et de Chamborigaud et insista sur l'impatience de son capitaine de revoir Mme de Miraman.

Le marquis de Meyrargues l'interrogea sur l'état des chemins.

— Oh ! quant à cela, fit le dragon, madame peut voyager sans crainte, pas plus de brigands que dans mon œil.

Sur l'ordre de sa maîtresse, Mlle Suzon, sa femme de chambre, remplissait, avec les riches costumes, les coffres de la voiture.

— Qui emmenez-vous avec vous, ma fille ? demanda le marquis

— Suzon, répondit la comtesse.

— Pour une personne de votre rang, une seule femme ne suffit pas, vous prendrez Thérèse avec vous, reprit M. de Meyrargnes. Il vous faut aussi un valet de pied.

— Puisque vous y tenez absolument, j'emmènerai Malbernat, mais sans armes, j'y tiens absolument.

— Il sera fait comme vous le désirez, ma fille. Je vais donner mes ordres en conséquence, fit le marquis.

En moins de deux heures, les malles furent faites.

A midi, le carosse se rangea devant le perron ; le dragon d'escorte était à cheval en arrière. M. Ferret ouvrit la portière.

— Ma fille, que Dieu vous conduise, dit le marquis à la comtesse.

Mme de Miraman embrassa Marguerite, serra sur son cœur ses deux

Ces paroles furent dites avec tant de dignité que les bandits cessèrent de railler.
(*Voir page 452.*)

enfants, donna sa main à baiser à la Provençale et s'élança dans la voiture où Suzon et la cuisinière prirent place auprès d'elle.

Le cocher toucha les chevaux qui partirent aussitôt.

Pas un mot n'avait été échangé entre les voyageurs de l'intérieur du carrosse quand, à la nuit tombante, ils arrivèrent au vallon désert de Vendras, à une lieue à peine de Saint-Ambroix.

Mme de Miraman récitait son chapelet, et la cuisinière était endormie par le mouvement monotone du carrosse, lorsque Suzon, qui regardait à travers la portière, poussa un cri d'effroi.

— Qu'est-ce ? demanda la comtesse.

— Halte, de par Dieu! répondit la voix rude d'un brigand qui s'était jeté à la tête des chevaux, pendant que ses deux complices, le visage horriblement noirci, se présentaient à la fois aux deux portières.

— Oh! madame, nous sommes trahies, ce sont les brigands, s'écria Suzon.

La cuisinière brusquement éveillée appelait au secours.

— En bas tout le monde, ordonna le camisard Gédéon.

Quand la comtesse mit le pied sur la route, les scélérats avaient déjà lié les mains du cocher et de Malbernat avec les cordes qui leur servaient de ceinture, et Épée-du-Juste, après avoir coupé les traits des chevaux, déchargeait le coffre.

— Est-ce toi qui es la Miraman ? demanda un bandit en offrant par dérision son bras à la prisonnière.

— Oui, c'est elle, fit Épée-du-Juste, c'est la papiste de Miraman.

— Si c'est ma vie que vous voulez, interrompit la noble dame, prenez-là, je suis prête à paraître devant mon Juge, mais épargnez ceux qui m'accompagnent.

Ces paroles furent dites avec tant de dignité que les bandits cessèrent de railler.

— Ne craignez rien pour vous et pour vos femmes, répondit Bernarbé qui paraissait être leur chef, il ne vous sera fait aucun mal ; mais l'Esprit saint nous inspire de faire mourir ces deux hommes.

Les prières et les larmes ne pouvaient rien sur ces monstres. La comtesse esseya de tenter leur cupidité, elle offrit ses pierreries et cinquante louis pour la rançon des condamnés.

Un farouche silence fut la seule réponse à ses offres

— Au moins ne les faites pas mourir devant moi, continua-t-elle en joignant ses mains suppliantes.

— Qu'on les écarte, commanda Bernarbé. Toi, Épée-du-Juste, va prévenir Beulaigue.

On était arrivé au milieu du bois. Là, sur la terre humide, le bandit ordonna aux trois femmes de s'asseoir.

Dix minutes s'écoulèrent. Tout à coup des cris étouffés se firent entendre.

— Au secours! au secours! hurlait une voix.

Ces cris, c'était un des Camisards qui les poussait.

Dans leur sordide avidité les bourreaux avaient voulu, avant de frapper leurs victimes, leur enlever leurs habits, pour ne pas les souiller de sang, et pour cela ils avaient déliés leurs mains.

Le cocher était doué d'une force herculéenne. Quand il sentit ses liens relâchés, il acheva de s'en dégager et saisit à la gorge son adversaire. Tous deux étaient tombés en se débattant sur le bord d'un ruisseau, mais le noir avait pu pousser un cri de détresse qui fit accourir son compagnon.

Il en était temps déjà, le cocher avait à demi-étouffé son bourreau en lui plongeant la tête dans l'eau quand, d'un coup de pistolet à bout portant, Gédéon brisa le crâne du vaillant domestique.

A peine les femmes, assises sous la garde de Bernarbé, avaient-elles entendu la funèbre détonation que, rapide comme un chevreuil, poursuivi, Malbernat, à demi-vêtu passa devant elles.

A la vue du fuyard, Bernarbé proféra un épouvantable blasphème et fit feu, mais la balle, mal dirigée, n'atteignit pas son but, et quand Gédéon accourut, au bruit de la détonation, le garde avait disparu.

La honte de s'être laissé vaincre par un ennemi sans armes, la colère
d'avoir vu échapper une victime déjà sous le couteau avaient excité la
rage des deux scélérats. Ils revinrent la menace à la bouche, la fureur
dans les yeux.

Mme de Miraman comprit qu'il fallait tenter un suprême effort : elle
même ouvrit le coffre dans lequel Suzon avait enfermé les riches étoffes
brodées, les pierreries et les bijoux ; elle promit au nom de son mari une
riche rançon, elle excita la cupidité dss bandits par des promesses, les
éblouit par des présents. Elle allait triompher quand, au détour du sentier, apparurent Épée-du-Juste et Beulaigue.

A la vue de leur caporal, les noirs repoussèrent le coffre et reprirent
leur attitude menaçante.

Beulaigue promena sur les prisonnières un regard implacable.

— Où est la Miraman ? dit-il.

— Là, fit Bernarbé.

— Et ça ?

— Ses femmes.

Un sourire nerveux contracta les lèvres du monstre, ses narines se
dilatèrent, et il eut un sourire hideux.

Si Mme de Miramau n'eût eu qu'à sauver sa vie, elle aurait bravé la
fureur du Camisard, mais elle voulait sauver celle de ses compagnes,
muettes de désespoir et de terreur. Elle se jeta aux genoux du caporal.

— Pitié ! grâce ! grâce ! gémissait-elle.

Il la repoussa si brutalement du pied qu'il la fit tomber sur le visage.
Elle se releva toujours répétant :

— Grâce ! grâce !

— Je veux tuer tous les catholiques ; fais ta prière.

Mme de Miraman laissa retomber ses bras, mais elle resta à genoux.

— Mes enfants, dit-elle, en s'adressant à ses compagnes qui sanglo-
taient, me pardonnez-vous votre mort ?

— Oui, oui, chère dame, répondirent-elles.

— Que Dieu ait pitié de nos âmes! Si l'une de vous me survit, qu'elle recommande mes enfants à...

— As-tu fini? interrompit Beulaigue en armant son pistolet.

— Mon Dieu! Mon Dieu! je remets mon âme entre vos mains, pardonnez à mes meurtriers, et recevez l'esprit de votre fille qui meurt en confessant la religion catholique, apost...

Elle tomba la face contre terre, frappée d'une balle dans la poitrine et d'un coup de sabre sur la tête.

D'un coup de pistolet Gédéon fit sauter le crâne à Thérèse.

Épée-du-Juste étendit, de plusieurs coups de baïonnette, Suzon auprès de sa maîtresse.

En un instant le triple assassinat fut consommé.

Ensuite les meurtriers dépouillèrent les victimes de leurs boucles d'oreilles et de leurs bagues. Et, se chargeant de leur butin, ils s'enfoncèrent dans les bois.

Suzon n'était qu'évanouie, elle n'avait reçu aucune blessure mortelle; le froid de la pluie la fit revenir à elle; baignée dans son sang, elle se traîna vers sa maîtresse, qui poussait encore de faibles gémissements.

— Chère dame, ayez confiance, Dieu aura pitié de nous.

— Oh! Suzon, je me meurs, murmura la comtesse..... Je te recommande mes filles..... Dis à Marguerite.....

La fidèle domestique ne put en entendre davantage. Le cœur de sa maîtresse battait encore faiblement et ses lèvres semblaient prier avec ferveur.

— Pauvre chère dame, je dirai à votre mari, à vos enfants, à Mademoiselle que vous avez pensé à eux jusqu'au dernier moment.

La mourante serra doucement la main de sa consolatrice et ses lèvres parurent sourire, puis ses traits crispés par la douleur se détendirent.

Elle était morte.

Suzon baisa alors sa maîtresse au front, plaça entre ses mains croisées sur sa poitrine une petite croix faite avec une branche brisée, et recouvrit de feuilles ce cadavre bien-aimé, puis couverte de sang et de boue, et pouvant à peine marcher, elle se traîna comme elle put jusqu'à la route où elle s'assit.

Elle y serait morte, si Dieu n'eût permis qu'un voiturier, qui l'aperçut en passant, ne l'eût déposée dans sa charrette et transportée à Saint-Ambroix.

Le comte de Miraman n'y était déjà plus. A la tête de vingt dragons guidés par Malbernat, il s'était lancé à la poursuite des ravisseurs, pour lenr arracher la comtesse qu'il croyait vivante encore.

Mme de Miraman était au ciel !

CHAPITRE XL

LES PREMIÈRES ARMES DE PLANCHUT

L'assassinat de Mme de Miraman ne pouvait ni s'excuser ni s'expliquer, il souleva une horreur tellement universelle, que, loin de servir la cause protestante, il lui fut plus funeste qu'une défaite sanglante.

Le conseil des vengeurs et les consistoires s'en émurent; du Serre blâma le crime comme impolitique, Flottard en fit des reproches à Cavalier.

Le jeune Cévenole l'avait autorisé et presque approuvé d'avance; mais, toujours politique, il en avait écouté la nouvelle d'un visage impassible sans témoigner ni joie ni chagrin. Quand il vit que sa popularité pouvait y perdre il feignit la plus grande indignation.

Cette hypocrisie de son chef transporta Méric de rage ; il rompit avec éclat, et redescendit dans l'Uzége, jurant qu'il se vengerait par le poignard et par l'incendie de l'injustice du Cévenole.

Cavalier écrivit à M. de Broglie, pour calmer la mauvaise impression.

« Monsieur le Maréchal,

» Des ennemis de notre sainte religion s'efforcent de nous calomnier, et voudraient persuader au monde que les soldats de l'Éternel sont les auteurs du meurtre exécrable commis par de vils scélérats. Je vous envoie un sauf-conduit en règle pour les personnes que vous voudriez charger de recueillir les restes de l'infortunée comtesse de Miraman. Ils reconnaîtront facilement l'endroit où je lui ai fait rendre les derniers devoirs. Trois des assassins arrêtés par mes soins ont été pendus à l'arbre même sous lequel elle repose. Justice est faite.

» Le très-obéissant serviteur de

Votre Excellence,

» frère Jean. »

— Qu'en penses-tu ? demanda le jeune chef à Isabeau.

— Que tu prends trop de soin de te disculper auprès des Amalécites.

— C'est nécessaire pour les tromper.

— Et pour les tromper plus sûrement, tu as fait pendre des enfants de Dieu sur le tombeau de la Moabite.

Cavalier sourit.

— J'avais trois prisonniers catholiques ; je leur ai fait noircir le visage, endosser une chemise ensanglantée, et aujourd'hui ils me servent de témoins à décharge sur le tombeau de la Miraman.

— Ébénézer et les autres le savent-ils ?

— Non.

— Alors ils te maudiront.

— Je le leur dirai.

— Alors ils publieront ta fourberie ; tu as fait une faute.

Sous la sévère mais puissante argumentation d'Isabeau, Cavalier courba la tête, mais la relevant aussitôt.

— Une victoire réparera tout, s'écria-t-il, allons.

Un instant après les enfants de Dieu, réunis par l'appel du clairon, se massaient avec ordre autour de la cabane rustique dans laquelle leur général avait établi son quartier.

— Fréres, cria-t-il en s'avançant l'épée haute l'Esprit d'en haut vient de m'inspirer : Mon enfant, m'a-t-il dit, je livrerai tes ennemis entre tes mains, qu'Israël te suive avec confiance et je lui promets la victoire.

Le torrent des fanatiques roula en mugissant vers les défilés de Tamaris en quelques heures ils furent en vue d'Alais.

C'était une ville trop forte pour pouvoir être enlevée d'un coup de mains, mais Cavalier savait par maître Planchut que presque toute la garnison en était sortie pour se joindre aux troupes lancées à la poursuite des Camisards noirs.

Par cette double trahison le général prophète se préparait une facile victoire en se vengeant de l'insolence de Méric.

Quand à maître Planchut, son rôle ignoble d'espion des deux partis, s'il lui causait parfois des terreurs qui n'avaient rien d'imaginaire, lui rapportait en revanche pas mal de pièces d'or : son commerce prospérait à souhait, le baron de Calveïte avait même fini par s'attacher un homme que, tout en le méprisant, il regardait comme utile, et il avait fait nommer l'avide et vaniteux cabaretier, capitaine de la milice bourgeoise.

A partir du jour de sa nomination, Planchut, qui jusque-là n'avait été qu'obèse, devint bouffi. L'orgueil semblait l'avoir gonflé.

Il n'allait plus aux provisions qu'en pourpoint militaire et l'épée au côté, portait des hauts-de-chausses d'une largeur démesurée, des bottes à éperons qui le forçaient à marcher les jambes écartées et se faisait appeler par tous ses marmitons : monsieur le capitaine.

Malheureusement toute médaille a son revers, et les honneurs, qui flattaient si agréablement l'amour-propre du cabaretier, étaient pour lui une source amère d'humiliation de la part de son ennemi intime le brigadier La Tulipe.

Qu'encore ce dragon incivil et toujours altéré se fût contenté de boire à crédit illimité de ce fameux cachet vert qu'il savait si bien décapiter entre collègues, on n'y regarde pas de si près. Mais outre l'indiscrétion d'un ami, La Tulipe avait l'abominable défaut de plaisanter sur les sujets les plus dignes de respect : suivant lui le digne chef de la milice bourgeoise marchait comme un canard qui a pris des leçons de danse à six deniers le cachet ; il appelait son épée un tranche-lard, son casque, un potiron, son hausse-col, une moitié d'assiette. Si encore il n'eût fait que parler, mais un jour en pleine cuisine, n'avait-il pas eu l'audace de poser sur le front de son illustre ami une marmite, sous prétexte de lui essayer un casque perfectionné, et mille autres plaisanteries du même genre.

Ces plaisanteries de mauvais goût faisaient le désespoir de Planchut et, ce qu'il y avait en cela de plus cruel pour sa susceptibilité, c'est qu'il fallait recevoir en riant tous ces outrages ; s'en fâcher eût été dangereux. L'hôtelier continuait donc à subir la prétendue amitié du brigadier, et à lui faire bon accueil tout en le détestant cordialement.

Contrairement à leurs habitudes, les soldats de Cavalier semblaient prendre à tâche de se montrer en rase campagne. La troupe tout entière, forte de cinq à six cents hommes, défila à portée de mousquet des remparts, tambours battants et clairons sonnants. Les sentinelles ne pouvaient en croire leurs yeux, elles donnèrent l'alarme. Quelques coups de fusil furent même tirés du haut des murs, mais les enfants de Dieu ne parurent pas s'en émouvoir et allèrent camper en bon ordre de l'autre côté de la rivière dans la prairie faisant face à la ville

Le gouverneur de la ville, M. d'Ayguine, était accouru au premier signal, assez à temps pour assister au défilé de l'arrière-garde composée de cinquante chevaux, à la tête desquels, à vingt pas en avant caracolait un jeune homme, à la contenance fière, aux armes splendides.

Près du gouverneur, maître Planchut, en costume mi-partie civil, mi-partie militaire, regardait, priait avec ferveur le ciel d'inspirer à ses redoutables coreligionnaires l'idée de s'éloigner au plus vite.

Il allait lui-même prudemment battre en retraite et regagner son auberge, quand M. d'Ayguine, qui depuis un moment interrogeait en vain les officiers assemblés autour de lui, aperçut le capitaine rôtisseur.

— Parbleu! s'écria-t-il, en se rapprochant de lui et lui frappant sur l'épaule, voici un brave qui, j'en suis certain, messieurs, en sait plus que vous. N'est-il pas vrai, maître Planchut?

Le gros homme, ainsi interpellé, se retourna vivement avec des yeux si effarés que l'état-major ne put s'empêcher de rire.

— Ça, dites-moi, l'ami, continua le vieux commandeur sans remarquer le trouble de l'hôtelier, quel est donc cet enfant à chapeau retroussé, qui manie si bien sa monture et se donne des airs de colonel?

— Cet enfant, Monseigneur, s'écria Planchut, mais c'est Cavalier.

— Bah! Cavalier est à trente lieues d'ici, fit M. d'Ayguine en haussant les épaules, et cet autre avec son manteau bleu semé d'étoiles d'argent, qui galope sur un cheval blanc?

— C'est Isabeau d'Auduze, Monseigneur.

— Allons donc! c'est impossible, repartit le gouverneur.

— Il y aurait moyen de s'en assurer, interrompit un officier.

— Comment cela?

— En appuyant une chasse, l'épée dans les reins, à tous ces bandits, continua l'officier, qu'en pensez-vous, monsieur le capitaine?

— Ce que je pense, moi, ce que je pense, mais nous ne serions pas un contre dix, et puis ils ne songent qu'à s'éloigner.

— A s'éloigner? mais non, voyez plutôt.

En effet un Camisard s'était détaché de la troupe et revenait vers la ville.

— Que diable signifie cela? murmurait le gouverneur.

— Vous allez voir, fit un plaisant, qu'ils vont venir un à un nous prier de les pendre.

Le Camisard approchait toujours ; quand il fut à cent pas il s'arrêta tirant son poignard, cloua sur le tronc un papier en criant :

— Au gouverneur de la ville de la part de Cavalier, colonel des enfants de Dieu. Et il repartit au galop.

Sur l'ordre du commandeur un soldat courut chercher le papier.

Il y avait écrit au crayon :

« Frère Jean prévient le gouverneur d'Alais, qu'il va tenir une assemblée dans la prairie de Gardon et l'invite à y venir. »

Le commandeur lut le billet à haute voix, il était pâle de colère.

— Messieurs, dit-il d'une voix tremblante, nous sommes invités, nous irons, mais avec trois cents arquebuses en guise de cierges.

— Capitaine, rassemblez votre compagnie.

A cet ordre, Planchut sentit ses jambes faiblir, son esprit ordinairement inventif ne lui fournit pas une excuse, son cerveau était vide, ses genoux tremblaient, il s'appuya contre le mur pour ne pas tomber.

Sans même se douter de l'effet produit par ses paroles, le gouverneur s'était éloigné avec ses officiers.

Quand Planchut se décida enfin à ouvrir les yeux, il était seul sur le rempart. La providence le servait à souhait, il s'esquiva adroitement, et se dirigea vers la maison isolée des marchands de peaux de lapins.

La porte était entrebaillée, il entra précipitamment.

— Vive la fleur des guerriers, l'incomparable capitaine Fracasse ! cria La Tulipe, en lui frappant sur l'épaule.

Planchut faillit crier au secours, tant il fut saisi.

Le brigadier n'était pas seul, trois dragons achevaient de seller leurs cheveaux dans la cour de la petite maison.

— Voyez-vous cela, camarades ? continuait La Tulipe en bourrant de coups de poing amicaux le pauvre aubergiste ; je le dis et je le répète, cet honorable milicien n'a pas son pareil, il n'a pas voulu nous laisser

Le capitaine prit son casque et se l'enfonça crânement sur la tête. (*Voir page* 464.)

partir sans nous inviter à boire avec lui le coup de l'étrier. En avant et vivement! une bouteille est bientôt vidée.

La Tulipe passa son bras sous celui du cabaretier; un de ses camarades en fit autant et ils sortirent, traînant leurs gaands sabres sur le pavé et criant : Mort aux huguenots! vive le vaillant capitaine!

La frayeur de l'hôte du Soleil-d'Or s'était changée en désespoir, l'excès de la peur l'avait rendu courageux

— Mon épée, mes pistolets, mon casque, répétait-il avec fureur. Sang et massacre, ma cuirasse, mon arquebuse aussi, ah! brigands, ah! scélérats.... Ah ça! ai-je bien tout ce qu'il me faut... Brigadier, si je prenais une hache...

— Je vous conseillerais plutôt un canon chargé à mitraille, repartit le railleur, cela produirait un effet plus conséquent.

Sans daigner prendre garde à cette plaisanterie, le capitaine prit son casque des mains d'un dragons et se l'enfonça crânement sur la tête.

— Dieu du ciel! le potiron à crevé, s'exclama La Tulipe en se tordant dans un accès de fou rire, pendant que Planchut aveuglé par une liqueur jaune et gluante, s'épongeait avec un vaste mouchoir.

Pendant que le capitaine se faisait boucler sa cuirasse par son lieutenant, un des dragons avait cassé deux œufs au fond du casque.

— Ce n'est pas du sang au moins? demandait La Tulipe.

— Brigadier, je vous retire mon amitié, s'écria Planchut furieux; entre soldats ces plaisanteries sont indécentes.

— Eh quoi tu voudrais chercher dispute à un brigadier, fit La Tulipe en retroussant sa moustache, va peser tes chandelles, l'ami, conséquemment ce sera prudent.

— Oui, oui, frise tes poils de chat, grand ivrogne, mais n'avance pas trop si tu ne veux pas faire connaissance avec le poing d'un bourgeois, repartit le lieutenant, en retroussant ses manches et en montrant une ormidable paire de bras terminés par des poings osseux.

A cette provocation inattendue La Tulipe et les dragons répondirent en dégaînant, les miliciens accoururent an secours de leur camarade, et il est probable que les coups n'eussent pas tardé à pleuvoir drus et serrés si les clairons, en annonçant l'arrivée du gouverneur, n'eussent forcé les adversaires à regagner leurs rangs.

En sa qualité de capitaine, Planchut avait droit à un cheval. Heureusement le cheval était docile, l'âge ayant depuis longtemps éteint le feu de sa première ardeur.

Le commandeur d'Ayguine, entouré de son état-major, passa au galop devant le front des deux troupes rangées en bataille et vint s'arrêter en face de la compagnie des miliciens.

— Braves compagnons, fit-il en saluant avec son épée, ce n'est pas au combat que je vous conduis, c'est à la victoire; allons punir d'insolents pillards qui osent venir nous braver et que notre cri de guerre soit celui de tous les Français fidèles : Vive le roi !

Aussitôt les clairons sonnèrent, et la petite armée se mit en marche.

A peine avait-on dépassé les portes que, de l'autre côté du Gardon, les protestants entonnèrent un choral.

Entendu de loin, ce chant religieux, sombre et puissant, produisait un effet saisissant ; on eût dit le grondement de l'orage. Ce choral, triste et menaçant, refroidit singulièremeut l'enthousiasme du capitaine.

— Ces gredins tardent bien à fuir, pensait-il.

Entourant la pâle et fière Isabeau, ils continuèrent leurs cantiques sans se soucier des cinquante dragons et des trois cents miliciens.

La distance diminuait cependant rapidement entre les deux troupes, jamais Planchut n'avait trouvé que son cheval marchât si vite.

Il est vrai que sa compagnie n'était pas de cet avis, et le lieutenant, ne se doutant pas de l'effroi de son capitaine, ne cessait de lui répéter :

— Mais avancez donc, capitaine, avancez donc.

En ce moment le commandeur, se redressant sur ses étriers commanda d'une voix vibrante :

— Miliciens, préparez vos arquebuse ; dragons, le sabre à la main.

Les Camisards parurent alors s'apercevoir enfin qu'ils allaient être attaqués, ils se débandèrent et la déroute commença.

Dragons et miliciens s'élancèrent à leur poursuite en tirant en désordre.

Cette vue rendit à Planchut toute son énergie.

— Tue ! tue ! cria-t-il comme un second Poul.

Et des deux mains s'accrochant à sa selle, il enfonça dans un moment d'enthousiasme ses éperons dans le ventre de sa monture qui, malgré son caractère pacifique, partit au petit galop.

Tout à coup les fuyards s'arrêtèrent, leurs lignes se reformèrent comme par enchantement, et Planchut vit devant lui un mur impénétrable hérissé de bayonnettes.

Au même instant un éclair illumina la ligne des enfants de Dieu ; l'infortuné capitaine entendit siffler les balles, son cheval se cabra violemment et, se rejetant en arrière, fit vider les arçons à l'inhabile écuyer, qui tomba sur le sol comme une masse inerte.

Que se passa-t-il ensuite ? Planchut n'osa pas s'en occuper : il demeura comme il était tombé, les yeux fermés, le visage contre terre, foulé aux pieds des combattants, meurtri, se croyant mort mortellement blessé, ne sachant pas même de quel côté penchait la victoire.

Celle de Cavalier était complète, la brusque volte des Camisards avait jeté le désordre dans les rangs des catholiques, et leur décharge à bout portant, avait achevé de changer la poursuite en déroute. Miliciens et dragons, renversés, culbutés les uns sur les autres, s'étaient sauvés pêle-mêle, poursuivis l'épée dans les reins jusque sous les murs d'Alais, entraînant avec eux le commandeur désespéré, désarmé et criblé de blessures.

Des prophètes en dépouillant les morts retrouvèrent le maître du Soleil-d'Or. Alors non-seulement ils virent qu'il vivait encore, mais que même il n'avait reçu aucune blessure.

On le conduisit tremblant devant Cavalier,

— Qu'on le pende, fit le général.

Planchut était vert de terreur, ses dents claquaient, il tomba à genoux balbutiant.

— Tu ne me reconnais donc pas ? je suis Planchut.

— Oui, misérable renégat, je te reconnais, c'est toi qui criais tout à l'heure : Tue ! tue !

— Grâce, murmura l'aubergiste, grâce pour mes services passés.

— Je n'ai plus besoin de toi.

— Laisse-moi la vie, je te livrerai la Calverte.

Les yeux de Cavalier brillèrent de fureur.

— T'engages-tu d'ici à un mois de me fournir l'occasion de venger mon père ?

— Sur mon âme….

— Tais-toi, misérable, tu n'en as pas.

— Eh bien ! sur ce que j'ai, ajouta naïvement le cabaretier.

Les Camisards emmenaient un autre prisonnier ou plutôt le traînaient, car il avait une cuisse brisée et une blessure à la poitrine.

— Qui es-tu ? lui demanda le chef.

— La Tulipe, brigadier des dragons du roi.

— Parce que tu as été tourmenteur des enfants de Dieu, tu mourras.

— Je m'y attendais, et j'ai pris mes précautions

— Lesquelles ?

— Va le demander à trois de tes bandits que j'ai tués aujourd'hui.

— Isabeau, que faut-il faire de cet assassin ?

Pour toute réponse la prophétesse prit un pistolet à la ceinture du général et le jeta aux pieds de Planchut, en disant :

— Qu'il meure de la main d'un lâche.

— Ah ! fit La Tulipe, je ne te croyais qu'un imbécile, tu est aussi un traître et un boureau. Allons, casse-moi la tête et finissons ; que ce soit toi ou ton nouveau maître, le gardeur de cochons, peu m'importe, je vous méprise également.

— Tue-le et tu auras la vie, rugit Cavalier.

Planchut ramassa le pistolet et l'arma d'une main tremblante.

— Si je n'avais les mains liées je ferais le signe de la croix, dit le dragon là au milieu du front... allons, poltron, ne tremble pas... vive le roi! mort aux...

Il retomba la tête fracassée.

— A présent tu peux partir, fit Cavalier, n'oublie pas ton serment ou malheur à toi...

Une heure après les prophètes avaient regagné la montagne. Le même soir Planchut rentrait à Alais, sans casque, sans épée, mais il tenait à la main un pistolet déchargé avec lequel, disait-il, il avait brisé le crâne à un Camisard et mis son camarade en fuite.

CHAPITRE XLI

LE COMPLOT

L'étoile de Cavalier brillait du plus vif éclat. La fortune lui prodiguait ses faveurs ; mais il faut lui rendre cette justice, le jeune Cévenole aidait singulièrement la fortune par son activité, son courage, et surtout par un système d'espionnage, mieux organisé encore que celui- de M. de Basville.

Grâce à de nombreuses intelligences ménagées jusque dans les conseils de l'intendant et du gouverneur-général, il n'était aucune décision si secrète prise par ses adversaires, qu'il ne la connût aussitôt, et dont il ne profitât habilement, soit pour déjouer les mesures prises contre lui, soit pour accroître sa réputation de prophète, en attribuant aux lumières de l'Esprit-Saint des communications reçues directement de ses puissants protecteurs.

Sûr des populations de la Vaunage et des Basses-Cévennes, qui professaient pour lui une admiration aveugle, le nouveau Machabée n'avait qu'à frapper du pied la terre pour en faire jaillir une nouvelle armée.

Pour la troisième fois, le gouverneur de la province marchait sur la verrière, quand un courrier, arrivant d'Alais, vint lui annoncer la nouvelle de la défaite du commandeur.

Sans même se donner le temps d'arriver jusqu'à Anduze, M. de Broglie revint sur ses pas après avoir envoyé des estafettes dans toutes les directions, prévenir le capitaine Poul, MM. de Miraman, de Folleville et Laudun d'opérer avec toutes leurs forces, de manière à enfermer Cavalier dans un cercle de fer.

— Cet homme est à lui seul la révolution, dit-il à M. de Béthune; c'est lui seul que nous devons combattre. Eût-il sept têtes, comme la bête de l'Apocalpyse, avec la grâce de Dieu, nous les couperons.

Au loin dans les montagnes, une colonne de flammes s'élevait dans la direction de Saint-Étienne d'Alensac, c'était l'église qui brûlait.

Le comte jeta les yeux sur sa carte.

— Les misérables! s'écria-t-il; c'est le ciel qui les aveugle, ils retournent au bois de Bouquet.

— Alors, malheur à eux! fit M. de Béthune, Miraman les y attend.

La cavalerie partit au trot.

La nuit se faisait quand les dragons arrivèrent à Saint-Étienne. En face de l'église incendiée, un cadavre mutilé était pendu à l'un des bras de la croix de la mission. Ce cadavre était celui du prieur.

Il était trop tard pour arrêter les progrèe du feu. Le toit venait de s'enfoncer; l'intérieur du monument ressemblait à une fournaise.

— Encore une église démolie, dit un dragon à son camarade.

— Parbleu, fit l'autre, pour peu que cela continue, il n'en restera bientôt plus une dans le diocèse. D'Anduze à Florac il y en a eu plus de deux cents de brûlées en moins de six mois.

M. de Broglie, avant de continuer sa route, avait lancé des éclaireurs dans toutes les directions. L'ennemi avait encore disparu.

Un paysan catholique, ramené par les soldats, déclara alors que les brigands, après avoir passé la rivière d'Avesne, a la passe du Sautadou, avaient remonté le val du Gardon, au-dessus d'Alais, pour se jeter dans l'inextricable labyrinthe des montagnes qui d'un côté se prolongent vers Anduze et de l'autre vers la Grand'Combe.

Il était évident que Cavalier cherchait, soit à se ravitailler à la verrière, soit à rejoindre Roland et Joigny dans les bois de Chamborigaud.

Quelque parti qu'il adoptât, la marche forcée du gouverneur n'avait fait qu'éloigner l'armée royale de celui qu'elle poursuivait et ouvrir aux Camisards la route des montagnes.

Le rappel de Poul et du vicomte de Laudun ne fut pas moins intempestif, puisqu'il permit à Ébénézer de s'établir plus fortement dans la montagne, et à Joigny de reformer son armée aux environs de Génolhac

M. de Broglie n'avait décidément pas la main heureuse.

Il sentit qu'il avait eu tort, et s'en repentit, mais il était trop tard.

Il partagea donc ses forces en trois corps, qu'il lança dans trois différentes directions, tous à la poursuite du seul Cavalier, bien résolu à en finir avec lui et du même coup avec du Serre.

Sans se laisser effrayer par ce déploiement de forces les Camisards semblèrent redoubler d'audace et de cruauté.

En huit jours ils brûlèrent le château de Servas, les églises de Saint-Paul-Lacoste, Tornac, Bagards, Saint-Christol de Génerargues, Monoblet, Gros et Saint-Roman, les hameaux de Peyroles, Vabres et Thoiras, et massacrèrent cent trois catholiques dans la seule paroisse de Mialet

Après quoi ils disparurent subitement.

Ce ne fut que trois jours plus tard que le général apprit que Cavalier rançonnait les villages des environs de Nîmes.

— Mon cousin, M. de Basville a raison, murmura M. de Broglie en frappant du pied avec colère, ce n'est pas une guerre que nous faisons, c'est une chasse.....

— A courre, interrompit Georges de Béthune à qui le général permettait son franc-parler.

— Morbleu, je forcerai ce sanglier-là, fit le comte en se mordant les lèvres.

Et il donna aussitôt ses ordres pour continuer la poursuite.

Cette audacieuse diversion sauva les autres chefs.

Celui auquel elle profita le plus fut Méric. Au moment où un ordre formel du comte de Broglie força M. de Miraman de retourner sur ses pas, le chef des Camisards noirs, traqué avec fureur, battu dans toutes les rencontres, était sur le point de succomber.

A la manière dont il était traqué pied à pied par un ennemi qui semblait deviner chacune de ses ruses le chef des Camisards noirs n'eut pas de peine à reconnaître qu'il était trahi, et trahi par Cavalier.

Entre ces deux hommes, réunis, par la force des circonstances, sous un même drapeau, il régnait, depuis le premier jour, une sourde hostilité. Le gentilhomme souffrait avec impatience l'autorité d'un chef inférieur par la naissance, et le Cévenole ne pardonnait pas à son subalterne sa haute naissance, et ses airs de dédain.

La scène violente qui avait suivi le meurtre de Mme de Miraman avait amenée une rupture complète qui, pour n'être pas encore hautement avoué, n'était cependant plus un secret pour les chefs du parti.

Près d'un mois s'était écoulé depuis l'attentat, lorsque Méric, à peine inquiété par les détachements de l'armée royale, trop faibles pour s'aventurer hors de leurs postes, put enfin, à l'aide de l'expédition de Cavalier, réorganiser sa bande et reprendre le cours de ses brigandages.

Après avoir incendié, mis à feu et à sang les environs d Uzès ils allait remonter vers les Hautes-Cévennes, rejoindre Roland et Joigny, lorsqu'une lettre, envoyée par un de ses espions, vint modifier ses plans.

Sur un avis venu on ne sait d'où, disait l'émissaire secret du chef des Camisards, les deux enfants du comte de Miraman venaient de quitter Sainte-Anastasy, sous la conduite de dame Brigitte, qui avait pris avec eux le chemin d'Avignon où, dans quelques jours, il était décidé que M. de Meyrargues conduirait Marguerite.

A la lecture de cette lettre, Méric pâlit de colère. C'était Cavalier qui poursuivait sa vengeance.

— Le misérable ! rugit Méric en froissant le papier.

Débora était près de lui, elle devina qu'il s'agissait de Marguerite.

— Qu'est-ce ? dit-elle froidement,

— Que t'importe ? répondit le capitaine dont la voix tremblait. C'est une affaire qui ne te touche en rien.

— Vraiment ! fit-elle avec un sourire forcé. je croyais avoir le droit de m'occuper de cette Moabite pour laquelle tu veux me trahir.

— Trahison ! trahison ! Voilà qui est bien facile à dire, reprit Méric avec emportement ; si j'ai trahi quelqu'un, ce n'est pas toi.

— Si tu te repens, il t'est facile de retourner auprès de Mme la comtesse de Puymarcé : j'aime encore mieux cela.

Méric haussa les épaules.

— Écoute, dit-il d'une voix sourde, puisque tu te défies, veux-tu que nous entrions en arrangements ? La Saint-Véran doit quitter le château de Sainte-Anastasy, le temps presse, il faut que je l'enlève,

— Bien, fit Débora, je m'y attendais. Je la tuerai.

Le capitaine frappa du poing avec violence.

— Mais tu ne comprends donc pas, sécria-t-il, que ce n'est pas cette orpheline que je veux, mais sa fortune, et cette fortune, je ne puis la posséder qu'autant que Marguerite vivra un an encore.

Qui m'en assure ?

Je te la donnerai à garder à toi-même, entends tu, à toi à une seule condition.

— Laquelle?

Celle de ne pas la faire mourir avant sa majorité. Cache-la, enferme-la, torture-la si tu le veux; qu'elle ne meure pas jusqu'à l'époque dite, je ne te demande que cela.

— Et après?

— Après qu'elle vive ou qu'elle meure, que m'importe!

— Alors elle mourra, fit la prophétesse.

— A cette condition, me permets-tu d'agir? demanda le colosse, dominé par l'ascendant de cette frêle femme.

— A condition qu'elle soit remise entre mes mains j'y consens.

— Et tu me promets de ne pas la tuer?

— Je le promets.

— Alors il est temps d'agir; dans deux jours, peut-être, il serait trop tard.

Débora ne répondit que par un signe de tête. Elle ne croyait pas s'opposer plus longtemps à l'accomplissement d'un plan depuis longtemps élaboré.

Le même jour, Torte-Gueule, en costume de sergent du régiment de Folleville, partait pour le château de Sainte-Anastasy.

Le déserteur traversa les bois et les garrigues sans rencontrer personne. La campagne était déserte et silencieuse.

Le sergent descendit dans le vallon, passa devant le bouquet de bois, où l'intervention de Mlle de Saint-Véran l'avait, si à propos, délivré de l'attaque combiné de Pluton et de Proserpine et, s'engageant dans le sentier rocailleux, dans l'intention de trahir sa bienfaitrice, gravit lentement le sentier rocailleux en tirant après lui le pauvre Coco, devenu l'ombre de lui-même.

Tout en montant, Torte-Gueule achevait de préparer son plan d'une infernale simplicité.

Il gravit lentement le sentier rocailleux, en tirant après lui le pauvre Coco.
(*Voir page* 474.)

Arrivé à mî-côte, il s'arrêta au détour d'un rocher d'où l'on pouvait voir à cent pas à peine du château, s'ouvrir, dans le flanc de la montagne, une vaste grotte à trois étages, connue dans le pays sous le nom de Baume-des-Ladrons. Le bandit sembla en étudier une dernière fois la disposition et continua son chemin avec un sourire féroce.

Le pont-levis était levé et les portes fermées.

Le routier ramassa une pierre et la lança contre la poterne.

Presque aussitôt, une voix cassée s'écria de l'intérieur :

— Qui est là?

— Un ami, répondit le brigand. Ouvrez vite

— Quel ami? continua la voix.

— Eh quoi! père Jérôme, m'avez-vous donc déjà oublié? ne reconnaissez-vous pas le blessé du bois de Pompidou?

— Non, certes, non, que je ne l'ai pas oublié, le pauvre cher homme du bon Dieu; mais c'est-il bien vous, capitaine?

— Veux-tu donc que je sois un autre, cher ami? Regarde tout seulement par la fente, et tu verras que je n'ai changé ni de peau ni de figure.

— Sauf votre respect, je vous crois, monsieur le capitaine, mais on m'a fait défense d'ouvrir.

— Alors vas avertir quelqu'un du château; il y a longtemps que je marche, et je ne serais pas fâché de me reposer.

— J'y cours, monsieur le capitaine, fit Jérôme tout attendri.

Et il s'éloigna, mais comme toujours, sans se presser.

Torte-Gueule savait à quoi s'en tenir sur l'agilité du vieux jardinier, aussi s'assit-il en sifflant sur un rocher.

En ce moment, deux paysans, qui portaient sur leurs épaules un volumineux paquet de forme allongée, sortirent de la garrigue, de l'autre côté du torrent, qu'ils traversèrent à gué, et entrèrent dans la Baume-des-Ladrons où ils disparurent.

— Les imprudents, pensa le bandit, ils vont tous arriver en plein jour; si on les voit, le coup est manqué. Ce Beulaigue est toujours pressé.

Un quart d'heure s'écoula, deux autres paysans se préparaient à passer l'eau à leur tour, quand enfin un bruit de voix se fit entendre derrière la porte, comme si plusieurs personnes eussent tenu conseil.

Le dragon devina qu'on l'examinait à travers les ais et composa son maintien.

Presque aussitôt le pont-levis s'abaissa à demi et une tête apparut au-dessus du tablier.

— Ah! c'est vous, sergent, fit Olivier; que demandez-vous?

— J'arrive d'Uzès, où m'avait envoyé mon capitaine, M. de Folleville, et je n'ai pas voulu passer si près du château sans venir remercier mes généreux protecteurs.

— Merci pour eux, je leur rendrai compte de vos bonnes intentions, répondit le jeune garçon sans quitter son poste.

— Je voulais aussi donner à M. le marquis des nouvelles de M. le comte de Miraman et lui annoncer que le meurtre de sa fille est vengé.

— Vengé, par qui?

— Par nous, depuis hier au soir. C'est moi-même qui, sur l'ordre du comte, ai pendu Épée-du-Juste.

— Où cela?

— Dans le bois même de Bouquet, sous les yeux du comte.

— Qui en ce moment est à Alais, interrompit ironiquement Olivier.

— Ou ailleurs, reprit effrontément le bandit, qui sentit que la moindre hésitation pouvait le perdre. C'est un bon tour qu'il a joué au fameux Méric. Pour le surprendre, il a fait tomber entre ses mains une fausse lettre au gouverneur, puis au moment où le chef des Camisards noirs y pensait le moins, il l'a enveloppé avec toute sa troupe et lui a tué les trois quarts de ses gens.

— Demandez-lui le signalement des assassins qu'ils ont pendus, dit à demi-voix le garde qui, un fusil à la main et prêt à tirer, assistait à la conférence.

— Combien étaient-ils, ces assassins? continua Olivier,

— Quatre seulement; deux autres ou avaient disparu ou étaient parmi les morts. Ils faisaient triste figure en approchant du châtaignier sous lequel ils avaient commis leur crime.

— J'aurais voulu les voir; ils devaient être hideux?

— Non, pas tous. Il y avait d'abord Épée-du-Juste, celui qui paraît-il, s'était déguisé en dragon, taille ordinaire, figure pas trop rude, cheveux courts et blonds...

— C'est bien cela, murmura Maldernat.

— Puis Gédéon, un colosse maigre et nerveux; Barnabé, un ivrogne à cheveux rouges, court et trapu...

— Oui, oui, c'est bien cela, il les a bien vus, s'écria le garde en se montrant soudain. Baisse le pont, Olivier, baisse le pont et fais entrer le vengeur. Il est des nôtres, celui-ci.

— M. le marquis a défendu de laisser entrer qui que ce soit.

— J'en prends la responsabilité, fit le garde en achevant d'abaisser le pont, pendant qu'Olivier, toujours méfiant, se retirait pour avertir le marquis.

Quand Olivier rentra pour avertir le marquis de l'arrivée du sergent, M. de Meyrargues était seul dans son cabinet. Assis près d'une petite table, le malheureux père lisait un chapitre du livre de l'Imitation et méditait ces paroles qui ont consolé tant d'âmes généreuses : Si quelqu'un veut être avec moi, il faut qu'il prenne sa croix et me suive.

Depuis un mois, le noble vieillard avait pris plusieurs années; sa taille s'était voûtée, son front sillonné de rides profondes.

— Fais entrer le sergent et avertis Mlle de Saint-Véran, répondit-il simplement à Olivier.

Le soldat entra seul et salua millitairement.

M. de Meyrargues s'était levé. Il s'avança de deux pas.

— Je suis heureux de vous revoir guéri, monsieur le sergent, dit-il en lui tendant la main. Soyez le bien-venu parmi nous.

Vous avez vu mon gendre il y a peu de temps? Je devrais dire mon
fils.

— Pas plus tard que ce matin j'ai pris congé de M. le comte de Miraman. Hier au soir, M. de Folleville et lui, après une chasse de plusieurs
jours donnés à ces infâmes brigands qui.....

Mon Dieu, donnez-moi la force de leur pardonner, dit le vieillard.

— Leur pardonner, monsieur le marquis? Ma foi, ce serait un peu
tard. Sitôt pris, sitôt pendus. M. de Miraman ne leur a pas fait grâce,
allez.

Quoi! sans jugement, de sa propre autorité, il aurait fait cela?

— Parbleu, ricana le brigand : dent pour dent, œil pour œil.

— Je suppose qu'il existe encore des juges et des tribunaux à qui il
appartient de condamner ou d'absoudre. Si M. de Miraman a oublié cela,
il a eu tort.

— Aussi, ne l'a-t-il pas fait, dit Marguerite. Je suis sûre qu'il ne l'a
pas fait.

Devant cette assertion, prononcée avec un accent d'inébranlable conviction, l'imposteur baissa la tête et demeura sans réponse.

— Avouez que tout cela n'est qu'un conte arrangé dans l'intention de
vous faire bien recevoir par des personnes assez affligées pour que vous
ayez pu croire que la vengeance leur serait douce, continua Mlle de St-
Véran.

— Il est vrai, répondit avec embarras le bandit, ce sont les soldats
qui, pour venger leur chef.....

— Assez, assez, sur ce sujet, fit le marquis avec dignité. Je sais que
mon gendre se porte bien, que les ennemis de Sa Majesté ont été battus
par lui. Cela me suffit. Allez souper à l'office, vous savez où cela est,
demain matin vous pourrez repartir.

Torte-Gueule murmura un remerciement et se retira.

— Que pensez-vous de cet homme, mademoiselle? demanda le marquis à Marguerite.

— Que ce pourrait bien être un traître ou un espion.

— Peut-être vos soupçons sont-ils fondés. Je donnerai des ordres pour qu'on le surveille.

— Et moi je le surveillerai, pensa Marguerite.

Assis de nouveau à cette table où il avait déjà pris tant de repas, Torte-Gueule inquiet, faisait cependant bonne contenance et racontait le supplice des bandits, au garde et au vieux jardinier.

Le garde l'écoutait avec joie, Jérôme avec terreur.

Au coin de la cheminée, Olivier feignait de dormir.

Tout à coup la cloche tinta : il était neuf heures du soir.

— La prière, dit à haute voix le vieil intendant, qui apparut sur le seuil de la porte.

Tout le monde se leva en silence et le suivit.

CHAPITRE XLII

LE TRAÎTRE

Suivant une respectable coutume, alors très-généralement répandue,
tous les habitants du château de Sainte-Anastasy se réunissaient chaque
soir dans la chapelle pour y réciter en commun la prière qui était faite
par Mlle de Véran.

C'était une bonne occasion de s'assurer du nombre des domestiques.
Torte-Gueule comptait sur cette circonstance pour calculer la résistance
que pouvait offrir la garnison et compter ses victimes.

A genoux en arrière des autres, près de la porte, le brigand s'assura avec joie que le cocher n'avait pas été remplaçé et que le garde-chasse et Olivier étaient les deux seuls qui pussent tenter de se défendre.

Telles étaient dans le lieu saint les réflexions de Torte-Gueule.

En ce moment, l'orpheline, agenouillée près de l'autel, disait :

— De la mort subite,

De la colère et de la haine,

Des embûches de nos ennemis,

— Délivrez-nous, Seigneur, répondaient les serviteurs. Le brigand tressaillit malgré lui, comme s'il eût craint que du haut de l'autel une voix me dit : Voici le traître !

Personne ne bougea. Il regarda la jeune fille. Son visage, pâle comme celui d'une statue de marbre, n'exprimait ni frayeur, ni angoisse, mais avait une admirable expression d'amour et de confiance.

Un ange descendu du ciel eût ainsi prié.

La prière finie, tout le monde sortit.

Dix heures sonnaient à l'horloge du château, Torte-Gueule prétexta une grande fatigue et Jérôme le conduisit à sa chambre.

— Si vous avez besoin de quelque chose, monsieur le capitaine, je demeure juste au-dessus de vous, frappez un coup au plafond, et j'arriverai aussitôt, lui dit le bonhomme.

— Je ne dis pas non, car je suis souffrant ce soir, dit le sergent.

Une heure s'écoula. Tout était silencieux, seulement Torte-Gueule remarqua que, contre son habitude, Olivier n'avait pas enfermé les chiens.

— Voilà qui est singulier, pensa le déserteur, et, se levant doucement, il essaya d'ouvrir la porte : elle était fermée à double tour.

— Allons, se dit-il, je suis pris. Les camarades se seront fait voir dans la Baume-des-Ladrons : les imbéciles !

Il approcha une chaise du mur et arriva jusqu'à la lucarne.

Au milieu de la cour, éclairée par la lune, Olivier et le garde-chasse causaient à voix basse.

Torte-Gueule regagna son lit et attendit.

L'horloge sonna minuit. Les chiens aboyaient opiniâtrement contre quoi, contre qui ? le sergent ne pouvait le savoir, mais son inquiétude croissait.

A minuit et demi, il n'y tint plus, alla à la lucarne et regarda.

La lumière brillait toujours dans la tour, mais défaillante comme celle d'une lampe oubliée sur la table d'une personne endormie.

Le bandit crut prudent d'attendre. Mais il ne quitta plus son observatoire, malgré la fatigue qu'il devait éprouver à se tenir hissé sur le dossier d'une chaise.

Enfin deux heures sonnèrent : c'était le moment convenu avec ses complices. Il monta debout sur son lit et heurta doucement le plafond.

Jérôme dormait à poings fermés et n'entendit pas.

Torte-Gueule heurta plus fort.

Jérôme ne s'éveilla pas davantage, mais les chiens aboyèrent.

— Ah ! si j'avais du poison, dit le bandit, je vous ferais bien taire.

Il n'en avait pas, et il dut se résigner à cesser de faire du bruit.

Les chiens se turent en effet, mais vinrent se coucher en travers de sa porte.

Une demi-heure s'écoula encore. Il se remit à cogner, le jardinier se réveilla.

— Qui m'appelle ? cria le dormeur éveillé en sursaut.

— Moi fit, Torte-Gueule d'un ton à la fois patelin et souffreteux. Je suis bien malade.

— J'y vais, j'y vais, répliqua le bonhomme. Cependant il vaudrait mieux que j'avertisse Olivier qui couche au château, je ne puis pas vous faire de tisanne ici, monsieur le capitaine.

— Non, non, pas de bruit, je ne veux déranger personne, il ne faudrait pas que quelqu'un autre que toi se dérangeât pour moi.

— Alors, ce sera comme vous voudrez, monsieur le capitaine.

Et avec la lenteur qui caractérisait chacune de ses actions, le jardinier descendit.

— Tourne la clef, quelqu'un a fermé par mégarde, murmura le malade.

— Péchaïre! on vous avait enfermé quasiment comme un prisonnier, dit le jardinier en entrant. Vous n'avez donc pas votre baume de Fiers-à-Bras, que vous souffrez de votre rhumatisme?

— Ce n'est pas un rhumatisme, c'est une attaque d'apoplexie, je crois. Il me faut un petit tour au grand air et je serai remis.

— Ah! ça, c'est bien facile, si vous voulez tant seulement vous vêtir.

— Avant que je ne sorte, tu pourrais me rendre un fameux service.

— Deux, si vous voulez, capitaine.

— Ce serait d'enfermer les chiens d'abord. Ils me font peur.

— Peur de ces bonnes bêtes. N'y faites par attention, j'en réponds.

— C'est égal, vois-tu, j'aime mieux que tu les enfermes quelque part.

— Dame! ce serait bien volontiers, mais la Demoiselle a dit qu'il ne fallait pas les attacher, par ce qu'il y a des voleurs dans le pays.

— Dis-moi Jérôme, si tu les faisais monter, rien qu'un moment, dans ta chambre, tu les lâcherais quand notre promenade sera finie.

— Ah! ça, c'est une idée, capitaine.

Pour lors, j'y vais; je ne fais que monter et descendre. Allons, mes agneaux, ici. Voyez, comme ils m'obéissent; vous m'attendez?

— Merci, mon brave Jérôme, je te récompenserai, va !...

Le jardinier sortit, suivi des chiens qu'il alla consciencieusement barricader dans sa chambre, après quoi il redescendit.

— Y êtes-vous, capitaine? fit-il en rentrant.

Le capitaine n'avait garde de répondre : il n'y était plus.

— Capitaine! monsieur le capitaine! répétait Jérôme plus haut.

A ce cri, la fenêtre de la tour s'ouvrit soudain et Mlle de Saint-Véranl parut à son balcon.

— Qu'est-ce? qu'y a-t-il? demanda-t-elle en voyant le jardinier dans la cour, où sont les chiens?

— Faites excuse, mademoiselle, c'est moi qui suis venu ouvrir au capitaine qu'on avait fermé à clef par mégarde, et.....

— Oh! mon Dieu! s'écria Marguerite, nous sommes trahis!

Au même moment, Olivier et le garde, armés de fusils, s'élancèrent sur le perron.

— A la poterne! leur cria l'orpheline avec un geste de désespoir, on baisse le pont.

D'un bond ils furent au milieu de la cour,

Il était trop tard.

Une bande d'hommes armés d'arquebuses se ruaient vers le château avec des cris de rage triomphante.

Un Camisard déchargea un coup de sabre sur le jardinier qui tomba sans pousser un cri.

Presque aussitôt plusieurs coups de feu retentirent. Le garde et Olivier n'eurent que le temps de rentrer au principal corps de logis dont ils barricadèrent la porte.

Les enfants du diable essayèrent en vain de l'enfoncer à coups de haches. D'une balle, le garde brisa le crâne à l'un d'eux. Olivier en blessa un autre grièvement.

Une seconde tentative ne fut pas plus heureuse.

Marguerite payait d'exemple, du haut de son balcon elle déchargea ses deux pistolets sur le groupe des assaillants.

A cette attaque inopinée, quatre ou cinq arquebuses se dirigèrent contre l'orpheline.

Elle ne songea pas même à reculer Ce fut Torte-Gueule qui la sauva.

— Malheur à qui tire sur la Colombe, rugit-il en abaissant les armes des Camisards. Le premier qui vise, je lui casse la tête comme à un chien.

— Que je me fasse tuer pour te faire plaisir, répondit l'un d'eux. L'enfer m'engloutisse plutôt!

Et avant que le sergent eût eu le temps de l'empêcher, il fit feu.

Un carreau vola en éclats, à un pouce de la tête de Marguerite.

En même temps, le brigand poussa un cri de douleur en se renversant en arrière. Prompte comme l'éclair, la rapière de son chef lui avait abattu le poignet et labouré affreusement le visage.

C'était le troisième homme hors de combat après un assaut de quelques minutes, que l'arrivée du marquis et de M. Ferret ne pouvait pas manquer de rendre plus meurtrier.

— Tout le monde en bas ! commanda Torte-Gueule.

Les assaillants obéirent. Là, sur les ordres du sergent, ils se divisèrent en cinq groupes. Puis au commandement de : Attaque partout ! ils s'élancèrent, contre chacune des fenêtres du rez-de-chaussée, trop nombreuses pour pouvoir être toutes défendues. En un clin d'œil elles furent brisées, et le château fut envahi.

Éveillé par le bruit de la fusillade, le marquis accourait, l'épée à la main, pour ranimer le courage des siens, ou au moins mourir avec eux.

Il n'eut pas même cette consolation ; un coup de crosse que lui porta le féroce Beulaigue, au moment où il sortait de son cabinet, le fit tomber le visage contre terre. Sans respect pour le noble vieillard, les assassins le percèrent à coups de poignards et l'achevèrent en l'étranglant.

Déjà, au bas du grand escalier, Jean Marius venait d'égorger le garde.

Quand à Torte-Gueule, il avait profité de son exacte connaissance du château pour courir à la chambre de Mlle de Saint-Véran.

Il la trouva agenouillée dans l'oratoire attenant à son appartement et se préparant à mourir.

— Mademoiselle, ne craignez rien, je viens vous sauver, lui dit-il.

— Me sauver, monstre ! fit Marguerite en se relevant avec horreur. Tue-moi, mais n'ose pas m'insulter.

— Sur mon âme, belle demoiselle...

— Traître, infâme ! Tue-moi donc, répéta-t-elle avec mépris.

Monsieur le marquis de Mayrargues, seigneur du château (*Voir page* 489) ..

— Par les cornes du diable, aurons-nous bientôt fini ces simagrées, ma charmante, dit le sergent que la colère gagnait, et il posa la main sur l'épaule de la jeune fille.

Prompte comme l'éclair, elle se dégagea de l'étreinte de son agresseur et le frappa au cœur avec un petit couteau.

Le sergent éclata de rire.

— Ton aiguillon ne pique pas, papiste de mon cœur.

Et la saisissant par les poignets, il lui ramena brutalement les bras en arrière et, après les avoir liés, il l'attacha à une colonne.

— Au secours ! au secours ! criait Mlle de Saint-Véran dont la tête s'égarait.

A ces cris, quelques Camisards accoururent.

A la vue de ces visages féroces, barbouillés de suie, et de ces chemises tachées de sang, Marguerite s'évanouit.

— Vous faut-il un coup de main, sergent? ricana un des bandits.

— Inutile, Gédéon, la belle est pâmée. Seulement, comme il ne faut pas qu'elle s'échappe ni qu'il lui arrive mal, toi, Timothée et ton camarade, l'Ours-Blanc, vous allez monter bonne garde à la porte de l'oratoire et empêcher qui que ce puisse être d'y entrer.

— Et cependant, les camarades vont piller, grogna l'Ours-Blanc.

— Et boire, ajouta Timothée.

— Le capitaine ne peut tarder à arriver et on lui remettra la prisonnière, reprit le sergent; vous n'y perdrez ni une pistole, ni un verre de vin. Dans une demi-heure, je viendrai vous relever.

— Pourquoi nous mets-tu là plutôt que les autres?

— Parce que cela me plaît, tonnerre du ciel. Suis-je sergent, oui ou non? rugit Torte-Gueule en relevant les crocs de sa moustache et appuyant la main sur sa rapière. Qu'on obéisse, et pas un mot.

Les enfants du diable n'osèrent pas répliquer et demeurèrent l'arquebuse à l'épaule, immobile près de la porte.

Au bas du grand escalier il rencontra le caporal Beulaigue.

— Morts, blessés et prisonniers, fais tout apporter dans le vestibule, dit-il, que nous fassions nos comptes.

— Voici pour un, répondit l'assassin de Mme de Miraman en montrant le cadavre du garde. Quant au marquis, il n'est pas loin, j'ai fait son affaire.

— Qu'on mette tout ensemble, après nous verrons à nous amuser, répéta le chef.

Les brigands se mirent à l'œuvre et apportèrent six cadavres : trois portaient la chemise blanche.

— Les enfants du diable d'un côté, les papistes de l'autre; ce sont ces derniers qu'il importe de vérifier, reprit Torte-Gueule en prenant sa liste. Voyons ça, Barnabé, approche le flambeau. Attention, je fais l'appel.

— M. le marquis de Meyrargues, seigneur du château, à qui le diable torde le cou.

— Présent! répondit Jean Marius en approchant la lumière du visage ensanglanté du marquis.

— Trois jours de prison au ci-devant seigneur pour ne pas avoir tenu son uniforme plus proprement, interrompit un des scélérats par raillerie. Voyez, sergent, il est tout taché.

— Mlle Marguerite de Saint-Véran, dite la colombe enragée, poursuivit Torte-Gueule.

— Aux arrêts forcés pour le moment, fit Gédéon.

— Maître Boniface Ferret, intendant en chef.

Personne ne répondit.

— Maître Boniface, répéta le sergent.

— Un vieux baron? demanda Élisée-le-Terrible.

— Oui, sais-tu où il est?

— Parbleu, je viens de l'assommer dans son lit. Je l'avais oublié; je vais le chercher.

— Messire Pierre-Joseph Malbernat, garde-chasse de sa seigneurie.

— Voilà, ricana Épée-du-Juste, en poussant avec le pied le cadavre horriblement mutilé.

— Olivier, le gentil piqueur, continua l'aventurier

Les bandits se regardèrent.

— Qui sait où est Olivier, un jeune garçon de quinze à seize ans ?

— Je l'ai aperçu sans pouvoir le rejoindre, dit Beulaigue.

— Mais la poterne est gardée par quatre hommes, dit un des bandits.

— C'est bon, nous retrouverons l'Olivier puisqu'il ne peut pas être sorti. Continuons :

— Le père Jérôme, dit le sergent.

— Inconnu, le père Jérôme.

— Inconnu ? Oh ! que non pas, le cher homme, c'est lui qui m'a ouvert la porte et qui a enfermé les chiens, vous le trouverez dans la cour, cet idiot, je n'ai fait que l'étourdir d'un coup de sabre. S'il n'est pas mort, ne l'achevez pas : nous allons rire.

Quatre ou cinq noirs sortirent pour le chercher.

— Sauf Olivier, la liste est complète, dit le sergent. A présent camarades, passez une cravate à tous ces cadavres. Celà ornera la tour.

Les brigands détachèrent leurs ceintures et se mirent à l'œuvre. Tout était fini quand les noirs apportèrent le jardinier. Il n'était que légèrement blessé, mais il contrefaisait le mort.

— Pauvre cher Jérôme, il est mort, bien mort ! soupira Torte-Gueule en posant la main sur son cœur. Jérôme ! mon ami Jérôme !

— Tout est fini, sergent ; il ne vous reste plus qu'à le pleurer, interrompit Beulaigue.

— Oh ! non, je ne veux pas me séparer de ce tendre ami, sans conserver un souvenir de lui. Marius, arrive ici et écorche-le proprement, pour que je fasse empailler sa peau.

Le boucher s'approcha en frottant deux couteaux l'un contre l'autre, comme pour les aiguiser.

Le jardinier ouvrit démesurément les yeux et poussa un cri de terreur.

— Bravo! hurlèrent les bandits. Il a voulu nous tromper, il faut l'écorcher vivant.

— Grâce! grâce, capitaine! supplia le vieux jardinier se relevant sur ses genoux.

— Veux-tu que je t'accorde la vie? demanda Torte-Gueule.

— Oui, monseigneur, balbutia le malheureux.

— Eh bien! je te fais grâce.

— Merci, monseigneur, merci.

— A une condition. Acceptes-tu?

— Tout ce que vous voudrez, monseigneur.

— Alors, écoute. Je te fais grâce, à condition que tu nous suivras.

— Je vous suivrai, où vous voudrez,

— Comme novice, et que tu porteras la chemise blanche.

— Oui, monseigneur.

— Tu sais sans doute ce qu'il y a à faire pour mériter cet honneur?

— Non, monseigneur.

— C'est peut-être un peu dur, mais enfin il faut passer par là pour être reçu dans notre confrérie,

— Je ferai tout ce que vous voudrez.

— D'abord, et c'est la première condition, tu vas abjurer, ensuite tu donneras un soufflet à chacun des cadavres qui sont là.

Jérôme devint livide.

— Es-tu décidé?

Il fit le signe de la croix et répondit :

— Je suis décidé.

Les Camisards battirent des mains.

— Je crains les hommes, mais je crains Dieu bien plus encore, dit le jardinier. Tuez-moi, comme il vous plaira; je ne renierai pas ma religion et je n'insulterai pas ceux qui sont morts pour elle.

— Si tu n'abjures pas tu vas mourir, fit le sergent furieux.

Pour toute réponse, le vieux jardinier dit en joignant les mains :

— Seigneur, recevez dans votre gloire l'âme de votre serviteur.

— Ces catholiques sont tous ainsi, rugit le déserteur. Étrangle-moi cet imbécile, et que cette comédie finisse.

Jérôme ne changea pas de posture. Son visage était comme transfiguré : le tiède vieillard était devenu un héros.

Il mourut sans proférer une plainte.

On jeta son cadavre sur les cadavres déjà entassés, puis les enfants du diable, chargeant sur leurs épaules les corps des victimes, montèrent au haut du donjon pour les suspendre aux créneaux.

A présent, amusons-nous, cria Torte-Gueule, quand tout fut terminé.

Le pillage commença aussitôt.

Après le pillage vint l'orgie.

De l'oratoire où Marguerite était enfermée sous la garde de deux bêtes féroces, elle entendit bientôt les hurlements de joie des assassins ivres.

Tout-à-coup, dans la chambre voisine de la sienne et de l'oratoire, il s'éleva un grand bruit de voix parmi lesquelles Mlle de Saint-Véran crut reconnaître la voix d'Olivier. Elle prêta l'oreille, mais le tumulte cessa presque aussitôt et les voix s'éloignèrent.

CHAPITRE XLIII

L'ORGIE

— Sergent, voici du gibier, crièrent deux Camisards en entrant dans la salle, où ils poussèrent rudement devant eux un jeune garçon au visage pâle, mais fier et décidé.

— Bravo ! hurlèrent les bandits en agitant leurs couteaux.

— Et où diable avez-vous déniché ce beau merle ? demanda Torte-Gueule sans se détourner.

— Dans un cabinet près de l'oratoire où la prisonnière est enfermée.

— Il essayait de percer le mur pour faire évader la colombe.

— Ohé! papiste de mon cœur, avance donc un peu par ici, que je regarde ton beau museau, fit le sergent.

— Eh! c'est bien lui, ajouta-t-il avec son rire hideux. Bonjour, Olivier nous nous cachons donc au lieu de venir embrasser papa?

— Je ne me cachais pas, répondit fièrement le prisonnier. Pourquoi l'aurais-je fait?

— Hum! Pourquoi? Je crois deviner que nous n'avons pas envie d'aller danser sans plancher au haut de la tour, avec les autres camarades?

— Je sais bien que vous ne me ferez pas pendre.

— Sur mon âme, si j'en ai une, il est charmant ce drôle, interrompit le sergent en se renversant sur son siége. Tu te trompes, mon fils chéri, et pour te prouver mon affection, je vais moi-même te passer la cravate d'honneur.

— Voilà, une corde, sergent, dit un bandit en jetant sur la table le nœud coulant qui lui servait de ceinture. Faut-il un coup de main?

— A moi, un coup de main, pour étrangler un papiste? Tu veux rire. Allons, avance à l'ordre, fils de chien.

— Je sais bien que vous ne me pendrez pas, dit Olivier encore une fois.

— Mort et damnation! hurla Torte-Gueule se dressant avec peine sur ses jambes avinées. Sais-tu bien à qui tu parles, enfant du diable?

— Je parle à celui, que, sans moi, les chiens auraient dévoré.

— Et toi, qui te gausses de moi, tu crois peut-être que je ne te reconnais pas? cria l'ivrogne, obligé de s'appuyer sur la table pour ne pas tomber.

— Je ne cache pas mon nom; je suis Olivier d'Anguille.

Ce sobriquet, que le soudard avait oublié, parut le mettre en bonne humeur.

— Vous entendez, camarades, il s'appelle l'Anguille? Oh! oh! oh! l'Anguille, c'est ça qui est un joli nom. Eh bien! tu as raison, tu ne seras

pas pendu, mon amour. Dis-donc, petit, sais-tu ce qu'on fait des an-
guilles dans mon pays?

Olivier sentit sa poitrine se serrer et la sueur lui perler an front.

— Ah! tu n'es pas cuisinier, toi : c'est juste, puisque tu es anguille.
Gédéon, un verre de sec, pour m'éclaircir la voix... A ta santé, bel
Olivier.

Et il avala d'un trait un gobelet d'eau-de-vie

— A présent, y sommes-nous?

Les Camisards allongèrent leurs têtes hideuses pour écouter la leçon.
Personne n'était amusant comme le sergent, quand il était ivre.

— Pour préparer une anguille, reprit-il en clignant les yeux et en
balançant la tête, on prend une anguille bien vive, bien frétillante, on
lui fait autour du cou une légère incision; ensuite on rabat la peau et
l'on tire doucement pour écorcher l'animal vivant. Comprends-tu?
l'ami. Ensuite on roule dans du sel pilé menu ladite anguille vivante,
comme je t'ai dit, puis on la coupe par tronçons que l'on fait
frire ou rôtir, et l'on sert. Et alors, ajouta-t-il en faisant claquer sa
langue, le plat est parfait. Y a-t-il un bon cuisinier dans la bande? ajouta-t-il.

— Par ici, l'anguille; à moi l'opération, clama un brigand.

—Pas de privilège! riposta un second. Tirons au sort. Pourquoi au-
rais-tu la préférence?

— Parce que je me nomme Jean Marius, l'écorcheur.

— Tu n'as dépouillé que des chevaux morveux, tandis que moi
j'ai enlevé la peau à une femme papiste et à son enfant, dit l'autre.

A cette injure, accueillie par les éclats de rire de ses complices, Jean
Marius répondit en se ruant sur son adversaire, le couteau à la main;
mais celui-ci d'un coup de chandelier, brisa l'arme.

Alors, désarmés tous les deux, ils s'attaquèrent comme deux dogues,
se mordant aux épaules et au visage, renversant les tables et brisant les
brocs dont le vin se mêlait à leur sang.

On les sépara, meurtris, défigurés, mais se menaçant encore.

Olivier, lui-même, sans songer à son propre danger, contemplait cette scène avec horreur.

Quant à Torte-Gueule, il avait complétement oublié son prisonnier.

— Ça, sergent, faut-il dépêcher ce drôle? demanda brusquement un de ceux qui avaient découvert le frère de lait de Marguerite.

— Oui, oui, certainement, mais ce brutal de Marius a répandu le vin. Qu'on aille en chercher d'autre pour passer le temps.

Un Camisard sortit avec un broc vide, et rentra presque aussitôt sans rien rapporter.

— Il n'y a plus de vin, fit-il en lançant la cruche avec colère.

— Comment, plus de vin? Il y en avait deux muids, s'exclama le sergent.

— Oui, que la terre a bu, parce que cette brute de Barnabé a laissé les robinets ouverts.

— Imbécile! fit Torte-Gueule en frappant du pied.

Un éclair de joie brilla dans les yeux d'Olivier.

— Il a bien fait, dit-il, c'était du vin de valets.

— Du vin de valets? grogna le sergent avec mépris. Tu ne t'y connais pas, ma pauvre anguille.

— C'est possible. Mais je préfère le vin des maîtres.

— Par Belzébuth! le damoiseau a raison; je me le rappelle, il doit y avoir du vin des maîtres; le vieux jardinier me l'avait dit.

Il y en a tout un tonneau, interrompit Olivier.

— Un tonneau! tout un tonneau! de quoi boire toute la nuit, s'écria le sergent. Dis-nous où il est, l'Anguille.

— Que me donneras-tu en récompense?

— Tu ne seras que pendu, mon amour.

— Je veux la vie sauve ou je garde mon secret.

— Hum! je crois que tu menaces. Épée-du-Juste, un bout de mèche entre les doigts du bel enfant, pour lui enseigner la complaisance.

— La mèche! la mèche! répétèrent les buveurs.

Épée-du-Juste était un Camisard aussi habile à poser une mèche entre les doigts d'un papiste que Simon à écorcher un prisonnier. Il coupa un bout de corde, et après l'avoir trempé dans l'huile, en entrelaça les doigts d'Olivier, qu'il serra ensuite avec une corde.

— Parleras-tu, à présent? ricana le sergent.

— Non, répondit-il résolument

— Allume! commanda Torte-Gueule.

Olivier demeura muet; mais bientôt son visage exprima la plus affreuse souffrance, ses traits se contractèrent et de grosses larmes tombèrent goutte à goutte de ses yeux fixes et dilatés.

— Veux-tu dire où est le vin?

— Je dirai tout, murmura le patient, vaincu par la douleur,

Épée-du-Juste souffla la mèche.

— Où est le vin? répéta Torte-Gueule.

— Dans un caveau secret.

— Où est ce caveau?

— Dans la seconde cave à droite.

— Où est cette cave? Par le diable, ton patron!

— Je vous y conduirai si vous voulez me delier.

— Oui dà! tu es un rusé compère, l'Anguille; Épée-du-Juste, passe une corde au bras du drôle et conduis-le, le pistolet au poing sans le lâcher. Toi, Barnabé, prends une torche et un broc et marche devant.

Les deux brigands sortirent emmenant le prisonnier, qui leur fit descendre un escalier assez raide, et traverser deux caves.

— C'est-là, dit-il, en s'arrêtant près d'un puits, devant un tas de bois.

Barnabé enfonça sa torche dans le sol humide et renversa l'obstacle derrière les madriers, il ne rencontra que le mur.

— Tu t'es moqué de nous, chien, tu me le paieras, s'écria-t-il.

— Cherchez à la troisième pierre à partir du sol, il y a un bouton en
fer. Tirez à vous.

Le bandit fit jouer le ressort et la pierre, en se déplaçant, laissa apercevoir un caveau dans lequel se conservait le vin destiné à la table du
seigneur aux jours de grande solennité.

— Eh bien ! fit Épée-du-Juste ?

— Je vois le tonneau, éclaire-moi, je vais remplir le broc.

Sans lâcher son prisonnier, le brigand approcha la torche de l'ouverture du caveau, et bientôt on entendit le bruit du vin qui coulait dans
le vase. Le vase rempli Barnabé en but une large rasade.

— Le papiste ne nous a pas trompé, cette fois, cria-t-il.

Et il passa le broc à Épée-du-Juste qui, lui aussi, s'assura largement
de la bonté du breuvage.

— Par ma part du paradis, je ne crois pas que l'Antechrist de Rome
en boive de meilleur avec ses cardinaux au pied fourchu, fit-il en repassant la cruche à son complice, pour continuer à la remplir.

— Y a-t-il beaucoup de caches dans celle-ci?

— Il y en a une autre auprès de laquelle ce caveau est moins que
rien, répondit Olivier à demi-voix.

— Que renferme-t-elle? demanda Épée-du-Juste, du même ton.

— De l'or plus que vous pourriez en porter.

— Les autres le savent-ils?

— Personne en a connnaissance, pas même Torte-Gueule,

— Alors, pas un mot et tu auras la vie sauve, murmura Épée-du-Juste
à l'oreille de l'enfant.

— Voilà qui est fait, s'écria Barnabé en ressortant du caveau.

Et ils remontèrent vers la salle.

En approchant de la porte, ils entendirent des cris et des blasphèmees
mêlés de menaces.

— Vous mériteriez, tous les deux, d'être pendus pour avoir abandonné
votre poste, hurlait Torte-Gueule.

Le vase rempli Barnabé en but une large rasade (*Voir page* 498)...

— C'est bien plutôt toi qu'il faudrait pendre, ivrogne, qui nous laisses trois heures à nous morfondre, tandis que tu passes ton temps à boire, sans même songer à nous faire relever.

—Retournez à votre faction, ou je fais un exemple.

— Si tu me couches en joue, je poignarde la prisonnière.

— Pourquoi venez-vous ici?

— Pour faire ce que tu fais toi-même, sac à vin. Nous sommes tous frères, tous égaux. Pas de privilège. Nous voulons boire à notre tour. Voici la prisonnière, dont tu es chargé, fais-la garder par qui tu voudras, cela ne nous regarde pas. Notre faction est terminé et nous voulons du v'n.

La scène allait probablement devenir sanglante, car les bandits habitués à faire respecter leurs droits, étaient bien décidés à n'en laisser violer aucun, et les spectateurs de cette dispute, les plus paisibles par caractère, commençaient à y prendre part en s'agitant et en vociférant.

La rentrée d'Épée-du-Juste et de Barnabé fut une heureuse diversion pour le sergent.

— Voici du vin, mes enfants; puisqu'il est tiré, il faut le boire, dit-il en faisant signe au Camisard de déposer sur la table la lourde cruche autour de laquelle se rallièrent, en un clin d'œil, tous les buveurs.

Alors, seulement, Olivier aperçut, debout contre une colonne et les mains liées derrière le dos, Marguerite, pâle comme une statue de marbre, mais fière et calme au milieu de cette bande de monstre.

Après avoir, pendant plus d'une heure, monté la garde à la porte de la chambre dans laquelle Torte-Gueule l'avait fait enfermer, les deux Camisards oubliés par le sergent avaient fini par perdre patience et s'étaient entendus pour conduire leur prisonnière, après l'avoir liée, dans la salle où leurs compagnons se livraient à leur bruyante orgie.

A la vue d'Olivier, qu'elle croyait mort comme les autres, un éclair de bonheur brilla dans les yeux de la captive qui, aussitôt les releva vers le ciel, craignant de compromettre son frère nourricier par cette marque d'intérêt ou de pitié.

L'Anguille, bien que son cœur battît violemment, imita la prudence de sa noble et chère maîtresse et feignit de ne point s'occuper de sa présence.

Seul, Torte-Gueule ne dissimulait pas son mécontentememt et ne savait à quel parti se résoudre. Ordonner aux Camisards de ramener la prisonnière à sa chambre, c'était compromettre son autorité en pure perte ; la laisser parmi des brigands habitués à ne respecter ni la vie ni l'honneur d'une femme, c'était, en exposant Marguerite à un péril certain, s'exposer lui-même à la colère d'un capitaine avec lequel il n'y avait pas à plaisanter. Aussi bien que peu maître de ses idées, tâchait-il de se tirer, sinon avec honneur, du moins sans danger, de la position critique dans laquelle l'avait mis la désobéissance de ses gardes.

Enfin, il crut l'avoir trouvé, car après que la cruche eût été vidée, il s'écria d'une voix rauque qu'il s'efforçait de rendre aimable :

— Allons, mes agneaux, un peu de silence et vous aurez d'autre vin à discrétion.

Les Camisards obéirent.

— Bien, camarades, continua Torte-Gueule, vous aurez à boire. Je ne veux pas vous empêcher de vous amuser un peu, mais il faut prendre ses précautions pour ne pas mettre le capitaine en colère ; vous savez, il n'aime pas toujours la plaisanterie. Enfermons donc cette biche effarouchée qui pourrait essayer de s'enfuir, dans un endroit où nous pourrons la garder sans nous déranger, là, par exemple, dans ce souterrain qui communique avec la salle : il n'y a pas de danger qu'elle s'évade. Voyons un homme de bonne volonté pour la délier et la conduire. Toi, Barnabé, qui es encore solide sur tes jambes, coupe cette corde, sans blesser la prisonnière.

Barnabé se leva en chancelant et s'approcha le couteau à la main.

— Sergent, moi qui n'ai pas bu, je délierai le nœud, sans qu'il y ait aucun risque à courir, s'écria Olivier.

— Non pas, non pas, mon beau fils, tu resteras lié, toi, c'est autant de fait pour la danse que je te réserve, ricana le sergent.

Barnabé coupa la corde en grommelant : il n'aimait pas à être dérangé.

— Allons, marche au souterrain, à présent, fit-il en poussant la prisonnière vers la porte du souterrain.

En passant près d'Olivier il sembla à Mlle de Saint-Véran, qu'une voix murmurait à son oreille, mais si bas, qu'à peine si elle pût l'entendre, le mot : espoir.

Une minute après, la porte en se renfermant, la plongea dans les ténèbres, sur les premières marches d'un escalier froid et humide, aboutissant à un obscur souterrain.

— Et à présent, camarades, hurla le sergent en plongeant la clef dans la poche de son haut-de-chausse, buvons à l'aise, la colombe n'échappera pas.

— Qui va chercher du vin?

— Moi, cria Barnabé.

Et il sortit, emportant l'énorme broc.

— Ce n'est pas assez ! fit Jean Marius.

— Pendant que l'un boira, l'autre remplira. Chacun de vous sera de corvée à son tour, commanda Torte-Gueule.

— Jusqu'à ce que personne ne puisse plus marcher, interrompit Jean Marius, que sa dispute avait mis en verve.

Les agneaux étaient en belle humeur.

— A moi, fit Épée-du-Juste, au moment où rentrait Barnabé. Marche devant, dit-il à Olivier.

Torte-Gueule ne fit aucune objection : il avait soif.

— Où est l'or? demanda le Camisard à son guide, dès qu'ils furent seuls.

— Que me donneras-tu, si je te l'indique ?

— La vie sauve, répondit le brigand.

— Alors, viens.

Épée-du-Juste sourit hideusement de la naïveté du prisonnier.

— Y en a-t-il beaucoup ?

— De quoi charger deux mulets.

— Est-ce loin ?

— Non, tout près.

— Marchons.

Ils arrivèrent près du puits.

— Là, dans le caveau, dit Olivier.

— Dans le caveau du vin?

— Oui, derrière le tonneau.

Épée-du-Juste eut un soupçon.

— Entre le premier, fit-il.

Le prisonnier obéit.

Le Camisard entra après lui et attacha à un anneau l'extrémité de la corde qui liait les mains de l'Anguille, puis avec la torche il essaya de regarder entre le tonneau et le mur.

Rien n'indiquait une cachette. Il essaya de déranger la pièce : elle était ou trop lourde ou scellée dans le roc.

— Tu m'as menti, s'écria-t-il, furieux de voir ses efforts impuissants.

— Je n'ai pas menti. A nous deux, nous démasquerons la cache, si vous voulez me délier les mains.

Cela fut dit avec un si grand calme que le cupide bandit se sentit ébranlé. Il regarda encore et crut apercevoir, en effet, un point noir correspondant au centre du tonneau.

Il n'y avait pas de temps à perdre. D'un coup de couteau il trancha les liens.

— Tu vois, dit-il, en mettant le couteau tout ouvert entre ses dents, si tu me trompes ou si tu essaies de fuir je te le plante dans le cœur.

Olivier enveloppa sa main gauche dont un doigt avait été horriblement brûlé par la mèche et s'avança calme et assuré vers le tonneau.

— Imitez mes mouvements, dit-il au bandit.

Épée-du-Juste fit un effort : rien ne bougea.

— Non, pas ainsi, passez de ce côté, là, entre le tonneau et le rocher. Bien, passez-moi la torche, étendez le bras. Là, encore un peu, encore ne touchez-vous pas un bouton?

— Peut-être bien, oui, je crois, murmura Épée-du-Juste, à demi-engagée dans l'étroite ouverture... Oui, oui, je le tiens, que faut-il faire?

— Nous y sommes, poussez ferme, poussez.

Et, retournant subitement la torche Olivier l'éteignit contre le sol humide et, d'un bond, s'élançant hors du caveau, en referma violemment la porte.

— Ohé! mon bel oiseau, on ne s'envole pas comme ça, ricana Jean Marius qui, les jambes avinées, entrait en ce moment dans la cave, une cruche à l'épaule et une lumière à la main. Attends-moi, nous allons rire.

Et sans se donner la peine de donner la chasse au fugitif pris entre deux feux, il se contenta de barricader l'entrée de la cave avec une énorme pièce de bois. Puis, reprenant sa torche et s'armant de son poignard :

— A nous deux, maintenant, cria-t-il, j'ai juré d'avoir ta peau.

CHAPITRE XLIV

L'ÉVASION

— Mille milions de diables d'enfer! vociféra Torte-Gueule en frappant la table du poing, ils veulent donc nous laisser mourir de soif, ces
brigands? Si je fais tant que d'aller les secouer un peu au caveau, je
leur ferai comprendre que je n'aime pas à attendre.

— Voulez-vous que j'y aille, moi, sergent? fit Beulaigue. Je ne serai
pas long.

— Non, non, j'y vais, c'est plus sûr; oui, c'est plus sûr, bien plus sûr, répondit le déserteur en essayant de se lever, mais sans pouvoir y parvenir.

— Un voisin l'aida à se mettre sur ses jambes; il retomba lourdement assis, l'œil terne et répétant, sans savoir ce qu'il disait : C'est plus sûr, oui, plus sûr.

Il était ivre à ne plus pouvoir tenir debout.

— Va, Simon, toi qui es solide, crièrent plusieurs bandits qui avaient soif.

Le bandit se leva et prit une cruche.

Il allait sortir, quand les trompes des sentinelles retentirent et, presque aussitôt, on entendit dans la cour un grand bruit d'hommes et de chevaux.

Cette nouvelle troupe, composée d'une vingtaine de routiers armés jusqu'aux dents, était celle de Méric, qui était accouru pour voir les résultats de son stratagème.

Arrivé au bas du perron, le capitaine sauta légèrement à terre et, après avoir donné ordre à ses Camisards de l'attendre, il gravit précipitamment les marches de l'escalier, ouvrit brusquement la porte de la grande salle et, s'arrêtant sur le seuil, jeta un regard rapide et dominateur sur les bandits groupés autour des tables, qui songeaient à tout autre chose qu'à leur terrible chef.

A l'apparition inattendue du redoutable Méric, vêtu moitié en Camisard, moitié en gentilhomme, car par-dessus sa chemise flottante Méric portait une cuirasse de fer et un riche baudrier auquel était suspendue sa longue rapière, tous les buveurs se levèrent, comme poussés par un ressort, et prirent, autant que leur permettait l'ivresse, une attitude respectueuse.

Torte-Gueule surtout qui, par suite de ses nombreuses libations, croyait voir trois capitaines au lieu d'un, se raidissait de toutes ses forces pour supporter dignement la terrible inspection et tortillait anxieusement les longs crocs de sa moustache rousse. Il eût en ce moment donné beaucoup pour n'avoir bu ce jour-là que de l'eau claire, et il réfléchissait douloureusement sur les inconvénients de la grandeur et de la responsabilité trop étendue des sergents en particulier. Il donnait au diable ce Méric qui arrivait si mal à propos.

Malheureusement, contrition et ferme propos arrivaient un peu tard. Des débris de brocs et de bouteilles jonchaient le pavé rougi par le vin, plusieurs tables étaient renversées, des bancs brisés et, pour achever le tableau, entre ces honteuses épaves gisaient cinq ou six Camisards tellement ivres, qu'il n'eût pas fallu moins que les trompettes du jugement dernier pour les faire sortir de leur ignoble léthargie.

On comprend à quel point était compromise l'autorité d'un chef de poste chargé de maintenir l'ordre le plus sévère parmi ses soldats. Le malheureux sergent ne le sentait que trop et il lui semblait que le regard de son capitaine lui traversait le crâne comme une balle, comparaison d'autant plus juste qu'en pareille circonstance, la balle suivait souvent de très près le regard.

Or une superbe paire de pistolets brillait à la ceinture de Méric, et le capitaine avait l'agaçante habitude de jouer continuellement avec ses armes.

Cela faisait faire au sergent de pénibles réflexions.

Mais en ce moment il était de belle humeur, car loin de s'irriter et de gronder, il s'avança vers Torte-Gueule et lui appliqua, en manière de caresse, un tel coup de poing sur l'épaule qu'il fit plier les jarrets mal assurés de l'aventurier.

— Par les cornes de Moïse ! tu as fait un beau coup aujourd'hui, l'ami. Aussi, je vois qu'après le travail on s'est amusé un peu.

Rassuré par cette bonne humeur inespérée, le sergent osa relever les yeux qu'il tenait obstinément attachés à terre et, non sans quelque hésitation, répondit :

— Nos hommes ont un peu bu, capitaine, mais...

— Ils ont bien fait, par Belzébuth ! Que diable, on ne peut pas toujours chanter des psaumes à la louange du Père éternel. L'attaque a-t-elle été dure?

— Assez, capitaine; les papistes ont résisté.

— Combien de tués?

— Deux de nos hommes et cinq ou six blessés.

— Et les papistes?

— On peut les compter de dehors. Il n'en reste plus un, nous les avons tous pendus.

— En effet, en arrivant j'en ai vu une demi-douzaine que le vent balance au sommet de la grande tour en guise de bannière féodale. Marguerite est prisonnière?

— Elle vous attend sous clef, capitaine.

— Pas de blessure, au moins?

— Pas une plume froissée.

— Bravo, Torte-Gueule! tu es un homme incomparable. Je suis tout à fait content de toi et de tes hommes. Je t'avais promis dix pièces d'or, tu en auras vingt.

— Vive le capitaine! cria le sergent en lançant en l'air son feutre avec enthousiasme.

— Vive le capitaine! répétèrent les bandits qui espéraient bien avoir leur part de récompense.

— Faites avancer le cheval destiné à la prisonnière, commanda Méric dont les yeux brillaient d'une joie satanique. Et toi, Débora, continua-t-il en se tournant vers la Cévenole pour laquelle il avait renié sa foi,- prépare-toi à me suivre; tu sais que c'est à toi seule que je veux confier ma prise.

Débora releva la tête, et ses yeux eurent un éclair de haine. Dans sa captive, elle soupçonnait vaguement une rivale et elle avait exigé de Puymarcé que Marguerite lui serait livrée. Marguerite devait être bien gardée.

La jalousie a, dit-on, de singuliers pressentiments.

— As-tu entendu? répéta Méric.

Elle regarda vaguement le ciel et, répondant à une espérance secrète, elle dit lentement comme se parlant à elle-même :

— Le ciel est libre, les ailes de la colombe sont intactes, qui l'empêchera de les ouvrir et de s'envoler?

— Moi, s'écria Méric en frappant du pied avec colère, moi, prophétesse de malheur! Et, ajouta-t-il en promenant un regard farouche autour de lui, celui qui tenterait de favoriser cette évasion est un homme mort.

Il avait l'air terrible en parlant ainsi.

Débora ne répondit rien, son front pâle s'était de nouveau incliné vers la terre.

Un silence profond régnait dans la salle, l'anxiété commençait à gagner le capitaine lui-même. Il craignit que quelque embuscade ne lui eût été tendue par les soldats catholiques et jugea prudent de hâter son départ, en changeant l'itinéraire qu'il avait tracé quelques heures auparavant.

La capture était trop précieuse pour qu'il négligeât la moindre précaution.

— Que les chevaux soient prêts à l'instant et que tout le monde se prépare à quitter le château. Toi, sergent, va chercher la prisonnière. Nous allons partir.

Torte-Gueule fouilla son haut-de-chausse, en tira une lourde clef et, d'un pas mal assuré, se dirigea vers le fond de la salle.

— Où diable va-t-il maintenant, ce sac à vin? s'écria Méric qui, tant pour se donner une contenance que pour combattre un sentiment pénible, venait de s'asseoir et se versait un verre d'eau-de-vie

— Chercher la colombe dans sa cage, capitaine.

— Comment, dans sa cage ! Elle n'est donc pas dans la chambre de la tour, comme je te l'avais ordonné?

— Capitaine, elle y était, reprit le sergent avec l'orgueil légitime d'un homme qui a la conscience d'avoir mieux fait que ses chefs ne lui ont commandé, mais nous avons surpris un drôle qui rôdait aux environs pour l'enlever, et afin d'éviter une nouvelle tentative de cette espèce, j'ai fait descendre ladite demoiselle et, de ma propre main, je l'ai enfermée ici, sous notre garde à tous.

Comme cela impossible de nous fausser compagnie.

— Où, ici, triple idiot ?

— Dans cette cave, capitaine.

— Mort de ma vie ! hurla Méric renversant chaise et table pour s'élancer sur le routier auquel il arracha la clef avec violence. Cette cave est un souterrain qui ouvre sur la campagne. Par ma damnation, si elle s'est échappée, tu es mort.

Et, suivi de quatre ou cinq soldats, il se précipita dans le caveau, tandis que, par son ordre, le reste de son escorte gardait les portes, le sabre à la main, pour empêcher qu'aucun des buveurs ne pût s'échapper.

Dix minutes s'écoulèrent avant qu'il ne reparût.

Il était pâle et paraissait ivre de fureur.

— Il y a des traîtres ici ! cria-t-il d'une voix tonnante. Je veux les connaître. Les pierres énormes qui bouchaient l'entrée du souterrain ont été écartées, ce n'est pas une faible jeune fille qui a fait cela. Débora, consulte l'Esprit et nomme-moi les traîtres, il me faut les connaître pour les punir.

La prophétesse était habituée à de pareils ordres et savait combien il eût été dangereux de ne pas obéir à un chef aussi violent. D'un autre côté, comment deviner quels étaient les complices de cette heureuse évasion, tant désirable pour elle. Accuser à faux ou ne pas accuser du tout lui semblait également préjudiciable à sa réputatino de prophétesse inspirée.

Il fallait répondre à tout prix.

Pour se tirer d'embarras elle eut recours à une ruse souvent employée.

D'un bond, le chef des bandits se rua sur le sergent. (*Voir page* 514).

avec succès dans les cas difficiles par les élèves de du Serre, l'invocation de l'Esprit et la préparation par la prière, qui seules pouvaient lui donner le temps de la réflexion nécessaire pour composer une prophétie qui la tirât d'embarras.

Elle se recueillit donc quelques instants, la face prosternée contre terre.

— Prions, dit-elle, que le Seigneur inspire sa servante.

Un silence profond régnait dans l'assemblée. Méric lui-même, obligé de contenir sa rage, demeurait immobile et osait à peine gronder sourdement, tant les scènes de jonglerie des prophètes produisaient une terreur superstitieuse sur ceux-là mêmes par ordre desquels elles se faisaient.

Au dehors seulement on entendait les piaffements sourds des chevaux camargues et les hurlements plaintifs des chiens du marquis de Meyrargues enfermés dans la chambre. Pluton et Proserpine faisaient un tapage d'enfer.

— Si les protecteurs de la fuite de Mlle de Saint-Véran se trouvent parmi les soldats de Torte-Gueule, évidemment ils ne sont pas ici. Si, au contraire, les catholiques ont fait le coup, pensa Débora, ils ont fui avec elle. En tous les cas les traîtres ne peuvent pas être présents, et je puis répondre hardiment.

La prophétesse se releva sur ses genoux, les yeux tournée vers le ciel, les bras tendus; bientôt les convulsions commencèrent. Son visage, habituellement pâle, s'enflamma peu à peu, les veines de son cou se gonflèrent, sa poitrine se souleva avec effort, ses membres se raidirent et des sons inarticulés s'échappèrent de son gosier. Elle rejeta la tête en arrière, agita convulsivement les mains comme pour éloigner d'effrayantes visions, puis, tout-à-coup, ses yeux devinrent hagards, ses lèvres se couvrirent d'écume et elle se laissa tomber à la renverse, les cheveux épars, haletante, à demi-suffoquée.

Les Camisards étaient pleins de terreur.

— Le Seigneur ! voici le Seigneur ! s'écrièrent-ils fléchissant le genou pendant que Méric soutenait, avec toutes les apparences du respect, la tête de la prophétesse en extase.

Le sommeil épileptique qui suit presque toujours les convulsions, ne dure que quelques minutes. Doucement éveillée par l'application de linges mouillés sur les tempes, Débora rouvrit les yeux, passa sa main sur son front, comme pour rappeler ses souvenirs, et se releva aussitôt. Taille imposante, rehaussée par de longs vêtements blancs, regards brillant d'une lumière humide et fébrile, geste savamment étudié, tout contribuait à donner à la prêtresse une sorte de majesté théâtrale de nature à produire une profonde impression.

Elle étendit la main et, d'une voix profonde scanda lentement ces mots :

« Mon enfant, je te le dis, Moab a sauvé Moab. L'audace est entrée dans le cœur de l'impie, et sa main a coupé les filets dans lesquels était embarrassée la Philistine. Cesse de gémir, mon enfant, les pieds des défenseurs de mon nom sont restés fermes dans la voie droite ; mon ennemi, l'outrageur de ma justice, ne se trouve pas parmi eux. Il s'est enfui loin de sa trahison. »

A cette prophétie, qui déroutait ses soupçons sans les dissiper, Méric, incapable de se contenir plus longtemps, fit un geste de fureur.

— Tu mens ! s'écria-t-il en serrant le poing, et l'Esprit.....

Un murmure d'indignation accueillit ces paroles de colère et avertit le capitaine qu'il venait de commettre une grave imprudence en froissant la foi que ses partisans avaient dans la prophétesse.

Tout hardi qu'il était, Puymarcé n'osa pas achever sa phrase. Il se contint.

« Mon enfant, je te le dis, continua Débora, sans paraître avoir entendu le sacrilège interrupteur, les coupables fuient maintenant avec la Moabite. Compte les soldats de l'Éternel demeurés dans la tente du Seigneur, et que le péché retombe sur la tête de ceux qui manqueraient à l'appel. »

Après ces mots, la prophétesse s'affaissa comme épuisée.

— Tu as entendu ? rugit Méric, menaçant Torte-Gueule de la main et du regard. Les traîtres ne sont pas ici, mais tes soldats y sont-ils tous ? Réponds.

Le routier tressaillit en se ressouvenant d'Olivier et des deux bandits qu'il avait envoyés à la cave : aucun d'eux n'avait reparu.

— Répondras-tu, misérable ? continua le capitaine en faisant craquer la batterie d'un de ses pistolets.

— Épée-du-Juste et Jean Marius sont sortis avec un prisonnier.

— Quel prisonnier ?

— Un enfant d'une quinzaine d'années

— Son nom, son nom ?

— Olivier, dit l'Anguille.

— Olivier ! le veneur de mon mortel ennemi, Olivier, le frère de lait de Marguerite ? Tu l'as donc aussi laissé échapper ? Par l'enfer ! c'en est trop.

Et, levant la main, Méric, hors de lui, frappa Torte-Gueule au visage en criant :

— Lâche ! sois donc deshonoré !

Le soldat arracha un pistolet de la ceinture de son chef, recula d'un pas et fit feu.

Méric sentit la flamme sur son visage ; un brusque mouvement de tête l'avait sauvé ; la balle traversa son feutre et alla se loger dans le mur, après avoir fracassé l'épaule d'un Camisard qui tomba baigné dans son sang.

D'un bond le chef des bandits se rua sur le sergent Une lutte rapide s'ensuivit. Méric était certainement le plus fort, mais Torte-Gueule était ivre de rage. Enfin Méric saisit son adversaire à la gorge et, non sans difficulté, le terrassa.

Puis se tournant vers les Camisards interdits, il leur cria :

— Qu'on garotte l'assassin.

En un clin d'œil Torte-Gueule fut solidement lié à l'un des piliers de la salle.

— Débora, dis-moi, que doit-il être fait de ce scélérat? demanda Méric.

— Qu'il se repente et qu'il vive, répondit la prophétesse, bien aise de contrarier le capitaine dont elle n'avait pas oublié l'insulte.

Mais celui-ci, sans témoigner le moindre étonnement, se tourna vers le vaincu et, avec un ricanement féroce et méprisant à la fois :

— Tu as entendu? lui dit-il, l'Esprit t'accorde la vie, à condition que tu me la demandes à genoux et tête nue.

— Jamais, rugit le sergent en écumant de rage. Tu m'as déshonoré, tue-moi, car si je vis, ce ne sera que pour me venger.

Méric haussa les épaules.

— Tu vois, fit-il en s'adressant à la prophétesse, il ne veut pas demander pardon, comment doit-il mourir?

Débora ne jugea pas prudent de s'exposer plus longtemps pour sauver la vie à un brigand.

— Celui qui a frappé par l'épée périra par l'épée, celui qui a voulu tuer par le feu sera tué par le feu, répondit-elle; l'Esprit l'a dit, œil pour œil, dent pour dent.

— Qu'il périsse donc par le feu puisqu'il a péché par le feu, s'écria le capitaine. Enfants de Dieu, entassez dans cet angle les bancs et les tables et qu'un monceau de cendres et de ruines marque seul la place où s'éleva le repaire des enfants de Bélial, le lieu où un soldat révolté osa attenter à la vie de son chef.

Les bandits hésitèrent.

— Obéissez, hurla Méric, d'une voix terrible.

— Obéissez, répéta la prophétesse calme et inflexible.

Les Camisards se mirent à l'œuvre.

Quand le bûcher fut terminé, Méric prit un flambeau et l'approcha des matières combustibles qui ne tardèrent pas à s'enflammer.

Un moment, le féroce Puymarcé contempla les progrès de l'incendie, puis, ayant donné ordre à sa troupe de sortir, il jeta sur sa victime un dernier regard de haine et ferma la porte.

Quelques minutes après, la bande des assassins sortait précipitamment à cheval, pour se lancer à la poursuite des fugitifs, et l'on n'entendit dans le vieux château que les hurlements plaintifs des chiens courants enfermés et les cris de désespoir, retentissant dans la grande salle don les fenêtres s'éclairaient des teintes rougeâtres de l'incendie.

Le sergent allait périr d'une horrible mort.

CHAPITRE XLV

LA FUITE

En se retournant pour poursuivre Olivier, Jean Marius demeura stupéfait, l'enfant avait disparu.

Le Camisard fit le tour de la cave en frappant les murs avec un énorme bâton pour s'assurer s'il n'existait pas quelque vide dans leur épaisseur : partout ils rendirent le même son sourd et mat, les parois du caveau au vin exceptés, dont Épée-du-Juste, pris au piége, secouait, en blasphémant, la porte sans pouvoir l'ouvrir.

Il était peu probable que l'Anguille se fût réfugié dans la cage de son ennemi. Cependant, plus encore dans l'intention de s'en assurer que par le désir de délivrer son complice, l'ivrogne poussa le bouton.

— Où est-il ce misérable, que je l'extermine? rugit le bandit en se précipitant dans la cave, le couteau au poing.

— Il était là, je l'ai vu et il a disparu comme une fumée, gronda Jean Marius.

— Par l'enfer! s'il n'a fait un pacte avec Satan, je le retrouverai quand je devrais démolir cette cave pierre par pierre.

Tout à coup Jean Marius poussa un cri. En se penchant sur le puits, pour voir si le fugitif ne trouvant aucune issue, ne s'était pas suspendu à la corde, il avait aperçu dans le fond une vive lumière, c'était les rayons du soleil levant. Le puits communiquait donc avec l'extérieur. A n'en pas douter, c'était par là qu'Olivier s'était évadé.

— Qui sait s'il n'est par encore blotti là au fond? fit Épée-du-Juste.

— Qui sait? répéta Jean Marius.

— Si nous y descendions?

Le boucher haussa les épaules.

— Ce n'est pas moi qui l'ai laissé échapper, dit-il

— Mourir pour mourir, je préfère essayer de me venger murmura Épée-du-Juste. Je connais le sergent, si je remonte seul, mon compte st réglé.

— C'est certain, répondit le boucher du ton de la plus parfaite indifférence. Fais ton affaire comme tu l'entendras, je vais tirer mon vin.

— Au moins, demeure un moment pour m'aider à remonter, continua Épée-du-Juste, en enjambant le rebord du puits.

— A ta place, j'aimerais mieux déserter, reprit l'ivrogne. .

— Parbleu, tu as raison, mieux vaut déserter que se tuer, interrompit le Camisard; le sergent est ivre, il ne remarquera pas mon absence.

Et s'éloignant du puits, il attendit que Marius eût achevé de remplir son broc, pour remonter avec lui.

Comme ils approchaient de la cour, ils entendirent un bruit de chevaux et des cris de désespoir.

Qui poussait ces cris? Tous les défenseurs du château étaie nt morts, ce ne pouvait donc être que les enfants du diable, surpris par quelque bande catholique.

Dans tous les cas, ces clameurs ne présageaient rien de bon; les bandits redescendirent dans la cave, prêts à s'échapper, par la même voie qu'Olivier, si le danger devenait pressant.

C'était en effet par le puits que l'intrépide garçon s'était évadé. Depuis longtemps il savait qu'à dix pieds environ au-dessus du niveau de l'eau existait une ouverture.

Pour échapper au couteau de Marius, il n'avait donc pas hésité à saisir la corde déroulée, puis, recommandant son âme à Dieu, il s'était laissé glisser jusqu'à la hauteur de la fissure, qu'en se balançant dans le vide il avait pu heureusement atteindre.

Les ronces et les buissons obstruaient l'étroite ouverture. Sans se soucier de ce nouvel obtacle, Olivier, déchirant ses mains et son visage aux épines, écarta les rameaux. Un moment après, pendant que les deux bandits fouillaient la cave déserte, il atteignait, meurtri et ensanglanté, la base du rocher.

Il était libre, hors de la portée des balles, à quelques pas seulement du Gardon, qu'il lui suffirait de traverser pour gagner sans péril, à la faveur des bois, le village fortifié de Saint-Nicolas-de-Campagnac.

Mais le frère de lait de Marguerite ne songeait pas à fuir. Il contourna le rocher en courant, au risque d'être aperçu du haut des remparts et ne s'arrêta que devant un monceau de pierres, au pied d'un olivier sauvage.

— Seigneur, mon Dieu, venez-moi en aide, dit-il.

Et, après avoir fait le signe de la croix, il commença à arracher les pierres cimentées par la mousse avec une fièvreuse activité. Le sang ruisselait de ses mains, et dans sa poitrine son cœur battait avec violence.

— Mon bon Ange, mon saint Patron, venez à mon secours ! murmurait-il, partagé entre la crainte et l'espérance. Aidez-moi, faites que je la sauve !

Sous les moellons écartés, des dalles apparurent enfin, posées de champ, et comme soudées par le temps au sol sur lequel on les avait couchées. L'enfant en saisit une ; son poids était énorme. Elle résista.

— Mère de Dieu ! c'est pour sauver votre fille, s'écria-t-il douloureusement, donnez-moi la force de la délivrer.

Et, un pied en avant, les bras raidis, le corps rejeté en arrière, il fit un puissant effort.

La terre craqua et se fendit autour de la dalle qui, arrachée de son lit, se souleva lentement comme le panneau d'une trappe, hésita sur sa base et tomba en arrière avec un bruit sourd, en découvrant un soupirail obscur, d'où s'échappa une bouffée d'air froid et humide.

En même temps qu'Olivier disparaissait par cette ouverture, la trompe des sentinelles annonçait l'arrivée de Méric, et Marius montrait à Épée-du-Juste le puits par lequel leur prisonnier s'était échappé,

Agenouillée sur les marches de l'escalier sombre, Mlle de Saint-Véran priait et pleurait. Ce n'était pas la mort qui l'effrayait.

— Mon Dieu ! disait-elle, faites qu'ils me tuent, mais éloignez de moi toute souillure.

Mais aussitôt elle étendit les mains avec terreur, il lui semblait entendre près d'elle comme un frôlement sur les marches de l'escalier.

— Mademoiselle Marguerite ! murmura la voix d'Olivier. Venez.

Elle eut peine à réprimer un cri et leurs deux mains se touchèrent.

Mlle de Saint-Véran se leva silencieusement et suivit son guide.

En arrivant à la lumière, elle faillit s'évanouir d'émotion.

— Laisse-moi remercier Dieu, fit-elle en tombant à genoux,

— Fuyons, fuyons, lui dit son sauveur, le temps presse, ils vont nous poursuivre.

— Au Gardon ! dit-elle.

— Non, il est trop tard, nous serions vus.

— Alors, par la Combe.

Ils descendirent en courant et atteignirent la prairie.

La traverser était impossible, elle était trop découverte.

— Par la garrigue, nous pouvons échapper sans être vus, remarqua Marguerite. Nous prendrons la côte de Bourdic.

Ils continuèrent à fuir, tremblant à chaque pas d'être surpris.

Après une heure de marche ou plutôt de course, ils n'avaient cependant encore rencontré personne, quand à travers les arbres, il leur sembla apercevoir une troupe de cavaliers, arrivant du côté de Blauzac. Ils étaient alors dans le val du Bourdiguet.

— Gagnons le rocher, nous nous y cacherons le reste du jour; personne que nous ne sait qu'il y ait une caverne, dit Marguerite.

— Tu as raison, vite au dolmen, vite, ils vont arriver.

Ce ne fut pas sans peine qu'ils escaladèrent le gigantesque escarpement. Mlle de Saint-Véran, brisée par l'émotion et la fatigue, pouvait à peine se soutenir. Enfin ils atteignirent l'épaisse touffe d'ajoncs qui cachait l'entrée du dolmen.

— A présent, nous sommes sauvés, dit Olivier. Fussent-ils à dix pas de nous, ils ne découvriraient pas notre retraite. Vous n'avez pas peur, mademoiselle.

— J'ai promis de ne plus avoir peur, répondit-elle.

Et, se courbant sur le sol, elle commença à ramper vers la chambre intérieure, pendant que son intrépide sauveur refermait soigneusement rideau d'ajoncs.

Cela fait, il pénétra à son tour au centre du dolmen.

— Maintenant, dit-il, tâchez de vous reposer pendant que, du haut du rocher, je surveillerai, sans me montrer, le pays autour de nous.

Il était à peine depuis dix minutes en observation, quand apparut dans le lointain, au sommet d'une colline, une troupe de cavaliers qui, après avoir battu un bois, rebroussèrent chemin.

— Bon courage, mademoiselle, fit-il alors en se penchant sur le soupirail ; ceux qui nous cherchent se dirigent du côté de Blauzac. Dans une demi-heure ils seront à une bonne lieue de nous.

Puis après avoir veillé quelques instants encore, ne voyant rien paraître, il redescendit pour combiner le plan de leur marche de nuit.

Il fut convenu qu'ils se rendraient, par le bois, directement à Uzès.

Ils croyaient le danger passé ; jamais il n'avait été plus imminent.

Au moment où les Camisards sortaient du château, qu'ils venaient d'incendier, les deux chiens favoris d'Olivier s'étaient mis à hurler avec un redoublement de fureur, dans la chambre où l'imprudent Jérôme avait eu la sottise de les enfermer.

Méric, en proie à une vive préoccupation, n'avait nullement pris garde à leurs aboiements, mais à peine eut-il, dans un mouvement d'ardeur irréfléchie, descendu à moitié la pente du rocher, qu'il s'arrêta indécis.

Quelle direction pouvait avoir pris les fugitifs ?

Méric mordait avec impatience son gant de buffle et vomissait des imprécations contre Torte-Gueule. Mais ni colère ni blasphème ne l'eussent tiré d'embarras si Débora qui, depuis un moment, jouissait de l'anxiété du capitaine, ne se fût penchée vers lui en disant, assez haut pour être entendue de tous :

— Il marchera dans les ténèbres, celui qui n'aura pas foi en moi et qui méprisera mes conseils.

— Parle donc, si tu es habile, fit le chef avec impatience.

— Ce n'est pas moi qui suis habile, reprit froidement la prophétesse, mais Celui qui vient inspirer ceux que son esprit a visités.

— Dis-moi donc, si tu es habile, répliqua Méric, quelle route ont suivi les maudits.

— Si ton oreille était moins sourde aux avertissements d'En-Haut, tu saurais déjà où s'est refugié l'Amalécite, poursuivit Débora.

— N'entends-tu rien ? ajouta-t-elle, indiquant du doigt le château.

— J'entends les cris du traître, qu'avec ta permission j'ai puni.

Ce ne fut pas sans peine qu'ils escaladèrent le gigantesque escarpement.
(*Voir page* 521).

— Pas autre chose?

— Et aussi les hurlements des chiens.

— Va donc au château et prends avec toi ces chiens; ils te guideront infailliblement là où tu veux aller, car les fugitifs sont leurs maîtres.

— Gloire à l'Esprit! honneur à sa prophétesse! clamèrent les Camisards, pendant qu'au galop, Méric et quatre ou cinq cavaliers remontaient le sentier et pénétraient dans le château, d'où bientôt ils ressortirent, traînant après eux Pluton et Proserpine, attachés fortement à de longues laisses.

Seulement, loin de guider leurs ravisseurs, les chiens résistaient avec violence et se faisaient traîner plutôt que de suivre.

Ni caresses ni menaces ne pouvaient les faire avancer. Méric écumait de rage.

— Par les cornes du diable! fais donc obéir ces animaux, hurla Méric, allons, prophétesse, montre-nous ta puissance.

— Que le ciel pardonne à cet insensé, fit la Cévenole en se détournant. Enfants de Dieu, conduisez, portez même, si cela est nécessaire, ces chiens à l'issue du souterrain.

Les Camisards obéirent, mais ce fut pas sans peine, tant les chiens étaient furieux.

— Appliquez-leur le nez contre terre, commanda Débora.

L'accomplissement de ce dernier ordre produisit un effet prodigieux. A peine eurent-ils senti cette terre fraîchement remuée, que les chiens changèrent tout-à-coup d'allure : leur poil hérissé se radoucit, ils aspirèrent bruyamment les émanations du sol, fouettèrent l'air de leurs queues, et, donnèrent un formidable coup de voix.

— A la laisse! à la laisse! et tenez ferme! s'écria Méric dont les instincts de chasseur s'étaient réveillés.

Gédéon et Azarias mirent pied à terre et nouèrent chacun une corde à leur poignet.

Pluton et Proserpine allaient et venaient tout autour de l'entrée du souterrain, sans s'en éloigner de plus de dix pas, évidemment ils cherchaient la piste.

Tout-à-coup Pluton, le nez toujours collé contre le sol, donna un second coup de voix et s'élança en avant.

— Suivez les chiens, commanda Méric.

Les Camisards à cheval, escortant Méric et Débora, s'ébranlèrent avec un féroce hourrah : la chasse était commencée.

— Eh bien! fit la prophétesse à demi-voix, en se penchant à l'oreille du capitaine, avais-je raison?

— Mille fois raison, chère Débora, et je suis prêt à déclarer que tu es la plus grande prophétesse qui soit au monde.

— Avoue que tu ne t'attendais pas à prendre aujourd'hui le plaisir d'une chasse à courre?

— C'est vrai, dit-il, et chasse de prince n'est pas plus brillante.

— Quand tu seras riche et moi châtelaine, nous en ferons de pareilles dans tes bois de Sauve, continua-t-elle en le regardant fièrement.

Hérodiade ne demandait qu'une tête, toi tu en exiges deux, pensa Méric en songeant que pour que le vœu de la belle Cévenole s'accomplît, il fallait que Marguerite et Mme de Puymarcé fussent... supprimées.

Les chiens employaient toute leur ardeur, et mettaient toute leur fidélité au service des traîtres.

Jamais ils n'avaient si bien suivi une piste. Gédéon et Azarias avaient peine à les suivre.

D'abord ils piquèrent droit sur la prairie, puis se détournèrent vers la garrigue et poussèrent une pointe sur Blauzac. Arrivés en vue du village, ils eurent un moment d'hésitation et rompirent.

Méric ne pouvait comprendre cette indécision. Comment, si près de Blauzac, les fugitifs, qui y auraient trouvé un asile, auraient-ils pu rebrousser chemin et revenir sur leurs pas?

Il crut les chiens en défaut et voulut descendre pour les remettre sur la voie, mais déjà Pluton s'élançait de nouveau, plein d'ardeur, vers les bois et gravissait la colline en donnant de fréquents coups de voix auxquels répondait Proserpine.

A leur suite, les Camisards descendirent la pente opposée de la montagne et débouchèrent dans la vallée du Bourdiguet.

Olivier avait repris son poste sur le rocher. Il entendit les aboiements des chiens en chasse et tressaillit.

— Pluton et proserpine se sont échappés et nous cherchent ; braves bêtes. Pourvu cependant qu'ils ne donnent pas l'éveil à ceux qui nous poursuivent, se dit-il à lui-même.

Et il allongea la tête pour mieux voir.

Tout-à-coup, sur la rive du Boudiguet, à un coude du vallon, il aperçut un parti de cavaliers en chemises blanches, à la tête desquels il reconnut à sa robe flottante, la prophétesse Débora et Méric, à la plume rouge de son feutre.

Deux bandits à pied précédaient la troupe en courant, entraînés qu'ils étaient par deux chiens à robe blanche tachée de feu, qui, par moment, bondissaient avec des hurlements d'impatience.

— Mademoiselle, nous sommes perdus ! s'écria le jeune homme en s'élançant dans l'intérieur du dolmen.

— Comment perdus ! T'auraient-ils aperçu ?

— Pluton et Proserpine les conduisent.

Marguerite s'était levée. Elle semblait transfigurée : son front était pâle, mais ses yeux lançaient des éclairs.

— Le passage est étroit, répondit-elle d'une voix assurée, et les assassins ne peuvent parvenir à nous qu'en rampant, nous nous défendrons.

— Avec quoi ? Nous n'avons pas d'armes.

— Regarde, dit l'orpheline.

— C'est le bâton que j'avais oublié, la première fois que je suis entré ici... A quoi peut-il nous servir ? C'est bien peu de chose.

— Et comptes-tu pour rien le secours de Dieu, Olivier ? Entre nous et nos ennemis, c'est Lui qui jugera.

— Vous avez raison, mademoiselle; mourons s'il le faut, mais en nous défendant. Aidez-moi à rouler cette pierre, elle nous protégera en bouchant à moitié l'entrée du corridor.

— A l'œuvre! fit Marguerite, et que le ciel nous protége !

Les chiens étaient arrivés au bord de la rivière. Là, la piste était nécessairement interrompue; cependant. sans s'arrêter, ils traversèrent le courant et commencèrent l'escalade.

— Pied à terre, tous! commanda Méric. Gédéon et toi Azarias, retenez es chiens un moment, les chevaux ne pourraient pas vous suivre.

— Mais, capitaine, voyez donc, fit un des enfants du diable, ces animaux nous conduisent à un mur infranchissable. Il est impossible que les fugitifs soient là.

— Je commence à croire que tout simplement nous poursuivons quelque renard, observa un second soldat, et que nous ferions mieux de.....

— Obéissez sans tant raisonner, cria le capitaine d'un ton qui n'admettait pas de réplique.

Les piqueurs se raidirent pour arrêter les chiens qui se débattaient.

— Il est impossible qu'ils aient passé par là ! répétaient les brigands, qui commençaient à murmurer.

Tout-à-coup, sur la plate-forme du rocher, Olivier se dressa de toute sa hauteur en criant :

— A moi, mes chiens !

D'un bond furieux Pluton brisa sa laisse et s'élança vers le dolmen. Proserpine voulut le suivre et fit tomber Azarias sur les genoux, mais sans qu'il lâchât la corde.

Alors, furieuse, elle se retourna contre lui, l'œil en feu, le poil hérissé, et lui enfonça ses crocs dans la gorge.

— Au secours ! hurla le bandit d'une voix étouffée,

Et il chercha son poignard pour se défendre, mais avant qu'il me l'eût tiré, Gédéon avait brisé les reins de Proserpine avec une énorme pierre.

Quoique blessé à mort, le terrible animal ne lâcha pas prise. Quand on parvint à écarter enfin ses mâchoires de fer, Azarias n'était plus qu'un cadavre.

— Bravo, Proserpine ! bravo ! cria Olivier, toujours debout sur la plate-forme.

Quatre ou cinq bandits firent feu.

— Ne tirez pas, ne tirez pas, hurla Méric. Tous à l'assaut !

Et, le premier, il s'élança sur la pente rapide, la rage au cœur et le poignard entre les dents.

Olivier et Pluton avaient disparu.

Rien n'arrêtait les brigands dans leur escalade.

CHAPITRE XLVI

LA POURSUITE

En croyant reconnaître, dans la troupe qu'il avait entrevue du côté de Blauzac, une heure auparavant, les Camisards de Méric, Olivier s'était trompé.

Il n'y avait pas que le chef des Camisards noirs qui fût en chasse ce jour-là dans les environs de Sainte-Anastasy, le capitaine Poul chassait aussi.

Seulement le gibier était différent. Méric poursuivait Mlle de Saint-Véran et Poul poursuivait Méric.

Ce dernier avait, il faut l'avouer, un grand avantage sur son rival, il savait à n'en pouvoir douter l'endroit où était réfugiée l'orpheline, il n'avait, pour ainsi dire, qu'à étendre la main pour la saisir, tandis que le partisan catholique ignorait entièrement en quel lieu il pourrait rencontrer le renégat.

Une colline seule les séparait. Poul ne songea pas à la gravir; la voix des chiens courants arrivait pourtant bien à ses oreilles claire, distincte, éclatante. Que lui importait? il continua sa route.

Biscara, chasseur acharné, ne put cependant s'empêcher de dire :

— Capitaine, si vous me permettiez tant seulement de courir jusqu'au carrefour, avec ma carabine, ce lièvre, que les chiens ont lancé ferait bien mon affaire pour déjeûner au pont de Saint-Nicolas.

— Les balles du roi ne sont pas faites pour les lièvres, répondit brusquement le chef de la troupe.

Deux minutes plus tard, la bande des noirs tout entière traversait le carrefour où, si le dragon eût obtenu la permission de s'embusquer, ils eussent tous été pris ou tués.

Poul avait mis son cheval au trot pour gravir une colline d'où la vue s'étendait au loin.

— A moi, dragons! cria-t-il, l'ennemi est là.

Et, de son sabre, il indiquait le château de Sainte-Anastasy.

Les soldats enfoncèrent leurs éperons dans le ventre de leurs montures, et en un instant ils eurent atteint le sommet.

Alors ils furent témoin d'un spectacle grandiose. Au-dessus des muraille de l'enceinte féodale, sous une voûte sombre de fumée, soulevée par les flammes, apparaissait, le donjon silencieux, au sommet duquel on apercevait une grappe funèbre de cadavres que le feu n'avait pas encore atteints, mais que déjà il éclairait de sa sinistre clarté.

Sans attendre un nouveau commandement, l'escadron, un instant indécis, s'élança dans la direction de Sainte-Anastasy.

— Halte! cria tout-à-coup le chef.

Ils s'arrêtèrent frémissants et étonnés : au loin des coups d'arquebuse se faisaient entendre.

Debout sur Barnabaïga, le capitaine interrogeait l'horizon.

Deux éclairs jaillirent encore, suivis d'une faible détonation.

— Au rocher d'Aubussagues ! hurla Poul en se laissant retomber sur sa selle : c'est au rocher qu'on se bat. En avant ! mes enfants.

L'avalanche roula du côté du Bourdiguet. Penchés sur la crinière de leurs chevaux, les dragons ne prononçaient pas une parole, à peine pouvaient-ils respirer, tant leur course était rapide sur cette pente rocailleuse.

Plus furibonde encore était, sur la crête opposée de la montagne parallèle, la course d'un cavalier à chemise blanche, monté sur un cheval blanc, dont ses éperons ensanglantaient les flancs.

Lui aussi avait entendu l'arquebusade, lui aussi accourait pour verser le sang, la vengeance semblait lui donner des ailes. Cet homme, c'était Torte-Gueule.

Au moment où les flammes, allumées par la main de Méric, allaient l'atteindre, Épée-du-Juste et Jean Marius avaient entendu ses cris de détresse, et croyant que les catholiques seuls avaient lié leur sergent et incendié le château, l'avaient délivré.

Le déserteur n'avait eu garde de les détromper. Seulement, à peine délié, il avait couru aux écuries, pris le meilleur cheval, chargé ses pistolets jusqu'à la gueule et, guidé par les aboiements des chiens, il s'était élancé dans la direction de Bourdic.

Le chemin qu'il suivait dans les bois le conduisit un peu en arrière de l'oppidum, du côté opposé à celui par lequel étaient arrivés les Camisards. Il entendit leurs cris, aperçut leur bataillon dans la plaine au moment où ils se préparaient à monter à l'assaut et, sautant à bas de son cheval épuisé, s'avança jusqu'à la crête du rocher, du côté où il surplombait la rivière. Là, il s'arrêta, arma ses pistolets, assura la pierre et attendit que Méric, vint s'offrir à sa vengeance.

Dominé par le désir de s'emparer de la proie qui venait de lui échapper pour la seconde fois, le chef des noirs, sans se douter du péril qui le menaçait, grimpait, haletant, le pistolet au poing, le poignard aux dents.

Les bandits rivalisaient d'ardeur avec leur chef ; dix ou douze d'entre eux le suivaient de près, s'accrochant des pieds et des mains pour arriver plus vite aux buissons derrière lesquels Pluton avait déjà disparu.

Dans l'intérieur du dolmen, auprès de la pierre qui bouchait à demi l'entrée du passage souterrain, et que Mlle de Saint-Véran soutenait de toutes ses forces, Olivier se tenait, penché en avant, le bâton à la main, et écoutant les bruits de dehors.

Le poil hérissé, les pieds de devant appuyés sur la pierre, Pluton sondait de son regard ardent les ténèbres du passage obscur,

Soudain il poussa un grognement terrible. Un Camisard venait de s'engager dans le corridor ; on entendait les cailloux grincer sous ses pieds.

— Va ! fit Olivier.

Le chien s'élança. Le noir s'attendait à l'attaque ; pelotonné sur lui-même, il fit feu et aussitôt saisissant son poignard, plongea son bras en avant, mais aussitôt il poussa un hurlement de douleur, et pendant quelques instants on n'entendit plus qu'un bruit inexplicable de grondements, de froissements de corps, de lutte acharnée, puis des gémissements étouffés d'homme ou de bête, puis rien que la voix de Méric qui criait :

— Finis donc, Jephté, un coup de poignard au chien, une balle au garçon, finis, ou laisse-moi passer.

Jephté ne répondit pas.

En ce moment Pluton soulevait sa tête sanglante au-dessus de la pierre ; le pauvre animal voulait revenir mourir aux pieds de celle qu'il avait si courageusement défendue, mais les forces lui manquaient pour franchir le faible obstacle : il fallut qu'Olivier l'enlevât pour le déposer dans le souterrain.

— Mon brave Pluton, murmura Mlle de Saint-Véran en passant doucement sa main sur la tête que l'animal mourant venait poser sur ses genoux. Ils t'ont tué, ces méchants, pauvre ami.

On eût dit qu'il comprenait ces paroles, il regardait sa maîtresse dont il léchait les mains en secouant la queue.

Ce fut ainsi qu'il expira.

— Brave Pluton, fit Olivier avec tristesse, toi, du moins, tu as été fidèle jusqu'au bout.

Ce fut son oraison funèbre.

— Par Belzébuth ! sortiras-tu, hurlait Méric. ou faut-il que je te pousse avec la pointe de mon épée ?

Jephté n'était plus qu'un cadavre. Ses camarades le retirèrent par les pieds. Il était hideux à voir, la gorge déchirée, et le visage rouge et violacé.

Les bandits hésitèrent.

— Lâches ! rugit Méric. Un chien vous fait peur ! Arrière ! laissez-moi passer.

Et il entra en rampant.

Au bout du corridor il heurta contre la pierre. D'un coup d'épaule il la renversa.

A la vue de son ennemi mortel, Marguerite poussa un cri de détresse et s'élança vers le soupirail qui conduisait à la plate-forme.

Olivier avait reculé de deux pas, mais ce n'était pas pour fuir ; le bâton en avant, il se rua sur l'assaillant et le frappa violemment à la poitrine, mais le géant, protégé par sa cuirasse, était invulnérable. D'une main il terrassa son adversaire et le cloua sur le sol d'un coup de poignard.

Au cri suprême poussé par son frère de lait, Marguerite comprit que son dernier défenseur venait d'expirer. Presque aussitôt elle vit apparaître à l'ouverture du soupirail le visage détesté de son persécuteur.

— Nous rendons-nous, cette fois, belle cousine ? dit-il ironiquement. en se dressant sur la plate-forme.

Il n'y avait plus moyen de fuir.

— Mon Dieu! s'écria l'orpheline, ayez pitié de moi!

Et elle s'élança dans le vide.

Méric poussa un horrible blasphème et demeura immobile, les bras étendus en avant. Brisée par son épouvantable chute, Mlle de Saint-Véran n'existait plus, elle lui échappait par la mort et cette mort anéantissait à tout jamais les projets de fortune que depuis trois années il poursuivait avec une implacable avidité.

On eût dit que la foudre l'avait frappé. Enfin il sortit de sa stupeur et se pencha sur l'abîme en murmurant, les dents serrées :

— Au moins je me suis vengé.

Un lierre épais avait, en jetant ses rameaux entre les pointes du rocher, formé comme une succession de ponts aériens qui en cachaient la base.

Ce fut en vain que dans ces fouillis de verdure il essaya de distinguer le cadavre de la jeune fille.

Il ne voyait rien et s'acharnait à regarder quand, soudain, des cris d'épouvante, poussés de l'autre côté du dolmen, lui firent relever la tête.

Que se passait-il dans le vallon du Bourdiguet?

Les Camisards, frappés de vertige, s'éparpillaient dans toutes les directions, les uns s'accrochant aux anfractuosités du rocher, les autres essayant de faire franchir à leurs chevaux les rampes escarpées entre lesquelles ils étaient enfermés.

Débora, l'intrépide Débora, fuyait ou plutôt tourbillonnait avec ses compagnons dans l'étroite enceinte, à l'entrée de laquelle apparaissaient, sur leurs chevaux blancs d'écume, les dragons du roi, l'épée haute, précédés du terrible Poul, jetant aux échos son formidable cri : Tue! tue! Mort aux huguenots!

En un instant, la formidable trombe eut acculé Camisards et enfants de Dieu au pied de la montagne. Les sabres brillèrent comme des éclairs et se relevèrent ensanglantés. Ce n'était pas une charge, mais un épouvantable massacre.

Elle s'élança dans le vide. (*Voir page* 534).

Barnabaïga, la crinière au vent, bondissait en hennissant, avec une joie féroce, au plus épais de la mêlée. Si les chevaux des dragons, épuisés par la course furibonde qu'il avaient fournie, eussent eu la même vigueur, pas un soldat de Méric n'eût échappé.

Du haut de son rocher, le rénégat contemplait avec stupeur l'extermination de sa bande, dont les derniers débris, poursuivis de près par leurs vainqueurs, remontaient, en fuyant, le vallon du Bourdiguet, lorsqu'en se retournant, désespéré, il aperçut, gravissant la pente de la montagne, dont il était séparé par un abîme, une jeune fille, vêtue de deuil : Marguerite de Saint-Véran.

— Malédiction sur moi ! hurla le colosse. Mais, par l'enfer ! elle ne m'échappera pas.

Et, avisant un chêne qui croissait à quelques pieds seulement du dolmen, du côté du bois, il attira à lui une branche avec effort, s'y suspendit et se laissant glisser le long du tronc de l'arbre, descendit précipitamment l'abrupte versant, au risque de se briser dans le ravin.

Plus avisé que Méric et aussi connaissant mieux les lieux, Torte-Gueule qui, de l'endroit où il s'était posté, avait assisté à la scène dramatique du saut de la jeune fille et de sa miraculeuse préservation, venait, sans descendre dans le ravin, de le contourner, et avait couru se poster sur le chemin par lequel seul, M{{ll}}e de Saint-Véran pouvait tenter de fuir, et, le premier arrivé au sommet de la montagne qu'elle escaladait en ce moment, s'était déjà blotti derrière le tronc d'un gigantesque châtaignier d'où, sans être vu, il pouvait surveiller et l'orpheline et son ravisseur.

Quand Marguerite eut atteint le haut de la montagne, elle s'arrêta, regardant de tous côtés et prêtant l'oreille aux moindres bruits.

Au fond de la vallée, on n'entendait que le murmure de la rivière, et dans le lointain, de l'autre côté du dolmen, que quelques rares coups de feu, dont les détonations, de plus en plus affaiblies, attestaient le départ précipité des brigands, probablement surpris par un détachement des troupes royales.

Au bout de quelques instants, Torte Gueule la vit s'asseoir ou plutôt s'affaisser, à bout de forces, sur le gazon, mais presque aussitôt elle se releva éperdue et se mit à courir dans la direction des épaisses garrigues de Bourdic.

Au pied du rocher, du haut duquel elle s'était élancée, elle venait de voir Méric et Méric l'avait aperçue.

La chasse recommençait, plus ardente que jamais.

Mlle de Saint-Véran avait quelque avance sur le chef des bandits, mais ui avait en partage la force et l'agilité. Pour comble d'infortune, la nature même du terrain était tout à l'avantage du chef des noirs.

Le sommet de la montagne formait à cet endroit un large plateau, embarrassé d'un épais taillis de chênes verts rabougris et trop peu élevés pour dérober la fuite de l'orpheline, mais dont les branches tortueuses et emmêlées s'accrochaient à ses vêtements flottants, et rendaient sa course aussi lente que pénible.

Elle n'en avait pas franchi la moitié, quand, sur la lisière du taillis, se dressa subitement Méric. Les branches craquèrent sous les pas assurés du gigantesque Camisard, qui poussa un cri de triomphe.

Marguerite, frémissante, éperdue, réunit toutes ses forces dans un suprême effort, et laissant aux buissons les lambeaux de sa robe, s'élança vers l'épaisse garrigue, son dernier refuge.

Quelques pas l'en séparaient à peine. Elle allait s'y précipiter quand la main du rénégat, frôlant son épaule, saisit l'extrémité de la robe dont le léger tissu se déchira sous le dernier élan de la jeune fille qui, folle de terreur, alla tomber au pied d'un châtaignier. Elle se releva cependant et voulut chercher un abri derrière le tronc de l'arbre. Mais au même instant, une vive lumière éblouit ses yeux et deux cris de rage, confondus dans une assourdissante détonation, retentirent à son oreille.

Méric, la cuisse traversée par une balle, était tombé lourdement sur le sol et, avant qu'il fût revenu de sa stupeur, le sergent Torte-Gueule, ramenant violemment ses mains derrière son dos, les avait liées solidement avec la corde rouge qui lui servait de ceinture.

— Misérable traître! hurlait le colosse prisonnier. Quel démon d'enfer t'a donc délivré?

— Ah! qui m'a délivré? ricana le soudard. Tes soldats, beau capitaine, tes propres soldats, que tu avais oubliés au château de Sainte-Anastasy. Tu me croyais brûlé, je ne le suis pas, Méric le maudit, Méric l'apostat, et tu es en mon pouvoir, à présent, au pouvoir de l'homme à qui tu as donné un soufflet, et qui va te le rendre, Méric. Allons, n'écume pas, ne te débats pas, la corde est solide et, au besoin, j'ai encore un pistolet chargé. Allons, Méric, demande pardon à genoux, pardon, tête nue!

— Infâme! rugit le blessé, ensanglantant ses poignets pour rompre ses entraves, et blémissant de fureur.

— Tête nue, bandit! répéta Torte-Gueule en faisant, d'un revers de sa main, voler le feutre empanaché de son prisonnier. Et à présent, demande pardon, car pour peu que tu tardes, ta colombe, qui continue à courir, sera loin, et vraiment je serais fâché de la voir s'envoler ainsi à ta barbe.

Méric ne répondit que par un blasphème.

Torte-Gueule ricanait toujours de son rire atroce. Ses yeux brillaient d'une joie féroce. Il jouait avec sa victime comme un tigre avec sa proie. Eh bien! mon très-honoré capitaine, es-tu décidé? reprit-il.

— Décidé à te faire écorcher vivant, oui.

Le sergent éclata de rire et s'assit au pied du châtaignier, les yeux fixés sur le visage de Méric, le pistolet armé au poing.

— Il est à parier que de quelques jours nous ne nous reverrons pas, dit-il, il fait beau, les colombes volent, le gazon est doux et, grâce au capitaine Poul, tu n'a pas à t'occuper de ta bande aujourd'hui, te plairait-il pas de causer?

— Assassine-moi et finissons.

— Par le diable ! ton patron, tu es toujours pressé ; moi, au contraire, j'aime à parler avec les amis. Tu es de mes amis, tu sais. Ah ! tu fais signe que non, çà n'est pas aimable, mais çà m'est égal. Te souviens-tu, capitaine, qu'un jour, il y a bien de cela quelques mois, à Gaujac, dans le bois, veux-je dire, tu me montras un papier superbe, dont t'avait fait présent l'illustre Jean Cavalier ; tu appelais cela le Chemin des Cercles. Tu me le montras, tu me l'expliquas longuement, trop longuement même, car j'aurais mieux aimé souper, enfin n'importe, je ne t'en veux pas. As-tu toujours ce papier ?

— Misérable ! murmura Méric d'une voix étouffée, oserais-tu ?

— Oh ! je ne suis pas timide, cher maudit, et j'oserais fort bien. Que veux-tu ? la grâce m'a touché et je retourne aux catholiques, seulement tu comprends, Basville ne croirait peut-être pas à la sincérité de ma conversion et le bourreau pourrait bien, par son ordre, achever à Nîmes la plaisanterie que tu avais si agréablement commencée à Sainte-Anastasy. Tu en riras si tu veux, mais je crains le feu et je veux te prier de me prêter, rien que pour quelques jours, ce petit plan, je te le renverrai dès que de Broglie en aura fait prendre copie. Ça ne te contrarie pas, je pense ?

— A moi ! au secours ! cria Méric, dans l'espoir d'être entendu par amis ou ennemis.

L'aventurier se jeta sur lui et le baillonna.

— Ah ! vipère, tu voudrais me voler ma vengeance, s'écria-t-il en coupant avec son poignard les attaches de la cuirasse du blessé.

Et, le foulant sous ses genoux, il lui arracha le précieux papier, le déploya pour s'assurer que ce plan était bien celui qu'il cherchait, puis il se releva et, se courbant de nouveau, en le portant au visage du capitaine des noirs :

— Vois-tu, dit-il, ce papier, que tu as juré de garder jusqu'à la mort ? il va me servir de passeport et causera ta ruine. Je te laisse la vie pour que tu voies de tes yeux la défaite de ton parti, pour que tes Camisards te maudissent, pour que moi-même je puisse assister à ton supplice, par la main du bourreau. Tu m'as souffleté avec la main, c'est avec le pied que je te rends ton insulte. Tiens, misérable, voici le cachet de ton opprobe.

Et, du talon de sa botte, il lui meurtrit le front.

Puis, lui enlevant son baillon :

— Appelle, maintenant, à ton secours, je ne te crains plus ; je te quitte pour aller livrer tes plans.

Et il s'éloigna dans la direction du dolmen, pour y reprendre son cheval, qu'il avait laissé attaché dans le bois.

Moins de deux heures plus tard il se présentait aux avant-postes du comte de Broglie, mais auparavant il avait eu soin d'enfouir dans le creux d'un rocher le plan du Chemin des Cercles.

Tremblant au moindre bruit et croyant toujours entendre les pas de ceux qui la poursuivaient, Marguerite errait au hasard dans les garrigues, ne sachant plus en quel lieu elle se trouvait.

CHAPITRE XLVII

LA ROQUE-TRANCADE

Le comte de Broglie se trouvait alors aux environs du bois de Vaquey-
roles, dans lequel, après avoir poursuivi Cavalier à outrance, il venait
de perdre sa trace au moment même où il croyait l'avoir enveloppé de
toutes parts. Impossible de retrouver ni le chef ni son armée. En désespoir de cause, le comte s'était enfermé dans une chambre délabrée
d'une maison isolée, appelée le *mas de la Bonne-Aure*, attendant les rapports de ses batteurs d'estrade pour se décider, soit à rétrograder, soit à
pousser en avant.

46ᵉ Livraison.

Le gouverneur était hors de lui. Pour la dixième fois il venait de reprendre sa carte, trop incomplète pour rien lui apprendre, quand son fidèle aide-de-camp, Georges de Béthune, annonça le capitaine Poul.

— L'auriez-vous rencontré? fit le général en allant avec précipitation au-devant du partisan.

— Qui cela?

— Eh! Cavalier, morbleu! Je le tenais, ce diable de petit garçon et il m'échappe encore Sans doute pour aller rejoindre Méric.

— En ce cas, dit Poul, il n'augmentera pas beaucoup ses forces.

— Vous vous trompez, Méric a près de cent chevaux avec lui.

— J'ai surpris sa bande, il y a quelques heures à Aubussargues, et je vous affirme que s'il avait cent hommes, il n'en a pas quarante à cette heure. Nous avons taillé en plein drap.

— Méric a-t-il été tué?

— A dire vrai, je n'en sais rien: pour ma part, je ne l'ai pas aperçu. Mais mes dragons ont bien gagné leur solde, et leurs sabres doivent avoir besoin d'affiler.

— Combien de prisonniers?

— Pas un, c'est la consigne.

— C'est cruel, dit à mi-voix le gouverneur. Mais, ajouta-t-il, pour le moment, ce qui importe, est de rejoindre Cavalier.

Poul secoua la tête.

— Rejoindre le diable est tout aussi facile, répliqua-t-il.

— Mais alors, que faire? s'écria M. de Broglie, en se frappant le front.

— Raser villes et forêts, ou découvrir ce fameux plan de marches et de contre-marches, préparé avec tant de soin par Cavalier.

— Oh! ce plan, ce plan, mais où le trouver?

— Monsieur le comte, les batteurs d'estrade viennent d'amener un rôdeur camisards, surpris près des lignes, qu'en faut-il faire? demanda M. de Béthune en entrouvrant la porte.

— Qu'on l'interroge et qu'on l'enferme.

— Mieux vaudrait le fusiller, il n'échapperait plus, fit Poul.

— Par qui faut-il le faire interroger? continua l'aide-de-camp.

— Capitaine, voudriez-vous examiner ce bandit? dit le général.

— Volontiers, dit le capitaine, et il sortit :

Dans une pièce voisine, Torte-Gueule attendait, assis sur un escabeau, entre deux dragons, les mains liées derrière le dos.

Du premier coup d'œil Poul reconnut l'aventurier.

— Torte-Gueule! fit-il étonné d'une pareille rencontre. Te voici donc pris?

— Pris? non, mais venu de bonne volonté, répondit le routier.

— Tu ne t'attendais pas à me trouver ici, misérable?

— Vous ou tout autre : peu m'importe, repartit le soldat qui s'efforçait de paraître calme, je désire parler au général.

— Vraiment! ricana Poul, tu désirerais même le faire tomber dans quelque piège, ou peut-être l'assassiner traîtreusement.

— Je ne viens ici que pour rendre service à M. de Broglie.

— Rendre service au général? voyez-vous cela, continua le capitaine avec une amère raillerie. En vérité, c'est trop de bonté de ta part et Son Excellence t'en témoignera tout à l'heure sa juste reconnaissauce. Tu me regardes avec effroi. Est-ce par hasard, continua-t-il en se croissant les bras sur la poitrine, que tu ne me reconnaîtrais pas?

Torte-Gueule baisait la tête, tremblant, cependant il murmura :

— Vous êtes le capitaine Poul et je vous ai rencontré déjà.

— Oui, oui, tu m'a rencontré en Piémont, où tu as déserté avec armes et bagages, et aussi au château de Sainte-Anastasie. Mais console-toi, il est probable que cette entrevue sera la dernière, nous avons un compte à régler et nous le réglerons. Dis-moi un peu, où étais-tu, il y a trois jours?

— Dans les bois d'Anduze.

— Et il y a vingt-quatre heures seulement?

— Il y a vingt-quatre heures? reprit Torte-Gueule avec hésitation…
j'étais à… j'étais dans…

— Ah! tu l'as oublié. Eh bien! moi, Poul, je vais te rafraîchir la mémoire. Toi et les tiens, vous entriez par trahison dans un château. Il y
a quelques heures, ta main maudite égorgeait un vieillard, type de l'honneur et de la vertu. Il y a quelques heures, tu torturais des malheureux
qui t'avaient accueilli comme un frère. Il y a quelques heures tu arra-
chais une malheureuse orpheline à ses protecteurs pour…

Est-ce vrai, cela

— Il y a du vrai, murmura Torte-Gueule, écrasé par son crime.

— Et aujourd'hui, continua le partisan, aujourd'hui, les mains encore
teintes du sang de nos frères, tu viens ici pour tromper notre général,
l'attirer dans quelque embuscade. Est-ce vrai, encore ?

— C'est faux ! repartit le bandit. Je viens ici, non pas pour vous tromper, mais pour me venger, car il me faut une vengeance, une vengeance
terrible, ajouta-t-il avec un regard plein d'un feu sinistre.

— Te venger ? Et de qui ? demanda Poul étonné.

— De ceux qui m'ont insulté.

— Explique-toi vite je suis pressé et la potence t'attend.

— Qu'il soit fait comme vous l'entendrez, quoique j'eusse préféré
mourir en soldat; pourvu que je sois vengé, tout m'est égal.

— Finissons cette comédie qui ne me trompera pas je t'en avertis,
car je sais trop qui tu es.

— Vous pouvez savoir beaucoup, mais vous ne savez pas tout. Mieux
qu'aucun des vôtres vous connaissez le pays que parcourent les Camisards, mais vous ignorez les sentiers qu'ils suivent pour vous surprendre
ou vous éviter, leurs points de réunion, leurs hôpitanx, leurs magasins,
les camps retranchés qu'ils ont établis, les arsenaux qu'ils possèdent,
moi, je sais tout cela.

— Tu mens, s'écria Poul, les chefs seuls sont instruits de toutes ces
choses, et toi, tu n'es qu'un misérable sergent.

— Méric est un chef et j'ai ses secrets.

— Qui m'en assure ?

— Ma vie, puisque je suis venu de moi-même me mettre entre les mains d'implacables ennemis.

— La preuve que tu ne me trompes pas ? la preuve ?

— Écoutez, capitaine, et vous me croirez, reprit le routier d'une voix sourde. Je suis un brigand, j'ai tué, j'ai pillé, j'ai incendié, tout cela est vrai, mais j'ai encore mon honneur de bandit. Si j'ai déserté de mon premier régiment, pour me jeter dans la montagne, c'est que j'avais frappé un sergent qui m'avait traité de lâche Cette nuit, Méric le maudit a fait plus.. il m'a souffleté.

— Et tu ne l'as pas tué ? s'écria Poul.

— J'ai essayé, mais je n'ai pas pu... j'étais trop ivre... Alors ils m'ont terrassé, m'ont lié à un poteau, dans une salle du château de Saint-Anastasy, et ont mis le feu au château pour me brûler.

Des larmes de honte sillonnait le visage de l'aventurier et sa poitrine se soulevait, comme suffoquée par une rage intérieure :

— Croyez-vous, à présent que je veuille vous tromper ?

— Non, dit Poul.

— A quelle époque, Méric t'a-t-il confié son secret? Ajouta-t-il, incertain encore.

— Au bois de Gaujac, il y a quelques mois, reprit-il. Mais c'est il y a quelques heures, seulement, que je lui ai arraché son papier, sur les bords du Gardon, après avoir terrassé ce reptile à mes pieds et lui avoir imprimé sur le visage le talon de ma botte.

Le front du partisan s'était assombri.

— Tout cela m'a l'air d'une fable, dit-il.

— Me jurez-vous que j'aurai la vie sauve si je vous prouve que cette fable est une vérité?

Poul garda un moment le silence. Traiter avec un misérable de cette sorte lui répugnait : cependant il était si important d'avoir ce papier !

— Fouillez cet homme, dit-il aux dragons.

Torte-Gueule sourit.

— Croyez-vous donc, dit-il, que je sois assez dépourvu de sens pour n'avoir pas pris mes précautions? Ce plan n'est pas sur moi.

— Où est-il donc? Dis-le, ou je te fais mettre à la question.

— Quand j'aurai votre parole, je vous livrerai le plan; jusque-là rien ne saurait m'arracher mon secret, répondit-il d'une voix ferme.

Le capitaine se décida enfin, il rentra dans le cabinet du comte de Broglie, dont il sortit bientôt.

— Son Excellence le général daigne t'accorder la vie et la liberté si, d'ici à une heure, il a entre les mains le plan de Cavalier, s'écria Poul en ouvrant la porte. Cela te suffit-il?

— Marché conclu, répondat Torte Gueule en se levant. Je vais le chercher.

— Nous irons ensemble, si tu le permets. Où faut-il aller?

— Au rocher de Pyre-Trancade, à un quart de lieue d'ici, sur la route de Mas-de-Ponge, sur la lisière du bois.

— Hum! Prends garde, à la moindre trahison, je te fais écorcher vif,

— Je suis prêt à tout.

Pour la seconde fois le partisan ouvrit la fenêtre :

— Dragons. à cheval! cria-t-il.

Un instant après, la troupe quittait le Mas-de-la-Bonne-Aure, guidée par Torte-Gueule, qu'une forte corde attachait à la selle du capitaine.

Les dragons s'avançaient avec précaution, le pistolet au poing et prêts à faire feu.

L'ennemi ne paraissait pas. Seulement, sur le bord du taillis, des perdrix se mirent à chanter.

— Cavalier n'est pas loin ,dit Torte-Gueule.

— A quoi connais-tu cela? demanda le partisan.

— N'entendez-vous pas des perdrix, à gauche dans le bois?

— Parfaitement.

Torte-Gueule attendait assis sur un escabeau, entre deux dragons (*Voir page* 543).

— Ces perdrix sont des vedettes qui lui annoncent votre approche ; vous allez en entendre plus loin.

— En effet, en voici d'autres sur la cime du coteau.

— C'est le signal convenu.

— Les Camisards sont donc dans le bois, près d'ici.

— Oui, mais ils s'éloignent.

— C'est fort heureux pour toi, car au premier coup de feu.....

Et il tira son sabre arménien.

— Sommes-nous loin?

— Voici le rocher.

Les perdrix chantaient toujours.

— Vite, fit Torte-Gueule, ils se rapprochent, vite, vite.

Poul mit son cheval au trot.

La Peyre-Trancade se dressait isolée dans un fouillis de broussailles ; sa forme était celle d'une pyramide irrégulière qu'un coup de foudre avait partagé.

Le prisonnier plongea son bras dans la fente, et en retira un papier sali et noirci par l'usage.

— Connaissez vous cette écriture? dit-il en déployant triomphalement le plan, grossièrement colorié, en tête duquel se lisaient ces mots :

ROUTES DES ENFANTS DE DIEU.

— C'est l'écriture de Cavalier, je la reconnais, s'écria Poul d'une voix tremblante d'émotion. Et ces lignes qui se croisent sont?

— Les chemins des Cercles.

— Biscara, coupe les liens de cet homme et fais-le monter en croupe derrière toi, commanda Poul.

Le sergent se mit en devoir d'obéir, mais avant qu'il en eût eu le temps, une troupe nombreuse de Camisards à cheval apparut au sommet du coteau.

— Commandant, voici l'ennemi, cria Trompe-la-Mort.

Les dragons s'assurèrent sur leurs selles ; ils s'attendaient à un combat. Contrairement à son habitude, le capitaine leur ordonna de faire un demi-tour et de regagner au galop le Mas-de-la-Bonne-Aure.

En voyant fuir Poul, pour la première fois, les Camisards. ne purent se persuader que cette retraite précipitée ne cachât pas une embuscade.

L'un d'eux se détacha cependant de ses compagnons et fondit au galop sur les dragons. Arrivé à cinquante pas à peine, il arrêta son cheval et fit feu.

La balle du tireur s'égarait rarement. Torte-Gueule, que Poul. avait enlevé sur Barnabaïga poussa un cri de douleur : il avait la cuisse traversée.

Le capitaine s'était retourné avec fureur. Il vit immobile et seul, au milieu du champ, un jeune homme à la physionomie fière, au feutre ombragé d'une plume verte, et reconnut Jean Cavalier.

Le jeune général venait de repasser à sa ceinture son pistolet fumant encore et, l'épée à la main, défiait son terrible adversaire.

Par un mouvement instinctif, le partisan tira son sabre et se courba en avant, comme pour s'élancer, mais revenant aussitôt à sa première résolution, il toucha légèrement les flancs de Bernaïga, qui s'élança dans la direction du Mas-de-la bonne Aure.

— Hé! sabreur de fuyards, terreur des femmes et des enfants, tu me cherchais, me voici; viens donc si tu l'oses, cria Cavalier.

Poul eut une terrible tentation de fondre sur l'insolent. mais il tenait entre ses mains une pièce trop précieuse pour s'exposer à la perdre, il sacrifia héroïquement sa colère à la prudence et continua à fuir.

Alors, lentement, frère Jean revint vers les siens qui l'applaudirent avec transports.

— Frères, dit-il, vous venez de voir la honteuse fuite du plus terrible de nos ennemis; ayez confiance, Dieu est avec nous, il nous donnera la victoire. Que son saint nom soit loué!

Et, rentrant dans le bois, il se dirigea vers le Mas-de-Ponge, pour, de là, pénétrer dans le Vaunage, par les côteaux de Montpezat.

De son côté, M. de Broglie envoyait des courriers aux différents chefs des détachements qui tenaient la campagne. Et, sans paraître s'occuper plus longtemps de la bande qu'il poursuivait, rétrogradait vers Nîmes d'où, après une courte halte, il reprenait, avec soixante cavaliers seulement, le chemin de Montpellier.

Cependant, le même soir, les soldats prirent la route d'Aigues-Mortes, ils espéraient une expédition dans la Vaunage, mais arrivés à Caveirac, M. de Broglie fit faire halte et annonça hautement son dessein de séjourner une semaine en ce lieu.

Les dragons se dispersèrent dans le village, et le général, suivi de son fils, M. le chevalier de Broglie, de son aide-de-camp et du capitaine de Folleville, alla s'installer au château où il avait fait transporter Torte-Gueule, que sa blessure, quoique en voie de guérison, empêchait encore de marcher.

Suivant son habitude, le capitaine Poul ne s'inquiéta pas de chercher un gîte : il dormait tout habillé, sur une botte de paille, au premier endroit venu et passait la moitié de la nuit à rôder.

Grâce à cette habitude, il était en embuscade derrière un mas quand, vers dix heures du soir, il vit deux paysans sortir de la ville en conduisant par la bride leurs chevaux, dont ils avaient entouré les pieds d'un épais bourrelet. Arrivés à quelque distance, les deux hommes débarrassèrent leurs montures et partirent au galop.

Le capitaine rentra dans la ville et vint frapper légèrement à une fenêtre basse du château, qui s'ouvrit aussitôt.

— Eh bien? fit le comte qui, lui aussi, ne s'était pas couché.

— Il en est parti deux, répondit le capitaine.

— Par quelle route?

— Route d'Aubord.

— Je m'en doutais. Nous avons deux heures pour dormir; il faut leur donner le temps d'arriver. A minuit vous m'éveillerez.

Et il s'étendit dans son fauteuil.

A minuit, les dragons, prévenus par leurs chefs, sellèrent leurs chevaux sans bruit. A une heure, il sortaient de la ville, formant deux escadrons, de trente hommes chacun, qui se dirigèrent sur Vauvert.

Poul et son lieutenant, Gibertin, commandait le premier, MM. de Broglie et de Folleville, le second.

Au moment où les dragons entraient dans le village de Vauvers, Poul aperçut un cavalier qui cherchait à se cacher derrière un buisson.

Le capitaine courut à lui.

— Rends-toi ou tu es mort, dit-il en lui présentant la gueule de son pistolet.

C'était un des deux espions qu'il avait surpris la nuit à Caveirac.

M. de Broglie voulut interroger lui-même l'espion de Cavalier.

Dans sa terreur, le paysan révéla tout. Persuadé qu'en effet, comme il l'avait dit, le comte était pour huit jours à Caveirac il était venu prévenir le général-prophète qu'il pouvait avancer sans crainte, et les enfants de Dieu arrivaient en ce moment même au val de Bane, dans le territoire de Nîmes.

— Qu'on mette cet homme en liberté, commanda le comte; le service qu'il nous a rendu est plus grand que son crime.

— Général, objecta Poul, il serait peut-être plus prudent.....

— Non, non, ce que j'ai dit, je l'ai dit. Va, mon ami, et ne trahis plus.

Le paysan ne se le fit pas répéter, il sortit précipitamment, sauta sur son cheval et partit au galop. Seulement, arrivé à cent pas du village, il fit un demi-tour et, au lieu de continuer vers Caveirac, il traversa la plaine à bride abattue dans la direction du val de Bane.

De l'endroit où il était arrêté, Poul aperçut l'espion et le montra au gouverneur.

— Bah! fit celui-ci, il est trop tard pour que le prophète puisse rétrograder. Il n'a plus d'autre parti à prendre qu'à marcher sur Bernis. C'est là que je l'attendais : il est pris.

— Si nous sommes assez forts pour le prendre, murmura le capitaine.

— Allons-donc marchons; avant ce soir, il faut que le rebelle soit dans les prisons de Nîmes.

Un nuage passa sur le front de l'intrépide capitaine. Cependant, sans faire aucune autre objection, il remonta à cheval et commanda :

— En avant!

CHAPITRE XLVIII

LE COMBAT DU VAL DE BANE

Les environs d'Aubord ne ressemblaient pas en 1703 à ce qu'ils sont aujourd'hui. A la place des champs ensemencés ou plantés de vignes qui, depuis la petite ville, s'élèvent doucement du côté de Nîmes, et que domine la tour Magne, on ne voyait des deux côtés du chemin de Cannaux, que d'épaisses garrigues basses, entrecoupées de bois, et quelques mas isolés.

A droite du chemin, c'était d'abord le mas Capellan, puis le grand et le petit mas d'Assas et plus haut le mas Laurent ; à gauche, les mas

Ronzel, Galoffre et de Labastide, non loin duquel coule le Vistre et passe le chemin qui de Nîmes conduit, à travers les bruyères, au val de Bane, petite vallée parallèle au chemin de Cannaux, et que d'Aubord on peut facilement gagner, soit en gravissant, à travers champs, la pente douce du coteau, soit en suivant le chemin des Cèbes qui, prenant la colline en écharpe, part du mas Capellan pour aller aboutir dans le val, à une dépression circulaire connue dans le pays sous le nom de Cros-dis-Eganaus (Trou-des-Huguenots).

Du sommet du coteau la vue s'étend au loin, d'un côté sur le val de Bane, alors possession du chapitre de Nîmes, de l'autre sur la riche plaine de Nîmes, qu'arrose le Vistre, dont les eaux, tombant en écumante cascade du haut de l'écluse du moulin Gafarel, vont lentement et comme à regret, se perdre dans les marais de Vauvert.

Arrivé à peu de distance d'Aubord, le comte de Broglie fit faire halte.

On n'entendait aucun bruit, l'ennemi ne se montrait nulle part.

— Capitaine, comment se nomme votre lieutenant? demanda le général.

— M. de Gibertin, répondit Poul.

— Qu'il parte avec huit dragons pour reconnaître l'ennemi.

Sur l'ordre de Poul, le lieutenant prit rapidement la direction du mas Capellan et, par le chemin des Cèbes, gagna le sommet du coteau. Presque aussitôt on entendit un bruit de tambours, et après un moment d'exploration, M. de Gibertin revint au galop.

— Eh bien! demanda impétueusement M. de Broglie, qu'avez-vous vu?

— Général, les révoltés sont plus nombreux qu'on ne vous l'avait dit, et il y en a, non pas une troupe, mais trois.

Le comte haussa les épaules.

— Les deux premières, continua le lieutenant, sortent, tambour battant, mèche allumée, de ces deux fermes dont vous pouvez voir d'ici le toit, et la dernière, des bruyères, du côté du bois de Languissel. Toutes

les trois marchent rapidement vers l'entrée du val de Bane, où, probablement, elles vont se réunir et se préparer à l'action.

— A combien estimez-vous le nombre des rebelles?

— A un millier à peu près.

— Mille hommes! Allons donc, c'est impossible.

— Je dis ce que j'ai vu.

— Et vous avez vu double, parbleu! C'est bien, rejoignez votre
compagnie.

MM. de la Dourville et de Béthune se regardèrent. Poul fronça le
sourcil.

— Messieurs, reprit M. de Broglie, toujours du même ton cassant,
nous voici réunis en conseil, veuillez me donner vos opinions. Capitaine, quelle est la vôtre?

— Mon avis, général, est qu'il ne faut pas livrer bataille.

— Et pourquoi cela, monsieur?

— Parce que nous sommes soixante-deux en tout contre neuf cents
au moins.

— Et votre avis serait alors de....?

— De tenir l'ennemi en échec pendant quelques heures; deux suffisent pour faire venir de Nîmes les secours nécessaires et.....

— Je ne m'attendais pas à tant de prudence de votre part, fit brusquement le comte. Auriez-vous peur?

Le visage du partisan devint blême à cet outrage.

— Moi, peur! s'écria-t-il, commandez et je marche.

M. de Broglie comprit qu'il était allé trop loin, mais la parole si imprudemment lâchée ne pouvait être rappelée; il voulut au moins en atténuer l'effet:

— Je sais que vous êtes brave, monsieur Poul, et la preuve, c'est
que je veux que vous commenciez l'attaque avec vos dragons; M. le
chevalier et moi serons près de vous pour vous soutenir, si l'ennemi
peut tenir contre votre première attaque. Marchons, messieurs.

Poul ne répondit rien, il s'élança sur son cheval et, prenant à travers champs, partit au trot dans la direction du Creux-des-Huguenots, suivit de ses dragons, étonnés de l'air sombre de leur chef.

— Nous allons donc attaquer? demanda Gibertin

— Moi, je vais mourir, répondit Poul.

Derrière un ravin large et profond, bordé d'une haie serrée de buissons épineux, entremêlés de ronces, Cavalier avait rangé ses hommes sur trois rangs de profondeur, le premier rang à genoux, les deux autres debout, l'arquebuse au poing.

En arrière de cette formidable ligne, le général cévenole prenait, avec ses lieutenants Saint-Jean des Broutières, Boucarut, les deux Ravanel, Abdias Morel et Samuelet de Générac, ses dernières mesures.

Reconnaissable de loin à la plume verte de son feutre et à son élégant costume, il portait à la ceinture une épée d'officier de chevau-légers et à la main sa lourde carabine.

— Que fais-tu donc, frère Jean? demanda Abdias en voyant le général retirer la balle de son arme et la remplacer par un lingot de fer, d'un pouce et demi de longueur sur quelques lignes d'épaisseur.

Cavalier sourit.

— Toutes les balles se ressemblent, dit-il, et je tiens à reconnaître mon coup à la cible que le Seigneur m'envoie.

— Et quelle est donc cette cible?

— Voici l'ennemi! s'écria Samuelet.

— Enfants de Dieu, préparez vos armes! commanda Cavalier.

— Et n'oubliez pas que la victoire est entre les mains du Seigneur, reprit, d'une voix claire et vibrante, la prophétesse Isabeau, qui, à genoux au sommet du mamelon, éleva ses deux mains vers le ciel.

Les Camisards se découvrirent et entonnèrent leur psaume.

Ce fut en ce moment que Poul arriva au haut du coteau, avec vingt dragons seulement.

Le partisan promena son regard sur le front de bataille des

Camisards, fit flamboyer sa terrible épée et, cria d'une voix terrible :

— Tue ! tue ! mort aux huguenots !

Mais arrivés au bord du fossé les chevaux se cabrèrent, Barnabaïga seul osa le franchir.

A genoux au pied d'un olivier, la carabine à l'épaule, immobile comme un roc, Cavalier tenait en joue son redoutable ennemi : il fit feu.

Poul, atteint à la tempe gauche par le lingot de l'habile tireur, tomba foudroyé aux pieds de son chaval, serrant de sa main crispée la poignée de son sabre arménien. En même temps une effroyable décharge, presque à bout portant, renversait sur le sol huit dragons : quatre morts et quatre grièvement blessés.

Les dragons croyaient leur capitaine seulement blessé et voulaient l'arracher aux mains des Camisards qui continuaient leur feu. Ils allaient s'élancer de nouveau quand une nouvelle décharge vint frapper mortellement le brigadier Lacour et blesser plusieurs hommes.

Immobiles et hésitants, les dragons de la Dourville contemplaient ce désastre et n'osaient avancer au secours de la troupe décimée, mais toujours menaçante, que, pour la troisième fois, Gibertin, quoique couvert de sang, ramenait au ravin.

Sur les ordres de leur chef qui, le sabre à la main, leur donnait l'exemple, ils partirent enfin, mais accueillis par la fusillade, ils tournèrent le clos et se replièrent sur la petite réserve du comte de Broglie, sans que leur chef, blessé grièvement, pût les forcer à retourner.

Ainsi abandonné, Gibertin dut se rallier, lui aussi, au gros de la cavalerie, ce qu'il fit en emmenant avec lui, en bon ordre, les quelques dragons qui lui restaient. Alors seulement, les enfants de Dieu osèrent se ruer sur le cadavre du capitaine pour le dépouiller.

Au commandement de Cavalier, ils abandonnèrent, sur les bords du ravin, le corps nu et sanglant du héros de Camp-Domergue et de Font-Morte, et, gravissant le coteau, poursuivirent, en recommençant leur feu, les troupes royales dans leur retraite précipitée vers Aubord.

Mais par son sang-froid et son courage, le général sauva les restes d'une troupe, que son impatiente témérité avait exposée à une inévitable défaite. Toujours à l'arrière-garde, il soutint, avec MM. de Béthune, qui y fut blessé, Gibertin, le héros de la journée, et le chevalier de Broglie, les attaques des Camisards, jusqu'à ce qu'il eût atteint un escarpement couvert d'arbres, appelé le Devois-des-Consuls, à une demi-lieue du funeste champ de bataille. Là, il rallia sa troupe en si bon ordre, que les rebelles n'osèrent pas la charger de nouveau et se retirèrent.

La colonne décimée rentra tristement à Bernis, où ne fut porté que le lendemain le cadavre du capitaine.

Le surlendemain, 14 janvier, en présence de ses compagnons d'armes, le corps du célèbre partisan fut enseveli dans l'église de cette ville.

M. le comte de Broglie avait voulu assister à cette funèbre cérémonie. En sortant de l'église, il rencontra M. de Gibertin et lui serra la main en disant :

— Nous avons fait une grande perte, monsieur !

Le lieutenant ne répondit pas, mais deux larmes sillonnèrent son visage ; plusieurs dragons pleuraient aussi.

— Messieurs, reprit le comte avec une profonde émotion, que cette fois il ne cherchait pas à cacher, ce ne sont pas des larmes, mais du sang que nous devons à la mémoire de M. Poul. L'ennemi est aux portes de Nîmes, les rebelles nous doivent une revanche, allons la prendre.

— Vive le général ! s'écrièrent les dragons en agitant leurs sabres

Et ils partirent, décidés cette fois à vaincre ou à mourir.

Une nouvelle et amère déception attendait M. de Broglie à Nîmes En arrivant, il rencontra aux portes de la ville le vieux marquis de Sandricourt, qui en était gouverneur.

— Les troupes sont-elles prêtes ? lui demanda vivement le gouverneur-général.

— Elles sont prêtes, monsieur le comte, mais il est trop tard, répon-

Un jeune officier, les vêtements en désordre, s'élança dans la salle. (*Voir page* 562.)

dit le vieillard. En quittant le val de Bane, après son succès (il n'osa pas dire sa victoire), Cavalier a contourné la ville, par la garrigue, a poussé l'audace jusqu'à venir dans nos faubourgs s'aboucher avec ses partisans, et.....

— Dans les faubourgs de Nîmes ! Et vous ne l'avez pas fait arrêter ?

Le marquis sourit tristement.

— La nouvelle, sans doute exagérée de sa... de son succès et celle de la mort du capitaine Poul ont produit une telle effervescence parmi les nouveaux convertis et tellement consterné les catholiques, que tout ce que j'ai pu faire a été de prévenir une révolte qui, sans M. l'intendant...

— M. de Basville est ici ?

— Depuis hier, monseigneur.

— Je ne le croyais pas général, fit le comte avec dépit.

— Aussi, monsieur, n'a-t-il point pris le commandement des milices, mais il a ordonné à Messieurs les officiers du Présidial de visiter les maisons trois fois la semaine. Enfin, pour plus de sûreté.....

— Et toutes ces belles mesures n'ont cependant pas empêché Cavalier de s'aboucher avec ses partisans, interrompit M. de Broglie, en reprenant sa marche vers Nîmes. Et puisque la ville est, grâce à vous et à Monsieur mon cousin, dans un si merveilleux état, il est temps, je crois, de s'occuper un peu des environs où, s'il faut en croire le rapport de mes espions, ces maudits Camisards commettent toutes sortes d'excès.

— Ainsi que j'ai eu l'honneur de le dire à Votre Excellence, reprit le marquis de Sandricourt, piqué du ton du gouverneur, il est trop tard ; Cavalier, en effet, a passé deux jours dans le voisinage, pillant et brûlant. A présent, il s'éloigne avec sa bande, toujours grossissant, du côté des Hautes-Cévennes.

— Quoi ! encore parti ! parti avant que j'aie pu l'atteindre. Savez-vou au moins dans quelle direction ?

— Personne ne l'ignore, monsieur le comte. Il a hautement annonc qu'il marchait sur Uzès et de là vers le Vivarais. Sans doute il se croit invincible, car il ne se cache plus.

— Corbleu, dit le général, cet insolent a besoin d'une leçon et nous la lui donnerons, ou j'y perdrai mon grade de général.

M. de Sandricourt ne répondit pas.

Et à travers une foule, plus curieuse que sympathique, le cortège continua sa route jusqu'à l'hôtel du gouverneur, près de la porte des Carmes, où M. de Broglie mit pied à terre et entra, suivi de MM. de Sandricourt, de Béthune, du chevalier de Broglie et du sieur de Gibertin.

Presque au même instant un officier d'ordonnance remit au comte une lettre autographe de M. de Basville et un large pli, scellé d'un cachet rouge à trois fleurs de lis.

— Annoncez à M. de Basville que, dans une heure, je me présenterai à son logis pour lui offrir mes respects et conférer avec lui, dit le général à l'envoyé.

— M. l'intendant sera désolé, balbutia l'officier, mais une affaire de haute importance l'a forcé à quitté précipitamment la ville.

— Monsieur mon cousin préfère le soleil levant au soleil couchant, je m'en doutais, murmura M. de Broglie, qui pâlit légèrement.

Et il rompit le cachet.

Un nuage passa sur son front pendant qu'il lisait la missive royale. Mais relevant aussitôt la tête :

— Messieurs, dit-il, Sa majesté juge à propos de me remplacer, dans le gouvernement du Languedoc, par M. le maréchal de Montrevel; je souhaite qu'il soit plus heureux que moi. J'espérais prendre ma revanche, contre les rebelles, à votre tête. Aujourd'hui je n'ai plus d'ordres à vous donner, mais il me reste encore une dernière satisfaction, celle de vous remercier de votre fidélité au service du roi et de la bravoure que vous avez toujours montrée. Adieu, Messieurs, continuez à être ce que vous avez toujours été.

Et serrant la main à chacun des assistants, qui se retirèrent aussitôt, il demeura seul avec son fils et M. de Béthune, son fidèle aide-de-camp.

Presque aussitôt, et sans que personne l'eût annoncé, un jeune officier, couvert de boue, les vêtements en désordre, les traits empreints d'une pâleur mortelle, s'élança dans la salle en s'écriant :

— Vengeance! monsieur le comte, vengeance!

Au premier abord, M. de Broglie ne le reconnut pas, il était changé.

— Qui êtes-vous donc, monsieur, et que voulez-vous?

— Je suis le vicomte de Laudun, cinquante dragons, pas davantage, trente si vous le voulez, monsieur le comte, mais au nom du ciel, accordez-les-moi.

Et il tomba à genoux.

— Pauvre jeune homme, murmura M. de Broglie en essayant de le relever, je ne puis plus rien pour vous.

— Oh! monseigneur, par votre mère, par tout ce que vous avez de plus cher au monde, ayez pitié de moi, continua le vicomte en s'attachant avec désespoir à ses habits. Ils ont assassiné la femme et le père de mon protecteur, ma fiancée est entre leurs mains. Je sais où ils sont, mais je n'ai plus que dix hommes pour les poursuivre, monseigneur, trente dragons, je vous en supplie.

— Cher vicomte, je suis désolé, mais je ne puis rien, je vous le répète; voyez plutôt.

Et il lui tendit la missive royale.

Mais sans la regarder, M. de Laudun continuait toujours :

— Pitié, monsieur le comte, pitié!

— Mon père, dit le chevalier de Broglie, vous êtes toujours gouverneur, puisque M. de Montrevel n'arrive que dans deux jours, et si.....

— Ce serait une désobéissance. Voici l'ordre du roi, répondit le comte, ébranlé par la pitié.

— Monseigneur, la compagnie du capitaine Poul est une compagnie franche, et si le sieur de Gibertin consentait à accompagner Monsieur, ne pourriez-vous pas, sans dépasser vos pouvoirs, lui permettre de partir avec ses dragons, reprit Georges de Béthune.

— Je ne puis le lui ordonner, mais je ne m'y opposerai pas, dit le comte. Georges, faites avertir M. de Gibertin.

Le jeune homme s'élança hors de la salle.

— Ah! monsieur, Dieu vous récompense, s'écria le vicomte de Laudun en baisant avec transport la main du gouverneur.

Gibertin et ses dragons étaient encore sur la place, maugréant contre l'ordre intempestif qui, en enlevant au comte de Broglie sa charge de gouverneur de la province, leur ôtait l'espérance dont ils s'étaient flattés le matin, de venger dans le sang des huguenots la défaite que ceux-ci leur avaient fait subir et la mort de leur intrépide capitaine.

Ils accueillirent avec transports la proposition de marcher de nouveau à l'ennemi, sous les ordres d'un jeune officier dont Poul lui-même avait souvent loué le courage et l'habileté.

— Oui! oui! marchons, s'écrièrent-ils en brandissant leurs sabres. Vive M. de Broglie! vive Laudun!

Le comte entendit ces cris. Il prit M. de Laudun par la main et le conduisit jusqu'au perron.

A la vue du général les cris redoublèrent et d'enthousiastes acclamations saluèrent son apparition.

— Monsieur le vicomte, vous êtes plus heureux que moi. Que le ciel vous conduise.

Et se retournant vers son aide-de-camp :

— Georges, dit-il, vous aussi, vous êtes libre, ne voulez-vous pas accompagner M. de Laudun?

— Ce serait avec bonheur, répondit le jeune homme, dont les yeux brillèrent d'ardeur, mais ma place est auprès de vous.

— Je suis en disgrâce, Georges.

— Monseigneur, je n'adore pas le soleil levant, moi.

— Bien répondu, mon enfant; mais j'ai promis à votre père de vous

fournir l'occasion de vous distinguer. Comme votre ami, je vous permets de partir. — Et comme le jeune homme hochait la tête hésitant —
ou plutôt comme votre général, je vous l'ordonne.

Et il rentra aussitôt.

— Vive Broglie! vive Laudun! vive Béthune! crièrent les soldats.

Un instant après, les dragons de Poul, devenus les dragons de Laudun, quittaient la ville et se dirigeaient vers la montagne, pour venger
le capitaine Poul et arracher Mlle de Saint-Véran à ses ravisseurs, si
déjà ils ne l'avaient massacrée, car ils n'avaient pas même l'assurance
qu'elle fût entre leurs mains. Elle avait disparu. Voilà tout ce que
savait son fiancé.

CHAPITRE XLIX

LA BAUME-AUX-VIPÈRES

Enflé par sa victoire et la mort du capitaine Poul, Cavalier, entouré d'un nouveau prestige, crut que l'heure était venue pour lui de fonder l'empire protestant qu'il rêvait depuis le commencement de la guerre.

Pour cela, il voulait, tout en préparant par sa proclamation le soulèvement de Castres et de Béziers, soumettre, en courant, l'Urzége, installer son lieutenant, Saint-Jean des Boutières, l'ancien ami du prophète Mazel, comme gouverneur du Vivarais, et rentrer dans le diocèse d'Uzès par le Vigan.

Ce pays était déjà soumis. Ébénézer, fort de sa solitude, régnait en maître sur les hauteurs inaccessibles de l'Aigoal, mais ce farouche montagnard, ne reconnaissant d'autre autorité que celle de la Bible, non-seulement refusait obéissance au vainqueur du comte de Broglie, mais parlait de lui avec mépris.

Frère Jean nourrissait contre ce juge sévère un vif sentiment de haine, il voulait réduire ce sauvage à se courber devant lui, le chasser de sa montagne et le remplacer par un autre prophète, d'un caractère moins indépendant.

Ce n'était encore là qu'une partie de son programme. Des Cévennes soumises, il redescendait dans la plaine, faisait de la verrière de du Serre une place forte, enlevait Anduze et Alais au roi, chassait les catholiques de Nîmes et de Montpellier, ouvrait à ses alliés, les Anglais et les Hollandais, les ports d'Aigues-Mortes, Cette et Agde, et, joignant ses troupes à celles des ennemis de la France, forçait Louis XIV vaincu à lui abandonner le Languedoc depuis Toulouse, le Rouergue, le Vivarais, la Provence, le Dauphiné, le Roussillon et une partie de l'Auvergne.

Ce projet gigantesque du démembrement de la monarchie qui, au jour de sa fuite d'Anduze, lui avait apparu comme un rêve irréalisable, il se croyait à la veille de le mettre à exécution.

A la tête d'environ quinze cents hommes, il se dirigea rapidement vers Blauzac, passa près des ruines récentes du château de Sainte-Anastasy, dont l'incendie, en gagnant le dépôt des poudres, avait arraché de leurs fondements d'énormes pans de murailles.

De là, par les bois de Bourdic et d'Aubussargues, il gagna les hauteurs de Bouquet, fit faire halte à sa troupe et, suivi de trente de ses verts seulement et de la prophétesse Isabeau, marcha rapidement vers le centre de la forêt, jusqu'auprès d'une gorge sauvage, entourée de rochers dans lesquels s'ouvraient des baumes ou cavernes profondes, creusées par la nature et récemment fortifiées par la main des hommes.

Bien que la forêt semblât déserte au premier coup d'œil, il n'était pas

difficile de s'apercevoir que le gazon avait été récemment piétiné et que
le sol humide conservait l'empreinte de nombreux pas de chevaux.

— Attendez-moi ici, dit le chef à ses gardes et soyez prêts à me rejoindre au premier signal.

Il continua sa route vers l'entrée du val, désigné sur le plan sous le
nom du Val-des-Loups.

Sous un énorme châtaignier, deux paysans étaient assis. Ils laissèrent
le voyageur s'approcher, sans paraître le moins du monde s'émouvoir
de sa présence; seulement, quand il ne fut plus qu'à quelques pas, l'un
d'eux se baissa pour ramasser quelque chose sous les feuilles mortes.
Ce quelque chose était une arquebuse.

— Laisse donc, imbécile, fit son compagnon. Ne vois-tu pas que
c'est frère Jean.

Et, se levant aussitôt, ils portèrent la main à leurs chapeaux de feutre
en disant :

— Salut, général, que Dieu soit avec toi.

— Et avec votre esprit, frères, répondit Cavalier. Méric est-il ici.

— Oui, général, tu le trouveras dans la Baume-aux-Vipères, où il
préside le conseil.

— Je le croyais blessé?

— Il l'est en effet, général, mais on lui a amené la prisonnière, et
comme chacun avait son avis, il a réuni les frères pour décider ce que
l'on ferait de la colombe.

— Qu'est-ce que la colombe?

— La Saint-Véran, une parente, je crois, du Miraman, répondit Esdras, une papiste qui perchait au château de Sainte-Anastasy.

— Ah! Et qu'en veulent faire les frères?

Les enfants de Dieu voudraient l'échanger, mais les noirs préféreraient
la brûler vive.

— Et Méric?

— Méric voulait la garder, c'est connu.

— C'est bien ce dont du Serre m'avait averti, murmura Cavalier entre ses dents. Chacun ici veut faire à sa guise, sans daigner me consulter il est heureux que j'arrive à temps.

Et il entra dans le val, bien résolu à faire acte d'autorité.

Cinq ou six Camisards noirs gardaient l'entrée de la Baume-aux-Vipères, dans l'intérieur de laquelle on entendait, du dehors, comme un bourdonnement de voix irritées, que dominait la voix puissante de Méric le maudit.

— Qui vive, de par Satan! cria un noir, au moment où le général mettait pied à terre.

— Frère Jean, répondit celui-ci en jetant un regard sévère sur la sentinelle.

— Connais pas, fit celui-ci avec insolence. Montre ton billet de passe.

Le Cévenole tira un pistolet de sa ceinture et l'arma.

— Le voici, dit-il. Je m'appelle Jean Cavalier.

Les noirs s'écartèrent en grognant comme des bêtes féroces, qu'un dompteur menace avec une barre de fer rougie. Ils détestaient Cavalier qui leur rendait mépris pour haine, mais ils en avaient peur.

Frère Jean entra dans la caverne, où sa brusque apparition causa un moment de stupéfaction générale.

— Salut, frère, dit-il à Méric, j'ai appris que tu avais été blessé en combattant pour la cause du Seigneur, et je viens t'apporter une bonne nouvelle : Poul est mort et les royaux sont en fuite.

— Je te félicite de tes succès, répondit sèchement Méric. A voir la manière singulièrement intelligente avec laquelle Miraman m'a poursuivi depuis le bois de Bouquet, je n'aurais pas cru que tu me portasses un si grand intérêt.

— Je voulais te procurer l'occasion de te distinguer avec tes brave soldats, repartit Cavalier, blessé de l'arrogance de son lieutenant.

— S'il a été blessé et vaincu, c'est par la trahison, s'écria impétueusement Débora.

Cavalier tourna les yeux vers la prophétesse et vit, près d'elle, Mlle de Saint-Véran, les mains liées derrière le dos et entourée par une vingtaine de bandit, à figures sinistres.

— Quelle est cette prisonnière?

— Marguerite de Saint-Véran, répondit Méric, ma prisonnière à moi.

— Notre prisonnière à tous, une papiste qu'il faut brûler vive, crièrent quatre ou cinq voix.

— Qu'il faut échanger contre un ministre prisonnier, répondirent plusieurs autres.

— Silence, fit Cavalier, et que personne n'ose élever la voix sans que je l'interroge. C'est aux chefs à décider.

— Ouais, dit Barnabé, nous sommes ici chez nous et nous ferons ce qu'il nous plaira.

— Lieutenant, faites arrêter cet homme, je vous l'ordonne, commanda Cavalier.

— Si je pouvais marcher, il y a longtemps que je l'aurais fait taire, lui et ses pareils. Arrête-le toi-même, je t'y autorise, répondit Méric.

— Oui, oui, arrête-moi, ricana le bandit en tirant son couteau et en s'avançant. Tiens, me voilà, je ne me cache pas, moi.

Suivant son habitude, Barnabé était ivre. Trois ou quatre de ses compagnons voulurent l'arrêter.

— Laissez-le faire, dit Cavalier. Cet homme n'est plus un enfant de Dieu, c'est une brute immonde.

— Ah! je suis une brute, hurla Barnabé en se débarrassant de ceux qui l'entouraient; tiens, attrape, misérable traître.

Et il se rua sur le général, auquel il lança un coup de couteau.

Le Cévenole s'attendait à l'attaque; d'un bras nerveux il saisit le poignet du Camisard qu'il renversa sur le sol, en lui pliant les reins, et lui plongea son poignard dans le cœur.

Barnabé poussa un cri terrible, renversa la tête en arrière et laissa tomber ses bras : il était mort.

— Vengeance ! crièrent deux ou trois forcenés. Sus à l'assassin de notre frère !

Déjà Cavalier avait eu le temps de s'adosser au rocher, le couteau sanglant entre les dents, un pistolet à chaque main.

Méric contemplait la scène avec une joie féroce ; l'odeur du sang semblait l'enivrer.

Soudain les noirs, de garde à la porte, se précipitèrent en tumulte dans la caverne, suivis de près par les verts, le sabre à la main. Isabeau était à leur tête, pâle, les yeux flamboyants, le poignard à la main.

D'abord elle n'aperçut pas Cavalier et son pied heurta un cadavre ; elle jeta un cri et se courba sur le corps, mais voyant qu'elle s'était trompée, elle le repoussa du pied et bondit vers Méric.

— Où est Jean ? demanda-t-elle haletante.

— Je suis ici, Isabeau, répondit le Cévenole, ici dans une caverne de brigands, préservé, comme Daniel dans la fosse aux lions, par la main du Seigneur.

A la vue de leur chef, couvert de sang et de boue, les verts poussèrent un rugissement de fureur. Les noirs étaient consternés. Debout, vis-à-vis l'une de l'autre, Isabeau et Débora se mesuraient des yeux. Mlle de Saint-Véran, affaissée sur elle-même, paraissait étrangère à ce qui se passait autour d'elle.

Un silence profond avait succédé au tumulte.

Méric, à demi-étendu sur son banc, d'où sa blessure l'empêchait de se lever, gardait une contenance farouche.

Sur l'ordre du général, les noirs se laissèrent désarmer.

— Qu'on leur attache les mains derrière le dos, commanda Cavalier.

De violents murmures éclatèrent.

— Silence ! fit le jeune chef, ou je fais tout fusiller

Dans l'impossibilité de se défendre, ils se résignèrent.

Méric seul avait gardé ses pistolets.

Salut, Général, que Dieu soit avec toi. (*Voir page* 567.)

— Le premier qui m'approche, dit-il, je lui brûle la cervelle comme à un chien.

— Et moi aussi, fit Débora en lançant un regard de défi à Isabeau.

Cavalier eut l'air de ne pas entendre.

Quand tous les noirs furent liés deux à deux, les verts les firent sortir de la Baume-aux-Vipères. Le général s'avança alors vers Mlle de Saint-Véran et la toucha légèrement.

Marguerite tressaillit et se leva :

— Que me voulez-vous? dit-elle avec égarement.

— Savoir si vous préférez rester ici ou me suivre, mademoiselle, répondit-il en saluant avec une politesse affectée.

— Si c'est pour me tuer, emmenez-moi tout de suite; j'aime mieux mourir.

— Il ne vous sera fait aucun mal, si vous voulez nous suivre, mais vous êtes libre de rester.

— Moi, rester avec ce monstre, s'écria-t-elle, plutôt mourir mille fois !

— Alors, venez, continua le jeune chef, car je n'ai point oublié ma promesse des bords du Gardon.

— Je m'y oppose, moi, elle est ma prisonnière, rugit Méric.

D'un bond, Marguerite s'était élancée hors de la caverne.

— Elle est ma prisonnière, entends-tu, Cavalier? répéta Méric. Je te défends d'y toucher.

Sans répondre, Cavalier se dirigea vers la porte.

— Tu veux donc que je te tue, infâme ravisseur, traître maudit ! hurla le géant.

Et, par un effort désespéré, il se releva sur son banc et lâcha la détente de son pistolet. Par un mouvement, rapide comme la pensée, le jeune montagnard s'était jeté en avant, la balle siffla à ses oreilles et s'aplatit contre le rocher

— Malédiction ! vociféra Méric en brisant sur la table son arme devenue inutile, malédiction et vengeance !

Un éclat de rire moqueur répondit aux imprécations du Camisard, qui retomba sur son banc en proférant les plus horribles blasphèmes.

Au centre du val des Loups s'élevait un chêne séculaire, dont la foudre avait brisé la cime. Cavalier se dirigea vers cet arbre, accompagné de la prophétesse et de Marguerite.

Les noirs attachés par les bras, formaient un demi-cercle sous la voûte immense du chêne, en avant des verts rangés en bataille.

Le général jeta son feutre à ses pieds.

— Isabeau, dit-il, invoque le Seigneur, afin qu'il m'éclaire. Il faut que justice soit faite.

Un instant, ils demeurèrent agenouillés, puis, se relevant, Cavalier tira son épée et s'écria :

— Le ciel a parlé, obéissez !

Les enfants de Dieu de la troupe de Méric ne s'étaient pas rendus complices de la révolte des noirs, ce fut parmi eux que le jeune Cévenole choisit six exécuteurs de la terrible sentence qu'il allait prononcer.

— Nous sommes des soldats et non des bourreaux, répondit Josué, leur chef.

— Aussi ne vous ai-je pas désignés pour punir ces misérables, répondit Cavalier, qui craignait de les mécontenter, mais pour délier ceux d'entre les prisonniers que l'Esprit m'inspire de délivrer.

Et, du doigt, il indiqua Esdras, Néhémie et quatre autres bandits qui, non moins féroces, mais plus prudents que leurs compagnons, ne s'étaient pas prononcés.

Les cordes qui retenaient leurs mains furent dénouées.

— Prends aussi Beulaigue, dit à voix basse la prophétesse, à l'oreille de Cavalier, nous en aurons besoin, tu sais pourquoi.

— Beulaigue, continua celui-ci, l'Esprit te désigne comme coupable, je te donne à choisir entre être pendu ou pendre tes complices ; que préfères-tu ?

— Mille fois mieux être exterminateur qu'exterminé, répondit impudemment le féroce assassin de Mme de Miraman.

— Qu'on le délie, lui aussi, fit Cavalier.

— A présent, que justice se fasse.

Il promena un regard froid et inexorable sur les dix-huit noirs qui tremblaient devant lui et dit :

— Pierre le Chantre, parce que tu as osé lever ta main contre le chef des enfants de Dieu, ta main sera coupée et tu mourras.

Et il fit un signe.

Les exécuteurs s'avancèrent et saisirent le brigand qui, pâle de terreur, était tombé à genoux en poussant des gémissements inarticulés; ils lui coupèrent la main et le pendirent malgré ses lamentations.

Cinq fois encore l'épée du général-prophète s'abaissa pour désigner un noir, cinq fois la hache de Beulaigue frappa sans manquer son but, sans qu'une voix osât s'élever en faveur des coupables.

Tous s'attendaient à mourir, le sang ruisselait sur les bras des exterminateurs. Méric grinçait des dents en regardant, de l'ouverture de la grotte où il s'était traîné en rampant, le supplice de ses soldats.

— Notre tour va venir, dit-il à Débora. Mais malheur au premier qui approche, ajouta-t-il en serrant de sa main crispée la crosse de son unique pistolet. As-tu des armes?

Elle montra son poignard.

— Jure-moi de me le plonger dans la poitrine, quand je ne pourrai plus me défendre.

— J'y étais décidée, répondit-elle d'une voix sourde, mais j'aurais voulu auparavant poignarder Isabeau et l'Amalécite.

— Aujourd'hui, je te permets de leur faire, à toutes deux, le plus de mal que tu pourras.

— Oh! fit-elle avec rage, j'avais deviné que cette papiste te perdrait; pourquoi m'as-tu empêché de l'écraser sous mes pieds, quand, après t'avoir délivré sur ce plateau maudit de Bourdic, je l'ai trouvée à demi morte de frayeur dans le taillis? c'est là qu'il fallait la tuer.

— Attention, Débora! il paraît que le traître a fini sa sanglante comédie, vois, on détache les mains de mes noirs, on les laisse libres.

— Les lâches! il ne s'en trouvera donc pas un pour l'égorger?

— Non, ils se courbent devant lui; il leur pardonne, le bon prince. Débora, voici le moment, pousse cette table devant l'entrée. Oh! si je pouvais marcher!

Cavalier avait, en effet, jugé que le supplice de six des révoltés serait un exemple suffisant pour effrayer les autres et grandir la terreur qu'inspirait son nom, en amoindrissant l'autorité de Méric.

Quant à Méric, bien qu'il eût pu, même en suivant les formes de la plus scrupuleuse justice, le faire pendre, comme un traître qui avait tiré sur son général, il le trouvait trop utile à la tête des noirs que lui seul pouvait discipliner jusqu'à un certain point, pour vouloir pousser plus loin une vengeance bien assez cruelle par l'humiliation infligée, en présence de toute sa troupe, à ce rival orgueilleux

Assuré d'avoir terrifié les noirs, il remit son épée au fourreau, et après avoir menacé les survivants de les faire pendre jusqu'au dernier, à la première tentative d'insubordination, il fit briser leurs liens. Puis après avoir fait placer sur un cheval Mlle de Saint-Véran, il reprit le chemin du camp.

Méric était fou de rage. Débora s'approcha pour le consoler.

— Va-t'en, femme maudite, s'écria-t-il en la repoussant brutalement, c'est toi qui as fait de moi ce que je suis.

La prophétesse laissa passer l'orage sans répondre, mais ses lèvres étaient blêmes et elle murmura :

— Je me vengerai.

Isabeau chevauchait dans le bois de Bouquet entre Marguerite et Cavalier. Sans cesser de surveiller la prisonnière, qu'elle détestait comme une rivale, elle se pencha vers le chef et lui dit :

— Pourquoi ne t'es-tu pas défait du maudit?

— Je l'ai écrasé, répondit-il.

— Écrasé! fit la prophétesse, ne sais-tu pas qu'il est écrit que le scorpion que tu foules aux pieds dans le chemin te mordra au talon et.....

— Bah! interrompit Cavalier, voici un otage qui me répond de lui.

— Je croyais que tu voulais l'échanger contre un de nos ministres

— Mon père aussi est en prison, ainsi que mon frère, et cependant je suis décidé...

— A quoi!

— A la garder.

— Ah! vraiment, fit Isabeau en fixant sur lui un regard singulier....

Et ils continuèrent leur route en silence.

Au moment où ils approchaient du camp, ils entendirent des coups de feu.

— Au galop! commanda Cavalier. On attaque nos frères.

CHAPITRE L

LE COMBAT DU CAR

Une agitation extraordinaire régnait parmi les Camisards, dont le gros de la troupe se disposait, non sans désordre, à se mettre en mouvement; Saint-Jean des Broutières et Ravanel, à cheval, couraient d'une colonne à l'autre, multipliant des ordres qui, en se contrariant, achevaient de jeter l'indécision dans l'armée, et prenaient, avec une visible inquiétude, leurs dernières dispositions.

Une immense acclamation salua l'apparition du jeune général, de celui que les soldats fanatisés regardaient comme un nouveau Judas Machabée.

— Qu'arrive-t-il donc? s'écria Cavalier, qui déjà avait mis l'épée à la main.

— Les Amalécites sont dans la plaine, conduits par ce démon de Poul, que l'enfer a ressuscité, répondit un soldat, et nous t'attendions pour livrer bataille, car toi seul peux nous conduire à la victoire.

— Ceux que ma carabine a couchés à terre ne se relèvent plus, répliqua fièrement le Cévenole. Poul est mort à jamais.

— Impossible, général, écoute donc un peu.

En effet, quoique s'affaiblissant sensiblement, la fusillade se faisait toujours entendre.

— Où donc est Saint-Jean?

— Tiens, le voici qui arrive, fit le Camisard en désignant du bout de sa faux, emmanchée comme une lance, le lieutenant qui accourait.

— Combien sont-ils? lui cria Cavalier.

— Soixante à quatre-vingts, général.

— Rien que cela contre douze cents, et vous ne les avez pas tous faits prisonniers? c'est une honte.

— C'est la faute de Catinat; il a voulu malgré nous descendre dans la plaine, et ces démons incarnés...

— Il fallait le secourir.

— Le frère de Ravanel y est allé.

— Cela ne suffit pas. Mes enfants, formez vos rangs vivement et sur deux colonnes. La première marchera, sous tes ordres, au chemin creux; la seconde, commandée par Ravanel, remontera le ruisseau du Car, du côté du Mas-Martin : nous les enfermerons entre deux murs de fer; il faut que pas un seul n'échappe. Vous avez entendu?

Et, enfonçant les éperons dans le ventre de son cheval, il repartit avec son escorte en criant :

— Au nom du Seigneur, je vous promets la victoire.

Isabeau ne quittait pas le général prophète; elle avait saisi, avec une joie méchante, les rênes du cheval de Mlle de Saint-Véran et l'amenait sur la lisière du bois, d'où on dominait toute la plaine.

C'était pour la première fois que Marguerite assistait à une bataille; la plaine, peu étendue, était bornée d'un côté par la forêt, de l'autre par une chaine de collines, derrière lesquelles se cachait le village de Navacelles, parallèlement au ruisseau du Car, peu distant de l'endroit qu'occupait le général.

Dans le lointain on voyait fuir, à travers les broussailles et les rochers, quelques Camisards en chemise blanche, démontés et sans armes, des chevaux abandonnés, galopant ou plutôt tournant au hasard à travers le vallon semé de cadavres,

Les dragons fauchaient avec rage, et chacune de leurs charges furieuses dévastait cette cohue démoralisée par la terreur.

— Les lâches! rugit Isabeau, blême de fureur, ils se laissent égorger comme des moutons à la boucherie.

Et, saisissant un pistolet, elle fit feu.

Ce fut un Camisard qui tomba.

La prophétesse repassa froidement le pistolet à sa ceinture, en prit un second et fit feu de nouveau. Cette fois, la balle, mieux dirigée, atteignit un dragon qui chancela et tomba de son cheval.

Cavalier, debout, impassible, comme s'il eût assisté à une revue, ne donnait pas un ordre, ne prononçait pas une parole,

Tout à coup un sourire cruel plissa ses lèvres; il arma sa carabine, la porta lentement à son épaule, et visa.

Instinctivement, Mlle de Saint-Véran suivit la direction de l'arme et vit un officier du roi, portant par-dessus son uniforme une écharpe de crêpe.

Cet officier, c'était M. de Miraman.

L'orpheline le reconnut.

Cavalier suivait dans la mêlée les mouvements du capitaine, Marguerite le vit de nouveau sourire et appuyer son doigt sur la détente.

Elle se jeta en avant et releva le canon de la carabine : le coup partit en l'air.

— Misérable ! fit Isabeau en dégaînant son poignard.

Mais un coup d'œil de Cavalier l'arrêta.

— La prisonnière a bien fait, dit-il froidement. Si au lieu de tirer sur les nôtres, tu eusses veillé sur elle, Miraman serait mort.

— Je l'avais bien dit, reprit Isabeau, que cette Moabite...

— Silence ! fit le jeune général, ici moi seul commande.

Il rejeta sa carabine sur son épaule, et se tournant vers ses gardes :

— Préparez-vous à charger, dit-il, et se tournant vers Isabeau :

— Si un seul cheveu tombe de sa tête par ta faute, je te chasserai ignominieusement de l'armée. Je suis ici seul maître ; ce n'est pas une femme qui me gouvernera par ses absurdes caprices.

N'importe, je me vengerai, pensa Isabeau, car j'en suis sûr, il.....

En ce moment, deux épaisses colonnes de Camisards, forte chacune de cinq cents hommes, sortaient du bois au-dessus et au-dessous du champ de bataille et s'avançaient, en se déployant rapidement en demi-cercle, pour enfermer entre elles et le ruisseau les dragons du roi.

Cavalier s'était chargé d'en défendre le passage. Il leva son épée, les trompettes sonnèrent et l'escadron, précédé d'une épaisse ligne de tirailleurs, descendit vers le Car.

Ce ne fut pas sans une horrible angoisse que Marguerite, demeurée sous la garde d'Isabeau et de deux Camisards, vit s'opérer cet habile et formidable mouvement. M. de Miraman était perdu.

La prophétesse, l'œil ardent, les cheveux au vent, la main sur son poignard, contemplait cette scène avec un sourire étrange et féroce. A dessein, elle avait laissé échapper les rênes du cheval de sa captive, espérant que Mlle de Saint-Véran profiterait du tumulte pour fuir, mais celle-ci, en ce moment solennel, s'oubliait elle même pour ne songer qu'à son tuteur, autour duquel se resserrait, en s'épaississant, le cercle effrayant des lances et des faux.

A cinquante pas à peine des combattants, les Camisards abaissèrent leurs piques et entonnèrent le psaume :

> Cent mille hommes de front
> Craindre ne me feront,
> Encore qu'ils l'entreprinsent...
>
> . . . .

Isabeau se redressa sur son cheval.

— Enfants de Dieu, cria-t-elle, voici le jour du Seigneur, écoutez, écoutez, l'Esprit a dit : Israël, je livrerais entre tes mains mes ennemis afin que la terre s'engraisse de leur sang. Soldats de l'Éternel, tirez vos glaives hors du fourreau, frappez, tuez, exterminez, mort aux Philistins !

Les dragons sabraient toujours.

Cependant M. de Miraman avait relevé la tête.

Marguerite l'entendit, de sa voix tonnante, commander :

— Dragons, en colonne formez vos rangs !

Les soldats obéirent.

— Au galop, chargez ! reprit le chef royaliste.

— Saint-Jean ! Catinat ! vociféra Cavalier, faites mettre genou en terre.

Mais avant que cet ordre eut été exécuté ou même compris, les dragons se ruaient avec furie sur le cercle, ouvraient une large trouée et se dirigaient à bride abattue vers le mas Marcelin.

— Ventre à terre ! rugit Cavalier en s'élançant pour leur couper le chemin du défilé.

Il était trop tard. Quand il arriva, la colonne avait franchi le passage périlleux et s'éloignait fièrement par la route de Lussan.

En rase campagne, il y eût eu témérité à poursuivre un ennemi aussi courageux. Cavalier revint vers le camp.

Trois dragons seulement avaient péri dans cette action qui coûta la vie à plus de cinquante Camisards, mais le champ de bataille était demeuré à ceux-ci. Le Cévenole fit semblant de croire à une victoire et ordonna à ses troupes de remercier le Seigneur.

A la nuit tombante, dans une ferme abandonnée, le conseil de guerre s'assembla. Isabeau en faisait partie en qualité de prophétesse. Cavalier commença par rappeler en quelques mots la défaite des catholiques au val de Bane et la nécessité de profiter de cette victoire pour frapper un grand coup en se mettant, par de nouveaux succès, en communication avec les armées protestantes du Vivarais, du Rouergue et du Dauphiné, en même temps que par d'habiles proclamations on soulèverait toutes les populations de l'Auvergne et du Languedoc, unique moyen, ajouta-t-il en terminant, de paralyser d'un seul coup toutes les forces du Pharaon déjà humilié par une récente défaite.

— Laquelle? demanda froidement Isabeau.

— Celle du val de Bane, répondit Cavalier en lançant à la prophétesse un regard de colère.

Mais celle-ci était était décidée à le pousser à bout, car, sans se soucier de son avertissement et de sa menace, elle ajouta :

— Cettte défaite ne les a pas si fort abattus qu'ils n'aient pris leur revanche au bois de Bouquet.

— Si nous avons été battus, comme tu prétends le dire, la faute n'en est pas à moi qui n'y était pas, repartit vivement le général.

— Tant que Samson fut fidèle aux ordres de Dieu, il triompha des Philistins, continua la prophétesse en étendant vers lui un bras menaçant, mais quand il eut laissé asservir son cœur par la beauté d'une jeune fille infidèle, sa force l'abandonna, le vainqueur fut vaincu, et l'homme libre devenu esclave de ses passions devint aussi l'esclave de ses ennemis. Tu

Tu aimes une Moabite et pour cet amour tu trahiras tes frères. (*Voir page* 582)

aimes une Moabite, et pour cet amour tu trahiras tes frères et tu vendras ton parti.

— Et quelle est donc cette Moabite pour laquelle je trahirai mon parti? ricana Cavalier d'un air de mépris.

— C'est Mlle de Saint-Véran.

— Par le ciel, qui t'a dit que j'aimais cette jeune fille?

— Ce qui me le dit, c'est ta haine contre Méric; pour lui enlever sa captive, tu n'as pas craint d'exterminer une partie de sa bande, des adorateurs du vrai Dieu aussi.

— Dis donc des brigands, sans foi ni loi, qui ne songent qu'à piller et à assassiner.

— Saül disait comme toi : il faut épargner les ennemis du Seigneur et Samuel l'en punit en le maudissant. Mais écoute, je n'ai pas fini, ce qui me le prouve encore, c'est ton empressement à courir là où elle est comme tu l'as fait hier en laissant ton armée exposée aux attaques des ennemis, ton soin à garder ta prisonnière près de toi, à veiller à sa sûreté, à sacrifier à ses caprices la sûreté de tes soldats, à,....

— Oh! cela est trop fort! En quoi ai-je sacrifié mes braves compagnons?

La prophétesse eut un sourire de pitié.

— Tu as donc déjà oublié, dit-elle, ta victoire (elle appuya sur le mot), ta victoire du bois de Bouquet?

— Que devais-je donc faire de Mlle de Saint-Véran?

— Ce que l'on fait d'un animal venimeux, répondit froidement Isabeau, la tuer.

— La tuer! fit Cavalier avec un mouvement d'horreur.

— Nous pensons qu'elle a raison, dirent les deux Ravanel.

— Mieux vaut que cette pécheresse périsse que d'exposer Israël au danger, ajouta Saint-Jean. On pourrait cependant la garder comme otage.

— Il est plus sûr de la faire mourir, interrompit Catinat, les morts seuls ne sont pas à craindre.

Les bras croisés sur la poitrine, l'œil allumé par la colère, Cavalier écoutait avec dépit ces insolents subalternes qui osaient avoir un avis avant que leur chef eût prononcé.

Son orgueil, plus que sa pitié, se prononça pour Marguerite. Il eut cédé à une prière, il se raidit contre un défi.

— Votre avis, dit-il lentement, est donc que Mlle de Saint-Véran doit mourir ?

— Oui, répondirent-ils d'une seule voix.

— Eh bien ! j'en suis fâché, car elle ne mourra pas.

— Qui donc ici oserait s'opposer à l'avis de tous ? demanda fièrement Isabeau.

— Moi, fit Cavalier, moi qui ai un père et un frère prisonniers, dont la tête tomberait le jour même où la prisonnière serait abandonnée à la fureur de cette femme, — et il montra Isabeau — ; moi, qui tiens en mes mains le moyen de forcer Laudun et Miraman à mettre bas les armes pour sauver la vie de cette jeune fille ; moi, qui puis, grâce à elle, contraindre Méric et ses noirs à obéir au lieu de se tourner contre vous, moi qui raisonne en chef d'armée et non pas en femme jalouse. Comprenez-vous mes motifs, à présent, et croyez-vous que ma conduite soit dictée par la prudence et non par la passion ?

Isabeau se leva et marcha vers la porte comme pour sortir. Arrivée sur le seuil, elle s'arrêta et dit :

— Frères, est-il besoin de se réunir pour donner des conseils à un sourd ? retirons-nous.

Personne n'osa la suivre ; elle-même, se voyant abandonnée se rassit avec dépit.

— Frères reprit Cavalier, satisfait de son triomphe, j'ai combattu votre avis et celui d'Isabeau, moins dans mon intérêt personnel, que je suis toujours prêt à vous sacrifier, que dans le vôtre. Mais si je regarde comme un manque de prévoyance de nous priver des avantages que présente la possession d'un otage comme la Moabite, je ne me dissimule pas non plus l'inconvénient qu'il y aurait à nous en embarrasser d'elle dans nos excursions. Outre qu'elle pourrait fuir, il serait à craindre qu'elle ne trouvât moyen de communiquer avec nos ennemis. Je propose donc de l'enfermer sous garde sûre dans un de nos hôpitaux.

— La verrière d'Anduze est trop éloignée de nous pour songer à y envoyer la prisonnière sous escorte, objecta Saint-Jean, et frère Guillaume a assez à faire en ce moment de se défendre contre cet enragé de Calverte, que Dieu confonde.

— Pourquoi ne l'avoir pas laissée à Méric au Val-des-Loups ? demanda Catinat ; la Baume-aux-Vipères est une bonne retraite.

— Méric n'est venu à nous que pour enlever Mlle de Saint-Véran. Le jour où il pourrait l'enlever, il nous abandonnerait pour retourner aux infidèles.

— On pourrait la confier à Flottard, il la surveillerait et l'instruirait, dit Ravanel l'aîné.

— L'instruire ! s'écria Isabeau avec colère, on n'instruit pas les vipères, on les écrase, ou du moins, ajouta-t-elle, on les enferme si étroitement qu'elles ne puissent pas nuire. Ah ! il ne manquerait plus qu'elle abjurât le papisme.

— Ce serait un grand bonheur que tous les papistes renonçassent à à leurs erreurs, fit Saint-Jean.

Isabeau comprit qu'elle était allée trop loin, mais la seule pensée que cette rivale abhorrée pourrait devenir protestante, peut-être même prophétesse, comme Marie de la verrière, l'avait transportée de fureur ; c'était une grave imprudence qu'elle essaya de réparer en disant :

— Le frère Flottard est à Nimes, où il lui est déjà assez difficile de se cacher, pour qu'on puisse songer à lui envoyer la prisonnière.

— Les grottes des Salles-du-Gardon ne sont par fort éloignées, nous pourrions, pour le moment, y déposer Mlle de Saint-Véran ; elle aiderait sœur Suzanne à soigner nos blessés, qu'en pensez-vous? demanda Cavalier.

— Le chemin est périlleux pour y aller, riposta Saint-Jean. et le temps presse de marcher vers Vallon.

La nuit suffit pour ce voyage, demain soir je serai ici, fit Cavalier j'irai seul.

— Je m'y oppose, moi, interrompit Isabeau, j'ai ta parole, puisque c'est à moi que tu as confié la Moabite.

— Alors, prépare-toi, il faut partit immédiatement , en profitant des ténèbres pour que personne ne se doute de notre absence, dit Cavalier.

Et se retournant vers Saint-Jean :

— C'est toi qui me remplaceras ici, veille à ce qu'aucun des enfants de Dieu ne sortent du camp, et fais arrêter, sans exception, tous les paysans qui approcheraient d'ici; il importe qu'à Rochegude nul ne se doute de notre présence. Tu m'as compris?

— Oui, général. Que Dieu t'accompagne.

— Et que le Seigneur vous tienne en sa garde, fit-il, en congédiant de la main ses soi-disant conseillers.

Seule, la prophétesse ne sortit pas. Ses yeux étaient secs et brillants, une rougeur fébrile empourprait ses joues, ordinairement pâles comme le marbre et un tremblement nerveux agitait tout son corps.

— La comédie est-elle finie, Jean? dit-elle, quand ils turent seuls.

— Si tu n'étais pas prévenue contre moi, tu verrais qu'il n'y a aucune comédie ici; si je garde cette femme, c'est qu'elle est nécessaire à mes projets, répondit Cavalier.

Isabeau haussa les épaules.

— La sacrifier à ta jalousie ridiculement soupçonneuse, ce serait me priver d'un puissant secours et...

— Je ne calculais pas tout cela, moi, reprit la prophétesse, quand, au péril de ma vie, je te sauvai à Anduze.

— Et crois-tu que s'il ne s'agissait que de moi, Isabeau, j'hésiterais un instant ? Crois-tu que je mette en comparaison avec ma dévouée, ma courageuse compagne, une jeune fille que je connais à peine, qui appartient à une famille que je déteste, à une religion que j'abhorrre ? Devant le Seigneur, qui sonde les reins et les cœurs, je te jure que...

— Assez ! assez ! Jean ! Pas de serment, je t'en supplie ! Tu te trompes peut-être plus que tu ne me trompes. Promets-moi seulement de ne pas chercher à la revoir.

— A condition que tu me promettes de ne rien faire contre elle, je te le jure !

— Eh bien ! moi aussi, je te jure de ne point attenter à sa vie. Viens, conduisons-la à ce souterrain, d'où elle ne doit sortir que pour délivrer ton père et ton frère de la captivité. J'ai confiance en toi, Jean. Va chercher seul la prisonnière, pendant que je vais faire préparer les chevaux.

Et, se levant, elle sortit.

CHAPITRE LI

LES SALLES DU GARDON

Pendant que la prophétesse s'éloignait pour faire seller les chevaux, Jean Cavalier, au lieu d'aller immédiatement chercher Marguerite, se mit à arpenter la salle, heurté par les pensées que sa conversation avec Isabeau avait soudain fait naître dans son esprit.

Etait-ce vrai, ce que disait la prophétesse, qu'il eût de la sympathie, de l'amour peut-être pour Mlle de Saint-Véran, pour cette jeune cathoique, que les hasards de la guerre avait fait tomber entre ses mains ? Etait-ce bien pour empêcher la trahison de Méric, qu'il lui avait enlevé sa prisonnière? Était-ce bien par politique, comme il l'avait dit tout à l'heure à ses compagnons d'armes, simplement pour pouvoir l'échanger contre son père et son frère prisonniers des catholiques qu'il avait refusé de la mettre à mort, malgré l'avis unanime de ses lieutenants?

Telles étaient les questions qu'il se posait d'une façon presque inconsciente et qui l'absorbaient assez pour lui faire oublier d'aller chercher Marguerite.

La prophétesse avait raison, cette jeune fille était belle, riche, d'une des plus nobles familles de la contrée. Devenu son époux, il pouvait prétendre à tout. Et il se représentait, dans la rêverie démesurée où le plongeait son orgueil, ce qu'il serait alors, époux de Marguerite de Saint-Véran, acquérant par elle les honneurs et la gloire, devenant, grâce à ce mariage, un des seigneurs les plus puissants de la province, respecté, considéré par tous, craint, redouté, presque le roi du Languedoc.

Un sourire étrange passait sur ses lèvres....

Soudain, il se rappela qu'il lui fallait aller chercher Marguerite.

— Bah! dit-il tout haut, ce ne sont là que rêveries de songe creux, elle est trop loin de moi; pour arriver jusqu'à elle, il faut que ma réputation grandisse par les victoires. Plus tard, nous verrons...

Il prit son épée qu'il avait laissée sur une chaise, boucla soigneusement le ceinturon, passa sa carabine en bandoulière, et, ces préparatifs une fois terminés, sortit de la ferme.

A deux pas de là était une hutte à la porte de laquelle un Camisard montait la garde.

C'est de ce côté qu'il se dirigea.

— Qui vive? cria la sentinelle.

— Frère Jean, répondit le Cévenole.

— Que le Seigneur soit avec ton esprit, dit le soldat en présentant les armes.

Marguerite de Saint-Véran, accablée par la fatigue s'était étendue sur une botte de paille disposée pour lui servir de couche. Elle ne voulait pas dormir, mais peu à peu le sommeil l'avait gagnée malgré elle. Elle dormait une main sur son cœur, l'autre repliée sur sa tête, qu'éclairait un rayon de lune tombant à travers l'étroite lucarne. Apparaissant ainsi sous cette lumière blanche, sa beauté semblait saisissante au Cévenole ébloui.

Jean demeura immobile et pendant quelques instants la contempla. Jamais comme en ce moment il n'avait été touché de cette beauté noble et calme. Les pensées qui lui étaient venues tout-à l'heure, avant qu'il sortît de la salle des délibérations, se représentaient en foule à son esprit avec plus de force encore. Les paroles imprudentes d'Isabeau lui revenaient encore une fois à la mémoire, et il comprit la jalousie de la prophétesse.

Absorbé dans d'étranges pensées, le jeune homme oubliait le présent pour ne songer qu'à l'avenir, quand un bruit de pas, venant du dehors le rappela à lui et l'arracha brusquement à sa rêverie.

— Isabeau va encore être jalouse, se dit-il. J'ai eu tort de ne pas me presser.

Et se penchant en avant, ôtant instinctivement son feutre, il dit à demi-voix en touchant légèrement le bras de la jeune fille.

— Mademoiselle Marguerite !

La dormeuse, éveillée en sursaut, poussa un cri d'effroi et se souleva précipitamment:

— Que me voulez-vous ? monsieur, dit-elle, d'une voix ferme et presque menaçante.

— Rassurez-vous, Mademoiselle, je ne vous veux pas de mal, répondit respectueusement Jean Cavalier, je veux seulement vous enlever hors d'un camp où vous n'êtes pas en sûreté.

— M'emmener, où cela ?

— Dans un asile plus convenable pour une personne de votre rang, mademoiselle, et où vous demeurerez jusqu'à ce que je puisse vous échanger contre mon père, répondit-il.

— Alors, faites, monsieur, je suis ici par la force. Etant votre prisonnière, je dois vous obéir, tant que vous n'entreprendrez rien contre mon honneur.

— Votre personne me sera toujours sacrée, mademoiselle, je vous ai engagé ma parole, le jour où, si noblement impartiale, vous avez passé à mon doigt cette bague gagnée au tir du Papegay. Il ne m'a jamais quitté ce diamant, jamais je n'oublierai ce que vous avez fait ce jour-là mademoiselle, jamais non plus je n'oublierai mon serment. Vous pouvez en être sûre.

— Vous en avez cependant oublié bien d'autres, monsieur, vous avez oublié ce qu'il y a de plus sacré, et c'est de votre propre gré que vous vous êtes mis à la tête d'une bande de pillards sans principes, à la tête des assassins de Madame de Miraman.

— Les assasins de Madame de Miraman étaient des bandits aux ordres de Monsieur le comte de Puymarcé, votre cousin, mademoiselle, de ce Méric, des mains de qui je vous ai arrachée, dont j'ai puni les noirs en votre présence, et cela d'une façon terrible qui m'a même attiré de la part de mes amis des reproches sanglants. Seriez-vous assez injuste pour l'oublier?

— Non, monsieur, je n'oublie pas le bien que vous m'avez fait, mais je regrette de vous voir entraîné à des actes qui souillent votre caractère Songez donc à tout ce que vous faites. Ah! monsieur, il vous serait si facile de rentrer dans le droit chemin!....

— Chut! mademoiselle, de grâce, on nous écoute, murmura rapidement Cavalier, qui trouvait plus commode de fuir la discussion que de répondre, pas un mot de plus ou vous vous perdriez, sans qu'il fût en mon pouvoir de vous sauver.

Et reprenant son ton de commandement, il ajouta :

— Tenez-vous prête à partir; dans quelques minutes les chevaux seront ici.

— Je vous ai déjà dit, monsieur qu'étant votre prisonnière je n'ai pas l'intention de vous résister. J'obéirai quand vous voudrez.

Cavalier sortit.

— La conférence a été bien longue, dit Isabeau qui paraissait préoccupée.

— La prisonnière dormait, répondit-il froidement.

— Est-elle enfin réveillée?

— Oui.

— Et elle n'a pas songé à résister.

— Nullement.

— Alors; partons, il se fait tard.

— Nous allons partir.

Quelques instants après, ils étaient en route.

C'était une nuit sombre et sans étoiles. La lune souvent cachée par de gros nuages noirs qui eussent pu faire craindre un orage n'apparaissait qu'à de rares intervalles. Les voyageurs marchaient en silence. Dans cette obscurité sinistre, Marguerite, dont les pensées n'étaient troublées que par le bruit du vent qui secouait les arbres d'alentour, faisait en marchant des réflexions bien tristes. Où la conduisait-on? Devait-elle croire aux paroles du Cévenole? Ce traître n'en était pas à une trahison près, et sous prétexte de la mettre en sûreté, ne la conduisait-il point à un guet-à-pens? Quand d'ailleurs reverrait-elle ceux qu'elle aimait? Elle marchait, absorbée dans ces tristes réflexions, suivant, sans mot dire, Cavalier, qui les guidait à travers les chemins, sans que l'obscurité parût le faire hésiter dans sa marche. Pour lui les forêts et les roches n'avaient pas de secrets, il s'y fût reconnu les yeux fermés, tant il y était passé de fois! Derrière Marguerite, Isabeau fermait la marche; bien qu'elle n'eût pas à redouter l'évasion de la prisonnière, elle avait cru devoir s'armer d'un poignard, qui du reste ne la quittait guère, et d'une paire de pistolets dont elle se servait avec une rare habileté. Toutes ces précautions étaient inutiles : Marguerite, absorbée dans ses pensées, songeait à toute autre chose qu'à s'enfuir. A quoi bon d'ailleurs une tentative qui était vouée par avance à l'insuccès ?

D'abord ils redescendirent vers le bois de Ruph, passèrent la rivière d'Auzonnet au gué de Gibol, la repassèrent une seconde fois à la Papéterie, puis remontant vers la gauche par un pays entrecoupé de bois et de collines, du côté de la Teulière et de Redoussas, franchirent le Gardon au mas de Ribes et descendirent, eu contournant les rochets, le cours de la rivière jusqu'à une épaisse garrigue, entre Salaver et les Salles.

Rien ne pouvait faire supposer l'existence d'une habitation quelconque dans ce désert, habité seulement par des renards et des oiseaux de proie. Cependant, sans hésitation, le jeune Cévenole sauta à bas de son cheval, au pied d'un chêne vert, aida Mlle de Saint-Véran à mettre pied à terre, entrava les montures et, s'avançant sur une pointe de rocher, siffla d'une manière particulière.

Il n'attendit pas longtemps.

Un coup de sifflet, parti de l'autre rive, répondit à ce signal, et presque aussitôt, d'une caverne affleurant presque la rivière, sortit silencieusement une petite barque, conduite par un rameur, vêtu comme les bûcherons du pays.

— Nous sommes arrivés, mademoiselle, dit alors Cavalier, permettez-moi de vous offrir ma main pour vous aider à descendre.

— C'est inutile, monsieur, je descendrai seule, répondit la jeune fille.

Et, s'aidant des anfractuosités de la berge, elle arriva jusqu'au bateau qui s'éloigna aussitôt que les trois voyageurs y eurent pris place.

L'instant d'après il disparaissait sous la voûte.

Pendant un moment ils voguèrent dans l'obscurité. Le batelier ramait silencieusement. Cavalier se taisait ainsi qu'Isabeau et Marguerite. Le bruit seul des rames frappant l'eau à intervalles réguliers troublait le silence profond de la caverne. Enfin une faible secousse annonca que la

S'aidant des anfractuosités de la berge, elle arriva jusqu'au bateau. (*Voir page* 594)

barque venait d'atterrir. Le batelier prit dans sa poche un sifflet et siffla trois fois.

Une clarté rougeâtre qui semblait tomber de la voûte éclaira la grotte d'une vive lueur.

— Allons, dit Cavalier, qu'on se dépêche.

— L'échelle suffira-t-elle, dit une voix.

— Oui, l'échelle seulement, répondit-il.

— Voilà, dit la voix.

Par une large fente, une échelle glissa doucement et vint s'appuyer sur une saillie.

— Veuillez monter, mademoiselle, dit Cavalier.

Comprimant avec courage les battements de son cœur, Marguerite de Saint-Véran posa le pied sur l'échelle, et monta suivi d'Isabeau et de Cavalier.

Le batelier seul demeura dans le bateau qui disparut bientôt dans l'obscurité.

La salle du premier étage, moins vaste que celle qui s'ouvrait sur le fleuve était également obscure, mais elle communiquait par d'énormes gradins taillés dans le roc avec un étage supérieur composé d'une suite interminable de cavernes, éclairées par de larges fissures, garnies de vraies fenêtres au dedans, et servant, les unes de cuisines, les autres de dortoirs, — car on y avait disposé des lits, — et même de magasins approvisionnés de linge, de couvertures, de remèdes et de provisions de toutes sortes et de toutes provenances.

Cette caverne, ou plutôt ce dédale des cavernes, n'était autre que l'hôpital général où était envoyés les Camisards blessés. Il était dirigé par la sœur Anne, vieille prophétesse exaltée, sous les ordres de laquelle plusieurs sœurs plus jeunes soignaient les malades, veillaient attentivement à ce que rien ne leur manquât. Un ministre choisi par Flottard, le vieux batelier et trois hommes de service complétaient le personnel de cet hôpital, alimenté principalement par les soins du consistoire de Nîmes et des riches protestants des grandes villes.

Comme on le voit, l'organisation était parfaite

Ce fut la sœur Anne qui reçut Cavalier.

A la manière presque timide dont elle lui adressait la parole, ou plûtôt dont elle répondait à ses questions, car elle n'osait faire plus, Marguerite comprit mieux encore que par tout ce qu'elle avait vu jusqu'alors quelle influence prodigieuse Cavalier savait prendre sur tous ceux qui qui l'entouraient et combien il savait leur inspirer de respect.

Frère Jean présenta à la sœur Suzanne Mlle de Saint-Véran comme une aide qui pourrait lui être utile. Il lui dit que la jeune fille était plongée dans les erreurs du papisme, et qu'il la recommandait au moins autant à sa surveillance qu'à ses soins.

Sœur Suzanne s'inclina avec respect.

— Faut-il lui faire quitter ses habits mondains? demanda-t-elle timidement.

Cavalier hésitait.

Isabeau en profita.

— Oui, se hâta-t-elle de répondre. Ici pas de privilèges. Vous l'habillerez comme tout le monde.

Cavalier jeta un regard suppliant à Marguerite comme pour lui dire : Soyez assez bonne pour consentir.

— Je ne tiens pas à cette robe, répartit fièrement Marguerite de Saint-Véran. Bien que je ne crois pas qu'on puisse y voir un ornement mondain, je me conformerai à la règle de cette maison et, puisque vous le désirez, je suis prête à la sacrifier au bon exemple.

La sœur Suzanne prit un sifflet, qui pendait à une longue chaîne, et siffla. Deux jeunes sœurs parurent.

— Mademoiselle est notre prisonnière, leur dit Suzanne. Veuillez l'emmener et lui faire prendre immédiatement des vêtements semblables aux vôtres.

Marguerite, sans faire aucune résistance suivit les deux jeunes sœurs.
qui devaient dorénavant être ses compagnes.

Jean Cavalier la laissa s'éloigner, puis, s'adressant à Isabeau :

— Maintenant que voilà notre prisonnière en sûreté, nous pouvons
aller voir nos frères qui souffrent pour leur dévouement à la cause du Seigneur.

Précédé de la sœur Suzanne, le général des enfants de Dieu entra alors
dans la salle qui servait d'infirmerie. Dans le premier lit était un homme
robuste qui paraissait horriblement souffrir, à voir la pâleur mortelle
qui couvrait son visage.

Cavalier s'arrêta surpris.

— Frère Baruch ! s'écria-t-il.

Le blessé fit un signe de tête.

— Oui, c'est bien moi, dit-il.

Et, rejetant la couverture, il montra son épaule droite dont un coup
de hache avait séparé le bras.

En voyant cette plaie affreuse, Isabeau ne put s'empêcher de pousser
un cri d'épouvante.

Cavalier restait impassible.

— Je vous fais horreur, dit tristement Baruch, Oui, voilà où j'en suis
réduit maintenant. C'est ainsi que le Seigneur protège ses fidèles !

— Nous te vengerons, fit Cavalier.

Au lit suivant, Gédéon, la poitrine affreusement déchirée, semblait
prêt à rendre le dernier soupir.

— Sœur, qu'est-il donc arrivé à la verrière ? demanda Cavalier.

— La main du Seigneur s'est appesantie sur ses défenseurs, répondit
Suzanne, en s'inclinant, la verrière est tombée par trahison aux mains
des Philistins.

— Par trahison ! Et de qui ? Quand cela ?

— On ignore quel est le traître. Il y a deux jours que la haute tour,
espérance d'Israël, s'est abîmée dans l'incendie.

— Et frère du Serre ?

— Disparu.

— Que la volonté du Seigneur s'accomplisse, murmura Isabeau.

— Avec l'aide du ciel nous les vengerons, répéta encore une fois Cavalier.

Et avec un calme affecté il continua sa visite.

Dans la salle ou plutôt la grotte destinée aux femmes, il reconnut la prophétesse Marie. Son manteau bleu, posé au pied du lit, était souillé de sang ; elle n'avait point de blessure, mais une fièvre ardente enflammait ses yeux au regard d'ordinaire si doux. Dans son délire, elle répétait avec un accent effrayant : Mort aux impies !

— Personne ne pourra donc me donner de détails ? murmura Cavalier.

— Le frère Flottard est parti pour ton camp, répondit Suzanne.

— Alors, je vais repartir aussitôt. Il ne faut pas que de pareilles nouvelles se répandent en mon absence Sœur Suzanne, je te recommande de nouveau la prisonnière. Que personne au monde ne soupçonne sa présence ici. Souviens-toi de mes recommandations.

— Je l'enfermerai.

— Non, tu peux la laisser soigner les malades, à condition qu'elle ne leur révèle pas son nom.

— Qui pourra l'en empêcher ?

— Moi. Où es-elle ?

— On lui fait revêtir le costume. Tiens, la voici.

En effet, Marguerite rentrait, portant la robe noire et le béguin blanc. Jamais elle n'avait été si belle ; Isabeau ne put réprimer un mouvement de jalousie.

Le Cévenole s'approcha de la prisonnière et lui parla à mi-voix, puis il fit un signe à Suzanne.

— Vous laisserez la prisonnière libre dans l'hôpital, elle m'a promis de ne point révéler son nom. Vous pouvez compter sur sa parole.

— A-t-elle promis de ne pas essayer de fuir ? demanda Suzanne.

— Non, fit Mlle de Saint-Véran.

— C'est bien. Vous veillerez à ce qu'elle ne sorte jamais d'ici.

— Oui, général.

— Maintenant, mademoiselle, j'ai fait pour vous ce qu'il m'est possible de faire. Ne me forcez pas à la rigueur, poursuivit Cavalier en s'inclinant.

Et il sortit.

Isabeau avait eu le temps de faire des recommandations à Suzanne. Le général remarqua qu'elle emportait un paquet roulé dans un linge.

— Qu'est cela?

— Rien, fit-elle en sautant dans le bateau, qui s'éloigna aussitôt.

Quelques heures après, ils étaient de retour au camp.

CHAPITRE LII

LA MAIN DE DIEU

C'était bien par trahison que la forteresse du sombre verrier était tombée aux mains des catholiques. Mais quel était le traître? nul ne le savait.

Nul aussi, Dieu excepté, ne savait le sort de frère Guillaume.

Un mystère effrayant pesait sur la destinée de cet homme monstrueusement atroce.

Un soir, le jour même de la victoire de Cavalier au val de Bane, un émissaire prétendu du jeune général était venu à la verrière. Longuement interrogé par le verrier, il lui avait remis un billet laconique. Du Serre, après l'avoir lu, avait congédié l'espion avec ces mots :

— Dans deux heures, dussé-je périr, j'y serai.

Aussitôt après son départ, le gentilhomme remonta dans sa tour, où il conféra longuement avec sa digne compagne, la geôlière de Marie Ces arrangements terminés, il appela Baruch.

— Frère, dit-il, une affaire importante m'oblige à quitter la verrière, j'en confie la garde à ton expérience. Les Philistins rôdent aux alentours comme des bêtes fauves pour nous dévorer, veille donc sans cesser un instant.

— Je veillerai, répondit Baruch. As-tu quelques recommandations particulières à me faire ?

— Surveillance exacte et de tous les instants, et surtout que la prophétesse Marie ne sorte pas de l'enceinte. Selle-moi un cheval.

— Ténèbre, ou Lumière ?

— Ténèbre : la robe blanche de Lumière attirerait l'attention.

— Faut-il lui envelopper les pieds ?

— Oui, et passe une corde à ses naseaux, pour l'empêcher de hennir.

Le montagnard sortit, et frère Guillaume se prépara et prit ses armes.

A la poterne, Baruch attendait avec le cheval.

— Et le mot de reconnaissance ? dit-il.

— Gloire au Seigneur ! répondit le verrier qui, s'élançant sur son cheval, se dirigea aussitôt vers le taillis au milieu duquel il disparut.

D'abord, il marcha lentement et sans bruit, la main sur ses armes, l'oreille au guet. Il savait que l'ennemi devait être là en embuscade.

A un coude du sentier, Ténèbre fit un écart si brusque que du Serre faillit être désarçonné ; il demeura cependant en selle, mais en étendant le bras, il toucha une masse inerte qui, suspendue aux branches d'un sapin, se balançait à la hauteur de son visage : c'était un cadavre chaud encore, probablement celui de l'espion surpris à son retour par les royalistes.

Le lieu de la conférence mystérieuse, pour laquelle le frère Guillaume était convoqué, n'était plus qu'à une faible distance.

Arrivé à la Font-Rêche, le gentilhomme mit pied à terre et, conduisant son cheval par la bride, commença à gravir le flanc de la montagne de Peyremale, dans la direction d'un bouquet de sapins, au milieu duquel s'élevait une maison isolée, nommée le mas Perdu.

Le silence le plus profond régnait sur le plateau. Du Serre n'était cependant pas sans quelque appréhension; au lieu d'avancer directement, il fit un long circuit, approcha doucement, en écoutant, mais n'entendit aucun bruit.

Le temps pressait. Le huguenot poussa le cri plaintif que l'orfraie laisse tomber dans son vol silencieux.

Aucun cri ne répondit à ce signal, qu'il répéta sans succès.

— Ils ne sont pas encore arrivés, pensa-t-il.

Et après avoir attaché Ténèbre au tronc d'un jeune châtaignier, il se glissa jusqu'à la maisonnette et se hasarda à y pénétrer.

Elle était vide.

Cependant la lune venait de se lever; on entrevoyait, à travers les troncs des sapins, sa couleur rougeâtre comme celle d'un incendie. Du côté opposé à cette lumière, Ténèbre s'agitait comme s'il eût voulu rompre ses liens. Du Serre se retourna et demeura stupéfait, en face de lui la lune montait lentement dans le ciel, mais blanche et pâle. Ce n'était donc pas elle qu'il avait vue d'abord.

Il traversa le bois en courant comme un insensé du côté de la lumière rouge et, arrivé sur la lisière, il poussa un cri terrible de colère. Il était trahi. La verrière était en flammes. Il n'y avait pas à en douter.

Un instant il demeura immobile, anéanti, puis, tout à coup, il poussa un éclat de rire strident et sauvage, s'élança vers Ténèbre, trancha la bride d'un coup de poignard et se rua vers la tour du maudit.

Le cadavre du pendu était, non celui d'un espion, mais celui de la première sentinelle surprise par un batteur d'estrade du baron de Calverte. Quant au messager, c'était un faux frère que l'appât d'une forte récompense avait poussé à servir d'instrument à un autre traître nommé

Planchut, mais qui, tout en dirigeant de loin l'entreprise, avait trouvé le moyen de ne point paraître pour éviter tout danger.

Au sortir de la verrière, le prétendu messager de Cavalier était venu toucher son salaire des mains des catholiques.

Sur l'ordre du seigneur de Vézenobres, un soldat, connu par son sang-froid, avait pris les habits de la sentinelle surprise, dont le cadavre avait ensuite été revêtu de ceux du paysan, puis, au moyen de ces travestissements, le dragon La Terreur était allé remplacer à son poste le Camisard Samuel qui, lui-même, suspendu à une maîtresse branche, sur le chemin que devait suivre du Serre, était destiné à y représenter le personnage du huguenot vendu. Cette double ruse avait admirablement réussi.

Une demi-heure ne s'était pas écoulée que les sentinelles vinrent rapporter au baron que du Serre venait de passer.

Soixante soldats s'étaient alors rapprochés du poste de la Terreur qui, la hache à l'épaule, continuait à monter la garde de Samuel.

M. de Calverte, à pied, une lourde épée à la main, était à quelques pas seulement, caché derrière des buissons avec ses hommes. Près de lui, au pied d'un genévrier, se tenait un volontaire en cheveux blancs, portant par-dessus son pourpoint noir le cordon des ordres du roi; ce volontaire se nommait le marquis de Mornas, il voulait ou mourir pour expier sa fatale crédulité ou punir le traître de sa propre main.

Baruch veillait avec zèle et visitait chaque poste avec la plus scrupuleuse exactitude ; celui de Samuel était le plus important, le remplaçant de du Serre ne l'oublia pas.

Il s'avança furtivement pour s'assurer que la sentinelle n'était pas endormie et, la voyant droite et immobile, il dit à demi-voix :

— Frère Samuel !

Le dragon ne bougea pas.

— Dors-tu, ou es-tu sourd ? gronda Baruch en étendant le bras pour secouer le soldat.

La Terreur se retourna d'une pièce, sa hache levée s'abattit en sifflant, et avant que Baruch surpris eût eu le temps de pousser un cri, l'arme terrible lui trancha l'épaule et s'enfonça dans le sol.

Le montagnard tomba comme une masse inerte, étourdi et sanglant

Peu s'en fallut que les soldats ne se trahissent par leurs applaudisse-ments. M. de Calverte s'élança vers le soldat.

— Prends son casque, dit-il, et vas à la poterne, le mot est : Gloire au Seigneur! Nous te suivrons de près.

Gédéon commandait le poste de la poterne. Lui-même était sur le rempart quand il entendit le bruit des pas de Baruch qui revenait.

— Qui vive ? cria-t-il pour la forme, en entr'ouvrant la poterne.

— Gloire à Dieu ! répondit La Terreur,

— Si notre capitaine oublie lui-même le mot de reconnaissance, je ne sais qui s'en souviendra, dit Gédéon au soldat Abdias.

— A ta place, je n'ouvrirais pas, fit celui-ci.

— Au fait tu as raison, reprit Gédéon.

Malheureusement il était trop tard ; la poterne était déjà ouverte.

— A moi, les dragons du roi ! hurla La Terreur en se précipitant sur les Camisards stupéfaits.

— Vive le roi! victoire! victoire! répondirent les soldats qui sem-blaient sortir de dessous terre.

En un instant la grande tour fut envahie. On se battait au sabre et à la hache; c'était un affreux duel de quatre-vingts hommes, également courageux et exaspérés, qui s'entre-tuaient au hasard et sans se voir. Du haut de la tour, une furie, vêtue de noir, et une jeune fille en manteau bleu, faisaient pleuvoir sur les catholiques une grêle de briques et de pierres.

Revenus de leur première surprise, les montagnards se défendaient avec furie.

Le sang coulait sur la terre durcie, jonchée de cadavres.

M. de Calverte voulut en finir, les sabres n'étaient pas assez longs pour plonger dans le triangle hérissé de faux, qui refoulait sans se laisser entamer, les catholiques vers la poterne.

— Feu ! feu partout ! cria le baron.

Les dragons saisirent leurs pistolets et tirèrent à bout portant. A cette distance et sur une masse compacte, les balles ne pouvaient pas s'égarer. La phalange s'ouvrit de toutes parts.

Les montagnards se sentant vaincus, ne songèrent plus qu'à mourir en se vengeant. Brandissant leurs haches sanglantes, ils se précipitaient avec frénésie, offrant leurs poitrines nues à la pointe des sabres et, mortellement blessés, ils trouvaient encore la force de tuer.

Il n'en restait plus que dix ou douze tout au plus, quand Gédéon, d'une voix tonnante, cria :

— Enfants de Dieu, à l'arsenal !

Et, s'ouvrant un large chemin à travers les assaillants avec une lourde barre de fer, il s'élança, suivi de huit de ses compagnons, du côté de l'atelier, qu'ils traversèrent en courant, pour gagner les casemates, d'où aussitôt ils ouvrirent un feu meurtrier.

Les fourneaux flamboyaient encore, La Terreur et quelques catholiques exaspérés entassèrent des fascines dans l'atelier, d'où bientôt jaillit une épaisse colonne de fumée rougeâtre. En moins d'un demi-quart d'heure les flammes couraient en crépitant le long des hangars.

A demi suffoqués par la fumée, les montagnards tiraient toujours en chantant des psaumes.

C'était un spectacle grandiose et saisissant.

Seule, la partie claustrale demeurait silencieuse et sombre. Tout à coup, à une des fenêtres apparut la femme aux vêtements noirs, une arquebuse à la main : elle se pencha sur les catholiques, massés au pied du mur, et fit feu. La Terreur tomba en se tordant aux pieds du baron.

Presque aussitôt, cinq ou six coups d'arquebuse partirent de diverses lucarnes.

Les Camisards de la tour avaient trouvé moyen, par quelque corridor

Du Serre la vit se rouler et se tordre avec des cris déchirants. (*Voir page* 611.)

secret, de passer de leur refuge au cloître, où ils s'étaient fournis d'armes : La bataille dégénérait en siège.

— Le feu au couvent ! commanda M. de Calverte, brûlez tout !

Les dragons, enfonçant les portes, lancèrent des débris enflammés.

Bientôt à la place des bâtiments, il n'y eut plus qu'une mer de flammes, au milieu de laquelle se dressait, fière et intacte, la tour du maudit.

De cet océan de feu, des balles invisibles venaient atteindre les soldats épouvantés de leur propre victoire.

Tout à coup, sans que l'on sût d'où il sortait, un cavalier noir, monté sur un cheval noir aussi, apparut au milieu de la cour. Cet homme fantastique traversa la cour avec la rapidité d'un météore, s'élança à bas de son cheval et disparut dans la tour dont la poterne de fer se referma aussitôt.

Mais si rapide qu'eût été sa course, le sire de Mornas l'avait reconnu.

— Voici le traître ! cria-t-il en essayant de s'élancer vers la tour.

Le baron de Calverte le retint.

— Je veux venger mon honneur, disait le vieillard en se débattant.

— Ce serait vous faire tuer inutilement.

— Et que m'importe la vie !

— Aux satellites impies du Pharaon ! cria une voix solennelle.

Et du haut de la tour, l'homme au manteau noir lança au plus épais du groupe un globe de fer qui, en touchant le sol, éclata avec un horrible fracas, en tuant ou blessant une douzaine d'hommes.

— Ah ! fit le sire de Mornas, pourquoi ne m'avoir pas laissé aller.

Et il s'affaissa : un éclat du projectile lui avait déchiré les entrailles.

— Démon ! rugit le baron. Soldats, enfoncez la porte de la tour.

Un éclat de rire strident répondit à cet ordre.

Le spectre avait disparu. Mais les flammes gagnaient les casemates.

Le chant des montagnards éclatait avec véhémence ; ils précipitaient leurs coups : le moment fatal approchait.

Un cri terrible de : mort aux impies, suivi d'une décharge générale, annonça la catastrophe, puis il se fit un grand silence.

— Ventre à terre, tout le monde, cria le baron et.....

Une effroyable détonation, suivie d'une pluie de pierres, de membres déchirés, d'armes tordues et brisées, de débris enflammés et de briques noircies, empêcha d'en entendre davantage; la tour ébranlée oscilla sur sa base, le toit du cloître s'effondra et ses murailles se lézardèrent.

Une nouvelle explosion, dont les suites eussent été plus désastreuses encore pour les vainqueurs, pouvait avoir lieu à chaque instant; pour éviter de nouveaux malheurs, M. de Calverte ordonna aux soldats de transporter les blessés hors de l'enceinte de la verrière, à un petit bois où ils les déposeraient sur le gazon, en attendant les secours demandés à Anduze.

En un instant les cours du château maudit furent abandonnées, sans cependant cesser d'être surveillées, car si du Serre n'avait pas péri. il importait de s'emparer de sa personne.

Du Serre vivait encore, mais la main de Dieu était sur lui; il avait été frappé dans son orgueil, l'incendie achevait de dévorer la forteresse que le gentilhomme croyait imprenable et, de sa garnison courageuse et fanatisée, il ne restait que quelques blessés, agonisant.

Mais la vengeance qui lui échappait cette fois pouvait se représenter un jour, et il l'espérait encore; pour le moment, le plus pressé était de profiter de la stupeur de ses ennemis épouvantés, pour fuir dans la montagne avec sa digne compagne et la pauvre folle, devenue entre ses mains un puissant moyen de fanatiser les crédules habitants du pays.

A l'abri des ardeurs du feu, dans son souterrain, mais courant risque de s'y voir englouti vivant, il réunit à la hâte, dans un coffret en fer, quelques papiers importants et prépara un rouleau de cordes.

Après une courte inspection, le huguenot se hasarda jusqu'au bord du rocher et fit passer dans un anneau l'extrémité de sa corde dont ensuite il rejeta les deux bouts par-dessus le bord, Cette précaution prise, ı rentra, referma la trappe et descendit à la salle souterraine, où devait l'attendre la dame du Serre.

La salle était déserte; mais de l'étage supérieur partaient comme des gémissements étouffés : il se hâta de monter.

Il vit alors Marie la prophétesse, accroupie et tremblante, près d'une grille que la dame du Serre, haletante et le front baigné d'une sueur glacée, s'efforçait en vain d'ébranler.

Profitant de l'absence de son mari, elle avait voulu venir chercher son or déposé dans une chambre voisine, et l'emportait dans ses bras quand l'écroulement d'un pan de mur était venu subitement lui barrer la seule issue existant à cette salle, garnie de solides barreaux de fer.

A la vue du gentilhomme verrier elle sentit son courage renaître et l'appela à son secours.

— Par ici, c'est impossible! répondit-il. Regagne le temple et prends le deuxième corridor.

— Le passage est fermé, dit-elle, il n'y a d'issue possible que par ici.

Le renégat pâlit affreusement et, s'élançant contre la grille, essaya de l'ébranler. Dix hommes n'y eussent pas suffi ; cette grille, c'était la huguenote qui l'avait elle-même commandée pour prévenir l'évasion de ses prisonniers.

Le crépitement des flammes se rapprochait; on entendait au-dessus de la chambre un bruit sourd et continu.

Tout à coup le plafond se détacha et une vive lueur se répandit.

— Je suis perdue! hurla la huguenote en secouant les barreaux avec la rage du désespoir. Le feu! voici le feu!

— Malédiction! rugit du Serre en voyant l'impossibilité de rien faire.

Et il s'élança vers le souterrain pour tâcher d'y trouver un levier.

La dame du Serre avait lâché la grille, l'écume aux lèvres, les cheveux épars; elle trépignait avec fureur sur cet or qui l'avait perdue, et criait.

Un craquement lui fit relever la tête. Elle devint livide et se laissa tomber sur le sol, une poutre consumée venait de se briser par le milieu et s'abaissait comme un bras vengeur sur la tête de la criminelle.

Le gentilhomme éperdu frappait à coups redoublés du levier qu'il avait enfin trouvé le barreau qui bientôt commença à fléchir.

— Vite, vite, je brûle comme une damnée, gémissait la huguenote.

Les coups succédaient aux coups, enfin le barreau céda, mais l'espace était encore bien étroit; cependant la prisonnière parvint à passer la tête.

— Le bras, le bras maintenant, s'écria du Serre, le bras et tu es sauvée!

Mais elle, avec un hurlement de douleur, se rejeta violemment en arrière, tâchant de comprimer le feu qui avait gagné ses vêtements.

Sans pouvoir lui porter secours, du Serre la vit se rouler et se tordre avec des cris déchirants au milieu d'un tourbillon de flammes.

L'apostat ne pleura pas, mais il se meurtrit le front de ses poings crispés en murmurant des blasphèmes, puis prenant par la main Marie, miraculeusement sauvée, il l'entraîna rapidement dans le souterrain jusqu'au pied de la tour.

— Je me vengerai de Dieu et des hommes, cria-t-il avec rage.

Et, retirant à lui la corde qu'il avait emportée avec lui, il la posa sur le tombeau de Valter, pour s'allonger de manière à ce que, double, elle put atteindre le figuier, et pouvoir, de là, en la tirant à lui, faire disparaître la trace de son évasion et se ménager le moyen d'arriver au bas du rocher.

Cela fait, il se rapprocha de l'escarpement et se pencha en avant pour mieux calculer ses dispositions. Près de lui se tenait Marie, effrayée, regardant avec une inquiète curiosité les préparatifs de son maître

Les flammes continuaient à ronger intérieurement les cloisons et les poutres, bientôt les étais qui, à l'intérieur, supportaient la masse des matériaux écroulés, n'eurent plus la force de résister à l'énorme pression. Au moment où, agenouillé sur les bords de l'abîme, du Serre cherchait à sonder la profondeur, un craquement sourd se fit entendre et au centre des ruines affaissées se creusa un vaste entonnoir d'où jaillit une colonne de flammes.

Marie poussa un cri d'effroi et, oubliant en quel endroit elle se trouvait, recula si vivement qu'elle heurta involontairement l'apostat.

Le gentilhomme n'eut que le temps de se retenir d'une main à une saillie de la pierre et son corps se trouva suspendu dans le vide.

— Ta main, Marie, ta main.

Mais la folle effrayée s'éloigna.

— Ta main, misérable, ou je te tue, continua-t-il en grinçant des dents.

A cette menace atroce, la folle, éveillée comme en sursaut, se dressa sur la tombe et, l'œil hagard, elle s'écria :

— Périssent les ennemis du Seigneur ! mort aux impies !

Et, rapide comme une gazelle poursuivie, elle s'enfuit vers la montagne. Un instant après, elle avait disparu dans les bois, sans que les dragons, fatigués, songeassent à la poursuivre

Il n'y avait plus d'espoir possible pour l'apostat. Sa bouche s'ouvrit une dernière fois pour proférer un blasphème, ses mains se détendirent et, comme une masse inerte, il tomba, brisé et sanglant, sur cette petite terrasse d'où il avait précipité son complice.

Valter était vengé !

CHAPITRE LIII

LES MASSACREURS

La prise de la verrière était un coup terrible porté aux protestants dans le diocèse d'Alais. L'annonce de ce succès fut reçue à Nîmes, avec des transports de joie extraordinaires.

Cavalier, en apprenant la terrible nouvelle que Flottard lui apporta de Nîmes résolut de tenir un conseil secret. Pour essayer de regagner le terrain perdu, on y décida de reprendre l'offensive avec énergie. Cavalier, Saint-Jean et Ravanel conduiraient chacun une colonne, sans trop s'éloigner les uns des autres, le rendez-vous général, pour le passage de l'Ardèche, étant au pont de Vallon.

Dès que l'aube parut, les tambours battirent le rappel et, du haut d'une tribune, faite de troncs d'arbres, Cavalier, Flottard et Isabeau haranguèrent tour à tour les Camisards.

Cette prédication eut l'effet désiré, le fanatisme des Camisards s'augmenta d'autant.

Quelques heures plus tard, les trois colonnes de massacreurs, après avoir inauguré leur odieuse campagne par l'incendie de Tharaux, du village et du château de Rochegude, passaient la Cèze à la Bégude.

Après avoir traversé Saint-Jean des Anels, Avejean, Gavernes, villages florissants, et qui après leur passage ne présentaient plus aux regards que d'informes amas de ruines noircies par le feu et ensanglantées par le meurtre, Saint-Jean, laissant Cavalier derrière lui, arriva devant le château de Virac appartenant au seigneur de la Bastide et habité seulement par le marquis, son neveu, le curé de Vagnas et trois femmes de service.

La garnison était peu nombreuse, mais le château, très bien fortifié, pouvait être facilement défendu.

Cependant Saint-Jean crut le succès assuré. Il fit avancer six de ses prisonniers au bord du fossé et sommer le seigneur de rendre ses armes, sa poudre et son château, sous la promesse de lui laisser la vie sauve.

M. de la Bastide savait ce que valaient les serments des Camisards, il ordonna à tous les habitants du château de s'armer, et répondit par un refus énergique aux prières du malheureux catholique.

— Tue! tue! cria Saint-Jean furieux de voir sa ruse éventée.

D'un coup de poignard dans le dos, l'exterminateur renversa mort celui qui avait porté la parole le premier et poussa un second otage à sa place en disant.

— A toi.

Le paysan tendit les mains vers le marquis en balbutiant.

— Rendez-vous, monseigneur, rendez vos armes, il...

Un éclair brilla à une meurtrière et l'exterminateur, qui se tenait prêt
à frapper, tomba à la renverse en poussant un grand cri.

C'était le neveu de M. de la Bastide qui venait de tirer.

— Laissez-vous couler dans le fossé, cria-t-il en même temps aux
ôtages, pendant que son oncle, le prieur et les femmes déchargaient
leurs armes sur les Camisards groupés cinquante pas plus loin.

— Feu ! feu ! hurla Saint-Jean ; tuez-les tous !

Mais avant que son ordre eût été exécuté, les cinq catholiques s'é-
taient dérobés dans les fossés et étaient hors d'atteinte.

Un grenadier, déserteur du régiment de Cambrésis, sortit alors des
rangs des Camisards et s'élança vers la porte, avec un vase rempli de
goudron enflammé. Il n'arriva pas même jusqu'au pont-levis, un coup
de fusil l'atteignit à la poitrine.

Parmi les Camisards, nul ne s'offrit pour le remplacer. Ce fut une des
femmes catholiques que le chef furieux envoya pour mettre le feu, dans
l'espérance que ses coreligionnaires n'oseraient tirer sur elle.

Là encore son espoir devait être déçu. La paysanne s'avança jusqu'au
pont-levis, le feu à la main ; mais là, elle le jeta loin d'elle et se laissa
glisser dans le fossé.

Le général trépignait de fureur.

— A l'assaut ! criait-il, à l'assaut !

— Marche, nous te suivons, lui crièrent quelques soldats indignés de
sa lâcheté.

Saint-Jean hésitait, il redoutait l'adresse du marquis et de son neveu.

Mais il fallait en finir, les Camisards reculaient en menaçant leur chef.

L'arrivée de Jean Cavalier le sauva.

Loin de se laisser abattre par la venue des nouveaux assaillants, le
marquis profita de la diversion pour introduire dans le château au moyen
d'échelles de cordes les paysans réfugiés dans le fossé.

Bientôt Cavalier parut, conduisant par la main la fière Isabeau, vêtue
de blanc et portant une couronne d'or.

Après un moment de prières, la prophétesse se leva et dit :

« Frères ! écoutez la voix du Seigneur Dieu des armées. Je te le dis, mon enfant, parce que les impies ont répandu le sang du juste, je banderai contre eux l'arc de ma colère ; mes flèches traverseront le cœur du superbe, et il sera abattu. Va, mon enfant, annonce à tes frères que je les ai choisis pour être les exécuteurs de ma justice. »

Elle se laissa tomber sur le sol, comme épuisée.

— Soldats, vous l'avez entendue, s'écria Cavalier, obéissons à l'Esprit, que le château soit incendié et ses défenseurs passés au fil de l'épée.

Les Camisards poussèrent un formidable cri de :

— Mort aux impies !

Cent torches brillèrent, et tous se précipitèrent vers le pont-levis.

Mais déjà le pont était relevé et une fusillade terrible accueillit les assaillants qui couvrirent les bords du fossé de leurs cadavres.

Les Camisards parvinrent cependant à mettre le feu aux écuries. Ce fut un petit succès chèrement acheté, les écuries ne renfermaient qu'un seul cheval dont la prise coûta six morts aux assaillants.

Pour se tirer du mauvais pas où l'avait mis sa jactance, il fut obligé d'avoir recours à un expédient semblable à celui qui avait si mal réussi à son lieutenant. A Vagnes, il avait fait arrêter une nièce du marquis, il la conduisit par la main jusqu'au bord du fossé en agitant un mouchoir blanc.

M. de la Bastide, toujours armé se présente à la poterne, et les pourparlers commencèrent. Cavalier réclama d'abord la reddition du château, puis, n'ayant pu l'obtenir, demanda que les prêtres lui fussent remis. Ces deux demandes ayant été rejetées avec hauteur, le général déclara qu'il se contenterait des armes seulement.

— Nous en avons besoin, et tu vois que nous savons nous en servir, répondit le marquis,

— Eh bien ! la moitié seulement.

— Je te donnerai un fusil, si tu veux me rendre ma nièce.

— Deux au moins, répliqua humblement Cavalier, qui voulait avoir au moins l'air de faire un accommodement.

— Soit, je t'en donnerait deux. Mais tu vas commencer par t'éloigner en laissant ma nièce seule.

Le fier Cévenole dut céder. La jeune fille fut hissée dans le château au moyen de cordes, puis, par-dessus les créneaux, on lança deux vieux fusils hors de service, et Cavalier, honteux, reprit à la hâte le chemin de Vallon, résolu à venger, par un redoublement d'atrocités, la honte de sa triste expédition de Virac.

Au moment où les trois colonnes d'incendiaires se réunissaient à Vagnas, le vicomte de Laudun rejoignait M. de Miraman à Lussan et lui remettait une copie du Chemin des Cercles.

Les deux amis, en se revoyant, tombèrent dans les bras l'un de l'autre en versant des larmes. M. de Laudun apprit à son protecteur la disgrâce de M. de Broglie et le généreux dévouement de M. de Béthune et de Gibertin.

— Nous aussi, dit le lieutenant de Poul en serrant la main du capitaine, nous avons quelqu'un à venger !

— Non, monsieur, ce n'est pas quelqu'un seulement, s'écria M. de Miraman, ce sont tous les catholiques égorgés dont le sang crie vers le ciel. Messieurs, continua-t-il, notre devoir est de donner notre vie, s'il le faut, pour arracher à ces furieux d'innocentes victimes, leur ôter la puissance de nuire, soutenir par l'épée la royauté menacée par d'insolents rebelles. La révolte gagne tous les jours; en ce moment, le chef d'Anduze, Jean Cavalier, monte vers les Cévennes pour donner la main à ses partisans et organiser les forces protestantes.

— Méric est-il avec eux ? demanda anxieusement le vicomte.

— Il était, j'en suis certain, au bois de Bouquet, lors de notre dernier combat. Il faut agir pour retrouver la prisonnière qui sans doute...

— Marchons donc, marchons sans perdre de temps, s'écria M. de Laudun. Oh ! mon Dieu, faites que nous n'arrivions pas trop tard.

Le même jour, les royaux quittaient Lussan pour remonter vers le Vivarais. Il n'était pas besoin de cartes particulières pour les suivre, les ruines et les cadavres marquaient la route.

De Vagnas, où Cavalier avait concentré ses forces, il s'était dirigé rapidement sur Vallon, comptant y passer l'Ardèche, alors grossie par la fonte des neiges; mais Jouviac l'avait prévenu, et s'était fortement établi près du pont.

Saint-Jean attaqua et fut défait. Cavalier vint à son secours et ne fut pas plus heureux.

Hors de lui de honte et de colère, le général-prophète, renonçant à son expédition du Vivarais et modifiant tout à coup ses plans, se replia sur Vagnas, théâtre de ses derniers crimes. Mais déjà Jouviac, comme s'il eût deviné ses intentions, avait passé l'Ardèche et, renforcé par une trentaine de soldats que le baron de Lagorce lui amenait du château de Salavas, s'avançait vers le même point pour chasser les Camisards vers la Cèze, où le comte de Miraman les attendait près de Tharaux.

Bien que très inférieur en forces, M. de Jouviac eut l'imprudence de livrer bataille aux rebelles à l'entrée du bois de Vagnas. La position choisie par Cavalier était formidable. Quatre fois les catholiques s'élancèrent à l'assaut, quatre fois ils reculèrent. Le baron de Lagorce, n'écoutant que son courage, les y ramenait une cinquième fois, quand une balle le tua sur son cheval. La déroute devint générale.

Jouviac dut fuir comme les autres, il le fit en laissant sur le champ de bataille trente morts et huit blessés, que Cavalier eut la cruauté d'égorger.

Mais cette victoire, chèrement achetée, loin de relever les forces des enfants de Dieu, les affaiblissait encore davantage. Les troupes du Vivarais se concentraient rapidement; il n'y avait plus de ressources que dans la Vaunage. Les chefs rebelles continuèrent donc à se diriger, à marche forcée, vers le pont de la Bégude. Une fois la Cèze passée ils se croyaient sauvés.

Frères, écoutez la voix du Seigneur, Dieu des armées. *(Voir page 616.)*

— Le ciel est pour nous ! s'écria le général cévenole en arrivant au pont, et il aveugle nos ennemis.

— Crois-moi, gagnons au plus vite la forêt, lui dit Isabeau.

— Nos soldats ont besoin de repos, et j'ai résolu qu'ils feraient une halte au village qui est proche, répondit froidement Cavalier.

Le repos des Camisards ne devait pas être long ; à peine avaient-ils atteint le village de Tharaux, les vedettes signalèrent l'approche d'un ennemi encore invisible, mais venant du côté de la garrigue.

D'après les renseignements transmis par les espions protestants, les catholiques ne pouvaient pas être en force. Comptaient-ils sur l'avantage de la position, était-ce simplement une fausse alerte ? En tous cas la retraite était impossible. Les tambours battirent et, bien que harassés par une longue marche, les enfants de Dieu se rangèrent en bataille entre le village et le bois.

Quelques instants se passèrent encore sans que l'ennemi osât se montrer.

Enhardis par cette inaction, les rebelles marchèrent en avant.

C'était ce que voulait le comte de Miraman, qui aussitôt ordonna le feu aux cent cinquante hommes embusqués par son ordre derrière les broussailles. Les treize cents Camisards répondirent par une fusillade violente, mais qui, dirigée de bas en haut, ne fit aucun mal aux royaux, dont le feu plongeant ne tarda pas à jeter le désordre dans les rangs des enfants de Dieu.

M. de Miraman s'aperçut de cette indécision. Il craignit que ses mortels ennemis ne lui échappassent par la fuite et, sans calculer leur nombre, s'élança de son embuscade en criant :

— Grenadiers, à la baïonnette !

Sous la violence du choc, les rangs des Camisards s'ouvrirent et la colonne, emportée par son élan, pénétra jusqu'au carré des cinquante gardes d'élite du milieu desquels Cavalier dirigeait l'action.

Malgré la difficulté du terrain, le général cévenole était demeuré à cheval.

Les deux ennemis se reconnurent et s'attaquèrent avec fureur. Bien qu'à pied et n'ayant pour toute arme qu'un pistolet et son épée, ce fut M. de Miraman qui, le premier, se rua sur Cavalier. Fidèle à sa tactique, celui-ci fit cabrer son cheval pour écraser son adversaire; mais rapide comme la foudre, le capitaine déchargea son pistolet dans le poitrail du cheval et, saisissant Cavalier par la jambe, le renversa sur le sol. Un moment ils disparurent tous les deux dans le flot des combattants.

Les cent cinquante grenadiers étaient entrés comme un coin de fer dans la redoutable et profonde masse des Camisards, mais ceux-ci en se refermant sur cette poignée de braves, allaient les anéantir.

Heureusement les mesures du comte étaient bien prises. Pendant que les enfants de Dieu ne songeaient qu'à écraser, entre leurs rangs serrés, leurs audacieux agresseurs, une nouvelle colonne de cent cinquante miliciens, commandée par MM. de Béthune et de Florac, tomba, la baïonnette en avant, sur le flanc droit des Camisards.

Cette attaque inattendue changea la face des choses : le carré, désorganisé, s'ouvrit de toutes parts; cependant il résistait encore.

— Sang et vengeance! tue! tue! hurla tout à coup une voix puissante.

Et aux yeux des rebelles épouvantés apparurent les cinquante dragons de Poul qui chargeaient.

— Sauve qui peut! s'écria Cavalier en se relevant, couvert de sang.

Et il s'enfuit éperdu, vers les rochers, suivi de près par Isabeau.

En le voyant fuir, les Camisards, perdant la tête, lâchèrent pied, etant leurs armes et se précipitant eux-mêmes à travers les rochers, avec une si grande confusion que plusieurs furent, après le combat, retrouvés sur les bords de la Cèze, où il s'étaient brisés en tombant.

Longtemps les catholiques poursuivirent les fuyards dans les bois; jamais victoire ne fut plus complète.

En revenant de cette chasse vigoureuse aux Camisards, MM. de Béthune et de Gibertin retrouvèrent le vicomte de Laudun, sur le champ de bataille ; il était à genoux près d'un monceau de cadavres, auquel était adossé un homme d'une pâleur mortelle et dont le pourpoint noir entr'ouvert laissait voir la poitrine ensanglantée.

— Ah! messieurs, s'écria le vicomte, notre victoire nous coûte bien cher.

Ce blessé, qui allait mourir, c'était le comte de Miraman.

Retrouvé après le combat, à l'endroit même où il avait renversé Cavalier, le mourant avait eu la force de raconter qu'au moment où il levait le bras pour frapper son ennemi, une femme furieuse avait arrêté sa main et donné le temps au chef huguenot de le percer de trois coups de poignard. Presque au même instant il avait été renversé et foulé aux pieds par les combattants, mais sans cependant perdre connaissance, et il remerciait Dieu qui avait assez prolongé son existence pour qu'il fût témoin de la défaite des ennemis de la religion et de l'État.

— Vous aussi, monsieur, dit-il en soulevant sa main vers M. de Béthune, vous êtes blessé?

— Ma blessure n'est rien, monsieur le comte, reprit Georges avec émotion, une balle qui m'a effleuré le bras.

Le comte sourit tristement.

— Laudun, murmura-t-il, mon enfant, le prieur tarde bien à venir.

— Il ne peut se faire beaucoup attendre, monsieur.

— Le temps presse, je le sens.

M. de Gibertin avait couru au village. Il en revint portant son casque rempli d'eau et, déchirant la chemise du comte, lava doucement ses blessures. La fraîcheur sembla ranimer le mourant.

— Pour combien de temps en ai-je encore? demanda-t-il au lieutenant.

— Je ne suis pas chirurgien, répondit brusquement celui-ci en se détournant pour cacher une larme.

— Voici le prieur! cria de loin une voix.

Le comte essaya de se soulever.

— Ne bougez pas, ou vous n'auriez pas le temps, fit Gibertin.

Le blessé le remercia d'un regard et fit signe à ceux qui l'entouraient de s'éloigner.

Le prieur de Rochegude s'avança seul et, s'agenouillant près de l'agonisant, prit sa main dans sa main, approcha son oreille de sa bouche et écouta.

Puis après quelques instants, il se redressa, étendit ses mains sur la tête du comte, et prononça ces mystérieuses et sublimes paroles dont la puissance délie les âmes pour l'éternité.

M. de Miraman priait avec ferveur. Soldats et officiers formaient le cercle à genoux et tête nue.

Quand le prêtre eut terminé sa formule de l'absolution, le comte, qui n'avait plus rien à attendre, se souleva et, d'une voix qu'il s'efforçait de rendre forte, il dit :

— Au nom du Dieu, qui daigne me pardonner, je déclare que moi, comte de Miraman, je pardonne à tous mes ennemis.

— Y compris les assassins de Mme la comtesse, ajouta le prêtre.

— A tous, sans exception, répondit-il en retombant comme épuisé par ce suprême effort.

MM. de Laudun, de Béthune et quelques autres se rapprochèrent.

— Mon enfant, murmura le mourant d'une voix entrecoupée, je vous recommande mes pauvres filles. Que Dieu vous fasse retrouver notre chère Marguerite... Soyez toujours fidèle à la religion catholique et au roi... Merci, messieurs... Faites mes adieux à nos braves soldats... Votre main, mon enfant... Adieu, tous... Mon Dieu, je leur pardonne, pardonnez aussi à.....

Il poussa un profond soupir, suivi d'une légère convulsion, et une écume rougeâtre perla entre ses lèvres.

— Seigneur, recevez l'âme de votre serviteur, dit la voix du prêtre.

— Amen ! répondit M. de Gibertin.

A genoux près du cadavre de son ami, M. de Laudun sanglotait.

Quand tout fut fini, des soldats placèrent le corps sur un brancard, fait avec des armes et le portèrent dans une maison du village, car l'église n'était plus qu'une ruine.

La victoire des catholiques, à Tharaux, avait été complète. Cavalier perdit dans ce seul combat, outre le butin en armes et en argent, qu'il avait fait dans son expédition de Vallon, tous ses bagages, ses chevaux et ses mulets, une quantité énorme de faux, de fusils, de pistolets et de baïonnettes, cent cinquante hommes tués et vingt prisonniers. Son armée démoralisée, se débanda de toutes parts et, lorsque deux jours après, il en eût rallié les débris, il ne comptait plus que deux cent cinquante hommes presque tous sans armes et profondément démoralisés.

Mais déjà le général cévenole était rentré dans le diocèse de Nîmes et se trouvait sur cette terre qu'il n'avait qu'à frapper du pied pour en faire sortir des soldats.

CHAPITRE LIV

NOUVEAUX EXPLOITS DE PLANCHUT

Pour réparer les conséquences de la déroute subie par les protestants, Cavalier fit dans les campagnes un appel à la croisade qui produisit un incroyable effet; les protestants envoyèrent tout en abondance, les recrues affluèrent de toutes parts, et les milices de Beauvoisin, donnant, les premières, l'exemple d'une défection générale, vinrent, tambours en tête et drapeau déployé, apporter leurs armes aux rebelles.

En moins de huit jours, Cavalier, plus puissant que jamais, se trouvait à la tête d'une nouvelle armée prête à combattre.

Maître Planchut qui, depuis la prise de la verrière et la défaite de frère Jean à Tharaux, affectait le plus sincère dévouement au catholicisme, fut, un des premiers, instruit du rétablissement des affaires de Cavalier et jugea qu'il était prudent de ne pas oublier la promesse qu'il lui avait faite dans la prairie d'Alais, de le venger du baron.

Tout en servant la cause royale, le digne cabaretier n'avait pas cessé d'entretenir de secrètes relations avec ses anciens coreligionnaires.

Du reste, il tenait peu au baron; que pouvait-il attendre de lui désormais? Grâce à sa protection, il était capitaine de la milice et, à diverses reprises, avait reçu de son protecteur jusqu'à la respectable somme de 6,000 livres. A présent, qu'en retirerait-il? Quelque modeste gratification tout au plus, tandis que Cavalier ne manquerait certainement pas de payer largement l'assassinat de Calverte.

Tout bien pesé, le capitaine sortit, sous prétexte d'une promenade de santé, et alla frapper à la porte d'une maison isolée sur les bords du Gardon. Il y resta près d'une heure.

Le lendemain, le baron de Calverte, qui alors était à Vauvert, reçut, par un billet, l'avis que sa présence au château de la Boissiére était indispensable pour une affaire de haute importance.

Bien que ce billet ne fût pas signé, M. de Calverte, qui sans doute reconnaissait l'écriture, fit répondre par l'envoyé : Demain, neuf heures.

Le messager repartit aussitôt et descendit à Candiac, au cabaret du *Cygne*, pour se rafraîchir.

Cinq ou six hommes, à figure sinistre, étaient réunis et buvaient dans une salle basse. Sans doute le voyageur ne les connaissait pas, car il ne leur adressa point la parole; il se contenta de demander un verre de vin, sans autre chose, parce qu'il était pressé, ayant à faire une longue course, pour arriver le lendemain, à huit heures du matin, chez la personne qui l'avait envoyé. Il insista sur le mot : huit heures.

Puis, son vin bu, il paya et repartit.

Les autres continuèrent à jouer aux dés.

Le lendemain, vers sept heures du matin, le baron partit seul dans sa chaise, sur le siège de laquelle il avait fait asseoir un excellent tireur, son garde, près du cocher ; lui-même avait pris soin de s'armer de son épée et d'une paire de pistolets.

La voiture dépassa bientôt Candiac et son bois suspect, et arriva au bas de la côte de Vestric. Toute apparence de danger avait disparu. Le froid était piquant et une forte gelée blanche rendait la montée pénible aux chevaux, qui durent prendre le pas.

Le baron voulut mettre à profit cette occasion pour se dégourdir les jambes en marchant.

Déjà on apercevait les premières maisons du village, quand un malingreux, assis sur un tas de pierres au bord de la route, s'avança en s'appuyant péniblement sur sa béquille, pour demander l'aumône.

M. de Calverte s'arrêta en fouillant les poches de son pourpoint pour y chercher quelques deniers.

C'était ce qu'attendait le faux mendiant qui, lui voyant les mains embarrassées, lui porta à la tête un coup terrible de son bâton.

— A moi ! cria le blessé en cherchant à tirer son épée.

Mais, sans lui en donner le temps, le traître Bouzanquet, l'un des buveurs de Candiac, le saisit à bras-le-corps, pendant que du fossé où ils étaient cachés s'élançaient David, Escloupié et sept ou huit autres Camisards.

Au cri du baron, le garde et le cocher avaient retourné la tête. Quand ils virent leur maître entouré d'une troupe d'assassins, loin de lui porter secours, ils fouettèrent les chevaux et s'éloignèrent.

Empêché dans ses mouvements, le baron fut percé de coups ; il tomba sans proférer une plainte. Les assassins trainèrent le cadavre dans la poussière et lui brisèrent la tête à coups de pierres ; ensuite, après l'avoir dépouillé de ses armes, de son argent et de ses papiers, ils le précipitèrent dans le fossé.

Mais déjà les domestiques avaient donné l'alarme à Vestric, et six dragons arrivaient au galop.

Les lâches assassins, sans les attendre, prirent aussitôt la fuite dans différentes directions. Un coup de feu en étendit un raide mort. Bouzanquet, blessé au moment où il franchissait une haie, tomba entre les mains des soldats et fut, quelques jours après, roué à Nîmes avec deux de ses complices.

Cavalier se préparait à quitter la forêt, quand le Camisard David lui apporta la nouvelle de la mort de son ennemi, en témoignage de laquelle il lui remit plusieurs lettres trouvées dans le pourpoint du baron.

Le général cévenole, espérant y trouver quelques détails importants, les ouvrit quand il fut seul avec Isabeau.

— Le misérable! s'écria-t-il en frappant du pied avec colère, je m'en doutais, il nous trahissait.

— Qui cela?

— Planchut, le cabaretier d'Alais.

Et il tendit à la prophétesse le billet écrit la veille pour attirer le baron dans le piège.

Isabeau lut le billet et répondit froidement :

— Il l'avait promis.

— Mais avait-il promis aussi de livrer la verrière aux Philistins et d'y faire massacrer cinquante défenseurs d'Israël? continua le général les dents serrées et pâle de fureur.

— Quoi! il aurait commis un pareil crime.

— Il l'a commis et en voici la preuve écrite de sa main. Écoute, Isabeau, et écoute comme un juge, car il faut que le traître soit puni.

— Lis, fit la prophétesse.

Cavalier lut lentement la seconde lettre. Elle était ainsi conçue :

« Monseigneur,

« J'ai ressenti une joie bien vive de l'heureux succès du petit stratagème que j'avais inventé pour faire sortir le fanatique sieur du Serre de sa forteresse et vous en faciliter l'entrée. J'ose, Monseigneur, après vous avoir humblement félicité de votre victoire, si profitable aux intérêt de Sa Majesté et à l'avantage de la sainte religion catholique, rappeler à Votre Excellence que je n'ai point encore touché la prime de 3,000 livres qu'elle avait bien voulu me promettre pour les services que j'ai rendus en cette circonstance. Si vous daignez me faire payer lesdites 3,000 livres, ce sera un grand encouragement pour tous les serviteurs du roi à bien remplir leur devoir.

« Je suis, monsieur le baron,

« De Votre Excellence,

« Le très humble, très dévoué et très obéissant serviteur.

« Boniface-Siméon Planchut,

« Capitaine au service du roi »

— Est-ce tout ? demanda Isabeau.

— Au bas de la page, et de la main du baron, est écrit :

« Les 3,000 livres ont été payées sur mon ordre audit Planchut. »

— Cet homme doit mourir, fit Isabeau.

— Je vais le mander près de moi. Il ignore que je connais son crime, reprit Cavalier, et il viendra. Je préviendrai les frères,

— Connaissent-ils son crime ?

— Personne ne le soupçonne.

— Alors, ne les préviens pas ; il faut que cette trahison demeure ignorée.

— Comment ! tu voudrais le ravir au châtiment qu'il a mérité ?

La prophétesse eut un sourire effrayant.

— Ce n'est pas moi qui pardonne, dit-elle.

— Mais alors ?

— Écoute, Jean, il faut que cet homme meure, qu'il meure d'une mort ignominieuse, mais il faut aussi que sa mort serve à notre cause. Si tu y consens, le traitre Planchut, roué vif par nos ennemis, ne sera plus, après sa mort, qu'un martyr dont le supplice grossira le nombre des iniquités commises par les catholiques.

— Je ne comprends pas.

— C'est facile, cependant. Si tu livres Planchut à Beulaigue, notre exterminateur, pour avoir vendu la verrière, les catholiques n'auront rien à y perdre, puisque nous les vengerons à nos dépens de celui qui a trahi leur baron, notre cruel ennemi. Si au contraire les catholiques font périr cet homme sur la roue, pour avoir été cause de la mort du Calverte, nous serons en droit de les accuser de cruauté et de représenter Planchut comme un nouveau confesseur de la vraie religion.

Un moment, Cavalier demeura silencieux, puis dominé sans doute par l'ascendant de la prophétesse :

— L'Esprit t'éclaire, je le reconnais, dit-il ; parle, que faut-il faire ?

— Envoyer ce billet.

— Au comte de Broglie ?

— Non, non, à une femme qui doit nous détester et qui le détestera plus encore.

— Laquelle ?

— Ne te souviens-tu pas de cette femme qui, au tir du Papegai d'A-lais, descendit dans l'arène un parapluie rouge à la main, de cette Provençale qui ne quittait pas la Moabite ?

— Oui, je crois me souvenir, mais quel motif aurait-elle de poursuivre ce misérable ?

— Quel motif, grand Dieu ! Cette femme était la mère adoptive de Marie, la prophétesse de la verrière, la mère de ce jeune garçon qui aida la fuite de la colombe du château de Sainte-Anastasy et disparut depuis, la nourrice de la colombe enfermée aux Salles-du-Gardon, l'habituée du château de Meyrargues, la femme de confiance de la Miraman. Persuadons-lui que tous les malheurs qui l'ont accablée sont l'ouvrage du traître Planchut et donnons-lui le moyen de le démasquer, je réponds qu'elle servira notre vengeance.

— Mais le moyen ?

Peste, ma mie, comme vous y allez ! fit le gouverneur en se renversant dans son fauteuil. (*Voir page* 635.)

— Il est on ne peut plus simple; c'est par une lettre que le faux frère a péché, c'est par une lettre qu'il faut qu'il soit puni. Confie-moi le billet qu'il a écrit au Calverte pour l'attirer dans le piège.

— Et cela te suffira?

— Non, il faut de plus que tu écrives au traître pour le féliciter de ce qu'il a fait et de la part qu'il est censé avoir prise à l'enlèvement de Marie. Tu lui recommanderas de coudre ta lettre dans le collet de son uniforme de capitaine de milice, pour des raisons que tu lui indiqueras plus tard.

— Pourquoi dans le collet?

— Que t'importe? laisse-moi faire. Comment se nomme la Provençale, et où demeure-t-elle?

— J'ignore son nom, mais Beulaigue, qui a travaillé à Beaucaire, la connaît, je crois.

— Cela suffit, nous serons vengés et bien vengés.

— Si cependant...

— Laisse-moi faire, te dis-je, je réponds de tout.

Cavalier avait confiance dans la prophétesse. Il écrivit presque sous sa dictée et lui remit la lettre.

Le soir même, Isabeau savait le nom et la demeure de dame Brigitte, et expédiait deux émissaires sûrs, l'un à Alais, l'autre à Beaucaire.

Dès le lendemain aussi l'armée des enfants de Dieu, quittant la forêt des Leins, entrait en campagne sous les ordres de Cavalier.

M. de Broglie attendait, à Nîmes, son successeur, le maréchal de Montrevel, persuadé que les Camisards, battus à Tharaux, n'oseraient reprendre de longtemps l'offensive. Il avait commis la grave imprudence de licencier une grande partie de ses soldats, les autres étaient dispersés dans leurs cantonnements. Pour comble de malheur, la mort de MM. de Miraman et de Calverte avait privé les catholiques de leurs chefs les plus capables, et le vicomte de Laudun, retenu par de pieux devoirs à Tharaux, n'était pas encore de retour.

La brusque invasion des Camisards, auxquels les catholiques n'avaient ni général ni armée à opposer, causa une profonde terreur, que les cruautés effroyables des rebelles portèrent bientôt au plus haut degré.

Jamais encore Cavalier n'avait déployé une pareille activité et joint autant de férocité à autant d'audace.

Le massacre de quarante-cinq soldats du régiment de Lafarre inaugura d'une manière tragique sa sanglante campagne. A partir de ce moment, chacun de ses pas fut marqué par d'horribles massacres; bientôt des églises de Liouc, Lecques, Saint-Privat, Sauzet, Bourdic, Cruviers, Féreirolles et Gajan, il ne resta plus que des ruines; celles de Saint-Hippolyte de Caton, Mars, Crespian, Monteils, Barron, Navacelles et Garrigue, eurent le même sort.

A Mons, deux hommes et deux femmes furent brûlés dans l'église. A Barron, Cavalier fit poignarder par Beulaigue, le frère du prieur, sur l'autel profané. Par son ordre, un grand nombre de catholiques furent jetés dans les flammes dans ces différents lieux. A l'incendie du château de la Paillère succéda l'incendie de l'église et de vingt-sept maisons de Salindres. Cendras fut plus maltraité encore, le village entier devint la proie des flammes, après l'égorgement des habitants. Robiac fut ensanglanté par d'atroces exécutions; des femmes catholiques furent rôties vivantes à Belezet, et tous les habitants de la Bruguière massacrés.

Pendant deux jours, les égorgeurs, sous les ordres de Beulaigue, scièrent avec leurs sabres ébréchés, sur le pont de Moussac, le cou des victimes que, des hameaux voisins, les enfants de Dieu traînaient à l'horrible sacrifice.

Le sang coula par torrents, les campagnes se dépeuplèrent et dans leur effroi les catholiques purent croire que c'en était fait de la religion dans les trois diocèses de Nîmes, Uzès et Alais.

Pendant que tous émigraient, en proie à la consternation et au désespoir, une femme, bravant tout danger, arrivait, le 18 février, jour de Saint Siméon, à Alais et, sans se soucier de la poussière qui couvrait ses vêtements, ni de la fatigue qu'elle semblait oublier, allait frapper à la porte de l'hôtel de M. d'Ayguine, gouverneur pour le roi de la ville d'Alais.

— Que voulez-vous, brave femme? demanda un fusilier suisse qui, dans le vestibule, jouait aux dés avec un camarade.

— Parler à M. le gouverneur.

— Son Excellence est occupée et ne reçoit point.

Elle s'assit sur un escabeau, son parapluie rouge entre les genoux bien décidée à attendre.

— Son excellence ne donne pas audience aujourd'hui, entendez-vous? reprit le soldat.

— C'est bon, j'attendrai jusqu'à demain.

— On n'attend pas ici, interrompit la sentinelle d'un ton bourru.

— Alors, je demeurerai dans la rue, à sa porte, et quand je le verrai, je lui dirai que c'est vous qui m'avez empêchée de lui parler.

Les deux soldats se consultèrent: il fallait que cette femme fût chargée d'une mission bien importante pour oser parler de la sorte.

— Qui vous envoie? demanda de nouveau le premier joueur.

— J'ai une lettre de Sa Grandeur Monseigneur de Nîmes.

— Diable, murmura le soldat, il fallait nous avertir et vous auriez été reçue. La faute n'en est pas à nous... Nous avons des ordres; du reste, nous ne vous avons point rudoyée, et j'espère que vous ne vous plaindrez pas.

— Faites-moi entrer, voilà tout ce que je demande.

Le soldat se hâta de prévenir le gouverneur, qui aussitôt donna ordre d'introduire la Provençale.

Dame Brigitte mit son parapluie sous son bras, entra dans le cabinet de M. d'Ayguine et, au grand désappointement de la sentinelle, eut soin d'attendre que la porte fût refermée pour exposer l'objet de sa visite.

Cet objet n'était autre, on le sait, que d'arracher le masque à l'hypocrite Planchut et de tâcher de le forcer à révéler ce qu'il savait sur Marie, Olivier et Marguerite.

Parfaitement honnête, M. d'Ayguine était un de ces hommes qui tremblent toujours de faire une fausse démarche.

Pendant tout le temps que la Provençale parla, il tourna et retourna sa tabatière avec une visible anxiété, prit du tabac au moins dix fois, froissa son jabot et chiffonna sa cravate. Puis, après l'écrasante déposition de Brigitte, ne sut trouver rien de mieux à dire que :

— Il faudra voir, je m'occuperai de cette affaire...

Brigitte n'était pas femme à se contenter d'un : On verra.

— Il faut voir s'il a le papier et le mettre en prison tout de suite.

— Peste! ma mie, comme vous y allez! fit le gouverneur en se renversant sur son fauteuil. Savez-vous que M. Planchut a rendu de grands services, que c'est un personnage important, un capitaine de milice? La justice doit avoir des ménagements, et quant à l'arrêter.... ce ne sera pas une facile affaire.

— Allons donc! interrompit Brigitte en haussant les épaules, j'en arrêterais bien une demi-douzaine à moi seule et, si vous voulez, dans un quart d'heure je vous apporte ce scélérat?

— Scélérat! scélérat! mais il n'est pas du tout prouvé que ce ne soit au contraire un brave et digne homme. Pas de précipitation, agissons avec prudence, on dit....

— Et en attendant, il saura que je suis ici, il se doutera de quelque chose et fera disparaître...

— Encore une fois, madame, rien ne prouve l'existence de ce papier; n'agissons pas à l'étourdie.

— C'est bien, monsieur, je vous ai averti dans votre intérêt, vous ferez ce que vous voudrez.

— Oui, madame, c'est le plus sage. D'ici à quelques jours, j'aurai pu sans doute recueillir certains témoignages, préparer un plan d'instruction ou d'enquête, et je ne doute pas qu'en m'entourant de lumières, je ne puisse, selon votre désir, très légitime, et que..

— Merci, monsieur le gouverneur, je vous suis bien reconnaissante de votre intérêt; mais comme la vie de trois personnes que j'aime tient peut-être à un mot de Planchut, je vais aller le trouver et...

— Gardez-vous-en bien, ce serait une grave imprudence... Promettez-moi au moins...

La Provençale s'était levée.

— Je ne promets rien, monsieur le gouverneur; pour démasquer un traître, il n'y a pas besoin de prendre tant de ménagement; dans moins d'une heure je saurai tout.

Et avant que M. d'Ayguine, décontenancé par cette impétuosité méridionale, eût eu le temps de faire une objection, elle sortit rapidement et se dirigea vers le *Soleil-d'Or*.

CHAPITRE LV

LA MORT DE PLANCHUT

Ce jour là était, comme nous l'avons dit, le jour de la Saint-Siméon C'étaient de grandes réjouissances à l'auberge du Soleil d'Or, car les miliciens célébraient la fête de leur intrépide et loyal capitaine, maître Siméon Planchut.

Deux heures venaient de sonner à la tour de l'horloge.

Des groupes nombreux de soldats et de bourgeois entouraient l'auberge dont un énorme bouquet enrubanné surmontait la porte ; les marmitons s'agitaient avec un joyeux empressement, et les fourneaux flambaient encore. Le repas donné à sa compagnie par le généreux capitaine touchait à sa fin, et pendant que les convives, émus par de larges et copieuses libations, portaient des toasts enthousiastes à leur chef, les musiques réunies de la garnison et de la milice, jouaient alternativement les plus brillants morceaux de leur répertoire.

Bien que les dragons et les Suisses ne vécussent pas toujours en parfaite harmonie avec Messieurs de la milice, ils trinquaient ce jour-là fraternellement en l'honneur du cabaretier qui, sans regarder à la dépense, avait fait défoncer à sa porte deux tonneaux, l'un de vin rouge et l'autre de vin blanc, en sorte que, dominant tous les autres bruits, s'élevait de moment en moment, tant de l'intérieur que du dehors, un formidable concert de vivats et de hourras en l'honneur du généreux héros de la fête.

Casque en tête, épée au côté, Siméon Planchut, portant haut la tête, savourait à longs traits ces hommages flatteurs bien dûs à son mérite et daignait, par quelques paroles bien senties, remercier le peuple et l'armée.

Ce fut à ce moment qu'arriva la Provençale.

Sans s'émouvoir de ce tumulte, ni s'étonner de cette mise en scène, elle franchit le perron, traversa la cuisine en bousculant soldats et marmitons et, entrant brusquement, son parapluie à la main, dans la salle du festin, marcha droit à l'amphitryon, qu'elle saisit rudement au collet en disant :

— Ah! traître! on ne m'a pas trompée, le papier est là.

Il y eut un moment de stupéfaction générale. Les assistants crurent à l'invasion d'une folle.

Planchut, livide de terreur, avait bondi de son siège et, se dégageant de l'étreinte de dame Brigitte, cherchait à fuir.

— Chassez donc cette folle, cria le lieutenant qui ne pouvait s'expliquer que, par la brusquerie de l'attaque, la terreur singulière que semblait éprouver son chef.

— Oui, oui, c'est cela, chassez-la ! vociférait le cabaretier en tâchant de s'abriter sous un panier trouvé par hasard, comme sous un bouclier, contre les bottes énergiques que lui portait sa rivale, avec le parapluie dont elle s'était armée.

Chassez-la, reprit-il, retrouvant un moment son assurance, vous voyez bien qu'elle ne sait pas ce qu'elle dit.

— Ah! tu dis que je suis folle, scélérat, cria la Provençale, attends, attends que je t'arrache ton papier et nous verrons lequel de nous est le plus fou.

Et, frappant d'estoc et de taille, elle poussait vigoureusement le capitaine éperdu, suant, essoufflé et toujours reculant devant le parapluie rouge.

Le terrible parapluie faisait de bonne besogne,

Ce duel d'une nature toute particulière était, malgré l'imprévu, si comique, si original, qu'après le premier moment de surprise et d'étonnement, Suisses et dragons, assez portés à rire aux dépens des miliciens, ne tardèrent pas à faire pleuvoir les quolibets sur la tête de l'infortuné capitaine.

— Allons, valeureux Siméon, dégaînez le tranche-lard; la tête haute, les épaules effacées, le pied gauche en avant : une, deux, fendez-vous, criait l'un.

— Parez et ripostez, criait l'autre.

— Ah ça! mais c'est un prévôt déguisé que cette Provençale, ajoutait un troisième, elle manie le riflard comme un esponton. Hein! quel coup de pointe! bien touché, la fille.

Quelques miliciens, à qui les insultes lancées à leur chef et le triste rôle qu'il jouait commençaient à faire perdre patience, voulurent lui prêter main-forte.

Ils se disposaient à intervenir.

Mais cela ne faisait pas l'affaire des soldats, que ce combat ridicule amusait, et qui, heureux de ce spectacle gratuit, prirent fait et cause pour Brigitte en criant :

— Que diable ! N'intervenez pas... A bas les mains... laissez-les faire... Il serait curieux que votre général ne sût pas se défendre contre une femme.

— Pas de ménagement ! capitaine, pas de ménagement ! désarmez-la, criait, de son côté, le lieutenant. Mort de ma vie ! vous compromettez votre dignité.

La dignité de Planchut semblait en effet fortement compromise.

L'infortuné aubergiste ne songeait guère à se défendre, il n'aspirait qu'à gagner la porte et à s'esquiver. Ce malheureux papier, cousu dans le collet de son pourpoint, le brûlait à travers l'étoffe, comme la tunique de Nessus ; aussi, au lieu de répondre, continuait-il à battre en retraite du côté de la cuisine.

Il y était presque arrivé quand un coup de parapluie, que le panier ne put qu'amortir, fit tomber le casque du capitaine qui, sans même essayer de le relever, continua à parer en reculant.

La scène devenait de plus en plus comique.

— Lâche ! n'as-tu pas honte de fuir ainsi, rugit le lieutenant.

— Au secours ! chassez-la ! je suis innocent ! répétait Planchut hors d'haleine.

Et il répétait sans se lasser :

— Elle est folle ! Elle ne sait pas ce qu'elle dit.

— Abominable menteur ! assassin de mon fils, de la Tulipe et de Calverte ! arrête-toi donc et montre ce papier que tu as là, cousu dans la doublure de ton pourpoint.

— Je suis innocent, je le jure !

— Montre le papier alors, vociférèrent plusieurs soldats.

— Je n'ai aucun papier.

— Tu mens ! Il est là, là, je l'ai senti.

— Je suis innocent ! balbutia le cabaretier, innocent comme l'enfant qui...

Mais son attitude équivoque donnait à réfléchir aux miliciens, ses partisans, qui commençaient à croire qu'il y avait là-dessous une affaire louche et que la Provençale pouvait bien n'être pas aussi folle qu'elle en avait l'air.

— Si tu es innocent comme tu le dis, prouve-le donc, en te laissant fouiller! rugit le lieutenant en frappant du poing sur la table. Pour l'honneur de la milice, nous l'exigeons, prouve-le, ou sinon c'est à tes compagnons que tu auras affaire.

Et il se leva.

Mais Planchut se garda bien de lui répondre. Sentant qu'il était perdu, il lança à la tête de Brigitte le panier qui lui servait de bouclier et, tournant rapidement sur ses talons, au moment où l'on croyait qu'il allait fondre sur la Provençale, s'élança dans la cuisine en criant :

— Place! place! ou vous êtes morts!

Il espérait encore pouvoir gagner sa chambre. Son plan était, lorsqu'il y serait parvenu, de s'y enfermer à clef, d'enlever sa veste et de se débarrasser du papier maudit.

La porte était fermée..

L'infortuné cabaretier se souvint que lui-même avait pris cette précaution pour empêcher les marmitons d'y pénétrer en son absence; il voulut se fouiller pour retirer la clef des profondeurs de son juste-au-corps. Il plongea la main dans sa vaste poche, pleine d'objets divers, sans arriver à les trouver.

Il dut d'ailleurs la retirer bien vite, car déjà son ennemie acharnée fondait sur lui.

— Traître! assassin! qu'as-tu fait de mon fils? qu'as-tu fait de ma fille? Montre le papier, laisse voir le papier, répétait-elle avec une implacable insistance.

Maintenant tous étaient contre lui. Les miliciens, aussi bien que les dragons et les Suisses, lui criaient de se laisser fouiller, sinon qu'il se reconnaissait lui même coupable.

C'était dans la salle un tumulte épouvantable. Au dehors, devant

la porte de l'auberge, la foule commençait à s'amasser. Les badauds parlaient de prévenir le gouverneur, car on devait s'égorger dans cette maison.

Pâle, couvert de sueur, les cheveux en désordre, respirant avec peine,
le gros homme, essoufflé, trébuchant, épuisé, reculait toujours au milieu
des éclats de rire des soldats, des huées des marmitons et des cris de colère des miliciens sur lesquels retombait la honte de leur capitaine.

Lui ne songeait maintenant qu'à gagner la porte de la rue, mais le
lieutenant avait prévu cette manœuvre et, ne voulant pas que le scandale
arrivât jusqu'à la rue, d'où il entendait les cris des passants rassemblés,
fermait de ce côté tout passage.

— On ne sort pas, cria-t-il au capitaine, défends-toi, si tu n'es pas un
lâche !

Planchut eut un cri de désespoir qui se termina par un rugissement
de colère ; éperdu, il saisit d'une main le parapluie, et, de l'autre, dégaîna
son épée.

Ses dents grinçaient de fureur et ses yeux flamboyaient. Ce fut au
tour de la Provençale à parer les coups qu'il lui portait avec rage, mais
loin de reculer pour cela, elle redoubla d'efforts.

Vigoureusement repoussé, le cabaretier rompit malheureusement pour
se dégager, son pied rencontra un obstacle inattendu, il glissa et,
perdant tout à coup l'équilibre, s'assit lourdement dans un baquet
plein d'eau tiède, que l'on avait laissé là et qui était destiné au lavage
des assiettes, dont plusieurs furent brisées sous le poids du gros
homme.

Ce fut un éclat de rire général.

Mais Planchut, lui, ne riait pas.

Avant qu'il eût pu reprendre son équilibre, Brigitte l'avait désarmé, et
d'une main le clouant au fond du baquet, d'où ne sortaient que sa tête,
ses bras et ses jambes, violemment relevées, de l'autre elle essayait d'arracher le col de l'uniforme qui, bien que solidement cousu, finit par se
déchirer.

Perdant tout à coup l'équilibre, il s'assit lourdement dans un baquet plein d'eau tiède.
(Voir page 642.)

Elle tirait si fort qu'elle alla rouler par terre. Mais elle se releva vivement tenant le fameux papier.

— Le voici ! je le tiens ! vous voyez bien que je ne suis pas folle ! s'écria-t-elle en l'élevant au-dessus de sa tête.

Planchut fit un suprême effort pour s'en emparer, mais dix mains le retinrent captif dans son baquet, et des cris de colère éclatèrent de toutes parts.

— Grâce ! grâce ! murmurait Planchut, grâce ! ce n'est pas vrai. Je n'ait rien fait.

— Tais-toi, menteur, traître, assassin, répondit Brigitte. Ton sort est entre mes mains, réponds, qu'as-tu fait de ma fille Marie ? Qu'as-tu fait de mon enfant ?

— Je ne sais, je ne la connais pas, je suis innocent.

— Et de mon fils Olivier ?

— Je vous le répète, je suis innocent.

— Et de Mlle de Saint-Véran ?

— Je l'ignore. Grâce ! pitié ! laissez-moi sortir.

— Tu ne veux pas répondre ?

— Je ne sais rien.

— Une fois, parleras-tu ?

— Je suis innocent.

— Deux fois, où sont mes enfants ?

— Pitié ! pitié !

— Trois fois, veux-tu parler ?

— Je ne sais rien.

— Eh bien ! que ton sort s'accomplisse. Lieutenant, lisez ce papier. Tous jugeront le traître.

Et elle remit au lieutenant de la milice le papier encore enfermé dans le lambeau d'étoffe.

— Grâce ! grâce ! mes braves messieurs, répétait Planchut, tendant vers l'assemblée des mains suppliantes.

— Une lettre de Cavalier, dit le lieutenant, une lettre de Cavalier et, ajouta-t-il d'une voix qui devenait tremblante, un reçu signé de la main de ce traître.

— A mort! à mort! crièrent plusieurs soldats.

— Patience! Écoutez avant de condamner, répondirent d'autres; lieutenant, lisez les papiers. Toi, traître, misérable, vendu, défends-toi si tu le peux.

Les mains qui le retenaient l'aidèrent à sortir du siège dans lequel il était comme enchâssé, et le poussèrent, tremblant d'émotion et ruisselant d'eau, au milieu du cercle compact et menaçant.

— Cette lettre, la reconnais-tu? demanda Jacques Reboul, le lieutenant, à l'accusé; est-elle réellement de Cavalier?

Planchut ne répondit pas.

— Allons! réponds! oui ou non? lui crièrent les miliciens en lui bourrant les côtes.

Planchut courba la tête et balbutia :

— Oui...

— Et celle-ci est-elle de toi ?

— Il n'y a que la signature de moi.

— L'avais-tu lue avant de la signer ?

— Oui, murmura le malheureux.

— Écoutez donc, messieurs, reprit le lieutenant indigné, ce que ce traître a signé en connaissance de cause, écoutez la confession de ses crimes :

« Moi, Siméon Planchut, soussigné, déclare avoir reçu, tant de frère Jean Cavalier que des autres chefs des enfants de Dieu :

« 1° 500 livres pour avoir livré la nommée Marie, de Beaucaire, à frère Guillaume du Serre, ci. . . . .   500 livres. »

— Tu entends, misérable, tu entends, qu'as-tu fait de ma fille? s'écria la Provençale avec un accent déchirant.

— J'ai signé, mais, par Dieu qui me jugera, je suis innocent! s'écria Planchut en tombant à genoux.

Des cris d'indignation éclatèrent de toutes parts.

Reboul continua :

« 2° 100 livres pour avoir brûlé la cervelle de ma propre main au brigadier la Tulipe, blessé au combat de la prairie, ci.   .   .   100 livres. »

Le cabaretier poussa un sourd gémissement et tomba le visage contre terre.

Il y avait dans la salle comme un sourd grondement de colère, annonce d'un orage inévitable.

« 3° 300 livres pour avoir trompé, par une fausse lettre, Mme de Miraman, et l'avoir attirée au bois de Bouquet, ci. .   .   .   300 livres. »

Le silence le plus profond avait fait place aux murmures; ce silence était celui de la mort.

« 4° 300 livres pour avoir donné le moyen de pénétrer dans le château de Sainte-Anastasy, ci. .   .   .   .   300 livres. »

— C'est faux! faux! par le Dieu vivant, je le jure! râla Planchut.

« 5° 1,000 livres pour avoir attiré Calverte dans une embuscade préparée de concert avec les enfants de Dieu, ci.   .   .   1,000 livres. »

— C'est faux! faux! je suis innocent! fit le malheureux en se relevant sur ses genoux.

— Voici le billet trouvé sur la personne du baron, après sa mort, répondit Brigitte.

Et, dépliant le papier qu'Isabeau lui avait fait remettre, elle le montra à l'accusé.

— Malédiction! s'écria-t-il, malédiction sur moi! malédiction sur vous! Laissez-moi passer, vous n'avez pas le droit de me juger; prévenez le gouverneur.

Un sourire sinistre répondit seul à cette réclamation.

La lecture du reçu signé d'avance pour pouvoir être remis contre l'argent promis étant terminée, Reboul commença celle de la lettre de Cavalier. Le général remerciait frère Planchut de ses services passés et l'exhortait à continuer à servir la cause du Seigneur, pour laquelle il avait jusque-là fait preuve de tant de zèle.

« Je t'envoie, disait-il en terminant, un reçu tout préparé ; cache-le dans le collet de ton habit. Frère Mathieu, que je charge de te porter l'argent que tu as si bien gagné, te communiquera de nouveaux lans et tu pourras, sans retard, lui remettre la pièce préparée à l'avance. »

— C'est une trahison ! hurla une dernière fois Planchut ; j'en appelle au gouverneur.

— A mort ! à mort ! répondirent soldats et miliciens pleins de fureur ; à mort ! point de sursis ! à mort le traître ! à mort le lâche ! à mort le huguenot assassin !

Planchut était retombé la face dans la poussière.

— Apportez des cordes, commanda Reboul ; c'est aux miliciens qu'il a déshonorés à le punir.

— La punition d'un traître appartient aux seuls magistrats, fit une voix sévère. Soldats, au nom du roi, arrêtez cet homme.

A la vue du gouverneur, la foule s'ouvrit en murmurant.

Les deux Suisses s'avancèrent et relevèrent le cabaretier. Ce n'était plus qu'un cadavre.

Les dernières armes de Planchut ne lui avaient pas été heureuses ; la frayeur l'avait tué.

Quand la nouvelle de sa mort parvint au camp de Cavalier :

— Tu vois, dit Isabeau, si mon plan n'était pas excellent, les catholiques ont fait notre besogne. Nous sommes vengés et notre cause compte un martyr de plus.

— Que je vengerai, reprit le Cévenole. Un nouveau gouverneur militaire vient d'arriver en Languedoc. C'est avec un maréchal de France que les enfants de Dieu vont se mesurer désormais. Que le ciel continue à nous favoriser, et un jour viendra où l'orgueilleux Pharaon sera bien heureux de traiter d'égal à égal avec le boulanger de Ribaute. Alors, aussi...

Il s'arrêta tout à coup, car il pensait à Marguerite.

— Que voulais-tu dire? demanda la prophétesse.

— Alors aussi, le royaume de Dieu sera florissant, reprit-il.

— S'il n'y a pas de traître, fit sèchement Isabeau en le regardant d'un air soupçonneux.

Elle avait deviné sa pensée.

CHAPITRE LVI

LA ROBE SANGLANTE

Neuf jours après la glorieuse victoire de Tharaux, le 20 février 1703, trois officiers du roi, suivis d'une trentaine de dragons, qui venaient de faire une longue route, débouchaient de la route de Lussan et s'arrêtaient avec étonnement devant une barricade élevée à l'entrée du faubourg de la Couronne.

— Que diable se passe-t-il donc? fit le capitaine Gibertin en tordant sa moustache et en s'adressant au plus jeune des deux officiers avec lesquels il voyageait.

— Parbleu, monsieur, vous le voyez, il se passe qu'on ne passe pas, répondit l'un d'eux.

— Tout est barricadé comme si l'ennemi était aux portes, et pas une sentinelle à qui demander ce que signifie tout cela.

— Attendez, je vais savoir le mot de l'énigme, reprit M. de Béthune.

Et, avançant à reculons vers la barrière, il piqua légèrement son cheval qui envoya aussitôt une violente ruade sous laquelle résonna comme un tambour une grosse caisse vide.

— Cordon, s'il vous plaît! cria en même temps l'officier.

Cette innocente plaisanterie faillit tourner au tragique. Des chambres silencieuses, comme de l'intérieur d'une ruche où un mauvais plaisant aurait jeté une pierre, s'échappa un bourdonnement menaçant, des canons de mousquets parurent aux fenêtres qui dominaient la barricade et une voix, qui se faisait grosse pour dissimuler la frayeur de son propriétaire, répondit :

— On ne passe pas. Qui êtes-vous?

— Officiers du roi. Et vous-mêmes?

— Miliciens au service de Sa Majesté.

— Ouvrez donc!

— Nous ne vous connaissons pas.

— Ah ça! voulez-vous venir nous reconnaître, oui ou non, et vous montrer? cria M. de Laudun, que l'impatience commençait à gagner.

— C'est inutile, on ne passe pas.

— Qui donc commande ici? demanda M. de Gibertin.

— Moi, Bonaventure Plumet, capitaine des miliciens du roi et préposé à la garde de la ville par Son Excellence monseigneur Nicolas-Auguste de la Baume, marquis de Montrevel, gouverneur de la province de Languedoc et maréchal de France, riposta le chef du poste.

Les officiers poussèrent une exclamation de surprise et le plus jeune d'entre eux s'écria avec un certain dépit :

— Peste! déjà arrivé, et depuis quand?

— Depuis trois jours seulement, monsieur Georges, répondit le valeureux Plumet qui, voyant qu'au fond il n'y avait rien à craindre, s'était accoudé à la fenêtre et daignait montrer enfin sa face rubiconde.

— Tiens, c'est mons Bernasson, fit M. de Béthune en riant.

— Mercier, rue des Babouins, à l'enseigne de la *Balance de justice*, pour vous servir, monsieur le...

— Très bien, mais pour le moment, le seul service que je te demande, c'est de nous ouvrir la barrière, nous sommes pressés.

— Ah! pour cela, désolé, monseigneur, mais nous avons ordre de ne laisser passer qui que ce soit. D'ailleurs, ce serait bien inutile.

— Comment?

— Oui, monseigneur, les portes de la ville sont fermées aussi, les chaînes tendues dans les rues, toutes les milices sous les armes, et M. le marquis de Sandricourt, accompagné de messieurs du Présidial, fait la ronde dans toute la ville.

— Que se passe-t-il donc d'extraordinaire? interrompit Gibertin.

— Les Camisards attaquent la ville.

— Les Camisards! firent à la fois les trois officiers.

— Oui, Jean Cavalier en personne.

Il est impossible de rendre la stupéfaction qu'éprouvèrent les dragons.

— Mais, Cavalier n'a plus d'armée! s'écria enfin le vicomte de Laudun, nous l'avons battu et nous le poursuivons.

Ce fut au tour de maître Plumet de demeurer ébahi; il crut à une mauvaise plaisanterie.

— Si vous le poursuivez, reprit-il d'un air offensé, vous vous trompez de chemin, car vous avez plutôt l'air de le fuir.

— Morbleu, maraud, nous trouves-tu l'air de fuyards? Je voudrais voir cela, gronda Gibertin, et si tu veux que je te coupe les oreilles...

— Oh! il n'y a pas de quoi vous fâcher, monsieur le capitaine, reprit Plumet en rentrant peu à peu dans la chambre, comme un escargot dans 'sa coquille, je ne vous dis que ce qui est vrai, Cavalier attaque la ville et M. le gouverneur-général est sorti ce matin pour marcher contre lui.

— De quel côté ? demanda vivement M. de Laudun.

— Pas loin, aux carrières de Barutel.

— Aux carrières ! alors, s'écrièrent d'une seule voix Béthune et Gibertin.

— Aux carrières ! répétèrent les dragons oubliant tout à coup leurs fatigues.

— En route donc, messieurs, commanda le vicomte, et au galop, pour ne pas arriver trop tard.

Et tous s'élancèrent dans la direction indiquée.

A deux lieues environ de Nîmes, à droite de la route d'Alais et au milieu de rochers escarpés, s'ouvrent les vastes carrières de Barutel, exploitées déjà par les Romains qui en retirèrent les énormes blocs destinés à la construction des arènes de Nîmes. Tour à tour reprises et abandonnées, elles présentaient, en 1703, une sorte d'escalier gigantesque couronné et comme enchâssé par d'épaisses garrigues.

Ce lieu était, on le voit, merveilleusement disposé. Cavalier en connaissait tous les avantages. Aussi, à la nouvelle de l'arrivée du maréchal de Montrevel, désireux de tâter son nouvel ennemi, se porta-t-il vers les carrières avec toutes ses troupes.

Établi là, il s'occupa pendant deux jours à renforcer sa position par des fossés, des abattis d'arbres, fit même élever quelques murailles en pierres sèches, puis, sûr qu'il ne pourrait trouver nulle part un poste plus avantageux, il envoya quelques soldats faire le coup de feu aux portes de Nîmes afin d'attirer le maréchal, et le forcer à combattre avec un tel désavantage que la victoire demeurerait aux enfants de Dieu.

Montrevel battu, Nîmes tombait aux mains des vainqueurs.

Il n'en fallait pas plus pour que les protestants, exaltés par le triomphe, se soulevassent et ouvrissent leurs portes au vainqueur.

C'était un immense succès, que le consistoire, averti, regardait comme infaillible. Tout, en effet, était convenu d'avance entre le général cévenole et ses partisans secrets, lorsque le 20, au matin, les sentinelles vinrent prévenir le maréchal que les Camisards insultaient la garnison et brûlaient les fermes jusque sous les murailles de la ville.

Il y avait trois jours que M. de Montrevel était arrivé dans la province, un seul qu'il se trouvait à Nîmes.

— Qu'on avertisse le gouverneur, dit-il simplement, j'ai à lui parler.

Quelques instants après, M. de Sandricourt se présenta.

— Monsieur le marquis, lui dit le maréchal, faites fermer immédiatement les portes, et armer les milices; que personne n'ose entrer dans la ville ou en sortir d'ici à ce soir, sous peine de mort.

Le marquis s'inclina.

— Vous êtes gouverneur de Nîmes, monsieur, continua le maréchal, et par conséquent chargé d'y maintenir l'ordre. Entendez-vous avec Messieurs du Présidial et avec les capitaines de quartiers, formez des patrouilles, parcourez les rues pour empêcher tout rassemblement et s'il se forme des attroupements, dispersez-les par la force.

— Monseigneur, je ferai remarquer à Votre Excellence que ces mesures, peut-être un peu sévères, pourraient, si la population en ignorait le motif, entraîner quelque fâcheux conflit.

M. de Montrevel se redressa.

— Je n'ai pas l'habitude, monsieur, de demander l'avis de la multitude et de lui exposer mes plans; ce que j'ordonne, je le crois utile, indispensable et j'en garde toute la responsabilité, veuillez obéir.

— Cela suffit, monseigneur, vos ordres seront exécutés, répondit le marquis, qui sortit aussitôt.

Une heure après, toute la ville était déjà en état de siège, quand le maréchal, en simple tenue de campagne, entouré de quelques gentilshommes, et suivi de cent cinquante dragons et de deux cent cinquante soldats de marine, se fit ouvrir les portes et marcha droit aux carrières de Barutel, comme s'il n'eût eu d'autre désir que de fournir à Cavalier l'occasion que celui-ci paraissait désirer.

A trois cents pas à peine des retranchements du chef camisard, il fit faire halte, partagea sa petite armée en trois corps, en garda un avec lui, et renvoya les deux autres, après avoir donné à leurs commandants des instructions; pendant que quelques fusiliers, embusqués derrière les chênes verts, échangeaient avec les rebelles quelques coups de feu, uniquement destinés à distraire leur attention.

Cavalier, malgré les lumières surnaturelles qu'il prétendait recevoir de l'Esprit saint, se laissa prendre à ce piège. Il s'attendait à ce que l'ennemi, fatigué d'une fusillade sans résultats, perdrait patience et l'attaquerait de front.

Il concentra toutes ses forces sur ce point à peu près inabordable et ne songea pas à protéger ses ailes, couvertes par la garrigue.

Une heure se passa.

Enfin les dragons se montrant à découvert, avancèrent lentement dans l'étroite gorge fermée par la muraille à pic, dont les rebelles occupaient le sommet.

Il était impossible de commettre une faute plus grave. Encore quelques pas et, de ces fiers soldats décimés par le feu, écrasés par les rochers, il ne resterait plus un seul homme.

— Enfants, invoquez le Seigneur! cria Cavalier.

Au chant des huguenots, les trompettes répondirent. Cependant les dragons s'étaient arrêtés de nouveau.

— Lâches! avancez donc, criaient les fanatiques; venez si vous l'osez.

Les soldats frémissaient de colère.

— Général, commandez-nous de marcher, crièrent quelques voix.

— Que personne ne bouge, répondit le maréchal; quand le moment sera venu je vous promets la victoire.

Un quart d'heure s'écoula encore. Tout à coup, dans le lointain, retentit le cri de :

Leurs chevaux, lancés à bride abattue, dévoraient l'espace. (*Voir page* 657.)

— Mort aux huguenots!

C'était la première brigade, commandée par des Hutiers qui, après avoir tourné les rebelles, tombait sur leurs derrières.

En même temps, sur leur flanc gauche, les tirailleurs de la marine ouvraient un feu terrible.

— Malédiction, rugit Cavalier, un traître leur a livré le Chemin des Cercles.

Et, brisant son épée avec rage, il s'écria :

— Tous en bas du rocher! droit au maréchal! mort aux impies!

Mais il était trop tard. Pris entre deux feux, les enfants de Dieu ne songeaient plus qu'à se débarrasser de leurs armes pour fuir.

Ceux qui descendirent dans le vallon tombèrent sous le sabre des dragons; les autres, plus heureux, échappèrent à la faveur des rochers.

Cette défaite fut l'œuvre d'une demi-heure à peine.

Le vicomte de Laudun et ses compagnons arrivaient à la hauteur du mas de Pomgé. Quand ils entendirent les premières détonations, ils coupèrent à travers champs et arrivèrent, bride abattue, à la clairière de la Jasse.

Ravanel jeune la traversait en ce moment avec un gros de fuyards qui, dans leur affolement, vinrent se heurter contre les dragons.

— Tue! tue! cria Gibertin, ce sont les ennemis.

En un clin d'œil, tout fut massacré.

De tous côtés, à travers la garrigue, on apercevait maintenant, fuyant à toutes jambes, des Camisards désarmés.

Mais, où donc était le gros de l'armée? Nous perdons notre temps, criait Gibertin. Au champ de bataille!

Malheureusement, ils ne retrouvaient plus leur route.

Les fuyards se faisaient de plus en plus rares.

— Tâchez d'arrêter un rebelle pour l'interroger, capitaine, s'écria le vicomte de Laudun.

— Vous avez raison, monsieur, le temps presse, repartit Gibertin.

Et s'adressant à ses soldats :

— Allons, enfants, à la besogne, et vivement; dix livres au premier qui me rapporte un rebelle.

Disséminés dans le bois, les dragons chassaient à courre.

— A moi, les camarades! à moi! voici Cavalier, cria tout à coup la Terreur.

En effet, abandonné par ses derniers soldats, vaincu et désespéré, le général cévenole fuyait, lui aussi, vers la forêt des Leins, toujours accompagné par la fidèle et féroce Isabeau. Leurs chevaux, lancés à bride abattue, dévoraient l'espace.

— A moi! répéta la Terreur, en se jetant résolument au-devant d'eux, le sabre à la main.

— Oui, à toi! rugit Cavalier en saisissant rapidement un pistolet, qu'il lui déchargea dans la poitrine.

Les dragons, qui accouraient, entendirent le cri suprême de leur compagnon et le virent tomber comme une masse.

Ils étaient trop loin pour le venger et Cavalier, qui les avait aperçus, tournant bride aussitôt, fuyait, rapide comme la flèche, vers le monticule que le vicomte était en train d'explorer.

— A vous, lieutenant! à vous! vociféra Gibertin.

Presque au même instant, dans la garrigue, deux coups de feu retentirent.

Puis il se fit un silence, suivi de près par une troisième détonation. Ce fut tout.

Le bois était si épais qu'il était impossible de rien voir.

— L'avez-vous tué, criait Gibertin, monsieur le vicomte, où êtes-vous?

Aux cris du capitaine, le vicomte, qui déjà avait mis pied à terre pour escalader le rocher, avait couru se poster sur le sentier pour y attendre l'ennemi.

Mais déjà prévenus par l'appel fait à M. de Laudun, Cavalier et Isabeau s'étaient préparés à la défense.

Avant même que le jeune homme eût fait feu, la balle du Cévenole avait traversé son feutre. Mieux dirigée, celle de l'officier du roi frappa le chef des prophètes en pleine poitrine; il était mort, si la cuirasse qu'il portait sous ses habits n'eût amorti le coup; et la violence du choc fut telle que, sans l'aide d'Isabeau, il eût été désarçonné.

La prophétesse rugissante de colère le saisit par le bras au moment où il allait tomber et, tout en le soutenant d'une main, de l'autre déchargea son arme à bout portant sur le vicomte.

Un nuage passa sur les yeux du fiancé de Marguerite, ses genoux fléchirent et instinctivement il s'appuya à un arbre pour ne pas tomber sous les pieds des chevaux.

Quand il rouvrit les yeux, Cavalier avait disparu, et de la vision presque fantastique il ne restait qu'un lambeau de manteau bleu accroché aux branches de l'arbre au pied duquel il s'était affaissé couvert de sang.

— Lieutenant, où donc êtes-vous? répétait avec anxiété le capitaine Gibertin.

— Ici, capitaine, le voici! cria tout à coup un dragon, il est blessé.

Le vicomte n'en entendit pas davantage, ses yeux se fermèrent de nouveau, un froid mortel envahit ses membres et il tomba dans un évanouissement profond.

Quand il revint à lui, forêt et dragons avait disparu; couché dans un lit dont les rideaux étaient à demi-fermés, le malade passa la main sur son front et poussa un profond soupir. Il avait tout oublié, seulement sa respiration était pénible et il souffrait cruellement à l'épaule. Un mouvement qu'il essaya lui arracha une plainte douloureuse.

Aussitôt entre les rideaux apparut le visage saintement affectueux d'une garde-malade portant le costume de l'Ordre fondé depuis un demi siècle par l'apôtre de la charité, saint Vincent de Paul.

— Ma sœur, où suis-je donc? demanda le malade.

— A Nîmes, mon frère, dans le palais de Mgr Fléchier, depuis quatre jours ; vous avez été en grand danger, mais le chirurgien a déclaré que vous étiez sauvé, pourvu que vous gardiez le repos le plus absolu.

— Et M. de Béthune, le maréchal, les Camisards, oh ! mon Dieu ! tout cela n'est-il pas un rêve ?

— Non, mon frère, non, mais tout va bien pour le moment, le maréchal a battu les fanatiques à Barutel et les poursuit dans la montagne, tandis que M. de Broglie rétablit la paix dans la Vaunage, M. de Béthune vient savoir de vos nouvelles dix fois par jour, tout va bien.

— Et mademoiselle de Saint-Véran, continua le blessé dont les yeux brillèrent d'un éclat fiévreux, a-t-on su ?...

— Silence, silence, Dieu ne permettra pas qu'il arrive malheur à cette chère demoiselle, mais pour l'amour de Dieu, taisez-vous, si vous voulez guérir vite pour hâter le moment de sa délivrance.

— Vous avez raison, ma sœur, je n'ai pas le droit de mourir, dit-il, ma vie lui appartient, et il ferma les yeux, moins pour dormir que pour penser à elle.

Isabeau y pensait aussi, et pour se venger de la défaite de Cavalier et du coup de pistolet que lui avait tiré Laudun, elle avait eu recours à un atroce mensonge. A Marguerite elle avait fait annoncer que le vicomte était mort à Barutel, puis informée par ses espions que le blessé rapporté par les dragons de Poul à Nîmes y avait été reçu par l'évêque Fléchier, elle avait percé à coups de poignards la robe que l'orpheline avait vu quitter aux salles du Gardon, et après l'avoir maculée de sang, l'avait envoyée à l'évêque avec ces mots : « Au persécuteur du peuple de Dieu, Isabeau, la prophétesse du Seigneur, envoie les vêtements de Marguerite l'Amalécite, poignardée de sa main, en justes représailles du sang versé. »

Le jour même où l'illustre prélat reçut cet odieux envoi, un homme vêtu d'un costume d'ermite et qui devait devenir un des principaux chefs des catholiques, était venu lui demander audience.

L'évêque lui montra la robe avec horreur en répétant avec larmes ces paroles de Jacob recevant la tunique de Joseph :

— Une bête cruelle l'a dévorée.

L'homme à la robe de bure déploya le vêtement et l'examina en silence.

Puis, quand il eut terminé cette inspection, il dit simplement : Que Votre Grandeur se rassure, cette étoffe a été percée et ensanglantée à dessein, mais la personne à laquelle elle appartient n'a point été poignardée.

— A quoi voyez-vous cela ? demanda Fléchier étonné, et êtes-vous certain de ce que vous avancez ?

— Que Votre Grandeur daigne examiner l'étoffe, reprit l'ermite, le sang la souille d'un côté il est vrai ; mais en dessous, et c'est par là qu'il aurait dû couler d'abord, les taches ne correspondent pas aux déchirures.

— Vous croyez donc... ?

— Que ce n'est qu'une ruse infâme, Monseigneur. Mademoiselle de Saint-Véran vit encore, soyez-en persuadé, ne parlez de rien au blessé. Moi, l'Ermite, avec l'autorisation de Votre Grandeur et la permission du ciel, je me charge de retrouver l'orpheline.

CHAPITRE LVII

LE DÉSERT DE PRIME-COMBE

Vers le commencement de l'année 1703, au plus fort de la guerre civile des Camisards et quelques semaines après l'arrivée à Nîmes du maréchal de Montrevel, successeur du comte de Broglie, un homme de quarante ans, de taille moyenne, mais dont les bras énormes et les épaules carrées accusaient une vigueur peu commune, cheminait à la tombée de la nuit sur la route qui de Sommières conduit à Prime-Combe.

Le chemin était désert, car à cette heure et dans ces parages infestés par les bandes des Camisards noirs, commandés par le féroce Puymarcé, peu de voyageurs osaient s'aventurer dans le voisinage des bois et des rochers. Sans paraître se soucier du danger, l'inconnu marchait d'un pas ferme et assuré, tantôt faisant voler au loin les cailloux de la route, tantôt décapitant d'un coup sec et rapide les branches des buissons avec un gros bâton de cornouiller terminé par une lourde crosse de fer, seule arme apparente qu'il portât. Apparente est le mot, car sous sa veste de drap blanchâtre et grossier, serrée autour de sa taille par une lanière de cuir, se dessinaient en relief deux crosses de pistolets chargés et amorcés, et, en cas de nécessité, un long couteau à large lame bien affilée se trouvait à portée de sa main dans la poche de son pourpoint. L'inconnu n'était donc pas désarmé.

En tout temps la prudence est bonne en soi; à l'époque dont nous parlons elle était de première nécessité.

Arrivé à une grosse pierre, autour de laquelle étaient épars sur le sol les débris d'une croix récemment brisée par les rebelles, le voyageur, après s'être dévotement signé, regarda autour de lui avec précaution, quitta la grand'route pour prendre un chemin de traverse conduisant au désert et s'engagea dans une sorte de défilé, embarrassé de gros rochers entremêlés de bouquets d'arbres, vestibule sauvage de l'agreste vallée de Prime-Combe.

Déjà il avait parcourut un tiers de la gorge, que la nuit envahissait rapidement, quand soudain il s'arrêta et écouta; il ne s'était pas trompé, un bruit s'était fait entendre; c'était le trot d'un cheval retentissant sur la pierre.

Ce bruit était de mauvais augure. La veille, deux catholiques avaient été surpris et massacrés à coups de hache à peu de distance de cet endroit; l'homme réfléchit un instant; puis, ne voulant pas s'aventurer dans des lieux inconnus, où il aurait couru risque de tomber dans quelque précipice, il grimpa lestement dans les branches d'un pin et s'y blottit derrière l'épais feuillage.

La précaution était bonne et la retraite sûre ; il attendit avec sécurité.

Deux minutes après, l'ombre d'un cavalier de haute stature et portant une carabine en bandouillère se dessina à la clarté de la lune entre deux rochers et disparut aussitôt dans l'obscurité.

— Si je ne le vois pas sur la route, il me verra encore bien moins dans ma cachette, pensa l'homme à la veste blanche ; en tous cas, préparons-nous.

Et il arma son pistolet.

En effet, sans soupçonner sa présence, le cavalier passa au pied de l'arbre sans s'arrêter.

Le catholique fit un mouvement pour descendre de son poste aérien, mais en jetant les yeux au-dessous de lui, il aperçut un énorme dogue qui flairait le gazon au pied de l'arbre.

Au mouvement de l'homme, l'animal releva la tête et poussa un grognement féroce.

C'était le chien du cavalier. Que faire ? Tirer, c'était attirer l'ennemi ; ne pas tirer, c'était s'exposer à être gardé à vue par l'animal féroce jusqu'à l'arrivée de son maître.

Que faire encore ?

Le chien trancha la difficulté : il se mit à gratter la terre en aboyant avec fureur.

Le cavalier n'était pas loin, il revint au galop ; mais au lieu de s'approcher de l'arbre de manière à s'offrir en but à l'ennemi caché, il descendit de cheval, rampa à travers les broussailles, trouva un poste d'où il pouvait sans rien risquer tirer sur l'arbre au bon moment, et, satisfait de son stratagème, il cria :

— Ohé ! l'homme qui est sur l'arbre, qui êtes-vous ? Répondez, ou je fais feu.

Un instant s'écoula.

— Si vous ne répondez pas, je fais feu, reprit le cavalier, et je n'ai pas l'habitude de manquer mon coup. Je m'appelle Lefèvre de Gajans. On me connaît à la ronde.

— Alors ne tire pas, je suis Florimond de Générac.

— Florimond-la-Palette ! qui diable l'aurait soupçonné.

Le cavalier rappela son chien.

— Ici, l'Étrangleur, ici, dit-il; c'est un ami.

Ainsi rappelé par son maître, le chien se retira en grondant, tandis que Florimond, se laissant glisser du sapin, venait rejoindre son ami, qui déjà l'attendait au pied de l'arbre.

— Par tous les saints du paradis, je ne m'attendais pas à te trouver ainsi perché comme un corbeau au haut d'un sapin, fit Lefèvre en lui serrant les mains à les faire craquer, que faisais-tu donc là? Examinais-tu les étoiles ?

— J'avais entendu les pas de ton cheval, et comme on rencontre par le temps qui court plus d'ennemis que d'amis, j'avais voulu me mettre à l'abri.

— Ce n'était pas trop mal raisonné, rien n'est plus facile que de se cacher dans un arbre, et c'est pour cela que je voyage toujours avec mon brave Étrangleur; il évente les embuscades.

— Oui, après que tu as passé.

— Cette fois-ci seulement il était resté en arrière. Tu vas à Prime-Combe, je suppose.

— Et toi aussi? Nous ferons route ensemble.

— Parbleu! deux valent mieux qu'un. D'où viens-tu?

— De Nîmes.

— C'est comme moi.

— Ah! J'y étais allé demander au maréchal la permission...

— De lever une troupe?

— Qui te l'a dit?

— Personne; mais, d'après les conseils de l'Ermite, j'y étais allé pour le même objet.

— Bah !

— Oui, et que t'a répondu M. de Montrevel ?

— Il m'a autorisé pour trente hommes.

— Encore comme moi.

— Voilà qui est particulier.

— Et que lui as-tu dit pour tes raisons ?

— Ma foi, je n'y suis pas allé par quatre chemins. Je lui ai dit : Monseigneur, je m'appelle Florimond-Vialet, dit La Palette, natif de Générac et connaissant ma Vaunage sur le bout du doigt ; les Camisards m'ont pillé mon moulin, brûlé ma maison, assassiné mon compagnon à coups de barres, ils ont incendié l'église de mon village, tué une dizaine de mes voisins que j'aimais. Donnez-moi l'autorisation de lever quelques partisans, et je vous promets de leur moudre plus de farine qu'il n'en faudra pour leur compte.

— Et alors le gouverneur s'est mis à rire.

— Non vraiment, il m'a signé un bout d'ordonnance et m'a renvoyé en me disant :

« Lève trente hommes, je t'y autorise, mais pas d'excès ou je te tiens pour responsable. »

— Toujours comme moi, fit Lefèvre.

Tout en causant, les deux amis s'étaient remis en route à pied suivis de l'Étrangleur et du cheval de Lefèvre.

— Ça, continua Florimond, en s'adressant à son compagnon, et toi, as-tu été content du maréchal ?

— Moi, certes oui ! J'avais, il faut te dire, une lettre de M. de Gibertin pour lui ; il y avait là un jeune homme, Rochebrune, Valbrune, quelque chose en brune.

— N'est-ce pas Béthune ?

— Peut-être bien ; peu importe. M. Vertune prend donc mon billet et le lit au maréchal, qui se met à me regarder ; moi, naturellement, je me redresse.

— Il me semble que tu es déjà assez grand, sans chercher à te grandir, fit Florimond.

— Ça, c’est vrai, cinq pieds huit pouces dix lignes à la toise du régiment; mais c’est égal. Pour lors, le maréchal me regarde en levant un peu la tête et dit :

C’est vous qui êtes Bonaventure Lefèvre, dit Courte-Vie?

— Pour vous servir, mon maréchal, ex-grenadier au régiment de Royale-Bretagne, en retraite pour le moment à Gajans, où je suis né personnellement.

— Pour lors, vous avez à vous plaindre des rebelles?

— J’ai cet honneur, subsidiairement, mon maréchal, pour ce qu’étant retiré au château de Gajans, cette vermine est venue assiéger le château, avec ordre et sommation à votre serviteur de livrer les portes, sous peine de massacrer conséquemment mon frère et ma mère, si je refusais de le leur livrer.

— Et ils le firent, les brigands! s’écria Florimond en brisant un caillou d’un coup de sa masse.

— S’ils le firent! ils fendirent la poitrine à mon frère, lui arrachèrent le cœur, qu’ils clouèrent à la porte du château, puis ils scièrent le cou de ma mère, reprit Lefèvre d’une voix sourde. Mais, aujourd’hui, j’ai trente hommes et je connais les meurtriers, continua-t-il en serrant de nouveau la main de son futur compagnon. A présent il ne manque plus qu’une chose, c’est que l’Ermite veuille se mettre à notre tête. Avec lui nous ferons de bon ouvrage.

— Il ne voudra pas, fit Florimond, j’ai essayé de le remonter, il m’a répondu: je ne combats plus que par la prière. J’ai insisté sans y réussir.

— A-t-il vu le maréchal?

— Je ne le crois pas, bien qu’il soit allé à Nîmes deux ou trois jours après la bataille de Barutel.

— J’y étais à peu près à la même époque, toujours pour mon affaire,

Chut ! fit Lefèvre dont le chien commençait à gronder. (*Voir page* 670.)

mais le maréchal ne voulait pas entendre parler de partisans; après sa victoire sur Cavalier dans les carrières, il croyait la guerre finie et n'attendait plus que l'arrivée des miquelets pour achever la pacification.

— Comme le comte de Broglie. Il ne parlait aussi que de pacification celui-là, et les scélérats en profitaient, comme ils en profitent encore pour piller, égorger et tourmenter le pauvre peuple. Ils ne sont pas dix contre cent dont un seul suffirait pour résister à leurs dix, mais on nous tient là, la gorge sous le couteau, sous prétexte de nous protéger. Que le roi retire ses troupes et nous laisse libres, par le ciel; qu'on nous, délie les mains pendant huit jours seulement, qu'on se fie à nous pour combattre ces maudits huguenots, et je réponds que dans toute la province il n'en restera plus un seul.

— Au lieu de cela, qu'arrive-t-il? reprit Lefèvre, s'exaltant de l'exaltation de Florimond et du souvenir des cruautés exercées contre son frère et sa mère par les Camisards, Montrevel bat Cavalier à Barutel, voilà qui va bien; Palmerole, avec ses miquelets, bat Ébénézer au Pont-de-Montvert, Julien bat les prophètes à Saumane, Marsili bat Castanet au Pont-du-Pradel, encore mieux; oui, mais Cavalier bat à son tour les royaux à Saint-Hippolyte, Ébénézer brûle Notre-Dame-de-Bonheur et pille dix villages, Castanet vient jusqu'aux portes de Beaucaire, Méric avec ses noirs et Roland son capitaine ravagent l'Uzége, les travailleurs catholiques sont obligés de fuir, les voyageurs sont égorgés, les enfants coupés en morceaux, les prêtres écorchés vivants, on ne peut pas faire une lieue sans rencontrer des cadavres pendus aux arbres, des fermes incendiées, des églises en ruines, c'est une poignée de huguenots qui cause tous ces malheurs; il nous suffirait d'appuyer le pied pour les écraser sous notre talon, et l'on nous défend de relever même la tête, on nous ordonne, sous peine d'être traités en rebelle, de nous laisser égorger comme des moutons. Tiens, vois-tu, Florimond, quand j'y pense, il me semble que du plomb fondu court dans mes veines, que mes mains se crispent pour étrangler ces bandits. Un mot, un seul mot, et de toutes ces bandes d'assasins il ne restera pas même le souvenir : comme le vent chasse les feuilles mortes dans ce vallon, notre colère balaiera les huguenots et effacera sur la terre jusqu'à la trace maudite de leurs crimes.

— Oui, mais pour cela il faudrait que l'Ermite se décidât, et il ne le fera pas, j'en suis certain.

— Un moment je l'ai pourtant vu presque décidé, lorsque, quelques jours après la bataille d'Aubussargues, dans laquelle disparut cette belle demoiselle de Saint-Véran, que les catholiques de Sainte-Anastasy connaissaient sous le nom de l'ange du bon Dieu, je lui rapportai ce jeune homme ou plutôt cet enfant que j'avais trouvé mourant sur les bords du Bourdiguet.

— Ah ! oui, Olivier l'Anguille.

— C'est cela même. Quand le pauvre malheureux put parler, il paraît qu'il raconta à l'Ermite une histoire si terrible, que celui-ci voulait aller tout de suite à la recherche de la demoiselle, et que depuis on dit même qu'il a promis de jeûner au pain et à l'eau trois jours par semaine jusqu'à ce qu'il l'ait retrouvée.

— Combien y a-t-il de cela ?

— Un mois et demi, deux mois peut-être, et je ne puis me figurer qu'il ait oublié sa promesse.

Florimond secoua la tête d'un air d'incrédulité.

— Pourquoi ne s'est-il pas mis à la recherche de la demoiselle ! dit-il, ce n'est pas en attendant si longtemps qu'il la retrouvera facilement.

— Qui sait si déjà il n'a pas commencé, reprit Lefèvre ; lui qui ne quittait jamais son ermitage, il est allé à Nîmes deux fois, et cela même au moment où il a chez lui ce jeune homme, qui commence seulement à se rétablir.

— Enfin, Dieu le veuille ; mais, vois-tu, tant que les Camisards continueront à respecter sa solitude, tant qu'il n'aura éprouvé lui-même leur férocité.....

— Chut! fit Lefèvre, dont le chien commençait à gronder, n'as-tu
rien entendu?

L'endroit où ils s'arrêtèrent était à l'entrée même de la vallée de Prime-
Combe. La clarté de la lune tombant en large nappe sur le désert pittoresque et sauvage revêtait les arbres et les rochers de formes étranges et
peuplait cette solitude silencieuse de monstres fantastiques, auxquels le
moindre souffle du vent, le plus petit nuage en glissant dans l'azur du
ciel prêtait le mouvement et la vie. Trop peu défini dans ses contours et
trop peu saisissable dans ses détails, le tableau que présentait au regard
la solitude de l'Ermite était moins une peinture arrêtée qu'une de ces
flottantes esquisses que l'on ne voit qu'en rêve et qui se modifient à l'in-
fini, suivant le caprice de l'imagination. Du reste, peu importait aux
deux voyageurs que les rochers amoncelés par quelque effrayante convulsion de la nature autour d'une prairie naturelle, formée par la coupe
d'un ancien cratère, eussent l'aspect de bondissantes cascades, de palais
de fées, de ruines gigantesques ou de troupeaux répandus sur la bruyère;
l'œil au guet, l'oreille attentive, la main sur leurs armes, ils écoutaient.

— Entends-tu ? répéta Lefèvre.

— Il me semble en effet...

— C'est le cri du hibou.

— On dirait plutôt une plainte.

— Ou un chant.

En ce moment une lumière rougeâtre comme celle d'une torche apparut au haut de la montagne, entre les sapins, et presque aussitôt éclaira
tout le sommet.

— C'est la ferme de la Rescluse que les noirs incendient, et le bruit
que nous entendions tout à l'heure n'est que le bêlement des troupeaux
qu'ils égorgent.

— Dieu veuille qu'ils ne tuent que des animaux et que les catholiques
aient eu le temps de se sauver, murmura Lefèvre. Et il ajouta : Je croyais
la ferme de la Rescluse sous la protection de l'Ermite, dont Cavalier, par

reconnaissance pour sa charité envers les blessés protestants, avait promis de respecter les biens.

— Oui, répondit Florimond, Cavalier a promis. Mais ce n'est pas Cavalier qui commande ici, c'est Méric avec ses noirs, et Méric ne tient pas les promesses de Cavalier, dit Florimond.

— Cavalier y est aussi.

— Méric et lui sont pourtant brouillés.

— Ils ont besoin l'un de l'autre et se sont rapprochés depuis la bataille de Barutel.

— Eh bien ! tant mieux ; tout ce que je souhaite, c'est qu'ils viennent brûler et saccager l'Ermitage même, ce sera un moyen de forcer frère Gabriel à prendre les armes, à obtenir du maréchal carte blanche pour les catholiques et ce jour là...

— Alors, puisse ce jour arriver bientôt ! interrompit Lefèvre, car il faut en finir.

— Hum ! qui sait, fit Florimond ; d'où ils sont ils ne leur faut pas trois quarts d'heure pour arriver jusqu'ici, et d'ici à l'Ermitage il n'y en a pas pour dix minutes.

— En route donc, il est peut-être bon de prévenir frère Gabriel, auquel, en cas d'attaque, notre secours pourrait bien n'être pas inutile, reprit Lefèvre.

Et, hâtant le pas, ils gravirent jusqu'à mi-côte la montagne faisant face à celle au sommet de laquelle l'incendie, après avoir jeté une vive lumière, s'éteignait peu à peu, faute d'aliments.

Ils arrivèrent enfin à l'Ermitage.

La porte et la petite fenêtre étaient closes ; aucun bruit ne s'élevait de l'intérieur, aucune lumière ne transparaissait à travers les carreaux de papier huilé, ni ne glissait sur le seuil de la porte.

Les deux compagnons entrèrent dans le jardinet situé devant la cabane de l'ermite et que père Gabriel avait l'habitude de cultiver de ses propres mains.

— Ombre et silence, mauvais signe, dit l'ancien grenadier en traversant les plates-bandes.

— Pousse la porte, lui dit son compagnon, qu'il y soit ou qu'il n'y soit pas, elle n'est jamais fermée en dedans.

— Entrons donc, fit le soldat.

Mais avant même qu'il eût étendu la main, la porte s'ouvrit d'elle-même et un homme de haute taille, revêtu d'un froc et pieds nus, s'avança au-devant de ses hôtes en disant :

— Salut, frères ; que la paix du Seigneur soit avec vous.

— Et avec ton esprit, répondirent les voyageurs en s'inclinant.

CHAPITRE LVIII

FRÈRE GABRIEL

Frère Gabriel était un grand et bel homme de 55 ans, portant une longue barbe grisonnante, les cheveux courts, des sandales de corde et une robe de bure marron, dont le capuce encadrait un visage amaigri par les austérités, mais dont la physionomie fière, les traits fortement accusés, les yeux ardents, les lèvres minces et serrées, et le nez recourbé comme le bec d'un oiseau de proie, dénotaient chez le porteur de cet humble costume une âme ardente et de fougueuses passions.

Peut-être, si le pieux cénobite de Prime-Combe n'eût pas senti en

lui-même bouillonner la lave d'un volcan intérieur, n'eût-il pas quitté
le monde pour venir demander à la solitude, au jeûne et à la prière
les forces nécessaires pour lutter contre sa propre nature et la dompter.
Beaucoup de vocations inexpliquées n'ont pas une autre origine. Aucun
vœu n'enchaînait l'Ermite; sa volonté seule l'avait arraché au monde
et à la vie des camps, d'où, après vingt années d'expéditions, de combats
et d'aventures, il s'était tout à coup retiré pour se consacrer à son salut.

Une blessure reçue dans un combat, où frère Gabriel, connu alors
sous son véritable nom de François de la Sagiote, servait sous le célèbre
capitaine Poul, avait achevé d'arrêter sa détermination de quitter la
carrière des armes. Le brillant officier avait brisé son épée, quitté son
uniforme et jusqu'à son nom, et s'était retiré dans le désert de Prime-
Combe, pour y mener une vie sainte.

Là, au milieu des rochers, dans une grotte sauvage meublée de quelques escabeaux et d'une table grossière, fabriqués de ses mains, il va-
quait depuis deux ans à la prière, au travail et aux bonnes œuvres.

Mais quel qu'eût été le soin qu'il eût apporté à dissimuler son nom et
le lieu de sa retraite, le sergent Lefèvre et quelques autres de ses
anciens compagnons avaient fini par retrouver sa trace; et quand éclata
la guerre des Camisards, plusieurs d'entre ses amis étaient venus le con-
jurer de reprendre les armes pour combattre les ennemis du Seigneur.

La tentation était violente, cependant frère Gabriel avait résisté. Enfants de Dieu et Camisards noirs, qui devinaient sous le froc de l'anachorète un digne successeur du terrible Poul, n'avaient eu garde de
venir le braver. Aussi, tandis que les fureurs de la guerre désolaient le
environs, le désert de Prime-Combe était demeuré comme un oasis
respecté, au bord duquel venait expirer le bruit des armes, et que ne
franchissaient qu'avec respect les bandes les plus indisciplinées.

L'Ermite reconnaissait ce respect des protestants par une impartialité
qui ne s'était jamais démentie. S'il avait pris sous sa protection la ferme
de la Rescluse, appartenant à une famille catholique, il avait donné asile

dans sa grotte à deux noirs poursuivis par les dragons, auxquels il avait refusé de les livrer.

Les maux de l'Église lui arrachaient des larmes ; il priait pour le triomphe de la cause juste, redoublait de jeûnes et d'austérités, mais tout en luttant contre lui-même de toute son énergie, il se refusait à prendre part à la guerre fratricide qui ensanglantait le Languedoc.

Un récent événement était cependant venu ébranler sa résolution.

Un jour que sur l'invitation de l'évêque d'Uzès il s'était rendu à cette ville, il rencontra, près de Blauzac, le sergent Lefèvre, qui lui apprit que le matin même, revenant de Bourdic, et passant par le vallon où s'était, deux jours auparavant, livrée une sanglante escarmouche, il avait, sur les bords du Bourdiguet et au pied du rocher d'Aubussargues, aperçu le cadavre d'un jeune homme catholique, dont la main serrait encore un scapulaire ensanglanté ; que s'étant approché pour tâcher de le reconnaître, il s'était assuré que ce jeune homme conservait un souffle de vie, qu'après avoir lavé sa plaie, il l'avait transporté à une ferme voisine abandonnée par ses habitants, et que ce serait œuvre de charité de secourir le pauvre agonisant. L'Ermite revint sur ses pas, fit emplir sa gourde de vin et d'huile à Blauzac, et, guidé par le charitable Lefèvre, vint au secours du moribond abandonné.

Frère Gabriel avait vécu de la vie des camps et acquis dans sa carrière aventureuse, l'art de panser les blessures. Celle du mourant était effrayante. La lame d'un poignard avait pénétré jusqu'aux poumons, dans lesquels un violent épanchement de sang avait causé d'affreux désordres ; Si la mort n'avait pas suivi immédiatement ce coup de poignard, c'est que Dieu avait permis que le sang, en se coagulant, eût pour ainsi dire soudé les lèvres de la plaie et posé comme un premier appareil.

— Le ciel veut que cet enfant guérisse, pensa l'Ermite, et c'est moi qu'il a choisi pour le ramener à la santé.

Il renvoya le sergent, après quelques heures, et appliqua des médicaments fournis par les simples de la montagne.

Huit jours s'écoulèrent, puis quinze : la blessure était à peu près fermée. Le malade semblait devoir échapper à la mort.

Olivier l'Anguille, — car c'était lui — Olivier, le frère de lait de Mlle de Saint-Véran, Olivier le vaillant défenseur du dolmen d'Aubussargues, entrait en pleine couvalescence.

Mais, hélas ! son corps était sauvé, mais son intelligence était morte.

Frère Gabriel crut que sa mission n'était pas suffisamment remplie. D'étape en étape, et grâce à la charité de quelques voituriers, il transporta son cher malade à Nîmes d'abord, puis à Sommières, puis enfin à Prime-Combe, dans l'espoir que le silence et la solitude réveilleraient enfin cette âme, qui n'était peut-être qu'endormie.

Jusqu'à ce jour les efforts de l'Ermite étaient demeurés infructueux. Olivier avait recouvré ses forces ; attaché à son sauveur comme un chien à son maître, il le suivait dans son jardin qu'il l'aidait à cultiver ; une sorte d'instinct perfectionné avait remplacé chez lui l'intelligence, mais le progrès s'était arrêté là : mémoire du passé, conscience du présent, il avait tout perdu, ou plutôt, s'il lui en restait quelque lueur, on ne pouvait s'en apercevoir qu'à une tristesse profonde, à une sorte d'inquiétude maladive, qui ne se trahissait que par des sanglots entrecoupés de mots inintelligibles, parmi lesquels revenait un nom cent fois répété au commencement de sa maladie : Marguerite.

Un savant physicien, consulté par le solitaire, avait répondu :

— La maladie est la suite d'un violent ébranlement du cerveau, une secousse terrible peut seule la faire cesser, mais aussi elle peut amener la mort.

Qu'était-ce donc que cette Marguerite?

Des informations prises à Saint-Anastasy et à Blauzac avaient enfin appris à frère Gabriel que son protégé devait être Olivier, le piqueur du marquis de Meyrargues, si misérablement assassiné par les Camisards, et le frère de lait de Mlle de Saint-Véran, disparue lors de la prise du château. La déposition faite plus tard par le sergent Torte-

Gueule, alors interné à Beaucaire par ordre du comte de Broglie, avait complété ces renseignements un peu vagues. L'orpheline n'avait point été tuée dans le château, le déserteur l'avait vue s'élancer du haut du dolmen, poursuivie par Méric, qui, sur le point de l'atteindre, avait été lui-même frappé par Torte-Gueule et laissé solidement garrotté sur le plateau. Là s'arrêtaient les détails. Toutes les démarches faites pour en apprendre davantage avaient été infructueuses, jusqu'au combat de Barutel, après lequel l'Ermite avait appris par la lettre de la prophétesse Isabeau que mademoiselle de Saint-Véran venait d'être mise à mort.

Évidemment c'était un grossier mensonge, Marguerite vivait ; et frère Gabriel avait fait vœu de découvrir sa retraite forcée.

Depuis quelques jours il se demandait si en de telles circonstances le service de Dieu ne demandait pas qu'il quittât sa solitude pour entreprendre cette recherche. Il hésitait cependant encore. Sans lui, que serait devenu Olivier ?

La tête appuyée entre ses mains, près du lit de feuilles sèches sur lequel dormait le pauvre insensé, le cénobite priait le ciel de l'éclairer sur ce qu'il avait à faire, quand le bruit des pas, puis la voix de deux hommes traversant son jardin, étaient venus interrompre sa méditation.

Il s'était levé et avait ouvert.

Lefèvre et Florimond lui tendirent la main en disant :

— Salut, frère Gabriel, comment va votre santé ?

— Bien, grâce à Dieu, répondit l'Ermite, mais mon pauvre Olivier est encore dans le même état.

— Où est-il ? demanda Florimond.

— Ici près, il dort, et c'est pour cela que je n'avais pas voulu allumer de lumière afin de ne pas l'éveiller ; mais je crois qu'il souffre plus encore quand il est endormi ; ce soir encore, je crains une crise.

— Pauvre garçon, fit Lefèvre, mieux eût valu le laisser mourir.

L'Ermite, accroupi sur la pierre qui lui servait de cheminée, fit jaillir des étincelles de deux cailloux sur une poignée de mousse desséchée; quand il l'eut enflammée, il en approcha une branche de sapin taillée en forme de bûchette et fixa dans une fente du rocher l'extrémité de sa torche primitive, ainsi que le font encore aujourd'hui les pâtres.

— Qui donc secoue ainsi la porte ? demanda-t-il en achevant ses préparatifs.

— L'Étrangleur, répondit Lefèvre, il m'a accompagné, comme toujours, et s'ennuie probablement du tête-à-tête avec mon cheval.

— Ton cheval est là aussi ?

— Je l'ai laissé dans la Combe, où il broute en m'attendant, peut-être aurais-je mieux fait de le mener par le sentier jusqu'ici, à cause de ces enragés Camisards, qui pourraient bien venir me le voler.

— Les hommes et les chevaux ont droit d'asile à Prime-Combe, mon frère, et...

— Comme à la Rescluse, n'est-il pas vrai ? interrompit Florimond.

— Comme à la Rescluse aussi; en douterais-tu ?

— Oh! non, je n'en doute pas, et je ne puis pas en douter, repartit le meunier d'un air de triomphe, car je viens de la leur voir brûler.

— Ce n'est pas possible, fit frère Gabriel en tressaillant.

— Regarde! dit le meunier en ouvrant la porte.

— Et écoute! dit Lefèvre.

— En effet, murmura l'Ermite, c'est le psaume de la délivrance, je le reconnais... Ce n'est pas possible, cependant, pas possible. Méric et Cavalier m'ont promis...

— Promis! fit La Palette, avec un éclat de rire amer, promis! et toi, La Sagiote, tu te laisses endormir par les promesses de ces brigands.

— Frère, je ne m'appelle plus que Gabriel, reprit l'Ermite.

— Et c'est là ton seul tort, repartit Lefèvre, le moment de quitter la robe pour reprendre la cuirasse est venu, il faut non seulement prier, mais agir. L'évêque de Nîmes, lui-même, est de cet avis. Allons, sou-

Méric, menteur, traître et parjure, tu n'as pas voulu la paix, tu auras la guerre.
(*Voir page* 684.)

viens-toi de ton ancienne vie, de tes vieux compagnons, reprends ton épée; en avant! et mort aux huguenots!

— Frère, frère, fit l'Ermite, pourquoi es-tu venu pour me tenter?

— Te tenter! s'écria Florimond, te tenter! mais ne vois-tu pas que ne pas servir la cause catholique, c'est te rendre complice des crimes qui se commettent jusque sous tes yeux, Frère Gabriel, le sang des habitants de la Recluse a coulé, et c'est toi qui en seras responsable.

— Au nom du ciel, ne parlez pas ainsi.

Sa voix s'arrêta, deux ou trois coups de fusils et de violentes vociférations confirmaient trop tristement les accusations du meunier.

— Entends-tu, cette fois? répéta Lefèvre.

— Seigneur, Seigneur, éclairez ces malheureux et soutenez votre serviteur contre la tentation, murmura l'Ermite.

Sur la porte, Olivier était debout, l'œil hagard, les narines contractées, la poitrine haletante, d'une main brandissant un bâton noueux, de l'autre montrant la montagne.

— Mon fils! mon fils! que fais-tu là? s'écria l'Ermite, recouche-toi.

L'idiot ne semblait rien entendre, il regardait la montagne et se repliait peu à peu sur lui-même, comme un tigre prêt à s'élancer.

— Mon fils, recouche-toi, répéta l'Ermite en lui prenant le bras.

Mais lui, repoussa brusquement frère Gabriel, et, d'un bond, s'élança dans le jardin en poussant un cri sauvage.

Sans la présence d'esprit et la force des deux partisans, qui se précipitèrent sur lui, il disparaissait dans les rochers.

Il fallut le désarmer de force et lui lier les mains; il se débattait avec fureur et ne connaissait plus personne.

— Tiens, regarde! encore une victime des assassins que tu refuses de combattre, dit l'ex-grenadier à l'Ermite.

Épuisé par la violence même de ses efforts, Olivier cessa enfin de se débattre, ses nerfs se détendirent, ses yeux se fermèrent et il tomba dans une sorte de sommeil léthargique causé par la fatigue.

Assis sur un escabeau et son fusil entre les jambes, Lefèvre regardait avec une sorte d'attendrissement frère Gabriel, qui, toujours à genoux près d'Olivier, se courbait sur son front pâle, comme pour y saisir à l'avance le plus fugitif symptôme de retour à la raison.

Près d'une heure s'était écoulée. Olivier dormait toujours ; tout à coup le poil de l'Étrangleur se hérissa, ses lèvres se contractèrent en découvrant ses crocs et il se rapprocha de la porte en grondant.

Au même moment, le malade ouvrait les yeux et promenait un regard étonné autour de lui : on eût dit qu'il cherchait, sans y parvenir, à recueillir ses souvenirs.

— Où suis-je ? dit-il enfin en passant la main sur son front.

A cette question, frère Gabriel répondit par un cri de joie.

Olivier était sauvé, la crise lui avait rendu la raison.

L'Ermite le serrait dans ses bras.

— Tu es en sûreté, mon frère, lui dit-il, et voici ton sauveur, ajouta-t-il en montrant Lefèvre.

— Et mademoiselle Marguerite ?

— Elle vit, mon enfant, et nous la retrouverons.

— Ah ! fit douloureusement le jeune homme, vous n'avez donc pas pu la sauver ?

— Silence ! voici l'ennemi, dit Florimond à demi-voix ; à la clarté de la lune, je vois des hommes qui s'avancent.

— Muselle ton chien, reprit l'Ermite, et qu'aucun de vous ne prononce un mot, ou nous sommes tous morts ; je réponds de vous.

Et aussitôt, se levant, il déplaça une lourde pierre qui cachait l'entrée d'une seconde grotte.

— Entrez tous là, dit-il, et quelque chose qui arrive, ne bougez pas ; je vous confie cet enfant ; au fond de la grotte est un soupirail par lequel en cas de besoin vous pourrez gagner le plateau, de là vous tâcherez de...

Un violent coup de pied ébranla la porte.

— Ohé ! l'Ermite, ouvre aux enfants du diable, cria une voix avinée.

Frère Gabriel n'eut que le temps de pousser ses compagnons dans leur cachette, dont il boucha de nouveau l'ouverture ; alors il s'aperçut que sa torche brûlait encore, il l'arracha et l'éteignit sur la terre.

— Ah ça, dis donc, vieux marmotteur de prières, veux-tu ouvrir au lieu de souffler ta lampe pour nous faire croire que tu dors.

— Qui est là, demanda le cénobite, et que demandez-vous ?

— C'est Jean Marius l'Écorcheur, qui est là avec une dizaine de bons camarades ; et si tu n'ouvres pas à l'instant, tu vas voir, répondit la voix.

Frère Gabriel ouvrit sa cellule, que les noirs envahirent aussitôt.

— Que la paix du Seigneur soit avec vous. dit l'anachorète.

— C'est du vin qu'il nous faut ; allume ta torche, ricana le boucher.

— En fait de boisson, vous ne trouverez pas autre chose que de l'eau.

— Va-t-en au diable avec ton eau bénite et ne fais pas l'hypocrite ; je suis sûr que tu as du vin caché quelque part et la fumée de la Rescluze m'a altéré. Allons, vite, par Belzébuth, du feu et du vin.

— Que veux-tu dire en parlant de la ferme de la Rescluze, frère ?

— Je veux dire que nous venons de la brûler avec deux papistes, que nous avons grillés dans la paille comme des pourceaux.

— Quoi ! fit frère Gabriel avec horreur, vous auriez commis cette atrocité et vous ne craignez pas la vengeance du ciel ; vous avez donc oublié que vos chefs Méric et Cavalier m'avaient promis...

— Allons, trève de complaintes et de sermons, du vin !

— Je t'ai déjà dit que je n'ai pas de vin, répondit doucement celui-ci.

En ce moment un noir alluma une torche, dont la lueur éclaira les figures noircies et les chemises sanglantes des bandits.

On eût dit une troupe de démons. Frère Gabriel promena un regard assuré sur cette bande infernale ; au milieu d'eux se tenait un homme de haute taille, près d'une femme en costume de prophétesse.

— Comment ! toi, Méric, tu permets ces excès, s'écria frère Gabriel.

— Mes agneaux ont soif, dit Méric en riant, donne-leur à boire, après cela ils verront ce qu'ils ont à faire.

— Frère, tu te parjures, et tu ne crains pas...

— Je ne crains pas de punir le traître qui a soigné les blessures de l'infâme Torte-Gueule et qui a donné asile à mes ennemis, rugit le colosse ; fais ta prière, moine, ton jour est venu... Enfants, garrottez-le et fouillez cette tanière.

Un hurlement de joie répondit à cet ordre ; en un clin d'œil les meubles furent brisés, la croix de bois arrachée du mur, foulée aux pieds et mise en morceaux, la paille et les feuilles amoncelées ; mais les noirs en furent pour leur peine : ils ne trouvèrent pas le vin qu'ils cherchaient.

Frère Gabriel, les mains liées, priait et s'attendait à mourir.

— Il n'y a rien, fit Marius,

— Il y a un traître que je vais punir, répondit Méric.

Et, saisissant la torche, il s'écria :

— Au jardin maintenant, et le couteau à la main, je vais enfumer l'ours dans sa tanière. Marius, coupe les liens qui lui attachent les jambes.

Des hurlements féroces accueillirent la proposition du capitaine ; les noirs se précipitèrent dans le jardin, devant la porte de l'ermitage.

Frère Gabriel priait toujours.

— Attention ! dit Méric.

Et il approcha sa torche du tas de feuilles sèches, qui s'enflammèrent aussitôt, en remplissant la cellule d'une épaisse fumée.

Au dehors, les noirs attendaient ; près de Méric se tenait Débora, le pistolet à la main : la nuit était tranquille et la lune resplendissante.

— Par les cornes du diable, le moine est dur à la cuisson, grommela Jean Marius, mais cru ou cuit, j'ai juré d'avoir sa peau.

— Et moi, faute de vin, je boirai son sang, hurla Nathaniel.

Un éclat de rire moqueur répondit à cette bravade et une voix cria :

— Va donc voir chez Satan, si nous y sommes,

En même temps un coup de fusil retentit au haut du rocher, une balle siffla dans l'air, et Nathaniel tomba baigné dans son sang.

Sur le sommet du rocher, quatre hommes se détachant fortement sur le bleu du ciel venaient d'apparaître subitement.

En relevant la tête, les bandits reconnurent frère Gabriel, accompagne de trois hommes.

— Méric, menteur, traître et parjure, tu n'as pas voulu la paix, tu auras la guerre, cria l'ermite, à bientôt, à revoir ! prends garde à toi !

Un hurlement de rage poussé par les vingt brigands retentit au pied de l'infranchissable roche.

— Feu ! feu partout et à l'assaut ! vociféra Méric.

Mais avant que les noirs surpris eussent eu le temps d'obéir, la fantastique apparition avait disparu.

— Au sentier des Chèvres ! vite ! vite ! clama Débora, la première remise de son saisissement, vite ! nous pouvons encore les atteindre.

— Au sentier ! répétèrent les bandits en se ruant vers la Combe.

CHAPITRE LIX

LE MOULIN DE L'AGAU

Quand Nicolas-Auguste de Labaume de Montrevel vint, par commission royale, prendre le gouvernement militaire de la province de Languedoc, il ne lui fallut pas longtemps pour s'apercevoir que le mal causé par la révolte des Camisards avait fait d'immenses progrès et jeté dans Nîmes même de profondes racines. Au premier coup d'œil, la cité paraissait jouir d'un calme profond, mais sur la nature duquel ne se trompaient ni Fléchier, l'illustre évêque, ni M. de Sandricourt, gouverneur pour le roi, ni surtout le pénétrant Basville, l'intendant, ou plutôt, comme l'appelle Saint-Simon, le roi du Languedoc.

Nîmes, dans son obéissance passive et sa tranquillité apparente, ne se soumettait que par contrainte. Catholiques et protestants s'y mesuraient de l'œil et nourrissaient les uns contre les autres une haine profonde, qui n'attendait que l'occasion d'éclater. En vain messieurs du présidial, redoublant de zèle et de précautions, multipliaient leurs visites domiciliaires et organisaient des patrouilles de jour et de nuit. Les protestants, plus habiles qu'eux, savaient endormir leur surveillance ou la tromper ; le consistoire de Nîmes était en réalité la tête de la révolte, dont Cavalier n'était que le bras. Si les Camisards combattaient, c'était aux riches protestants de Nîmes qu'ils devaient leurs armes et leur argent. Par les habitants de la ville, ils étaient instruits à l'avance des moindres projets du gouverneur et de l'intendant, et, grâce à cet espionnage, la guerre n'avait pour eux d'autres hasards que la fortune d'un combat, dont ils avaient pu d'avance déterminer les conditions.

Sans le consistoire, Cavalier n'eût été qu'un bandit vulgaire, féroce et courageux ; il dut à cette assemblée, composée d'hommes influents, riches et habiles, sa réputation de ruse et de prudence, et il put, aux yeux de ses propres soldats, passer pour recevoir du ciel les inspirations qui n'étaient que des avis donnés par ses amis de Nîmes.

M. de Montrevel le savait, et craignait à chaque instant un soulèvement général, il quittait souvent Montpellier, dont il était sûr, pour venir par lui-même étudier la disposition des esprits à Nîmes.

Sa police était nombreuse et bien choisie ; il croyait être informé de tout : un grave événement lui prouva qu'il se trompait.

Un matin, c'était le 1er avril, jour des Rameaux, le maréchal, après avoir assisté à la procession de la grand'messe, venait de rentrer à son hôtel, situé près de la porte des Carmes, à l'extrémité de la rue par laquelle le canal de l'Agau, se prolongeant à travers la campagne, va réunir ses eaux à celle du Vistre.

Le vieux marquis de Sandricourt, déjeûnant en tête-à-tête avec le maréchal, causait avec lui des événements de la guerre.

— D'après tout ce qui me revient, dit tout à coup M. de Montrevel, la ville est beaucoup plus tranquille qu'au commencement de l'année.

Le marquis secoua la tête sans répondre.

— Quoi ! monsieur, vous n'êtes pas de cet avis et vous pensez que la leçon que j'ai donnée à Barutel, au chef des rebelles aurait été perdue !

— Perdue serait beaucoup dire, monseigneur, je suis au contraire persuadé qu'elle nous a sauvés momentanément ; mais la révolte est une hydre à plusieurs têtes. Vous en avez coupé une, c'est vrai, mais...

— Il en reste encore six, voulez-vous dire, interrompit le maréchal.

— Sept, monseigneur, ne vous en déplaise, car celle que vous aviez tranchée a repoussé, car Cavalier est aussi fort qu'il ne l'avait jamais été, et l'atroce Méric...

— Oh ! quant à celui-ci, je doute qu'il nous fasse grand mal. Savez-vous qui je viens de lancer à sa poursuite ?

— Le bataillon des miquelets ?

— Mieux que cela : un ange devenu démon et trois boule-dogues.

— Je ne comprends pas.

— Avez-vous entendu parler du vaillant La Sagiote ?

— Un ancien lieutenant du capitaine Poul, devenu ermite sous le nom de frère Gabriel.

— Précisement. Frère Gabriel s'est fait présenter à moi avant hier par monseigneur Fléchier, qui l'a autorisé à endosser la cuirasse.

— Quoi ! l'Ermite reprendrait du service ?

— Oh ! pas dans un régiment, il a fait vœu de ne plus se servir d'une épée ou d'une arme à feu, repartit en riant le maréchal, mais, en revanche, il porte un bâton terminé par une crosse de fer.

— C'est une manière plus ingénieuse qu'honnête d'éluder un vœu.

— Aussi, se hâta de reprendre M. de Montrevel, n'est-ce qu'une plaisanterie de ma part, et M. de Nîmes m'a certifié qu'aucun lien religieux n'empêchait M. de La Sagiote de rentrer dans le monde.

— Mais, poursuivit le marquis, en quoi cet officier peut-il servir vos projets, puisqu'il refuse d'entrer dans un régiment ?

— Parbleu, parce qu'il en lèvera un lui-même dont il nommera les officiers ; je lui ai donné carte blanche pour deux cents hommes et je sais que déjà il est reparti avec une bande dont l'état-major se compose d'un certain Lefèvre, d'un meunier de Générac, hommes énergiques, et de ce jeune Olivier, dont vous avez dû entendre conter l'histoire.

— Olivier, le frère de lait de mademoiselle de Saint-Véran, je le connais en effet, mais ce que je ne m'explique pas, c'est qu'un jour ait suffi à l'Ermite pour organiser sa troupe.

— Organiser sa troupe n'était pas difficile. Savez-vous, monsieur le marquis, que si je voulais dire un mot, ou même fermer les yeux, dans huit jours nous aurions trois cent mille catholiques sous les armes et que de tous les protestants il ne resterait plus un seul.

— Je le sais, monseigneur, et le plus difficile est non pas de protéger les paysans de la campagne, mais de les retenir. Les protestants nous traitent de persécuteurs. Ah ! si vous fermiez les yeux comme vous dites, quel effroyable massacre en feraient les catholiques exaspérés !

— Et voilà, monsieur, ce qu'il faut éviter à tout prix. Hier, pas plus tard, un ancien huguenot, nouveau converti, homme qui a rendu des services signalés à la cause royale en livrant à M. de Broglie le plan du chemin des Cercles, est venu me supplier de lui permettre d'organiser une bande, dite des Cadets de la Croix, à Beaucaire ; pour toute réponse je l'ai menacé de le faire pendre s'il ne se tenait tranquille. La justice n'appartient qu'au roi, et nul autre que Sa Majesté n'a le droit de punir les coupables ; où en serions-nous sans cela ? Mais, en vérité, les religionnaires rebelles ont l'air de ne pas comprendre à quoi ils s'exposent en excitant par leurs brigandages les colères populaires, et parfois l'envie me prend.... Cependant, je dois le reconnaître, les hommes influents de la religion prétendue réformée obéissent de bonne grâce à Nîmes, et depuis l'affaire de Barutel, je n'ai qu'à me louer de leur conduite.

Comme la première fois, le marquis ne répondit que par un signe de tête ; mais ce signe exprimait l'incrédulité.

— Auriez-vous des doutes sur leur obéissance, monsieur ? reprit le marquis d'un ton piqué.

— De très grands, monseigneur, je vous l'avoue.

— Expliquez-vous, monsieur, car si votre police, — il insista sur ce mot, — est meilleure que la mienne, il importe que je sois informé. Auriez-vous surpris quelque complot ?

— Aucun, monseigneur, mais je suis persuadé qu'il s'en trame et que des assemblées ont lieu dans la ville même.

— Et où se tiendraient ces assemblées ?

— Tantôt ici, tantôt là, je n'ai pu encore en surprendre aucune.

— Morbleu ! c'est fort heureux pour les rebelles, s'écria le maréchal en frappant du pied ; car, sur ma parole, je ferais un exemple, et si cela ne suffisait pas, je lâcherais la bride aux Cadets de la Croix, et alors...

Il se mit à se promener à grands pas, tordant sa moustache et répétant :

— Et alors ils verraient, oui, ils verraient.

En ce moment les cloches se mirent à sonner à toutes les églises de la ville pour annoncer que les vêpres allaient bientôt commencer.

— Une heure et demie déjà, fit le maréchal, je ne croyais pas la journée si avancée, à peine aurai-je le temps d'écrire mon rapport.

— Monseigneur, je suis désolé d'avoir abusé de vos instants, fit le marquis en se levant pour se retirer.

— Loin de vous en vouloir, monsieur le marquis, je vous remercie au contraire, répondit M. de Montrevel, et je vous prie, après le sermon, de vouloir bien revenir me voir, j'ai à causer avec vous.

— Aussitôt après la bénédiction je serai ici, fit-il.

Et prenant congé du maréchal, il sortit en se disant intérieurement :

— Malheur aux huguenots s'ils irritent cet homme, leur châtiment serait terrible.

Demeuré seul, le gouverneur arpenta quelques instants l'appartement avec une agitation fiévreuse :

— Évidemment, pensait-il, M. de Sandricourt en sait long sur les menées du parti protestant, mais c'est un homme indécis et qui a craint de ma part quelque mesure violente s'il me... Ah ! messieurs les réformés, quand mon plus grand souci est de vous protéger contre les catholiques, qui ne feraient de vous qu'une bouchée, voilà comment vous reconnaissez le service que je vous rends...

Le maréchal ouvrit la fenêtre pour se distraire et s'y accouda, oubliant son rapport.

Après un moment de contemplation distraite, M. de Montrevel allait se retirer, quand il aperçut deux personnes vêtues de noir qui sortaient par la porte des Carmes en regardant autour d'elles comme pour voir si elles n'étaient pas surveillées ; deux autres personnes attendaient à l'angle de la rue. Quand les premières se furent éloignées, elles prirent la même route ; en moins d'un quart d'heure, le maréchal vit passer dix couples, tous prenaient la même direction ; cela lui parut suspect ; bien que l'heure de vêpres eût sonné et que les cloches eussent fait silence, il demeura à son poste, en ayant soin toutefois de se montrer le moins possible. L'inquiète procession continuait toujours.

Le général n'y tenait plus ; allant à la porte de son appartement, il appela son aide de camp, auquel il dit quelques mots, puis il revint à la fenêtre, se retournant à chaque instant, comme s'il se fût attendu à voir arriver quelqu'un.

Enfin la porte s'ouvrit et un homme à figure hypocrite et cauteleuse, portant le costume des artisans peu riches, entra dans l'appartement.

Cet homme, c'était maître Croquart, fabricant de bas, suivant l'occasion catholique ou protestant, employé comme espion par les deux partis, trompant les uns et les autres, suivant qu'il y trouvait son profit.

— Votre Excellence m'a envoyé quérir, et je me rends à ses ordres, dit-il en grimaçant un sourire et en se pliant jusqu'à terre,

Sauvez-moi, Monseigneur, sauvez-moi ! (*Voir page 695.*)

— Maître Croquart, j'aime que ceux qui me parlent me regardent en face, dit le maréchal d'un ton sévère, m'entendez-vous ?

— Ce sera un grand honneur pour moi d'arrêter mes regards sur un aussi illustre personnage que...

— Bien ! bien ! je déteste les flatteries. Vous devez sans doute deviner pourquoi je vous ai fait venir ?

— Non, monseigneur, fit le fabricant avec une visible inquiétude.

— Regardez-moi, vous dis-je, reprit le maréchal ; ce que j'ai à vous dire, c'est que vous êtes un traître... et vous savez ce que je fais de ces gens-là.

L'espion devint livide.

— Il se passe aujourd'hui quelque chose d'extraordinaire et que je veux savoir : il y a une assemblée quelque part.

— C'est vrai, monseigneur, reprit impudemment Croquart, qui, se sentant perdu, voulait tenter une action hardie. Je viens de l'apprendre à l'instant et je courais vous en prévenir.

Le maréchal ne croyait pas avoir deviné si juste ; il bondit sur son fauteuil en s'écriant :

— Ah ! fourbe, tu mériterais la mort ; il y en a eu d'autres, parle, ou je te fais pendre.

— Il y en a eu d'autres, répéta le fabricant, mais je ne l'ai su que...

— Combien ?

— Trois ou quatre depuis un mois...

— Ah ! les scélérats, les traîtres, ils me trompaient. Jour de ma vie ! ils paieront cher leur trahison. Réponds, misérable, où a eu lieu celle d'aujourd'hui ?

— Au moulin de l'Agau, monseigneur.

— Au moulin, là, sous mes yeux, voilà qui est par trop fort. Qui la préside ?

— Le ministre Castos, l'assassin du prieur de Ners.

Montrevel, pâle de fureur, sonna violemment. L'aide de camp accourut.

— Faites conduire cet homme en prison et donnez ordre à Laplanque de m'envoyer cent dragons à l'instant même ; qu'on ferme les portes de la ville. Allez.

Trop heureux d'esquiver la potence, l'espion ne réclama pas contre la prison et se hâta de suivre l'officier.

Il y avait déjà près de deux heures que durait l'assemblée ; après la prière, le ministre venait de prononcer un violent discours contre l'autorité royale ; de nouveaux secours en vivres, argent et munitions, avaient été votés pour les frères Cavalier, Roland, Méric et Ébénézer, et un nouveau plan de campagne approuvé par les assistants. Le psaume venait de commencer, quand un frère, placé en sentinelle au dehors, s'élança dans la salle en criant :

— Fuyez ! fuyez ! voici les dragons !

Il y eut un moment de confusion épouvantable ; on s'écrasait aux portes, plusieurs sautèrent par les fenêtres, hommes et femmes se culbutaient pour échapper au plus vite.

Il n'était plus temps.

Une double haie de soldats, dragons et fusiliers, cernaient le moulin et le jardin ; toutes les issues étaient gardées.

Soixante-dix personnes environ avaient gagné le jardin, espérant échapper plus facilement ; les soldats les accueillirent par une épouvantable fusillade, qui joncha la terre de cadavres ; le ministre Castos fut un des premiers tués : il avait assassiné le prieur de Nevers en lui tirant un coup de pistolet dans la tête et en l'achevant à coups de crosse, une balle le frappa au front, il tomba et un fusilier lui brisa le crâne. Décimé par la fusillade, le flot des fuyards reflua vers le moulin, encore occupé par plus de quatre-vingts personnes. Mais la colère de Montrevel était implacable : ni les larmes, ni les prières, ni les supplications ne purent le fléchir ; deux ou trois coups de fusil partis du moulin achevèrent de l'exaspérer. Sur son ordre, les soldats y mirent le feu.

Ce fut un spectacle horrible ; poursuivis par les flammes, les huguenots couraient de chambre en chambre, poussant des hurlements d'effroi et se tordant les bras de désespoir; beaucoup, préférant une prompte mort aux tortures, se précipitèrent sur les baïonnettes et vinrent se faire massacrer sous les yeux du général; plus humains, les soldats, quand ils le purent sans être vus, laissèrent passer à travers leurs rangs des malheureux à demi fous de terreur. Enfin les cris diminuèrent, la fusillade s'apaisa, les flammes baissèrent, les murailles lézardées s'entr'ouvrirent, les toitures s'affaissèrent dans un dernier craquement, les soldats mornes et sombres se retirèrent et un silence effrayant, un silence de mort régna seul sur le théâtre de cette scène terrible.

Le bruit de la fusillade, l'odeur de la poudre apportée par le vent, les clameurs de ceux qui périssaient dans les flammes, le son des clairons, la fermeture des portes, avaient semé l'épouvante dans la ville. Nul ne savait ce qui se passait et cette incertitude augmentait la terreur. Bientôt les bruits contradictoires circulèrent dans la cité. Cavalier, Joigny, Roland, toutes les forces des Camisards attaquaient Nîmes à la fois: le maréchal surpris avait été battu et tué, la porte de la Couronne était forcée et les massacreurs se répandaient déjà dans les rues pour égorger les catholiques. Quelques vieux soldats catholiques, emportés par leur zèle et accourant l'épée à la main pour défendre l'église dans laquelle était entassée une foule considérable, portèrent l'effroi à son comble. Les prières se changèrent en sanglots. Tout ce peuple sans armes et sans défense s'attendait à la mort; il y eut dans la cathédrale des scènes indescriptibles. L'évêque Fléchier se préparait à venir officier, quand quelques amis, encore plus imprudents que zélés, se précipitant dans le palais épiscopal, vinrent l'engager à fuir. Fléchier était alors un vieillard septuagénaire, mais son courage était au-dessus des dangers; il se refusa à sauver par une action honteuse le peu de jours qui lui restaient encore à vivre. Il voulut mourir en évêque au milieu de son troupeau réuni au pieds des autels.

Le peuple assemblé sur la place de l'église vit tout à coup les portes du palais s'ouvrir et sur le perron élevé apparut le prélat, revêtu de ses habits pontificaux, la crosse à la main, la mitre en tête, le visage illuminé par la foi et comme couronné par l'auréole d'un prochain martyre.

Jamais l'illustre évêque n'avait paru plus grand que lorsqu'après avoir béni une dernière fois la foule prosternée, il descendit d'un pas ferme pour aller au-devant de la mort.

Déjà il était arrivé aux dernières marches de l'escalier, quand un jeune homme éperdu, fendant la foule avec l'énergie du désespoir, vint tomber à ses pieds en criant :

— Sauvez-moi ! Monseigneur, sauvez-moi !

C'était un protestant échappé par miracle du moulin de l'Agau ; l'évêque le releva avec bonté et l'interrogea ; en quelques mots le jeune homme lui raconta ce qui s'était passé.

Alors Fléchier, posant la main sur son épaule, lui dit :

— C'est Dieu qui vous a envoyé à moi, je ne vous abandonnerai pas. Suivez-moi.

Et ils entrèrent ensemble dans l'église, où de grands cris saluèrent l'apparition du pontife, qui, bénissant à droite et à gauche, alla se prosterner au pied de l'autel. Puis, après avoir prié un instant, comme sa voix était trop faible pour se faire entendre à la multitude, il dit quelques mots à un prêtre, qui se dirigea vers la chaire et y monta.

Un silence de mort plana aussitôt sur l'assemblée, tout l'auditoire était comme suspendu aux paroles qui allaient tomber des lèvres de l'orateur.

— Hommes de peu de foi, pourquoi craignez-vous ? s'écria le prêtre d'une voix retentissante, et il répéta : Hommes de peu de foi, pourquoi craignez-vous ?

Puis, sans vouloir prolonger une mortelle attente, il raconta en peu de mots ce qui venait de se passer, et se tournant vers l'autel, entonna le chant du *Te Deum*.

Mille voix enthousiastes s'échappèrent à la fois de toutes les poitrines et les voûtes, ébranlées par le chant sacré, renvoyèrent au dehors cette explosion délirante de la joie de tout un peuple.

La terreur s'était changée en enthousiasme, les mains serraient les mains, et la grande nouvelle, colportée de bouche en bouche, eut rempli la ville en un instant.

En ce moment les portes s'ouvraient de nouveau pour donner passage aux dragons, et ce fut au milieu d'acclamations délirantes que le maréchal, fendant les flots de la multitude, regagna enfin son hôtel.

Le visage de M. de Montrevel était sombre et menaçant, la colère bouillonnait dans son âme, et si Torte-Gueule se fût présenté à lui en ce moment, nul doute que le général ne lui eût donné l'autorisation d'armer les catholiques pour l'extermination des huguenots.

Heureusement pour tous, ce ne fût point le bandit que le maréchal rencontra en descendant de cheval, mais le marquis de Sanricourt et Fléchier, qui, sans prendre le temps de déposer ses ornements pontificaux, était accouru, comme un autre Ambroise, pour plaider la cause des coupables et arrêter le bras prêt à les frapper d'une manière terrible.

CHAPITRE LX

LA TOUR DE BELOT

Cavalier était aux environs de Moulezan quand lui fut apportée la double nouvelle de l'entrée en campagne de l'Ermite et du massacre de l'Agau. Il entra dans un accès de fureur et fit aussitôt assembler le conseil.

— C'est toi, dit-il à Méric, qui par ton imprudence nous a suscité un nouvel et terrible ennemi, c'est à toi de nous en débarrasser.

— Dans huit jours tu auras la peau du moine, répondit celui-ci, car j'ai juré sur mon âme de le faire écorcher vivant, et Marius s'est chargé de l'opération.

— Prends garde plutôt qu'il ne te fasse pendre, reprit le général, car dans ce frère Gabriel il y a l'étoffe d'un nouveau Poul.

— Dans huit jours tu auras sa peau, répéta froidement le gentilhomme.

Sans répondre, le Cévenole se tourna vers les autres chefs, et d'une voix que la colère faisait trembler :

— Quant à venger nos frères assassinés au moulin de l'Agau, dit-il, j'en fais mon affaire. L'incendie demande l'incendie, le sang appelle le sang. Que les exterminateurs préparent leurs torches et aiguisent leurs haches. L'Esprit l'a dit : œil pour œil, dent pour dent. Le dernier jour du papisme va se lever et le royaume de l'Antechrist va finir.

— Incendie et massacre ! point de pitié ! vociférèrent les chefs.

— Eh bien donc, en avant ! rugit Cavalier. Voici près de nous un village peuplé de papistes, faisons-en une ruine, et quand cette première œuvre de vengeance sera accomplie, toi, Méric, tu descendras dans l'Uzège pour y porter la dévastation, tandis qu'avec mes forces, j'irai rejoindre Roland à Montignargue et concerter avec lui nos opérations. Il nous faut la victoire.

— A Moulezan ! crièrent les bandits, à Moulezan, et mort aux papistes !

Quelques heures plus tard, l'incendie de quarante maisons du village, énergiquement défendu par les catholiques, qui avaient été cependant assez heureux pour sauver leur église de la destruction, éclairait le départ des noirs pour la plaine et la marche des neuf cents soldats de Cavalier vers le Gardon.

Le même jour, un jeune officier, pâle et amaigri par la souffrance, se présentait à l'hôtel du maréchal et demandait à lui parler,

On le fit entrer dans le cabinet où M. de Montrevel écrivait.

— Qu'y a-t-il pour votre service ? demanda le général sans lever la tête.

— Monseigneur, dit l'officier, je viens solliciter de Votre Excellence un congé...

— Un congé, quand on va se battre ! fit le maréchal.

Le jeune homme devint plus pâle encore ; mais avant qu'il eût répondu, M. de Montrevel, changeant de ton, s'écria :

— Oh ! pardon, monsieur le vicomte, vous n'êtes pas de ceux qu'on puisse soupçonner de manquer de courage, et je suis aux regrets de ma brusquerie envers un officier d'un mérite comme le vôtre.

— Monseigneur, balbutia le vicomte de Laudun, — car c'était lui, — c'est en vérité...

— Asseyez-vous, monsieur, mon travail n'est pas si pressant qu'il ne me permette de causer quelques instants avec vous. Mais voyons, jouons cartes sur table, vous êtes venu pour me demander un congé, n'est-il pas vrai ?

— Très vrai, monseigneur.

— Et si ce congé est pour achever de vous remettre, je vous l'accorde volontiers ; mais si, comme je le soupçonne, ce n'est que pour aller courir des dangers dix fois plus grands que ceux que l'on rencontre à la guerre, pour affronter des fatigues auxquelles résisterait à peine l'homme le plus robuste, je vous le refuse.

— Mon Dieu, monseigneur, qui a pu vous dire que ce n'était pas uniquement pour me reposer que je demande cette faveur ? Qui est-ce qui peut vous faire croire ?...

— Personne ne me l'a dit, mais je le soupçonne, et tenez, vous n'avez qu'un mot à dire pour dissiper mes soupçons ; promettez-moi de n'entreprendre rien de périlleux ou de fatigant jusqu'à la fin du congé que vous sollicitez, et je vous le donne sur-le-champ.

— Vous êtes décidé à ne me l'accorder qu'à cette condition, monseigneur !

— Parfaitement décidé, monsieur le vicomte.

— Alors, monseigneur, ce n'est plus un congé que je vous demande, dit M. de Laudun en se levant, mais mon épée que je vous rends.

— Et que je refuse, reprit le maréchal.

— Cependant, monseigneur !

— Écoutez, monsieur, je vous ai promis de vous parler avec franchise. M. le comte de Miraman a laissé, en mourant glorieusement à Tharaux, entre vos bras, un héritage que nul mieux qne vous n'est capable de recueillir, et c'est vous, son ami et son protégé, que j'ai choisi pour le remplacer. Depuis deux jours j'ai là, dans mon portefeuille, votre brevet de capitaine, signé de la main même du roi, et que je vais vous remettre.

— Monseigneur, je suis profondément touché de cette haute distinction à laquelle je n'ai aucun droit, mais un devoir impérieux m'oblige à refuser, moi aussi. cette faveur.

— Et quel est ce devoir, monsieur ?

— Vous le connaissez, Monseigneur. La pupille de M. de Miraman et ma fiancée, est encore entre les mains des Camisards, j'ai juré que je la délivrerai.

— Croyez-vous donc y parvenir plus facilement à vous seul qu'avec cinq cents hommes sous vos ordres ?

— Seul, je puis me glisser parmi les rebelles et la sauver.

— Nul plus que moi, monsieur, ne désire la liberté de Mlle de Saint-Véran, mais quatre hommes de cœur, l'Ermite, Florimond, Lefèvre et Olivier sont déjà en campagne pour le même but. Vous ne feriez que compromettre leurs démarches, tandis qu'à la tête d'un corps de troupes vous pouvez les aider puissamment en favorisant leurs mouvements, en empêchant l'ennemi de réunir ses forces contre eux, et enfin profiter des découvertes qu'ils auront faites, pour achever par la force ce qu'ils auront préparé par audace.

— Mais, Monseigneur, objecta le vicomte déjà ébranlé, un corps de troupes un peu nombreux se meut difficilement à travers les bois et les rochers où se retirent les rebelles et où il est pour ainsi dire impossible de les poursuivre.

— Il y a troupes et troupes, monsieur, et celles que je confie à votre commandement ne sont ni pesantes ni peu habituées à la guerre de partisans. Ce sont d'abord les dragons de Gibertin que vous connaissez déjà, et comme infanterie quelques compagnies de miquelets, hommes sauvages, féroces et indisciplinés, mais braves jusqu'à la témérité, et qui une fois lancés à la poursuite des Camisards, bondiront comme des chèvres jusque sur les corniches les plus escarpées et atteindront les fuyards dans les lieux les plus inaccessibles. D'ailleurs, monsieur, souvenez-vous d'une chose, le meilleur moyen de délivrer Mlle de Saint-Véran n'est pas de tenter une recherche presque impossible. Joignez les Camisards, remportez une victoire, faites prisonnier quelque chef influent et, par voie d'échange, vous obtiendrez facilement ce à quoi vous n'arriveriez. par un autre système, qu'avec des peines inouïes. Soyez victorieux, et je vous le répète, votre fiancée sera le prix de votre victoire.

— Eh bien ! oui, je serai victorieux, Monseigneur, s'écria le vicomte vaincu par le raisonnement du maréchal.

— Alors vous acceptez votre brevet?

— Oui, Monseigneur, et je vous remercie à genoux.

— C'est moi qui vous remercie au nom de Sa Majesté, reprit M. de Montrevel en souriant; car je vous tiens pour un vaillant soldat. Qui voulez-vous pour lieutenant ?

— M. Georges de Béthune.

— Je vous accorde votre demande. Allez, monsieur, et préparez-vous, car dans trois jours vous partirez.

— Où, Monseigneur ?

— Là où seront les ennemis ; votre mission est de poursuivre Méric et Cavalier à outrance ; pour le reste, je m'en rapporte à vous. Adieu, et bon succès.

Quand il fut seul, le maréchal se pencha sur la carte du Languedoc, déployée sur la table.

— Bon, dit-il, la partie me semble sérieusement engagée. Nimes a reçu une leçon que les protestants n'oublieront pas de quelque temps. Dans l'Uzège, Méric trouvera devant lui l'Ermite avec ses deux cents démons, appuyés, au besoin, par les garnisons d'Uzès et d'Anduze. dans le diocèse d'Alais. Laudun tiendra tête à Roland et à Cavalier. Saint-Hippolyte, Sauve et le Vigan sont à l'abri d'un coup de main. Restent les Hautes-Cévennes, où Ébénézer s'est fait un royaume dans l'Aigoal, et le Haut-Vivarais, où Saint-Jean continue ses tristes exploits. A l'un je vais opposer Laplanque et Marsili et quant à l'autre, nous verrons. si je serai plus heureux que ce pauvre comte de Broglie.

. Il importait de prévenir les Camisards ; aussi le jeune capitaine n'hésita-t-il pas à sortir d'Alais, dès le 29 au soir, pour pouvoir contenir l'ennemi, afin de donner le temps au gouverneur d'amener les renforts nécessaires.

Deux cents miquelets, chaussés de légères sandales et bien armés ; quatre cents soldats pris dans les Régiments de Rouergue et de Royal-Comtois et deux cents dragons, dont ceux de M. de Gibertin, était tout ce que le vicomte avait pu réunir pour opposer aux quatorze cent quarante Camisards de Cavalier et de Roland.

La petite armée était peu nombreuse, mais elle avait une foi aveugle en ses chefs, et ce fut avec une entière confiance qu'elle sortit d'Alais, divisée en trois colonnes, flanquées et éclairées par les dragons.

Après une heure de marche, on était arrivé au mas Constant, à l'embranchement des routes de Nimes et d'Anduze, près des garrigues de Saint-Christol ; en avant s'ouvrait la plaine triangulaire enfermée entre le chemin d'Anduze et les deux branches du Gardon. Sauf quelques petits monticules boisés, aucun obstacle n'arrêtait la vue, et la cavalerie pouvait manœuvrer à l'aise dans ce vaste espace.

Les troupes s'arrêtèrent pour se masser, pendant que M. de Gibertin, accompagné de dix dragons, se dirigeait à bride abattue, vers le tertre du mas rouge.

Les miquelets bondirent en avant avec des hurlements sauvages. (*Voir page* 705.)

Au bout de quelques instants, le chef des dragons revint.

— L'ennemi est-il en vue, demanda le vicomte.

— Oui, capitaine, en vue et sur ses gardes. Une partie des Camisards, la troupe de Cavalier, à en juger par la cavalerie, est postée dans la plaine, en arrière du ruisseau de Fontvive ; l'autre occupe cette éminence que vous apercevez d'ici et que domine la tour de Bélot, en arrière du ruisseau de Jérusalem, qui a pour eux le double avantage de les couvrir sur leur front et de leur permettre, en cas d'échec, de gagner la forêt de Saint-Christol, en passant près de Bagards.

M. de Laudun examina rapidement son plan. Pour sortir du triangle dans lequel ils étaient enfermés, les Camisards n'avaient en effet que deux moyens : ou se jeter dans les bois, ou traverser le Gardon, guéable seulement au mas du Pont.

Sur une feuille de papier, le vicomte écrivit ces mots :

« Envoyez toutes les troupes disponibles, et Cavalier est perdu. Le temps presse. »

— Portez ce billet au gouverneur de la ville, et ne le remettez qu'à lui seul, dit-il à un dragon qui partit aussitôt.

M. de Béthune avec cent cinquante hommes reçut l'ordre de marcher rapidement sur Bagards et de s'y fortifier, pendant que cent cinquante dragons, sous les ordres de M. de Gibertin, descendraient le cours du Gardon pour en défendre le passage et se maintenir dans la position. Avec le reste des troupes, dont la garrigue cachait heureusement le petit nombre à l'ennemi, M. de Laudun demeura à l'endroit où il s'était arrêté ; puis il attendit.

Roland et Cavalier se préparaient de leur côté et l'on entendait le son des tambours et des clairons qui prouvaient que les rebelles étaient sur leurs gardes.

La nuit s'écoula, lente, solennelle et silencieuse.

Enfin le ciel se colora lentement, la lumière grandit peu à peu et le soleil s'élevant au-dessus de l'horizon envoya ses premiers rayons sur la plaine.

Aucun renfort n'était encore arrivé et les Camisards, devinant sans doute le petit nombre de leurs adversaires, firent un mouvement oblique, quoique encore indécis, vers le village.

Etait-ce une ruse de guerre pour attirer l'ennemi, était-ce une tentative pour échapper? nul ne pouvait encore le dire, mais il fallait ou marcher en avant ou renoncer à la bataille. M. de Laudun n'hésita pas.

A M. de Béthune, il fit donner l'ordre d'attaquer la tour par la route d'Anduze; à M. de Gibertin, de contenir la cavalerie ennemie; et lui-même, formant ses troupes en colonne d'attaque, s'avança vers la tour par la route de Sommières.

Les Camisards n'avaient point perdu leur temps. Pendant la nuit, ils avaient muré les portes du mas de Bélot, pratiqué des meurtrières dans la tour et fortifié, par tous les moyens possibles, la métairie dans laquelle s'étaient enfermés trois cents prophètes déterminés.

Jusqu'au pied du mamelon, les royalistes, conduits par leur capitaine, s'avancèrent au pas et en silence, mais arrivés là, ils s'élancèrent avec fureur et gravirent le tertre au cri de :

— Tue! tue! mort aux huguenots!

A cette furieuse attaque, une fusillade terrible répondit.

Sous cette pluie de fer, les soldats hésitèrent, mais les miquelets bondirent en avant avec des hurlements sauvages. En un instant la porte principale vola en éclats, mais derrière, les assaillants rencontrèrent une muraille de pierre, ajourée de meurtrières, à travers lesquelles les prophètes déchargeaient leurs armes à bout portant.

Deux ou trois miquelets tombèrent morts, plusieurs furent blessés, les autres se jetèrent à plat ventre pour éviter les balles.

Au même moment, Roland, profitant habilement du désordre jeté parmi les troupes royales, par cette attaque infructueuse, fit relever ses hommes qui, abrités jusqu'aux épaules par des murs en pierre sèche ouvrirent un feu meurtrier.

Tout était perdu sans le courage de Laudun qui, au moment même où les Camisards se croyaient vainqueurs, s'élança tout à coup en avant en criant :

— Victoire ! victoire !

Électrisés par ce mot et, sans en comprendre même le sens, soldats et miquelets, se relevant tout à coup, se ruèrent sur la troupe de Roland, escaladèrent les murailles et, chargeant avec fureur les huguenots, les rejetèrent au bas du monticule, du côté de la route d'Anduze, par laquelle arrivait au même moment la colonne guidée par le vicomte de Béthune.

Sûr de ne pas être inquiété de ce côté, au moins pendant un moment, le jeune capitaine, laissant à son lieutenant le soin de poursuivre les fuyards, lança de nouveau ses soldats contre la tour.

La difficulté était d'y pénétrer, portes et fenêtres avaient été murées et les assaillants manquaient d'échelles.

— A l'assaut ! commanda M. de Laudun. A l'échelle vivante.

— A l'échelle vivante ! hurlèrent les montagnards.

Et, en un clin d'œil, grimpant avec une incroyable agilité sur les épaules de leurs compagnons appuyés aux murs, ils gagnèrent le toit, le trouèrent et s'élancèrent dans la forteresse, que leurs compagnons escaladaient en enfonçant leurs poignards entre les pierres.

Pendant ce temps, les grenadiers, qui n'avaient plus à craindre la fusillade, démolissaient avec leurs baïonnettes le mur qui obstruait la porte. Leurs camarades, massés autour d'eux, se tenaient prêts, dès qu'il serait tombé à s'engouffrer dans la métairie.

Legris devina leur intention.

— N'ouvrez pas, grenadiers ! n'ouvrez pas la porte de la cage ! s'écria-t-il en se penchant du haut du toit, il pourrait s'envoler quelque oiseau et je vous jure qu'il n'en échappera aucun.

Et il s'élança dans l'intérieur, un pistolet à la main.

Les grenadiers avaient applaudi à l'idée du chef des miquelets. Ils cessèrent de saper le mur et se reformèrent à quelques pas de la métairie, d'où s'élevait une clameur immense, des cris de rage et de désespoir mêlés aux détonations des armes à feu, au cliquetis des sabres et des poignards, aux hurlements et aux imprécations de six cents hommes ivres de fureur, s'étreignant, se déchirant.

Au pied de la colline, la bataille devenait sanglante; secoufus par les troupes de Cavalier, les Camisards de Roland s'étaient ralliés et tous ensemble attaquaient l'héroïque colonne du vicomte de Béthune.

— A la baïonnette, grenadiers! commanda M. de Laudun.

Et au cri de : Vive le roi! tue! tue! ils fondirent sur l'ennemi.

La mêlée devint encore plus furieuse

Roland, Cavalier, Laudun et Béthune se multipliaient, les cadavres s'accumulaient, la victoire semblait indécise.

Tout à coup, du haut du mamelon retentit une effroyable clameur, la tour de Bélot s'enveloppa d'une épaisse colonne de fumée et les miquelets, brandissant leurs couteaux sanglants, bondirent comme des léopards vers le champ de bataille en hurlant :

— Victoire! tue! tue!

Des trois cents prophètes de la garnison, pas un ne reparut.

En même temps, les clairons résonnèrent et, à travers un nuage de poussière, apparurent dans la plaine les dragons de Gibertin, le sabre haut, chassant devant eux la cavalerie rebelle, rompue et dispersée.

Alors les Camisards ne songèrent plus qu'à fuir, soit du côté des bois, soit vers le Gardon. Leurs pertes furent immenses.

Legris avait été atteint au visage d'un coup de poignard. M. de Laudun, en revenant de poursuivre l'ennemi, le rencontra, qui avec quelques-uns de ses compagnons, lavait au ruisseau de Fontvive le sang qui l'aveuglait.

— Vous êtes blessé, sergent? fit le capitaine avec intérêt.

—Et par une femme encore, risposta le miquelet, je voulais prendre l'oiseau vivant ; il m'a donné un coup de bec et s'est sauvé en me laissant cette plume. Et il montrait le manteau bleu d'Isabeau.

— C'est égal, dit Gibertin, la journée est bonne, le capitaine Poul aurait été content.

— Malheureusement il n'y a pas de prisonniers, murmura le vicomte, et pour cette fois il ne faut pas songer à un échange.

— Combien me donnerez-vous de l'oiseau bleu, capitaine? demanda le sergent des miquelets.

—Dix écus d'or au soleil.

— Dix écus d'or! Vous entendez, camarades? A la prochaine occasion, il faut les gagner.

— Vive le capitaine! crièrent les soldats, et gare à l'oiseau bleu.

CHAPITRE LXI

ENFANTS DE DIEU ET PARTISANS

Aussitôt après le funeste combat de la tour de Bélot l'armée des Camisards s'était séparée en deux bandes, dont l'une, sous la conduite de Roland, avait repris le chemin de la montagne, tandis que l'autre, au contraire, redescendait en toute hâte vers la plaine où elle s'était formée, dans l'espoir d'y grossir ses rangs affaiblis, et, peut-être plus encore, en vue de s'éloigner pour quelque temps du théâtre d'une campagne désastreuse.

Les défaites humiliantes infligées par les chefs catholiques à Cavalier, dans les trois combats successifs de Tharaux, de Barutel et de Saint-

Christol avaient singulièrement fait pâlir son étoile, et le jeune Cévenole ne s'apercevait que trop que les soldats de l'Éternel ne le regardaient plus comme un Judas Machabée, toujours invincible et ne pouvant que les conduire à la victoire. Quelques fermes brûlées sur son passage, des voyageurs égorgés, des moissons incendiées pouvaient être une vengeance pour lui, mais non une consolation. Il sentait que la fortune, après lui avoir souri pendant quelque temps, se détournait de lui; et son orgueil souffrait cruellement de cet abandon, que, dans son excessive vanité, il n'attribuait qu'à la jalouse impéritie de Roland, de Joigny et de ses autres lieutenants.

Isabeau, à la pénétration jalouse de laquelle rien n'échappait, connaissait seule l'état de l'âme de Cavalier. Le général, dominé par l'amour tyrannique de la prophétesse, avait fini par plier sous son ascendant et, vaincu dans sa lutte avec elle, n'avait plus de secrets pour cette femme, dont le dévouement à toute épreuve lui était connu et dont la sauvage énergie pouvait seule soutenir dans les épreuves et dans les dangers son courage souvent prêt à défaillir.

Plus que jamais, dans les circonstances présentes, l'ex-boulanger d'Anduze avait besoin de ce puissant secours. La division la plus profonde régnait dans le camp de l'Éternel : Ebénézer, solidement établi dans les montagnes escarpées de l'Aigoal, de l'Espérou et du Ventalon, y régnait en maître et, affichant ouvertement le plus grand mépris pour celui qu'il appelait l'orgueilleux roitelet de la plaine, non seulement refusait de reconnaître l'autorité de Cavalier, mais repoussait avec mépris toute proposition d'association avec lui dans la guerre sainte ; Roland ne voulait traiter que d'égal à égal avec un homme qu'il regardait comme son inférieur dans l'art de la guerre. Le féroce Castanet ne songeait qu'à piller pour son propre compte, et Méric, bien que forcé à un semblant d'obéissance, ne dissimulait ni son aristocratique mépris pour le porcher de Ribaute, ni sa haine profonde contre le ravisseur de Mlle de Saint-Véran.

D'un autre côté, les catholiques, rassurés par trois victoires et exaspérés par les atrocités si souvent repétées des noirs et des enfants de Dieu, commençaient à menacer à leur tour. Les troupes du maréchal de Montrevel parcouraient les Cévennes, l'intrépide Laudun balayait devant lui les rebelles du diocèse d'Alais. Nîmes, épouvantée par la victoire de Barutel et l'incendie du moulin de l'Agau, n'osait se soulever, et l'Ermite, se multipliant, à la tête de ses deux cents partisans, harcelait sans relâche les Camisards de l'Uzége. Enfin, et c'était peut-être la cause des plus sérieuses inquiétudes du Cévenole et de ses protecteurs, la défection commençait ouvertement dans les rangs de l'armée des enfants de Dieu, les désertions se faisaient chaque jour plus fréquentes et les trahisons se multipliaient.

La situation devenait très mauvaise.

Il fallait une victoire pour relever le moral des protestants, il la fallait à tout prix.

Mais les victoires ne s'improvisent pas. Cavalier commençait à en faire l'expérience.

Un matin, Cavalier crut avoir enfin trouvé l'occasion qu'il cherchait avec tant d'ardeur.

Le prieur, curé de Moulezan, s'était, depuis quelques mois, retiré au château de Montpezat, d'où il faisait souvent des visites à ses anciens paroissiens, répandus dans les fermes isolées.

D'ordinaire, c'était pendant la nuit que seul, et avec toutes sortes de précautions, il sortait pour ces pieuses excursions, mais la présence des noirs dans le pays d'alentour avait rendu ces sorties plus dangereuses encore. Deux fois le prieur avait failli tomber entre leurs mains, et quelques semaines auparavant, une famille tout entière, convaincue de lui avoir donné asile, avait été impitoyablement massacrée par les noirs féroces. Ne voulant plus exposer ainsi la vie de ses ouailles, il demanda une escorte à l'Ermite qui la lui accorda et il partit avec elle.

Un espion vint aussitôt en avertir le général cévenole.

D'après les renseignements qu'il fournit, l'escorte était de cent dix-sept hommes, et Cavalier avait autour de lui quatre cents hommes d'infanterie et deux cents de cavalerie.

— Enfin! s'écria-t-il, je tiens ce misérable Ermite, il va payer les maux qu'il nous a causés.

Et, se tournant vers les soldats qui l'entouraient :

— Frères, dit-il, bénissons le Seigneur lorsqu'il permet que les ennemis de son saint nom se trouvent sur nos pas et qu'il donne à notre courage l'occasion de tirer d'eux la vengeance que leurs crimes méritent. L'Ermite, ce sinistre assassin, qui a fait périr d'une mort ignominieuse tant de nos malheureux frères, qui nous a fait subir tant de cruautés et de trahisons, l'Ermite va enfin se trouver en face de nous, il lui faudra compter avec notre ressentiment. Jurons de périr tous plutôt que de le laisser échapper.

Ces paroles furent accueillies par des acclamations unanimes.

Les Camisards ne demandaient qu'à se venger de leur ennemi.

— Au combat! à mort l'Ermite, s'écrièrent-ils.

Cavalier profita habilement de ces dispositions belliqueuses. Faisant prendre les armes à sa troupe, il s'avança au-devant de l'ennemi, qui, après avoir dépassé le village de Vic, se dirigeait vers Crespian.

L'Ermite était absent; à la tête de quatre-vingts partisans, il poursuivait, avec Florimond, la troupe de Méric, du côté de Sommières, et il avait confié le commandement de l'escorte à Lefèvre et à Olivier; en qui il avait toute confiance.

Bien que ne s'attendant pas à combattre, les catholiques, obéissant à une sévère discipline et sachant quels dangers incessants les menaçaient, marchaient en ordre, le fusil chargé sur l'épaule et prêts à repousser toute attaque.

A la tête de la colonne, le prieur causait de choses et autres avec l'ancien soldat et avec un jeune homme à la taille bien prise, à l'œil vif et à la démarche légère, portant à la ceinture de son pourpoint vert une courte épée et sur l'épaule une carabine à longue portée, dépouille d'un officier étranger, tué par lui quelques jours auparavant, dans les rangs des protestants, au carrefour de Palme-Solade.

Ce jeune homme était Olivier, complètement remis sur pied et ne demandant qu'une occasion de témoigner sa haine aux protestants, ses ennemis.

— Vraiment, mon cher Olivier, votre ami fait des miracles; je suis presque tenté de l'accuser de sorcellerie, disait le prieur au jeune homme; à vous voir, on ne soupçonnerait pas que vous eussiez été blessé.

— Blessé! s'écria Lefèvre, vous pourriez tout aussi bien dire tué, j'en sais quelque chose, puisque c'est moi qui l'ai ramassé sur les bords de la rivière. J'ai vu bien des blessures dans ma vie, mais pour en avoir réchappé...

— Il faut avoir la vie dure comme une anguille, interrompit gaiement Olivier.

— Ma foi, c'est comme tu le dis, reprit le soldat, et figurez-vous, monsieur le curé, que ce pauvre garçon, dont la tête avait déménagé, mais, là, déménagé complètement, au point qu'il était devenu incapable de distinguer un sergent d'un simple soldat, comme pour vous dire, car voyez-vous...

— A été guéri précisément par la vue de l'ennemi, continua le curé qui voyait son compagnon s'embarrasser dans sa phrase et voulait l'aider à s'en tirer.

— Oui, monsieur, c'est comme cela, dit le soldat en souriant : il était là, couché... non, debout, au contraire, non, c'est bien ce que je disais, couché comme un chien, sauf votre respect, et disant des tas des choses qu'on ne pouvait rien y comprendre, tellement qu'il parlait, enfin quoi, Tout à coup Florimond regarde comme cela et que voit-il...

— L'ennemi, tonnerre du ciel. Enfants, voilà l'ennemi, attention ! cria le sergent, halte !

Il y eut un mouvement de surprise, mais ce fut tout, il ne se produisit pas dans les rangs catholiques le moindre désordre, les partisans ne s'effrayaient pas pour si peu.

En un clin d'œil ils furent prêts à recevoir Cavalier qui, débouchant d'un petit bois, arrivait sur eux avec sa garde pour les charger. Les voyant disposés à bien se défendre, et commençant à craindre de n'en avoir pas facilement raison, il fit arrêter ses gens pour donner à son infanterie le temps de se rallier.

D'un coup d'œil Lefèvre eut calculé leurs forces et reconnu que dans un pays découvert comme celui qu'ils traversaient, attaquer eût été une témérité.

Aussi prit-il vite sa résolution.

Et sans crainte de compromettre sa réputation de courage, ou d'effrayer ses soldats, il commanda :

— En colonne serrée, volte !

Les Camisards furieux saluèrent ce mouvement par des huées et des clameurs.

Cavalier crut les les catholiques démoralisés.

— En avant ! cria-t-il sans plus attendre, sabrez les impies. Ils ont peur. Nous avons la victoire.

Mais quand la cavalerie, lancée au galop, fut à cinquante pas à peine du bataillon, un événement inattendu se produisit : les impies firent volte de nouveau.

—Feu ! rugit Lefèvre.

Un nuage de fumée couvrit le front de la colonne et une grêle de balles arrêta l'élan des Camisards, qui reculèrent, pleins d'effroi et en désordre, laissant sur la route sept ou huit des leurs, tués ou grièvement blessés.

Du même pas, sans se troubler, les catholiques continuaient leur re-traite en bon ordre.

Cette fois, Cavalier attendit son infanterie, puis il reprit la poursuite cent pas en arrière de sa colonne.

Voici le criminel, répéta lentement la prophétesse, la main de Dieu
est sur lui. (*Voir page* 719.)

Lefèvre surveillait les mouvements de l'ennemi ; quand il le voyait à portée, il se retournait et criait de nouveau :

— Volte ! feu !

Le plus souvent les balles étaient perdues.

Le général Cévenol avait du reste un motif pour ne pas presser l'attaque. Les catholiques se retiraient du côté de Vic ; or, dans ce village, les protestants étaient en majorité, il comptait sur leur aide pour obtenir la victoire.

Lefèvre, lui aussi, avait fait ses plans, il savait qu'à deux cents pas en avant du village était un cimetière, entouré de hautes murailles, et une ferme isolée, ayant une grosse tour, véritable forteresse : y arriver, c'était être sauvé.

La colonne reculait toujours en échangeant des balles avec l'ennemi. Tout à coup, au commandement de : Au pas de course ! crié par Lefèvre, elle se sépara sans désordre, et le gros de la troupe se précipita vers le cimetière, tandis que l'avant-garde, commandée par Olivier, s'élançait vers la ferme.

Alors seulement Cavalier reconnut qu'il était joué.

Ivre de colère, il chargea avec furie, à la tête de sa garde. Cinq traînards seulement furent tout ce qu'il put atteindre. Les enfants de Dieu les massacrèrent sans la moindre pitié, mais un assassinat n'est pas une victoire.

Cavalier avait juré d'être vainqueur. Sa cavalerie devenait complètement inutile contre des murailles, en revanche son infanterie était du double plus forte que celle des assiégés. Il mit pied à terre et, résolu à en finir au prix des plus grands sacrifices, fit attaquer en même temps la ferme et l'enclos.

Une double et terrible fusillade accueillit les assaillants.

C'était une imprudence de vouloir emporter les deux forteresses à la fois. Le général le comprit ; il réunit toutes ses forces et se mettant à la tête des enfants de Dieu, les conduisit, l'épée à la main, à l'assaut du cimetière.

Du côté des Camisards, on n'entendait que hurlements et cris de rage, les catholiques se tenaient silencieux au contraire, debout derrière le mur qu'ils dépassaient à peine de la tête et au milieu desquels, à genoux sur une tombe, le prêtre priait à haute voix le Dieu qui dispose de la victoire.

Forcé de lâcher prise de ce côté, Cavalier, comme un sanglier blessé par un épieu, se rua sur la ferme. Vingt ou vingt-cinq soldats au plus la défendaient. Mais, si l'attaque était furieuse, la défense fut héroïque. Olivier surtout se distingua : chaque coup de sa carabine abattait un Camisard.

Des deux côtés, le courage allait à la furie, et pendant cinq longues heures on vit les enfants de Dieu tantôt quittant le cimetière pour la ferme, tantôt la ferme pour le cimetière, épuiser leurs forces en assauts infructueux. Enfin, il leur fallut se retirer, laissant aux pieds des murailles quarante-cinq morts et emmenant plus de cent blessés, tandis que les catholiques, protégés par les murailles derrière lesquelles ils se défendaient, n'avaient perdu, outre les cinq traînards lâchement égorgés, qu'un sergent et trois soldats.

Bien que la honte de cette journée fût assez grande, Lefèvre ne voulu pas laisser à l'ennemi même les honneurs de la retraite ; à la tête de ses soldats victorieux, il poursuivit les Camisards de loin jusqu'à la forêt de Canne, leur enleva cinq chevaux, deux blessés et jusqu'à un chariot chargé de provisions et de vin.

Le même soir, une sédition éclatait au camp de l'Éternel, elle avait pour chef le prophète Ozias : profitant habilement du mécontentement des Camisards et de l'absence d'Isabeau, qu'une blessure reçue dans la journée forçait à demeurer couchée dans une masure abandonnée, il avait réuni les troupes démoralisées, puis après une longue prière, suivie de l'extase et de tout l'appareil ordinaire des jongleries prophétiques, il s'était élevé contre l'orgueil de frère Jean, dont les péchés sans nombre, disait-il, attiraient sur Israël la colère du Seigneur. Puis, feignant l'enthousiasme, il s'était écrié :

« Mon enfant, je te le dis, parce que l'un de vous a péché, je retirerai mon bras, et je livrerai innocents et coupables à leurs ennemis. La verge de ma colère flagellera mon peuple et les Philistins triompheront de lui jusqu'au jour où un chef plus digne sera à sa tête. »

Un morne silence, causé par la stupeur, se produisit dans la foule.

C'était en effet la première fois que l'Esprit se prononçait ainsi contre celui qui, jusque-là, avait été son élu.

Mais bientôt de violents murmures s'élevèrent et un enfant de Dieu osa même s'écrier :

— Osias, tu essaie de nous tromper, l'esprit du mal s'est emparé de toi.

— Qui ose ainsi accuser le Seigneur ? continua le prophète en déchirant sa robe. Parce que tu as dit : L'esprit de Dieu est l'esprit du mal, tous ceux qui ont entendu cette parole périront misérablement, si toi-même tu n'expies sur l'heure ton blasphème.

— Qu'il meure donc ! rugit une voix.

Et le soldat, frappé d'un coup de poignard par un complice d'Ozias tomba en poussant un grand cri.

A l'instant, une clameur furieuse s'éleva dans la foule, les sabres et les poignards brillèrent et, au milieu d'un inexprimable tumulte, les enfants de Dieu allaient s'égorger, quand, debout sur le tertre, près du prophète, une femme parut : c'était Isabeau, pâle, sanglante, les yeux lançant des éclairs.

Osias se sentit perdu. Contre l'influence extraordinaire que cette femme exerçait sur l'esprit des Camisards, il savait qu'il ne pouvait rien ; sa lâcheté habituelle eut en un instant fait disparaître son audace factice ; il voulut parler, mais il ne le put ; les paroles expirèrent dans sa gorge.

Une torche brûlait, plantée dans le gazon ; Isabeau, toujours silencieuse, l'en arracha et, éclairant le visage livide de terreur du conspirateur, dit :

— Voici le traître, voici le criminel pour les péchés duquel Israël tout entier est puni.

Un silence de mort régnait dans l'assemblée, on attendait que la prophétesse s'expliquât ; mais elle, toujours implacable et terrible, pareille à la statue de la vengeance, promenait lentement sa torche devant le visage épouvanté d'un malheureux Ozias qui, ébloui par la clarté, essayait en vain d'ouvrir les yeux.

— Voici le criminel, répéta lentement la prophétesse, la main de Dieu est sur lui.

Osias sentait ses jambes se dérober sous lui, un murmure confus s'échappa de sa bouche ; sur le point de défaillir, il étendit les mains, comme pour chercher un point d'appui, et se laissa tomber.

La foule épouvantée se taisait.

Cette scène avait une grandeur tragique.

— Voici le traître ! répéta pour la troisième fois Isabeau en le poussant du pied.

Et, étouffant rapidement la torche sur le sol, elle la jeta, prit à sa ceinture un poignard aigu comme une aiguille, en piqua légèrement le malheureux au cou et, profitant de l'obscurité, disparut aussitôt aux yeux des assistants épouvantés.

Lorsqu'après quelques minutes, les Camisards eurent enfin rallumé une autre torche, ils virent un spectacle qui les frappa de terreur : le prophète menteur se débattait dans les dernières convulsions de l'agonie Son visage enflé et bleuâtre offrait un aspect hideux, épouvantable, et de ses lèvres, horriblement tuméfiées, s'échappait une bave écumeuse et sanglante.

La main du Seigneur s'était appesantie sur lui.

Le lendemain matin, Isabeau et Cavalier n'étaient plus au camp.

On les chercha, mais en vain.

Sur la porte de la cabane où la prophétesse avait passé la nuit, la main de Cavalier avait cloué un papier sur lequel étaient écrits ces mots :

« Que ceux qui veulent être fidèles à Dieu et à la religion se rendent,
« après demain mardi, à Sérignan, dans la combe de la Claparède.

« Frère JEAN. »

CHAPITRE LXII

LA PURIFICATION

Ce n'était pas sans motif grave, qu'au risque de compromettre sa propre garde, Cavalier s'était éloigné de son camp, nuitamment et comme un fugitif. Le besoin de relever le moral de l'armée et de rétablir un prestige à demi évanoui, était devenu une nécessité.

Demander cette sorte de réhabilitation à la fortune des armes était plus que chanceux après tant de honteux échecs ; essayer de rétablir par la sévérité une discipline plus forte offrait une véritable impossibilité, vu le mécontentement général des esprits, qui déjà, pour la première fois, venait de produire une sédition ; il fallait donc recourir à d'autres moyens, mais lesquels? En convoquant une assemblée pour le surlendemain dans les bois de la Claparède, le général cévénole s'était donné deux jours, mais quarante-huit heures sont bientôt écoulées quand il s'agit d'inventer un stratagème de cette importance.

Arrivés à la pointe du jour au bois de la Coutelle, les quatre aventuriers qui, pendant tout le temps du voyage, n'avaient cessé de réfléchir, se réunirent dans une grotte sauvage pour tenir conseil. Isabeau, toujours sombre, voulait que le général fit décapiter en présence de toute l'armée, par ses exterminateurs, dix ou quinze des enfants de Dieu les plus suspects. Claris proposait le pillage des villages catholiques et le licenciement temporaire de l'armée. Sans repousser entièrement aucun de ces avis, Marion proposa d'entreprendre une nouvelle campagne de dévastation, capable de semer l'épouvante au sein des populations catholiques.

Cavalier écoutait en silence.

— Que penses-tu du projet de frère Marion? demanda-t-il à Isabeau,

— Je l'approuve, répondit-elle, car il ressemble beaucoup au mien.

— Et toi, frère Claris?

— Il se rapproche beaucoup de ce que je te conseillais.

— Quelle sorte de purification demanderais-tu? continua le chef en s'adressant à Marion, et en quoi consisterait-elle?

— Dans une séparation des purs et des impurs, répondit le jeune prophète.

— Qui ferait cette séparation?

— Nous, sous tes yeux, après avoir invoqué l'Esprit. Nous connaissons la plupart des soldats, et en leur persuadant que l'Esprit nous donne le moyen de lire dans leurs âmes, ils n'oseront, s'ils sont coupables, soutenir nos regards.

— Très bien, mais encore faudra-t-il leur prouver que notre puissance vient du ciel ; les temps de la crédulité sont passés.

Marion sourit.

— J'ai ce moyen, dit-il.

— Et quel est-il?

— Un miracle, ou plutôt une jonglerie.

— Miracle ou jonglerie, jonglerie ou miracle, interrompit Isabeau, qu'importe? Pour arriver au but, tous les moyens sont bons.

— C'est vrai, dit le général, mais quel miracle avez-vous de prêt?

— J'en sais deux ou trois pour ma part, dit Claris.

— Moi, j'ai mes aiguilles empoisonnées.

— Peut-être vaudrait-il mieux empoisonner le pain de la cène destiné aux plus coupables, objecta le général.

— Je préférerais un miracle concerté avec un frère sûr auquel on ferait avouer une prétendue conspiration, objecta Marion.

— A condition toutefois qu'il ne serait pas puni.

— Bien entendu,... une trahison par exemple.

— Ah! l'idée est très bonne, s'écria Cavalier. Ce serait un moyen d'effrayer les traîtres dont le nombre se multiplie.

— Peut-être même pourrait-on en démasquer de véritables, ajouta Claris.

— Voilà qui est donc entendu, un miracle d'abord, puis la séparation des purs et des impurs. Quelle punition proposes-tu pour ces derniers?

— Le jeûne, la prière, l'humiliation publique pendant trois jours.

— Et après?

— Une expédition rapide contre les villages catholiques.

— C'est convenu. Cette partie de notre projet me regarde seul, interrompit Cavalier, et je vais m'occuper de mon plan de campagne. Préparez, de votre côté les miracles nécessaires pour tirer de l'assemblée, tout le fruit possible, et envoyez de tous côtés des émissaires.

— Elle sera nombreuse, répondit Isabeau, dussé-je aller à Sommières.

— A Sommières! s'écria le général, je m'y oppose. Tu ne sais donc pas que l'Ermite rôde dans les environs.

— Bah! dit-elle, je passerai par le grand bois.

— Moi, je pars pour Quissac, dit Claris.

— Et moi, à Cannes et à la combe de la Claparède, pour tout préparer, ajouta Marion. Et, se levant, ils sortirent.

Depuis près d'une heure, Pierre Vidal, dit l'Endormi, travaillait dans son champ, près du mas Mourier, quand, par-dessus la haie, dans laquelle, en homme prudent, il avait caché son fusil, il aperçut à quelque distance un cavalier dont les allures lui parurent suspectes. L'Endormi se rapprocha du buisson, près duquel devait passer le voyageur et feignit de ne s'occuper qu'à arracher des mauvaises herbes.

L'homme à cheval, au contraire, qui, lui aussi, avait eu soin de se pourvoir d'un fusil, avançait au petit trot, regardant à droite et à gauche et tournant la tête de tous côtés.

Cette manière de voyager n'étonna pas le paysan, elle était ordinaire à tous ceux qui, dans ces temps de troubles, voyageaient seuls pour leur commerce et pour leurs affaires, et qui, s'ils s'aventuraient rarement ainsi isolés, arrivaient plus rarement encore au terme de leur route.

— Pour se hasarder ainsi dans le pays, il faut que ce particulier soit quelque gros marchand catholique dont la bourse doit être bien garnie, à en juger par les précautions qu'il prend, pensa l'Endormi.

Et, profitant d'un moment où le voyageur tournait encore une fois la tête, le brave cultivateur, pensant qu'il pourrait, sans être vu, faire une bonne affaire, s'agenouilla dévotement derrière la haie, dont il entr'ouvrit les épines pour faire passer le canon de son fusil. L'arme n'était pas excellente, mais à dix pas, on aurait bien du malheur si, avec une balle coupée en quatre, on ne...

Mais, paraît-il, le cavalier s'était aperçu de la disparition de l'honnête cultivateur et se l'était expliquée sans trop de confiance, car, profitant d'une ouverture, il avait, à cinquante pas à peine de l'embuscade, fait entrer dans le champ son cheval, du haut duquel l'Endormi le vit épauler sa carabine.

Cette brusque transformation du gibier en chasseur n'était pas dans le programme de l'Endormi qui, sans se donner le temps de dégager son arme de la meurtrière qu'il lui avait pratiquée, s'enfuit à toutes jambes vers une garrigue distante de deux cents pas.

Hélas ! il était dit que rien ne devait lui réussir en ce jour néfaste, car dans sa précipitation, il alla maladroitement tomber dans un trou que lui-même avait pratiqué la veille en arrachant un arbre.

Il va sans dire que le cavalier s'était mis à la poursuite de celui qu'il avait surpris en flagrant délit, et que chasseur et chassé arrivèrent en même temps sur les bords de la malencontreuse fosse.

— Ayez pitié de moi, seigneur cavalier, s'écria le paysan ; je ne suis qu'un pauvre travailleur de la terre qui...

— Tu es Pierre Vidal et je te connais, ce qui en ce moment est fort heureux pour toi, interrompit le voyageur en mettant pied à terre.

— Et toi, Marion, le grand prophète, envoyé par le Seigneur pour instruire Israël, s'écria le paysan en regardant celui qu'il avait pris pour un simple marchand.

— Ça, continua celui-ci, que faisais-tu dévotement agenouillé derrière cette haie ?

— L'esprit des ténèbres avait obscurci ma vue et, croyant avoir affaire à un papiste, que Dieu confonde...

— Tu voulais t'en défaire pour t'approprier sa bourse.

— Les temps sont durs, frère, et il faut payer la capitation.

— C'est juste.

— Il y a aussi près de mon champ un petit coin de terre qui m'arrangerait bien.

— Pourquoi donc ne l'achètes-tu pas ?

L'Endormi frappa sur son gousset vide.

— Je savais tout cela, reprit Marion en souriant, et je ne suis venu ici que pour te donner le moyen de gagner facilement l'argent nécessaire.

— Vrai, tu aurais ce moyen ?

— Tu doutes donc toujours de moi ?

— Que le ciel m'en préserve ; seulement, je crains qu'il n'y ait quelque danger à courir.

— Il n'y aura autre chose à faire pour toi que de confesser, à la prochaine assemblée, que tu m'as dénoncé au subdélégué Campredon.

L'Endormi faillit pousser un cri de terreur. La veille, en effet, il avait dénoncé Marion.

Le prophète n'en avait aucun soupçon, mais le saisissement et le trouble du paysan lui firent deviner qu'il avait frappé juste, et il en profita habilement.

— Eh bien ! continua-t-il avec calme, tu ne réponds pas ?

— Je te jure, frère, que... c'est-à-dire... j'ai vu Campredon en effet... mais je suis... j'y étais allé pour... balbutia le paysan.

— Tais-toi, frère, et ne cherche pas à me tromper, j'étais près de toi quand tu lui as parlé. J'étais là en esprit et je n'ai pas perdu une de vos paroles ; oui, j'étais là quand tu as vendu, pour quelques deniers, le sang du prophète du Seigneur.

Le paysan tomba à genoux, les mains jointes.

— Je sais tout, je le répète, mais je te pardonne, à condition que tu me fasses une confession sincère de ton crime ; seulement, souviens-toi que si tu oses me faire une fable, la terre va s'ouvrir sous tes pieds pour t'engloutir dans les flammes comme Corée, Dathan et Abiron.

Et il enferma le traître dans un cercle tracé sur la poussière.

Une sueur froide coulait du front de l'Endormi, en proie à une inexprimable terreur. Il conta, dans les moindres détails, sa visite au subdélégué, comment, vaincu par l'appât de l'or, il avait fini par consentir à livrer Marion aux soldats du roi.

— Écoute, dit-il enfin, je vois que tu te repens, et l'Esprit veut que je te pardonne, mais ce pardon, tu ne l'obtiendras qu'à la condition de te rendre demain soir à l'assemblée. Si tu n'y viens pas, malheur à toi, ta maison sera incendiée et toi-même tu périras misérablement.

L'Endormi le vit épauler sa carabine. (*Voir page* 724.)

— Je viendrai, murmura le traître, mais ne me perds pas.

— Je pouvais te tuer, et je suis venu pour te sauver. Le Seigneur ne veut pas la mort du pécheur, mais qu'il se convertisse et qu'il vive. Vas en paix et ne retombe plus dans ton vomissement.

Une heure après cette conversation, le prophète, sûr maintenant de son miracle, rentrait joyeux dans les bois de Coutelle où, vers le milieu du jour, son compagnon Claris venait le rejoindre. Celui-ci portait un petit papier rempli d'une poudre blanche, fine et exhalant une légère odeur d'ail, qu'il lui montra avec un sourire triomphant.

— Qu'est-ce que cela? demanda Marion.

— Mon miracle et mon secret, répondit Claris.

A la tombée de la nuit, Cavalier, qui tout le jour avait travaillé dans sa caverne, se dirigea, avec ses deux compagnons, vers la combe de la Claparède. Une foule nombreuse remplissait déjà le vallon au centre duquel Isabeau avait fait dresser une sorte d'estrade grossière, précédée d'un autel en gazon sur lequel étaient placées deux larges coupes destinées à la distribution de la cène. De nombreux fidèles de tout sexe et l'armée entière s'étaient rangés en ordre au-devant de l'estrade encore déserte. On alluma des torches, puis les clairons sonnèrent et Cavalier parut, suivi de ses acolytes.

Contre son ordinaire, le chef ne portait pas d'armes apparentes : une longue robe blanche remplaçait son brillant uniforme, ses pieds étaient nus, les cheveux couverts de cendre et, comme les trois autres prophètes, il avait passé une corde autour de son cou.

En comédien consommé, il avait préparé, par ce travestissement lugubre, la mise en scène de la Purification.

Sur un signe de sa main, l'assemblée tout entière tomba à genoux, tandis que, d'une voix qui semblait brisée par la douleur, il commençait une prière.

A la prière avait succédé le psaume choisi pour la circonstance.

A la fin du psaume, Cavalier prononça un long discours, dans lequel, après s'être plaint du manque de confiance et d'ardeur de l'armée, il annonçait qu'il allait distribuer la cène, non pas à tous indifféremment, mais à ceux-là seulement qui en seraient dignes, et soumettre les pécheurs à une pénitence devenue nécessaire.

— Que tous approchent donc de la table sainte pour subir la redoutable épreuve, le Seigneur qui nous éclaire nous désignera ceux qui doivent prendre part au banquet, et ceux au contraire qui, avant de s'y asseoir, doivent purifier leur conscience.

En ce moment, quelques retardataires arrivaient à l'assemblée; parmi eux était l'Endormi qui, effrayé des menaces de Marion. s'était, après quelques tergiversations, décidé à venir.

Du haut de son estrade, le prophète épiait anxieusement l'instant où il prendrait place parmi les frères.

Aussitôt, et comme saisi par une inspiration subite de l'Esprit-Saint, il poussa un cri et tomba en défaillance; puis, revenant peu à peu à lui. il se mit à se frapper la poitrine en pleurant et en sanglotant.

Moins surpris d'un spectacle aussi fréquent qu'anxieux de savoir de quelle prophétie il allait être le prélude, les enfants de Dieu, les yeux attachés sur Marion, attendaient qu'il leur fît part de son inspiration.

Mais le prophète pleurait toujours. Enfin il se redressa et, élevant ses mains jointes et ses yeux baignés de larmes vers le ciel, il s'écria :

— Mon frère, mon frère, pourquoi la tentation s'est-elle emparée de ton âme? Mon frère, mon frère, pourquoi as-tu vendu aux impies un prophète d'Israël?

A cette douloureuse exclamation, dont l'Endormi seul pouvait saisir le sens, l'assemblée s'interrogea du regard avec une sorte de stupeur.

Le but de Marion était de provoquer l'attention, mais non pas de prolonger l'attente.

— Oui, mes frères, continua-t-il, un faux frère vient de s'asseoir parmi vous. Hier, j'étais en prières, l'Esprit d'en haut me visita, il me ravit par la pensée et me transporta à plusieurs lieues d'ici, dans un cabinet où, devant un ennemi de notre sainte religion, assis près d'une table chargée de l'or de l'iniquité, un autre homme, hélas! un homme éclairé par les lumières de la vraie religion, mais séduit par l'amour des richesses, débattait avec l'infâme Campredon le prix du sang d'un serviteur de Dieu. J'ai assisté à cette conférence impie, j'ai vu une impudique moabite venant ajouter son éloquence menteuse à celle du subdélégué, j'ai entendu conclure le sacrilège marché, et maintenant, en face de cet homme, mon âme est brisée par la douleur.

Le paysan, en obéissant aux ordres de Marion, avait compté ne pas être dénoncé en public. La terreur lui fit perdre toute son assurance, la main du prophète s'étendait vers lui, il lui sembla que ceux qui l'environnaient lisaient sur son front ce qui se passait dans son âme.

Son trouble et sa terreur le dénonçaient en effet. Ses voisins s'aperçurent de son anxiété. Bientôt tous les regards se tournèrent sur lui et quand, de vingt bouches à la fois, s'échappa le cri de : Confesse ton crime ! le traître, se laissa tomber sur ses genoux en disant :

— Grâce! prophète du Seigneur, grâce pour mon péché!

Cette confession, dont la sincérité ne pouvait être douteuse, produisit un effet immense, mais ce n'était, pour ainsi dire, que le prélude des merveilles que l'Esprit devait faire en cette nuit mémorable.

A peine Marion avait-il fini de parler, que Claris tombait en extase et s'écriait :

— Mon enfant, je te le dis, il y a encore d'autres traîtres dans l'assemblée; il en est un surtout qui, en ce moment, médite la perte du générat que je vous ai donné pour vous conduire à la victoire. Mon enfant, je te le dis, ils sont ici, je vais te conduire vers eux.

— Gardes, que personne ne s'éloigne, commanda Cavalier.

Claris connaissait presque tous les soldats du camp de l'Éternel, savait que plusieurs avaient trempé dans la dernière émeute, et ne pouvait avoir de doutes sur les mauvais desseins de quelques-uns d'entre eux.

Il s'avança vers Josué, beau-frère du prophète Osias, et posa la main sur son épaule en disant :

— Voici le criminel.

— Prophète, tu te trompes, balbutia le soldat.

— Misérable, ne mens pas au Seigneur, car voici la preuve de ton crime.

Et enfonçant rapidement la main dans une des poches du conspirateur, il en retira un papier qu'il jeta à la foule en disant :

— Prenez et voyez.

— De l'arsenic ! crièrent plusieurs voix, avec une sourde terreur.

Or, Josué s'était vanté en public, dans un moment de colère, de se venger, par le poison, de l'ambitieux général. Quand il voulut élever la voix pour se disculper :

— Silence, traître, lui cria-t-on de toutes parts.

Cavalier, accompagné d'Isabeau et des deux prophètes, s'approcha alors de l'autel, et prenant la coupe, dit à haute voix :

— Que tous avancent tour à tour, l'Esprit de Dieu nous désignera ceux qui doivent être soumis à la pénitence.

Après les miracles qui venaient d'avoir lieu, l'épreuve ne pouvait pas être douteuse. Soldats ou simples fidèles, dont la conscience avait quelque crime à se reprocher, croyant qu'ils ne pouvaient dissimuler leur indignité, baissaient la tête et s'éloignaient en silence au moindre signe du chef inspiré. Les autres, au contraire, avançaient, le front haut et la démarche assurée. Ce fut le petit nombre, trois cents seulement sur douze cents furent dignes de participer à la cène, pendant que leurs compagnons, condamnés à trois jours de jeûne et de pénitence, partaient, sous la direction du prophète Marion, pour passer dans les profondeurs de la forêt de Leins le temps de leur expiation.

Une nouvelle assemblée avait été convoquée pour le dimanche suivant, dans la forêt de Leins. Elus et purifiés participèrent tous ensemble à une cène triomphale, précédée d'un pardon universel et suivie d'un discours belliqueux de Cavalier.

— Vive Cavalier ! vive Beulaigue ! mort aux papistes, rugit la foule.

— Vivent les Camisards blancs ! vivent les Cadets de la Croix ! mort aux huguenots ! répondit une voix partie de la lisière du bois.

Et avant que les enfants de Dieu, revenus de leur surprise, eussent songé à s'élancer à la poursuite de l'audacieux espion, ils virent, à travers les arbres, un petit homme trapu, portant un feutre, au retroussis duquel était cousue une croix d'étoffe blanche, qui, après avoir déchargé sur l'assemblée ses deux pistolets, disparut au galop en criant :

— Je m'appelle la Vengeance.

Cet homme, personne ne le reconnut.

CHAPITRE LXIII

LE SOLITAIRE DE ROQUE-COURBE

Quelques jours après la bataille de Barutel, un étranger, à figure à la fois cauteleuse et sinistre, coiffé d'un feutre déformé, portant une cuirasse de buffle sur un mauvais pourpoint de camelot et une longue rapière sur laquelle il s'appuyait péniblement en marchant, s'était présenté à la porte de Beaucaire, pour entrer dans la ville.

Son aspect n'avait rien d'engageant.

Or, en ce moment, Maître Guillaume Bonafous, chasse-gueux de la communauté, dont il portait l'écusson d'argent attaché au brassart rouge et jaune de sa veste, était assis sur le banc de pierre extérieur de ladite porte, humant paisiblement le soleil, ainsi qu'ont encore l'habitude de le faire beaucoup de ses compatriotes le long du canal qui borde la promenade.

La physionomie assez suspecte de l'arrivant n'avait rien qui témoignât en sa faveur et son costume délabré lui donnait l'apparence de ces mendiants dangereux qu'attirait souvent la foire de Beaucaire, et qui, disent les anciennes chroniques, « roulaient par bandes ès-campagnes comme corbeaux cherchant occasion de larcins, pillage ou roberie, couchant au long des chemins et ruines des fours à chaux où les poursuivait la maréchaussée. »

En voyant l'inconnu, maître Bonafous fronça le sourcil.

— On n'entre pas, fit le fonctionnaire municipal en abaissant sa hallebarde.

L'étranger s'arrêta, fouilla dans son haut-de-chausses et en tira un papier.

— C'est inutile, reprit Bonafous.

Le mendiant, sans répondre, déplia le papier.

— C'est inutile, vous dis-je. Êtes-vous sourd ? reprit le chasse-gueux, que cette muette insistance commençait à importuner.

Quelques oisifs s'étaient attroupés.

L'homme au papier déployait toujours sa pancarte avec le plus imperturbable sang-froid.

— Morbleu, voulez-vous que je vous conduise en prison ? fit Bonafous en se redressant avec dignité.

Et lui montrant la route :

— Filez vite, ajouta-t-il, ou sinon...

— De M. le maréchal Nicolas-Auguste de Labaume de Montrevel, gouverneur de la province de Languedoc pour MM. les consuls, syndics et conseillers de la commune de Beaucaire, riposta froidement le mendiant, connaissez vous ce sceau ?

— Alors vous êtes, murmura Bonafous en perdant subitement son importance, un.....

— Je suis un officier, ami de Son Excellence, et vous un drôle et un maraud.....

Les curieux ouvrirent passage en se découvrant, et Bonafous, l'oreille basse et le visage singulièrement allongé, dut humblement conduire à l'Hôtel-de-Ville le voyageur qu'il avait si rudement malmené.

Ainsi entra à Beaucaire l'ex-sergent du capitaine Méric, Mathias dit Torte-Gueule.

On s'attendait dans la ville à savoir force détails sur cet officier déguisé, qui voyageait en mendiant et était l'ami de Son Excellence. Mais la lettre de M. de Montrevel ne contenait rien de nature à satisfaire la curiosité : le maréchal se contentait de recommander à leurs soins un officier blessé qui avait rendu à la cause royaliste un service éminent, c'était tout.

Quel était cet officier, quel service avait-il rendu? Le gouverneur n'en disait rien. Il est vrai que sa lettre était accompagnée d'un billet cacheté à l'adresse de M. de Forton, premier consul, billet que celui-ci brûla après l'avoir lu.

Le soir même, l'énigmatique personnage s'installait seul dans une petite maison isolée, située en dehors des murailles, au pied du rocher de Roque-Courbe.

Deux jours après, il prenait pour servante une vieille femme complètement sourde.

Dieu sait quels commentaires furent brodés sur cette insondable énigme. M. Mathias passa successivement pour le capitaine Poul tombé en disgrâce, un général atteint d'aliénation mentale, un chef de Camisards converti, voire même un infant d'Espagne. Puis, comme de toutes choses, on cessa de s'en occuper, tout en le tenant toujours pour un homme célèbre et pour un saint.

Dans le fond, Torte-Gueule était toujours le même brigand, le même impie, se souciant fort peu de son âme, mais jouant la dévotion outrée, pour se faire une réputation dont, à un moment donné, il saurait bien se servir.

Se venger de Méric et reprendre le plus tôt possible sa vie de pilleries, d'aventures et de combats, tel était son but. Pour y arriver plus promptement, il se posait en scrupuleux catholique, comme, chez les noirs, en impie et en ivrogne.

Rien de plus, rien de moins.

La journée se passait pour lui dans les églises ou dans de pieuses conversations.

Jamais il ne faisait allusion à sa vie passée, mais il ne cessait de déplorer les malheurs de l'Église et d'exprimer le regret que les catholiques, non par esprit de vengeance, mais pour faire cesser la persécution dont ils étaient victimes, ne se décidassent à entreprendre une croisade fructueuse contre l'erreur.

Beaucoup de ceux qui avaient le plus souffert n'étaient que trop portés à se faire justice eux-mêmes, les insinuations du saint homme gagnaient peu à peu les esprits à sa cause, et si un mouvement venait à éclater, tout naturellement il se serait trouvé à la tête.

Le soir, il se retirait de bonne heure, afin de vaquer à ses prières et à la méditation. Les portes de la ville étant fermées au couvre-feu, il n'avait plus à craindre l'importunité des visiteurs; alors il buvait largement pour réparer le temps perdu, soit seul, soit en compagnie de certains visiteurs mystérieux.

Du nombre de ces amis nocturnes était frère la Vengeance. Ce nom, qui ne lui avait pas été donné au baptême, celui qui le portait l'avait pris depuis le massacre de Génolhac : il était le mari d'une femme écorchée vivante par ordre de Roland et le père de quatre enfants jetés vivants dans un four embrasé. De sa maison, il ne restait que des ruines et les noirs avaient, peu de temps auparavant, crucifié son frère Michel à un châtaignier où ils l'avaient cloué avec leurs couteaux.

Depuis près de trois semaines Torte-Gueule ne l'avait pas revu, et n'avait pas entendu parler de lui.

Ce long silence commençait à être inquiétant. Torte-Gueule essayait en vain de se l'expliquer.

Accoudé sur la table, le déserteur songeait à ses projets, tout en buvant à petits coups, quand soudain il prêta l'oreille : un pas rapide se faisait entendre sur la route de Roque-Courbe.

Une petite pierre vint frapper le volet.

Le solitaire posa sa lampe sur le rebord de la fenêtre et tira le cordon de sa porte.

Un homme entra presque aussitôt, ferma le verrou et monta avec précipitation.

C'était la Vengeance.

— Salut, dit-il en jetant sur une chaise un paquet peu volumineux, mais qui paraissait assez lourd, et en tendant la main à Torte-Gueule. Comment vont les affaires ?

— Ça chauffe, répondit celui-ci.

— Chauffer n'est rien, il faut que ça brûle, reprit la Vengeance avec impatience.

Et, s'asseyant en face du bandit, il prit une bouteille et se versa un verre de vin.

— Il n'y a pas de ma faute, fit Torte-Gueule en emplissant son gobelet d'étain, tout serait prêt si….

— Si quoi ?

— Si Montrevel ne s'y opposait pas.

Le nouveau venu frappa du poing.

— Il est donc encore comme le Broglie, celui-là ! Ils sont donc tous les mêmes. L'as-tu vu ?

— Je suis allé à Nîmes, deux jours avant l'affaire de l'Agau, pour lui faire part de notre projet et lui demander qu'il voulût bien nous donner son autorisation.

— Et il a répondu ?

— Qu'il ne pouvait la donner.

— Tu n'as pas insisté.

— Au contraire. Je lui ai dit que les catholiques n'attendaient qu'un signe de lui pour agir.

— Et qu'a-t-il dit?

— Qu'il était tout disposé à me faire pendre à la première prise d'armes.

— Voilà qui est encourageant. L'imbécile!

— C'est l'évêque et ce sont les prêtres qui sont toujours à lui prêcher la douceur et le pardon.

— Avec cela que ça leur réussit. Tant les noirs en prennent, tant ils en massacrent.

— Tant mieux, c'est bien leur faute; qu'ils nous laissent faire! Nous ferons de bon ouvrage.

— Les protestants sont plus habiles, ils prêchent bien la douceur évangélique en public, à Nîmes, mais en dessous, comme ils travaillent! Sans le consistoire, Cavalier ne tiendrait pas huit jours.

— Parbleu, à qui le dis-tu? Moi je ne suis pas pour le pardon des injures.

— Le pardon! ricana le nouveau venu avec une expression terrible, le pardon! Ah! ne prononce pas ce mot devant moi. J'étais bon catholique, eh bien! je ne le suis plus parce que ma religion m'ordonnait de pardonner.

Et cependant, ajouta-t-il avec une expression navrante, le dernier mot de ma mère en mourant, assassinée par les brigands, a été : Que Dieu me pardonne comme je pardonne à mes ennemis.

— Bah! fit Torte-Gueule, ta mère était une femme, et nous sommes des hommes.

— Ma mère était une sainte, reprit lentement la Vengeance, et le Christ, qui a pardonné, était à la fois un homme et un Dieu.

Torte-Gueule versa une large rasade à son visiteur. (*Voir page* 740.)

Pour toute réponse, Torte-Gueule se leva, prit dans une armoire une bouteille d'eau-de-vie, en versa une large rasade à son visiteur en disant :

— Eh bien ! n'en parlons plus ; si le cœur te manque, va t'enfermer dans un couvent, tu pourras y prier à loisir pour le salut de l'âme et du corps de ceux qui ont écorché ta femme, rôti tes enfants, crucifié ton frère et assassiné ta mère, et peut-être auras-tu le plaisir de te trouver en paradis entre Beulaigue et Roland.

Frère la Vengeance devint livide, l'apostat avait frappé juste.

— Sais-tu, dit-il en s'appuyant sur son coude, tout en buvant à petites gorgées l'eau-de-vie que lui avait versé son tentateur, sais-tu que nous avons déjà commencé à travailler ?

— Vraiment ?

— Oui, continua le buveur, Méric est venu rôder dans les environs de Roquepertuis, et avec mes Camisards blancs, nous avons profité de l'absence de Marsili pour lui tendre une embuscade d'où, après un combat de quelques minutes, il s'est échappé, laissant dix-sept noirs entre nos mains.

— Vous faites donc des prisonniers, vous autres, comme l'Ermite et sa bande ? interrompit Torte-Gueule avec humeur ; cela ne vaut rien, ils finissent toujours par s'échapper.

— Oh ! nous y avons mis bon ordre, reprit le chef, et pour les empêcher de nous brûler la politesse, nous avons fait pour eux ce qu'ils avaient fait pour mon frère.

— Comme cela ? rugit le sergent, enfonçant son poignard dans la table.

Eh bien ! vous êtes de braves gens.

— Oui, tu pourras les compter à l'aise, si cela te fait plaisir, ils sont là tous les dix-sept, cloués à des troncs d'arbres dans le bois de la Bégude.

— Vive l'enfer ! tu es un homme, s'écria Torte-Gueule, et la punition de Méric est commencée. Bravo ! les Camisards blancs, vous êtes dignes des Florentins.

Et le sergent, plein d'aise, se mit à rire.

— Qu'est-ce que les Florentins ? demanda la Vengeance.

— Les habitants de Saint-Florent, parbleu. Depuis trois mois, Roland brûlait leurs fermes, tuait leurs enfants, pillait, ravageait, égorgeait, sans qu'ils osassent rien dire ; Marsili et Laudun leur promettaient bien des secours, mais ils arrivaient toujours trop tard. J'appris cela, je partis pour Saint-Florent, j'allai trouver les deux Michel, dont les brigands avaient coupé la mère en morceaux, je leur représentai qu'ils n'avaient qu'à s'organiser, à poursuivre les bandits et à se faire justice eux-mêmes. Je ne pus rien obtenir, il y avait là un curé qui prêchait, comme ils le font tous, le pardon des injures. Sais-tu ce que je fis alors ?

— Non, ma foi.

— Le curé était adoré de ses paroissiens, je l'attirai adroitement dans une ferme près de laquelle je savais les huguenots en embuscade. Le maître de la ferme était de la religion réformée, il courut les avertir. Je m'y attendais. Ils arrivèrent aussitôt, cernèrent la métairie, prirent le prêtre, et comme Marsili les avaient battus quelques jours auparavant, pour se venger, ils mutilèrent le prieur de la façon la plus atroce, lui arrachèrent la langue et les oreilles, lui crevèrent les yeux, commirent toutes les barbaries possibles et firent tant et si bien que les Florentins, excités par les deux Michel, se ruèrent comme des furieux sur les enfants de Dieu d'abord, en massacrèrent un grand nombre ; puis, pour donner une leçon aux huguenots du pays, brûlèrent leurs maisons, coupèrent leurs arbres, enlevèrent leurs troupeaux et jetèrent l'épouvante dans les environs.

Voilà ce qu'il faut faire, voilà à quoi je travaille, et par l'enfer nous y arriverons.

— Tout est-il organisé ?

— Une croix n'est pas longue à coudre à un chapeau, les armes ne nous manqueront pas et en quelques heures j'aurai cinq cents Cadets de la Croix sous mes ordres ; mais prêtres et gouverneurs paralysent tous mes efforts, les uns par leurs sermons, les autres par leurs menaces ; cependant je ne perds pas espoir et je ne demande qu'une chose, l'éloignement des troupes et une invasion de Camisards dans la plaine, quelques églises pillées, des prêtres et des femmes massacrés, alors, en profitant de l'occasion, je soulève la ville et nous verrons si les Cadets ne feront pas aussi bien que les Camisards blancs et que les Florentins. Tonnerre et massacre ! ce jour-là, nous prendrons un bain de sang et nous aurons notre revanche.

— L'Ermite a déjà commencé, chaque jour il remporte des succès du côté de Sommières.

— Bah ! l'Ermite n'est qu'un partisan comme Poul, il se bat et ne se venge pas.

— Je croyais, cependant...

Le sergent haussa les épaules.

— Eh non ! ils n'ont pas brûlé une seule ferme huguenote ni arraché les yeux à un seul protestant et ils font des prisonniers : ces gens-là ne savent pas tuer. Envoie-moi donc Méric par ici, avec ses noirs, pour exaspérer un peu les catholiques de Beaucaire et tu verras si je saurai leur apprendre comment on se venge.

— Tu n'auras pas longtemps à attendre peut-être, car à la dernière assemblée de Sérignan, Cavalier a annoncé une nouvelle campagne d'extermination.

— Qui te l'a dit ?

— J'y étais.

— Tu étais à l'assemblée ?

— Oui, avec ma croix blanche au chapeau.

— Et ils ne t'ont pas tué ?

— Comme tu le vois, puisque me voici.

— Et que vas-tu faire ?

— Retourner à Roquepertuis, où je porte ce lingot de plomb pour faire des balles, et profiter de la première absence de Marsili pour lancer de nouveau mes Camisards blancs.

— Veux-tu te charger d'une commission?

— Volontiers. Mais de quelle sorte?

— Un message tout uniment et bien simple. Dis-leur que les Cadets de la Croix admirent leurs frères de la montagne, qu'ils brûlent d'imiter leur noble exemple, et qu'à la première circonstance favorable ils sont prêts à entrer en campagne.

— A ce propos, dois-je avertir le maréchal de la prochaine invasion de Cavalier?

— Garde-t'en bien, il la préviendrait peut-être et nous perdrions l'occasion d'un soulèvement. Un jour arrivera où Montrevel, découragé et irrité, cessera de nous contenir. Ce jour-là sera un beau jour pour nous; car ce sera celui de la vengeance.

Les yeux du capitaine des Camisards blancs lancèrent des éclairs de fureur.

— Tu en veux donc bien aux rebelles? dit-il d'une voix concentrée au bandit, tu les hais autant que moi.

— Peut-être plus encore, fit le sergent.

— Cependant ils ne t'ont pas fait tant de mal. Tu n'as pas autant de raisons que moi de leur en vouloir.

— Tu le crois, répondit le bandit avec une expression terrible, et moi, je crois le contraire.

— Ils ont assassiné toute ma famille.

— L'honneur d'un soldat vaut plus que la vie d'une famille, gronda sourdement Torte-Gueule, et ils ont assassiné mon honneur.

Et au souvenir de l'affront qu'il avait subi, pâlissant de rage, il donna sur la table un violent coup de poing.

Frère la Vengeance s'était levé pour sortir, il tendit la main à son hôte et dit :

— Je les hais jusqu'à la mort.

— Tu vois bien que je les hais plus que toi, dit le sergent; ma haine à moi les poursuivra jusque dans l'enfer.

Et se levant, il prit une torche et raccompagna la Vengeance jusqu'à la porte.

Sans mot dire, ils se serrèrent encore une fois la main et pendant que le sergent fermait la porte, la Vengeance s'enfonça dans la nuit.

CHAPITRE LXIV

LA CAMPAGNE SANGLANTE

L'enfer semblait déjouer les plans les plus sagement combinés de MM. de Basville et de Montrevel. Au moment où ce dernier se préparait à marcher contre Ébénézer qui menaçait le Vigan, une nouvelle révolte du Vivarais le força à se jeter dans ce pays sauvage avec une grande partie de ses troupes et à rappeler près de lui Marsili, dont les mouvements, combinés avec ceux de Laudun, étaient sur le point d'amener la reddition de Roland et de toute sa bande.

Abandonné à ses propres forces, le vaillant vicomte ne désespérait cependant pas de réduire ce chef redoutable à la dernière extrémité, quand, presque en même temps, les émissaires de la société génevoise, en faisant soulever une partie du Dauphiné et du Rouergue, obligèrent M. de Basville à dégarnir les côtes de la Méditerranée où, comme s'ils n'eussent attendu que ce signal, parurent, à la hauteur des ports de Cette et d'Aigues-Mortes, des vaisseaux anglais et hollandais chargés de poudre, d'armes et d'argent pour les rebelles.

L'intendant et le maréchal écrivirent aussitôt à la cour pour demander des renforts, mais en les attendant, ils furent obligés d'envoyer en toute hâte MM. de Laudun et de Fimarcon sur les points menacés et d'affaiblir toutes les garnisons des villes de l'intérieur, pour protéger le littoral contre une descente des étrangers.

Libres dans leurs mouvements, Joigny, Roland, Méric et Castanet réunirent leurs forces à celles de Cavalier dans la forêt des Leins, et après s'être concertés avec le jeune général, se partagèrent pour dévaster les trois diocèses, où rien désormais ne pouvait plus s'opposer à leurs fureurs.

Ébénézer seul, dans son farouche orgueil, refusa de prendre part à une campagne dirigée par son rival et retint dans les sombres forêts de l'Aigoal ses trois mille montagnards, prêts à se ruer, comme une irrésistible avalanche, du haut de leurs rochers dans les vallons du Vigan.

Si le roi de la montagne eût dit un mot, les catholiques étaient perdus, pas une seule ville du Bas-Languedoc n'eût pu résister.

En apprenant son inébranlable résolution, Cavalier s'écria :

— Maudit soit l'orgueil de cet homme ! Ébénézer est un traître ! Mais puisqu'il veut abandonner la cause du Seigneur, qu'il demeure dans sa honteuse inaction, nous saurons nous passer de lui jusqu'au jour de sa punition. Le Languedoc est à nous, frères ! Tirez vos glaives, l'heure du triomphe a sonné. En avant, et mort aux impies !

Un rugissement terrible de : Mort aux impies ! ébranla les échos des Leins et par les quatre points de l'horizon sortirent en même temps de la forêt, quatre armées de brigands, chantant des psaumes et précédées chacune de deux exterminateurs, drapés dans leurs manteaux rouges et portant leurs haches brillantes.

Une de ces colonnes se dirigea vers Saint-Gilles, la seconde vers Uzès, la troisième monta vers le Vigan, la quatrième marcha sur Alais.

Il est des atrocités que la plume se refuse à décrire, contentons-nous de citer une page d'un manuscrit contemporain.

« Le fils aîné de Cazalède, habitant de Barre, fut égorgé par la troisième troupe, près Quissac; quatorze habitants d'Uzès, qui étaient allés à Nîmes porter les bagages du régiment de Marsili, eurent à leur retour le même sort; le mandement de Sainte-Anastasy fut ravagé. Aureillac, Campagnac et Vic brûlés, trente-six personnes, dont un enfant de six mois, y furent massacrés; la servante du sieur Fabre fut traitée de même. La maison de Lenoir, capitaine de bourgeoisie à Lédignan, fut pillée et les meubles brisés servirent à incendier l'église; le fermier de la métairie de Soustelle et trois voyageurs furent pendus entre Caveirac et Saint-Cézaire. Six catholiques périrent sous la hache entre Vauvert et Saint-Gilles; deux charretiers furent poignardés sur la même route. Les exterminateurs coupèrent en quarante-cinq morceaux un paysan de Milhaud surnommé le Barailler, égorgèrent le garde-chasse de Signan, pendirent à un arbre une femme et massacrèrent dix-sept catholiques à Campagnoles et à Campagne. »

Ce n'était que le prélude d'atrocités plus exécrables encore.

Depuis la mort tragique du marquis de Meyrargues, le vieux commandeur de Castellane, retiré dans sa terre de la Vernède, avait entièrement renoncé au monde. N'ayant jamais fait que du bien autour de lui, ne se connaissant que des amis, il se refusait à croire aux crimes inouïs dont le bruit arrivait jusqu'à lui. Plusieurs fois ses fermiers et ses connaissances l'avaient vivement engagé à se retirer à Nîmes. Leurs sollicitations étaient demeurées sans résultats.

— Mon Dieu, répondait-il avec une naïve conviction, messieurs les

rebelles ne sont point aussi féroces que vous le pensez; s'ils se sont emparés de Sainte-Anastasy, c'est que le château leur présentait de grands
avantages et peut-être croyaient-ils y trouver M. de Miraman qui les avait
assez mal menés; mais la Vernède, qu'en feraient-ils? c'est une bicoque,
et quant à moi, pourquoi voulez-vous qu'ils maltraitent un vieillard qui
ne leur a jamais rien fait et dont la seule occupation est de se préparer à
la mort prochaine.

Il était donc là, vaquant paisiblement à ses pieux exercices quand les
deux bandes de Méric et de Cavalier envahirent le mandement. Elles
passèrent et repassèrent dans le voisinage, pillant, tuant et brûlant sans
qu'il s'en occupât autrement que pour s'en affliger.

Malheureusement, la métairie de Saint-Jacques, appartenant au grand
prieur de Saint-Gilles, était voisine de la Vernède, et Jean Marius, le féroce boucher d'Uzès, savait qu'elle était riche.

Il n'en fallait pas davantage. Un matin, le commandeur, après une
courte promenade, se préparait à se mettre à table, quand sa vieille servante, épouvantée, se précipita dans la salle à manger en s'écriant :

— Monsieur, monsieur, fuyez, voici les chemises blanches.

— Qu'appelez-vous chemises blanches, Gertrude? demanda paisiblement le commandeur en déployant méthodiquement sa serviette.

— Les brigands, monsieur, les brigands.

Et, sans attendre d'autre question, elle s'enfuit à travers le jardin.

Il en était temps, les chemises blanches arrivaient en effet.

Ils étaient cinq, la figure barbouillée de suie, le couteau de boucher
à la ceinture, la casaque maculée de taches de sang.

— Où est le commandeur? demanda celui qui paraissait le chef.

— C'est moi messieurs, répondit le vieillard.

Et, se levant avec courtoisie :

— Vous voyez, ajouta-t-il, que j'allais commencer mon repas, mais
si rien ne vous presse, j'espère que vous voudrez bien, tout modeste
qu'il soit, le partager avec moi; veuillez vous asseoir, messieurs.

Les noirs se regardèrent avec stupéfaction, partirent d'un éclat de rire, et s'assirent.

— Gertrude! Gertrude! des verres et des assiettes pour ces messieurs.

— Ce vieux est complètement fou, se dirent les brigands.

— Mon Dieu, messieurs, vous m'excuserez, mais votre visite inopinée a effarouché ma servante et je vous demande la permission de la remplacer. Voici des assiettes d'abord et des verres. Ah! par exemple, voilà qui est singulier, je ne trouve pas de fourchettes.

— Bah! fit Gédéon, nous avons nos couteaux, ça suffit.

Avec le même sang-froid et la même politesse que s'il eut été assis à la table du marquis de Meyrargues, M. de Castellane découpa un poulet rôti, consciencieusement doré, et servit ses hôtes, qui, en un clin d'œil, eurent fait disparaître le contenu de leur assiette.

— Goûtez-moi ce vin, messieurs, et dites-moi ce que vous en pensez, continua le commandeur.

— Pas mauvais, fit Jephté avec un claquement de langue, mais tu as eu tort d'y mettre des framboises.

— Ce que vous prenez pour des framboises, monsieur le Camisard, n'est autre chose que le bouquet. Ce vin m'a été envoyé de Bourgogne.

— C'est ça qu'il a le goût du tonneau que nous avons bu hier à Laugnac, interrompit Gédéon.

— En effet, M. le prieur de Laugnac, un de mes bons amis, en avait fait venir quelques pièces.

— Il n'en boira plus, ni de celui-là ni d'autre, fit u. des brigands; il est mort.

— De mort subite, ricana Gédéon.

— J'en suis fâché, c'était un homme de bien, reprit le commandeur. Dieu ait son âme, ajouta-t-il en faisant un signe de croix.

Le déjeuner continua, les mets n'étaient pas abondants, mais le vin ne manquait pas, les toasts se suivaient sans interruption. Le vieillard faisait succéder les bouteilles aux bouteilles avec un entrain charmant. Après tout, peut-être n'était-il pas aussi naïf qu'il en avait l'air.

En proie à une demi ivresse, les assassins oubliaient pourquoi ils étaient venus.

La vue d'une pièce de monnaie, pôsée sur la cheminée, rappela Gédéon à lui-même.

— C'est bon de boire, dit-il, mais il nous faut de l'argent aussi.

— Mes fermiers ne m'ont pas encore payé, messieurs, répondit M. de Castellane, mais il me reste à peu près deux cents pistoles que je serai heureux de mettre à votre disposition ; pour le reste, dans huit jours vous pourrez l'envoyer prendre.

— Te faut-il un reçu ? demanda Jephté.

— Messieurs, votre parole suffit.

— Eh bien ! tu es un bon diable, toi, s'écria Gédéon, et je veux que Belzébuth m'étrangle si je ne te fais pas entrer dans notre compagnie. Va chercher l'or, l'ami, et donne-nous du vin.

Du fond d'une armoire qu'il laissa ouverte pour bien montrer qu'elle ne contenait pas autre chose, le commandeur tira deux sacs qu'il déposa sur la table.

— Brigadier, regarde si, par hasard, ce ne serait pas des médailles de cuivre comme celles du moine de l'autre jour, dit un enfant du diable.

D'un coup de couteau, Gédéon éventra le sac, d'où les pistoles tombèrent en cascade métallique.

— Vive le commandeur ! crièrent les brigands.

— Encore un verre de vin à ta santé, fit Jephté, pendant que Gédéon partageait la somme en cinq piles égales, qu'il distribua loyalement à ses complices.

— Quand recevras-tu le reste, l'ami ? demanda-t-il en se levant.

— Dans huit jours, si mes fermiers sont exacts.

— C'est cela, nous reviendrons te donner quittance. Bonsoir, l'ami, que le diable te conserve !

Les noirs partirent d'un éclat de rire. (*Voir page* 749.)

Et ils s'éloignèrent en chantant une chanson bachique, dont ils accompagnaient le refrain du tintement de leurs pistoles.

Il n'y avait pas cinq minutes qu'ils étaient sortis, quand un homme, sautant par-dessus une haie, vint tomber aux pieds du commandeur qui, de son jardin, appelait Gertrude.

C'était Colet, le fermier du grand-prieur, ses traits étaient décomposés.

— Ah! monsieur, s'écria-t-il, c'est le ciel qui vous a conduit ici. Fuyez, fuyez vite, les noirs ont incendié le mas de Saint-Jean et massacré toute ma famille; moi-même je suis blessé; fuyez, monsieur, ils vont venir.

— Ils sortent d'ici, mon pauvre ami, et tu vois qu'ils ne m'ont pas fait de mal.

— Croyez-moi, fuyez, ne vous fiez pas à des traîtres. Que Dieu vous conserve!

Et, s'élançant de nouveau par-dessus la clôture, il disparut.

— Au fait, cet homme a peut-être raison, pensa le commandeur.

On voyait au loin une épaisse colonne de fumée, s'élevant des ruines du mas de Saint-Jean, et l'on entendait des cris furieux.

Le vieillard n'hésita plus, il appela son valet et, ne le voyant pas venir, se décida à seller lui-même le cheval sur l_quel il avait si souvent accompagné à la promenade Mlle de Saint-Véran.

Puis, s'étant mis en selle, il sortit et après un instant de réflexion, prit le chemin de Saint-Nicolas de Campagnac.

A peine avait-il fait cent pas, qu'à un coude du sentier, il se trouva en face d'une troupe de douze Camisards noirs, conduits non plus par Gédéon, mais par Jean Marius.

Le colosse poussa un rugissement de bête fauve, sauta à la bride du cheval, et saisissant le commandeur par la jambe, le jeta rudement à bas de sa monture.

Le gentilhomme comprit qu'il était perdu et voulut porter la main à son épée, mais un violent coup de poing du boucher le fit retomber sur les genoux.

— Ah! traître, tu allais nous dénoncer, vociféra le terrible Camisard en frappant de nouveau sa victime. Attends, c'est moi qui vais régler ton compte. Mais d'abord, il me faut ton or.

— Je l'ai donné, murmura la victime.

— C'est ce que nous allons voir, répondit le noir. Jetez-moi ça sur le cheval et traînez-le à la ferme. Par ma damnation! je lui ferai bien avouer où il cache ses pistoles.

Le lugubre cortège arriva bientôt devant la maison déserte. Là, on descendit le prisonnier.

Un tronc d'arbre était couché dans la cour.

— Qu'on roule cette poutre devant la porte, commanda Marius, et qu'on y attache le papiste, nous allons voir si je le ferai parler.

Les noirs obéirent et lièrent fortement le commandeur.

Marius avait sorti de leur gaine de cuir deux longs couteaux dont il repassait les lames l'une sur l'autre, pendant qu'on dépouillait la victime. M. de Castellane priait.

— Où est ton argent, papiste? fit le brigand en appuyant la pointe de son couteau sur la poitrine du martyr.

Le visage du bourreau avait une expression tellement féroce que le commandeur ferma les yeux.

— Ah! tu fais semblant de dormir, ricana le boucher. Tiens, voilà pour t'éveiller!

Et il laboura la poitrine du vieillard d'un long et sanglant sillon. Puis lentement, froidement, comme s'il eut disséqué le cadavre d'un animal, il souleva la peau des deux côtés de la blessure.

— Parleras-tu, maintenant? reprit-il en se croisant les bras, ou préfères-tu que je continue l'opération? Où est ton argent?

— Que Dieu te pardonne tes crimes et me fasse miséricorde! répondit faiblement le vieillard.

— Scélérat, tu ne veux pas livrer ton or, mais je l'aurai, dussé-je te torturer tout le jour, rugit Marius en se courbant sur sa victime.

Le supplice dura deux heures et, durant ces deux heures, pas un murmure, pas une imprécation ne s'échappa des lèvres du noble vieillard. Son admirable résignation lassa les forces de ceux qui le torturaient, mais sans triompher de leur férocité. Et quand, désespérant de lui arracher un secret qu'en réalité il ne pouvait avoir, puisque les deux cents pistoles distribuées le matin étaient tout son avoir, Marius, vaincu, rejeta loin de lui son inutile coutelas, ce fut pour ordonner de rôtir un homme de bien, dont la seule faute était de n'avoir pu croire à la scélératesse des Camisards.

— En avant, compagnons, et vive l'enfer! Nous avons été volés aujourd'hui par ce brigand, mais demain, nous prendrons notre revanche, je vous le promets.

— Demain, toujours demain, gronda un bandit mécontent. Gédéon est plus habile que toi, il n'a que quatre hommes avec lui et chaque jour il trouve l'occasion de faire de bons coups.

Marius se retourna et mit la main sur son couteau.

— Si tu avances, tu es mort, fit le soldat en armant son pistolet.

— Ah! tu me menaces, s'écria le boucher en lançant son arme, qui alla, en sifflant, s'enfoncer dans la poitrine du mécontent.

Le soldat n'avait pas eu le temps de presser la détente de son pistolet, ni de parer le coup; il tourna deux fois sur lui-même et tomba raide; la lame du coutelas lui avait traversé le cœur.

Marius posa le pied sur le cadavre, arracha le couteau de la blessure, et le replaçant dans sa gaine:

— Au mas des Ortous! dit-il, nous avons encore le temps d'y arriver ce soir; nous y trouverons bon souper et bon gîte.

De la Vernède au mas des Ortoux il y a loin, et les bandits étaient déjà fatigués de leur terrible besogne. Mais outre que le châtiment infligé à leur camarade leur imposait le respect, ils savaient que Méric avait reçu par un espion l'annonce du prochain départ du fermier et de sa famille pour Nîmes, où il ne manquerait pas de transporter ce qu'il aurait de plus précieux. Or, Jean Saurin était connu comme fort riche, et il importait de ne pas laisser échapper une aussi belle proie.

Ce fut donc avec une vraie satisfaction que les noirs de Marius prirent la route du bois de la Rouvière, où ils arrivèrent au déclin du jour.

Jusque-là ils avaient marché à découvert; mais arrivés à un quart d'heure de la ferme, objet de leurs convoitises, ils n'avancèrent plus qu'avec précaution jusqu'à une haie formant lisière et derrière laquelle ils se cachèrent pour attendre la nuit, n'osant traverser l'espace libre qui les séparait de la maison, de peur de donner l'éveil au fermier et à ses deux fils, qui n'eussent pas manqué de fermer la grille de fer de la cour et de les recevoir à coups de fusil, s'ils eussent tenté de donner l'assaut.

Le calme le plus profond régnait dans la ferme. Du lieu où ils étaient cachés, les brigands virent le berger rentrer avec son troupeau et les hommes aller et venir dans la cour avec des lumières; une seule chose les inquiétait : Jean Saurin avait fermé la grille.

On tint conseil sur ce qu'il y avait à faire.

Un des bandits indiqua un moyen bien simple. Il n'y avait qu'à envoyer un des hommes de la troupe demander l'hospitalité pour la nuit; une fois introduit dans la maison, il en ouvrirait soit les portes soit une fenêtre, les autres arriveraient, on égorgerait les habitants sans défiance, après quoi on pourrait piller à l'aise.

— Te chargerais-tu de l'exécution ? fit Jean Marius.

— Si tu veux m'assurer deux parts du butin, j'accepte, répondit le brigand.

— Consentez-vous, mes agneaux ? demanda le chef.

— Nous consentons, dirent-ils.

Nephtali, celui qui avait proposé le stratagème, dépouilla sa chemise de toile, lava son visage et ses mains dans le ruisseau, cacha son couteau sous ses haillons, coupa une grosse branche pour s'en faire un bâton, et

remonta dans le bois pour aller, par un long détour, rejoindre la route
de Nîmes.

Il faisait déjà nuit sombre quand il arriva à la grille de la ferme, où
il frappa avec son bâton en criant d'une voix dolente :

— Bonnes âmes charitables, ayez pitié d'un pauvre mendiant qui s'est
égaré dans sa route.

C'était l'heure du souper de la famille.

Le père et les deux fils regardèrent d'une manière singulière un
étranger assis en face d'eux.

— Faites, dit celui-ci en se levant pour sortir.

Les Camisards embusqués n'entendirent pas leur camarade, mais ils
virent des lumières s'agiter pour aller au-devant du mendiant.

— Ça y est, fit Marius en se frottant les mains. A nous maintenant.

CHAPITRE LXV

L'HOSPITALITÉ DES SAURIN

En entrant dans la cuisine, qui servait de salle à manger, Nephtali jeta autour de lui un regard rapide et furtif. La nappe était encore mise. L'étranger compta quatre couverts sur la table : ceux de Saurin, de ses fils et probablement aussi de la vieille aïeule, à demi-ensommeillée dans un coin du feu.

Assis sur un escabeau, un des fils tressait des paniers d'osier; le second écrivait des comptes sur l'angle d'un bahut. Sans se soucier d'être vu, il vérifiait le contenu d'un gros sac d'argent, qu'il replaça ensuite dans un tiroir auprès d'autres sacs.

— Tout va pour le mieux, pensa Nephtali.

Et, se débarrassant de son feutre et de son bâton, il se laissa tomber sur un escabeau en disant :

— Que le bon Dieu vous récompense, braves gens, pour votre charité.

— Que dit-il ? demanda la grand'mère en s'éveillant.

— Qu'il prie Dieu de vous récompenser, cria Saurin dans l'oreille de la pauvre femme.

— Y a-t-il encore de la soupe pour lui ? il doit avoir faim.

— Oui, mère, il en reste, et aussi un morceau de viande.

— Il faudra la faire chauffer, Saurin, continua-t-elle.

— Merci bien, je suis fatigué, mais je n'ai pas faim, reprit Nephtali. qui craignait de faire attendre ses complices.

— Que dit-il ?

— Qu'il n'a pas faim, mère, et qu'il n'est pas fatigué.

— C'est égal, fais-lui manger un morceau, Saurin. Où le feras-tu coucher, dans la maison ou au grenier à foin ?

— Je préfère dormir sur le foin, répondit le bandit.

— Bien, bien, fit l'aïeule, moi aussi, quand j'étais jeune, j'aimais à dormir dans la paille, mais à présent, il me faut un lit.

— Quand vous voudrez vous coucher, vous n'aurez qu'à le dire, Antoine vous conduira à votre gîte, reprit le fermier en affilant des brins d'osier. Mais buvez donc un verre de vin.

— Alors, le plus tôt sera le mieux, répondit le bandit, en se versant une rasade. Vous avez une nombreuse famille ?

— Deux fils et trois filles avec ma femme et ma mère.

— Tous avec vous ?

— D'ordinaire, oui, mais aujourd'hui, les femmes sont à Nîmes, où nous irons les rejoindre dans la semaine.

— Au moment du travail ?

— Que voulez-vous, mieux vaut encore perdre sa fortune que sa peau.

Et l'on dit comme ça qu'il y a des rouleurs de grandes routes, des huguenots qui, d'un moment à l'autre peuvent arriver.

— Ce sont d'affreux brigands ! que le ciel les confonde, soupira Nephtali, continuant à boire. Et vous avez raison de partir ; demain ou après-demain, ils pourraient bien arriver.

— C'est ce que je disais à mon père, fit Antoine, il aurait dû faire réparer les deux fusils.

Et il déboucha une autre bouteille.

— Bah ! j'aime mieux partir tout de suite, interrompit Saurin. Je vais emporter mon argent, emmener mes bestiaux, et ma foi, je laisse la maison à la garde de Dieu. Avez-vous entendu parler de ces brigands?

— Oh ! mon Dieu, oui, trop souvent, hélas ! j'ai même failli tomber une fois entre leurs mains ; j'en ai le frisson. Hier encore, on m'a dit qu'ils avaient pillé la Commanderie. Voici un vin délicieux.

— Est-il possible, et le commandeur?

— Je crains qu'il n'ait été assassiné comme ce pauvre marquis de Meyrargues, son voisin.

— Le beau-père du comte de Miraman ?

— Justement, celui dont la fille a été tuée au bois du Bouquet.

— Les scélérats, ils lui ont aussi enlevé une autre fille, Mlle de Saint-Véran ; sans doute ils l'ont tuée aussi.

— Je croirais plutôt que Cavalier la tient prisonnière.

— Où cela? Savez-vous quelque chose?

— Non, j'en ai entendu parler, voilà tout.

— Et par qui ?

Nephtali se repentait déjà d'en avoir tant dit.

— C'est par un étranger, dans un cabaret où j'étais entré pour me reposer, continua-t-il.

— Dans quel cabaret? poursuivit l'aîné des fils en se rapprochant du mendiant.

— Je ne sais plus au juste.

— Cherchez bien.

— A la *Bégude de Saint-Nicolas*, je crois. Vous vous y intéressez donc beaucoup?

— Oui, beaucoup, s'écrièrent à la fois les trois hommes.

— Et nous ne sommes pas les seuls, ajouta Saurin, il y a mille livres à gagner pour qui la retrouverait.

— Mille livres! fit Nephtali dont les yeux pétillèrent. Savez-vous que je pourrais bien vous aider.

— Comment?

— On ne se défie pas des mendiants et je pourrais.....

En ce moment un chien gratta la porte.

— Qu'est-ce que cela?

— Le chien du berger. Antoine, va le rattacher..... Ma foi, moi aussi je me sens soif. Mathurin, une seconde bouteille.

Nephtali sentait ses idées flotter; mais, incapable de résister aux séductions, il accepta de nouvelles rasades. Saurin variait les vins, et le mendiant, par politesse, faisait raison à chacun des toasts du père et des fils.

Tout naturellement le nom de Marguerite de Saint-Véran revint sur le tapis. Le bandit, après s'être défendu contre l'expansion naturelle à laquelle pousse l'ivresse, avait fini par se laisser arracher peu à peu ce qu'il savait; malheureusement il ignorait le lieu précis dans lequel était enfermée l'orpheline, mais ce qu'il avait dit suffisait pour remettre sur sa trace, sinon le fermier Mathurin, au moins un quatrième personnage qui, l'oreille collée à une mince cloison, ne perdait pas un mot de la conversation.

Couché dans l'herbe près de la grille, Jean Marius et ses complices commençaient à perdre patience.

Un des bandits, fatigué d'attendre, poussa le cri plaintif du hibou.

A ce signal, Nephtali posa son verre et, ramassant son bâton et son chapeau, demanda avec instance à être conduit au grenier à foin.

Avant qu'il fût sorti, l'homme qui écoutait s'était glissé furtivement vers l'écurie demeurée entr'ouverte.

— Camarades, êtes-vous prêts? demanda-t-il à voix basse.

— Oui, capitaine, murmura un homme.

— Et les chiens?

— Les voici, fit Antoine du même ton.

— Bien.

En ce moment, Saurin sortit, portant un flambeau avec lequel il guida le mendiant jusqu'au pied de l'échelle du grenier à foin.

— Voici votre gîte, camarade; bonsoir et à demain matin; dormez bien.

Et, rentrant chez lui, il ferma la porte, qu'il eut soin de verrouiller sans bruit.

Nephtali demeura un instant immobile, puis se dirigea vers la grille dont, par bonheur, Saurin avait oublié la clef.

De l'écurie on vit plusieurs ombres se soulever doucement de terre, traverser la cour sans bruit et gravir le perron.

La porte était fermée en dedans.

— Enfoncez, dit Nephtali, il n'y a rien à craindre.

D'un coup d'épaule Marius ébranla la porte.

Elle résista.

— Allons, cria-t-il, tous ensemble et mort aux papistes!

— Mort aux huguenots! murmura une voix tonnante.

Et, à la lueur de plusieurs torches, vingt hommes armés s'élancèrent de l'écurie, d'où se précipitaient en même temps deux dogues furieux qui tombèrent comme la foudre au milieu des assaillants.

— Damnation! hurlait Marius, nous sommes trahis.

— L'Ermite! l'Ermite! criaient les bandits.

— A mort! à mort! rugissait le terrible partisan, frappant à droite et à gauche avec un fléau de fer dont chaque coup brisait un bras ou une jambe, à mort! à mort!

Il y eut un instant de mêlée furieuse.

Marius écumait de rage.

— Tous, sus à l'Ermite! sus! sus! criait-t-il.

Et, brandissant son coutelas, il bondit sur lui, le heurta avec violence
et le renversa. C'en était fait du chef des catholiques, si Florimond-Pa-
lette, d'un coup de sa terrible crosse, n'eût atteint le poignet du féroce
boucher. Le couteau vola au loin et le bras désarmé du géant retomba
inerte. Mais il eut le temps de s'échapper à travers la campagne.

Quatre ou cinq de ses compagnons purent également se sauver à la
faveur des ténèbres. Le reste fut pris ou tué.

Tout semblait terminé, quand d'entre les morts un bandit se leva
tout à coup et prit la fuite au milieu de la stupéfaction générale.

Ce fuyard, c'était le faux mendiant.

Déjà il avait dépassé la porte, quand il pivota sur lui-même et tomba
en poussant un grand cri.

Une balle de Lefèvre venait de lui briser la cuisse.

— Celui-ci ne s'échappera plus, gronda le sergent en soufflant dans
le canon de son arme. Qu'on le ramasse, le gibier n'est que blessé.

Alors, par ordre de l'Ermite, les prisonniers et les blessés furent mis
sous bonne garde dans une salle d'où on les conduisait un à un dans la
cuisine où devait avoir lieu leur interrogatoire.

Autour de la table, près de laquelle il était assis comme hôte, une demi-heure auparavant, Nephtali, rapporté sanglant, reconnut l'Ermite,
Saurin et ses deux fils · Florimond, Lefèvre et Olivier.

Seule, l'aïeule avait disparu, son fils l'avait éloignée pour qu'elle n'as-
sistât pas à ce dramatique spectacle.

Le Camisard promena un regard insolent sur ses juges et, les dents
serrées, il dit seulement ces mots ;

— Traîtres et assassins!

L'Ermite sourit d'un sourire étrange.

— C'est comme traître et comme assassin que tu comparais devant

La porte était fermée en dedans. (*Voir page* 761.)

nous, répondit-il; n'essaie pas de nous tromper, le seul moyen qui te reste d'échapper à la torture, c'est la franchise.

Nephtali haussa les épaules.

— Dans quel but es-tu venu ici ce soir?

— Pour piller et pour tuer.

— D'où venais-tu? continua l'Ermite.

— De la Vernède, où j'ai écorché vivant le papiste Castellane, et de Saint-Jean, où j'avais fait rôtir une femme et ses deux enfants.

L'Ermite conservait tout son calme.

— Que sais-tu de la demoiselle de Saint-Véran? continua-t-il.

— Je l'ai saignée comme une brebis, ricana Nephtali

Ce fut au tour d'Olivier de pousser un cri de terreur.

— Tu mens, reprit froidement le partisan, tu as peur du supplice et en inventant des crimes, tu voudrais nous forcer à te tuer. Nous ne le ferons pas, les juges de Montpellier décideront quelle punition doit être la tienne. J'ai voulu essayer de tirer de toi quelques renseignements qui auraient pu adoucir leur sentence, réfléchis.

— Je l'ai égorgée et je m'en vante; je ne me soucie pas de ta pitié.

— Tu ne l'as point tuée, elle vit prisonnière dans une de vos grottes, et nous la délivrerons malgré toi. J'étais là à t'écouter pendant que tu buvais, j'ai tout entendu.

— J'ai menti.

— Non, tu étais ivre et tu as dis la vérité. Où est Cavalier en ce moment?

— Aux Leins.

— Et de là où va-t-il?

— Ce soir, il sera à Alais.

— Ce soir il attaquera Sommières avec Roland, et il sera battu par moi, qui y serai caché avec deux cents hommes.

Nephtali regarda son interlocuteur avec stupeur et ne répondit pas.

— Eh bien! fit l'Ermite, suis-je instruit?

— Tu es un démon, gronda le prisonnier.

— Il y a huit jours que je vous surveille, répondit l'Ermite, et le messager qui a porté à ton chef la lettre qui doit le faire battre ce soir, c'est moi qui l'ai envoyé. Veux-tu parler à présent?

— Non, tue-moi, tu ne m'arracheras pas un mot.

— C'est bien, fit l'Ermite, qu'on l'emporte. Olivier, fais entrer un autre prisonnier.

Celui qu'on introduisit était un bandit aussi lâche que féroce; la peur lui fit avouer tout ce qu'il savait; malheureusement il ignorait le sort de Marguerite, seulement il était certain que l'orpheline vivait.

A deux heures du matin, l'interrogatoire était terminé; l'Ermite fit alors partir, sous bonne escorte, les prisonniers pour Nîmes, dont il était peu éloigné, et lui-même, avec Florimond et les autres partisans, prit au galop le chemin du bois des Epeisses, dans lequel cent cinquante hommes l'attendaient, cachés dans les taillis.

Avant de s'éloigner, il s'était entretenu en secret avec Olivier et Lefèvre qui, après s'être travestis en paysans, prirent à pied, par des chemins détournés et couverts, une direction opposée.

Cavalier et Roland ne perdaient pas leur temps. Après avoir réuni leurs forces, ils s'avançaient rapidement sur Sommières, ville toute protestante et dans laquelle ils savaient que Laudun, forcé de disperser ses soldats sur la plage d'Aigues-Mortes, menacée par les vaisseaux ennemis, n'avait pu laisser que quatre-vingts hommes du régiment de Lafare. La nouvelle apportée par les fuyards de la défaite de Jean Marius par l'Ermite, près de Nîmes, acheva de déterminer les chefs camisards à tenter un coup de main que l'absence du terrible La Sagiote rendait facile.

Méric, arrêté par la même nouvelle dans sa marche, rebroussa rapidement chemin, et les trois bandes, après une courte halte dans le désert de Prime-Combe, où fut tenu le conseil de guerre, se partagèrent en deux colonnes qui devaient attaquer Sommières par deux côtés à la fois, à la faveur des ombres de la nuit.

La ville, calme et silencieuse, semblait plongée tout entière dans le sommeil quand sonna lentement minuit. C'était l'heure convenue pour l'attaque, et une subite explosion de cris féroces, accompagnés de coups de feu, retentit à la fois au portail Saint-Amand et à l'entrée du faubourg du Bourguet, double point vers lequel s'élançaient, avec des hurlements, les soldats de Roland et ceux de Cavalier.

Tout était prêt pour les recevoir. En deux heures, l'Ermite et Florimond avaient pris leurs dispositions. Par leur ordre, les milices protestantes de Sommières, placées en avant des quatre-vingts soldats de Lafare et des cent cinquante partisans, prêts à les massacrer si elles montraient la moindre indécision, avaient garni les remparts. Elles reçurent leurs coreligionnaires à coup de fusils.

— Frères! frères! que faites-vous? nous sommes vos défenseurs; ouvrez vos portes, nous apportons la délivrance, s'écria Cavalier.

Et, sur son ordre, les assaillants entonnèrent le psaume.

— Feu! feu partout! rugit Florimond. Feu, ou je vous fais massacrer.

— Non, non, bas les armes! s'écria Plantivi, le chef de la milice, nous ne voulons pas souiller nos mains dans le sang des défenseurs de la foi.

Les miliciens hésitaient.

— Ah! traître! Puisque ce sont tes frères, va donc les rejoindre, rugit le meunier de Générac.

Et, enlevant de terre Plantivi avec une force irrésistible, il le lança par-dessus le parapet de la muraille sur les assaillants.

Puis, se retournant :

— Feu! cria-t-il, ou la mort! Vive l'Ermite!

— Vive l'Ermite! vive Florimond! répondirent les partisans en piquant avec la pointe de leurs sabres le dos de leurs infidèles alliés.

Les miliciens effrayés tirèrent. Une de leurs balles vint frapper en plein poitrail le cheval blanc de Cavalier.

— Périssent les infâmes ! s'écria le général exaspéré.

Et le combat, un moment indécis, recommença avec fureur.

Bien qu'ayant à lutter contre ces mêmes miliciens, sur l'appui desquels il avait compté, Cavalier espérait encore emporter le faubourg d'assaut, quand, soudain, un tumulte épouvantable retentit à l'arrière de son camp.

— Va voir, dit-il à Isabeau, pendant que je vais faire enfoncer la porte.

La prophétesse n'eut pas loin à aller.

— C'est l'Ermite, dit-elle en revenant, pâle et désespérée. Roland est en fuite, et ce scélérat tombe sur nous avec toutes ses forces.

— Ce n'est pas possible, l'Ermite est à Nîmes.

— Regarde, dit la prophétesse.

Il était bien là, en effet, frappant avec son fléau de fer et s'ouvrant un sanglant passage au plus fort de la mêlée.

— Tue ! tue ! criait-il.

Et son fléau de fer décrivait, en sifflant, des cercles rapides autour de sa tête. On eût dit une sanglante vision de l'Apocalypse.

Au même moment les portes s'ouvrirent et, au cri de Vive le roi ! Vive l'Ermite ! les soldats de Lafare et les partisans s'élancèrent, le sabre et la baïonnette à la main.

Les bords escarpés du Vidourle, dans les eaux duquel les Camisards n'hésitèrent pas à s'élancer au risque d'y perdre la vie, arrêtèrent la poursuite des royalistes.

Sombre et désespéré, Cavalier rallia, sur le bord opposé, ce qui lui restait de soldats et, s'éloignant à marche forcée vers Uzès, arriva au point du jour sous les murs du château de Lussan, dont il ne voulait faire qu'une ruine.

Le château n'avait que cinq hommes de garnison. Dix montagnards armés de haches se précipitèrent sur la porte pour l'enfoncer.

Une fusillade à bout portant les renversa tous les dix, pendant que, de la poterne, une voix railleuse criait :

— Tu ne t'attendais pas à me retrouver ici, Cavalier?

— Malédiction ! fit Isabeau, c'est lui, toujours lui !

— Oui, c'est moi, répondit l'Ermite, et je serai toujours sur tes pas, je m'attacherai à toi comme le remords. Feu ! mes compagnons !

Mais déjà les Camisards, éperdus, fuyaient de nouveau et le même jour disparaissaient dans la sombre forêt des Leins.

— C'est ton amour pour la Moabite qui est la cause de nos défaites, dit Isabeau à Cavalier, il faut qu'elle meure.

Le général ne répondit pas. Il regardait la bague de diamant qu'il portait au doigt.

— Il faut qu'elle meure, reprit la prophétesse d'une voix sourde.

— N'y a-t-il pas assez d'autre sang à verser? fit le général.

— Il faut qu'elle meure, dit-elle en frappant du pied.

— Que la volonté du Seigneur soit faite, dit-il.

C'était l'arrêt de mort de Marguerite de Saint-Véran.

Quelques heures après cette conversation, Isabeau partait pour les Salles-du-Gardon.

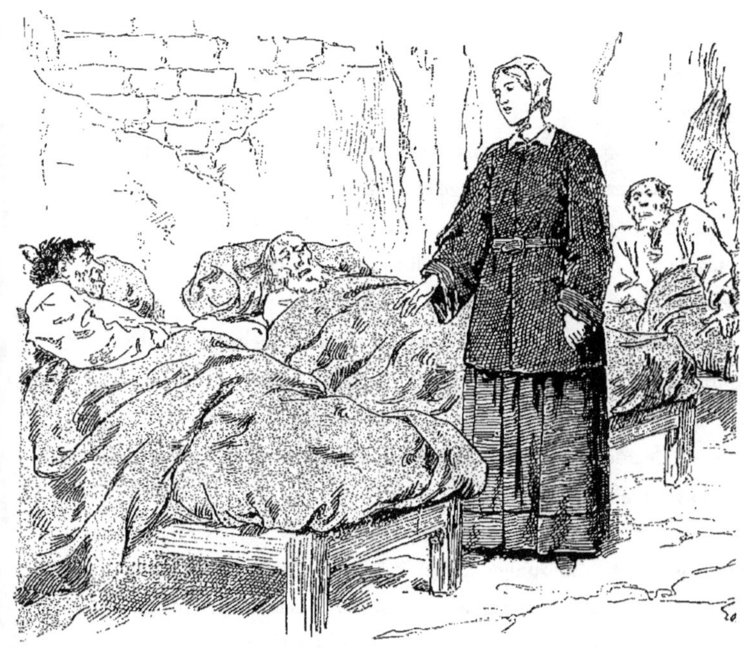

CHAPITRE LXVI

SOEUR NOEMIE

Pendant que Cavalier, oublieux de son serment, se laissait arracher par l'importunité d'Isabeau la sentence de mort de Mlle de Saint-Véran, Marguerite se consacrait avec une héroïque abnégation au soulagement des ennemis de sa religion. Vêtue d'habits grossiers, elle aidait l'austère Suzanne à panser les blessures des Camisards, lavait leurs plaies sans dégoût, effilait la charpie et posait les appareils avec une admirable douceur. Toujours patiente, toujours résignée, trouvant des paroles bienveillantes pour ceux qu'elle soignait, elle commandait par une fière ré-

serve le respect aux bandits les plus corrompus, et s'attirait, sans y
songer, l'affection et la reconnaissance des rudes montagnards. On l'a-
vait appelée à Sainte-Anastasy l'ange et la sainte ; aux Salles-du-Gardon,
bien que le nom de Noémie lui eût été imposé, elle n'était connue que
sous celui de la bonne sœur. Baruch lui-même, le fanatique soldat de
la verrerie, s'adoucissait devant elle. Quand, dévoré par l'ardeur de la
fièvre, il rejetait la couverture qui couvrait sa poitrine brûlante, il suffisait d'un geste de l'orpheline pour que la main caleuse du bûcheron
ramenât sur lui l'étoffe grossière et pour qu'il portât à ses lèvres le
breuvage amer que sœur Suzanne, malgré son autorité, ne pouvait parvenir à lui faire accepter.

Mais c'était surtout sur Marie la folle que sœur Noémie exerçait une
influence qui tenait du prodige. La seule vue de la bonne sœur ramenait
un sourire mélancolique sur les lèvres crispées de la malade, son œil perdait son éclat fébrile quand il s'arrêtait sur le chaste visage de Mlle de
Saint-Véran ; elle la contemplait avec amour, et, comme autrefois sur
les bords du Rhône, au jour où elle tressait les fleurs à la madone, elle
chantait doucement : O Marie ! ô ma bonne mère...

Souvent en les contemplant, l'austère Suzanne se sentait émue, malgré elle, par un sentiment inconnu ; elle murmurait : Seigneur, ouvrez
les yeux de la Moabite, et faites qu'elle connaisse votre loi.

Une fois même elle avait pris sœur Noémie à l'écart et avait voulu,
par ses raisonnements, la ramener à ce qu'elle croyait sincèrement être
la vérité ; mais la douce jeune fille, si docile aux ordres de sa geôlière
quand il s'agissait de remplir l'office de sœur de charité, avait repoussé
avec indignation les avis et les instructions de la prophétesse.

Depuis elle était revenue à la charge, mais, cette fois, avec les secours
d'un ministre dont toute la pédanterie théologique et l'argumentation
ergoteuse furent facilement confondues par les réponses pleines de bon
sens de la papiste.

A partir de ce moment, la bienveillance de la vieille prophétesse se changea en une sourde colère, et la persécution commença. Exigences mesquines, travail pénible, reproches continuels, tracasseries de chaque instant, insinuations perfides, rien ne fut épargné, mais tout échoua.

Ce qui devait perdre la Moabite ne fit qu'affermir la popularité de la bonne sœur.

Baruch et quelques autres montagnards, âmes nobles et généreuses par nature, prirent le parti de leur bienfaitrice opprimée.

Un complot s'était organisé pour la perdre, un complot s'organisa pour la sauver.

Sans le savoir, Marie la folle était à la tête de cette seconde conspiration.

Les blessés de la verrière, en majorité dans l'hôpital des Salles-du-Gardon, habitués par frère du Serre à regarder la pauvre insensée comme leur plus insigne prophétesse, se rangèrent sans hésitation du côté de sa protégée.

Une nuit, Marie guérie de la fièvre, mais toujours en proie à des hallucinations, s'étant levée pour errer dans la caverne, entendit l'orpheline qui, se croyant seule, sanglotait à genoux près de son lit.

La folle s'avança doucement et posa la main sur l'épaule de Mlle de Saint-Véran.

— Qu'as-tu, sœur? dit-elle, en entourant sa tête de ses bras nus, et laissant ruisseler sur son front ses cheveux blonds.

— Je voudrais partir, sortir d'ici ou mourir, répondit l'orpheline.

— Eh bien! ne pleure plus et partons, reprit Marie en s'asseyant sur le pied du lit, mets ton manteau bleu et partons; nous sommes deux colombes, nous nous envolerons dans le ciel du côté de la grande rivière.

— Pauvre enfant, répondit Marguerite, nous sommes enfermées et ils ne nous laisseraient pas sortir.

— Qui oserait arrêter une prophétesse du Seigneur! s'écria Marie; viens, partons, l'esprit le veut.

— Silence, ma sœur, silence, fit l'orpheline en attirant la pauvre folle dans ses bras, tu es pieds nus, tu ne peux pas partir ainsi.

— Nous volerons dans le ciel bleu.

— Moi je n'ai pas d'ailes et je ne pourrais pas te suivre.

— Je te prêterai les miennes.

— Non, accompagne-moi à pieds, sois mon guide, va te préparer pendant que je m'habillerai aussi.

L'idée de sortir souriait à la prophétesse ; elle sauta légèrement à bas du lit et courut mettre sa chaussure et son manteau bleu.

Arrivée à la première porte, Marguerite en tira les verroux, mais ne put l'ouvrir, car chaque soir Suzanne en fermait la lourde serrure à double tour, avec une clef que, par surcroît de précaution, elle attachait à son poignet pendant son sommeil.

Au bruit des barres qui tombaient, la vieille prophétesse se leva, et, à la vue des fugitives, se mit à pousser des cris d'alarme.

En un instant tous les hommes valides, se croyant attaqués par l'ennemi, accoururent armés de fusils, de haches et de barres de fer.

Suzanne s'était jetée sur Marguerite et s'efforçait de l'entraîner.

— Arrêtez la Moabite ! glapissait-elle d'une voix sauvage, arrêtez-la, elle veut nous trahir !

Plusieurs Camisards s'apprêtaient à obéir. Mais Marie les retint.

— Arrière, dit-elle, arrière, impies, ma bonne sœur et moi obéissons à l'esprit, malheur à qui portera la main sur elle !

— Ne l'écoutez pas, vous savez bien qu'elle est folle, vociférait la mégère, continuant à retenir Marguerite.

— Obéissez à l'esprit, reprit Marie, qu'une agitation épileptique commençait à gagner.

— Misérable folle ! tu n'es qu'une fausse prophétesse, toi, fit Suzanne, en levant la main pour la frapper.

Marguerite se jeta au devant de sa sœur pour la protéger et reçut le coup qui lui était destiné.

Du seul bras qui lui restait, Baruch saisit Suzanne, que la colère aveuglait, et l'écarta violemment, en disant :

— Malheur à qui touche à celle qu'inspire le Seigneur!

— Qui es-tu pour méconnaître mon autorité et celle de Cavalier?

— Un enfant de Dieu, répondit le colosse froidement, et qui ne permettrai pas à une main profane de toucher un seul cheveu de celle qu'a choisie l'Esprit pour habiter dans son sein.

— Que veux-tu donc, toi? demanda la vieille femme à Marie.

— L'esprit m'a dit : Prends ton vol dans le ciel bleu avec ta sœur, fit-elle, il y va du salut d'Israël.

— Moi vivante, tu ne sortiras pas d'ici, c'est moi qui suis seule maîtresse, tu ne sortiras pas !

Pour toute réponse, la folle montra la porte à Baruch et dit :

— Au nom de l'Esprit, brise cette barrière.

Le colosse ramassa un levier et d'un seul coup fit voler la serrure.

— Feu sur le traître! glapit Suzanne.

Un noir, jaloux du montagnard, lui déchargea à bout portant son pistolet sur la poitrine. Baruch s'élança sur le misérable, l'étreignit de son bras puissant, fit ployer ses reins comme un roseau et le rejeta râlant sur le sol, puis, entr'ouvrant sa grossière chemise de toile, il découvrit sa poitrine, où n'apparaissait aucune trace de blessure.

Dans sa précipitation, le noir avait oublié de glisser une balle dans le canon de son pistolet, ou l'avait laissée tomber en inclinant son arme. Mais en ce moment personne ne songea à cette explication naturelle, et tous, croyant à un miracle, s'écrièrent :

—L'esprit le veut, l'Esprit le veut, obéissons à l'ordre de sa prophétesse.

Suzanne elle-même, atterrée par ce qu'elle venait de voir, n'essaya plus d'une résistance inutile.

— Viens, dit la folle en reprenant la main de sa sœur, et envolons-nous dans le ciel bleu.

A travers la fissure de la voûte, les Camisards firent glisser l'échelle qui donnait accès au bateau.

A leur grand étonnement, elle s'agita d'une manière étrange avant de toucher le sol et comme emportée par une puissance étrange, disparut après quelques oscillations.

Il y eut un moment de stupeur, car, faute de lumière, il était impossible de se rendre compte de ce nouveau prodige. Enfin on apporta des torches et Marguerite ne put retenir un cri de douleur.

L'issue était bouchée et la fuite impossible.

Enflé subitement par quelque terrible orage, le Gardon avait, pendant la nuit, envahi la caverne au fond de laquelle dormait, dans son bateau, le passeur de l'hôpital des Salles, et, soulevant l'esquif, l'avait brisé contre les parois du rocher. L'eau bouillonnante effleurait maintenant la crevasse à travers laquelle on voyait blanchir son écume et au dehors on entendait le mugissement du torrent qui roulait furieux entre les rochers.

— Frères, vous le voyez, l'Esprit s'oppose à la fuite de cette insensée, s'écria Suzanne triomphante, n'osez pas braver plus longtemps sa colère ou vous périrez sous les eaux comme l'impie Pharaon au passage de la mer Rouge. Quel miracle plus éclatant faut-il pour frapper vos cœurs endurcis ? Obéissez, ou vous allez tous périr.

Effrayée par la vue de l'eau bouillonnante, Marie semblait maintenant favoriser elle-même la volonté de Suzanne : elle tremblait comme une feuille et s'efforçait d'entraîner sa sœur dans la caverne.

Les Camisards remontèrent sombres et silencieux. A leurs yeux la prophétesse de la Verrière venait de perdre tout à coup son prestige. Baruch et quatre ou cinq bûcherons seuls hésitaient encore. Ils ne pouvaient croire que frère du Serre les eût trompés ; cependant ils baissaient la tête et, quand Suzanne, s'adressant à Marguerite, lui dit : « Parce que tu as voulu entraîner dans le péché une élue du Seigneur, tu vas être punie, » ils n'osèrent pas élever la voix en sa faveur.

Quand le jour parut, Isabeau était toujours à son poste. *(Voir page 779.)*

De l'autre côté du Gardon, assise sur un rocher qui dominait le torrent déchaîné, une femme, soigneusement cachée par une épaisse touffe de chênes verts, attendait avec impatience que les eaux eussent baissé pour héler la barque.

Isabeau, car c'était elle, avait hâte de consommer un crime longtemps médité, et le retard occasionné par des circonstances imprévues l'irritait et l'inquiétait à la fois. Ce n'était pas sans peine qu'elle avait arraché à Cavalier une permission que peut-être, que sûrement même il regrettait déjà d'avoir donnée. La bague qu'il portait au doigt lui rappellerait son serment : d'un moment à l'autre il pouvait se repentir, arriver, lui ravir une victime pour laquelle il ressentait plus que de la pitié.

Pendant qu'à demi-engourdie par le froid et la fatigue, elle songeait à tout cela, un éclair brilla dans la caverne et une détonation d'arme à feu se fit entendre.

Que se passait-il ? Isabeau bondit sur ses pieds et se courba sur le roc pour tâcher de saisir le moindre bruit ; des torches allaient et venaient, on promenait des lumières au risque d'être vu du dehors : c'était une inexplicable imprudence ; qu'un seul espion se trouvât sur le rivage et l'hôpital était découvert.

Etait-ce témérité, était-ce révolte ? Les catholiques s'étaient-ils emparés de l'hôpital ? Pourquoi ces agitations ? Pourquoi ce coup de pistolet ?

Sans souci de la pluie et du vent, la prophétesse demeura là, regardant, écoutant, comme pétrifiée par une curiosité ardente, pendant près d'une heure.

Ah ! si elle eût pu traverser ce torrent à la nage, elle aurait su quelque chose ; l'anxiété la torturait.

Enfin les lumières s'éteignirent ; plus de détonation, plus de cris, l'ombre et le silence... pas d'autre bruit que le sifflement du vent et le grondement sourd du Gardon qui montait toujours.

Isabeau se rassit ; elle était loin de deviner ce qui se passait dans l'intérieur du rocher.

Après l'apaisement de la sédition, Suzanne, tant pour consolider l'autorité qu'elle venait de ressaisir d'uue manière si inespérée, que pour se venger de ceux qui avaient tenté de la lui ravir, avait fait comparaître Marie et Marguerite devant les juges choisis et présidés par elle.

Devant un semblable tribunal, il n'y avait ni pitié, ni justice à espérer. Mlle de Saint-Véran n'essaya de rien nier, ni ses projets d'évasion ni sa tentative de rebellion, seulement elle assuma sur elle seule un acte dont elle écartait autant que possible la responsabilité de la pauvre folle, qui, sans en avoir conscience, en avait été la première instigatrice, et qui maintenant, oublieuse de tout ce qui s'était passé, jouait, assise sur le sol, avec les franges de son manteau.

Mais si innocente que fût cette blonde enfant, un moment elle s'était posée en rivale de Suzanne, c'était assez pour qu'elle ne fût pas épargnée.

— Sœur Noémie, demanda la présidente, reconnais-tu avoir voulu fuir ?

— Oui, fit-elle fièrement

— Dans quel but ?

— Dans le but de m'échapper d'une prison où je suis injustement retenue.

— Et toi, Marie ? continua Suzanne d'une voix insinuante et cauteleuse.

— Moi, répondit l'enfant, rassurée par l'hypocrite bienveillance de celle qui l'interrogeait, je voulais m'envoler dans le ciel bleu, avec ma sœur.

— Et c'est ta sœur qui te l'avait demandé ?

— Oh ! que non, c'était moi ; elle ne voulait pas me suivre, parce qu'elle n'a pas d'ailes.

Cette réponse naïve qui écartait si franchement toute idée de préméditation de la part de Mlle de Saint-Véran, contrariait vivement la prophétesse, qui se hâta de poursuivre :

— C'est pourtant sœur Noémie qui a tiré les verroux de la porte?

— Je ne pouvais pas toute seule, interrompit la folle.

— Ce n'est pas là la question, s'écria Suzanne d'une voix si aigre et si méchante que la pauvre enfant, effrayée, se cacha la tête dans ses mains et se prit à trembler. Il y a eu complot, c'est évident, un complot si bien préparé, que sans le secours visible du ciel en notre faveur, il réussissait, mais qui, même en échouant, a excité la sédition parmi les frères, leur a fait méconnaître l'autorité établie par Jean Cavalier, le prophète élu de Dieu, et a fait couler le sang d'un généreux défenseur de l'ordre. Reconnais-tu cela, sœur Noémie?

— Non, dit l'orpheline, car je ne reconnais pas une autorité qui ne repose que sur l'injustice et l'erreur.

Sœur Suzanne eut **un** geste d'hypocrite douleur.

— Frères et sœurs, s'écria-t-elle, vous l'avez entendue; qu'est-il besoin de le taire plus longtemps, cette jeune moabite perverse, que j'espérais ramener à la vérité, s'est fait des armes de notre douceur, elle a, par son infernal artifice, séduit celle que l'Esprit avait choisie à la Verrière, et maintenant à vos questions elle répond par des blasphèmes. Que vous en semble?

— Elle mérite la mort, répondit d'une seule voix le féroce tribunal.

Marguerite demeura impassible, Suzanne sourit.

— Et la prophétesse séduite, reprit la vieille.

— La pénitence publique.

Il ne restait plus que la peine à appliquer, les bourreaux ne manquaient pas.

Sur l'ordre de Suzanne, ils s'emparèrent de la pauvre folle, la dépouillèrent de ses vêtements, et sans pitié pour ses cris et ses larmes, la fustigèrent jusqu'au sang.

Le tour de Mlle de Saint-Véran était venu. Par ordre de la prophétesse, on l'entraîna dans une petite grotte reculée et obscure, où un pain et une cruche furent déposés près de la prisonnière.

Ensuite, avec des pierres et de la chaux, on mura l'ouverture; et devant ce tombeau, où la victime devait mourir lentement, on chanta le psaume en chœur.

Quant à Baruch et à ses complices, ils furent condamnés à l'expulsion dès que le Gardon, en se retirant, laisserait le moyen de les transporter sur la rive.

Ainsi se vengeait Suzanne, l'humble servante du Dieu d'Israël.

Quand le jour parut, Isabeau était toujours à son poste, l'eau décroissait.

Après une heure d'attente, la prophétesse vit enfin apparaître le sommet de l'arche qui servait d'entrée à la grotte, puis, à mesure que l'ouverture s'agrandissait, par le retrait du fleuve, elle entrevit un objet noir et flottant, encore retenu par la voûte, et elle reconnut le bateau du passeur.

Enfin on l'avait entendue, dans quelques minutes elle pourrait pénétrer dans la caverne.

L'ouverture se faisait de plus en plus large. Isabeau descendit sur la berge; tout à coup le bateau sortit de dessous le rocher, hésita un instant, puis, entraîné par le courant, descendit rapidement en tournoyant. Au moment où il passait près d'elle, la prophétesse entrevit le passeur couché au fond de l'esquif et sans mouvement; ce n'était plus qu'un cadavre. Un instant après, tout avait disparu, broyé contre un bloc de pierre, et de la barque il ne restait plus que quelques planches flottant au hasard.

Il fallut attendre encore de longues heures, car tenter le passage, c'était s'exposer à une mort inévitable.

Sur le soir, le Gardon avait repris son cours habituel. La prophétesse ne pouvant plus se résoudre à passer une seconde nuit, alla détacher son cheval, et, sans calculer le danger, se précipita dans le courant.

Grâce à son habileté et à la vigueur de sa monture, elle put enfin atteindre la caverne, d'où quelques instants plus tard, au moyen de l'échelle, elle pénétrait dans l'hôpital.

Là, elle apprit de la bouche de Suzanne ce qui s'était passé.

— Es-tu sûre que la prison dans laquelle est murée la moabite n'a pas d'issue? demanda-t-elle.

— C'est un roc vif.

— N'importe. tu as eu tort de lui donner du pain et de l'eau, il eût mieux valu qu'elle mourût tout de suite.

— Elle n'en a pas pour longtemps, ricana la vieille.

— Et ne crains-tu pas qu'on la délivre?

— Dans une heure tous ses partisans auront été expulsés et je réponds des autres, fit la mégère.

— Fais-les donc partir tout de suite, continua Isabeau, je ne veux pas en laisser un seul ici et je suis pressée. A propos, j'emmène la fille.

— Où cela?

— Oh! pas loin, le Gardon est profond et ses eaux sont discrètes!

CHAPITRE LXVII

LE SUPPLICE DU TOMBEAU

L'atroce torture infligée par sœur Suzanne à Mlle de Saint-Véran n'é-
tait pas une invention de la féroce huguenote, les Romains, dès les temps
les plus reculés, y avaient soumis les vestales coupables d'avoir manqué
à leurs vœux ou laissé par négligence éteindre le feu sacré confié à leur
garde, et dans les ruines des châteaux du moyen âge on découvre encore quelquefois des souterrains murés, sous l'épaisse voûte desquels,
sur un sol humide et glissant, on distingue les ossements, à demi-rongés
par la mousse, des prisonniers morts lentement dans les angoisses de
la solitude, de la faim et du désespoir.

Marguerite avait souvent lu dans les vieux romans de chevalerie de
son château de Sauve ou dans les livres d'histoire la description de cet
horrible supplice, et d'avance elle connaissait toutes les horreurs des ou-
bliettes ou des *vade in pace* dont le récit l'avait fait frissonner dans son
enfance. Elle connaissait en outre le caractère froidement implacable de
la fanatique Suzanne, et ne pouvait se faire aucune illusion sur le sort
que lui avait réservé la vindicative prophétesse.

Aussi quand la dernière pierre eut été scellée, quand le dernier chant
se fut éteint, une profonde stupeur fit-elle place chez l'orpheline à tout
autre sentiment, elle se laissa tomber plutôt qu'elle ne s'assit sur le rocher
nu, et demeura immobile, les bras pendants, la poitrine oppressée et les
yeux grands ouverts au milieu du silence que ses plaintes seules devaient
désormais troubler et des ténèbres épaisses qu'aucun rayon de lumière
ne viendrait plus éclairer.

Puis elle pensa comme dans un rêve à sa vie passée, à son enfance, à
ses malheurs, elle vit tour à tour les images indécises et flottantes de
ceux qu'elle avait aimés, de la douce Mme de Miraman, de la bonne
Brigitte, du commandeur, d'Olivier, si courageux et si dévoué, de ceux
aussi qui avaient été ses persécuteurs, depuis Méric l'apostat, premier
auteur de ses malheurs, jusqu'à la vieille Suzanne, dont la féroce jalousie l'avait enfermée vivante dans un tombeau.

Enfermée vivante ! elle était enfermée vivante ! cette pensée fu-
comme un affreux réveil, elle passa la main sur son front pour s'assurer
qu'elle n'était pas en proie à un hideux cauchemar et ses tempes se
baignèrent d'une sueur froide ; elle étendit les bras et toucha le rocher,
elle voulut pousser un cri et sa voix à laquelle nulle autre voix ne répondit, la glaça de terreur.

L'orpheline eut un moment de désespoir insensé, il lui sembla que
son âme allait se briser de douleur et d'épouvante, et elle tomba évanouie
sur la pierre.

Le lendemain matin, car malgré son désir de rejoindre au plus tôt

Cavalier, Isabeau avait voulu ne quitter la caverne qu'après le départ de Baruch et de ses complices, la prophétesse, au moment de repartir, était venue, suivie de Suzanne, s'assurer que la prisonnière ne pouvait pas s'échapper. La porte étroite du cachot lui parut assez solidement murée pour défier tous les efforts de la victime, mais il fallut s'assurer que Marguerite était bien réellement enfermée : elle frappa donc la paroi avec une pierre et appela à haute voix :

— Moabite! Moabite!

Personne ne répondit.

— La muraille est trop épaisse, dit Suzanne.

— Moabite! Moabite! répéta Isabeau en collant son oreille contre la pierre.

Il lui sembla entendre un gémissement. Elle se redressa avec une expression de joie effrayante et cria :

— C'est par ordre de Jean Cavalier, celui auquel tu as donné ta bague, que tu es ici pour mourir, pendant que moi, Isabeau, je retourne auprès de lui.

Dans son aveugle et folle jalousie, cette femme croyait enfoncer le dernier coup de poignard dans le cœur d'une rivale abhorrée.

Cet acte de féroce vengeance fut cependant sans résultat, la pure et sainte jeune fille à laquelle il s'adressait, brisée par la fatigue et l'émotion, dormait là où elle était tombée, et si le regard de la prophétesse eût pu traverser le rocher, elle l'aurait vue pâle, mais souriante, bercée par de doux rêves que, du ciel, lui apportait l'ange consolateur, son frère et son soutien.

Isabeau, elle aussi, riait, mais de ce rire effrayant qui crispe les lèvres et poigne au cœur comme un aiguillon de feu. Sa joie méchante et douloureuse était celle des démons.

Suzanne fut prise d'une grande épouvante en voyant l'expression de ses traits.

— Quand veux-tu partir? demanda-t-elle.

— A présent même. La folle est-elle prête ?

— Tu veux donc toujours l'emmener ?

— Toujours.

— Est-il nécessaire de lui faire prendre ses vêtements de prophétesse ?

— Cela n'a pas d'importance. Elle n'ira pas plus loin que Beaucaire, sa patrie.

— Quoi ! tu l'enverrais à Beaucaire ! Mais elle nous dénoncera... C'est impossible... L'envoyer à Beaucaire, mais tu n'y penses pas... tu voudrais la délivrer ?

Isabeau regarda Suzanne d'un air de pitié.

— Oui, dit-elle, je veux l'envoyer à Beaucaire, mais par le Gardon, et à l'état de cadavre flottant. Ne sais-tu pas qu'elle a failli faire échapper ma prisonnière ?

— Elle est folle, objecta la vieille huguenote, qui craignait les reproches de Cavalier, et elle a rendu de très grands services à notre sainte religion.

— C'est possible, mais à présent, elle ne peut être qu'un obstacle ; il faut qu'elle meure. Va la chercher.

Devant cette volonté implacable, il n'y avait qu'à s'incliner. Suzanne obéit et ramena bientôt Marie, vêtue de sa longue robe blanche et portant sur son bras son manteau.

La pauvre enfant tremblait : elle n'avait pas oublié la cruelle fustigation de la veille.

Isabeau l'accueillit par un sourire bienveillant, car il était important de n'avoir pas l'air d'user de violence vis-à-vis l'insigne prophétesse de la Verrière.

— Veux-tu venir avec moi, chère sœur ? lui dit-elle en la prenant par la main.

— Non, fit Marie en la regardant avec effroi, je ne veux pas sortir, on me battrait.

Et elle se prit à trembler.

— Sœur Suzanne veut bien te permettre de sortir aujourd'hui, n'est-il pas vrai?

— Oui, oui, va, chère enfant, va te promener et cueillir des fleurs, dit la vieille.

— Avec sœur Noémie aussi? s'écria la folle en battant des mains de joie. Nous remplirons mon manteau de fleurs des champs pour la bonne Mère.

— Certainement, certainement. Allons, viens.

— Et Noémie?

— Elle nous attend dehors, dans la prairie; elle cueille des roses pour t'en faire une couronne.

— Oh! pas pour moi, pour la belle dame, vous savez, qui a un enfant dans les bras, qui.....

— Partons, tu me conteras cela dehors. A revoir, sœur Suzanne, et n'oublie pas que tu es responsable de la prisonnière.

— Je veillerai, sois sans crainte. Que la paix du Seigneur soit avec toi. Le nouveau radeau est prêt, Roboam vous passera.

Quelques minutes plus tard, elles abordaient sur la rive opposée. Là, Isabeau attacha son cheval, puis tenant toujours par la main sa chère protégée, elle redescendit le cours du Gardon, pendant trois cents pas environ.

— Où donc est Noémie? demanda Marie en interrompant son chant favori.

— Un peu plus loin. Tu l'aimes donc beaucoup?

— Si je l'aime! C'est ma bonne sœur, celle-là.

Isabeau fronça le sourcil d'un air menaçant; mais reprenant aussitôt sa voix caressante :

— Tiens, dit-elle, regarde ces belles fleurs.

— Oh! qu'elles sont jolies! Ce sont des pervenches; vois comme elles se penchent du haut du rocher. On dirait qu'elles veulent se regarder dans le fleuve; je vais en faire une couronne.

Et quittant la main de son amie, elle s'approcha vivement de la touffe de verdure et, se courbant au-dessus de l'eau, elle commença sa moisson.

Ainsi agenouillée sur la mousse, avec sa longue robe blanche et ses épais cheveux d'or ruisselant sur ses épaules, elle était si belle, si gracieuse, si pure, que la prophétesse la contempla un instant comme on contemple une céleste apparition.

L'Ange chantait :

> O Marie, ô ma bonne Mère,
> Tu sais . . . .

— Aïe! fit-elle tout à coup en portant vivement la main à son cou, comme pour en écarter un insecte qui venait de la piquer, et elle se retourna.

Près d'elle, sur le rocher, se tenait debout la prophétesse, froide, terrible, qui la regardait et tenait à la main un poignard aigu dont elle s'apprêtait à la frapper.

— Noémie! sœur Noémie! cria la pauvre enfant en essayant de se relever. Ma bonne mère! Noémie! répéta-t-elle encore une fois.

Ce furent ses dernières paroles. Elle se laissa aller en avant et glissa plutôt qu'elle ne tomba dans le Gardon.

Isabeau essuya sur les pervenches la pointe de son poignard, reprit froidement le chemin qui conduisait à l'endroit où elle avait laissé son cheval et disparut dans le bois.

Au même moment, Baruch et un de ses compagnons sortaient du taillis d'où ils avaient assisté, sans comprendre ce qu'ils voyaient, au meurtre de Marie et s'avançaient au bord du Gardon. Là, ils s'arrêtèrent, remplis d'un douloureux étonnement.

Au pied du rocher et sur un lit de sable fin, déposé au fond d'une

Près d'elle, sur le rocher, se tenait debout la prophétesse, froide, terrible.
(*Voir page 786.*)

coupe creusée par le temps dans le calcaire, le visage tourné vers le ciel et encadré de son auréole d'or, reposait doucement la prophétesse. On eût dit le corps d'une sainte pieusement déposé dans une châsse et recouvert d'un cristal transparent.

Le colosse fléchit le genou, se découvrit respectueusement et dit à son compagnon :

— Frère, prions pour que le crime commis par Isabeau ne retombe pas sur Israël.

Et ils prièrent.

Ensuite, à l'aide d'un pieu et de leurs mains, les deux montagnards creusèrent dans le sable une fosse dont ils tapissèrent le fond de mousse et de pervenches.

Puis sur ce lit virginal ils placèrent le cadavre couronné de fleurs et recouvert de son manteau bleu.

Ce dernier devoir une fois accompli, et quand sur la dépouille de la prophétesse assassinée ils eurent entassé du sable et des pierres, ils se regardèrent tristement, et Baruch tendant la main à son compagnon, lui dit :

— Et maintenant, frère, je vais te dire adieu, car nous devons nous séparer.

— Pourquoi, frère ? demanda Osée.

— Parce que nous avions décidé de rejoindre les enfants de l'Éternel au camp de Cavalier et que je suis résolu à ne pas me mêler à une troupe souillée par le crime.

— Alors, nous ne nous séparerons pas, car moi non plus, je ne veux pas m'asseoir à la table des impies.

— Où irons-nous, alors ?

— Retournons à la montagne de l'Aigoal, où nous attend le juste Ébénézer, ce serviteur de Dieu qui n'a jamais voulu faire alliance avec les pécheurs de la plaine, répondit Osée.

— Partons donc, fit Baruch, pour raconter à nos frères ce que nous avons vu et empêcher qu'ils ne se mêlent dorénavent avec les fils de la perdition.

Quand, vers le soir, Isabeau arriva au camp de l'Éternel, elle y remarqua une agitation extraordinaire.

— Qu'est-il arrivé? où est frère Jean? demanda-t-elle à une sentinelle.

— Frère Jean est sorti, il y a quelques heures, répondit le soldat, avec quatre de ses gardes. Du reste, je ne sais rien.

— Où est-il allé?

— Je l'ignore.

— Qui commande en son absence?

— Ravanel ou Castanet, je suppose. Ils sont pour le moment en conférence.

Elle n'en demanda pas davantage et courut, inquiète, à la tente du conseil.

Les principaux chefs étaient réunis.

L'arrivée de la prophétesse parut les surprendre, Ravanel ne put même retenir un geste.

— Où est frère Jean? demanda vivement Isabeau.

Les Camisards se regardèrent avec étonnement.

— D'où vient cette question? Nous pensions que toi seule le savais, répondit Ravanel.

— Depuis quand est-il parti?

— Il y a une heure à peine, seul et sans dire où il allait.

— Est-il donc arrivé quelque événement important depuis mon départ.

— Oui et non, fit Castanet. Les nouvelles, sans être trop mauvaises ne sont cependant pas bonnes. L'Ermite fait des siennes, il a battu Méric et Joigny, fait plusieurs prisonniers et occupé par surprise un village où nous avions laissé garnison.

— Le misérable! Est-ce tout?

— Non, heureusement. Si notre cause a éprouvé quelques échecs de ce côté, d'un autre, nos alliés paraissent décidés à nous prêter main forte et deux nouveaux vaisseaux hollandais croisent à la hauteur de Maguelonne.

— Jean sait-il tout cela?

— Oui, car il a chargé Roland de se porter de ce côté-là, et en même temps pour occuper les royaux du côté de la montagne et favoriser le débarquement. Il vient d'écrire une longue lettre à Ébénézer pour le décider à faire enfin alliance avec nous.

— Ebénézer est un égoïste et un traître, fit la prophétesse avec dépit; si, au lieu d'établir paisiblement son autorité dans la montagne, il se décidait à faire diversion avec ses trois mille montagnards, il n'est pas douteux que nous ne fussions vainqueurs.

— Si frère Jean eût été plus conciliant dans ses rapports avec le forestier de l'Aigoal, reprit Castanet avec vigueur, les pénibles divisions qui affaiblissent Israël n'existeraient pas.

— C'est possible, fit Isabeau avec dédain. Quant à moi, je suis d'avis que c'est à la tête seule à commander et au bras d'obéir.

— Il n'y a pas que Cavalier qui ait une tête, riposta Castanet avec aigreur, et sans chercher bien loin on pourrait en trouver qui valent la sienne.

Isabeau se mordit les lèvres, car elle savait que Castanet, lui aussi, songeait, ainsi que Méric, Roland et Ebénézer, à se rendre indépendant; mais ne voulant pas envenimer une discussion qui eût pu facilement dégénérer en querelle, elle se rapprocha naturellement de la fenêtre en continuant à s'informer des mesures prises par le général avant son départ.

Ravanel remarqua que tout en paraissant ne songer qu'à la conversation, elle était surtout occupée à examiner un à un chaque carreau de la fenêtre.

Il poussa le bras de Castanet et lui fit signe d'épier la prophétesse.

Tout à coup ils la virent tressaillir et pâlir. Elle essayait cependant de dissimuler son trouble et continuait à interroger, mais sa voix tremblait.

A une objection de Castanet elle fit un si brusque mouvement que, d'un coup de coude, elle brisa le carreau comme par mégarde et presque aussitôt après elle sortit en disant :

— Frère Jean ne peut tarder à revenir, puisqu'il n'a pas indiqué la durée de son absence; le mieux est de suivre ses instructions en l'attendant.

Elle traversa le camp sans hâte, remonta à cheval, quoiqu'il fit déjà nuit, franchit au pas la ligne des sentinelles auxquelles elle répondit, avança d'une centaine de pas encore dans la forêt, puis quand elle se crut hors de toute surveillance, elle enfonça ses éperons dans le ventre de sa monture, et partit au galop en murmurant :

— Ah! traître! je l'avais deviné.

Aussitôt après le départ de leur sœur, Ravanel et Castanel s'étaient approchés de la fenêtre qu'ils examinaient à la clarté d'une torche.

— Que cherchez-vous? demanda un de leurs compagnons.

— Un secret, répondit Ravanel.

— Que nous ne trouvons pas, ajouta Castanet.

— Que je tiens, au contraire, répliqua le premier en présentant à ses compagnons le fragment de verre brisé par la prophétesse. Tenez, frères, voici la source des connaissances surnaturelles d'Isabeau et la poste aux lettres de Jean Cavalier.

— Quoi, cela?

— Oui, cela, regardez plutôt, et surtout ne trahissons pas le secret; il nous sera probablement important d'être initiés aux confidences de notre cher général, dit Ravanel.

— Auquel je ne me fie que tout juste, interrompit Castanet, et qui, en ce moment, est malade à l'hôpital des Salles, ajouta-t-il en achevant de lire quelques mots tracés en caractères microscopiques sur le verre à l'aide du diamant de Marguerite.

Les autres brigands applaudirent :

— Bonne découverte, firent ils. A présent, nous saurons les secrets de frère Jean.

— Celui d'aujourd'hui est assez important pour que nous puissions déjà nous en servir, repartit Castanet. Pour que le général se soit retiré aux Salles, il faut qu'il se sente bien touché.

Nous pouvons donc en prendre tout à notre aise, sans crainte d'être dérangés.

— Nous en parlerons demain, interrompit Ravanel; pour aujourd'hui, c'est assez travaillé.

Et ils se séparèrent.

CHAPITRE LXVIII

LE REMORDS

Pendant que Castanet et les autres chefs du camp de l'Éternel se préparaient à profiter de leur découverte, pour recouvrer leur indépendance, Marguerite de Saint-Véran, murée depuis plus de quarante-huit heures dans son tombeau, ne songeait plus qu'à mourir.

Revenue de son long évanouissement, auquel avait succédé un sommeil paisible, la jeune fille qui, dans le silence et l'obscurité, ne pouvait plus se rendre compte de la durée de sa captivité, commença à sentir les tourments de la faim. Près d'elle, sur la pierre, était un petit pain et à côté une cruche remplie d'eau.

Sans doute elle pouvait se rassasier une fois et étancher la soif qui la dévorait, mais après?

Après, quand elle aurait achevé sa dernière bouchée de pain, quand elle aurait bu sa dernière gorgée d'eau? Le spectre de la faim et de la soif était là, hideux, menaçant, inévitable, attendant sa proie..... Toucher à ses provisions, c'était les épuiser... Retarder le moment de la mort, c'était prolonger la souffrance... L'orpheline eut la tentation du désespoir, elle repoussa le pain en pensant : Mieux vaut mourir tout de suite... Mais son ange était là aussi, qui lui disait : Il n'est pas permis à une chrétienne de désespérer... En abrégeant de quelques instants tes douleurs, de ton martyre, tu fais un suicide..... Mange et prie. Au jardin des Oliviers, le Christ, en défaillance, trempa ses lèvres au calice amer que l'envoyé céleste lui présentait au nom de son Père ; il pouvait repousser le breuvage et il l'accepta, non pour vivre, mais pour avoir la force de supporter des tortures inouïes. Imite la divine résignation de ton Maître.

Et la jeune fille s'armant du signe de la croix, rompit le pain, en mangea, but quelques gouttes d'eau et, se réfugiant dans le sein de Dieu, par l'énergie de sa foi et de son amour, trouva la force d'offrir sa vie pour le salut de ceux qui la persécutaient et de prier pour ses bourreaux, pour Cavalier qui l'avait trahie, pour Suzanne qui l'avait condamnée. Puis, après de longues heures, elle s'endormit de nouveau, . pleine de calme et de confiance, et il lui sembla qu'une lumière divine éclairait les ténèbres opaques de sa prison et qu'elle entendait la lointaine harmonie du chœur des anges entre lesquels elle crut apercevoir une jeune fille aux cheveux d'or et aux ailes blanches qui lui tendait les bras en l'appelant ma bonne sœur.

Pendant qu'elle sommeillait ainsi, Jean Cavalier traversait le Gardon et entrait dans la caverne où sœur Suzanne l'accueillit avec un respectueux mais craintif empressement.

La main de Dieu s'était appesantie sur lui. La fièvre dévorait son corps, son visage était enflammé, ses yeux injectés de sang, sa poitrine se soulevait péniblement et de larges taches d'un rouge livide empourpraient ses membres. Frère Jean ressentait les premières atteintes de la petite vérole.

A force d'énergie, il luttait encore contre la terrible maladie.

— Où est sœur Noémie? demanda-t-il dès le premier mot.

— Elle a excité une sédition, répondit Suzanne en baissant les yeux, j'ai cru, pour la sûreté publique et d'après les conseils d'Isabeau, devoir la faire enfermer.

Le général respira. Il craignait que la féroce prophétesse n'eût déjà accompli ses projets de vengeance.

— Mène-moi à son cachot, dit-il.

La vieille hésita.

— M'as-tu entendu? répéta le général en fronçant le sourcil.

— La prison est..... murée, balbutia la femme.

— Murée! s'écria Cavalier en frappant du pied, murée! Et depuis quand?

— Depuis..... deux..... jours.

— Malédiction! cette jeune fille murée! c'est ainsi que tu accomplis mes ordres.

— Elle a excité une sédition.

— Tais-toi, misérable! c'est toi qui t'es révoltée contre mon autorité, je t'avais investie d'un pouvoir dont tu as abusé. Marche devant et conduis-moi; si Marguerite est morte, tu mourras aussi. Marche, te dis-je.

Ils traversèrent les salles de l'hôpital et arrivèrent a la grotte reculée.

— C'est là, dit Suzanne en montrant le mur.

— Un pic et un levier pour démolir ce tombeau... Quelle infâme trahison! moi qui lui avais promis..... Elle sera morte en me méprisant comme un lâche menteur...

— Voici les instruments que tu as demandés, frère, fit timidement Suzanne en lui présentant une barre de fer, faut-il faire venir des ouvriers !

— C'est inutile, il n'est pas besoin de rassembler des témoins pour constater que tu as fait périr par un affreux supplice une jeune fille à laquelle j'avais juré, entends-tu bien, juré de la protéger.

— Sœur Isabeau est venue cependant et elle a approuvé ce que j'avais fait.

— Oh ! je ne m'en étonne pas, Isabeau a la beauté des anges et la méchanceté des démons, mais elle du moins avait une excuse dans sa haine, tandis que toi..... Deux jours murée dans son tombeau, je ne retrouverai plus qu'un cadavre.... Allons, fais tomber cet enduit qui cache le joint des pierres.

Suzanne obéit, et au premier coup de pic une large plaque de plâtre découvrit en se détachant les moellons qui bouchaient la porte.

Marguerite, éveillée en sursaut par un bruit sourd, s'était relevée à demi, ses membres étaient brisés par la fatigue et meurtris par le rocher, mais elle ne songeait pas à ses souffrances, l'espoir s'était emparé de son âme et l'avait envahie tout entière. Quel était ce bruit ? Des libérateurs sans doute, Olivier ou Laudun, qui avaient surpris le secret des bandits et qui fouillaient la caverne. Oh ! mon Dieu, pourvu qu'après d'inutiles recherches, ils ne se retirent pas sans avoir découvert ce cachot secret..... Cette pensée lui traversa le cœur comme un poignard, elle voulut crier et dans son saisissement ne put ni proférer un mot, ni pousser un cri.

Un second coup sec et violent la fit tressaillir de nouveau. Cette fois, le levier de fer avait disjoint deux pierres et un rayon de lumière pénétra dans l'obscure prison. L'orpheline tomba à genoux, haletante, les mains jointes, inondée de larmes.

— Marguerite, êtes-vous vivante ? demanda une voix anxieuse, mais qu'elle ne reconnut pas.

— Oui, murmura la prisonnière, si bas qu'à peine put-elle s'entendre elle-même, et elle s'évanouit.

Quand elle revint à la vie, tout bruit extérieur avait cessé, mais le jour pénétrait maintenant par une brèche que l'on pouvait facilement élargir en arrachant les pierres ébranlées, de manière à pratiquer une ouverture suffisante pour pouvoir sortir.

Réunissant ses forces, Marguerite se mit aussitôt à l'œuvre. Le sang coulait de ses mains déchirées, son front ruisselait de sueur. Qu'importait ! encore quelques instants elle allait être libre.

Enfin, la dernière pierre tomba.

Pâle et défaite, l'orpheline, à bout de forces, se glissa péniblement hors de son tombeau.

En ce moment, deux personnes entraient dans la caverne qui le précédait.

A la vue de Mlle de Saint-Véran, elles crurent apercevoir un fantôme et poussèrent une exclamation de surprise et presque d'effroi.

Un gémissement plaintif échappa des lèvres de Marguerite : elle venait de reconnaître Cavalier et Isabeau.

— Menteur ! rugit la prophétesse, tu me disais qu'elle était morte.... Et sa main chercha son poignard.

D'un mouvement rapide comme la pensée, Cavalier lui arracha violemment son arme qu'il brisa contre le rocher en s'écriant :

— Je jure par le Seigneur, que je la croyais morte en effet, mais puisqu'il l'a protégée si visiblement, je jure aussi que moi vivant, personne n'attentera à ses jours.

— Sa vie m'appartient, tu me l'as donnée, interrompit Isabeau. Il faut que cette femme meure ; je le veux.

— Eh bien ! par l'enfer, je reprends la parole que je t'avais si imprudemment donnée, répondit Cavalier écumant de colère. Obéiras-tu, enfin ? ou faut-il que je te brise sous mon pied comme un scorpion venimeux.

Pour la première fois, le général avait osé traiter si durement la prophétesse qui, épouvantée de cette violence, se couvrit le visage avec ses mains et fondit en larmes.

— Tue-moi, puisque tu m'as trompée, fit-elle en sanglotant.

— Non, encore une fois, je ne t'ai pas trompée. Lorsque j'ai eu détaché la première pierre du mur de sa prison, j'ai vu cette jeune fille étendue sans mouvement, la face contre terre, je l'ai appelée et elle n'a pas répondu. Alors, la croyant morte, je suis sorti pour commander que l'on murât de nouveau la grotte. Tu arrivais en ce moment, tu as demandé à voir son cadavre. La voici vivante. Isabeau, je te le répète, cette prisonnière est sacrée, et personne ne lèvera la main contre elle.

— Chasse donc ta fidèle servante pour donner sa place à cette impure Amalécite; oui, chasse-moi, continua-t-elle en s'attachant aux genoux du général, car je la hais et je l'exècre; chasse-moi si tu ne veux pas que je l'étrangle de mes mains.

— Isabeau, que vous ai-je donc fait pour me haïr ainsi? demanda Marguerite en s'avançant.

— Ce que tu m'as fait? s'écria douloureusement la prophétesse, demande-le donc à cet homme.

— Ne l'écoutez pas, mademoiselle, interrompit Cavalier avec embarras..... elle est folle.

— Folle! murmura-t-elle, toujours à genoux. Oui, j'étais folle de croire à sa reconnaissance, folle d'abandonner ma maison pour le suivre, folle de lui sauver la vie. Oh! oui, bien folle! répéta la prophétesse avec un tel accent de désespoir que Marguerite, oubliant la haine que lui avait vouée cette femme, reprit de sa voix douce :

— Je suis fâchée de vous voir malheureuse, mais en quoi puis-je être la cause de votre chagrin?

Cette question fut faite avec une telle simplicité qu'Isabeau regarda sa prétendue rivale avec une profonde stupéfaction. Puis, comme vaincue par la vérité, elle s'écria :

Obéiras-tu enfin, ou faut-il que je te brise. (*Voir page* 797.)

— Pourquoi Dieu t'a-t-il faite si belle !

Et comme l'orpheline paraissait étonnée de cette exclamation qu'elle ne pouvait pas comprendre :

— Si tu eusses été moins belle, continua la prophétesse, je t'aurais aimée comme une sœur et vénérée comme un ange descendu du ciel.

— En vérité, je ne vous comprends pas, fit Marguerite.

— Oh ! lui ne me comprend que trop, et c'est parce que tu es belle et que je ne le suis plus....

— Silence, Isabeau, fit Cavalier, tu as perdu la tête.

— Monsieur, reprit l'orpheline avec une dignité sévère, je vous somme de détromper cette femme. Je suis votre prisonnière, voici mon tombeau, vous avez la force, ordonnez qu'on m'y enferme de nouveau. Je suis mademoiselle de Saint-Véran, fiancée du vicomte de Laudun et pupille du comte et de la comtesse de Miramian. Vous, monsieur, je ne vous dirai pas qui vous êtes, car ce serait vous insulter. Ma vie vous appartient, je vous l'abandonne sans murmure, mais mon honneur est à moi et.....

— Vous êtes bien sévère envers moi, mademoiselle, interrompit le Cévenole, je pourrais dire bien injuste. Je vous ai promis respect et protection et jamais je n'ai manqué à mon serment.

L'orpheline sourit en montrant du doigt la caverne.

— C'est contre mes ordres exprès que vous y avez été enfermée, mademoiselle, poursuivit Cavalier, et c'est moi qui suis venu vous délivrer. Je voudrais pouvoir vous renvoyer auprès des vôtres. Vous savez que votre élargissement immédiat est au-dessus de mon pouvoir. Il est probable que je resterai ici plusieurs jours, plusieurs semaines peut-être, car la main de Dieu m'a frappé. Après ce qui vient de se passer, vous ne pouvez plus habiter là où je serai. Pour vous et pour moi, il importe que vous alliez demeurer ailleurs jusqu'à ce que j'aie obtenu que M. de Montrevel consente à vous échanger contre mon père et mon frère. Je vous laisse la liberté de choisir entre le séjour au camp de l'Éternel ou la retraite dans un de nos arsenaux de la forêt de Vacquières. Ordonnez et Isabeau va vous conduire.

Isabeau tressaillit, mais l'orpheline répondit avec calme :

— Ordonnez, j'obéirai.

— C'est moi qui obéis, mademoiselle, reprit Cavalier, veuillez décider.

— Je préfère la retraite, répondit-elle.

— Écoute, dit alors le général à la prophétesse, demain, quand Mlle de Saint-Véran sera remise des souffrances qu'elle a endurées par ta faute, tu partiras avec elle et tu la conduiras à l'arsenal, puis tu reviendras près de moi qui aurai besoin de ton dévouement. Mais avant, tu vas me promettre qu'il n'arrivera rien par ta faute à la prisonnière, car moi, Cavalier, je te le jure, si un seul cheveu tombe de sa tête, si un seul outrage lui est adressé, je te chasse honteusement du camp comme parjure. Te soumets-tu à ces conditions?

— Oui, fit Isabeau en se relevant, je crois à ta parole, je crois à celle de cette femme; je vous avais calomniés tous les deux, elle est innocente, je l'avais persécutée comme ma rivale, je la regarde aujourd'hui comme ma sœur.

— Mademoiselle, lui pardonnez-vous? demanda Cavalier.

— Je la plains et je lui pardonne, répondit l'orpheline en tendant la main à la prophétesse.

Le lendemain, à la pointe du jour, deux femmes, montées sur des chevaux camargues, s'éloignaient au grand trot des bords du Gardon pour gagner les bois de Soustelle, sentinelle avancée des bois plus considérables de Malhouisse, Valorie, la Tour-de-Thoiras, dont les sentiers, admirablement connus par Isabeau, lui permettaient à la fois d'éviter le voisinage dangereux de Nîmes et d'Anduze, et de gagner, presque sans sortir des lieux couverts, la profonde forêt de Vacquières, dont sa proximité de Nîmes et l'incroyable épaisseur de ses taillis avaient fait, après celle des Lens, la principale place forte des Camisards.

La distance est longue des Salles-du-Gardon à Vacquières. Aussi bien que les deux voyageuses eussent perdu le moins de temps possible, la nuit approchait quand elles arrivèrent aux garrigues de Saint-Just.

Isabeau eût pu s'y arrêter, car les cavernes ne manquent pas en ce lieu, mais elle avait hâte de retourner auprès de Cavalier, qu'elle avait laissé alité et sérieusement malade, et Marguerite elle-même, brisée par la fatigue et les émotions, ne demandait pas mieux que de terminer d'un seul coup un voyage qu'elle n'était pas sûre de pouvoir continuer le lendemain.

Elles entrèrent dans la garrigue et s'engagèrent dans un sentier si étroit que deux chevaux n'auraient pu y marcher de front.

Par précaution plus que par défiance, Isabeau était demeurée en arrière.

Tout à coup, à travers les broussailles, il lui sembla apercevoir deux hommes qui couraient en se baissant.

— Au galop ! dit la prophétesse en frappant de sa cravache la croupe de la monture de sa compagne.

Malgré leur fatigue, les deux chevaux partirent aussitôt, mais les guetteurs avaient de l'avance. Quand les deux cavalières débouchèrent au carrefour de Font-Couverte, elles les virent distinctement à cinquante pas à peine au centre de la clairière, le fusil à la main.

L'un d'eux était un géant, l'autre presque un enfant.

— Qui vive ! crièrent-ils en épaulant leurs armes.

Isabeau avait saisi les rênes du cheval de Mlle de Saint-Véran et elle enfonça les éperons dans le ventre du sien : ils s'élancèrent avec la rapidité de la flèche.

Mais, au même instant, un coup de feu retentit et l'orpheline roula sur le sol, entraînée par la chute de sa monture frappée mortellement.

Les deux hommes s'étaient précipités pour la saisir. Déjà il était trop tard. Agile comme une panthère, Isabeau l'avait saisie au vol et rejetée sur sa selle.

— Marguerite ! c'est Marguerite ! cria une voix désespérée. Lefèvre, sauve la !

L'orpheline reconnut la voix.

— A moi! Olivier, à moi! fit-elle en se débattant.

Un instant, Isabeau se demanda si elle ne se débarrasserait pas de sa rivale en l'abandonnant à ceux qui la poursuivaient, mais elle se souvint de la parole donnée à Cavalier et, labourant les flancs de son cheval, elle lui fit franchir le cadavre de son compagnon et disparut dans le bois sans que Lefèvre, malgré la sûreté de son coup d'œil, osât tirer.

Tout ce qu'il put faire fut de retenir son jeune compagnon de force pour l'empêcher de se lancer à une poursuite insensée.

— Laisse-moi, laisse-moi, criait Olivier en se débattant, c'est elle, c'est Marguerite.

— Tant mieux, mille millions de boîtes à mitraille, nous savons qu'elle n'est pas morte, mais pour aujourd'hui l'occasion de la délivrer est manquée. Le bois est plein de bandits, tu le sais, et en voulant poursuivre cette enragée à manteau bleu, tu es sûr de te faire casser la tête.

— Qu'importe, je serai tué, mais je la délivrerai.

— Au contraire, si tu es tué, tu ne la délivreras pas, continua l'ex-sergent avec son impitoyable logique et sans lâcher le poignet du fougueux jeune homme.

— Que faire alors? répondit Olivier avec abattement.

— Avertir l'Ermite et M. de Laudun. Nous sommes sûrs ou à peu près que la demoiselle est gardée prisonnière dans les environs, et puisque Cavalier et les autres ne l'ont pas tuée, c'est qu'ils ont intérêt à la garder, dès lors nous la retrouverons.

— Où penses-tu qu'on la garde, au camp ou dans quelque caverne?

— Dans un endroit caché, je suppose.

— Peut-être dans la forêt de Vacquières?

— Probablement.

— Alors, écoute, fit Olivier, notre mission est remplie, retourne vers l'Ermite, raconte-lui ce que nous avons vu et dis-lui qu'il ne s'était pas trompé dans ses suppositions. Moi, je vais m'attacher aux traces de

Mlle de Saint-Véran et fouiller cavernes et rochers jusqu'à ce que j'aie découvert sa retraite.

— C'est une folie, tu seras tué.

— Je serai tué ou je la sauverai, reprit Olivier, n'essaie pas de me faire revenir sur cette décision.

— Tu es un brave, fit Lefèvre avec émotion, que Dieu t'accompagne. Voici de la poudre et des balles, sois prudent ; veux-tu mes pistolets?

— J'en ai une paire, avec ma carabine cela m e suffit. Adieu, je vais profiter de la nuit pour pénétrer dans la forêt de Vacquières.

— Adieu, frère, dit Lefèvre en dissimulant une larme ; serrons-nous la main et puissions-nous bientôtnous revoir !

CHAPITRE LXIX

LA TACHE DE SANG

Rappelé dans la plaine par les dévastations et les massacres commis par les Camisards, le maréchal de Montrevel était redescendu à la hâte dans le diocèse de Nîmes afin de s'y concerter avec M. de Basville et l'évêque Fléchier.

Déjà M. de Montrevel avait proposé plusieurs mesures qu'il croyait assurées pour réduire la rébellion, mais ses plans, comme ceux du comte de Broglie, son prédécesseur, avaient été rejetés par le conseil du roi, ou avaient complètement échoué dans l'exécution.

Le gouverneur était mécontent et découragé ; son étoile pâlissait à la cour.

Fléchier n'était pas moins abattu ; évêque de Nîmes depuis dix-sept ans et âgé alors de soixante-onze ans, il lui avait fallu, depuis le premier jour de son épiscopat, d'un côté combattre les ravages du protestantisme, de l'autre lutter en faveur des protestants contre les ordres rigoureux de la cour et la sévérité de Basville. Son zèle et ses travaux, tout en lui conciliant la vénération des protestants, n'avaient cependant produit presque aucun fruit sur ces âmes endurcies par l'erreur.

Seul, Nicolas de Lamoignon de Basville, comte de Launay, seigneur de Chavannes, conseiller d'État ordinaire et intendant de la province de Languedoc, avait conservé toute sa confiance dans l'avenir et tout son sang-froid. On l'appelait à la cour, moitié par dérision, moitié par envie, le vice-roi du Languedoc, et il est certain que dans ces tristes circonstances il en fut le véritable sauveur. Prudent dans le conseil, prompt dans la décision, énergique dans l'exécution, il dominait les affaires sans se laisser embarrasser par leur désordre, écraser par leur multiplicité, rebuter par leur minutie. En même temps financier, général et administrateur, il rendait la justice avec une intègre fermeté, trouvait des ressources inattendues là où d'autres n'eussent pu éviter la banqueroute, et savait mieux qu'un maréchal de France empêcher, avec une poignée d'hommes, le débarquement d'une escadre ennemie. Habile à distinguer au premier coup d'œil un espion dans une armée ou au milieu d'une foule, il en entretenait partout à la fois : dans le Vivarais, à Versailles, à Londres, dans les Cévennes et à la Haye, et savait mieux que qui que ce fût au monde ce que méditaient les étrangers dans leurs conseils et ce que préparaient les chefs des montagnards dans leurs camps.

Tels étaient les trois hommes qui, en septembre 1703, se trouvèren réunis à Nîmes, dans une des salles du palais épiscopal, autour d'une table couverte de cartes, de plans et de rapports.

L'évêque était, par son âge et par son caractère, le président naturel du conseil, ce fut lui qui parla le premier.

Son plan ne pouvait être que l'emploi des mesures de charité, et il proposa plusieurs moyens de ramener au bercail ses brebis égarées.

— Monseigneur, dit froidement Basville, quand il eut achevé, croyez-vous pouvoir amener par des voies de douceur la soumission des rebelles?

Le pasteur baissa la tête, sans répondre.

— Mieux vaudrait encore prêcher une croisade contre ces loups enragés que de leur accorder un pardon qu'ils n'ont jamais manqué de tourner contre Dieu et contre le roi, reprit Basville.

Fléchier se redressa avec majesté :

— Monsieur l'intendant, répondit-il, nous laissons au roi à qui Dieu n'a pas mis sans raison le glaive en main, à le tourner contre ces rebelles... Nous exerçons un ministère de paix et de charité et nous n'exhorterons nos frères qu'à prier, à gémir, et à désirer la conversion plutôt que la mort des pécheurs.

— Vous oubliez, monseigneur, quels fruits funestes a produits cette mansuétude, interrompit M. de Montrevel.

— Je gémis sur les maux dont souffrent les catholiques, monsieur le maréchal, mais ma religion et la vôtre défend de les haïr, et pour ma part [1], je les assure de ne perdre jamais les sentiments de charité qu'ils ont trouvé dans notre cœur lorsque nous avons pu leur en donner des marques. Les portes du bercail sont toujours ouvertes pour recevoir ces brebis égarées...

— Alors, monseigneur, vous me blâmez sans doute d'avoir fait un exemple au moulin de l'Agau? reprit le maréchal d'un ton piqué.

— Cet [2] exemple pouvait être nécessaire, mais monsieur, le cœur d'un évêque est bien touché, et ses entrailles bien émues, quand il voit,

1. Fléchier, lettre à un ami, 25 avril 1703.
2. Idem.

d'un côté, verser le sang des catholiques et de l'autre celui des méchants, qui, tout méchants qu'ils sont, font une partie de son troupeau. Je n'en dirai pas davantage, nous sommes ici, non pour récriminer, mais pour aviser. J'ai proposé mes plans comme chrétien et comme pasteur ayant charge d'âmes, à vous, monsieur le comte, d'exposer votre avis.

Ce fut au tour du maréchal d'être embarrassé. Depuis son arrivée dans le Languedoc, sa conduite n'avait été qu'une suite de tâtonnements et d'expériences malheureuses. La nécessité de diviser des forces considérables pour poursuivre un ennemi qu'il était beaucoup moins facile d'atteindre que de vaincre, avait dérouté toute sa tactique.

Toutes ces troupes qui, réunies, eussent pu former une véritable armée, suffisaient pourtant à peine, non pas à vaincre les bandes de Cavalier et de ses lieutenants, mais à les contenir tant bien que mal, sans pouvoir empêcher ou punir les brigandages.

C'est qu'en effet, dans cette guerre sans merci dans laquelle les protestants employaient toutes leurs forces et le secours de l'étranger contre les catholiques, c'était une nécessité d'éparpiller les forces royales en une multitude de petites garnisons, de postes de sûreté et d'escortes d'une utilité plus que douteuse. Contre ces soldats immobilisés les Camisards avaient beau jeu, ils frappaient à droite et à gauche, disparaissaient ou reparaissaient, suivant les circonstances, et parvenaient facilement à déjouer toutes les combinaisons.

Pour arriver à triompher de ces bandes insaisissables, le maréchal avait, avons-nous dit, essayé de plusieurs moyens.

Dès février 1703, il avait publié l'ordre de brûler et de raser tout village dans le territoire duquel une église aurait été incendiée, un prêtre ou un soldat tué.

Une pareille menace était inexécutable et demeura inexécutée.

Au rasement, le maréchal avait alors proposé de substituer de fortes contributions pécuniaires levées sur les communautés par des garnisaires.

Le moyen, pour être moins cruel, n'était pas plus juste, les assassinats étant surtout commis dans le voisinage des villages catholiques; en suivant l'ordonnance, il en serait résulté que les sujets fidèles eussent été les seuls maltraités. On y renonça.

M. de Montrevel imagina alors de faire saisir dans les villages protestants un certain nombre d'habitants suspects et de les faire conduire comme ôtages à Nîmes et à Montpellier, pour en pendre ensuite deux par chaque catholique assassiné. Cette mesure était odieuse, le conseil du roi la repoussa à l'unanimité.

Comme on le voit, les expédients du nouveau gouverneur-général ne réussissaient pas mieux que ceux du comte de Broglie, aussi fut-il fort embarrassé quand messire Fléchier l'engagea à donner son avis.

Toutefois, il formula sa nouvelle proposition et demanda que pour ôter toute ressource aux rebelles, on enlevât toute la population des campagnes et que l'on vidât les métairies. Quand les rebelles ne trouveront plus ni vin, ni subsistance, ni complices, il faudra bien qu'ils se rendent, dit-il.

MM. de Basville et Fléchier protestèrent :

— C'est la ruine de la province que vous décrétez, s'écrièrent-ils. Quand le commerce sera détruit, les champs incultes, les troupeaux anéantis, avec quoi nourrirez-vous les habitants des villes ? Paierez-vous les impôts, entretiendrez-vous les troupes ? Mieux vaut la guerre que la ruine.

— Alors, parlez, monsieur de Basville, répondit le comte. Quant à moi, je vous le déclare, je ne trouve aucune autre combinaison.

— Je crois qu'il en est une, d'une exécution facile et dont le résultat sera infaillible, dit l'intendant.

Le comte et l'évêque se regardèrent.

— Voici mon plan, messieurs, continua froidement l'intendant.

Et il déploya sur la table une carte du Languedoc et des pays adjacents, sur laquelle était dessinée une sorte d'île rouge. On eût dit une large tache de sang.

— Je ne comprends pas, fit l'évêque.

— Ni moi, ajouta le comte.

— Vous comprendrez bientôt, messieurs, repartit l'intendant, veuillez me prêter attention.

Et il posa son doigt au centre de la tache.

— Messieurs, dit-il, cette plaque que j'ai dessinée avec le plus grand soin et qui n'a pas moins de quarante lieues d'étendue, renferme dans son contour les montagnes de Lauzère, de l'Espéron, du Vébron et de l'Aigoal, le royaume entier du farouche Ébénézer, contrée inaccessible, berceau et lieu de refuge de la révolte. Là, dans ces montagnes, sont des cavernes, des hôpitaux, des magasins de vivres et des arsenaux nombreux. Les villes y sont rares, les hameaux, perchés sur des cimes inaccessibles ou perdus dans des gorges profondes, sont des repaires de brigands plutôt que des centres de population agricole ou commerçante. Ce vaste camp retranché de l'hérésie et de la révolte est limité par ces quatre lignes tracées à l'encre noire et tirées de la ville de Florac au pont de Montvert, de Montvert à Vébron, de Vébron à Barre et de Barre à Florac. Reconnaissez-vous bien dans l'espace compris entre ces lignes le véritable foyer de l'insurrection ?

— Je le reconnais, répondit l'évêque.

— Et vous, monsieur le maréchal ?

— Je le reconnais également.

— Eh bien ! messieurs, continua Basville, éteignons ce foyer si nous voulons étouffer l'incendie et, pour y parvenir, de cet espace marqué en rouge, faisons un désert en rasant villes et villages et en enlevant les habitants.

— Oh ! monsieur, vous ne feriez pas cela, s'écria douloureusement Fléchier, ces lieux que vous regardez comme presque inhabités renferment réellement.....

Il faisait proclamer à son de trompe des instructions détaillées. (*Voir page* 814)

— Trente-une paroisses et quatre cent soixante-six villages ou hameaux occupés par une population de dix-neuf mille cinq cent quarante-sept personnes, je le sais fort bien, monseigneur.

— Et le sachant, vous proposez une semblable mesure, vous, un catholique !

— Monseigneur, si l'un de vos membres était gangrené de manière à mettre votre vie en danger, vous, évêque, que feriez-vous ?

— Je le retrancherais, fit Fléchier, parce que ce serait mon devoir, mais ici ce n'est plus la même chose et cette prudence outrée, je l'appellerais un crime.

— Vous êtes sévère, monseigneur ; mais permettez-moi de demander à M. le comte s'il partage vos sentiments.

Absorbé par l'étude du pays condamné à la dévastation, le maréchal de Montrevel suivait avec le doigt le contour des montagnes, reconnaissait les lieux dans lesquels il n'avait pas osé s'aventurer et, malgré sa répugnance instinctive à adopter les plans d'un homme qui avait combattu les siens, ne pouvait s'empêcher d'admirer la hardiesse et l'habileté de son rival. Ce fut donc moins par conviction que par une sorte de jalousie de métier qu'il répondit :

— Je doute, monsieur, que Sa Majesté consente à une pareille exécution.

— Le roi fera ce qu'il jugera convenable, et je soutiendrai mon projet devant son conseil, mais pour le moment, c'est votre opinion personnelle que je désirerais connaître.

— Je vous la dirai donc franchement : votre projet, au point de vue stratégique, est admirable, et si les Cévenoles, au lieu d'être des Français étaient des ennemis, j'y applaudirais sans restriction, mais le Languedoc, le Rouergue et le Vivarais sont provinces de France et vous les ruinez, vous perdez une vaste étendue de pays. En faisant tomber en friche les terres, vous les rendez incapables de contribuer aux charges de l'État et, de plus, en réduisant tout un peuple aux horreurs de la faim et de la misère, vous le poussez inévitablement à la rébellion.

— Est-ce tout, monsieur ?

— Non, monsieur l'intendant, reprit l'évêque avec chaleur, car au-dessus de l'imprudence il y a encore l'injustice, toutes ces populations ne sont pas coupables et vous frappez indistinctement.

— Entre deux maux inévitables le devoir est de choisir le moindre, monseigneur. Dépeuplez ces contrées et nos troupes n'auront plus à y poursuivre inutilement un ennemi qu'en chassera la faim ; n'y touchez pas et la révolte, éteinte dans la plaine, ira y prendre de nouvelles forces pour reparaître avec plus d'audace. Je ne propose pas l'extermination d'une population, mais le transfert momentané de quelques milliers d'habitants, avec ce qui leur appartiendra, dans des villes voisines où l'on pourvoira à leurs besoins ; de distance en distance, rien n'empê-chera de laisser subsister quelques villes. Cette mesure est sévère, sans doute, mais pas plus que celle que proposait, pour la plaine, monsieur le maréchal, et n'a rien qui doive alarmer l'humanité. Ce qui ne saurait trop exciter notre horreur, ce sont les meurtres et les guerres, résultat inévitable d'une pitié qui ne serait que faiblesse. Quant au nombre des ennemis, s'il s'accroît de quelques milliers de montagnards, qu'importe ? La difficulté n'est pas de vaincre les rebelles, mais de les atteindre, et du jour où ils n'auront plus de retraite, quel que soit leur nombre, ils ne pourront pas résister. Enfin, messieurs, pour ce qui est du dommage ap-porté à l'État, permettez-moi de vous le dire, il sera nul. Outre que ces contrées sont pauvres, elles sont en pleine révolte et depuis plusieurs années ne paient plus l'impôt, mais le payassent-elles, l'argent qu'on en retirerait serait loin de suffire à entretenir l'armée, bien moins encore à indemniser les malheureux catholiques, objets de violences inouïes et qui, si nous n'y prenons garde, finiront par se soulever contre leurs op-presseurs. Alors, monseigneur, vous serez le premier à regretter d'avoir blâmé un projet qui seul pouvait sauver le pays et dont l'inexécution en-traînera un débordement de crimes qu'aucun pouvoir ne pourra plus arrêter.

— Vos motifs sont spécieux, monsieur l'intendant, interrompit Fléchier en se levant, et au point de vue de la politique humaine, votre plan peut être excellent. Je vois à l'attitude de M. de Montrevel que, comme général, il penche en votre faveur ; moi, comme évêque, je le repousse et je vous en préviens loyalement, je m'efforcerai de le combattre auprès du conseil du roi. Continuez à délibérer, je me retire, un pasteur ne peut ni ne doit consentir à discuter l'égorgement ou la dispersion de son troupeau.

Et, sans vouloir en entendre davantage, le noble vieillard se retira.

Entre le maréchal et l'intendant la conférence ne pouvait pas être bien longue : ils étaient du même avis.

Le lendemain, à la pointe du jour, un courrier partait pour Paris, emportant, avec le projet rédigé à l'avance, une longue lettre que M. de Basville avait achevé pendant la nuit.

Cet éloquent mémoire, que chacun peut lire aujourd'hui dans les œuvres du célèbre intendant, entraîna tous les membres du conseil ; le roi seul résistait ; « sa raison était gagnée, dit Valette, son cœur seul ne l'était pas, » il se rendit cependant, mais après avoir donné les ordres les plus sévères pour qu'on ne touchât point aux maisons des catholiques et pour qu'aucun de ceux qui seraient condamnés à l'émigration n'eût à souffrir ni pendant la route ni dans le lieu qui lui était assigné pour résidence.

Quelques jours après, le maréchal recevait l'ordre de mettre à exécution le plan proposé par M. de Basville, et presque aussitôt il quittait Nîmes avec la plus grande partie de ses troupes, se dirigeait vers Barre et y faisait proclamer à son de trompe des instructions détaillées pour la déportation des Cévenoles et le rasement des paroisses, villages et hameaux condamnés.

Le 14 décembre, des exemplaires de sa proclamation étaient affichés sur les murs de la ville et répandus en grand nombre dans la montagne.

Le lendemain, 15 décembre, une de ces affiches était remise à Isabeau, dans l'hôpital des Salles-du-Gardon où depuis deux semaines la prophétesse veillait nuit et jour au chevet de Cavalier.

Ce même jour, et comme pour braver le général catholique, Roland faisait, pendant la nuit, clouer à la porte de l'église de Saint-Germain-de-Calverte, une lettre ainsi conçue :

« Messieurs [1] les officiers des troupes du roi et autres Messieurs de Saint-Germain, préparez-vous à recevoir sept cents hommes qui doivent venir mettre le feu à la Babylone ou Séminaire et à plusieurs autres maisons; celles de M. de Lafabrègue, de M. de Sarrazin, de M. de Moles, de M. de la Rouvière, de M. de Motes, de M. Solier seront brûlées. Dieu nous a inspiré par son souffle sacré de vous rendre visite dans peu de jours. Fortifiez-vous tant qu'il vous plaira dans vos barricades, vous n'aurez pas la victoire sur les enfants de Dieu. Si vous croyez les pouvoir vaincre, vous n'avez qu'à venir au champ Domergue, vous, vos soldats, ceux de Saint-Étienne, de Barre, et même de Florac, je vous y appelle; nous y serons sans manquer. Rendez-vous-y, hypocrites, si vous avez du cœur.

« Le comte ROLAND,

« Généralissime des enfants de Dieu.»

— Décidément, M. le comte de Basville avait raison, fit le maréchal en déchirant cette lettre. Monsieur de Laudun, je vous charge de l'exécution des ordres de Sa Majesté, ma présence est nécessaire dans la plaine où sans doute l'ennemi va se jeter; je vous laisse pour second M. de Béthune avec trois cents soldats pour surveiller la démolition et quinze cents miliciens pour la faire. Sauf le feu, vous pouvez employer tous les moyens qui vous paraîtront le plus expéditifs. Vous ne laisserez subsister que six villes : Florac, Saint-Étienne, Saint-Germain-de-Calverte, Barre, le Pont-de-Montvert, et Saint-Julien-des-Points. Pour que

1. Historique. (Louvreleuil, tome II, page 88.)

la garde de ces lieux ne vous préoccupe pas, j'ai donné ordre au marquis de Canillac de demeurer ici avec quinze compagnies de miquelets ; le second bataillon du Hainault occupera Florac, deux cents miliciens s'établiront à Barre et autant à Vébron. Pensez-vous que cela vous suffise ?

— Je le suppose, monseigneur.

— Désirez-vous deux cents hommes de plus ?

— Je crois pouvoir m'en passer.

— Très bien, monsieur. Prudence et activité, et n'oubliez pas que cette campagne terminée, je vous rends votre parole et que je reconnaîtrai vos services en hâtant de toutes mes forces la délivrance de Mlle de Saint-Véran.

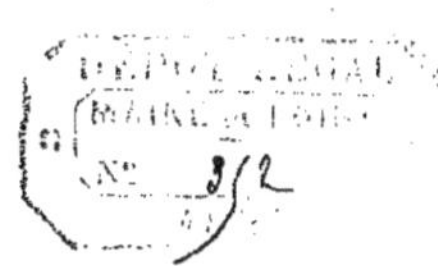

CHAPITRE LXX

LA MALADIE DE CAVALIER

En revenant aux Salles-du-Gardon, après avoir transféré Mlle de Saint-Véran à sa nouvelle prison, Isabeau avait trouvé le général couché, en proie à une fièvre ardente qui parfois provoquait le délire. Son état habituel était une sorte de somnolence pendant laquelle il passait continuellement la main sur son front comme pour en écarter une douleur lourde et incessante, sa respiration était pénible et sifflante, une soif ardente le dévorait et son visage enflé disparaissait sous un masque épais de boutons sanguinolents.

Quand Isabeau, prise d'une émotion violente, s'approcha de son lit et voulut lui parler, il ne reconnut pas la prophétesse et ne parut pas même s'apercevoir de sa présence.

Tous les efforts qu'elle fit pour se faire reconnaître furent infructueux.

Cet état de prostration dura huit jours et huit nuits, pendant lesquels Isabeau ne s'éloigna pas un instant de son lit de douleur, dormant à peine quelques instants et ne prenant pour ainsi dire aucune nourriture.

Le chef de la révolte, le grand libérateur d'Israël, était comme suspendu entre la vie et la mort. Les principaux membres du consistoire seuls, avertis du danger couru par l'épée d'Israël, avaient caché sa maladie avec le plus grand soin, tout en recommandant aux protestants de pratiquer des jeûnes et des prières publiques pour une cause très importante au salut de tous qu'ils ne pouvaient pas dévoiler, disaient-ils, et, par leur ordre, le célèbre physicien Van-der-Puzin était venu s'enfermer aux Salles-du-Gardon.

Nul qu'Isabeau et lui n'approchaient du lit de Jean Cavalier, tant on éprouvait de crainte que le terrible secret ne transpirât même dans l'hôpital.

Les autres chefs l'avaient cependant deviné dans la forêt des Leins et en profitaient pour agir chacun à sa guise et recouvrer leur indépendance menacée par l'autorité de Cavalier. La guerre continuait donc, toujours aussi atroce par suite des provocations des protestants, mais sans succès pour les Camisards qui, ayant cessé d'agir de concert, se faisaient surprendre et battre séparément, tantôt par les troupes, tantôt par frère Gabriel, Florimond et Lefèvre qui les harcelaient sans relâche, leur faisaient de nombreux prisonniers et semblaient deviner à l'avance chacun de leurs mouvements.

Peu à peu les trois bandes de partisans se rapprochaient. Elles cernaient maintenant la forêt de Vacquières, dans laquelle elles n'osaient pas pénétrer, mais dont elles gardaient toutes les issues, les soumettant à une étroite surveillance.

Du côté de Roquepertuis et de Saint-Florent, les affaires tournaient encore plus mal. La nuit, des bandes d'hommes armés envahissaient tout à coup les fermes protestantes, massacraient sans pitié hommes, femmes et enfants, puis disparaissaient. Seulement le matin, dans la maison qu'ils avaient ainsi visitée, on trouvait des cadavres amoncelés en tas, sur la poitrine desquels on pouvait lire, tracé au poignard, un M ou un V : c'était la signature des frères Michel et du capitaine la Vengeance.

Ceux d'entre les huguenots qui avaient pu échapper à la mort, racontaient de terribles visions d'hommes armés jusqu'aux dents, portant au chapeau ou sur la poitrine des croix blanches, et auxquels la pitié était inconnue. On ne parlait qu'avec effroi de ces bandits catholiques auxquels la soif de la vengeance faisait oublier que leur religion était la religion du pardon et qui répondaient au meurtre par le meurtre, au pillage par le pillage, à l'incendie par l'incendie.

Le seul nom des Florentins et des Camisards blancs faisait trembler les hommes les plus énergiques du parti réformé. On racontait sur eux des histoires étranges, on disait qu'ils étaient invulnérables et d'une force prodigieuse, que leurs chefs n'étaient autres que des démons rouges avec des yeux de feu, dont l'imagination surexcitée du peuple faisait de longues, minutieuses et effroyables descriptions. Tout Camisard noir fait prisonnier périssait dans d'épouvantables tortures. Le gazon se desséchait sous leurs pieds, leur voix grondait comme la foudre. A en croire la légende, ils étaient des monstres sortis du fond de l'enfer.

Camisards blancs et Florentins, loin de faire le moindre effort pour démentir de pareils récits, les exagéraient encore. L'effroi qu'ils inspiraient ne pouvait en effet que les servir. Mais ils ne faisaient leurs terribles expéditions que de nuit et masqués, car M. de Marsili et les autres chefs de troupes royales, désavouant leurs atrocités qui les indignaient, cherchaient par tous les moyens à les faire cesser, et si un Camisard blanc tombait entre leurs mains, ils en faisaient prompte et exemplaire justice.

L'assassin, menacé d'être pendu ou fusillé s'il ne dénonçait pas ses complices, aimait mieux souffrir la mort que de répondre. Entre les frères, le secret était inviolable.

L'âme de cette terrible ligue, le féroce Torte-Gueule, enfermé comme un pieux cénobite, dans sa solitude de Roque-Courbe, le jour égrenait son rosaire, la nuit méditait ses plans et préparait en silence le grand coup qu'il voulait frapper dans la plaine.

Vingt bandits comme lui, déserteurs pour la plupart des bandes de Roland, Méric ou Cavalier, et apostats de toutes les religions, formaient le cadre d'une armée qui n'existait pas encore, mais que la fureur ferait sortir de terre au moment voulu. La seule pensée du renégat était d'attirer une sanglante invasion des bandes protestantes sur le territoire de Beaucaire. Peu lui importait que les catholiques en fussent les premières victimes, pourvu que sa vengeance fût enfin assouvie.

A la nouvelle de l'expédition des Hautes-Cévennes que lui apporta frère la Vengeance, il ne put contenir sa joie et serra dans ses bras le messager en s'écriant :

— Vive l'enfer ! Les loups, chassés du bois, vont descendre dans la plaine : nous boirons du sang !

Aux Salles-du-Gardon, la proclamation du maréchal produisit un effet diamétralement opposé.

Isabeau ne put cacher son désespoir

Cavalier était maintenant hors de danger, mais n'avait pas recouvré assez de force pour entrer en campagne. Les imprudences de ses lieutenants et plus encore le mépris témoigné par Ébénézer, qui n'avait pas même daigné répondre à sa lettre, le transportaient de fureur et retardaient sa guérison.

— Il faut que je sorte, il faut que j'aille dissiper les impies, rugissait-il, en se mordant les poings. Roland, Ravanel et Méric sont des traîtres et des imbéciles, l'orgueil aveugle Ébénézer et le rend idiot. Ces gens-là vont tout perdre.

A la lecture de la lettre du maréchal, il ne put plus y tenir.

— Isabeau, s'écria-t-il, je veux qu'on me donne immédiatement mes vêtements et mes armes.

— Frère, calme-toi, répondit-elle avec un triste sourire, à quoi bon demander l'impossible. Tu serais incapable de t'en servir, le Seigneur veut qu'ils soient punis par où ils ont péché et il a affaibli ton bras pour les frapper eux seuls.

— Non, je ne le veux pas ; mes armes, je veux mes armes, continuat-il en se débattant contre elle et contre le médecin, l'esprit m'appelle, marchons !

Et malgré tous les efforts d'Isabeau pour le retenir, s'élança hors de son lit et voulut marcher.

Aux premiers pas qu'il fit, les forces lui manquèrent, et il fût tombé si ses gardes dévoués ne l'eussent reçu dans leurs bras. Ils le transportèrent sur sa couche, où il s'évanouit. La fièvre le reprit avec le délire.

Pendant ce temps, Montrevel descendait vers la plaine, et le vicomte de Laudun, quittant le Pont-de-Montvert, s'engageait dans la montagne avec sept cent cinquante soldats, dont quatre cents, au lieu de mousquets, portaient des pics de fer, des bêches, des leviers, des haches et des marteaux.

C'étaient les démolisseurs.

Le travail commença aussitôt, triste travail en vérité.

A chaque village, à chaque hameau, à chaque ferme, la troupe faisait halte, les soldats prenaient position, et le village, le hameau, la ferme tombaient pièce à pièce, pierre à pierre sous le marteau des démolisseurs ; rien n'était épargné, un nuage de poussière s'élevait au fond de la vallée ou sur la croupe de la montagne, puis quand il ne restait plus qu'un monceau de ruines, le clairon sonnait, les soldats reprenaient leur marche en avant pour recommencer plus loin leur sinistre besogne et, d'heure en heure, le désert se faisait plus grand derrière eux.

On fouillait aussi les rochers, chaque grotte était visitée : dans plusieurs il y avait des amas de châtaignes, on les lançait dans les torrents; des sacs de farine, on les répandait pour que le vent la dispersât et la troupe marchait toujours.

Que faisaient donc les montagnards ?

Ils ne faisaient rien. Au lieu d'attaquer les catholiques, dans des passages où une poignée d'hommes eût pu arrêter une armée et même l'anéantir, ils invoquaient Dieu, chantaient des psaumes sur les montagnes voisines et vomissaient des injures et des imprécations contre les ennemis du Seigneur.

Le fanatique Ébénézer, persuadé que le ciel ne manquerait pas de se déclarer en sa faveur en faisant tomber la foudre sur les impies, qui osaient le braver, se contentait d'ordonner à l'épileptique Abimélek de maudire les Philistins. Dè loin les soldats voyaient le nain difforme se dresser sur la croupe du cheval du forestier, vomissant de sa voix grêle des imprécations dont ils ne se souciaient guère et secouant avec fureur son manteau, taillé dans la dépouille d'un loup gigantesque.

La hache à l'épaule, immobiles comme des statues, les fiers montagnards entouraient leur chef impassible, attendant anxieusement le moment où éclaterait le miracle et s'étonnant que le Dieu des armées, qui, dans sa justice, soutient toujours ceux qui le révèrent, fût si lent à punir les dévastateurs.

Mais le miracle attendu ne venait pas. L'œuvre de destruction se poursuivait et le Dieu des protestants refusait d'intervenir. Mais cela n'altérait pas leur foi. A chaque fois que la destruction d'une nouvelle ferme, d'un nouveau village était terminée, ils reculaient pour aller plus loin vociférer de nouveaux anathèmes.

« Messieurs les généraux fanatiques, écrivait le vicomte au maréchal, n'ont donné une opinion bien désavantageuse de leur courage; ils n'ont

La plaine ressemblait à une mer de feu. (*Voir page* 826 .)

osé profiter de la situation heureuse de plus de cent cinquante passages
que j'ai remarqués, pour m'attaquer et me tuer du monde sans hasarder
le leur, mais ils s'en sont tenus à de grandes et insolentes menaces;
voilà, en vérité, d'indignes et infâmes rebelles. »

La seule résistance que rencontrait le vicomte était dans la difficulté
même du travail de destruction. Mal logés, mal nourris, épuisés par un
travail pénible et qui annonçait devoir se prolonger plus de dix-huit
mois, les ouvriers furent bientôt rebutés; le fer ne suffisait pas et allait
trop lentement

La cour, informée par le maréchal, consentit à ce que l'on eût recours
au feu ; aux outils succédèrent les torches, au fer l'incendie, et de loin on
put suivre dans la montagne la marche progressive de l'armée aux colonnes de fumée tourbillonnant en longue ligne à l'horizon Grâce à
ce puissant agent de destruction qui, à lui seul, faisait presque tout
l'ouvrage, l'œuvre fatale marcha de plus en plus rapidement. Sauf les six
villes épargnées, la tache de sang n'était plus qu'un désert, deux mois
et demi après le départ de M. de Montrevel, et le vicomte regagnait, sans
avoir perdu un seul homme de sa troupe, le Pont-de-Montvert, où la
main d'Ébénézer avait allumé le premier incendie de cette guerre fratricide.

Roland, indigné de l'inaction du roi de la montagne, avait voulu
essayer du sort des armes, il était jaloux de Cavalier et se croyait
un grand général. Pendant plusieurs jours il erra de côté et d'autre dans
la montagne comme un lion qui cherche une proie; mais n'osant se
mesurer avec le vicomte, il se rabattit tout à coup sur le village de Vébron, qui n'avait pour toute garnison que des miliciens, et, résolu à
faire un exemple, l'attaqua avec toutes les forces dont il disposait, par
trois côtés à la fois.

Les miliciens, sur la lâcheté desquels il avait compté, le repoussèrent
avec perte, et pendant qu'il se retirait furieux de son insuccès, le marquis de Canillac tomba tout à coup sur lui, mit son armée en déroute,

lui tua quatre-vingts hommes et s'empara de tous ses chevaux, de ses armes et de ses bagages.

Le même jour, Ravanel recevait de l'Ermite une sanglante leçon près de la forêt de Vacquières, et Lefèvre, pénétrant pendant la nuit avec vingt partisans dans le camp des noirs, mettait, de sa propre main, le feu à la tente de Méric.

Pendant huit jours, il sembla que la révolte était définitivement étouffée. Enfants de Dieu et Camisards noirs avaient disparu comme par enchantement, les routes étaient sûres, comme si une paix profonde n'eût cessé de régner, la montagne demeurait libre et silencieuse, les protestants des villes n'avaient jamais montré tant de soumission ni marqué tant de souplesse.

M. de Montrevel, surpris de cette brusque conclusion de la guerre, songeait à licencier une partie des troupes, et déjà il écrivait au roi pour lui proposer de publier une amnistie générale.

Au moment où il allait envoyer son rapport, il reçut un billet ainsi conçu :

« Prenez garde, les rebelles préparent un grand coup.

« Basville. »

— Quel coup peuvent-ils préparer ? pensa le maréchal, ils n'ont plus de refuge dans la montagne, je viens de faire vider les métairies des environs de Nîmes, il faudra bien maintenant qu'ils se rendent ou qu'ils meurent de faim.

Cependant, par précaution, il fit doubler les postes de la ville et, le soir venu, il alla passer quelques heures chez le marquis de Sandricourt, où il gagna, au pharaon, une grosse somme d'argent à l'un des principaux chefs du parti protestant.

— Monsieur le comte, vous êtes un heureux homme, dit courtoisement celui-ci, vous avez pour vous la fortune et l'habileté, personne ne peut vous résister.

Le maréchal sourit, répondit galamment et ne tarda pas à se retirer dans son hôtel où, lorsque minuit sonna, il dormait avec la plus parfaite quiétude.

Torte-Gueule, lui aussi, était prévenu : il avait reçu un avis signé la Vengeance.

Au lieu de se coucher ce soir-là, il passa la nuit à déballer plusieurs caisses de fusils et à partager en paquets égaux quelques milliers de cartouches.

A une heure, un coup violent, frappé à sa porte, réveilla en sursaut le gouverneur-général. Il rêvait en ce moment qu'il était à la cour où le roi le félicitait chaleureusement comme le plus grand général de son temps. Il fut un moment à se réveiller et à comprendre quel bruit il pouvait avoir entendu.

On heurta de nouveau, mais cette fois en criant :

— Vite, monseigneur. les troupes attendent vos ordres, la plaine est en feu.

— Quelle plaine? demanda le maréchal ahuri.

— La plaine de Nîmes, monseigneur, on voit le feu en vingt endroits.

Cette fois, le comte ne demanda pas d'autres explications, il s'habilla à la hâte, prit son épée et, suivi de quelques officiers, courut aux remparts.

Au loin, dans la campagne, on entendait le chant des psaumes et, à la lueur des flammes, on voyait comme des ombres sinistres attisant l'incendie.

La plaine ressemblait à une mer de feu, Castanet se vengeait sur le territoire de Nîmes des dévastations commises dans la montagne. A un signal donné, quatre cents brigands, armés de torches, avaient incendié tout à la fois les métairies de Descombiés, de Sorbier, de Poussargue, de Renaudet, de Desiles, de Martin, de La Rochelle, le moulin de l'Hôpital, le mas Rouge et le moulin à huile, en un mot toutes celles que, pour couper les vivres aux rebelles, M. de Montrevel avait donné l'ordre de vider.

— Monsieur Desplanques, dit le maréchal en se tournant vers un officier, sortez avec trois cents dragons, lancez-vous dans la campagne, exterminez cette canaille; point de prisonniers, aux flammes les incendiaires.

Mais il était trop tard, quand les dragons arrivèrent au galop de leurs chevaux, ils ne trouvèrent plus que des ruines ardentes, les Camisards avaient disparu.

Le lendemain, le général, sur la nouvelle qu'on avait vu des bandes du côté de Milhau, quitta la ville avec toutes les troupes dont il put disposer et les déployant dans la plaine, organisa une battue qui devait refouler tous les incendiaires vers le marais de Vauvert. Là il en aurait bon marché.

Par cette manœuvre, qu'il croyait habile, M. de Montrevel laissait le champ libre aux Camisards demeurés cachés dans les garrigues, en arrière de ses lignes, et s'en éloignait de plus en plus.

Torte-Gueule eût pu l'avertir de son erreur, car lui aussi s'était mis en campagne, mais seul, déguisé en paysan et épiant à chaque instant les protestants avec la patiente ténacité d'un tigre qui guette sa proie. Il les vit se diriger, pelotons par pelotons, vers les bois de Bouillargues, de là suivre la ligne des garrigues de Marguerittes et de Manduel jusqu'aux épais taillis de Bellegarde, d'où l'œil plonge sur la plaine fertile que baigne le Rhône et qui s'étend, semée de riches maisons de campagne, depuis Arles jusqu'à Beaucaire.

Arrivés là, ils se massèrent. Caché dans l'épais feuillage d'un chêne vert, le sergent put calculer le nombre et les forces des Camisards. Ils étaient quatre-vingts à peu près, sous les ordres de Catinat, Castanet, Crespian et Picard-le-Noir, un des plus féroces bandits de l'armée rebelle. Sur le soir Méric vint les rejoindre avec cinquante noirs. Torte-Gueule le vit passer, avec sa prophétesse et sa bande, au pied de l'arbre qui lui servait de refuge.

— Enfin ! murmura l'apostat entre ses dents.

Et, quand la nuit fut arrivée, il se laissa glisser du chêne et courut tout d'une haleine jusqu'à Beaucaire, où ses affidés l'attendaient dans son ermitage de Roque-Courbe.

Ils s'armèrent en cas d'attaque, barricadèrent les portes et attendirent.

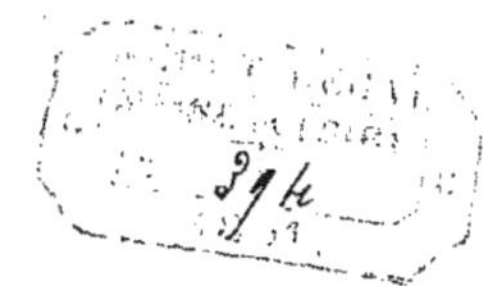

CHAPITRE LXXI

—

BEAUCAIRE

Assise sur les bords de son beau fleuve, entre son fameux pré, où, au temps de la foire, s'élevait sous les ormeaux une nouvelle ville de bois, et son rocher que domine la fière tour de la Vignasse, la ville de Beaucaire dormait paisiblement.

Oubliant dans le calme exceptionnel où ils vivaient depuis le commencement de la guerre fratricide des camisards, que l'orage qui grondait autour d'eux pourrait bien finir par s'abattre sur leurs têtes, les consuls à la robe rouge, négociants enrichis, nobles et manants, ne songaient qu'à la prochaine foire de la Madeleine, rendez-vous habituel de toutes les nations de l'univers.

Il n'avait pas fallu moins de plusieurs ordres exprès de monseigneur de Basville pour que les magistrats, chargés de la sécurité de la ville, consentissent à placer à chaque porte un corps de garde de milice bourgeoise et sur le haut de la tour un guetteur de nuit pour éviter toute surprise. Précaution dérisoire, car les soldats de la milice, tout comme le surveillant de la Vignasse, ronflaient à poings fermés, à leur poste, ni plus ni moins que leurs concitoyens dans leurs lits.

La nuit était calme, les étoiles brillantes, on n'entendait aucun bruit dans la plaine, si ce n'est les aboiements lointains des chiens de berger, et plus près des murs ce grondement lourd et monotone du fleuve.

Quatre heures venaient de sonner à la tour de l'horloge. Du plus épais du bois de Védélen un chant s'éleva sombre et menaçant et des torches brillèrent. Tête nue, la hache ou le poignard levé vers le ciel, les exterminateurs psalmodiaient en chœur.

> Ton courroux les embrasera,
> Ainsi qu'une fournaise
> Toute rouge de braise.
> Ton cri les engloutira,
> En tes feux allumés
> Tous seront consumés

Puis il se fit un grand silence et, d'une voix tonnante, Méric cria :

— L'heure est venue, Israël, en avant!

Michel Robichon, cousin de maître Bonafous, le chasse-gueux et guetteur assermenté de la ville, éveillé par l'air du matin, sur la Vignasse, où il était de garde, se roula, en maugréant, dans sa chaude couverture, et, s'accommodant de son mieux, reprit son sommeil un moment interrompu.

Un coup frappé au volet de l'ermitage de Roque-Courbe fit tressaillir Torte-Gueule, qui ouvrit aussitôt une petite fenêtre.

— Ils sortent, dit une voix, j'ai vu les torches et entendu le psaume.

— Tout va bien, répondit le bandit, les autres sont ici, tu peux rentrer. Empoigne cette corde et monte, la porte est barricadée.

L'espion obéit et la fenêtre se referma.

— Ça y est, dit le chef des Cadets de la Croix, j'ai fait boire Robichon hier au soir, il ne verra et n'entendra rien.

— Je propose de mettre nos flûtes d'accord pour le concert de demain, dit un des bandits.

— Oh! repartit le sergent, ne crains rien, mon agneau, je me charge d'organiser la musique.

Les Camisards, divisés en petites troupes, venaient de redescendre vers la plaine et s'y dispersaient.

Au loin, on entendit des cris de désespoir, puis rien, et un instant après on vit les flammes s'élever dans la plaine dont elles éclairaient les oliviers.

— C'est la métairie de Saint-Paul, appartenant aux religieuses de Saint-Benoît remarqua un Cadet.

— Il y avait dix personnes, ajouta un second partisan.

— Et à présent, il y a dix cadavres, répondit Torte-Gueule en se frottant les mains.

Maître Robichon dormait paisiblement. Bien au chaud dans sa couverture, il rêvait que Messieurs du Conseil politique lui allouaient vingt écus d'or pour ses bons et loyaux services.

Les exterminateurs travaillaient avec zèle sous les yeux de leurs dignes chefs. Pendant qu'une de leurs troupes égorgeait les fermiers de Saint-Paul, une autre surprenait quatre bergers et une jeune fille, les massacrait à coups de haches et suspendait aux arbres les membres sanglants de leurs victimes.

Presque au même moment, Crespian incendiait la métairie des Garrigues, et Méric celle de la Fontaine-du-Roi, où il faisait huit prisonniers qu'il conduisait à la métairie des religieuses de Sainte-Ursule. Là, Catinat, après avoir enfoncé les portes, avait ordonné au fermier de servir à ses gens un repas pour réparer leurs forces.

Les deux chefs s'attablèrent, après avoir enfermé dans une chambre dix-huit de leurs prisonniers sur vingt-deux; quatre avaient été réservés pour faire le service de la table.

Quand la dernière bouteille fut achevée, Catinat se leva.

— Qui paie ses dettes s'enrichit. dit-il en ricanant, allons, enfants, payez vos hôtes.

— Nous n'avons pas d'argent, grogna un noir

— Imbécile, vous avez des couteaux, clama le chef.

Tout fut égorgé. Puis les misérables mirent le feu à la métairie.

Les égorgeurs, remis en haleine, continuèrent; mais pour varier leurs plaisirs ils inventèrent de nouveaux supplices : aux uns ils crevèrent les yeux, aux autres ils brisèrent les dents ou arrachèrent la langue. La plaine n'était plus qu'une mer de flammes; les métairies de Carlot, de Pouzols, de Servas et dix autres brûlaient à la fois.

Maître Robichon dormait toujours.

Tout à coup, sur les remparts, un cri terrible : Au feu! au feu! les Camisards! vint éveiller en sursaut gardés, consuls et bourgeois. Une femme, la bonne Catherine, avait poussé ce cri. Levée à quatre heures et demie, pour aller suivant son habitude entendre la première messe à Notre-Dame des Pommiers, elle avait eu l'idée, en attendant l'ouverture des portes de l'église, de monter sur le parapet pour regarder la campagne et elle avait vu les flammes brillant de toutes parts qui formaient un cercle autour de la ville.

Alors elle avait donné l'alarme.

Les portes et les fenêtres s'ouvraient, les habitants s'interrogeaient avec stupeur, le tumulte était inexprimable, plusieurs coururent aux églises et sonnèrent le tocsin.

— Que diable font-ils donc? fit maître Placide en s'étirant, on ne peut pas sommeiller une minute.

Et, déroulant sa couverture, il daigna enfin se soulever.

En ce moment, il entendit des pas précipités dans l'escalier de la tour, il se leva précipitamment et, à tout hasard, se mit à souffler de tous ses poumons dans sa corne.

— Misérable, que fais-tu donc au lieu de donner l'alarme? s'écria le premier consul en s'élançant sur la plate-forme, les Camisards sont aux portes, et.....

— Je vous demande pardon, monseigneur, mais il y a une heure que je crie au feu, répondit impudemment le guetteur, seulement je ne pouvais pas me faire entendre.

— Et ta corne, imbécile, ne pouvais-tu pas t'en servir?

— Elle était bouchée, monseigneur, j'ai eu beau souffler, rien ne.....

— Marche en prison, canaille, marche! dit le magistrat en levant sa canne.

Dans sa terreur, Robichon dégringola les marches quatre à quatre. Jamais homme ne fut si pressé de courir en prison.

Le tambour battait dans les rues et, par la porte de Beauregard, cent soldats du roi, commandés par un capitaine, s'élançaient au pas de course dans la plaine, suivis de près par quatre compagnies de bourgeoisie.

Mais les enfants de Dieu, avertis par le tumulte, avaient regagné la montagne.

Les troupes envoyées contre eux ne purent que ramasser les morts; de blessés il n'y en avait point.

Vers dix heures du matin, un soldat revint à la ville requérir des charrettes pour transporter les cadavres. Il en fallut douze. Il y avait cent vingt-trois morts.

Une partie du jour se passa à creuser dans le cimetière, non pas une fosse, mais une large et profonde tranchée.

A deux heures eurent lieu les obsèques. Derrière les prêtres, qui psalmodiaient le *Miserere*, entre la milice et les soldats, portant leurs armes renversées, douze chariots chargés de victimes, roulaient lourdement sur le pavé de la grand'rue.

En arrière des chariots, vingt hommes au visage sinistre et sombre, portant de larges crêpes à leurs feutres et une croix blanche sur l'épaule, fermaient la marche. Le solitaire de Roque-Courbe marchait à leur tête, une discipline d'une main, un long rosaire de l'autre.

La cérémonie de l'absoute dura longtemps. Les corps, déposés dans la tranchée, furent recouverts de chaux, puis le prieur de Notre-Dame des Pommiers jeta dans la vaste fosse la première pelletée de terre et, les prières terminées, le clergé, les consuls et les soldats se retirèrent, laissant la foule livrée à une morne douleur.

Torte-Gueule n'attendait que ce moment. Jusque-là, il avait prié, prosterné, le front dans la poussière ; soudain il se leva, comme inspiré, s'élança sur une tombe, et s'écria :

— Sur la tombe des martyrs de notre foi, frères, jurons de les venger. Il n'y a que les femmes qui pleurent, soyons enfin des hommes, le droit et la force sont pour nous. Sachons nous passer d'eux. Mort aux huguenots !

— Oui ! Mort aux huguenots ! vengeance ! hurlèrent les complices du bandit.

Cette allocution violente tomba sur la foule comme une étincelle sur la poudre ; aux cris des complices de Torte-Geule répondit une acclamation immense.

— Malheureusement, nous n'avons pas d'armes, cria un bourgeois.

— Ni armes ni chefs, vociféra un autre.

— Des armes, j'en ai pour vous, répondit Torte-Gueule, et quant à un chef, voulez-vous de moi ?

Sous les yeux du prisonnier il fit passer le papier en tête duquel était écrit : *Chemin des Cercles.* (*Voir page* 837.)

— Oui, oui, répondit la foule en battant des mains, conduis-nous, nous t'obéirons. Mort aux huguenots !

— Que votre volonté et celle du Seigneur soient donc faites. Les catholiques de la montagne nous ont donné l'exemple. Vous connaissez les hauts faits des Camisards blancs et des Florentins, montrons-leur que nous, les Cadets de la Croix, nous ne leur cédons ni en vertu ni en courage.

— Des croix ! donne-nous des croix ! vociférèrent les bandits.

Auprès de la fosse, on avait entassé les linceuls tachés de sang.

— Voici de quoi en faire, répondit l'orateur ; ils seront à la fois un symbole et une relique.

En un instant les linceuls furent partagés en lanières. Les Cadets déjà enrôlés avaient couru à l'ermitage, ils en rapportaient des piques et des mousquets à brassées.

D'un autre côté, les consuls accouraient pour s'informer de la cause du tumulte et rétablir l'ordre.

Couverts par les huées, ne pouvant se faire écouter, ils durent se retirer.

Des applaudissements saluèrent leur retraite.

Un conseiller politique, plus ardent que ses collègues, attacha la croix blanche sur ses insignes et fut porté en triomphe.

A la nuit tombante, trois cents Cadets, organisés en compagnies, quittèrent la ville, sous les ordres de Torte-Gueule, monté sur un cheval blanc auquel il donna le nom de la Mort.

Dans la plaine, il ne restait debout que quelques fermes protestantes ; en une heure, l'incendie les eut dévorées.

La colonne exterminatrice poursuivit sa route par Bellegarde, Manduel et Marguerittes, brûlant, égorgeant, pillant sans merci, ni pitié.

Ce n'étaient plus des catholiques, mais des fous furieux. A Manduel, cinq huguenots avaient été faits prisonniers.

Quatre furent mis à mort.

Le cinquième était un beau jeune homme.

— A mort ! à mort ! vociféraient les Cadets, ivres de sang.

— Tu entends, fit Torte-Gueule, les camarades te condamnent, mais moi je te fais grâce, je veux que tu ailles conter à tes frères ce que tu as vu, je veux que tu leur annonces leur extermination, que tu leur dises qu'en quelque endroit qu'ils se réfugient, je saurai les atteindre, parce que je connais leurs sentiers, leurs retraites, leurs hôpitaux, leurs magasins, tout, entends-tu, tout ? Car Méric m'a vendu le plan de Cavalier. Sais-tu lire ? poursuivit le sergent, et connais-tu l'écriture de frère Jean ?

— Oui.

— Très bien. Donne-toi donc la peine de regarder.

Et sous les yeux du prisonnier, dont les bras étaient liés, il fit passer le papier, en tête duquel était écrit : *Chemin des Cercles*. Et au bas : Pour Méric.

— Oh ! l'infâme ! gronda le jeune homme.

— Eh ! qu'en dis-tu, ce sera assez commode pour vous exterminer. Aussi ton cher Méric m'a-t-il vendu l'original pas mal cher. Il est vrai qu'à présent nous en avons plusieurs copies, le maréchal une, M. de Basville une autre, l'Ermite, frère la Vengeance, l'Anguille, Florimond, les frères Michel, Laudun et beaucoup d'autres ont chacun la sienne. Ce qui réduit considérablement le prix de chaque exemplaire et ce qui a en outre l'avantage de nous indiquer vos hôpitaux, vos arsenaux, vos dépôts de vivres, pour les détruire et vous exterminer. Ne grince donc pas ainsi des dents, cher ami, que veux-tu, Méric n'est pas riche et comme il lui fallait de l'argent pour acheter un manteau bleu à sa Débora, il me l'a vendu.

Et maintenant va, je te laisse la vie, raconte à tout Israël ce que tu as vu, mais, auparavant, fais-moi le serment de ne pas porter la main sur la personne de Méric et de te contenter de dévoiler sa trahison, parce que je veux qu'il ne meure que de ma main ou de celle du bourreau. Dis, le jures-tu ?

— Je le jure.

— Frères, déliez cet homme ; sa vie nous vengera plus que sa mort, fit Torte-Gueule.

Les Cadets coupèrent les liens du Camisard Josué, c'était la première victime qu'ils eussent épargnée, ce fut la seule.

La terrible colonne redescendit dans la plaine et remonta le cours du Rhône en massacrant tous les protestants jusqu'à Bagnols.

Là, ils apprirent que les égorgeurs de la plaine de Beaucaire, campés depuis deux jours dans les environs d'Aubussargues, se préparaient à aller le lendemain célébrer à Garrigues, leur triomphe sanglant.

Les Cadets de la Croix poussèrent des hurlements d'une joie féroce et partirent aussitôt pour aller les exterminer.

Les Camisards, au nombre de trois cents, débouchaient, vers six heures du matin, du bois d'Aubussargues, quand, au haut d'un coteau voisin, apparurent les Cadets de la Croix. Catinat commandait les enfants de Dieu et Méric les noirs.

Le front du géant était soucieux, depuis la veille il entendait prononcer autour de lui avec mépris le mot de trahison et parler à mots couverts de plan de campagne livré ou plutôt vendu à l'ennemi. Ce bois lui rappelait d'ailleurs de tristes souvenirs ; c'était là que Torte-Gueule lui avait enlevé le plan du Chemin des Cercles, là qu'il l'avait blessé d'un coup de feu et frappé au visage avec le talon de sa botte.

A la vue des Cadets de la Croix, qui se formaient en bataille, les deux colonnes s'arrêtèrent surprises, et une voix s'écria :

— Les voici, je vous en avais prévenus, nous sommes trahis.

— Qui donc ose dire qu'il y ait ici des traîtres ? rugit Méric.

— Moi, Josué, enfant de Dieu, répondit un jeune Camisard nouvellement arrivé au camp.

— Où donc est le traître ? continua Méric.

— Le traître, c'est toi, qui as vendu le plan des Cercles à ce chef papiste, monté sur un cheval blanc qui.....

— Ah ! c'est toi qui répands ce bruit, hurla le colosse en se ruant sur Josué.

. Un instant après, celui-ci n'était plus qu'un cadavre.

Puis aussitôt, bondissant sur la croupe de son cheval, il s'élança contre ses ennemis.

Le combat fut court mais rude, les huguenots lâchèrent pied, Méric, ne pouvant rejoindre Torte-Gueule, écumait de rage.

— Lâche ! lui criait celui-ci, attends-moi donc si tu l'oses.

— Viens donc, viens jusqu'au village, répondit celui-ci, c'est là que je vais t'attendre.

— Cadets de la Croix, à Garrigues! commanda le sergent. Au pas de course ! Tuez les huguenots !

Les Cadets poussèrent un rugissement et s'élancèrent en avant.

A une lieue de là, les Camisards, exaspérés par la honte et la colère, les attendaient dans une position formidable, décidés, cette fois, à vaincre ou mourir.

— Attends-moi donc, que je te marque encore au visage, Méric le maudit, clamait Torte-Gueule.

Sans arrêter son cheval, le colosse se retourna sur sa selle et fit feu sur le sergent, acharné à sa poursuite.

— Je t'ai manqué, tu me manques, nous voilà quittes, cria le sergent. A mon tour.

Et il tira.

Sa balle n'atteignit pas le colosse qui continua à fuir, mais le cheval de Débora avait été atteint au flanc. Après quelques élans suprêmes, l'animal tomba tout à coup en entraînant la prophétesse qui poussa un cri perçant : l'implacable Torte-Gueule n'était plus qu'à quelques pas d'elle.

A cet appel désespéré, Méric se retourna de nouveau et vit le chef des Cadets se pencher sur sa selle et viser froidement la jeune femme.

— Misérable, ne tire pas ou tu es mort! cria Méric.

Torte-Gueule fit feu.

Débora tomba mortellement blessée.

— Meurs donc! hurla le colosse en déchargeant sur l'aventurier un terrible coup d'épée.

Mais Torte-Gueule avait évité le choc. Un moment on les vit, enlacés comme des serpents, chercher à s'étouffer dans une étreinte furieuse, puis tomber lourdement et se rouler sur le gazon ensanglanté. Enfin Méric fit un suprême effort, ii se releva à demi et faisant ployer les reins de son rival, le força à lâcher prise et lui enfonça son couteau dans la poitrine.

Quand les Cadets de la Croix arrivèrent sur le théâtre du combat, ils trouvèrent leur chef expirant.

Il ne pouvait plus parler, mais son regard exprimait encore la haine et semblait dire, pendant que sa main défaillante montrait son ennemi qui fuyait, emportant le cadavre de Débora : Vengez-vous ! vengez-moi ! Mort aux huguenots !

CHAPITRE LXXII

LE RETOUR DE CAVALIER

Depuis le jour où, vaincu par la maladie, Cavalier s'était vu obligé de quitter le camp du Seigneur pour aller s'enfermer avec Isabeau dans la grotte des Salles-du-Gardon, la fortune semblait avoir complètement abandonné les huguenots. Loin de s'éclipser, comme il l'avait craint dans les commencements, l'étoile de frère Jean avait gagné à sa retraite un nouvel éclat. Il était désormais évident que lui seul pouvait soutenir la lutte contre les troupes royales et les partisans.

En deux mois et demi ou trois mois, que d'événements d'une haute

importance avaient en effet changé la face des choses ! Deux des principales prophétesses tuées, les Cévennes ruinées et devenues un désert,
les noirs à demi anéantis, le plan des Cercles livré, l'apparition simul-
tanée des Florentins, des Camisards blancs et des Cadets de la Croix,
les succès journaliers de l'Ermite, tous ces malheurs s'étaient succédé
avec une effrayante rapidité.

Parfaitement insensible à tous les autres, frère Jean conçut un profond dépit des succès des partisans et de la trahison qui avait fait tomber
aux mains des ennemis le fameux plan des Cercles.

La communication de cette pièce aux ennemis était irréparable, Cavalier ne s'occupa que d'en atténuer les conséquences fâcheuses en se
débarrassant tout d'abord de La Sagiote et de sa troupe. Ce fut dans ce
but que, quelques jours avant de quitter l'hôpital, il écrivit au marquis
de Sandricourt, gouverneur de Nîmes, la lettre suivante :

« Monseigneur,

« Je vous préviens que si vous ne faites cesser les hostilités de l'Er-
« mite, je ne ferai aucun quartier aux catholiques qui tomberont entre
« mes mains.

« Votre obéissant serviteur,

« CAVALIER. »

— Crois-tu que le papiste prenne ta lettre en considération ? demanda
la prophétesse.

— J'ai un moyen pour cela, je lâcherai mes exterminateurs et ils
commettront de telles atrocités qu'assurément, pour les faire cesser, le
maréchal retirera le commandement à cet infâme scélérat.

— Tu songes donc à rentrer en campagne ?

— D'ici à trois jours, nous serons au camp.

— Et Méric le traître ?

— J'ai déjà donné l'ordre de l'arrêter et de le faire écorcher vivant
par les noirs ; il faut un exemple, Ravanel enverra sa tête à Basville auquel il nous a vendus, l'infâme.

— Ravanel n'enverra rien, reprit Isabeau, le traître a couronné son crime, il a déserté avec armes et bagages et a passé aux papistes.

— Quoi, il a osé passer aux royaux, lui, le chef des noirs, et les royaux ne l'ont pas pendu, écartelé, brûlé vif! Non, c'est impossible.

— Il a racheté sa vie par une dernière et infâme trahison, il a livré son camp à l'Ermite; douze noirs paieront demain entre les mains du bourreau, à Montpellier, la rançon de leur ignoble chef.

— Mais d'où sais-tu donc cela, Isabeau?

— Si tu veux interroger Jean Marius, il est ici, c'est lui qui m'a tout raconté.

— Fais-le venir.

— Mais si tu veux qu'on ignore.....

— Dans trois jours je ne serai plus ici, Isabeau, il est temps que je reparaisse sur les champs de bataille. Appelle Marius.

Un instant après, le féroce boucher entra.

— Le Seigneur soit avec toi, dit Cavalier.

Le boucher grogna quelque chose d'inintelligible.

— Où est ton chef? demanda le général.

— Si c'est de Roland que tu parles, il se cache dans les bois. Si c'est du traître, il a passé à l'ennemi.

— Quel est ce traître?

— Méric.

— Raconte-moi sa trahison.

— Tout le monde la connaît, il avait vendu son plan, je devrais dire le tien, à cet autre chien d'enfer qu'on appelle Torte-Gueule. Josué nous en avait avertis, mais trop tard. Torte-Gueule qui lui en voulait, paraît-il, a levé une troupe de Cadets de la Croix qui nous ont battus à Garrigues. Là, les deux traîtres se sont attaqués, le sergent a tué Débora, puis a été tué par Méric qui, accusé par Catinat et Roland, s'est secrète_ment entendu avec l'Ermite et, sous prétexte de nous faire faire un beau coup, nous a conduits à une ferme où les partisans étaient cachés. Ne

voyant personne, nous avons bu sans défiance ; Méric faisait semblant
de boire avec nous. Quand il a vu que sur les trente que nous étions, la
moitié était déja ivre, il s'est levé de table, a ouvert la porte et crié : A
moi, l'Ermite !

— Et vous ne l'avez pas tué ?

— Nous avons eu tout juste le temps de briser une fenêtre et de sauter dans le jardin pendant que cinquante démons se ruaient dans la salle,
le sabre et le pistolet au poing. Malgré cela, plusieurs d'entre nous ont
été tués ou blessés. Moi-même, j'ai été blessé au poignet. Roboam a été
encore moins heureux ; au moment où, en escaladant le mur du jardin il
me disait : Nous sommes sauvés, il a reçu une balle dans la tête. Sur
rente, cinq tués, six blessés, douze pris, il reste sept hommes valides,
voilà.

— Et le traître ?

— Parti avec les prisonniers, mais libre, lui, et satisfait de son coup.

— Écoute, Marius, dit Cavalier, veux-tu te venger ?

— Toujours, répondit-il en passant sa langue sur ses lèvres.

— Je vais reconstituer la troupe des noirs, veux-tu commander cinquante hommes qui sachent jouer du couteau ?

L'assassin secoua sa crinière rousse.

— Nous ne serons pas assez forts, objecta-t-il.

— C'est nous qui combattrons, reprit Cavalier, vous n'aurez qu'à travailler pour l'exemple. Tu comprends ?

— Je comprends, fit Marius, dont les yeux s'injectèrent de sang. A
cette condition, tu peux compter que l'ouvrage sera bien fait. Quand
commençons-nous ?

— Dans trois jours. Va te guérir, tu auras besoin de tes deux mains.

Les noirs, commandés par Jean Marius, accompagnaient l'armée
comme une meute de loups furieux : aux uns ils arrachaient les dents,
coupaient le nez et les oreilles ; aux autres ils crevaient les yeux, tranchaient les doigts, arrachaient la langue, et partout jonchaient les routes

de cadavres horriblement mutilés. Jamais Cavalier n'avait déployé une pareille férocité.

A tout prix il voulait se débarrasser de l'Ermite en le faisant destituer comme la principale cause des horreurs commises et, pour arriver à ce résultat, il ne reculait devant aucun crime.

Par ses ordres, Générac fut incendié, le maître d'école Blanc, soumis à d'épouvantables tortures, le fermier Martin scié entre deux planches, quatre pêcheurs étouffés dans la vase d'un marais, onze catholiques lapidés près de Russan, huit hommes et une jeune fille calcinés dans un four à chaux, quatre femmes crucifiées sur le chemin de Nîmes. Tous les catholiques de Belvezet pendus, dix-neuf égorgés à Vallongue, neuf coupés en tronçons à coups de hache à Montclus et à Fontarèche. Puis, comme si tout cela ne suffisait pas, le général protestant fit incendier les métairies de Sauve et de Rodilhan, et, se jetant avec son armée sur le territoire d'Uzès, porta le ravage jusque sous les murs de la ville.

L'invasion des Camisards avait été si brusque et si inattendue que pendant plusieurs jours le maréchal, pris au dépourvu et tout occupé de réprimer la prise d'armes des Cadets de la Croix, n'avait pu opposer aucune barrière au torrent dévastateur.

Mais déjà les catholiques, exaspérés, menaçaient, à l'exemple de ceux de la plaine, de se faire justice, et d'un moment à l'autre, l'Ermite pouvait accourir. Par quatre prisonniers, auxquels il avait fait couper les doigts de la main droite, le général envoya au gouverneur une seconde lettre de sommation, copie à peu près textuelle de la première et écrite en entier de sa main.

Cette lettre resta sans réponse et le maréchal, outré de l'impudence du Camisard, donna ordre aux troupes envoyées à la poursuite des Cadets de la Croix d'avoir à rentrer immédiatement à Nîmes.

Cette sorte d'autorisation tacite releva le courage des Cadets; pen-

1. Historique.

dant huit jours, Florentins, Camisards blancs et Cadets, au massacre répondirent par le massacre, à l'incendie par l'incendie.

Sans lever entièrement le blocus de la forêt de Vacquières, l'Ermite et Lefèvre se lancèrent à la poursuite des noirs, pendant que les catholiques armés brûlaient les métairies protestantes de Clairan, de Loubès, ravageaient les cultures et enlevaient les troupeaux.

Le plan infernal du prophète bien-aimé des protestants se trouva avoir tourné contre eux-mêmes. Effrayés de souffrir à leur tour les maux qu'ils avaient infligés aux catholiques, les protestants du consistoire de Nîmes, qui eût volontiers entretenu la guerre civile tant qu'elle lui rapportait, furent les premiers à ne plus vouloir d'une religion ruineuse.

Dans une assemblée tenue le 10 mars 1704, les représentants et les chefs du protestantisme, ministres, consuls, avocats ou marchands, nommèrent à l'unanimité une députation de notables pour aller présenter au maréchal de Montrevel le placet suivant :

« Monseigneur,

« Les *nouveaux convertis* de la ville de Nîmes font ici, devant Votre Grandeur, leurs protestations de fidélité pour le service du roy, et offrent *de se joindre aux anciens catholiques* et d'employer leurs biens et leurs personnes pour *exterminer les rebelles*. Ils vous donneront, Monseigneur, une liste de tous ceux qu'ils jugeront être en état de porter les armes parmi les gentilshommes, les avocats, les bourgeois, les marchands, les artisans, et ce seront des gens *sur lesquels on pourra se reposer*. Ils obéiront aux *chefs anciens catholiques* qui leur seront donnés, et, à la réserve des gentilshommes, les autres n'auront pas la liberté d'emporter leurs armes dans leurs maisons, ils les iront prendre dans le temps des expéditions aux lieux qui leur seront marqués, et ils les remettront après l'expédition ; le nombre et la qualité de ceux qui serviront, seront réglés sur les ordres de Votre Grandeur. »

Le maréchal reçut la députation dans la grande salle de son logis, botté, éperonné et l'épée au côté. Il écouta d'un air sévère la lecture du

Les noirs, commandés par Jean Marius, accompagnaient l'armée comme une meute
de loups furieux. (*Voir page* 844.)

placet et les doléances des députés sur les crimes commis par les Cadets
de la Croix qui, dans leur fureur, dévastaient les propriétés des plus
fidèles sujets du roi et contre lesquels Son Excellence était suppliée de
sévir avec rigueur.

Quand l'orateur eût terminé son discours, le comte, qui était demeuré
assis, se leva et dit :

« Messieurs les députés,

« Ma réponse à vos plaintes sera brève; la conduite des Cadets de la
Croix est loin de m'être agréable, je la regarde comme criminelle, et si
je l'ai tolérée jusqu'à ce jour, c'est que les crimes bien plus grands des
Camisards sont la cause la plus légitime de ces violences. Il vous convient peu du reste de venir ici demander la répression d'excès que vous
avez provoqués. Je sais que parmi vous, tous ne sont pas coupables, mais
c'est le petit nombre. Vous vous plaignez amèrement de deux ou trois
assassinats, mettons cinquante et même cent, si vous voulez, commis
par ceux dont vous avez exterminé les parents par milliers. Vous provo-
quez ma rigueur contre des désordres que vous entretenez sous main et
que.....

— Monseigneur, Votre Excellence est injuste, interrompit le principal député, en nous accusant sans preuves de.....

— J'ai écouté votre discours, monsieur, veuillez me laisser parler à
mon tour, reprit le maréchal en élevant la voix. Quand je vous accuse,
c'est que j'ai en main les preuves de vos complots. Et si je dois punir
les catholiques, c'est sur vous-mêmes qui êtes les auteurs de leurs
crimes. Si vous fussiez restés tranquilles, les Cadets de la Croix n'auraient pas à se venger.

« Si vous voulez que je mette un terme à une sédition de huit jours de
date, parce qu'elle vous est préjudiciable, faites cesser la vôtre qui dure
depuis deux ans. Nous n'avons que faire de vos soldats. Si je voulais
vous exterminer, loin de vous demander des troupes, je n'aurais qu'à

retirer les miennes et à laisser faire les catholiques exaspérés. Mais ,
malgré son juste ressentiment, le roi, votre maître, veut bien se souvenir encore qu'il est aussi votre père.

« Allez, messieurs, tâchez de mériter sa clémence, amenez vos frères
égarés à leur devoir et vous éviterez ainsi la justice d'un roi puissant et
la fureur d'un peuple poussé à bout. Voilà ce que j'avais à vous dire,
vous pouvez vous retirer. »

Quand les envoyés rentrèrent dans l'assemblée il se fit un grand silence.

— Frères, s'écria l'orateur, bénissons le Seigneur, le maréchal refuse
notre aide et ne veut que de notre neutralité. Écrivons une lettre à frère
Jean pour l'engager à se soumettre, et envoyons-lui, par la même voie,
de l'argent pour continuer la guerre. Le général du Pharaon se conten-
tera des apparences, la révolte continuera et nous n'aurons plus rien à
craindre des bandits catholiques.

Une triple salve d'applaudissements salua cette heureuse nouvelle et
une heure après, deux courriers quittaient la ville, l'un envoyé par les
protestants à Cavalier, l'autre portant aux Cadets de la Croix l'ordre du
maréchal de rentrer dans leurs foyers, s'ils ne voulaient être poursuivis
comme meurtriers et punis des galères ou de la mort.

Dans la même semaine, une ordonnance était apposée sur la porte de
toutes les églises : elle portait réorganisation des Camisards blancs, Cadets
et Florentins, leur interdisait le pillage et l'incendie, sous peine de
mort, ordonnait la restitution du butin enlevé, rendait les paroisses
responsables des excès commis par eux, leur assignait des quartiers et
des chefs, et ordonnait le dépôt de leurs armes dans les arsenaux.

Les huguenots n'auraient pas osé même espérer une pareille mesure.
Frère la Vengeance, au risque d'être torturé par les noirs ou pendu par
les royaux, se jeta dans la montagne plutôt que d'obéir. Les Cadets de
la Croix, privés de leur chef, rentrèrent en grande partie dans leurs foyers.
Les Florentins, protégés par la position isolée de leur village, demeurèrent en armes, décidés à se protéger eux-mêmes.

M. de Basville blâma la mesure imprudente prise par le maréchal, mais ne put obtenir de lui que l'autorisation, pour l'Ermite, de continuer le cours de ses exploits.

De l'armée levée par le féroce Torte-Gueule, il ne restait plus qu'une vingtaine d'hommes, trop compromis pour oser retourner à Beaucaire. Cavalier, demeuré libre dans ses mouvements, se mit à leur poursuite,

Vers le milieu du mois de mars, les Camisards, avertis par les paysans huguenots, cernèrent un petit bois dans lequel s'étaient cachés les Cadets.

Le général appela Jean Marius.

— Vos couteaux sont-ils prêts? dit-il.

Le boucher tira de sa gaîne une longue lame tachée de sang.

— Bien, fit le Cévenole, dans une heure, je te livrerai les bourreaux de nos frères; tu auras de la besogne.

— Donne-les-moi vivants, c'est tout ce que je te demande.

Les enfants de Dieu étaient onze cent cinquante contre vingt-cinq, et formaient un cercle autour du bois. Ils allaient y pénétrer quand Isabeau s'écria :

— Que ceux qui ont tué par le feu périssent par le feu !

— La prophétesse a raison, fit Cavalier. Le feu au bois!

En un instant, plusieurs pins furent abattus à coups de hache et leurs troncs entassés comme un immense bûcher bourré d'herbes sèches sur lesquels on jeta des torches enflammées.

L'incendie se propagea avec une incroyable rapidité. L'arquebuse au bras, les enfants de Dieu attendaient leur gibier humain et chantaient leur lugubre psaume.

Soudain, de la lisière du bois où ils étaient arrivés, en rampant comme des serpents, vingt-cinq hommes bondirent en avant, firent feu sur la colonne commandée par Catinat, tombèrent sur elle la baïonnette en avant au cri de : Tue! tue les huguenots! s'ouvrirent une sanglante trouée et, continuant leur course, disparurent dans un ravin.

Au bruit de la fusillade, Cavalier était accouru au galop.

A la vue de la colonne en désordre et à demi détruite, il s'arrêta stupéfait. Trente cadavres de Camisards jonchaient le sol, plus de cinquante étaient blessés. Ravanel jeune perdait des flots de sang par la gorge, Jérémie avait la poitrine fendue. Des Cadets, il ne restait d'autre trace qu'un feutre gris, avec une croix blanche.

— Où donc est l'ennemi ? s'écria-t-il avec fureur.

D'un geste désespéré, Catinat lui montra le ravin.

— En avant ! nous prendrons notre revanche, rugit Cavalier.

Les enfants de Dieu, revenus de leur surprise, s'élancèrent, avec des cris de fureur, dans la direction d'Uzés.

A la vue des flammes qui dévoraient le bois, deux compagnies de dragons étaient sorties de cette ville et accouraient en désordre. Cavalier ne laissa pas aux royaux le temps de reformer leurs rangs ; profitant de leur surprise, il fondit sur eux, les mit en déroute et les poursuivit, bride abattue, jusqu'aux portes de la ville.

C'était un succès, mais pas une revanche. Les Cadets ne devaient pas être loin. Cependant, malgré son désir de se venger, le général cévenole, qui savait le maréchal à Uzès, reprit le chemin de Vézenobres, où il espérait surprendre et enlever le vicomte de Laudun.

Le maréchal de Montrevel, lui aussi, avait un affront à venger. Du haut du perron de l'Hôtel de Ville, où il causait avec le sieur de la Jonquières, remplaçant du vicomte de Laudun, il avait vu le honteux retour des dragons de Saint-Cernin et, transporté d'indignation, il avait juré que le lendemain même il les renverrait au feu.

— Donnez-moi quatre cents hommes, dit la Jonquières, et je vous promets de vous ramener ce rebelle Cavalier avec ses lieutenants.

— Alors, préparez-vous à partir demain, dès le point du jour, avec cinq cents soldats de marine et soixante dragons.

Ce fut en quittant le village de Lascour, qu'à l'entrée de la plaine de Martignargues, la Jonquières aperçut l'ennemi sur les bords de la Droude.

Du sommet d'une colline et hors de portée du feu, Cavalier dominait le champ de bataille et découvrait les deux armées à la fois. .

La Jonquières avait contre lui le nombre, la position, il pouvait encore reculer, il commanda le feu.

L'infanterie des Camisards y répondit par une décharge générale, mais qui, mal dirigée, ne tua que sept ou huit royaux.

La fusillade n'était qu'un prélude. Sûr de la victoire, le général cévenole, divisant sa cavalerie en deux colonnes, la lança par les flancs sur les dragons de Saint-Cernin qui reculèrent et fuirent à bride abattue, précédés par le vaniteux la Jonquières.

Les fantassins jetèrent leurs armes et les imitèrent.

Ce fut moins une bataille qu'une sanglante déroute.

Sauf deux cents fuyards, tous furent tués dans leur fuite ou impitoyablement égorgés par Jean Marius et ses noirs.

Le prestige des armes de Cavalier était rétabli, sa vengeance commençait.

CHAPITRE LXXIII

PRÉPARATIFS

L'éclatante victoire remportée par frère Jean, en relevant l'espoir des protestants, sembla faire sortir du sol de nouvelles bandes de brigands qui, attirés par l'assurance d'une impunité momentanée et la soif du pillage et du sang, s'abattirent avec une rage folle sur les trois malheureux diocèses.

Dans cette nouvelle campagne, chaque chef de Camisards tint à honneur de surpasser ses complices et ses rivaux en atrocités. Cavalier excitait de tout son pouvoir ce débordement dans le double but d'effrayer ses ennemis et de se venger des défaites essuyées dans ces derniers temps par son parti.

Lui-même voulut donner l'exemple de la déprédation sans trêve, de la tuerie sans merci.

Après avoir grossi sa troupe des cinquante noirs commandés par Jean Marius, dont les preuves de cruauté n'étaient plus à faire, et de la petite armée de Roland, il reprit le cours de ses exterminations et la plus effroyable tempête se déchaîna tout à coup sur les catholiques désarmés et consternés.

Le sac de Saturargues, par le général-prophète, fut, parmi ces sanglantes expéditions, une des plus affreuses. Malgré la répugnance et l'horreur que l'on éprouve à retracer de semblables abominations, on doit à la vérité d'en raconter quelques-unes pour donner la juste mesure de la *vertueuse austérité* des Camisards noirs, opposée comme contraste, par M. Michelet, à la *bestialité* des Camisards blancs. Il faut bien montrer comment certains hommes de parti pris, écrivent l'histoire.

Il était dix heures du soir quand le général-prophète, à la tête de sa horde d'exterminateurs, envahit le village, uniquement peuplé de catholiques. L'alerte n'avait pas été donnée ; tout dormait, et Cavalier pouvait sans crainte se préparer une facile victoire.

Les huguenots n'avaient pas à craindre de frapper leurs coreligionnaires. Ils savaient que pas un protestant n'habitait le village de Saturargues.

Cavalier ordonna à Beulaigue et à Jean Marius de rassembler leurs hommes et de commencer le massacre, auquel les enfants de Dieu présidèrent en chantant des psaumes.

En un instant les portes furent enfoncées, les maisons envahies, les catholiques pris et liés. Surpris dans leur premier sommeil, n'ayant jusqu'alors pris part à aucun combat contre les protestants, ils étaient innocents et sans défense ; l'égorgement commença.

Aux uns, dit un historien malheureusement trop véridique, on ouvrit le ventre pour en arracher les entrailles, aux autres, on coupa le nez et les oreilles, les paupières et les mains que l'on frotta de sel et de vinaigre ; plusieurs furent tenaillés ou percés avec des fers rouges, plusieurs sciés entre des planches ; à tous, avant de les tuer, on infligea les plus horribles tortures.

Marius et ses noirs garrottèrent sur un lit une famille composée du père, de la mère et de trois enfants, leur labourèrent le corps de profondes incisions, qu'ils arrosèrent ensuite d'huile bouillante et les laissèrent se tordre, pendant plusieurs heures, dans les convulsions d'une atroce agonie. Enfin, quand la mort vint mettre un terme à leur martyr, leurs membres furent séparés et accrochés à la porte de la maison.

Beulaigue fit mieux encore: il attacha à un poteau une malheureuse femme, une jeune mère, lui coupa les paupières, afin que ses yeux ne pussent se fermer, et devant elle, sans écouter ses cris et ses prières, écorcha vivants ses deux enfants, les attacha l'un après l'autre à une broche de fer et, lentement, les fit rôtir, à ses pieds, devant un feu cruellement modéré.

Dans cette nuit fatale, chaque exterminateur eut le loisir de déployer son habileté, et il n'y eut pas jusqu'aux enfants tortureurs qui ne fissent, avec le sang-froid des monstres qui les dressaient, l'apprentissage de leur épouvantable métier. Le fils d'un meunier de Saint-Christol, un enfant de treize ans, mérita les éloges de Beulaigue, son maître, par l'habileté précoce qu'il déploya en égorgeant cinq catholiques, étendus pour lui sur une table, et la lenteur infernale qu'il mit à écraser, avec une pierre, la tête de plusieurs enfants en bas âge.

Les faits que nous avançons, sont, nous le répétons, d'une irréfutable exactitude. Peut-être s'il les avait connus, M. Michelet aurait-il hésité à se faire l'apologiste de la *vertueuse austérité* de ces bandits.

Roland, Isabeau et Cavalier présidaient, froids et impassibles, au massacre. Ils ne donnèrent le signal du départ que lorsqu'il ne resta plus de victimes à égorger, et les fanatiques, fiers de leurs faciles et honteux exploits, reprenant leurs armes, chantant les louanges du Seigneur, sortirent du village où ils ne laissaient derrière eux que des cadavres mutilés et des ruines sanglantes.

Ravanel, Joigny, Castanet, Maroger, Pierre Brunel et les autres, même les plus obscurs, se montrèrent les dignes émules de leur chef. Les horreurs commises à Bernis, Aubaix, Saint-Laurent-d'Aigouse et cent autres lieux furent le digne pendant de l'expédition à jamais célèbre de Saturargues : les austères Camisards avaient la fièvre de sang.

Une terreur immense régnait dans le Languedoc ; le troupeau catholique, abandonné à lui-même par l'imprudente incurie de ses chefs, fuyait éperdu

Seuls, Laudun, l'Ermite, frère la Vengeance et Barbe-Rouge, successeur de Torte-Gueule et commandant des vingt-cinq Cadets, résistaient encore.

Les vingt-cinq surtout, attachés aux pas de l'armée du général et toujours invisibles, les suivaient à l'odeur du carnage ; malheur à ceux qu'ils pouvaient saisir !

Un soir, le général, averti par un de ses espions, qu'ils étaient cachés dans une ferme du voisinage, détacha Roland avec cent hommes, et Pierre Brunel avec trente pour garder les deux seuls passages par lesquels ils pussent échapper, puis, avec toutes ses forces, il entoura la maison. Il s'avait que ce n'était pas trop de toute sa troupe pour réduire les vingt-cinq Cadets.

Les enfants de Dieu s'avancèrent en rampant, à la faveur des ténèbres, arrivèrent jusqu'à la porte, à travers les fentes de laquelle on apercevait de la lumière. Tout paraissait calme, on ne percevait aucun bruit.. Sans doute les catholiques dormaient ; la victoire serait facile. Alors, se relevant, ils s'élancèrent avec furie dans la ferme au cri de : tue ! tue !

Elle était vide, mais un affreux spectacle les fit soudain reculer. Sur

la table, où brûlait la lampe, une tête hideuse, celle de l'espion, était
posée, tenant entre ses dents un papier portant, en lettres de sang, le
nom de Barbe-Rouge.

Les Cadets avaient disparu, mais par où? les passages étaient cependant bien gardés.

Cavalier attendit jusqu'au matin, car l'ennemi pouvait être là, et alors
il n'échapperait pas; puis, le matin venu, il reprit sa marche, faisant
éclairer les routes, battant chaque buisson, examinant chaque rocher,
fouillant le creux des arbres, jusqu'aux gorges occupées par ses lieutenants.

La troupe de Roland était à son poste et n'avait rien vu ni rien entendu. Le général se porta alors vers celle de Brunel: elle était là aussi
postée dans les rochers, à l'entrée d'une grotte, semblant guetter avec
la plus grande attention. Seulement, quand les Camisards furent au
pied de la montagne, cette troupe fit une décharge générale, et trente
têtes fraîchement coupées tombèrent, en bondissant dans la plaine au
milieu des morts et des blessés.

Que s'était-il donc passé?

Dès que les Cadets, cachés dans la ferme, avaient été avertis par leurs
sentinelles que les deux passages étaient occupés par les hommes de
Cavalier, ils avaient compris qu'ils étaient perdus s'ils ne trouvaient
moyen de forcer une des deux issues. La chose n'était pas facile. Il ne
fallait pas songer à combattre : il aurait suffi, en effet, d'un coup de feu
pour avertir Cavalier qui serait accouru avec du renfort. Ils devaient
donc recourir à la ruse. Il était plus facile de surprendre trente hommes
que cent. Ils décidèrent donc de s'emparer de la petite troupe de Pierre
Brunel. Celui-ci s'était caché avec le gros de ses forces dans une petite
grotte, laissant dehors seulement une sentinelle chargée de donner
l'alerte en cas de besoin. Quand la nuit fut venue, un des Cadets, en
rampant comme un serpent, arriva tout près du garde; alors, se levant
tout à coup derrière lui, il lui mit les deux mains sur la bouche, tandis

que d'un coup de genou dans le dos il le renversait, et le tuait d'un coup de couteau.

Aussitôt les Cadets, qui avaient suivi leur camarade, se ruèrent dans la grotte. Pris à l'improviste, les Camisards n'eurent le temps ni de saisir leurs armes, ni d'appeler. Après une courte lutte, tous furent exterminés, puis décapités.

Désormais le passage était libre et les Cadets eussent pu s'enfuir s'ils n'avaient voulu effrayer Cavalier, en faisant rouler à ses pieds les têtes des trente compagnons de Pierre Brunel.

Avant que Cavalier, revenu de sa stupeur, eût ordonné d'ouvrir le feu, les Cadets, se faufilant à travers les rochers, lui avaient encore échappé.

Le lendemain, l'Ermite pénétrait, par surprise, dans le camp de Castanet, lui tuait vingt hommes sans avoir un seul blessé et envoyait, sous bonne escorte, douze prisonniers à Basville.

Ces succès n'étaient pas des victoires; tout au plus pouvait-on les regarder comme des piqûres de moucherons, capables seulement de faire rugir le lion et d'exciter sa fureur.

Cavalier, résolu d'en finir d'une seule fois avec tous ces ennemis, forts et faibles, députa Isabeau vers Ébénézer pour l'engager à se réunir à lui dans une nouvelle campagne. Il fallait frapper un coup décisif, et, ce n'était pas de trop que le concours d'Ébénézer.

La prophétesse alla trouver le farouche forestier dans les montagnes du Vivarais. Peut-être eût-il accédé aux désirs du jeune général; mais, prévenu par Baruch et son compagnon, il refusa de s'allier aux impies. Toutefois, dans l'intérêt de la religion, il promit de descendre dans la plaine, où il se réservait d'agir à sa guise et par la seule inspiration du Seigneur. Celui-ci saurait bien lui dicter son devoir et il n'avait besoin de personne pour l'aider à l'accomplir.

Lorsque Isabeau rapporta au Cévenole cette fière réponse, il sourit et dit:

La prophétesse alla trouver le farouche forestier dans ies montagnes du Vivarais.
(*Voir page* 858.)

— Mon frère l'ours est plus fort que fin ; sans qu'il s'en doute, je le forcerai bien à combattre comme je l'entendrai. Il sort de sa tannière, cela me suffit.

Et, envoyant des prophètes dans toutes les directions, il fit proclamer la guerre sainte ; il sollicita la levée en masse, et provoqua les prises d'armes en annonçant le triomphe prochain de la vraie religion et l'établissement du royaume d'Israël.

Les soldats accoururent en foule ; chaque village fournit son contingent ; jamais la révolte n'avait été si puissante, jamais la victoire des protestants n'avait paru plus prochaine.

Ces tristes nouvelles, qu'il était impossible de cacher, tant le mouvement était violent, produisirent un mécontentement universel parmi les catholiques.

Le maréchal, accusé par ses ennemis d'avoir provoqué, par ses imprudences, cette formidable levée de boucliers, ne trouva grâce ni devant les ministres, ni devant le peuple. On l'accusa d'oublier ses devoirs pour ses plaisirs, de n'avoir de sévérité que contre les catholiques. La cour s'émut de ces bruits, plus calomnieux que justes, et le roi, cédant aux sollicitations de l'opinion publique, se décida à lui donner un successeur dont la gloire, solidement établie à l'extérieur par des victoires éclatantes sur les ennemis de la France, devait mettre fin aux dissensions qui agitaient le Languedoc.

Dans les premiers jours du mois d'avril, alors qu'il s'y attendait le moins, le comte de Montrevel reçut d'un de ses amis de Paris, la nouvelle de sa disgrâce et de son remplacement prochain par Louis-Claude Hector, duc de Villars.

Le jour même, avec la plus grande partie de ses troupes, le maréchal partit pour Sommières d'où il envoya une forte escorte chercher, au château de Montpezat, le curé Terrien qui, pendant les derniers massacres, s'y était réfugié.

Quelques heures après, le prêtre arriva : c'était un homme de quarante-cinq ans, aux traits fiers et énergiques, joignant la prudence à la force d'âme, zélé sans fanatisme, pieux sans ostentation et qui, retiré dans un château, placé comme un poste d'observation entre la redoutable forêt de Leins et la célèbre vallée de la Vaunage, eût pu rendre à la cause royaliste et catholique les services les plus signalés, si le maréchal, imbu de sa propre supériorité, n'eût trop souvent négligé ses précieux avis.

L'abbé était attendu avec impatience. Quand il entra, M. de Montrevel se leva avec précipitation, vint au-devant de lui et lui prit les mains en disant :

— Monsieur le curé, je vous remercie vivement de l'empressement avec lequel vous vous êtes rendu à mon invitation ; j'ai un service signalé à vous demander. Il s'agit de la cause de Dieu et de celle du Roi, je sais que vous ne me refuserez pas.

Le prêtre s'inclina.

— Oui, monsieur, continua le comte en s'animant, depuis mon arrivée en Languedoc, depuis que j'ai été chargé de réduire les rebelles, vous êtes l'homme qui m'avez donné les meilleurs avis et les renseignements les plus sûrs.

— Et qui, jusqu'à présent, n'ont cependant que bien peu servi à Votre Excellence, interrompit en souriant finement l'abbé Terrien, étonné d'un accueil si chaud, auquel le général ne l'avait pas habitué jusque-là.

— Parce que je ne les ai pas suivis, monsieur, en cela j'ai eu tort, grand tort. je le reconnais en toute simplicité ; désormais, il n'en sera plus ainsi, il est temps de purger le pays de rebelles obstinés, sur lesquels la douceur n'a pas de prise et dont ma longanimité n'a fait que redoubler l'insolence et les honteuses exactions.

— Ce n'est que trop vrai, monseigneur. Ayant passé toute ma vie au milieu de ces populations, je les connais mieux que qui que ce soit, et j'ai toujours dit que la force seule pouvait les réduire.

— Donnez-moi donc une occasion de les battre comme ils le méritent,

et le plus tôt possible ; chaque heure qui s'écoule est cause de la mort
de quelques-uns des nôtres.

— Mon Dieu, monseigneur, je ne suis ni général, ni tacticien, et je
ne saurais commander une armée.

— Aussi, monsieur, n'est-ce pas une armée que je vous propose, mais
des renseignements que je vous demande. Je sais que nul, mieux que
vous, n'est informé de la marche de nos ennemis Voici la carte du
diocèse, pouvez-vous me dire où est Cavalier ?

L'abbé sourit, posa sans hésiter un instant le doigt sur la forêt des
Leins et dit :

— Ici.

Le général fit un soubresaut :

— J'ai des raisons cependant tout à fait sérieuses de le croire à Nozières, et non dans la forêt des Leins.

— Il était, en effet, avant-hier devant Boucoiran, où l'Ermite l'a
empêché de pénétrer, et hier à Saint-Geniès, d'où le vicomte de Laudun, avec les miquelets de le Gris, l'a repoussé, après une lutte des plus
sérieuses, et non sans laisser quelques morts.

— Ah ! soupira Montrevel, si la Jonquières eût eu la moitié du courage de ces deux hommes, Cavalier serait dans les prisons de Montpellier
à l'heure qu'il est... Et Cavalier une fois pris, nous serions bientôt
maîtres de tout le pays. C'est bien triste, pour un général, d'être si
mal secondé... Vous dites donc que les rebelles sont aux Leins. Quelles
sont leurs forces ?

— Quatre cents hommes de cavalerie et près de deux mille fantassins,
mais Cavalier attend d'autres renforts, qui ne peuvent tarder à venir se
joindre à son armée.

— Oui, et nombreux, près de deux mille montagnards, que lui amène
le forestier de l'Aigoal, Ébénézer.

— Vous avez devant vous une armée de cinq mille hommes, alors,
fit l'abbé Terrien.

— Deux mille cinq cents seulement. Ébénézer ne passera pas, toutes les mesures sont prises; j'ai, pour cette fois, et malgré ma crainte de voir couler le sang des nôtres, envoyé carte blanche aux Florentins et à la Vengeance; contre les lions j'ai lâché les lions.

— Barbe-Rouge et ses vingt-cinq devraient bien se joindre à eux, ils sont braves comme des lions eux aussi, mais plus féroces encore, interrompit l'abbé.

— Ce sont de vrais brigands, d'affreux pillards, que j'enverrai sans pitié aux galères, s'ils me tombent un jour entre les mains, et cependant je vous avoue que je ne puis m'empêcher d'admirer leur bravoure et leur audace.

— Ce matin, on a signalé leur présence dans la Vaunage et il pourrait bien se faire que, si Cavalier en est instruit, il se mette tout de suite en marche pour tâcher de les réduire.

— Monsieur l'abbé, le plan est trouvé, s'écria le comte. Vous venez de me l'inspirer. Grâce à vous, nous remporterons une facile victoire. Avez-vous des espions sûrs?

— J'en ai deux dont je puis répondre comme je repondrais de moi-même, Monsieur le Maréchal.

— Dépêchez-les sur-le-champ à Cavalier, et chargez-les de le prévenir que Barbe-Rouge est dans la petite Chanaan, avec ses vingt-cinq hommes.

— Monsieur le maréchal, répondit le prêtre avec fermeté, je blâme la conduite des Cadets, je sais tout ce qu'elle a de répréhensible, mais je ne les trahirai pas.

— Vous vous méprenez sur le sens de mes paroles, monsieur; en avertissant le général rebelle, je ne veux que l'attirer dans la Vaunage; c'est une ruse de guerre et pas davantage. Ce n'est pas Barbe-Rouge qu'ils y trouveront, mais moi, à la tête de mon armée, tout prêt à les recevoir à coups de mousquet.

— Oh! alors, monseigneur, je vous demande humblement pardon.

Je n'avais pas compris le sens de vos paroles. Quand voulez-vous que Cavalier soit prévenu?

— Le plus tôt sera le mieux. Retournez à votre observatoire, ne perdez pas un instant l'ennemi de vue et tenez-moi au courant de tous ses mouvements.

— Dans deux heures mon espion sera parti, fit l'abbé Terrien. Dans trois heures Cavalier sera prévenu. Votre Excellence n'a-t-elle pas autre chose à m'ordonner?

— Je n'ai qu'à vous adresser d'avance mes vifs remerciements, pour le service que vous allez rendre au roi, monsieur, répondit Montrevel en le reconduisant.

CHAPITRE LXXIV

DISGRACE

Seul dans son cabinet, le maréchal de Montrevel étudiait sur sa carte
la topographie de la Vaunage.

Ce pays est formé d'une riche vallée, assez large, mais peu longue,
ceinturée de hautes collines sur la croupe desquelles s'étagent en demi-
cercle, Boissières, Nages, Saint-Dionisy, Clarensac, Caveirac, Saint-
Côme, Cicens et Calvisson. Une foule de ruisseaux, descendus des
montagnes environnantes, viennent, en se réunissant, entre Cicens et
Saint-Dionisy, grossir le Rhony qui, né près de Langlade, suit la pente

douce de la vallée, ouverte seulement du côté de la plaine de Vergèze, dont elle est comme un prolongement ou plutôt un épanouissement latéral.

Pendant que le général combinait ses plans, l'espion envoyé par le curé de Montpezat, apportait à Cavalier la nouvelle que Barbe-Rouge était dans la Vaunage.

Irrité de cette insolence et craignant que les Cadets, sans attendre la nuit, ne commençassent leurs massacres dans la petite Chanaan, le prophète ordonna à son armée tout entière de se mettre en marche, car, après avoir lavé dans le sang des terribles partisans le double affront qu'il en avait reçu, il voulait se jeter sur la plaine de Nîmes et l'épouvanter par de nouveaux massacres.

Du haut de sa tour, d'où il surveillait l'horizon, le curé de Montpezat vit les bandes de Camisards se diriger, en trois colonnes, sur la Vaunage et fit prévenir le maréchal.

A onze heures, deux courriers partaient, ventre à terre, de Sommières, l'un pour Nîmes, où il allait porter à M. Saudricourt l'ordre d'avancer, sur la route d'Uchaud, avec toutes les forces disponibles de la garnison ; l'autre pour Lunel, commander au maître de camp Granval d'occuper les hauteurs de Boissières avec trois compagnies de dragons de Fimarcon, deux de Saint-Cernin, et un bataillon de Charolais.

Ces instructions parties, le maréchal affecta de se promener longue-ment sur la place, fit quelques visites d'adieu et répandit à dessein le bruit de son remplacement prochain et de son départ dès le lendemain, avec une partie des troupes dont l'autre moitié irait au-devant de M. de Villars.

Cette apparente tranquillité trompa les espions de Cavalier, qui cou-rurent aussitôt avertir le général huguenot ; ils le rencontrèrent entré déjà dans la Vaunage et se dirigeant vers le Rhony.

Il était déjà campé sur les bords du fleuve, dans un grand vallon fermé par les côtes de Saint-Dionisy, Nages et Boissières, quand sur les hauteurs, parut Granval avec ses dragons.

De loin, les enfants de Dieu reconnurent le costume bleu et rouge de ce régiment de Saint-Cernin, qu'ils avaient si bien battu à Martignargues, et accueillirent son apparition par des huées qui redoublèrent lorsque, à la première démonstration des Camisards, Granval qui, pour prendre son poste plus rapidement, avait laissé son infanterie fort en arrière, se hâta de se replier sur elle.

Dans cette retraite, aussi lente du reste que la poursuite était peu ardente, les deux armées, après avoir échangé une fusillade insignifiante, se séparèrent avant d'en être venues aux mains sérieusement.

Le général cévenole rentra dans son camp retranché, et les royaux, sans être inquiétés, revinrent prendre leur première position.

Le reste de la journée et toute la nuit se passa paisiblement. Cavalier, instruit, par ses espions, du départ du maréchal, attendait, pour tomber sur l'ennemi, que les troupes de Sommières se fussent éloignées. Granval, trop faible pour attaquer, surveillait les enfants de Dieu et se tenait sur la défensive.

A la pointe du jour, le comte de Montrevel quitta en effet Sommières, à la tête de ses gardes, de trois cents hommes du régiment de Hainaut, trois compagnies de grenadiers, la compagnie franche de Cote et six compagnies du régiment de Firmacon.

Le général, revêtu de son grand costume et portant tous ses ordres, était entouré des officiers irlandais, en tenue de parade, comme pour une cérémonie toute pacifique; et toute l'armée prit ostensiblement le chemin de Montpellier qui l'éloignait de plus en plus de la Vaunage.

Trois ou quatre protestants, après s'être assurés qu'en effet le maréchal prenait la direction qu'il avait indiquée la veille, partirent pour prévenir le chef des rebelles qu'il n'avait plus rien à redouter.

Cavalier se décida alors pour une bataille où il était sûr de remporter la victoire; mais, pour la rendre plus complète, il feignit, lui aussi, de vouloir se retirer, afin d'attirer dans le vallon l'ennemi qui y serait facilement enveloppé par des forces supérieures, et taillé en pièces.

Bientôt les escarmouches commencèrent. Granval paraissait indécis ; il avançait, puis reculait, comme s'il eût eu peur.

Plusieurs heures se passèrent ainsi. Cavalier commençait à perdre patience ; résolu d'en finir, il divisa sa troupe en trois colonnes, l'une sous les ordres de Roland, la seconde sous ceux de Ravanel, pour opérer sur les flancs par un mouvement tournant, pendant que lui-même, à la tête de la troisième, attaquerait de front les royaux, en escaladant les hauteurs. Une réserve, composée des noirs de Marius et de cinq cents faucheurs, fut laissée en arrière pour soutenir les colonnes qui faibliraient.

Du haut des coteaux de Nages, le comte de Montrevel, entouré de ses aides de camp, suivait tous ses mouvements.

Changeant brusquement de direction, il avait fait escalader rapidement à son armée les rochers de Clarensac et de Caveirac et s'était porté en toute hâte sur les hauteurs, d'où il parcourait, d'un œil savant, toute la contrée.

En se retrouvant sur un vrai champ de bataille, le maréchal était redevenu lui-même. Fièrement campé sur son cheval, d'un noir d'ébène, splendidement costumé et portant à la main son bâton de commandement, il ressemblait à ces généraux de Louis XIV, que les grands peintres des batailles de l'époque aiment à nous représenter, contemplant avec le calme du génie le choc des bataillons et donnant à leurs aides de camp, empressés et couverts de sang et de poussière, des ordres qui doivent assurer la victoire.

Un instant, le maréchal demeura silencieux et comme absorbé par la rapide étude du champ de bataille qui se déployait à ses pieds ; il en parcourut, avec sa lunette, toutes les sinuosités, fronça le sourcil en voyant inoccupé le poste où aurait dû se trouver, sur la route de Nages, le baron de Saudricourt.

Puis, se tournant vers un aide de camp, il dit :

— Le capitaine de Menon et cinq cents hommes d'infanterie, à la hauteur de ce rocher isolé sur la route de Nages, pour garder le passage. Ordre d'y demeurer quoi qu'il arrive.

Le jeune officier s'inclina, salua de l'épée et partit.

Un moment après, tout étant préparé pour l'attaque, le maréchal, élevant son feutre emplumé à la pointe de son épée, l'agita en l'air pour donner le signal convenu au maître de camp Granval, qui, aussitôt, commença à descendre en bon ordre et lentement.

A la vue de deux cents hommes de cavalerie qui venaient de couronner les coteaux de Nages, Cavalier, sans soupçonner qu'ils fussent conduits par le maréchal, avait cependant modifié ses plans. Profitant habilement de quelques ravins pour couvrir le front et les flancs de son armée, il avait formé, dans cette sorte de camp retranché, un épais carré, dont le centre, formé de tireurs, présentait sur les quatre faces un double rang de faucheurs à genoux, les piques baissées.

Un peu en arrière du camp, la cavalerie, réunie en deux escadrons, et a féroce horde de noirs, formaient la réserve.

Au premier mouvement des troupes, les enfants de Dieu se découvrirent et le grand prophète Daniel dit à voix haute:

— Parce que le Seigneur est ma foi et mon assurance, mon espérance ne sera pas trompée !

— Loué soit le Seigneur ! répondirent les enfants de Dieu.

Sur l'ordre du maréchal, les trois cents hommes du régiment de Hainaut se mirent en marche aux cris de : Vive le roi ! et trompettes sonnant.

— Seigneur, continua le prophète, que l'arc de votre colère soit tendu contre les impies. Que leur force soit brisée et leur orgueil abattu.

— Que le bouclier du Seigneur couvre nos têtes ! firent les Camisards.

M. de Granval avait ordre d'attaquer le carré sur la droite, le capitaine du Hainaut devait charger la gauche.

Daniel leva ses mains vers le ciel.

— Enfants, parce que vous mettez votre confiance dans le Seigneur, il vous donnera la victoire ; moi, Daniel, son prophète, je vous la promets en son nom. Enfants, louez le Seigneur.

Cavaliers et fantassins se couvrirent, assurèrent leurs armes et entonnèrent le psaume.

Puis on n'entendit plus que le bruit du tambour qui battait la charge et marquait le pas des royaux.

Parmi les rebelles, il n'était pas un soldat qui doutât de la victoire.

Les royaux n'étaient plus qu'à trente pas.

— Bas les armes, enfants du diable ! cria Cavalier d'une voix tonnante.

Ils les abaissèrent en effet avec un bruit sec et un mouvement rapide.

— Feu ! commandèrent les chefs royalistes.

Une bruyante détonation, répercutée par les échos du vallon, retentit et aussitôt les deux troupes s'élancèrent sur le carré, la baïonnette en avant.

Une effroyable décharge à bout portant arrêta leur élan en jetant le désordre dans leurs rangs, qu'une colonne de cavalerie chargea aussitôt.

La déroute eût été infaillible si les dragons de Fimarcon et ceux de Saint-Cernin ne se fussent ébranlés à leur tour pour les soutenir, pendant qu'une forte colonne d'infanterie abordait le carré par un troisième côté.

Le combat devint alors opiniâtre, acharné ; enfin les ravins furent franchis par les catholiques et le carré recula, mais en bon ordre, sans se laisser entamer et répondant au feu par le feu.

Il eût été cependant facile, en donnant l'ordre à toute la réserve de s'avancer à la fois, de détruire ce bataillon redoutable, mais au grand étonnement de Granval, le maréchal, loin de lui porter secours, concentrait tout ce qui lui restait de troupes et rappelait auprès de lui une partie des dragons.

Que signifiait cette manœuvre ? Les royalistes ne le surent que trop

Au cri de : Mort aux impies ! poussé par un être difforme, debout sur la croupe d'un cheval blanc comme la neige. (*Voir page* 872.)

tôt. Pendant que l'on combattait dans la plaine, les coteaux escarpés de Saint-Dionisy se couronnèrent de nouvelles troupes, masse sombre, hérissée de faux et de piques, qui aussitôt entonna le psaume du combat et, marchant droit devant elle, descendit à travers les rochers et les escarpements, au cri de : Mort aux impies! poussé par un être difforme, en manteau taillé dans la peau d'un loup et debout sur la croupe d'un cheval blanc comme la neige, que montait à poil le forestier Ébénézer, le roi de l'Aigoal.

Des trois colonnes de mille homme chacune, conduites vers la plaine par le féroce et fier huguenot et ses lieutenants, deux avaient été arrêtées par Joigny et les Florentins, mais la troisième s'était ouvert un chemin la hache à la main.

Ébénézer avait passé comme passe la tempête.

Pour ces hommes de fer, la crainte n'était qu'un vain mot; ils se riaient des blessures et donnaient ou recevaient la mort avec le même calme implacable.

Un immense cri de joie salua l'apparition de ces libérateurs inattendus, et bientôt, malgré leurs efforts, les catholiques, menacés sur leur gauche, commencèrent à plier à leur tour.

Les montagnards avaient atteint le fond de la vallée, ils s'y rangèrent en ligne de cinq hommes de profondeur, les faucheurs en avant, et commencèrent à marcher.

Sur l'ordre du maréchal, deux cents dragons, en colonne serrée, essayèrent de les couper par une charge furieuse au centre.

— Fauchez! hurla Ébénézer. Mort aux impies !

Et la ligne, se repliant en demi-cercle, avança en fauchant les jambes des chevaux et les têtes des cavaliers désarçonnés, comme elle eût abattu l'herbe d'une prairie.

Les dragons reculèrent avec effroi devant ces hommes invulnérables qui continuaient leur terrible besogne, en psalmodiant des prières, et furent remplacés par la compagnie franche de Corte qui, bien que composée d'hommes d'un courage éprouvé, céda, elle aussi, devant la terrible phalange.

Les montagnards continuèrent à avancer toujours chantant et fauchant. Derrière eux, les noirs, avec des hurlements de bêtes fauves, achevaient les blessés et mutilaient les morts.

Entouré de sa garde et du peu de soldats de la réserve qui lui restaient encore, M. de Montrevel, pâle, mais conservant son sang-froid, contemplait avec douleur les progrès d'Ébénézer et, sans plus espérer la victoire, cherchait encore à la ressaisir.

Cependant la ligne des montagnards se déployait, enfermant entre elle et l'armée de Cavalier, les troupes royales descendues dans la plaine.

Quelques soldats, encore peu nombreux il est vrai, jetaient leurs armes et fuyaient vers la Boissière : c'était le prélude de la déroute.

— Messieurs, dit alors le maréchal à ceux qui, demeurés auprès de lui, contemplaient le désastre, voici le moment de vaincre ou de mourir. En avant et vive le roi !

— Vive le roi ! répondirent cavaliers et fantassins en agitant leurs armes. Vive le roi !

Et, descendant aussitôt dans le vallon, ils chargèrent les faucheurs.

A la vue du maréchal, Ébénézer, croyant avoir devant lui le Pharaon abhorré, arrêta la marche de ses montagnards au moment même où ils allaient culbuter les soldats de Granval et, reformant sa troupe en carré, vint présenter le combat à son nouvel adversaire.

D'un coup d'œil le maréchal eut compris l'immense faute commise par le fanatique forestier.

—Messieurs, s'écria-t-il, la victoire est à nous. Ces montagnards ne combattent presque tous qu'à l'arme blanche. Tirez sur eux sans avancer, reculez même s'il le faut ; mais par le ciel, feu, feu partout !

Cavalier, lui aussi, avait remarqué la fausse manœuvre de son auxiliaire. Isabeau était près de lui.

— Cours, dit-il, ordonner, de ma part, à Ébénézer, de reprendre son premier mouvement, sans se laisser inquiéter par le maréchal, la victoire est à nous et dans une heure Montrevel sera prisonnier.

La prophétesse partit au galop.

— Où est ton chef? demanda-t-elle à un montagnard qui, de la main gauche, brandissait une hache,

— Nous n'avons pas d'autre chef, répondit-il fièrement, que l'Esprit saint.

Elle reconnut le colosse Baruch,

— Où est Ébénézer ?

— Frère Ébénézer est là où l'envoie le Seigneur, dit l'homme.

Elle continua à le chercher et l'aperçut enfin se faisant dicter, par son prophète Abiméleck, la volonté du ciel.

— Ébénézer, cria-t-elle, en repoussant le nain, Cavalier t'ordonne de etourner à ton premier combat.

— Quel droit Cavalier a-t-il de m'ordonner ? fit-il, en la regardant sévèrement.

— Du droit que le Seigneur donne au général de ses armées, repartit l'impétueuse prophétesse.

Abimélek glapit un éclat de rire.

— Va dire à ton général que je reconnais son orgueil, mais non sa puissance, continua le forestier, et que je n'obéirai qu'à.....

— Et si tu n'obéis pas, interrompit Isabeau, emportée par la colère, tu seras traité comme traître.

— Comme toi-même tu as traité la prophétesse, reprit le nain de sa voix stridente.

Elle leva la main sur lui.

— Retire-toi, femme de sang, s'écria Ébénézer, qu'as-tu à te mettre entre Dieu et moi, retire-toi. Abimélek, que commande le Seigneur?

— Mon enfant, je te le dis, cria le hideux prophète, tu ne feras point alliance avec l'impie. Israël, remets ton glaive dans le fourreau et que l'iniquité de ceux qui ont versé le sang du juste reçoive sa punition.

Si courte qu'eût été cette conférence, le combat avait déjà singulièrement changé de face; décimés par le feu d'ennemis qui tourbillonnaient
autour d'eux, les montagnards tombaient sous les balles des dragons et
des tireurs francs, prompts à fuir dès qu'ils avançaient.

Troublé par les menaces prophétiques du nain, irrité de l'affront qu'a-
vait osé lui faire Cavalier, Ébénézer vit dans la savante tactique du maréchal la preuve de la colère du ciel. Il allait cependant, emporté par
son courage, donner à ses frères l'ordre de se précipiter à la course sur
l'ennemi, et il levait déjà sa hache de commandement, quand Abimélek,
poussant un grand cri, se renversa sur la croupe de Léviatan.

Une balle perdue lui avait traversé le cœur.

— Frères, cria le forestier d'une voix douloureuse, nous avons péché
en prêtant le secours de notre bras à de faux chrétiens, la main de Dieu
est sur nous, retournons à la montagne.

Les bûcherons obéirent avec leur fanatisme ordinaire et, reprenant le
chemin par lequel ils étaient venus, ils se dirigèrent, en psalmodiant un
chant funèbre, vers la côte abrupte de Saint-Dionisy, harcelés par la
compagnie franche, qui n'osa cependant pas les poursuivre à travers
les rochers.

— Aux autres, maintenant, messieurs, s'écria le maréchal, nous avons
la victoire, il nous la faut complète.

Se voyant abandonné, au moment où il croyait tenir la victoire entre
ses mains, séparé de sa réserve par les dragons de Fimarcon et la garde
du maréchal, Cavalier, rugissant de rage, se retirait, toujours rangé en
bataille, vers la route de Nages. Il espérait échapper par là facilement;
mais du Menon, demeuré ferme à son poste, l'obligea, par une fusillade
terrible, à retourner sur ses pas et à diviser son armée par pelotons afin
qu'ils pussent fuir par la montagne, pendant que lui-même gagnait le
village de Nages avec une forte troupe.

Granval, du Menon et les autres se mirent à la poursuite des premiers;
le maréchal s'était réservé Cavalier et il n'hésita pas à donner au village

plusieurs assauts furieux, dans lesquels il exposa sa vie comme un simple soldat.

Le massacre fut terrible, et la principale porte était déjà enfoncée quand Cavalier, à la tête d'une centaine des siens, fit une sortie désespérée, gagna la montagne, toujours poursuivi avec acharnement, y perdit la moitié des siens, échappa enfin, à la faveur de la nuit, et parvint à gagner, avec vingt-cinq hommes, seuls débris de son armée, cette forêt des Leins, d'où il était sorti la veille, ne rêvant que triomphes et massacres.

Plus de huit cents cadavres de Camisards, parmi lesquels on retrouva ceux de trois prophétesses et du célèbre Daniel, jonchaient le vallon, dans lequel les soldats, en outre de soixante-deux chevaux et de deux voitures de provisions, firent un butin énorme en vêtements, armes et tambours.

Le jour suivant, un major général partit pour porter à la cour la nouvelle de cette éclatante victoire, et, le lendemain, M. de Montrevel sortit sans regret d'une province qu'il quittait avec gloire.

CHAPITRE LXXV

LA DÉFAITE

Pendant qu'Ébénézer se retirait en bon ordre avec ses montagnards, par la côte de Saint-Dionisy et que, du côté de Nages, les rebelles vaincus et poursuivis fuyaient, à toutes jambes, dans la direction du nord, Jean Marius, avec les débris de sa bande, réduite à dix-huit hommes par la charge des dragons de Fimarcon et les balles de la compagnie franche, escaladaient les rochers de Crespian et s'efforçaient de rejoindre les enfants de Dieu.

L'entreprise était difficile, car pour s'orienter dans le dédale des défilés qui se croisaient dans tous les sens, il eût fallu pouvoir en suivre les crêtes et s'exposer ainsi à être aperçu par l'ennemi auquel les égorgeurs avaient un motif des plus puissants de cacher leurs marches et contre-marches.

Pour éviter ce danger ils se décidèrent à suivre les bas-fonds pendant près d'une heure, après laquelle Jean Marius, enhardi par l'obscurité qui commençait à envahir la montagne, se hasarda à grimper au sommet d'un mamelon pour reconnaître l'endroit où ils se trouvaient exactement.

A ses pieds, il aperçut le champ de bataille, parcouru par des bandes de soldats royaux, et le village de Nages, éclairé par les feux de bivac des dragons.

Le boucher ne put retenir un blasphème en se retrouvant presque au point d'où il était parti, et redescendit à la hâte pour s'éloigner de ces lieux funestes où la fatalité semblait se faire un jeu de le ramener à chaque instant.

— Camarades, dit-il à ses compagnons, si nous ne voulons être pris et roués vifs, continuons à fuir sans retard. Vous voyez ce rocher blanc, allons droit à lui, c'est la direction de la forêt; jusque-là il n'y a pas de sûreté pour nous.

Aiguillonnés par la peur, les hommes reprirent leur course, sauf Mardochée qui, épuisé par la fatigue et sentant qu'il ne pourrait pas suivre ses camarades, se laissa tomber sur le bord d'un fossé.

— Marche donc, fit Marius, ce n'est pas le temps de dormir; dans quelques minutes l'ennemi sera là, et alors tu sais quel sort te sera réservé.

— Mourir pour mourir, j'aime autant crever ici que plus loin, répondit le Camisard, épuisé par la perte de son sang. Ma peau ne vaut plus rien, pourquoi chercher à la garder quelques heures de plus?

— Marche, par l'enfer! reprit le chef, car si l'ennemi te trouvait ici, il devinerait la route que nous avons prise, et alors ce ne serait plus

seulement ta peau, mais la nôtre qui serait en danger ; et, ma foi, je
n'ai pas encore l'intention d'aller rendre mes comptes au diable.

Le soldat essaya de se relever, fit quelques pas avec peine et retomba
en gémissant.

— Tu ne peux donc pas suivre ?

— Non.

— Essaie encore.

— Je ne puis pas.

— Et moi, je ne puis pas m'arrêter ici non plus, pour te soigner.
Finissons.

Et, se courbant sur lui, puis tirant son couteau, il le frappa au cœur
sans que sa main tremblât.

Le sang lui jaillit au visage ; il s'essuya avec sa manche, tira le cadavre
par les pieds jusqu'à un buisson derrière lequel il le jeta et reprit sa
course à travers un champ fraîchement labouré, pour rejoindre ses
compagnons, sans s'occuper davantage de ce que deviendrait la dépouille de son camarade.

— Où donc est Mardochée ? grogna l'un deux. Tu as eu tort de le
laisser en arrière ; j'ai peu confiance dans son courage ; si l'ennemi le
rencontre, il nous trahira pour sauver sa vie.

— Je réponds de sa discrétion, répondit-il en montrant sa manche
toute tachée de sang.

Nul ne frémit ; nul ne songea à regretter la mort de Mardochée.
Qu'était-ce pour ces hommes que la vie d'un de leurs semblables !

Ils continuèrent leur route, les yeux fixés sur le rocher, qu'éclairait
la lune et derrière lequel on apercevait vaguement la masse noire de la
forêt.

En ce moment, une troupe d'hommes en chemises blanches et que
le bruit de la bataille avait attirés de ce côté, rôdaient dans la campagne,
tantôt prêtant une oreille attentive au moindre bruit, tantôt escaladant
les monticules pour regarder autour d'eux, puis redescendant dans le

vallon, fouillant les rochers et les buissons comme une meute silencieuse de bêtes fauves en quête d'une proie.

Les chemises de ces hommes étaient maculées de sang frais et leurs
mains en étaient teintes. Armés jusqu'aux dents, ils portaient de larges
feutres, dont une aile relevée laissait apercevoir une croix blanche, des
chaussures de cordes, excellentes pour courir rapidement et sans bruit
sur les pentes les plus abruptes.

Sans doute depuis quelques heures leurs recherches n'étaient pas fruc-
tueuses, car l'un d'eux se rapprochant du chef qui les conduisait lui dit
à demi voix :

— Capitaine, la journée est finie, ne serais-tu pas d'avis de nous arrêter, pour passer la nuit, dans la grotte de Bramebœuf ? Nous avons
faim et nous sommes harassés de fatigue.

— Tu es bien pressé de dormir, répondit celui-ci en essuyant sa main
dans son épaisse barbe d'un fauve ardent. Va te coucher si tu veux, moi
je veux encore profiter de cette belle lune pour visiter un peu les environs.
Je crois que..... Eh ! qu'a donc le Coupeur-d'Oreilles ? il fait des signes ;
attention !

En effet, à quelque distance, le brigand désigné sous ce nom venait
de découvrir le cadavre de Mardochée mal dissimulé derrière le buisson
où Marius l'avait abandonné.

Les Cadets l'entourèrent aussitôt, et Barbe-Rouge posa la main sur le
corps.

— Il est mort, dit-il, mais encore chaud ; les autres doivent être par
ici. Attention !

Et il examina la blessure avec soin.

— C'est le coup de Jean Marius, fit le Coupeur-d'Oreilles, au bout
d'un instant ; il n'y a que lui dont le couteau ait la lame si large et si
longue.

Les Cadets, avidement penchés sur leur chef, trépignaient d'une joie
féroce ; ils avaient oublié le besoin du sommeil. Ne sentaient-ils pas

que la proie qu'ils convoitaient depuis si longtemps était tout près d'eux?

— Silence, silence, les agneaux, gronda Barbe-Rouge, on vous entendrait par là, si on ne vous a déjà entendus, et vous effacez les traces sous vos pieds. Silence et pas un mouvement, le gibier noir a l'oreille fine, l'Éventeur, trouve-nous la piste. Fais vite et sans bruit. Nous t'attendons ici.

L'Éventeur était un petit homme grêle et fluet, que ses yeux gris, son visage allongé et la souplesse féline de ses mouvements faisaient ressembler à une belette. Braconnier et pire que cela depuis son enfance, n'ayant jamais vécu, pour ainsi dire, qu'aux aguets, soit pour trouver le gibier, soit pour échapper à Messieurs de la maréchaussée, avec lesquels il avait toujours quelque compte à régler, toujours chasseur et chassé à la fois, il avait acquis une expérience et une habileté vraiment incroyables dans l'art de retrouver une piste.

Dans la bande de Barbe-Rouge, son véritable rôle était celui de chien de tête ou, comme on l'appelait, d'éventeur. Il marchait devant la troupe et indiquait, presque sans jamais se tromper, la route qu'il fallait suivre.

Deux ou trois fois il fit le tour du buisson, presque à quatre pattes, s'éloigna, recommença son tour et tomba à l'arrêt. On eût dit un chien de chasse venant de découvrir un lièvre.

— Combien? fit Barbe-Rouge.

— Un seul.

— Rien qu'un?

— Pas davantage.

— Malédiction!

Les brigands, désappointés, murmuraient tout bas. Ils croyaient trouver au moins une vingtaine de têtes à couper.

— Cherche plus loin, fit Barbe-Rouge, et suivons la piste. Peut-être trouveras-tu d'autres traces plus loin.

Les Cadets, guidés par l'Éventeur, qui les précédait en trottant, plié en deux pour mieux voir, traversèrent le champ et entrèrent dans une vigne. Ils allaient en sortir de l'autre côté, quand leur guide s'arrêta net et se jeta à genoux.

— Eh bien? fit le chef.

— Trois, quatre, cinq, six, sept, murmura l'Éventeur; toute la bande a passé par là. Ne bougez pas, ça se croise dans tous les sens. Ah! voici, ils sont repartis dans cette direction, dit-il, en désignant le chemin qu'en effet venait de suivre la troupe de Marius.

Les Cadets ne soufflaient pas un mot, ils écoutaient avidement, sentant qu'ils tenaient enfin la proie cherchée depuis si longtemps.

— Les traces sont-elles fraîches?

— Pas dix minutes, répondit l'homme.

Il y eut un frémissement dans la troupe.

— Combien?

— Quinze à vingt.

— Quelle allure?

— Pas de course; les traces sont écartées et l'empreinte n'est que du bout du pied.

— Qu'est-ce que cela prouve? demanda à voix basse un Cadet à son camarade.

— Qu'ils se pressent, parbleu. Quand on marche paisiblement, le talon marque, répondit celui-ci, tandis que quand on marche vite la pointe seule porte à terre.

L'Éventeur s'était relevé.

— Voici la direction, fit-il en montrant le rocher blanc.

— Silence, dit Barbe-Rouge, et en chasse vigoureusement, les noirs sont devant.

La meute s'élança.

En approchant du rocher, les Camisards noirs avaient modéré leur allure, ils étaient épuisés et croyaient n'avoir plus rien à craindre. Du roc à la forêt s'étendait un plateau nu, sans un arbre, sans un buisson et sur lequel la lune versait, sans obstacle aucun, sa lumière. Ce plateau

Victoire ! hurla le boucher, victoire, et mort aux impies ! (*Voir page* 886.)

n'avait pas moins d'une demi-lieue de large. Comment pourrait-on les surprendre dans cette plaine aride ?

— Allons, cria Marius, en colonne maintenant et au pas. Aujourd'hui a été un jour de malheur, demain verra luire le jour de la vengeance.

Derrière lui les Cadets de la Croix couraient toujours de leur course rapide et silencieuse, et l'on n'entendait sur leur passage que le craquement des petites branches brisées sous leurs semelles de cordes ou le bruit de quelques cailloux qui se heurtaient. Barbe-Rouge et L'Éventeur conduisaient la bande.

En arrivant au pied du rocher, ils découvrirent, à cent pas d'eux, les noirs qu'ils poursuivaient, et l'imprudente exclamation de Jean Marius arriva jusqu'à eux.

— Halte et silence! gronda Barbe-Rouge en se retournant. Nous sommes certainement suivis.

Ils s'arrêtèrent comme un seul homme.

— Le couteau entre les dents et le pistolet à la main! fit le chef. Il faut que pas un n'échappe. La vengeance est plus prochaine que je ne pensais.

— Nous sommes prêts, répondirent les Cadets qui s'étaient hâtés d'obéir à leur chef.

— N'oubliez pas que Marius ne doit pas périr dans le combat, celui-ci m'appartient, je me le réserve à moi seul, les autres sont pour vous. Que les dix meilleurs coureurs dépassent l'ennemi, sans s'arrêter et lui coupent le chemin de la forêt. Vous comprenez? Pas d'hésitation! Le moindre retard serait notre perte à tous.

— En avant et courbez-vous !

Ils repartirent, toujours silencieux et sans être entendus par les noirs qui, de l'excès de la frayeur passant à l'excès de la confiance, causaient bruyamment.

— Quel est le village le plus rapproché du bois? demanda Marius au bout d'un instant.

— Par les cornes du diable, je ne sais pas même le nom de la forêt, répondit un noir.

— Ce doit être Euzet, clama un second.

— Eh! non, Euzet est ici, repartit Marius en se retournant. Là, au nord et... Oh! qu'est-ce ceci, dit-il en montrant une masse blanche indécise qui s'avançait rapidement en rasant la bruyère, semblable à quelque animal fantastique.

Il y eut un instant d'indescriptible terreur.

— Sauve qui peut! crièrent plusieurs voix. Ce sont les ennemis! Nous sommes pris!

La masse blanche s'était relevée tout à coup et bondissait en poussant le terrible cri : Mort aux huguenots!

En même temps plusieurs coups de pistolet retentirent dans toutes les directions.

Les noirs fuyaient éperdus; mais, plus agiles qu'eux, les Cadets de la Croix les eurent bientôt atteints, dépassés et enfermés dans un cercle étroit avant qu'ils eussent eu le temps de s'éparpiller.

Le premier, Jean Marius avait recouvré tout son sang-froid; d'une main brandissant un couteau, de l'autre une hache, il s'arrêta ferme en rugissant:

— A moi, les noirs! à moi! Mort aux Cadets et vive l'enfer! Tue! Tue! Mort aux impies!

Sa contenance et l'impossibilité où ils étaient de fuir rallia les enfants du diable qui, se formant en carré, déchargèrent presque à bout portant leurs pistolets sur les Cadets qui ne pouvaient riposter, sous peine de s'entre-tuer.

Quatre ou cinq catholiques tombèrent.

— Au couteau! rugit Barbe-Rouge en se ruant sur le boucher qui, parant avec sa hache l'attaque furieuse de son ennemi, et reprenant l'offensive lui lança en même temps, du bras gauche, un terrible coup de son coutelas.

Heureusement pour le capitaine qu'un brusque mouvement d'un autre Camisard détourna l'arme qui glissa sur sa poitrine, sans pénétrer, et se brisa contre la crosse de fer de son pistolet.

Le choc avait été si violent que Barbe-Rouge, tournant plusieurs fois sur lui-même, alla tomber à trois pas.

— Victoire! hurla le boucher, victoire, et mort aux impies!

Et, faisant tournoyer sa hache, il s'ouvrit, dans la mêlée, un passage en fracassant bras et têtes sous les coups de sa terrible massue, parvint à se dégager et, voyant ses noirs à demi détruits, s'élança vers la forêt sans davantage s'inquiéter d'eux.

L'Éventeur aperçut le premier sa fuite et, le pistolet à la main, s'élança intrépidement sur les pas du géant.

Déjà il levait le bras pour faire feu, quand Marius, se retournant soudain, le saisit par l'épaule, l'enleva de terre, lui fracassa la tête avec sa hache et, le laissant ensuite retomber, le foula aux pieds comme un vermisseau.

Ivre de fureur et de honte, Barbe-Rouge s'était relevé et avait repris ses armes. Il vit le boucher, poussa un cri de rage et courut sus à son ennemi; mais celui-ci, sans l'attendre, profita de son avance pour fuir vers la forêt.

— Au revoir! cria-t-il en gagnant la lisière du bois dont les premières branches s'ouvrirent en craquant devant lui. Au revoir et à bientôt. Nous nous retrouverons.

Barbe-Rouge s'était arrêté, faisant tournoyer au-dessus de sa tête une corde terminée par une pesante boule de plomb. Entre les mains de cet homme habitué à poursuivre les taureaux de la Camargue, cette corde était une arme aussi terrible que la carabine maniée par Lefèvre. Rarement elle manquait le but.

Le lasso se déroula dans l'air.

Jean Marius entendit siffler le plomb autour de sa tête et voulut se baisser pour l'éviter, mais déjà il était trop tard, la terrible courroie étreignait son front, sa poitrine et ses bras, il tomba comme une masse inerte en poussant un hurlement de rage auquel son ennemi, triomphant, répondit par un éclat de rire plus féroce que le rauquement d'un tigre.

Plusieurs Cadets avaient trouvé la mort dans le combat, beaucoup étaient blessés ; mais, de la bande des noirs il ne restait plus que des cadavres ou des agonisants, que leurs vainqueurs achevaient lentement, savourant l'ivresse de leur triomphe.

A la voix de leur chef, ils s'arrachèrent à leur infernale jouissance, accoururent auprès de lui et, sur son ordre, s'attelant à la corde, traînèrent le géant à travers les pierres et les épines jusqu'au lieu où avaient péri les siens.

Là, Barbe-Rouge s'assit sur la poitrine de son ennemi et, sous ses yeux, présida au supplice des noirs.

Quand la dernière victime eut rendu le dernier soupir, les tortureurs se réunirent autour du démon tombé au pouvoir d'autres démons, et l'œuvre horrible de vengeance commença. Ce fut un long et épouvantable drame. Jamais la Barbarie dans ses plus terribles inventions n'avait imaginé supplice plus raffiné.

Sous les mille coups qui le perçaient, sans lui ôter la vie, le géant poussait des mugissements de douleur et vomissait d'atroces blasphèmes. Les bourreaux ne se lassèrent qu'après avoir épuisé sur ce corps, qui n'était plus qu'une plaie hideuse, le fer, le feu, les épines, la poudre ; alors, après avoir rempli de gravier sa bouche, dont ils avaient arraché la langue, et les orbites sanglants de ses yeux, ils pendirent par les bras le malheureux, respirant encore, attachèrent à ses pieds les têtes de ses compagnons et s'éloignèrent, abandonnant les cadavres aux oiseaux de proie.

Ainsi finirent les noirs ! ainsi finit Marius, l'écorcheur !

Quant aux Cadets de la Croix, réduits au nombre de douze seulement, n'étant plus en nombre suffisant pour agir seuls, ils se dispersèrent pour s'enrôler, les uns parmi les Florentins et les Camisards blancs, les autres, craignant la juste punition de leurs crimes, s'expatrièrent avec leur chef qui, plus tard, périt sur le gibet à la suite d'une émeute en Piémont.

CHAPITRE LXXVI

LES SUITES DE LA DÉFAITE

Pendant que les exterminateurs se faisaient battre honteusement, leurs dignes alliés, Joigny et Roland, n'étaient guère plus heureux. Toujours rivaux de Cavalier, dont la gloire les avait offusqués pendant longtemps, ils avaient profité de sa récente défaite, comme de sa dernière maladie, pour se séparer de lui, et tenté de regagner les bords de l'Ardèche avec les débris de leur armée. Opérant pour leur propre compte, n'ayant plus à redouter les observations de Cavalier sur leur cruauté, ils espéraient trouver l'occasion de satisfaire leur soif de carnage.

Déjà ils se préparaient à passer la Cèze quand l'approche de Marsili d'un côté, et des Florentins de l'autre, les força à redescendre précipitamment vers Alais, toujours poursuivis par les Florentins, trop faibles pour les attaquer en bataille rangée, mais assez nombreux pour les harceler, les tenir sans cesse en haleine, et, par de fréquentes escarmouches, leur faire perdre beaucoup de monde.

Deux jours s'étaient écoulés depuis la dernière victoire du maréchal, quand un soir, l'Ermite, qui rôdait aux environs de la forêt de Ruqueson, vint, avec dix hommes, prévenir le vicomte de Laudun, alors campé dans la forêt de Saint-Just, que les enfants de Dieu, au nombre de dix-huit cents, manœuvraient pour se rapprocher de Saint-Julien-de-Valgagues.

— Nous ne sommes que quatre cents, répondit le vicomte, ce n'est pas assez pour les arrêter.

— Quatre cent cinquante, reprit l'Ermite, Florimond nous a rejoints depuis hier.

— Sans avoir rien su de ce pauvre Olivier? Aurait-il payé de sa vie son attachement à Mlle de Saint-Véran?

— Que voulez-vous, capitaine, répondit le partisan avec une tristesse affectée, on revient rarement de semblables expéditions, où le courage et le sang-froid ne suffisent pas pour échapper à une mort presque certaine. Il a dû succomber, écrasé par le nombre.

— Pauvre garçon, fit le vicomte, il est mort victime de son dévouement; c'était un brave et noble cœur, un véritable ami ou plutôt un frère de Mlle de Saint-Véran. Il a échoué dans sa tentative pour la délivrer..... Serons-nous plus heureux, nous? Ah! monsieur, peut-être vit-il encore, peut-être, en nous enfonçant dans la forêt et en la battant de tous côtés, pourrions-nous encore le retrouver et le sauver. Mais pour ne pas exposer inutilement la vie de nos gens, pour agir pour ainsi dire à coup sûr, il faudrait d'abord être parfaitement renseignés sur la position de cet arsenal marqué sur la carte des Cercles, savoir s'il a plusieurs issues, connaître le côté par lequel on peut l'aborder.

— En effet, tout cela est indispensable pour éviter un affreux massacre et peut-être même un désastre. Avec un ennemi aussi rusé et aussi cruel que celui que nous poursuivons, on ne saurait s'entourer de trop de précautions.

— C'est à quoi j'ai réfléchi, monsieur, et voici ce que je vous propose. Je remettrai à MM. de Béthune et de Gibertin le commandement des dragons et des miquelets, vous continuerez pendant deux ou trois jours à garder toutes les avenues du bois et moi je tenterai l'aventure comme l'a fait Olivier. Il ne nous est pas possible de rester plus longtemps dans une semblable incertitude.

— Vous entreriez seul dans la forêt?

— Oui.

— Avec la presque certitude d'être assassiné, rôti, écorché vif? C'est une tentative que vous me permettrez de qualifier d'insensée!

— Olivier y est bien entré, lui qui n'était pourtant que le frère de Marguerite, dit le vicomte. N'est-il pas de mon devoir de faire au moins autant que lui?

— C'est vrai, mais quand il a tenté l'aventure, il n'était pas menacé par l'arrivée des deux armées, celle de Roland d'un côté et celle de Cavalier de l'autre; son expédition aventureuse ne compromettait que son existence sans mettre en péril évident les quatre cent cinquante hommes qui, pris entre deux feux, vont être anéantis par votre imprudence. Laissez-moi vous faire remarquer que vous n'avez pas le droit d'exposer ainsi inutilement la vie de tant d'hommes.

— Vous avez raison, monsieur, je ne dois exposer que moi. Faites retirer les troupes, je l'exige; c'est votre devoir; le mien est d'explorer la forêt, de fouiller jusqu'au moindre recoin, dussé-je y périr mille fois.

— Vive Dieu! capitaine, voilà qui est parlé en brave soldat et je veux être des vôtres aussitôt que nous aurons battu la bande de Roland. Alors nous n'aurons qu'à marcher droit à la caverne ; Olivier nous y conduira, il en connaît l'entrée.

— Olivier ! s'écria le vicomte.

— Olivier, l'Anguille, parbleu, Olivier que je vous amène pour vous le présenter. C'est une surprise que je vous réservais. Il est revenu sain et sauf ; et vous allez le voir.

Et il frappa dans ses mains.

La porte de la cabane s'ouvrit aussitôt et un jeune paysan, hâve et défait, mais le regard étincelant et joyeux, se précipita dans les bras que lui ouvrait le vicomte.

Tous deux se serrèrent étroitement. Ils avaient les yeux pleins de larmes.

— Mon brave Olivier, je te croyais mort, s'écria Laudun en le pressant sur son cœur.

— Ma foi, s'il ne l'est pas, peu s'en faut. L'Anguille, conte-lui tes aventures, dit l'Ermite ; monsieur le vicomte sera certainement heureux de les entendre de ta bouche même.

— Dis-moi d'abord si Marguerite...

— Je ne l'ai pas vue, mais j'ai entendu sa voix. Vous pouvez donc être assuré qu'elle est vivante.

— Elle appelait au secours sans doute ; elle t'avait entendu et elle espérait que nous venions la délivrer ?

— Non, elle donnait ses ordres.

— Des ordres, Marguerite, dans la forêt ? Que me dis-tu là ? je ne comprends pas.

— Sinon des ordres, au moins des instructions pour quelque blessé, car il paraît que dans la caverne elle est sœur de charité ; c'est elle qui est chargée de panser les plaies que nous faisons.

— Et tu es entré dans la caverne ?

— Je l'aurais pu, mais à coup sûr je n'en serais pas sorti. Voilà comment la chose s'est passée : Après avoir quitté Lefèvre, j'entrai dans le bois et je me dirigeai au hasard vers les rochers que je parcourus jus-

qu'au matin, sans rien découvrir. Le jour vint, je cherchais toujours
et je commençais à désespérer de mener mon entreprise à bonne fin,
lorsque j'entendis des voix; je me cachai derrière un tronc d'arbre au
bord d'un sentier et, presque aussitôt, trois ou quatre Camisards passèrent près de moi, portant un malade ou un blessé; heureusement ils
ne soupçonnèrent pas ma présence et continuèrent leur route. N'osant
pas les suivre, parce que j'apercevais çà et là des chemises blanches, je
grimpai sur l'arbre et je m'y blottis entre les branches; l'arbre était élevé
et dominait un plateau à pic, percé de fissures étroites, à travers l'une
desquelles il me sembla entrevoir de la fumée. Il me parut imprudent
de tenter d'arriver en plein jour jusqu'à l'endroit d'où elle sortait. J'at-
tendis donc le soir, des troupes d'hommes armés allaient et venaient
au-dessous de moi, et, par les quelques lambeaux de phrases que je pus
saisir, je compris qu'à la nuit ils devaient aller aux Leins rejoindre Cavalier. Le soir venu, je me hasardai à m'avancer sur une branche
pliante, d'où je pus sauter sur le plateau, je me traînai à plat ventre
jusqu'à la fissure et, par l'ouverture, j'aperçus une lueur comme celle
d'un foyer. Plusieurs personnes parlaient confusément autour du feu;
la fissure était trop étroite pour qu'il me fût possible de les voir, mais
leurs voix montaient distinctement jusqu'à moi : c'est alors que je dis-
tinguai celle de Mlle Marguerite, elle disait : Frère Ruben, donnez-lui
de l'eau chaude pour laver sa... Elle s'éloigna en parlant et la fin de sa
phrase n'arriva pas à mon oreille...

— Chère Marguerite, interrompit Laudun, sa voix n'était pas faible
et abattue?

— Elle était douce et en même temps ferme comme toujours; elle
parlait comme cela à Sainte-Anastasy.

— L'as-tu vue?

— Non, et je n'ai entendu que cela; mais c'est égal, j'étais si content
que je fus obligé de me retenir pour ne pas l'appeler par son nom et lui
dire que j'étais là.

— C'eût été une belle affaire, fit l'Ermite.

— La nuit venait, reprit Olivier, je savais où était la caverne, mais il fallait en découvrir l'entrée ; alors je songeai à descendre ; il s'agissait de n'être ni vu ni entendu, car, à la moindre alerte, j'aurais été pris sans espoir d'échapper ; j'y parvins à force de précautions ; je fis le tour du plateau, il était à pic de tous les côtés, impossible de s'y accrocher des pieds et des mains. J'étais pris au piège, j'eus beau tourner et retourner, pas moyen de trouver la moindre issue.

— Mais l'arbre, l'arbre, interrompit le vicomte ; ne pouvais-tu pas t'y accrocher et t'en aller par le chemin que tu avais pris pour venir ?

— L'arbre était toujours à la même place, mais la branche, délivrée de mon poids, planait paisiblement au-dessus de ma tête, assez haut pour que je ne pusse pas l'atteindre, même en sautant de toutes mes forces. J'avais une corde qui me servait de ceinture, j'attachai une pierre au bout et, après trois ou quatre tentatives infructueuses, je finis par lacer la branche ; je me croyais sauvé, je tirai à moi, la corde était neuve, mais en me traînant au bord du rocher, je l'avais coupée sur quelque arête ; déjà la branche avait parcouru la moitié du chemin quand la corde cassa net par le milieu et je me retrouvai avec un tronçon trop court pour recommencer ma tentative.

— Et que fis-tu alors ?

— J'étais épuisé, je me mis à genoux et je dis à Dieu : « Mon Dieu, je vous offre ma vie pour le salut de Mlle de Saint-Véran. » Après quoi j'allai me coucher au bord de la fissure et je m'endormis en pensant que c'était la dernière fois. Il était bien évident en effet que je serais vu, et alors...

— Pauvre enfant, dirent à la fois l'Ermite et le vicomte.

— Le chant d'un psaume m'éveilla au milieu de la nuit. Les Camisards se préparaient au départ ; ils étaient vingt ou trente à peu près. Je me dis : voyons par où ils vont sortir, et à tâtons je gagnai le bord de la plate-forme : tout était dans l'ombre. Je tournai d'un autre côté et, à la

Trois ou quatre Camisards passèrent près de moi, portant un malade ou un blessé.
(Voir page 893.)

clarté d'une torche, je vis s'agiter un rideau de vigne sauvage, puis
une échelle sortir lentement, les hommes descendre et l'échelle remonter, puis plus rien. Je retournai alors à la fissure et j'eus l'idée de
pénétrer par là dans la grotte. Heureusement je ne cédai pas à la tentation, car il est probable que j'aurais été immédiatement massacré. Je ne
pus pas cependant m'endormir de nouveau. A présent que je connaissais
le secret, je ne voulais plus mourir.

« Je priai la Vierge, les anges, mon patron, tous les saints du paradis,
et ils m'envoyèrent une idée! Je me déshabillai, je tordis ma chemise de
toile et mon pantalon en une grosse corde, au bout de laquelle je nouai
le reste de ma ceinture, j'attachai une pierre à l'extrémité et je lançai
mon lasso. La branche plia peu à peu. Je n'osais pas respirer; enfin je pus
la saisir; j'étais sauvé! Je m'enlevai doucement, sans secousse et je rega-
gnai le tronc de l'arbre d'où, lançant mes habits à terre, je me laissai
glisser doucement et, comme il faisait déjà petit jour, je me vêtis à la
hâte et me blottis sous d'épaisses racines pour y attendre le soir. J'étais
encore trop près de l'ennemi pour qu'il n'y eût pas danger à sortir en
plein jour. Jamais peut-être je n'ai autant souffert que ce jour-là la faim
et la soif; la soif surtout me torturait.

« Enfin le soleil disparut derrière l'horizon; d'arbre en arbre je me
glissai à la lisière de la forêt; j'allais en sortir quand une voix cria : Qui
vive! Je me retournai et je vis, à vingt pas de moi, deux enfants de Dieu
dont l'un m'ajustait. La rage me prit, je franchis un fossé en répondant par bravade : Vive le roi! et je me mis à courir comme un fou. Une
balle siffla à mes oreilles, une autre coupa une branche à trois pas de moi.
En même temps j'entendis les sentinelles qui s'avertissaient et me donnaient la chasse; la poursuite dura bien cinq minutes; enfin, un ruisseau
que je traversai à la nage les arrêta.

« Il était temps, j'étais épuisé, je tombai plutôt que je ne m'assis dans
un champ de blé. La fraîcheur de la nuit ranima mes forces, je me traînai jusqu'à un village où je rencontrai Florimond; il ne me reconnut pas

d'abord, puis me prodigua ensuite tous ses soins et quand, grâce à lui, reconforté par un solide repas, je pus marcher, il me conduisit à mon sauveur des bords du Bourdiguet, qui a voulu me présenter au fiancé de ma noble maîtresse. »

— Dis donc à ton frère, à ton ami, à ton admirateur, s'écria le vicomte, car c'est à toi que nous devrons tous sa délivrance. Monsieur de La Sagiote, il n'y a plus à délibérer, marchons à la caverne. Avec de tels renseignements, le succès est certain.

— J'obéirai, si vous l'ordonnez, monsieur, mais mon devoir est de vous rappeler que deux armées se dirigent en ce moment, à marche forcée, sur la forêt et que nous sommes inévitablement perdus jusqu'au dernier si nous ne commençons par exterminer les bandes avant qu'elles soient réunies.

— Quelle est la force de Roland ?

— Huit cents hommes.

— La nôtre n'est que de quatre cent cinquante ?

— Oui, monsieur, mais sans compter les Florentins des frères Michel, au nombre d'au moins trois cents, et prêts à se ranger sous vos ordres si vous acceptez leurs services. Mes renseignements sont précis ; vous pouvez compter absolument sur eux, si vous le voulez.

— Marchons donc, messieurs, car j'ai l'assurance que le ciel veut la délivrance de l'orpheline persécutée. Olivier, voulez-vous être des nôtres ou préférez-vous prendre un repos que vous avez certes bien mérité ?

— Lefèvre m'a rendu ma carabine, monsieur le vicomte, et je dois des balles aux Camisards. Il me tarde d'être quitte envers eux. Si donc vous le permettez, je vous accompagnerai. Je connais les lieux et peut-être ma présence vous sera-t-elle utile.

— Allons donc payer nos dettes. Monsieur de la Sagiote, veuillez donner vos ordres à vos partisans, j'enverrai M. de Béthune aux Florentins, je me réserve les miquelets. Faites diligence, je désire partir sans perdre une minute.

Une heure après cette conversation, les troupes royales se mettaient en route et se portaient sur Mons, d'où elles ressortaient presque aussitôt avec les partisans de La Sagiote, pour prendre le chemin de Canabias, occupé par les vedettes ennemies, qui aussitôt se replièrent sur leur principal corps d'armée, campé près de Saint-Julien. Ils dirent qu'ils avaien vu les catholiques s'avancer en grand nombre. Aussitôt la panique se mit dans le camp.

Roland et Joigny ignoraient la faiblesse des catholiques ; ils crurent avoir à leurs trousses l'armée du maréchal de Montrevel et battant précipitamment en retraite, ils se retirèrent par le mas Dieu, coupèrent la route d'Alais à Chamborigaud, traversèrent le Gardon en désordre, et, toujours poursuivis par les catholiques, passèrent devant les Salles et arrivèrent à Branoux.

Là, force leur fut de s'arrêter devant les Florentins, rangés en bataille et décidés à leur disputer le passage.

Joigny hésitait et voulait se jeter sur la gauche, espérant ainsi tourner l'ennemi et passer sans coup férir.

— Si nous ne passons sur le ventre à ces brigands, nous serons enveloppés, lui dit Roland. Il n'y a pas à tergiverser. Coûte que coûte, il faut accepter le combat.

Et il fit chanter le psaume.

Sans attendre l'ordre de M. de Béthune, les Florentins répondirent par le cri : Tue ! tue ! et se jetèrent en furieux sur les huguenots. La fusillade ne put les arrêter, ils pénétrèrent comme un coin au centre du carré que leur opposait Joigny et, toujours hurlant, firent un horrible massacre.

Emporté par le tourbillon, M. de Béthune ne put que se battre en soldat. Ce ne fut pas sans effroi qu'il vit Roland s'avancer en bon ordre pour rétablir le combat. Aux nouveaux assaillants, il n'avait plus à opposer un soldat. La bataille semblait perdue. Refoulés à leur tour, les Florentins entrèrent pêle-mêle dans Branoux, l'incendièrent et sortirent, toujours combattant.

Heureusement pour eux, au bruit de la fusillade, les dragons étaient partis au galop, miquelets et partisans au pas de course. Pour la seconde fois, le combat changea de face. Hachés, sabrés, fusillés de tous côtés, les Camisards se débandèrent, poursuivis à outrance dans toutes les directions par les partisans et les Florentins, dont les efforts de leurs chefs ne purent arrêter l'élan. Alors ce fut un effrayant carnage. Comment arrêter ces hommes entraînés par l'ardeur du combat.

Saint-Paul, Soustelle et sept autres villages eurent le sort de Branoux : ils furent ainsi pillés et incendiés par les terribles Florentins, dont une bande, conduite par un Camisard prisonnier, surprit l'hôpital des Salles-du-Gardon, où médecins, gardes et malades furent égorgés sans pitié, les armes pillées, les médicaments et les provisions dispersés et enfin l'hôpital livré aux flammes.

Le cadavre mutilé de la prophétesse Suzanne, jeté au Gardon par les meurtriers, fut retrouvé, quelques jours après, arrêté par les herbes au pied d'un rocher couronné d'une énorme touffe de pervenches.

C'était là que Marie avait été frappée.

Dans cette sanglante journée, les huguenots ne perdirent pas moins de six cent vingt-cinq hommes; le nombre des blessés fut peu considérable, car tous ceux qui étaient pris étaient aussitôt passés par les armes; leurs chefs n'échappèrent qu'à grand'peine en se cachant parmi les rochers.

Mais la victoire coûta cher aux Florentins : l'un des frères Michel y fut tué, l'autre blessé, et lorsqu'à la fin du jour les chefs, ayant pu enfin maîtriser l'ardeur de leurs hommes, furent parvenus à se rallier, leur nombre n'était plus que de deux cent quinze.

Trop faibles pour continuer leur guerre d'extermination, ils demandèrent à se joindre aux miquelets comme auxiliaires et, malgré la répugnance qu'ils lui inspiraient, à cause de leur sauvagerie et de leur cruauté, le vicomte, après leur avoir fait jurer d'obéir à M. de Béthune, accepta leur offre et reprit précipitamment la route de la forêt de

Vaquières, qu'il contourna sans s'arrêter, dans l'espoir de surprendre Cavalier qui, sans doute, pour dédommager sa nouvelle armée des privations endurées dans la forêt des Leins, festoyait avec ses soldats dans le village d'Euzet.

CHAPITRE LXXVII

ISABEAU ET SOEUR NOÉMIE

Quoique reçu avec transports par la population d'Euzet, Cavalier était triste et sombre. Assis à la première place de la table d'honneur dressée sur la place publique, entouré de quatre cents soldats qui oubliaient dans la joie du festin leurs dernières défaites, le jeune général ne présidait que de corps la fête donnée en son honneur. Il s'arrêtait tout à coup comme pour écouter, cherchait du regard dans la foule une personne absente.

— Enfin, n'y tenant plus, il appela un de ses gardes.

— Où est la prophétesse ? demanda-t-il.

— Général, elle est partie du côté de la forêt de Vacquières, répondit celui-ci.

— Toujours la même, fit Cavalier en frappant du pied.

— Sa jalousie doit te flatter, dit ironiquement Ravanel, assis à sa droite.

— Bah ! c'est toujours à recommencer, repartit celui-ci. Dans un moment de je ne sais quel transport elle avait juré de regarder la Saint-Véran comme sa sœur, et à présent elle est plus furieuse que jamais et ne songe plus qu'à la poignarder.

— Sa jalousie est-elle réellement si absurde ? reprit le Camisard.

— Et elle finira par la tuer, continua le général sans répondre.

— Qu'est-ce que cela peut te faire, ricana Ravanel.

— J'ai intérêt à ce qu'elle vive, répondit Cavalier d'un ton sec, c'est un otage précieux et contre laquelle je pourrai échanger un jour mon père et mon frère, prisonniers des papistes.

— Il me semble, poursuivit l'impitoyable lieutenant, que cet échange pourrait être fait depuis longtemps.

— Ceci est mon affaire.

— Alors, n'en parlons plus et buvons, fit Ravanel en levant son verre ; et il ajouta :

— A tes succès et à la délivrance de tes chers parents.

— A la gloire du Seigneur, qui seul peut donner la victoire, répondit Cavalier, devenu pâle de dépit.

Le festin dégénérait en tumulte, les Camisards, rassasiés de viandes, causaient bruyamment, les toasts succédaient aux toasts, on buvait et on chantait, comme au lendemain d'une grande victoire.

Cependant du côté de la plaine, une des vedettes avait aperçu une masse noire et indécise qui pouvait bien être un escadron de dragons. Et une autre avait signalé, dans les garrigues de Font-Couverte, les mouvements suspects d'une bande qui s'avançait en dissimulant sa marche.

Ce pouvait n'être qu'un troupeau, mais ce pouvait être aussi l'ennemi.

A ce moment Isabeau descendit la côte au galop et, entrant dans le village, se dirigea rapidement vers Cavalier.

— L'ennemi nous cerne, cria la prophétesse du plus loin qu'il lui fut possible de parler.

— Que dis-tu ? s'écria Cavalier en se redressant.

— Je dis que Laudun, Béthune et l'Ermite sont tout près d'ici avec leurs soldats. Je les ai vus de mes yeux : une troupe arrive par la plaine, une seconde par Font-Couverte, la troisième manœuvre pour nous couper la retraite vers la forêt.

— En es-tu sûre ?

— Écoute, fit-elle,

Les vedettes donnaient enfin le signal.

— Aux armes! cria Cavalier en se levant précipitamment. Tous en colonne serrée et droit au rocher de Vacquières.

En un instant tous les Camisards s'élancèrent hors du village consterné.

A peine en eurent-ils franchi les portes que, du milieu de la garrigue, partirent plusieurs coups de feu et que les miquelets chargèrent aux cris de : Mort aux huguenots!

Au même moment, les partisans de l'Ermite sortaient des taillis de Font-Couverte. Il ne restait plus d'issue que par le nord, où les dragons se dirigeaient au galop.

— Passe sur le ventre à ces enragés, cria Cavalier à Ravanel en lui montrant la troupe de La Sagiote, moi je me charge des miquelets.

La colonne commandée par le lieutenant se rua sur les partisans. Ceux-ci, sans s'effrayer, se massèrent et firent feu. Il n'en fallut pas davantage pour arrêter le choc des enfants de Dieu qui se débandèrent à la vue des dragons et jetèrent leurs armes pour fuir plus vite.

Cavalier était déjà aux prises avec les miquelets qui, bien qu'inférieurs en nombre, attaquaient avec rage.

A la vue de son ennemi, le vicomte de Laudun s'était précipité avec fureur au milieu des enfants de Dieu, criant :

— Courage, enfants, la victoire est à nous.

Les miquelets n'avaient pas besoin d'encouragements, ils frappaient avec la crosse et avec la baïonnette en hurlant comme des démons.

Cavalier, lui aussi, combattait avec la fureur du désespoir. Près de lui, Isabeau faisait des prodiges. Un miquelet, rapproché d'elle dans la mêlée, sauta à la bride de son cheval; d'un coup de sabre la prophétesse lui abattit le poignet. Ce fut alors que le sergent Legris l'aperçut.

— Ohé! camarades, cria-t-il, à l'oiseau bleu; ne le tuez pas, il y a dix écus d'or à gagner.

En un moment elle fut entourée, vingt bras s'élevèrent pour la renverser. Elle se défendait avec fureur, et allait échapper quand Legris, tombant sur la croupe de son cheval, l'enlaça de ses bras nerveux.

— A moi! rugit Isabeau en cherchant à se débarrasser de l'étreinte.

Cavalier entendit ce cri de détresse. Il fendit la foule, écrasant tout sur son passage et déchargea sur la tête du miquelet un coup si terrible que le sergent roula dans la poussière, le crâne brisé.

— Vengeance! hurlèrent les soldats.

Mais avant qu'ils eussent le temps de les entourer, Cavalier et Isabeau fuyaient, au vol de leurs chevaux, à travers la lande.

Au moment où les deux fugitifs passèrent à cent pas de la bande de l'Ermite, deux partisans épaulèrent leurs carabines.

— A toi l'homme, à moi la femme, dit Lefèvre à Olivier.

Les deux coups partirent à la fois.

— Bien visé! s'écria l'Ermite.

— Ce n'est pas ça, cependant, fit Olivier en abaissant son arme, j'ai tiré trop haut.

Le feutre seul de Cavalier avait été troué par la balle du jeune soldat.

— La prophétesse en tient, crièrent plusieurs voix.

En effet, aussitôt après le coup de Lefèvre, Isabeau, laissant tomber son sabre, s'était penchée sur sa selle pour s'y cramponner et une longue ligne de sang avait zébré la robe blanche de son cheval. Elle avait pourtant eu la force de se retenir. Et, après une minute de course furieuse, les deux fugitifs avaient disparu dans le bois.

Cerné de toutes parts, un gros de rebelles se défendait encore.

— Rendez-vous! leur cria Laudun, que le courage d'un ennemi portait toujours à la modération.

Un sergent de Camisards, déja blessé, leva son épée.

— Arrière! commanda le vicomte aux Miquelets, ces hommes sont prisonniers de guerre.

Et il s'avança pour recevoir l'épée que lui présentait le blessé. Mais profitant du moment où l'officier du roi étendait la main, le sergent venait de décharger sur lui son pistolet à bout portant. Le vicomte tomba en portant la main à son front.

— Tue! hurlèrent miquelets et partisans qui, en un instant, eurent tout massacré.

Alors seulement on releva le vicomte. La Sagiote examina sa blessure.

— Ce n'est rien, dit-il, un simple étourdissement, la balle a frappé le front obliquement et sans pénétrer; du linge et de l'eau.

Et aussitôt, avec l'habileté d'un chirurgien consommé, il posa l'appareil.

Derrière un épais buisson, au centre de la forêt de Vaquières, Cavalier, entouré de quelques soldats échappés au massacre, pansait, lui aussi, une blessure qui ne devait pas guérir. La balle de Lefèvre avait frappé la prophétesse au-dessous de l'épaule et pénétré jusqu'au poumon. La jeune fille était d'une pâleur mortelle.

— Frère, dit Ravanel, le temps presse, fais-la porter à l'arsenal; elle y sera mieux soignée qu'ici, et plus en sûreté.

Il ne répondit pas, la prit dans ses bras, comme une mère qui porte son enfant, et marcha silencieux vers le rocher.

On apporta une échelle de l'intérieur, il monta, la tenant toujours, traversa la salle, la déposa évanouie sur un lit et s'assit auprès d'elle, la regardant et lui tenant la main dans ses deux mains.

Sœur Noémie, avertie, avait déjà préparé les linges et la charpie; elle sonda la blessure, posa des compresses glacées, baigna le front de la malade qu'elle appelait sa pauvre sœur, et s'assit de l'autre côté du lit.

Au bout de quelques minutes, Isabeau rouvrit les yeux.

— Ou suis-je? dit-elle.

— A l'arsenal, avec des amis, répondit doucement Mlle de Saint-Véran.

Le son harmonieux de cette voix produisit chez Isabeau comme un effet électrique.

— Toi, mon amie? fit-elle avec une sorte de frisson d'épouvante.

— Ton amie et ta sœur, reprit sœur Noémie.

— Où est Jean?

— Ici, près de toi, répondit-il, comme éveillé brusquement de sa torpeur.

— Je voulais la tuer, fit Isabeau, et elle dit qu'elle est ma sœur, et elle me soigne; cependant c'est une papiste, une Moabite.

La prophétesse eut l'air de se recueillir, puis elle secoua la tête en disant :

— Je ne comprends pas.

— Tu comprendras plus tard. Ne t'agite pas, poursuivit Mlle de Saint-Véran, avec du calme tu peux encore guérir.

— Guérir; elle voudrait me guérir, murmura Isabeau, et moi je voulais la tuer, comme j'ai tué Marie la folle...

Marguerite tressaillit. Cavalier lui avait dit que la jeune fille vivait. Elle jeta sur lui un regard qui lui fit courber la tête.

— Comme j'ai tué Osée, continua Isabeau, comme j'ai empoisonné Rose, ma rivale d'Anduze, comme j'ai...

— Silence, ma sœur, silence, reprit Marguerite effrayée de cette horrible confession, silence, et que Dieu te pardonne !

— Dieu! s'écria la prophétesse en se soulevant avec une énergie désespérée, Dieu! il n'y en a pas, je ne veux pas qu'il y en ait, car je l'ai abandonné pour Jean; j'étais papiste et je me suis faite huguenote pour

Bras et jambes, têtes abattues jonchaient le sanglant sillon par lequel il s'avançait.
(*Voir page* 911.)

le suivre, j'étais pure et je lui ai sacrifié mon honneur, j'étais innocente et j'ai commis tous les crimes par amour pour lui. Non, il n'y a pas de Dieu. Jean, dis-moi qu'il n'y a pas de Dieu.

— Non, non, Isabeau, sois rassurée, s'écria-t-il, il n'y a pas…

Marguerite ne lui donna pas le temps d'achever.

— Silence, malheureux, fit-elle en lui arrêtant le bras, ne mentez pas à votre conscience, et au moment où Dieu va faire paraître devant son tribunal une pauvre âme que vous avez perdue, n'osez pas dire à une mourante qu'il n'y a pas de Dieu.

— Oh! pitié! murmura-t-il, en cachant sa tête entre ses mains, pitié pour elle!

Isabeau poussa un rugissement rauque et retomba en se tordant sur son lit de douleur. Sa blessure s'était rouverte par sa violence; le sang en jaillit de nouveau, ses lèvres blémirent, ses yeux, cerclés de noir, regardaient le vide avec une effrayante fixité.

— Sauvez-la, mademoiselle, sauvez-la, répétait le Cévenole en se traînant aux genoux de l'orpheline.

Tout en baignant le front de la mourante, Marguerite priait avec ardeur. Elle eût donné sa vie pour sauver cette âme et, du plus profond de son cœur, elle s'offrit en sacrifice au Seigneur.

Un quart d'heure se passa. Tout à coup les yeux d'Isabeau se dilatèrent sous l'impression d'une terreur inouïe; ses lèvres s'agitèrent, était-ce pour prier ou pour maudire?… puis elle étendit les mains comme pour repousser ou saisir un objet invisible.

— Seigneur, Seigneur, ayez pitié de celle que vous avez créée à votre image, s'écria Marguerite.

Isabeau poussa un profond soupir, son corps frissonna d'une manière étrange, son cœur battit encore une fois ou deux, puis tout fut fini.

Deux heures après, Jean Cavalier quittait la caverne pour rejoindre, avec les débris de ses troupes, l'armée de son rival Ébénézer.

Cette armée dont, malgré les répugnances de son orgueil, il allait mendier l'appui, depuis la veille elle n'existait plus.

Surpris dans leur retraite par l'infatigable Marsili, et affreusement décimés dans les gorges de l'Espéron, par les troupes royales, cinq cents bûcherons de l'Aigoal, presque tous blessés, mais encore fiers et indomptables, avaient pris, sous la conduite du forestier, le chemin du Pont-Montvert.

Ils venaient d'en gagner les hauts plateaux et y célébraient une dernière assemblée quand, le 18 avril, au point du jour, quatre cents nouveaux Camisards blancs, recrutés par le frère la Vengeance, apparurent sur les flancs de la montagne.

Quand ils se virent cernés, ils entonnèrent le psaume.

Les Camisards blancs montaient avec rage, s'accrochant aux broussailles et aux blocs de pierre pour arriver plus vite à leur proie.

Frère la Vengeance les précédait, le poignard entre les dents.

Bientôt quelques coups de feu retentirent, mais rares, car entre les blancs et les montagnards la hache était l'arme ordinaire.

Ébénézer descendit lentement le rocher, s'avança jusqu'à l'arête du plateau et déchargea sur les assaillants ses deux derniers coups. Deux cadavres tombèrent.

Le forestier eût pu tuer la Vengeance, il aima mieux le laisser arriver à lui : cet homme devait mourir d'une mort plus affreuse.

Les partisans continuaient à grimper comme des bêtes fauves jusqu'à un ravin sur lequel, pour le traverser, ils firent, à coups de hache, tomber un sapin. Sur ce pont étroit et oscillant, au-dessus d'un abîme d'une profondeur vertigineuse, ils s'avancèrent sans sourciller.

Frère la Vengeance leur avait donné l'exemple.

Au moment où il mettait le pied sur le tronc d'arbre, seul passage possible en cet endroit, Baruch et son compagnon Osée s'étaient baissés vers le sol pour soulever un levier profondément enfoncé sous un bloc énorme.

— Pas encore, dit Ébénézer.

La Vengeance passa et continua à grimper. Derrière lui, dix partisans à la fois se hasardèrent sur le tronc de sapin.

— A présent, fit le forestier.

Baruch et son compagnon se relevèrent avec effort et le bloc, arraché de ses fondements, roula comme une avalanche sur le pont qu'il brisa avec un terrible fracas, mais sans pouvoir l'entraîner dans l'abîme où furent précipités plusieurs assaillants.

— A l'assaut! cria la Vengeance, à l'assaut! ou dans une minute vous serez tous écrasés.

Aucune tête ennemie ne s'était encore montrée au-dessus du rebord de pierre, quand apparut tout à coup celle de frère la Vengeance, et aussitôt le colosse se dressa de sa hauteur en poussant un cri terrible de défi auquel Léviathan répondit par un hennissement sauvage.

En réponse à la farouche provocation du chef des Camisards blancs, Baruch s'était élancé, son terrible levier à la main. D'un bond frère la Vengeance se rua sur lui, lui brisa le crâne avec sa hache et, se courbant sur son cadavre, en deux coups de poignard, rapides comme l'éclair, traça sur sa poitrine le V sanglant qui lui servait de signature.

— Mort à l'impie! hurla Osée en se ruant sur l'assassin de son compagnon.

Un éclat de rire farouche répondit à ce cri, la hache de frère la Vengeance siffla dans l'air et alla s'enfoncer en tremblant dans la poitrine du montagnard comme dans un chêne. Et, au moment où Osée tombait la face contre terre, son vainqueur, le soulevant par les cheveux, cercla son front d'un mouvement rapide de son poignard et, laissant retomber le cadavre, secoua comme un trophée sa chevelure sanglante.

Les bûcherons de l'Aigoal reculèrent terrifiés.

Les Camisards blancs profitèrent de leur indécision, en un instant ils eurent envahi le plateau : le combat devint terrible.

Sorti de son immobilité, Ébénézer s'était jeté au plus fort de la mêlée, frappant à coups redoublés avec sa hache et chantant le psaume. Il ressemblait au génie de la guerre et faisait encore pencher la victoire pour Israël, là où n'était pas la Vengeance.

Plus terrible encore, celui-ci avait saisi une faulx; il ne chantait pas, mais il riait d'un rire plus effrayant que le rauquement d'un tigre, et fauchait les hommes. Bras et jambes, cadavres mutilés, têtes abattues, jonchaient le sanglant sillon par lequel il s'avançait, interrompant son rire par le cri éclatant et sinistre de : Mort et Vengeance!

A travers les bataillons décimés, le briseur de crânes et le faucheur de la mort se rencontrèrent, leurs regards de feu se croisèrent, leurs poitrines se gonflèrent de rage.

Ébénézer attaqua le premier, il lança Léviathan sur son ennemi pour l'écraser sous son choc.

Si rapide que fût l'attaque, elle était prévue. La Vengeance se jeta de côté, sa faux décrivit un demi-cercle en sifflant et le cheval fougueux s'abattit avec un hennissement plaintif.

Le forestier de l'Aigoal n'était cependant pas tombé et les deux colosses armés de la hache et du poignard se choquèrent avec des rugissements.

Animés d'une implacable haine, doués d'une force également prodigieuse, les deux champions, ruisselants d'une sueur de sang, se portaient, avec une rapidité inouïe, les coups les plus terribles; les haches lançaient des éclairs, les poignards tournoyaient et se croisaient avec un grincement sinistre. Cependant le combat se prolongeait indécis. Ébénézer voulut le terminer d'un seul coup, sa hache siffla dans l'air. Le Camisard blanc était mort, si le pied de son rival n'eût glissé dans une mare de sang. Le forestier tomba sur le genou et la Vengeance s'élança sur lui le poignard levé, mais en même temps il poussa un rugissement; d'un coup de revers Ébénézer lui avait tranché le poignet et, se relevant en même temps, l'attaquait à son tour.

Le chef des blancs se sentit perdu et prit une résolution désespérée. Loin de fuir, il s'élança sur le montagnard, l'étreignit de son bras mutilé, l'enleva de terre, le mordant à la gorge comme un chien furieux et rålant de colère et de douleur, sous les coups de poignard dont le forestier labourait ses épaules, le porta jusqu'au bord du précipice, puis là, réunissant ses forces et poussant un suprême cri de vengeance, sans lâcher prise des bras et des dents, il le poussa dans l'abîme où ils tombèrent, bondissant de rocher en rocher, sans que la mort pût séparer ces ennemis que la haine semblait avoir rivés l'un à l'autre.

L'émouvant combat des chefs avait suspendu la bataille, leur mort fut le signal d'un nouvel égorgement. Jamais rage n'avait été poussée à un tel degré, l'épuisement sépara les derniers combattants. Avant que la victoire se fût prononcée pour aucun parti, les débris mutilés des deux bandes s'éloignèrent comme vaincus et se dispersèrent dans les montagnes, d'où ils ne devaient plus sortir.

CHAPITRE LXXVIII

LE SIÈGE DE LA CAVERNE

Quand le vicomte de Laudun, revenu de son évanouissement, ouvrit les yeux, Olivier était penché sur lui.

— Olivier, fit-il, avec un tremblement intérieur, où sommes-nous ?

— A deux pas de la forêt de Vacquières, capitaine, et sur le terrain où, il n'y a que quelques heures, vous avez remporté la victoire.

— Cavalier est donc réellement vaincu ?

— Et en fuite, reprit le vicomte de Béthune.

— Dans la forêt ?

— Non, il vient d'en sortir avec une cinquantaine d'hommes, du moins on le croit.

— Mon Dieu! pourvu qu'il n'ait pas emmené Marguerite.

— Ne craignez rien, capitaine, personne que lui et Isabeau ne sont entrés dans la caverne et il en est sorti seul.

— Pourvu qu'Isabeau, murmura Laudun en se soulevant avec terreur... c'est une femme sans cœur, un monstre de froide cruauté.

— Pour le moment, il n'y a rien à craindre d'elle. Lefèvre a été plus adroit que moi, il l'a mise hors d'état de nuire.

— Allons donc, mes amis, délivrer la prisonnière; demain peut-être il serait trop tard.

— Avant demain, au contraire, il n'y a rien à faire, les brigands pourraient la faire disparaitre à la faveur de la nuit, s'ils voyaient que leur repaire est connu.

— Mais qui les empêche d'en sortir?

— L'Ermite et ses partisans cernent la caverne. De leur embuscade ils verraient le moindre mouvement; Gibertin et les miquelets surveillent les abords de la forêt. Donc pas de risque à attendre.

Enfin les premières lueurs du jour apparurent.

Les miquelets, qui dormaient tout armés sur la terre, furent vite prêts, et la colonne se mit en marche dans le plus profond silence.

Ils obliquèrent sur la gauche et prirent un sentier étroit. Ils arrivèrent ainsi à une clairière, au centre de laquelle se dressaient d'énormes rochers nus et déchiquetés.

Ils traversèrent ensuite une prairie naturelle, puis un hallier fourré, puis rentrèrent dans le grand bois.

— Attention! fit Olivier.

Une ombre venait de se détacher du tronc d'un chêne.

Le capitaine arma ses pistolets.

— Passez, dit l'homme en reprenant son poste, je vais avertir l'Ermite.

Cent pas plus loin on arriva à la lisière d'une seconde clairière d'où l'on découvrait un rocher gigantesque, taillé à pic et à demi vêtu, comme d'un pittoresque manteau, d'une épaisse vigne sauvage.

— C'est là, dit Olivier, en montrant la paroi.

Sur un signe de leur chef, les miquelets se blottirent dans les broussailles, déjà peuplées par l'embuscade de La Sagiote.

Les chefs se réunirent pour tenir conseil.

Le soleil éclairait déjà la cime du rocher.

Olivier, sans prendre part à la discussion, demanda deux miquelets pour agir à sa guise, suivant les circonstances, puis s'éloigna avec eux et Florimond qui avait voulu être de la partie.

L'arsenal de la forêt de Vacquières était, avons-nous dit, un des plus importants de tous ceux des Camisards. D'immenses approvisionnements en vivres, poudres, salpêtre, armes, meubles et linge y avaient été réunis, et Cavalier y avait, jusque-là, entretenu une garnison nombreuse.

Ce n'était que forcé par les circonstances critiques que, la veille, il en avait fait sortir tous les hommes valides, à l'exception de quatre, auxquels il avait donné mission de garder l'orpheline et de rendre, avec elle, les derniers devoirs à la prophétesse.

Josué, David, Casque-de-Fer et Samuel étaient donc restés dans la caverne pour y attendre le retour de leur général, et avec l'ordre exprès de n'en sortir ni nuit ni jour.

Seule au milieu de ces brigands, Marguerite avait passé la nuit en prières, auprès du corps d'Isabeau. A la fin pourtant, épuisée de fatigue, elle s'endormit.

Une violente détonation, tout à coup, la fit bondir sur sa couche, elle se leva effarée, les coups de feu se succédaient vifs, rapides, comme si la garnison eût été entière ; à la fusillade de l'intérieur répondait celle du dehors mêlée de cris de : Mort aux huguenots ! Les catholiques avaient découvert l'arsenal et l'assiégeaient. Elle voulut, poussée par une invincible curiosité, voir ce qui se passait et tira le verrou. Mais la porte était fermée extérieurement; sans s'en rendre compte elle se barricada de nouveau et descendit dans le magasin attenant à sa cellule, celui où étaient entassées les vivres et qui servait de cuisine.

Cependant David et ses compagnons continuaient à décharger les fusils, qu'en apercevant les catholiques, ils avaient transportés à l'ouverture de la caverne et préparés à tout événement. Les miquelets étonnés de la rapidité des coups croyaient avoir affaire à toute la garnison; mais cela ne faisait qu'exciter leur rage. L'échelle fut plantée sous le feu, et, le premier Laudun, s'élança à l'assaut l'épée à la main, exposant sa vie sans y penser, et montant sous le feu avec une témérité inouïe. Accrochés aux long rameaux de la vigne sauvage, les miquelets grimpaient en hurlant, tombaient atteints par les balles ou entraînés par les pierres qui se détachaient, et bondissaient de nouveau s'accrochant à toutes les anfractuosités. Le vicomte et sept ou huit soldats allaient enfin atteindre l'ouverture du rocher; tout à coup l'échelle oscilla fortement, saisie par une longue fourche de fer, s'éloigna du rocher et avant que les assaillants eussent eu le temps de se retenir aux branches flexibles, se renversa sur elle-même et tomba avec un bruit sourd, blessant ou écrasant dans sa chute ceux qui la chargeaient ou les soldats qui accouraient pour la retenir. Par un hasard providentiel, le vicomte de Laudun n'avait reçu que quelques contusions; il se releva couvert de poussière et donna ordre de replacer l'échelle sur laquelle il s'élança de nouveau. Bon nombre de soldats étaient déjà hors de combat, mais le courage de leur chef enflamma leurs camarades, l'escalade recommença; quand l'échelle fut suffisamment chargée d'hommes, la fourche de fer la saisit de nouveau et deux montagnards, réunissant leurs forces, se penchèrent en avant pour soulever le poids des assaillants et le renverser. C'était ce qu'avait prévu l'Ermite; un genou en terre, la carabine à l'épaule, il attendait avec une dizaine de partisans que les brigands se découvrissent.

— Feu! cria-t-il en les voyant apparaître à l'entrée de la grotte.

Cette fois l'échelle retomba à sa place, mais à travers le feuillage qu'il entraîna en s'y cramponnant, Casque-de-Fer fut précipité sur le sol pendant que Josué, son compagnon, se roulait à l'entrée de la caverne dans les dernières convulsions.

Les Camisards n'étaient plus que deux, leurs armes déchargées devenaient inutiles; ils se couchèrent sur le rebord de l'ouverture, la hache à la main, résolus à trancher le poignet des assaillants sans s'exposer à la fusillade des partisans. Comme s'ils eussent prévu le danger, les miquelets et leur chef s'étaient arrêtés, Samuel s'avança en rampant et, protégé par une anfractuosité de rocher, allongea rapidement le cou. A son grand étonnement, il vit que tous les yeux étaient tournés vers le sommet du rocher, instinctivement il leva la tête.

— Qu'est-ce ? demanda David.

Son camarade n'eut pas le temps de répondre; stupéfié à la vue d'Olivier qui l'ajustait du haut de la plate-forme, il ne s'était pas retiré à temps, la balle du jeune piqueur lui brisa le crâne et fit rejaillir sa cervelle autour de lui.

— Malédiction, rugit David, ils sont en haut, c'est elle qui a trahi. Et quittant un poste que désormais il ne pouvait plus défendre, il disparut dans l'intérieur de la caverne au moment où Laudun, s'enlevant sur les poignets, sautait le premier dans l'antre en criant:

— A moi les miquelets, et vive le roi !

Cet arrêt, obligé par la nécessité de se procurer de la lumière, servait les projets de vengeance de David qui, déjà arrivé au caveau dans lequel s'était enfermée l'orpheline, essayait enfin d'en forcer l'entrée.

— Ouvre, Noémie, ouvre à l'instant, vociféra-t-il en heurtant avec violence la porte barricadée.

La prisonnière n'avait garde d'obéir.

— Ouvriras-tu, maudite ! répéta le Camisard en déchargeant sur les ais des coups terribles de sa hache.

La porte ne pouvait tenir plus longtemps contre un pareil assaut.

Folle de terreur, la jeune fille cherchait vainement un refuge, un angle pour se blottir.

— A moi, Laudun ! à moi, s'écriait-elle éperdue.

— Oui, à toi, papiste maudite, rugit David en achevant d'enfoncer la porte, et, la hache levée, il s'élança dans le caveau et de là dans le magasin.

Au loin on entendait comme un grondement de tonnerre : c'étaient les miquelets qui, armés de torches, s'avançaient par petites troupes, fouillant avec ardeur les sinuosités de la montagne pour y chercher l'ennemi. Il n'y avait pas de temps à perdre, le Camisard, de ses yeux perçants, fouillait les ténèbres.

Marguerite avait disparu. Elle était là cependant, blottie derrière quelqu'un de ces amas de provisions rangés contre les murs.

Les soldats arrivaient; déjà la lumière des torches s'allongeait en glissant dans les corridors. La vengeance du bandit allait lui échapper. Tout à coup une idée infernale traversa son imagination. Il courut à la chambre où, sur son lit de mort, reposait le cadavre d'Isabeau, saisit la lampe qui éclairait la lugubre pièce, revint dans le caveau voisin du magasin où était cachée l'orpheline, et défonça avec sa hache un des tonneaux de fer alignés le long du rocher.

La pièce où David chantait son chant funèbre n'était autre que l'arsenal. Les tonneaux contenaient quinze quintaux de poudre toute préparée; d'abondantes provisions de charbon de saule, de soufre et de salpêtre. Au-dessus de ce volcan prêt à éclater, le montagnard balançait sa lampe avec une joie sauvage.

Dès la seconde salle, le souterrain se divisait en deux branches, l'une s'enfonçait dans les entrailles de la terre, l'autre sillonnait le rocher presque horizontalement. Cette partie était la plus sèche, et pour cela on y avait placé l'arsenal. C'était dans celle-ci que s'était engagé Georges de Béthune avec vingt miquelets, vingt autres avaient suivi Laudun dans la seconde branche.

Ils aperçurent l'homme à la lampe assis sur son tonneau et chantant toujours.
(*Voir page* 920.)

De formidables épaisseurs de rochers les séparaient.

L'épée d'une main, le pistolet de l'autre, le lieutenant avançait de salle en salle, s'étonnant de trouver déserts, ateliers et dortoirs, magasins et corridors aux brusques contours.

Les soldats étaient arrivés à la chambre dans laquelle Isabeau avait rendu le dernier soupir. L'un d'eux aperçut sur le lit une forme étrange et souleva le voile qui la couvrait.

— La demoiselle est morte ! s'écria-t-il.

M. de Béthune poussa un cri de douleur et s'avança. Il ne connaissait point Marguerite, mais l'air de dureté empreint sur cet admirable visage de femme excita ses doutes.

— Cours prévenir le capitaine, dit-il au soldat; lui seul pourra la reconnaître.

Le miquelet s'éloigna pendant que ses compagnons, guidés par la voix de David, continuaient à s'avancer. Tout à coup ils aperçurent l'homme à la lampe assis sur son tonneau et chantant toujours.

— Rends-toi, cria un soldat.

— Mourez donc tous, chiens de papistes, rugit le montagnard en renversant sa lampe.

L'envoyé du vicomte descendait déjà dans la seconde branche du souterrain, quand une commotion d'une violence inouïe le renversa sur le sol, une épouvantable détonation fit jaillir le sang de ses oreilles, la montagne oscilla, les rochers se fendirent, une pluie de pierres tomba des voûtes ébranlées et, par l'ouverture de la caverne et le soupirail du rocher, s'élancèrent deux immenses éclairs chassant devant eux une mitraille confuse de débris de toute sorte et de pierres brisées qui hacha les arbres du voisinage et tua plusieurs des partisans de l'Ermite.

Un silence de mort régnait dans l'intérieur du cratère.

Les partisans étaient consternés. Enfin la fumée en s'élevant lentement laissa voir l'entrée de la caverne déchirée, disloquée, mais par un hasard providentiel encore béante, et à cette entrée le vicomte de Laudun et sa troupe, dont la plupart des hommes avaient été blessés par la chute des pierres.

De frénétiques applaudissements saluèrent leur apparition.

Le vicomte était pâle et ses traits empreints d'une douleur profonde.

— M. de Béthune est-il sorti? demanda-t-il.

— Non, personne encore, interrompit La Sagiote, n'étaient-ils pas avec vous.

— Ils avaient pris la galerie de droite, celle où vient d'avoir lieu l'explosion, répondit le vicomte.

— Et mademoiselle de Saint-Véran?

— Son âme repose en Dieu, fit M. de Laudun en se découvrant, priez pour elle.

Miquelets et partisans firent le signe de la croix, et sur ces figures bronzées par le soleil et par la poudre des larmes coulèrent pour la première fois.

— Monsieur le vicomte, notre devoir est de donner une sépulture chrétienne à nos frères morts pour leur religion, je vais faire placer des échelles.

— Faites aussi apporter des outils pour débarrasser la galerie qui s'est éboulée en grande partie.

La fumée montait toujours lente et noire en rampant le long du rocher; elle allait en atteindre le faîte, quand une voix cria :

— Camarades, le soupirail est bouché par le bas et la chaîne est brisée, lancez-nous des cordes si vous voulez que nous descendions.

Alors seulement on se souvint qu'au moment de l'explosion, quatre hommes se trouvaient sur le sommet.

Occupé à faire déblayer la galerie, le vicomte de Laudun n'entendit pas cet appel auquel d'en bas les partisans répondirent par des applaudissements.

— Combien êtes-vous encore? cria l'Ermite.

— Cinq parbleu! la demoiselle et nous quatre.

Arrivé au sommet de l'escarpement, le nuage saisi par le vent s'était déchiré tout à coup, laissant voir quatre hommes debout secouant leurs bonnets et devant eux, à genoux, les mains jointes, dans l'attitude de la prière, Marguerite de Saint-Véran.

Le vicomte leva les yeux, et demeura comme foudroyé, il cherchait son cadavre et elle était là sans blessure au sommet de la gigantesque ruine, à genoux et remerciant Dieu.

— Vive Laudun! vive la demoiselle! crièrent partisans et miquelets.

Marguerite s'était relevée et saluait de la main ses libérateurs.

Une heure se passa avant qu'un dragon envoyé dans le village le plus voisin eut rapporté des cordes; sans se donner le temps d'en faire une échelle, Florimond et Olivier firent asseoir Mlle de Saint-Véran sur une carabine passée dans un double nœud et, aidés par leurs deux compagnons, filèrent lentement le câble; avant que la jeune fille eût touché la terre le vicomte l'avait reçue dans ses bras.

Les deux fiancés versaient des larmes de bonheur, la joie les empêchait de parler.

— Comment donc a-t-elle fait pour échapper à l'explosion? demanda l'Ermite à Olivier.

— C'est Florimond qui l'a sauvée; pendant que le dernier brigand démolissait la porte avec sa hache, il est descendu par le soupirail et s'est trouvé justement dans le magasin où elle s'était réfugiée. Ne connaissant pas le nombre des ennemis il a trouvé plus prudent de la faire sortir par où il était entré et ma foi il est arrivé juste à temps; une minute de plus.....

— Et nous partions tous les deux comme une balle de pistolet pour le royaume des nuages, interrompit gaiement Florimond.

Mlle de Saint-Véran, entourée d'un cercle de partisans, remerciait ses libérateurs et racontait les dernières prouesses d'Olivier et de ses compagnons.

— Je craignais surtout pour vous la vengeance d'Isabeau, dit Laudun.

— Hier au soir elle est morte entre mes bras, répondit la jeune fille, et son cadavre reposait, il y a deux heures à peine, sur son lit près du magasin; l'explosion l'aura sans doute broyé.

— Comme les corps pleins de vie et de généreuse ardeur de vingt soldats et de leur chef, le vaillant Georges Gaston, vicomte de Béthune, reprit le vicomte.

— Honneur à ceux qui se sont ensevelis dans leur triomphe, dit l'Ermite d'une voix solennelle, ils sont des héros et des martyrs!

Les soldats travaillaient avec ardeur à déblayer le souterrain; vers le milieu du jour le passage de la galerie, obstruée seulement sur un point, était libre, mais un spectacle plein d'horreur attendait les explorateurs du souterrain : un moment ils avaient espéré sauver quelques-unes des victimes, ils ne trouvèrent dans la salle que d'informes débris à demi carbonisés, et dont il fut impossible de reconnaître l'identité. Sur l'ordre de leur capitaine ces restes sans nom, recueillis dans des paniers recouverts de lambeaux d'étoffes, furent, au milieu du silence général, déposés dans une fosse profonde et, après une décharge d'adieu, recouverts d'un tertre gazonné sur lequel fut plantée une croix de bois.

Sur le sol déchiré du caveau, un miquelet avait trouvé une poignée d'épée brisée, sur le pommeau de laquelle on distinguait encore un B et un G entrelacés; il la reconnut à ce signe distinctif et, après la cérémonie funèbre, s'approchant de son chef :

— Capitaine, dit-il, sa mère vit encore, voici pour elle.

— Noble cœur, murmura le vicomte en prenant la relique.

— Que Dieu te conserve longtemps ta mère pour votre bonheur à tous deux, ajouta Marguerite en tendant sa main au soldat qui la baisa avec respect.

— A Nîmes maintenant pour saluer M. le maréchal de Villars et prendre ses ordres, cria l'Ermite.

— Oui, à Nîmes, enfants, pour que je puisse présenter à notre illustre général les braves qui ont si noblement et si vaillamment combattu pour le service du roi.

Les clairons sonnèrent. Miquelets et partisans, heureux à la pensée de se reposer quelques jours des fatigues d'une rude campagne, reprirent leurs armes et formèrent leurs rangs avec un joyeux empressement.

A la guerre les morts sont vite oubliés.

Un cheval avait été amené pour Mlle de Saint-Véran, qui s'élança sur sa selle avec la gracieuse légèreté d'une habile écuyère, et au commandement : En avant ! les troupes se mirent en marche.

Déjà elles allaient atteindre la lisière du bois quand quelques coups de feu éclatèrent dans le voisinage. Presque aussitôt un dragon de Gibertin, lancé au galop, traversa la clairière en jetant ces mots :

— Cavalier et les Camisards !

Le vicomte arrêta son regard, en frémissant, sur sa fiancée.

— Allons, fit-elle en se redressant fièrement sur son cheval.

M. de Laudun eût honte de sa faiblesse.

— Enfants, s'écria-t-il, le cri de ralliement est : Vengeance à Béthune ! En avant.

CHAPITRE LXXIX

NÉGOCIATIONS

Ce n'était qu'une fausse alerte due au zèle téméraire d'une vingtaine de jeunes gens huguenots qui, croyant venir rejoindre l'armée des enfants de Dieu, avaient été accueillis à coups de fusils par les soldats de Lefèvre et s'étaient aussitôt enfuis, laissant entre les mains des catholiques cinq prisonniers, dont un seul grièvement blessé.

Après un moment de halte ordonné par le vicomte pour donner aux différents postes d'observation le temps de rallier la colonne principale, la petite armée, au centre de laquelle chevauchait Mlle de

Saint-Véran, entre MM. de Laudun et de Gibertin, reprit le chemin de Nîmes.

La délivrance miraculeuse de l'orpheline était l'objet de toutes les conversations : Olivier ainsi que Florimond durent payer leur renom d'adresse et de bravoure par le récit cent fois répété de leurs aventures.

Marguerite et le vicomte furent plus sobres de détails; ils avaient tant à se dire. Par politesse pour M. de Gibertin, lieutenant, puis successeur du vaillant Poul, qu'elle avait vu au château de Sainte-Anastasy, mademoiselle de Saint-Véran s'étendit un peu plus qu'elle ne l'aurait fait sur son séjour aux Salles-du Gardon, sur son évasion manquée, son supplice et sa délivrance; le brave lieutenant écoutait avec une curiosité émue ce dramatique récit.

— Ah! si j'eusse été là, s'écriait-il parfois; oh! si mes dragons vous eussent rencontrée en tel endroit, vive Dieu! quelle boucherie nous eussions faite de ces mécréants.

M. de Laudun s'intéressait sans doute au passé, mais ce passé lui apparaissait déjà comme un rêve, il ne pouvait détacher son regard de sa fiancée. Combien la timide jeune fille avait changé depuis sa captivité! Dans les souffrances et les dangers qui avaient maigri ses traits et bruni son teint, elle avait puisé une fermeté d'âme qui se trahissait dans le son de sa voix, toujours douce, mais grave; dans le calme éclat de son regard et jusque dans le moindre de ses gestes. C'était toujours la Marguerite qu'il avait connue, mais Marguerite transformée, l'enfant devenue femme, moins délicatement jolie, mais plus belle et rappelant singulièrement la comtesse de Miraman.

Ils ne parlèrent pas seulement du passé, ils causèrent de l'avenir. Elle était orpheline, sans parents et presque sans amis.

— Où voulez-vous que je vous conduise? lui avait demandé le vicomte.

— Chez Mgr Fléchier, répondit-elle; il a eu des bontés pour moi et il me permettra, j'espère, de me retirer dans la solitude d'un de ses couvents de Nîmes.

— Quoi! dans un couvent? fit le vicomte avec une profonde émotion.

— Oui, dit-elle en souriant, pour deux ou trois mois seulement. J'ai besoin de me recueillir et de fortifier mon âme, privée depuis trop longtemps des secours de la religion; puis j'ai des deuils à porter, ajouta-t-elle en baissant la tête. Trois mois, est-ce trop vous demander?

— Vos désirs sont un ordre pour moi, mademoiselle, j'obéirai.

— Appelez-moi Marguerite, répondit-elle en lui tendant la main.

— Merci, Marguerite, dit-il à demi voix. Vous avez bien souffert, mais Dieu me dit que vous serez heureuse.

— Sait-on ce qu'est devenu cet homme?

Bien qu'aucun nom n'eût été prononcé, M. de Gibertin comprit de qui il était question, car il répondit:

— Méric est en ce moment à Nîmes, avec Mme de Puymarcé, sa femme. Son frère, le baron de Saint-Chapte, a obtenu sa grâce. Il avait trahi le roi, il a trahi les Camisards et vendu leurs secrets; c'est un brigand que tout le monde méprise et qui finira par le gibet.

— Et Débora?

— Elle a été tuée près d'Uzès; c'est pour cela qu'il est revenu.

— Pauvre Mme de Puymarcé, fit Marguerite.

— Son supplice ne sera pas long, interrompit le vicomte, elle meurt de honte et de douleur.

— Et Cavalier?

— Je l'ignore; c'est un animal venimeux qui a la vie dure; on l'écrase et il ressuscite : hier il fuyait vaincu, aujourd'hui il a peut-être une armée.

— Son bras droit est brisé, reprit l'orpheline. Isabeau est morte cette nuit, il ne se relèvera pas.

— Tant mieux! car c'est un affreux scélérat, s'écria Gibertin.

— L'orgueil l'a perdu, continua-t-elle, il n'était pas né pour être un brigand.

En ce moment l'Ermite, qui commandait l'avant-garde, envoya un dragon pour savoir s'il fallait continuer la route ou passer la nuit dans un village.

— Qu'en pensez-vous, Marguerite, ne craignez-vous point quelque surprise? demanda le vicomte.

— Non, dit-elle, ces braves gens sont fatigués et avec vous je ne crains rien.

— Halte donc, commanda le capitaine, mais que les postes de surveillance soient doublés.

Tant de précautions n'étaient pas nécessaires; Cavalier, loin de songer à attaquer, ne cherchait qu'à se cacher en ce moment. Jamais son âme n'avait été aussi brisée par le découragement. Ses récentes défaites, la mort d'Isabeau, la prise de son arsenal, la défection probable de ses lieutenants, les murmures de son armée et peut-être plus encore que tout cela, la délivrance de Mlle de Saint-Véran, de cette prisonnière, que, par des motifs qu'il ne voulait pas même s'avouer à lui-même, il avait refusé de sacrifier à l'amour d'Isabeau et d'échanger contre la liberté de son frère et de son père, l'avaient plongé dans un abattement qui tenait du désespoir.

La nouvelle de l'extermination de l'armée d'Ébénézer, en achevant de ruiner ses espérances, lui porta un dernier coup. Rebroussant chemin, il se rabattait avec sa bande du côté d'Alais, sans but, sans décision arrêtée, cherchant un refuge dans les montagnes inaccessibles et attendant avec une morne résignation le moment où lui échapperait ce pouvoir auquel il se cramponnait avec toute l'énergie d'un ambitieux englouti dans la ruine de ses projets.

Tout lui manquait à la fois, le consistoire même l'abandonnait.

Tant que les protestants avaient pu sans rien risquer fomenter la rébellion, ils avaient poussé vivement les Camisards à la révolte et les avaient aidés de tout leur pouvoir à ruiner les catholiques par le pillage et par l'incendie. Mais quand à bout de patience les victimes, excitées par Torte-

Gueule, frère la Vengeance et les deux Michel, se furent soulevées et les armes à la main se furent fait une justice terrible, les membres du consistoire épouvantés par les atroces représailles des Florentins, des Camisards blancs et des Cadets de la Croix, n'eurent plus qu'une pensée, arrêter les désordres dont ils commençaient à souffrir cruellement et désarmer les bras auxquels ils avaient confié les intérêts de leur religion.

Ne voulant toutefois pas s'adresser directement à Basville, qui les connaissait trop bien, ni au maréchal de Montrevel, instruit lui aussi de leurs coupables menées, ils cherchèrent parmi eux un homme sûr et habile pour entamer avec la cour des négociations qui, en mettant fin à la guerre civile, sût leur procurer les avantages pour lesquels ils avaient suscité la révolte des Cévennes.

Le baron d'Aigalliers, sur lequel s'arrêta le choix du consistoire, réunissait toutes les qualités que l'on pouvait désirer; il était riche, de noble origine, insinuant, ambitieux et très fermement attaché à la religion réformée. Son père avait sacrifié pour elle une grande partie de ses biens, sa mère avait été enfermée dans un couvent et son oncle puni d'un long emprisonnement. Malgré cela, le baron avait su se ménager la faveur royale, et s'il aimait à faire parade de ses croyances religieuses, il avait toujours soin d'afficher en même temps un royalisme outré.

— Je ne suis pas catholique, répétait-il avec complaisance, mais bon serviteur du roi.

Et comme tel il ne manquait pas à chaque victoire remportée sur les rebelles de se joindre ostensiblement au cortège qui accompagnait le maréchal au *Te Deum* et de se rendre jusqu'à la porte de la cathédrale. Ce fut donc avec joie, on pourrait dire avec reconnaissance, qu'il accepta la mission de confiance dont ses coreligionnaires l'avaient investi, et qu'il partit pour Paris, au premier bruit de la nomination de Villars.

Chamillard était alors ministre; vieillard à l'esprit étroit et crédule, il se laissa facilement circonvenir par les flatteries du rusé diplomate, l'accueillit avec faveur et lui accorda de longues audiences, dans lesquelles d'Aigalliers, parlant en son propre et privé nom, n'eut aucune peine à lui persuader que la révolte des Cévennes n'était ni le fruit des conspirations du parti réformé français, ni le résultat des intrigues et de l'or des étrangers, mais bien le résultat forcé de la sévérité outrée des gouverneurs et du zèle intolérant du clergé.

Le ministre ne demandait qu'à être trompé : il accepta avec empressement les offres *désintéressées* du baron, lui fit assigner en récompense de sa *loyauté* et de son zèle pour le service du roi une pension de huit cents écus et l'adjoignit au maréchal de Villars, non pour soumettre par la force les révoltés, mais pour les gagner par la douceur et réparer les torts de la cour envers eux.

Ce fut en effet en qualité de pacificateur, plutôt qu'en général d'armée, que, le 21 avril 1704, Louis-Hector comte de Villars, maréchal de France et le plus grand homme de guerre de son temps, fit son entrée solennelle à Nîmes, accompagné du baron d'Aigalliers

Les membres du consistoire ne pouvaient assez s'étonner de la merveilleuse réussite de leur ambassadeur et lui firent une ovation bien méritée par ses services.

Dans cette réception, celui auquel appartenait par le sang, par la naissance et par le mérite surtout, le premier rôle, dut se contenter du second. M. de Villars ne s'en étonna pas, ses contemporains l'avaient habitué à la modestie. Excellent général, il avait sauvé la France; mais mauvais courtisan, il ne songea pas à se pousser à la cour par ses intrigues et passa presque inaperçu dans la foule; on ne lui sut pas le moindre gré de ses succès, que l'on attribua à la fortune; de son courage, qui passa pour témérité; de l'habileté de ses plans, qu'on appela heureux hasard. Il devint maréchal par la force des choses et à si petit bruit qu'un écrivain contemporain put dire de lui :

« Saint Roch est devenu saint à force de faire des miracles et M. de Villars, maréchal, à force de remporter des victoires. »

Dans l'un et dans l'autre cas, la faveur ne fut pour rien.

Frère, dit Lacombe en s'approchant, le Seigneur soit avec toi. (*Voir page* 933.)

La postérité devait venger le sauveur de la royauté des injustices de ses contemporains.

Il est vrai que plus tard, dans cette même postérité, il se trouva des historiens ignorants ou menteurs de parti pris qui chargèrent sa mémoires de crimes imaginaires; le pacificateur des Cévennes en passa pour le cruel persécuteur, et aujourd'hui les terribles dragonnades de Villars sont un texte fécond de récriminations anticatholiques, une des preuves les plus authentiques de l'intolérance de l'Église. Ces dragonnades n'ont pas eu lieu, qu'importe, En supposant qu'elles aient eu lieu comme les racontent Eugène Sue et consorts, elles eussent été horribles, cela suffit.

Conformément aux ordres qu'il avait reçus, le maréchal parcourut les Cévennes en publiant dans toutes les villes et les villages amnistie complète pour ceux des rebelles qui déposeraient les armes.

Mais cette promesse de pardon ne pouvait suffire pour engager les chefs à mettre bas les armes; le comte crut que le principal but de ses efforts devait être de gagner Cavalier. La soumission du général-prophète entraînerait sans aucun doute celle de ses lieutenants. C'était du moins ce qu'affirmaient et le ministre sur les assurances de d'Aigalliers et les membres du consistoire. Il chargea donc le vicomte de Laudun de travailler à cette œuvre importante et l'envoya à Alais avec ses pleins pouvoirs.

M. de Basville, retiré à Montpellier, ne voulut pas d'abord donner la main ou du moins se mêler à des négociations qu'il regardait comme honteuses pour la majesté du roi. Plus tard, sur les ordres exprès venus de la cour, il y prit part, mais toujours sans les approuver. L'évêque Fléchier, au contraire, applaudit au changement complet de la politique royale; il avait toujours conseillé la douceur et ce fut un des plus chauds partisans du système de conciliation. Du couvent de Sainte-Ursule, où elle était retirée, Marguerite écrivait quelques jours après à son fiancé :

« J'ai vu M. de Nîmes; il est enchanté de voir les lions redevenus des agneaux et fait des prières pour le prompt succès de votre entreprise.

Ici nous prions aussi toutes pour la paix ; travaillez donc de toute votre ardeur à nous la procurer. »

M. de Laudun eût peut-être préféré procurer cette paix tant désirée par une éclatante victoire ; mais n'ayant pas le choix, il ne songeait qu'à remplir au plus vite la mission de confiance dont il était investi.

Pour arriver plus facilement à son but, il s'adressa à un certain Lacombe, protestant de Vézenobres.

Ce Lacombe était un petit propriétaire chez lequel Cavalier avait servi autrefois comme valet de ferme et qui avait gardé avec son domestique devenu prophète et général des relations d'étroite amitié.

Muni des instructions secrètes du consistoire et porteur d'une lettre du vicomte, l'envoyé se mit aussitôt en route ; il savait Cavalier campé pour le moment ou plutôt caché dans le bois de Castillon de Courri ; c'est là qu'il vint le rejoindre.

Des sentinelles le conduisirent à une misérable cabane de berger, dont la porte restait continuellement ouverte, faute de fenêtres, et dont le toit était si bas, qu'un homme de la taille de Lacombe n'eût pu se tenir debout.

Assis sur la selle de son cheval, qui le jour lui servait de fauteuil et la nuit d'oreiller, frère Jean sommeillait la tête penchée sur sa poitrine et le dos appuyé à la muraille. Au bruit des pas de ceux qui approchaient, il se releva vivement et prit une bible qu'il avait laissé tomber auprès de lui. Son visage était maigre et fatigué, ses vêtements usés et flétris, ses yeux ternes et cerclés.

— Frère, dit Lacombe en s'approchant, le Seigneur soit avec toi.

— Et avec ton esprit, répondit Cavalier en tendant la main à son visiteur. Qui t'amène dans mon désert ?

— Le désir de te voir, frère, et de m'entretenir avec toi, répondit l'envoyé en lui lançant un coup d'œil significatif.

— Sortons donc nous promener, fit le général, aussi bien mon palais, ajouta-t-il avec un triste sourire, est mal disposé pour recevoir un ambassadeur; mais patience, un jour viendra où les richesses de Babylone nous appartiendront et où les enfants d'Israël quitteront les 'sables du désert pour entrer dans les riches contrées de la terre promise; viens, je veux te montrer mon camp, le camp de l'Éternel.

Tout cela avait été dit pour la sentinelle, car le général faisait les plus grands efforts pour dissimuler son abattement à ses soldats, dont la confiance avait été singulièrement ébranlée par les derniers événements.

Quand ils furent seuls tous deux, Cavalier redevint lui-même.

— Quelles tristes nouvelles m'apportes-tu de la plaine, dit-il, celles de quelque défection sans doute ou de tout autre malheur, car la main de Dieu est sur nous? La prise de l'arsenal de Vacquières est-elle confirmée?

— Oui, les papistes s'en sont emparés.

— Et la prisonnière?

— Laquelle?

— Mlle de Saint-Véran.

— Elle est à Nîmes.

Cavalier pâlit.

— Tu sais, reprit-il, qu'ils ont assassiné Isabeau.

— Oui, frère, ce sont les soldats de l'Ermite qui...

— Le misérable! Oh! s'il tombait entre mes mains... Mais patience, la guerre n'est pas finie, et dès que le consistoire, qui semble me négliger depuis quelque temps, m'aura enfin envoyé de l'argent et de nouvelles munitions... Qu'est-ce encore? tu secoues la tête.

— Ne t'abuse plus, frère, le consistoire veut la paix à tout prix et c'est pour cela qu'il m'envoie vers toi.

— Le consistoire me trahit donc aussi, murmura le général attéré.

— Non, frère, mais il ne veut pas abuser plus longtemps d'un héroïsme qui ne peut aboutir qu'à la ruine entière du parti; le Pharaon vient d'envoyer un nouveau maréchal et une nouvelle armée; les Cadets de la Croix, les Blancs et les Florentins, toujours altérés de sang, s'apprêtent à reprendre les armes; d'Aigalliers, envoyé à Paris, a, dans

ces circonstances fatales, obtenu la promesse d'une paix honorable, à
condition d'obtenir de toi...

— Je comprends, interrompit Cavalier avec une profonde amertume,
à condition de me sacrifier, à condition de livrer à la vengeance d'un
tyran celui auquel ils doivent le peu de liberté dont ils jouissent, à condition de me replonger dans l'obscurité et la boue, de licencier mon
armée, de briser mon épée, à la condition de renvoyer leur Judas Machabée d'hier garder les pourceaux demain.

— Frère, les membres du consistoire sont loin de...

— Oui, oui, je les connais, les membres du consistoire; tant qu'il ne
s'agissait que de nous sacrifier pour eux, nous étions des héros ; mais
à présent qu'ils ont peur, les lâches, peur pour leurs écus, peur pour
leurs belles compagnes, peur pour leurs charges et pour leurs honneurs,
nous ne sommes plus, nous, qu'un ramassis de canailles, que des brigands qu'on désavoue, auxquels on ordonne de rentrer dans les ténèbres.
C'est bien cela, n'est-il pas vrai?

— Non, frère, non, ce n'est pas cela, car s'il se fût agi d'attenter à
ton honneur, ce ne serait pas moi qu'on aurait choisi; mais un grand
sacrifice était nécessaire, et parce que je connais ton désintéressement,
l'élévation de tes sentiments, la noblesse de ton âme, je suis venu te prier
á genoux, non pas de t'abaisser, mais de t'élever, au contraire, si cela
est encore possible, en te faisant de guerrier, pacificateur, et en accor-
dant à Son Excellence le comte de Villars, maréchal de France, l'honneur d'une entrevue, que lui-même te fait demander comme au généralissime des enfants de Dieu, à un adversaire qu'il faut traiter d'égal à
égal et avec lequel il ne faut pas moins compter qu'avec les souverains
étrangers.

— Mais qui m'assure que M. de Villars veuille en effet conclure la paix
avec moi? dit Cavalier, dont la colère tomba tout à coup à l'idée de
traiter avec un maréchal de France et d'imposer des conditions à
Louis XIV.

— Cette lettre écrite par le vicomte de Laudun, son lieutenant.

Ce mot de lieutenant et ce nom de Laudun faillit tout gâter.

Le général se redressa en disant :

— Si je consens à faire la paix, ce ne sera qu'à condition d'en arrêter les articles avec M. de Villars.

— Aussi la lettre n'est-elle qu'un simple préliminaire, se hâta de remarquer Lacombe.

Cavalier ouvrit le pli et sauta aussitôt à la signature. La mission finissait par cette formule en usage parmi les gens de qualité :

> « Votre très humble et affectionné serviteur,
>
> « Vicomte de Laudun. »

— C'est bien, dit-il après avoir parcouru la lettre, tu pourras annoncer au vicomte que d'ici à deux jours je lui ferai connaître ma réponse. Allons visiter le camp, je tiens à te montrer que si je consens à la paix que Sa Majesté me propose, ce n'est que pour le bien de la religion.

A ce terme de Majesté, employé au lieu de l'appellation ordinaire de tyran ou de Pharaon, Lacombe comprit qu'il avait gagné sa cause. L'orgueil avait mis les armes aux mains du frère Jean, la vanité allait les en faire tomber.

CHAPITRE LXXX

LA CONFERENCE DU PONT D'AVESNE

Le vicomte de Laudun n'attendit pas longtemps Cavalier. Le surlendemain, vers dix heures du matin, au moment où les officiers venaient de prendre les ordres pour le service de la journée, un homme d'une physionomie repoussante et farouche, mais vêtu avec une certaine recherche, se fit conduire comme parlementaire à l'hôtel du gouverneur, et demanda à lui parler sans le moindre retard.

M. de Laudun donna ordre de l'introduire.

Il entra avec une hardiesse affectée, porta à peine la main à son feutre et, fouillant dans une de ses poches, jeta plutôt qu'il ne posa sur la table une lettre en disant :

— De la part du général Cavalier.

Et, sans attendre à y être invité, il s'assit sans façon dans un fauteuil qui se trouvait à portée de sa main.

— Qui êtes-vous? demanda avec hauteur M. de Laudun, étonné de cette assurance.

— Catinat, commandant de la cavalerie des Camisards.

— N'est-ce pas vous, continua sévèrement le capitaine, qui avez massacré avec une implacable cruauté tant de gens sur le territoire de Beaucaire ?

— Oui, c'est moi, j'ai cru devoir le faire dans l'intérêt de la cause que je défendais.

— Vous êtes bien hardi d'oser vous présenter devant moi.

— Je suis venu sur la parole de Cavalier qu'il ne me serait rien fait, et cette parole suffit pour me rassurer.

— Vous avez eu raison, reprit le vicomte en réprimant son indignation.

Et, après avoir lu la lettre, il ajouta :

— Assurez M. Cavalier que dans deux heures d'ici je me rendrai au pont d'Avesnes avec une escorte de vingt dragons et quelques officiers seulement.

— Je ne crois pas que Frère Cavalier veuille y venir avec si peu de monde.

— Qu'il vienne comme il voudra, je me fie à lui, riposta le vicomte en congédiant Catinat.

Dès que le Camisard fut parti, M. de Laudun fit appeler son aide de camp.

— Commandez tout de suite, lui dit-il, une escorte de vingt hommes. Ils seront en grande tenue de parade; veuillez à ce que rien ne manque à leur équipement. Jean Cavalier me demande une entrevue; je veux

lui montrer ce que sont les soldats du roi. Dans une heure nous partirons.
Allez ; je compte sur vous.

— Vos ordres seront exécutés de tous points, Monsieur le gouverneur,
dit l'aide de camp en se retirant.

Les cloches sonnaient l'*Angelus* de midi quand une escorte de vingt
dragons, commandée par le sieur de Gibertin et précédée de sept ou huit
officiers en riche tenue, sortit au grand trot de la ville, pour se diriger
vers le point choisi pour l'entrevue. En avant marchait M. de Laudun,
en grande tenue, et montant un cheval fougueux.

Au même moment, de l'autre côté de la rivière, apparut Cavalier,
s'avançant pompeusement à la tête d'un escadron de cent hommes et
d'un régiment d'infanterie.

Le général-prophète montait un cheval blanc magnifiquement har-
naché et portait un élégant costume vert et or, brodé sur toutes les cou-
tures. A la vue de l'escorte du vicomte, il commanda à ses troupes de
faire halte, et, s'avançant au petit galop jusqu'au milieu du pont de la
conférence, salua courtoisement de son épée, qu'il remit aussitôt au
fourreau. M. de Laudun, de son côté, après avoir donné ordre aux dragons de s'arrêter, arrivait accommpagné d'un jeune homme élégam-
ment vêtu et portant comme Cavalier une plume verte à son feutre.

— Monsieur Cavalier, dit le vicomte en lui présentant son compagnon, Sa Majesté a pensé que vous seriez heureux de retrouver monsieur votre frère, et Elle m'a chargé de le remettre entre vos mains,
comme gage de notre prochaine réconciliation.

— Veuillez en exprimer ma gratitude à Sa Majesté, répondit le général-prophète qui, dissimulant de son mieux son émotion, se contenta
de serrer la main de son jeune frère en lui disant : « Va rejoindre les
nôtres, nous nous reverrons plus tard ; » et comme s'il eût eu hâte de
jouer son rôle de négociateur, il tira de sa poche un papier sur lequel il
avait écrit d'avance les conditions qu'il mettait à sa soumission ou à ce
qu'il appelait la paix, et le remit au comte.

Ces conditions étaient au nombre de trois :

1° Entière liberté de conscience.

2° Élargissement des prisonniers.

3° Amnistie générale et sans réserve pour tous les crimes commis par les Camisards.

Ce programme d'exigences ridicules pour des vaincus, ce n'était pas Cavalier qui l'avait dressé, il l'avait reçu tout fait du consistoire qui ayant peu à espérer, crut devoir se montrer exigeant pour obtenir davantage.

La discussion du premier article ne dura pas moins de deux heures ; il fut enfin abandonné par le général-prophète qui déclara s'en fier sur ce point à la justice du roi. Le vicomte de Laudun céda à son tour pour les deux autres, et il fut convenu que les propositions seraient soumises au roi.

Les deux négociateurs se tendirent la main et jurèrent de respecter et de faire respecter la trêve jusqu'au moment où le roi aurait fait connaître ses intentions.

Pour faire une politesse au chef des Camisards, le vicomte de Laudun lui témoigna le désir de passer en revue tous les enfants de Dieu.

Sur l'ordre de leur général la cavalerie et l'infanterie se rangèrent en bataille et présentèrent les armes quand l'officier du roi, s'avançant vers leurs lignes, salua avce l'épée

— Enfants, s'écria le vicomte, la paix est faite, désormais le roi peut compter sur vous comme sur de fidèles sujets ; vcici pour boire à la santé de Sa Majesté. Et il jeta devant le front des huguenots une bourse de cent pistoles.

On entendit le tintement de l'or dont quelques pieces s'éparpillèrent sur le gazon.

Pas un homme ne bougea.

Une voix dit :

— Maudit soit le traître !

Cavalier pâlit, et, se penchant sur son cheval, ramassa la bourse avec son épée.

— Monsieur le vicomte, reprenez votre argent, dit-il, vous voyez qu'on n'achète pas les soldats de l'Éternel. Ce sont des guerriers que la Fortune a trahis et non pas de vulgaires mercenaires.

— Aussi n'ai-je pas prétendu faire un marché, répondit l'officier, mais donner une simple gratification.

— Alors j'en retirerai trente-cinq pistoles pour nos frères indigents de Nîmes, et quinze pour ceux d'Alais, reprit Cavalier, c'est tout ce dont ils ont besoin en ce moment. Veuillez reprendre le reste et le conserver pour une meilleure occasion.

Et rendant ostensiblement la bourse à son propriétaire, il ajouta :

— Maintenant, monsieur, il est inutile de prolonger une conférence déjà bien longue ; nous n'avons plus rien à nous dire puisque nous sommes d'accord sur tous les points ; permettez-moi de regagner mon camp avec ces braves gens.

— J'espère, monsieur, que nous nous reverrons bientôt, et cette fois pour conclure une paix durable, interrompit M. de Laudun en faisant volter son cheval pour rejoindre son escorte, avec laquelle il retourna vers Alais, pendant que les Camisards prenaient la route de Vézenobres où Lacombe attendait le général.

A moitié route, Ravanel et plusieurs cavaliers se séparèrent de la petite armée pour aller à Saint-Jean-de-Cordonnenque, rejoindre Roland, Joigny et Castanet.

C'était la défection qui commençait.

La trahison devait la suivre de près.

Deux cent soixante hommes du régiment de Florac et quarante miquelets, comptant sur l'observation religieuse de la trêve, retournaient de Saint-Jean-de-Cordonnenque à leur poste.

Le fusil déchargé, la baïonnette à la ceinture, chantant à plein gosier, ils traversaient en désordre la plaine de Font-Morte, célèbre par la victoire de Poul, quand soudain, au passage d'Escoute-si-Plau, deux cents Camisards, embusqués dans des taillis sous les ordres de Roland, les attaquèrent avec fureur.

Courbeville commandait l'escorte. Sans s'étonner, il rallia ses soldats et le combat allait devenir funeste aux traîtres, quand une nouvelle troupe, descendant des hauteurs de Cassagnac, vint tomber sur leur flanc, pendant que Ravanel et Joigny, accourant par les bois de la Devèze, les surprenaient par derrière.

Le combat était impossible; la fuite fut désastreuse, sauf pour les quarante miquelets qui, grâce à leur agilité, parvinrent à gagner une masure où protégé, par une solide muraille et tirant par les fenêtres, ils se défendirent avec courage.

Moins heureux, les soldats royaux, enveloppés de toutes parts, périrent presque tous.

Courbeville, le subdélégué Viala, son fils et son neveu furent faits prisonniers.

Mieux eût valu périr les armes à la main : De cruelles tortures leur étaient réservées.

Courbeville invoqua la trève conclue le jour même par Cavalier, et fit appel à la loyauté des huguenots.

— Cavalier n'est qu'un traître, lui, et toi un scélérat, répondit Roland en déchargeant son pistolet sur le fils de Viala, qu'il abattit au pied de son malheureux père.

Le délégué ne put que pousser un cri de désespoir et de colère; mais ses mains étaient liées, et son impuissante douleur provoqua les sarcasmes des misérables, dont l'un fendit le crâne du neveu de l'infortuné d'un coup de hache en disant :

— Préfères-tu cette manière, papiste?

Courbeville était doué d'une force prodigieuse, que l'indignation redoubla.

Je préfère celle-ci, dit-il en brisant ses liens. (*Voir page* 944.)

— Je préfère celle-ci, répondit-il en brisant ses liens avant qu'on ait
eu le temps de l'en empêcher.

Et, quoique grièvement blessé, il s'élança sur le bandit, le saisit à la
gorge, l'étendit dans la poussière, et, se relevant, lui broya la poitrine
avec une énorme pierre.

Roland écumait de rage. La hache levée il se rua sur l'intrépide catholique qui, sans autre arme que ses mains, d'un formidable coup de poing
l'envoya rouler à dix pas, tout sanglant et le visage horriblement meurtri.

Il était perdu si, du tranchant de sa faux, un Camisard n'eût coupé le
jarret à l'intrépide Courbeville.

— Ne l'achève pas! hurla Castanet, ne l'achève pas. Il faut qu'il
meure à petit feu.

— Alors, vite ! fit un brigand, son sang coule, déjà il a perdu connaissance; il va mourir.

— C'est bon, camarades! dépêchez un lit pour le malade, ricana le
bandit en indiquant un tas de menu bois et de feuilles mortes. Bien!
couchez-le là-dessus ; et maintenant, chauffez le lit, ajouta-t-il en mettant le feu au bûcher.

Alors commença une scène horrible. Réveillé par la douleur, Courbeville
se tordait dans une épouvantable agonie, tandis que les huguenots, dansant
autour du bûcher, lui jetaient à la face les plus grossières injures.

La mort de Viala fut encore plus terrible : on lui arracha les yeux et
les ongles, on lui brisa les dents; puis, dans cet état, on le pendit par
les pieds à un arbre, où on le perça de coups en criant :

— Voici la trêve de Roland. A bas Cavalier le traître !

Le maréchal de Villars était à Nîmes, où il venait de recevoir la réponse du roi, quand il apprit l'attentat de Roland.

Il convoqua aussitôt les principaux protestants.

L'expression de son visage était menaçante et le ton dont il leur re-
prochait leur perfidie, ne laissait aucun doute sur sa ferme volonté de
la punir.

Dans les rues, le peuple soulevé criait :

— Mort aux traîtres! vive le roi!

— Vous entendez, messieurs, fit le maréchal, un mot, un signe de moi, et vous serez tous égorgés. Le roi, votre maître, rejette avec mépris les conditions que votre Cavalier ose mettre à sa soumission. Il veut qu'on mette bas les armes, en implorant sa clémence. Voici les seules conditions qu'il accepte. Je vous donne deux jours pour la réflexion, après lesquels si vous n'acceptez pas ces conditions sur lesquelles il n'y a pas à revenir, vous serez tous traités comme vous le méritez, en conspirateurs indignes de pardon.

Les protestants n'étaient pas habitués à ce langage, le seul cependant qu'il fût possible de tenir en présence de l'infâme Roland. Ils furent attérés.

M. d'Albenas, le plus considéré d'entre eux, osa seul prendre la parole.

Il repoussa avec une indignation affectée l'accusation de complicité avec le crime de Roland.

— Non! s'écria-t-il, nous ne sommes pas les fauteurs de ce rebelle[1]. *Il faudrait avoir perdu tout sentiment de religion et d'humanité, pour seconder une troupe de scélérats qui joignent à la révolte, l'impiété, les sacrilèges, les meurtres, les incendies et mille autres cruautés dont les démons seuls peuvent être capables.*

Le maréchal l'interrompit.

— Je voudrais être sûr, monsieur, que les sentiments que vous exprimez fussent ceux que ressentent vos coreligionnaires; mais je ne m'abuse pas au point de le croire. Les révélations de Mlle de Saint-Véran, heureusement délivrée d'une horrible captivité chez les rebelles, et les lettres que nous a remises M. de Puymarcé pour obtenir la faveur d'un pardon dont il s'était rendu indigne, ne me laissent aucun doute à cet égard. Ne me forcez donc pas à punir à coup sûr les vrais coupables. Je

---

(1) Il est curieux de voir comment dans l'occasion les protestants jugeaient les *innocents* Camisards.

vous ai donné deux jours, mettez-les à profit dans votre intérêt. Ces deux jours expirés, la justice prendra place de la miséricorde. Allez, messieurs.

Ces paroles, et, plus encore, le ton de maître avec lequel elles avaient été prononcées, inspirèrent les craintes les plus vives aux protestants, presque tous compromis. Ils s'assemblèrent aussitôt, et le consistoire fut d'avis qu'il était urgent, non plus de prier, mais de forcer Cavalier à se soumettre. On décida de lui envoyer sans délai un émissaire chargé de lui faire connaître la volonté du consistoire.

Quelques heures après, le baron d'Aigalliers partit, accompagné de soixante de ses coreligionnaires armés, pour sommer le Judas Machabée de se rendre sans condition.

Cavalier comprit qu'il était perdu sans ressources s'il résistait, puisque ceux qui jusque-là l'avaient suivi sans réserve le désavouaient maintenant.

Il écrivit une lettre toute de soumission, dans laquelle, après s'être disculpé de l'accusation d'une trahison dans laquelle il n'avait pas trempé réellement, il protestait de ses bonnes intentions, et déclarait s'en rapporter uniquement à la justice du roi et osait invoquer sa miséricorde.

Cette lettre, dont l'humilité contrastait tellement avec les rodomontades habituelles du général-prophète, apaisa la colère du maréchal, qui fit aussitôt partir le vicomte de Laudun pour proposer au rebelle une entrevue nouvelle.

Trop avancé pour pouvoir reculer, et d'ailleurs flatté d'avoir une conférence avec un homme aussi illustre que le comte de Villars, Cavalier accepta tout de suite la proposition : mais craignant une trahison, dont lui-même eût été capable, il demanda des otages pour sa sûreté, et la permission de se faire accompagner par une partie de ses troupes.

Le vicomte fut sur le point de refuser. Cette marque de défiance envers les soldats du roi, alors que lui, au contraire, pouvait tout craindre de Cavalier, le blessa profondément. Il céda néanmoins aux instances de son entourage, et, sur leur demande expresse, laissa entre les mains des huguenots, les capitaines la Duretière et de Gibertin avec trois autres officiers, qui furent aussitôt internés à Saint-Cézaire, sous la garde de quarante hommes. Après quoi, M. de Laudun retourna à Nîmes prévenir le maréchal que, le lendemain 16 mai, Jean Cavalier se rendrait, avec son escorte, plus nombreuse qu'il n'est habituel, au jardin des Récollets, situé près des portes de la ville.

Cette nouvelle, répandue aussitôt, produisit dans Nîmes un effet prodigieux, surtout parmi les protestants, qui se préparèrent, pour adoucir la soumission de celui qui avait été si longtemps la terreur des catholiques et l'espoir d'Israël, à faire de son entrée un véritable triomphe.

Sur le soir, l'évêque Fléchier descendit au couvent de Sainte-Ursule, et fit demander Mlle de Saint-Véran, qui se rendit aussitôt à son appel.

— Ma fille, lui dit l'évêque, j'ai reçu aujourd'hui même un billet du chef des rebelles dont vous avez été la prisonnière ; il sait que vous êtes réfugiée dans une maison religieuse, et m'écrit pour me demander l'autorisation de vous voir.

— Ici ? fit l'orpheline étonnée.

— Non pas dans la maison, mon enfant, mais dans la ville où il vient demain faire sa soumission au roi. Il a, dit-il, une restitution à vous faire et ne peut la faire qu'entre vos mains. Quelle réponse dois-je lui donner ? Consentez-vous à lui parler ?

— En public et avec votre permission, Monseigneur, j'y consens, dit-elle en faisant un visible effort.

— Auriez-vous peur de lui ?

— Peur ! non assurément, mais horreur et pitié à la fois. Je ne puis oublier les terribles épreuves par lesquelles il m'a fait passer.

— Il faut avoir pitié seulement, ma fille, pour ces malheureux égarés par l'erreur et prier afin que Dieu les ramène à lui, et consente à oublier leurs fautes.

— Quel est votre avis, Monseigneur ?

— Que vous le voyiez en public comme il le demande. Je vous ferai accompagner par deux de nos dames, et entourer par quelques hommes sûrs.

— J'obéirai, Monseigneur, et je verrai cet homme encore une fois, puisqu'il le faut, répondit Mlle de Saint-Véran qui se retira tout agitée, et se demandant ce que pouvait lui vouloir frère Jean.

CHAPITRE LXXXI

LA CONFÉRENCE
DU JARDIN DES RÉCOLLETS

Il y avait longtemps que la ville de Nîmes ne s'était éveillée dans une aussi fiévreuse agitation. Dès le point du jour la population tout entière, poussée par une ardente curiosité, était descendue dans les rues d'où, comme autant de ruisseaux animés, elle allait, sans cesse grossissant, former une mer houleuse et bruyante autour de l'enclos des Pères Récollets.

Ce n'était pas sans peine que les compagnies bourgeoises, en grande tenue, contenaient, avec leurs pertuisanes, les plus curieux et les empêchaient d'escalader les murs. Les toits des maisons environnantes disparaissaient sous les spectateurs dont d'épaisses grappes se suspendaient aux branches des ormeaux de l'avenue.

Nobles et manants, prêtres et soldats, artisans et hommes du peuple, catholiques et protestants, criaient, se poussaient, se culbutaient, n'ayant qu'un but, qu'un souci : voir Jean Cavalier, le brigand suivant les uns, le Judas Machabée selon les autres, mais pour tous l'homme le plus extraordinaire de son époque, celui dont le nom était dans toutes les bouches, celui qui avait fait trembler les uns et rempli les autres d'admiration.

Du haut du balcon de l'hôtel du gouverneur, deux hommes accoudés sur la rampe de fer contemplaient cette agitation. De tous côtés on n'entendait que ces cris lancés par les enfants grimpés sur les arbres : Par ici, les voilà, voici Cavalier... Ils arrivent par la droite... Non, à gauche... Non... Si... Par ici, par ici... Les Camisards... Et, à chaque cri, la foule crédule ondulait, puis revenait sur elle-même en formant un immense remous. On se bousculait, les plus petits se haussaient sur la pointe des pieds, puis retombaient désespérés de n'avoir rien aperçu.

— Oh ! la gloire, la gloire, fit amèrement le plus âgé des deux spectateurs, quelle chimère et quelle injustice ! Ce gardeur de pourceaux, parce qu'il a commis des crimes abominables, parce qu'il a mis à sac des villages, parce qu'il a fait tuer des malheureux sans défense, occupe plus la population que ne le ferait Sa Majesté en personne, si elle daignait entrer dans sa bonne ville de Nîmes.

— Vous êtes injuste pour Cavalier, monsieur de Basville ; c'est un brigand, je vous l'accorde, mais comme général il a fait preuve de bravoure et d'habileté. Des hommes tels que lui ne feraient pas mauvaise figure devant l'étranger, à la tête de troupes régulières.

— En vérité, je ne l'avais pas cru jusqu'à présent, reprit vivement l'intendant, et je m'étonne d'entendre l'éloge d'un Cavalier dans la bouche d'un Villars. Vous lui faites vraiment trop d'honneur en l'élevant presque jusqu'à vous.

— On peut être bon général sans être maréchal de France, monsieur le comte.

— Vous nous l'avez prouvé, monsieur, interrompit gracieusement l'intendant, à l'époque où vous n'étiez que simple capitaine; mais si votre modestie vous porte à établir une comparaison entre vous et le frère Jean, la justice me fait un devoir de réclamer. Autre chose est faire, comme lui, la guerre des partisans, et combattre, comme vous, en rase campagne.

En ce moment un carrosse, aux armes de Mgr Fléchier, tourna à l'angle de la rue Bocarié et se dirigea vers le rempart; trois femmes étaient assises dans la voiture, aux portières de laquelle marchaient quatre hommes, dont l'un portait un costume sévère qu'on eût dit taillé dans une robe de moine. Ils n'avaient pas d'armes, mais tous avaient des bâtons plombés qui, en cas d'attaque, eussent suffi pour protéger les dames.

— Que diable cela peut-il être ? s'écria le maréchal. Monsieur de Nîmes envoie une députation de son couvent de Sainte-Ursule au devant de Messieurs les huguenots. C'est peut-être pousser un peu trop loin la condescendance.

— Vous ne connaissez pas la personne en deuil assise au milieu du carrosse ? demanda Basville.

— Non, vraiment, et cependant ce doit être une grande dame, à en juger par la dignité de son maintien et le bon goût de son costume; jamais deuil ne fit ressortir une si éclatante beauté.

— C'est Mlle de Saint-Véran, la fiancée du capitaine de Laudun que vous connaissez bien.

— Du colonel, s'il vous plaît, monsieur; je lui ai expédié, ce matin même, son brevet signé de la main du roi, qui a daigné lui accorder cet honneur sur ma recommandation. Vous voyez que non seulement je le connais, mais qu'encore je m'intéresse à lui.

— Je vous en félicite, monsieur; c'est un jeune homme d'un haut mérite et d'un grand cœur.

— Sa fiancée est remarquablement belle ; quelle fierté et quelle modestie à la fois! Ah! la voici qui parle au jeune homme de droite, une belle et franche physionomie.

— Celui-ci, c'est Olivier, son frère de lait, un de nos plus intrépides partisans et celui qui l'a délivrée dans la forêt de Vacquières. Près de lui, voici Florimond Palette, le terrible meunier de Générac, de l'autre côté, le célèbre chef, frère Gabriel, et l'ex-sergent Lefèvre, un tireur d'une habileté prodigieuse.

— Je les connaissais tous les quatre de réputation, et si le bandit Roland ne dépose pas les armes, c'est une meute que j'attacherai à sa poursuite avec deux cents miquelets ; je suis décidé à en finir une bonne fois avec ce traître infâme.

— Mieux eût valu commencer par là que de tolérer cette entrée triomphale d'un chef de brigands, murmura Basville.

Le maréchal poussa un soupir.

— Le roi est le maître et je dois obéir, répondit-il, quoique m'en coûte cette obéissance.

Le carrosse avait franchi la porte du rempart, quand quelques huées se firent entendre sous le balcon.

— Oh ! fit le maréchal, voici un géant à mine patibulaire qui ne semble pas jouir d'une grande popularité.

— Pas plus auprès des catholiques que des protestants ; c'est un ancien chef des Camisards et le premier ravisseur de Mlle de Saint-Véran, Méric de Puymarcé.

— On dirait qu'il la poursuit encore.

— Je ne lui conseillerais pas de trop se rapprocher d'elle en ce moment; malgré sa vigueur il aurait à faire à trop forte partie. Les gaillards qui escortent Mlle de Saint-Véran me paraissent de taille à lui tenir facilement tête.

— Alors il va au-devant de Cavalier.

— Oui, pour le braver, c'est lui qui l'a trahi.

Méric entendit ce mot : trahi. Il releva la tête et lançant à Basville un regard féroce, poursuivit sa route en grondant.

En ce moment le bruit des clairons retentit dans le lointain et il se fit un grand mouvement dans la foule qui criait : Jean Cavalier, voici Jean Cavalier !

Presque aussitôt les dragons de l'escorte du maréchal vinrent se ranger sur la place, devenue tout à coup déserte. En revanche, la masse des curieux était tellement compacte dans l'avenue et surtout à la porte du jardin des Récollets, qu'il fallut entourer l'enclos d'un double rang de miquelets, afin de contenir la multitude.

Enfin une clameur immense s'éleva, les chapeaux et les mouchoirs s'agitèrent. On se pressait, on se bousculait; c'était à qui arriverait au premier rang pour mieux voir.

Cavalier venait de paraître.

« Il était, disent les Mémoires, vêtu d'un habit couleur de café, avec une cravate de mousseline blanche fort ample; il portait un baudrier, un feutre noir galonné et montait un cheval bai brun, qui avait appartenu à M. de la Jonquières, brigadier des armées du roi. » Il affectait de causer d'un air dégagé avec le vicomte de Laudun, envoyé au-devant de lui, et de temps en temps se retournait pour donner des ordres à son aide de camp, qui le suivait de près en compagnie de Lacombe, du baron d'Aigalliers, du jeune Cavalier, du prophète Daniel et d'Abdias Maurel, dit Catinat.

A l'entrée de la ville, il fit faire halte à ses troupes, qu'il rangea en bataille, à portée de mousquet; sur les hauteurs voisines du couvent, plaça des sentinelles et des vedettes, et, suivi de dix-huit de ses gardes, s'avança au milieu d'une épaisse haie de curieux, jusqu'à la porte du jardin gardé par un escadron de dragons.

Les soldats présentèrent les armes et refermèrent leurs rangs aussitôt que le vicomte et le prophète furent entrés.

Depuis quelques minutes ils se promenaient silencieux dans le jardin. Malgré son assurance, le jeune Cévenole pensait que cette conférence serait probablement la fin de sa puissance éphémère, il songeait à cette popularité qui, demain, serait oubliée, à ses gardes qu'il fallait licencier, à la vie privée dans laquelle il allait rentrer, et il maudissait en lui-même l'égoïsme calculateur du consistoire qui l'avait obligé à déposer les armes, pour ainsi dire sans conditions; il ne songeait pas que ce qu'il eût voulu, c'eût été le sacrifice complet de ses coreligionnaires à son égoïsme particulier.

Deux ou trois fois le vicomte lui adressa la parole, mais n'en obtenant que quelques mots décousus pour toute réponse, il se laissa, lui aussi, absorber par ses pensées.

Tout à coup les trompettes sonnèrent de nouveau, les hommes de garde présentèrent à nouveau les armes, et le maréchal, entrant dans le jardin, en compagnie de M. de Basville, se dirigea seul et d'un pas rapide vers Cavalier, que le vicomte de Laudun venait de quitter.

La vue de ce grand homme de guerre fit perdre en un instant au Cévenole toute sa résolution. Il s'avança de quelques pas, fléchit le genou et tirant son épée, la présenta à M. de Villars.

Mais celui-ci, le relevant avec une grâce charmante, s'écria :

— Gardez votre épée, seigneur Cavalier, Dieu me garde de vouloir la prendre à qui sait si bien s'en servir. Le Roi me reprocherait d'avoir désarmé un si courageux combattant.

Puis, le prenant par la main, il l'emmena le plus loin possible de toute oreille indiscrète, en un endroit écarté, où ils causèrent pendant une heure.

Beaucoup d'historiens, très bien informés, ont rapporté la conversation qu'ils tinrent sans en passer une syllabe. M. Eugène Sue est de ce nombre; cela était nécessaire pour donner le beau rôle au représentant des huguenots.

Mademoiselle, fit le Cévenole, en saluant avec respect... (*Voir page* 958.)

Si nous ne tenions pas à une scrupuleuse exactitude dans des matières d'une importance historique incontestable, nous pourrions faire, sans crainte d'être contredits, la contre-partie de l'apologiste des Camisards. Mais il est certain que pas un seul mot de ce que se dirent les interlo-, cuteurs ne fut entendu et que, plus tard, il n'en transpira que des versions si opposées qu'il est impossible de savoir à quoi s'en tenir positivement.

On a soutenu que Cavalier arracha concession à concession à M. de Villars. D'après sa conduite, lors de l'entrée du maréchal, il est beaucoup plus probable qu'il se soumit purement et simplement et que les avantages qu'on lui fit furent moins des conditions débattues que des grâces accordées.

Ce qui est parfaitement certain, c'est que pour prix, ou si l'on préfère, en récompense de sa soumission, le désintéressé et humble frère Jean reçut la promesse d'un brevet de colonel dans l'armée du Pharaon, d'une pension de 2,200 livres, d'un brevet de capitaine pour son frère, qui déjà portait, par humilité, le titre de M. le chevalier, et de différentes autres faveurs.

Sans doute il ne s'attendait pas à une semblable fortune, car, oubliant tout à coup son rôle d'austère et incorruptible huguenot, il témoigna tant de satisfaction et se rapprocha de la société du maréchal d'un air si visiblement joyeux que les assistants en firent entre eux la remarque peu bienveillante.

L'excessive froideur que lui témoigna M. de Basville, que son horreur pour les scélérats empêchait de dissimuler, le rappela à son premier maintien fier et réservé.

D'ailleurs il sentait que de là où il se trouvait il pouvait être vu du dehors, que paraître trop satisfait pourrait lui nuire aux yeux de ses coreligionaires, et, dès lors, il reprit son rôle de chef de parti.

Le maréchal l'accompagna jusqu'à la porte et, lui prenant la main, lui dit à haute voix :

— Adieu, seigneur Cavalier.

— Que le Seigneur soit avec vous, répondit froidement Cavalier.

Et, faisant signe au soldat qui tenait son cheval de le suivre à distance, il s'avança à pied à travers la foule que deux Camisards, l'épée
nue, ouvraient devant lui, jusqu'au cabaret de la *Poste*, où les principaux
protestants lui avaient préparé une splendide collation, à laquelle il
toucha à peine, s'excusant de son peu d'appétit, sur la fatigue et l'émotion.

On s'attendait au moins à ce qu'il raconterait les détails de l'entrevue ;
on était impatient de savoir comment M. de Villars l'avait reçu et de
connaître par le menu les clauses de l'accord qui avait été conclu ; il se
contenta de dire que la paix était faite à des conditions avantageuses qu'il
ne pouvait pas encore révéler. Puis, après avoir dit à voix basse quelques
mots à Catinat, qui sortit aussitôt, il descendit vers les jardins potagers
pour y faire une courte visite à David Billiard, père du prophère Daniel,
revint par l'esplanade et s'y arrêta quelques instants pour donner à plusieurs personnes de distinction, qui en avaient sollicité la faveur, le temps
de se faire présenter à lui.

Le bruit que la paix était faite s'était répandu avec rapidité dans
toute la ville. La foule grossissait à chaque pas et les cris de : Vive la
paix ! vive le protecteur de la foi ! vive le roi ! vive Cavalier ! vive le maréchal ! retentissaient de toutes parts. On était heureux de savoir que les
hostilités étaient terminées et que c'en était fini des transes perpétuelles
dans lesquelles on vivait depuis si longtemps de part et d'autre.

Cavalier, la tête haute, le sourire protecteur sur les lèvres, saluant à
droite et à gauche comme un monarque, reprit son chemin le cœur gonflé
d'orgueil, par la rue du Petit-Couvent. Un carrosse était arrêté dans
cette rue.

Sur l'ordre de Catinat, les gardes du corps du général en écartèrent la
foule, ne laissant auprès du carrosse que quatre hommes armés de bâtons
qui s'écartèrent aussitôt que Cavalier, faisant un signe à ceux qui l'accompagnaient de s'arrêter, s'avança seul vers la portière près de laquelle était

assise une jeune personne inconnue, vêtue de noir et d'une remarquable beauté.

— Mademoiselle, fit le Cévenole en saluant avec respect, j'ai voulu moi-même vous apporter la nouvelle de la paix et en mémoire du diamant que vous reconnaissez à mon doigt, vous offrir, avant de prendre congé de vous, pour la dernière fois, un souvenir que je sais devoir être cher à votre cœur.

En même temps il ouvrit un écrin au chiffre de l'orpheline et en tira une croix d'or au centre de laquelle était enchâssé un fragment de la vraie croix.

— Ah! monsieur, merci mille fois, fit l'orpheline en pâlissant d'émotion. C'est celle...

— De Mme de Miraman, votre parente, mademoiselle; de celle dont j'ai vengé la mort et conservé pour vous ce douloureux souvenir. J'espère que vous ne le refuserez pas.

— Monsieur, Dieu vous récompense de cette bonne action, reprit Mlle de Saint-Véran en tendant sa main à Cavalier qui la porta respectueusement à ses lèvres. Mais puisque nous nous voyons probablement, comme vous le dites, pour la dernière fois, je vous adjure de me dire ce qu'est devenue Marie?

— Elle a été assassinée, mademoiselle, assassinée malgré ma défense, par une femme que la main de Dieu a frappée et à laquelle vous avez généreusement pardonné dans la caverne de Vacquières. Vous retrouverez son tombeau de l'autre côté du Gardon, presque vis-à-vis les Salles, c'est là qu'elle repose. Et maintenant, adieu, mademoiselle, et soyez heureuse. Pardonnez-moi tout le mal que je vous ai fait. La guerre a des nécessités.....

— Je vous pardonne, monsieur, de tout mon cœur. Dieu veuille vous pardonner comme moi et vous récompenser d'avoir mis fin à la guerre civile.

Le Cévenole, ému, s'inclina de nouveau, baisa respectueusement la main que lui tendait Mlle de Saint-Véran, et rejoignit son escorte. Il allait s'éloigner, quand une voix railleuse, dont l'accent, à la fois moqueur et méchant, fit frissonner Marguerite, cria d'une fenêtre voisine :

— Adieu, pour toujours, frère Jean, adieu à la colombe. A ta place, j'essaierais encore de l'enlever pour remplacer sœur Isabeau.

Cavalier leva la tête et aperçut Méric de Puymarcé qui, penché à mi-corps sur le balcon, le saluait ironiquement.

— Traître! Sois maudit mille fois! gronda le Cévenole en portant la main à son épée.

— Adieu, frère Jean, adieu pour toujours, ricana le géant.

Et il lança son feutre aux pieds de son ancien capitaine qui le repoussa nerveusement du bout de sa botte.

Des murmures éclatèrent dans la foule et des pierres furent lancées contre le balcon.

— Veux-tu que nous prenions la maison d'assaut? demanda Catinat. La besogne sera vite expédiée.

— Laissons les traîtres dans la boue, répondit Cavalier.

Et, d'une voix vibrante il entonna le psaume de la délivrance :

> Enfin, grand Dieu ! Tu sais ce que je suis ;
> Ton serviteur, le fils de ta servante.....

— Et ancien gardeur de pourceaux, hurla Méric.

Le visage de Cavalier devint pourpre, mais il continua :

> Brisant mes fers, tu passes mon attente !
> Je veux au moins t'offrir ce que je puis.

— Il paraît que tu ne peux pas grand'chose, puisque tu es obligé de dire adieu, pour toujours, à.....

La voix des Camisards, unie à celle des protestants mêlés dans la foule, empêchèrent d'en entendre davantage. Ils continuèrent leur route en chantant :

> Je veux toujours obéir à tes lois,
> Chanter ta gloire, invoquer ta puissance.
> Et devant toi, plein de reconnaissance,
> En hymnes saints faire éclater ma voix.

CHAPITRE LXXXII

TENTATIVE DE RÉSISTANCE

Une grande assemblée était réunie à Saint-Cézaire. Plus de cinq cents protestants avaient été convoqués pour apprendre de la bouche de Cavalier les conditions de la paix. Mais Cavalier qui, s'il avait traité, n'avait assurément traité que dans son intérêt personnel, était intéressé à cacher autant que possible le résultat de la conférence. Il se renferma donc dans des explications vagues et générales, assurant que tout le parti aurait lieu d'être satisfait, harangua ses coreligionnaires, les combla d'éloges, congédia les otages et se rendit à Saint-Dionisy, d'où il envoya des émissaires dans toutes les directions pour rassembler, ainsi qu'il en était convenu expressément avec le maréchal de Villars, toutes ses troupes à Calvisson où, par ordre du roi, des vivres et des logements avaient été préparés pour un corps de huit cents hommes que Cavalier, devenu colonel au service du roi, devait aussitôt conduire en Portugal, contre les ennemis de la France.

En attendant la concentration générale de son armée et l'arrivée des bandes de Roland, Joigny et Castanet, Cavalier, avec environ quatre cents hommes, se rendit à Calvisson, établit des corps de garde à toutes les portes et fit de la ville une sorte de place de refuge dans laquelle il convoqua tous les huguenots des environs à des exercices religieux.

Les protestants accoururent en foule et, pendant dix jours, ce ne fut qu'une suite de prières, de chants, d'exercices de toutes sortes, pour lesquels se relayaient les prophètes et les fidèles, et auxquels prirent part plus de quarante mille personnes arrivées de Nîmes, de Lunel et même de Montpellier.

Malheureusement, tout cela n'avançait pas les affaires de Cavalier. Bien qu'il n'eût pas encore communiqué les articles de la paix, ce que l'on en connaissait n'était de nature à satisfaire ni le consistoire, ni les soldats, ni surtout les chefs militaires du parti protestant, qui avaient toujours été d'avis de continuer les hostilités.

Cette paix n'avait rien produit de ce que l'on ambitionnait et les grâces accordées au seul Cavalier n'étaient qu'une offense pour ceux qui se croyaient au moins ses égaux. Depuis longtemps déjà on le soupçonnait d'agir dans son intérêt personnel. Les soupçons se confirmaient chaque jour davantage et la mauvaise volonté allait croissant.

Le maréchal de Villars pressait le général des enfants de Dieu de remplir ses promesses ; il menaçait de retirer les faveurs promises et d'entrer en campagne.

Cavalier prit un parti extrême. Il fallait en finir à tout prix. Escorté de vingt de ses gardes seulement, il partit pour les Cévennes, décidé à

faire arrêter Roland au milieu de sa propre armée, s'il refusait plus longtemps d'obéir. Mais les temps étaient changés. Cavalier n'avait plus sur
les siens l'autorité qui les mettait à sa merci. Roland ne se laissa ni persuader par les raisons, ni attendrir par les prières, ni intimider par les
menaces. La conférence tourna en dispute, la dispute dégénéra en injures.

— Ne suis-je donc plus le seul maître ? s'écria Cavalier outré de
colère.

A cette exclamation, arrachée par l'orgueil froissé, Roland répondit
par un éclat de rire :

— Frère, dit-il, la tête te tourne ; as-tu oublié, par hasard, que je suis
ton ancien dans le commandement et que si l'un de nous devait obéir,
ce serait toi et non pas moi? Tu devrais mourir de honte de ta trahison. Crois-tu donc que ce soit pour te gagner les épaulettes de colonel
qu'un peuple entier a sacrifié, pendant si longtemps, ses biens, son
repos et sa liberté, que tant des nôtres ont péri dans des combats héroïques. Va, si cela te plaît, te rassasier, aux pieds de ceux qui te mé-
prisent, des os qu'ils voudront bien te jeter en pâture. Mes compagnons et moi nous n'imiterons pas ta lâche conduite et nous saurons
répandre jusqu'à la dernière goutte de notre sang pour la foi et la
liberté.

— Vive Roland ! crièrent les montagnards, honte aux faux frères ! A
bas les traîtres et les vendus !

Cavalier se leva, blême de fureur.

— Puisque personne n'ose t'arrêter, c'est moi qui le ferai, s'écria-t-il
en mettant l'épée à la main.

Mais déjà Roland avait armé son pistolet et attendait son rival de pied
ferme. Sans l'intervention des prophètes Daniel et Couderc, le sang eût
coulé ; ils parvinrent à les séparer, mais frémissants de rage et sans que
désormais il fût possible de les réconcilier.

— Partons donc, rugit le Cévenole en montant à cheval, dans quelques jours je reviendrai à la tête de mes fidèles et justice sera faite de votre bande de factieux.

Et, la rage dans le cœur, il repartit pour Calvisson où, depuis quelques jours, Ravanel était venu rejoindre le gros de l'armée, qu'il avait abandonnée si peu auparavant.

Il avait été le bras droit de Cavalier et son partisan le plus dévoué, mais pendant son séjour dans le camp de Roland, l'ambition avait changé son âme, il n'était revenu que pour trahir. L'absence de son général lui avait fourni l'occasion qu'il cherchait, et, il faut l'avouer, la plupart des enfants de Dieu, habilement travaillés, n'étaient que trop portés à la défection.

Le traître sut tirer parti de la disposition des esprits et, par de perfides suggestions, acheva de les aigrir. Il peignit le général comme un ambitieux égoïste qui, oubliant dans son orgueil qu'il ne devait qu'au courage et à la constance de ses soldats ses succès passés, avait vendu ses frères et sa religion pour son seul avantage et de vains honneurs. Il parla des souffrances endurées, des triomphes obtenus. « Et c'est au moment où vous allez recueillir les fruits de vos généreux efforts, s'écria-t-il, au moment où le tyran effrayé est prêt à vous accorder la liberté de conscience, à nous laisser reconstruire nos temples abattus, à ouvrir à nos frères les portes de leurs prisons, que vous vous laisseriez priver de vos droits pour procurer à un ambitieux le vain plaisir de parader dans le costume de colonel du Pharaon ! Malheur ! malheur à nous si, par faiblesse, nous trahissions nos devoirs ! »

Ces discours et d'autres semblables avaient produit leur effet.

Quand Cavalier parut, un morne silence l'accueillit. La révolte était déjà dans les esprits ; aux premiers mots qu'il prononça elle se trahit par des murmures, et quand il parla d'aller punir Roland le traître, plusieurs voix crièrent :

— C'est toi qui es le traître !

— Qui donc osé m'accuser ? rugit Cavalier en tirant son épée.

— Moi, fit Ravanel. Tu nous as vendus, nous te refusons obéissance. Va, si tu le veux, chercher les faveurs d'un roi catholique, nous ne te suivrons pas.

— Quoi! toi aussi, Ravanel, toi, le plus fidèle de mes amis, toi en qui j'avais mis ma confiance ! murmura le général stupéfait de tant d'ingratitude.

— Oui, moi, parce que je mets ma religion au-dessus de mon amitié, répondit hypocritement le lieutenant. Mon cœur est brisé par la douleur, il saigne d'être obligé de t'abandonner aujourd'hui, mais je dois obéir à Dieu plus qu'aux hommes.

— En quoi l'Esprit t'ordonne-t-il de me désobéir ?

— Écoute, écoutez tous la parole qui vient d'En-Haut, riposta Ravanel, sur un signe duquel dix prophètes, au milieu de convulsions, vociféraient le cri de : Trahison ! aux armes, Israël ! Mort aux impies ! Mort aux ennemis de Dieu !

Exaltés par ces clameurs, cinq ou six mille protestants, accourus de tous les points du diocèse, entouraient le général en levant vers lui des mains suppliantes et en répétant :

— Épée de Dieu, défenseur de la foi, Judas Machabée, ne nous abandonne pas !

— Frères, on vous trompe, je ne vous ai point trahis, j'ai défendu vos intérêts au péril de ma vie, car je suis allé désarmé dans le camp de nos ennemis, j'ai obtenu pour vous des promesses de...

— Oui, des promesses qu'on n'a pas tenues, interrompit Ravanel qui craignait l'effet des paroles de son chef; l'Ermite a massacré plusieurs de nos frères qui se rendaient à l'assemblée; ses meurtriers parcourent la campagne pour en égorger d'autres!

— C'est faux! l'Ermite est à Nîmes, s'écria Cavalier, que la colère commençait à gagner. Tout cela n'est qu'un prétexte, que demandez-vous?

— Nous demandons la liberté de conscience, nous demandons le rétablissement de nos temples, la liberté de nos prisonniers, le rappel de nos exilés, et jusqu'à ce que nous ayons obtenu toutes ces choses, nous ne déposerons pas les armes. Nous préférons à une paix honteuse, la lutte jusqu'à la dernière goutte de notre sang.

Cavalier ne se possédait plus.

— Es-tu donc le maître ici? rugit-il.

— Oui, je suis le maître et je te le ferai voir, répondit impudemment Ravanel. Soldats de l'Éternel, faites connaître vos intentions. dites si vous voulez obéir à Cavalier ou à moi.

— Point de paix! honte aux traîtres! à la montagne! crièrent-ils d'une voix terrible, et que Ravanel soit notre chef. Mort aux traîtres! Aux armes! aux armes!

— En avant donc vers la montagne! fit le nouveau chef en tirant son épée.

— Misérable! rugit le général abandonné. Et il arma ses pistolets, prêt à faire feu.

Vingt fusils s'abaissèrent. Ses soldats, mutinés, allaient tirer sur leur ancien chef; encore une seconde et c'en était fait de lui; le prophète Moyse le couvrit de son corps. Il fallut céder.

Un instant après, la foule quittait Calvisson, laissant Cavalier seul, en proie à la rage et à la honte.

Sur le soir, trente hommes restés fidèles malgré toutes les objurgations, vinrent le rejoindre. Ce fut avec cette suite qu'il alla rejoindre le maréchal de Villars à Saint-Geniès.

— Vous avez fait votre devoir, monsieur Cavalier, lui dit le maréchal, c'est à présent à moi à faire le mien. Les rebelles n'ont pas voulu du pardon, je les réduirai par la force.

Et aussitôt il envoya ses aides de camp donner l'ordre aux troupes de reprendre leurs mouvements.

Les protestants croyaient que M. de Villars, pris au dépourvu, leur

... laissant Cavalier seul, en proie à la rage et à la honte. (*Voir page* 966.)

donnerait le temps de reconstituer leurs moyens de défense ; déjà ils avaient expédié secrètement des armes et des munitions vers la forêt des Leins, mais quand ils virent dragons, miquelets et partisans sillonner les trois diocèses avec une rapidité et une sûreté de mouvements qui indiquaient un plan savamment conçu et parfaitement arrêté, leur confiance fit place à la consternation et ils envoyèrent à leur nouveau général Roland l'ordre d'amuser le maréchal par des négociations que l'on ferait traîner en longueur jusqu'au moment où l'on pourrait reprendre la campagne.

C'était un moyen pour l'ambitieux prince des Cévennes de jouer un rôle et peut-être de parvenir aux honneurs, comme son rival ; il accepta avec empressement la commission dont le chargeait le consistoire et fit proposer à M. de Villars de reprendre les conférences.

Enchaîné par les ordres de la cour, le maréchal chargea Cavalier et le baron d'Aigalliers de conduire la négociation. Les troupes reçurent ordre de cesser de battre le pays et de rentrer dans leurs cantonnements et le comte revint à Nîmes.

La première conférence eut lieu, le 2 juin, à Durfort, entre le Gardon et le Vidourle ; elle fut orageuse. Cependant, Roland y obtint ce qu'il désirait : le grade de colonel pour lui, l'élargissement des prisonniers, la permission aux protestants de vendre leurs biens et de sortir du royaume ou d'y rester, sans être inquiétés, à la condition de ne pas tenir d'assemblée.

Le prince des Cévennes accepta et vint avec Cavalier et les autres plénipotentiaires, annoncer la paix à son armée, campée dans les bois de Lézières.

Ce n'était qu'une comédie et la scène de Calvisson se renouvela. Ravanel voulait traiter à son tour et obtenir le brevet de colonel. A la vue de Roland et de Cavalier, il s'écria :

— Frères, voici des traîtres qui viennent pour nous suborner ; défendons les intérêts de l'Éternel.

Aussitôt la sédition éclata. Des cris de mort s'élevèrent de toutes parts. Il semblait que tout fût à recommencer.

Cavalier, qui n'était pas dans le secret de la conspiration, échappa par la fuite au mauvais parti que lui eussent fait ses rivaux. Roland feignit de ne pouvoir le suivre et se rendit à discrétion, ainsi que cela avait été convenu, pour permettre à Ravanel de s'ériger en plénipotentiaire, en attendant qu'arrivât le tour de Catinat et de tous les ambitieux qui, sous prétexte de liberté de conscience, n'aspiraient qu'à la fortune et aux honneurs. De cette façon les chefs devaient obtenir successivement leur parts des faveurs royales.

Le maréchal ne fut pas dupe de cette fourberie. il donna de nouveaux ordres aux troupes de marcher. sans vouloir écouter plus longtemps les protestations du consistoire qui, effrayé des malheurs certains que devait entraîner la guerre, fit offrir, sous main, à Mlle de Cornély, l'Isabeau du nouveau Judas Machabée, quatre cents pistoles si elle voulait ramener Roland à ce que l'on attendait de lui.

— Je vais travailler, répondit-elle, à ce que vous souhaitez de moi, mais si l'esprit de Dieu inspire à Roland d'autres sentiments, je ne saurais en conscience m'y opposer.

Le prince des Cévennes n'était pas prêt; oubliant qu'il n'était que prisonnier, il entama de nouvelles négociations et fit si bien traîner les conférences en longueur que, lorsqu'arriva le mois d'août, les prophètes, bien munis d'armes, de vivres, de munitions et de chevaux, se trouvaient parfaitement en état de recommencer la guerre. Jamais peut-être ils n'avaient été si nombreux et si bien armés. Roland, leur principal chef, avait dix-huit cents hommes sous ses ordres, Joannis quatre cents, La Rose trois cents, Beulaigue cent, et Louis Coste cinquante noirs, nouvellement enrôlés, mais tout aussi féroces que ceux de Jean Marius dont on se rappelle les horribles exploits.

Mais toutes ces troupes n'avaient plus pour les diriger, frère Jean, devenu colonel du roi, et le maréchal de Villars disposait contre elles de

troupes aguerries par les précédents combats, commandées par le colonel de Laudun, Marsili, Gibertin et Gabriac, sans compter les deux
cents partisans de l'Ermite.

Mlle de Cornély, sous prétexte de ménager de nouvelles conférences, servait d'espion aux rebelles et leur donnait avis de tous les
mouvements des catholiques; le maréchal, plus clairvoyant qu'elle
ne le supposait, favorisait secrètement ses menées en la faisant surveiller de près. Elle devenait ainsi le meilleur indicateur des positions ennemies. Il n'était pas besoin d'autre tactique pour connaître parfaitement les lieux dans lesquels se trouvait le général des rebelles; chacune
de ses démarches était trahie par celle-là même qui croyait trahir pour
lui.

Tout à coup elle cessa de se rendre à la forêt des Leins, où jusque-là
Roland avait tenu son quartier-général, et prit la route d'Aubussargues.
Elle allait pénétrer dans le bois, quand un groupe de cavaliers de la garnison d'Uzès, apercevant cette femme qui, seule, à cheval, dans ce lieu
désert, cherchait à se cacher dans la garrigue, la poursuivirent, l'atteignirent et, trouvant ses réponses suspectes, l'emmenèrent à Uzès où elle
fut mise en prison.

Plusieurs jours se passèrent sans que le maréchal pût rien apprendre de
la marche des Camisards, leur armée semblait avoir disparu comme par
enchantement; évidemment ils méditaient un grand coup. Sur ces entre-
faites il apprit l'arrestation de Mlle de Cornély et écrivit aussitôt à l'Ermite: « Venez avec Olivier, je vous attends. » Un dragon porta la lettre
au galop.

Cinq heures apres, trois chevaux, ruisselants de sueur, s'arrêtaient à la
porte de l'hôtel. L'Ermite et son compagnon furent introduits à l'instant même.

Le maréchal achevait une lettre. Il tendit la main au partisan, l'invita
à s'asseoir, ainsi que son compagnon, écrivit encore quelques lignes,
et tout en scellant sa missive d'un léger sceau de cire rouge:

— Monsieur de La Sagiote, dit-il, vous êtes toujours au Pont-Saint-Nicolas?

— Oui, monseigneur.

— Que savez-vous des ennemis.

— Joannis et sa bande sont dans le bois de Saint-Quintin, Coste et ses noirs près de Montaren, Beulaigue et ses hommes sillonnent la campagne tout près d'ici, La Rose manœuvre pour.....

— Et Roland, monsieur, Roland?

— Il était à Aubussargues, il y a cinq jours, mais depuis lors, malgré tous mes efforts.....

— Vous n'en avez rien appris, n'est-il pas vrai?

— Rien, monseigneur.

— Pour éviter de grands malheurs, il faut cependant que dans quatre jours il soit pris; je vous en charge.

— Mais, monseigneur! fit l'Ermite stupéfait.

— Oui, continua le maréchal, il est évident que messieurs les rebelles préparent quelque scélératesse de leur façon; il faut l'empêcher..... puis, ajouta-t-il en souriant, vous savez que la célébration du mariage de M. le colonel de Laudun est fixée au 30 de ce mois, nous sommes le 8 aujourd'hui, et je désire que messieurs les officiers puissent être libres d'y assister ce jour-là, je le souhaite de tout mon cœur, et M. Olivier doit être de mon avis, n'est-il pas vrai?

Olivier rougit; le partisan continuait à regarder le comte.

— Vous allez, dit celui-ci, prendre des chevaux frais et courir la poste jusqu'à Uzès, vous remettrez cette lettre à M. le gouverneur, je lui donne l'ordre de fournir adroitement à Mlle de Cornély l'occasion de s'échapper. Dès qu'elle sera libre elle ne manquera pas de courir se mettre de nouveau à la disposition des ennemis. De cette façon, il vous sera facile de connaître leurs positions exactes. Vous avez des hommes courageux et intelligents, vous la ferez suivre, vous saurez où elle va et vous m'en rendrez compte, je n'en demande pas davantage.

— Vous serez obéi, monseigneur.

— C'est bien, je compte sur vous et j'espère que la journée de demain ne se passera pas sans que je recoive de nouvelles Allez, messieurs, le temps presse.

Un instant après, les deux cavaliers montaient, au grand trot, la côte du Gardon.

CHAPITRE LXXXIII

ÉVASION

La prison de Mlle de Cornély n'était pas un de ces humides cachots
où jamais ne pénètre le soleil et où, sur de la paille à demi pourrie, gé-
missent les victimes d'un barbare tyran sous le poids de leurs lourdes
chaînes; la voûte basse et étouffée ne suintait pas la douleur, il n'y avait
ni pestilentielles émanations, ni ossements blanchis sur le sol gluant,
rien en un mot de toutes ces inventions laborieusement enfantées par
l'âme sensible des romanciers. C'était une petite chambre, claire et gaie,
dont les fenêtres quoique grillées laissaient deux heures par jour le soleil

fureter tous les recoins depuis la cheminée, sur laquelle un vase de fleurs arrangé par les mains de la recluse répandait son parfum, jusqu'au lit couvert d'une courte-pointe de cotonnade piquée, encadré dans des rideaux d'indienne à fleurs du Levant. La fenêtre s'ouvrait sur la rue laissant entrer la lumière et le bruit; la porte donnait sur un long corridor au bout duquel une prétendue sentinelle de la garde bourgeoise sommeillait sur un banc de pierre protégé par un auvent, ou faisait sa partie de dés avec un camarade venu du poste voisin.

Tel était le lugubre cachot, tel le farouche geôlier. Cependant, si douce que fût sa captivité, la fille du gentilhomme protestant des Cévennes eût préféré la liberté; elle s'ennuyait entre ses quatre murs tapissés d'un papier à fleur, comme un oiseau dans une cage élégante, et épiait, à travers le judas entrebâillé de sa porte, le moment de s'envoler.

La difficulté n'était pas de forcer la serrure, bien que cela eût demandé quelque effort, mais d'échapper à la vue du garde qui n'eût pas manqué de donner l'éveil, et alors, adieu la jolie chambre, car les tentatives d'é_vasion étaient punies par une détention plus rigoureuse.

Elle pensait à tout cela, quand, maître Grégoire, le geôlier de la ville, entra dans la chambre apportant le dîner de la prisonnière. C'était un gros homme ventru et grisonnant, aimant à interroger et à répondre, non pour savoir ou pour informer, mais uniquement pour parler. C'était la gazette vivante de Mlle de Cornély, qui ne manquait pas de la faire causer longuement; il ne demandait pas mieux, et tant il en savait tant il en disait, inventant même quand la matière venait à manquer.

Ce jour-là, maître Grégoire était en verve plus encore que d'habitude; sa collection de faits divers n'avait jamais été plus abondante et, comme il avait gagné coup sur coup trois parties de dés dont l'enjeu n'était autre qu'un piché de vin clairet, mesure d'Uzès, absorbé consciencieusement à la fin de la partie, il était tellement ému que peu s'en fallut qu'il n'offrît son bras à la prisonnière pour lui rendre la liberté.

— Trois parties de dés, mais c'est magnifique, maître Grégoire.

— Trois ! mademoiselle, je lui en aurais gagné dix de suite en lui rendant des points, ah ! ah ! ah ! ce n'est pas un milicien qui jouerait comme cela, et quel pauvre buveur ! ah ! ah ! ah !

— Vraiment, fit-elle avec curiosité, et pourquoi n'est-ce pas un milicien ?

— Ah ! c'est vrai, j'ai oublié de vous conter cela. Figurez-vous, mademoiselle, vous connaissez la caserne des Mignons ?

— Sur la place.

— Oui, la nouvelle caserne, il y a un grand pré à côté.

— Eh ! bien, qu'y a-t-il dans ce grand pré ?

— Il y a de l'herbe, que voulez-vous qu'il y ait dans un pré ? ah ! ah ! ah !

— Et du vin dans ton estomac, pensa la prisonnière, qui ajouta : Quel rapport y a-t-il entre le milicien et ce pré ?

— Oh ! voici, l'herbe a été coupée hier, le soleil l'a séchée aujourd'hui, il faut la rentrer, il paraît que les soldats du roi ne savent faire les botte s quoiqu'ils en portent, ah ! ah ! ah ! comprenez-vous, des bottes ! ah ! ah ! ah ! j'en mourrai, bien sûr ; c'est drôle, des bottes...

— Oui, oui, très drôle et très spirituel.

— N'est-ce pas ? ils ne savent pas faire des bottes ! ! ! Alors comme l'ouvrage pressait, le commandant a fait demander les bourgeois du poste, et, pour les remplacer tous, savez-vous qui il a envoyé ?

— Un nombre égal de dragons ou de miquelets ?

— Oui, croyez cela et buvez un verre d'eau, ça vous coupera la fièvre, s'écria le bonhomme recommençant à pleurer jusqu'aux larmes, il a envoyé un soldat... un soldat et pas même entier, car il n'a pas de barbe ! ah ! ah ! ah !

— Alors la moitié d'un soldat seulement, reprit Mlle de Cornély, que cette conversation intéressait vivement, et qui voulait prolonger la bonne humeur de son narrateur.

Le mot eut un succès énorme, du rouge le visage de maître Grégoire passa au cramoisi, ses petits yeux se fermèrent aux trois quarts et ce fut en trépignant, en se tordant et en frappant des mains qu'il répéta :

— Oui i i i, la moitié d'un sol ol ol dat ! ! !

Un moment la prisonnière craignit qu'il n'eût une attaque. Enfin il se remit un peu et finit par raconter que cette moitié de soldat qui portait des bottes et qui ne savait pas les faire (il revint au moins vingt fois sur cette spirituelle plaisanterie), ne savait ni jouer aux dés, ni boire, si bien qu'il avait perdu les trois parties, et qu'ayant voulu faire raison à son adversaire, il s'était si bien grisé, qu'il dormait sous son banc, son chapeau d'un côté et son fusil de l'autre.

C'était chose bonne à savoir, d'autant meilleure que la nuit commençait à venir.

L'Angelus sonnait sept heures,

— Diable! diable! sept heures déjà, et ma femme qui m'attend pour souper, diable ! diable! bonsoir.

Et il se sauva emportant son panier, et si pressé qu'il oublia de fermer la porte, mais arrivé au bout du corridor il se retourna et cria à la prisonnière qui, à travers son judas, le regardait s'éloigner :

— Il ronfle toujours avec ses bottes! et elle l'entendit qui s'éloignait avec des éclats d'un rire niais.

Le parti de Mlle de Cornély fut bientôt pris, elle ouvrit doucement la porte et sur la pointe du pied s'avança jusqu'au bout du corridor, le soldat ronflait en effet comme un canon, étendu tout de son long.

La prisonnière franchit le perron, traversa la cour et, modérant son pas de manière à ne pas exciter les soupçons, se dirigea vers le rempart.

Un homme la suivait à cinquante pas et arriva presque en même temps qu'elle au portail Saint-Étienne; là il s'arrêta. Cet homme portait le costume ordinaire des paysans de la campagne. Si maitre Grégoire fût rentré en ce moment, il aurait été bien étonné de retrouver sur le banc de la prison, l'uniforme du dormeur sous lequel Olivier portait d'avance son travestissement.

Sans hésiter la jeune fille prit la route de Saint-Hippolyte, hâtant le pas à mesure qu'elle s'éloignait de la ville, s'arrêta un instant à un coude du chemin, et n'apercevant que le paysan qui semblait retourner à sa maison, coupa à travers champs, pour venir frapper à une cam-* pagne isolée appelée le *Mas de la Verdière*.

Olivier l'avait suivie à l'abri d'un rideau de saules, il se blottit der-rière un buisson et attendit.

Mlle de Cornély était sans doute bien connue dans cette maison, car il entendit des exclamations de joie, et, après une demi-heure d'allées et de venues, la porte de la cour s'ouvrit et un paysan sortit, conduisant par la bride deux chevaux, l'un pour la fugitive, l'autre pour lui.

— Combien nous faut-il? demanda la demoiselle.

— Une heure au plus, il n'y a que trois lieues.

— Si tu crains de m'accompagner, ton fils te ramènerait le cheval de-main, j'irais seule?

— Il ne manquerait plus que cela, et si le château était fermé?

— Malarte a la clef.

— Non, il ne sera pas dit que je vous aurai laissé aller seule d'ici à Castelnau, mon fils doit venir demain, le cheval lui servira.

— Chut! fit elle, si on nous entendait!

— Ici il n'y a pas de danger. Nous passerons par la traverse.

— Par où tu voudras, partons.

Ils prirent un petit chemin contournant la colline, et partirent au trot.

Olivier revint vers Uzès, le portail était fermé.

— Qui vive! cria la sentinelle.

— Service du roi, répondit le jeune homme

On le fit entrer.

L'Ermite ne l'attendait pas sitôt.

— Eh! bien? dit-il.

— Elle est au château de Castelnau, fit le jeune homme, et comme M. de La Sagiote s'étonnait de son prompt retour, il lui conta son aventure.

Le partisan tira son horloge de poche.

— Dix heures un quart, dit-il, habille-toi, et prends tes pistolets, dans une demi-heure nous partons.

– Pour où?

– Pour Nîmes, où nous éveillerons le maréchal.

Deux heures après ils avaient passé le pont Saint-Nicolas ; à une heure et demie du matin ils étaient à Nîmes.

Un dragon avait ordre de les introduire chez le comte de Villars, il frappa à la porte.

Le maréchal dormait en vrai soldat, sur une sorte de lit de camp, tout habillé.

— Entrez ! cria-il en sautant à bas de son lit.

— Quoi, déjà ! fit-il en reconnaissant l'Ermite.

— Oui, monseigneur, et avec toutes les indications demandées, c'est Olivier qui a tout fait.

— Je me le rappellerai, dit le comte. Ami Olivier, fais-moi le récit de ta découverte.

Le jeune piqueur raconta tout ce qu'il savait.

— A merveille, reprit le maréchal ; à présent il s'agit de séduire ce Malarte afin qu'il vienne avertir au moment favorable.

L'Ermite fit une grimace significative.

— Qu'y a-t-il donc ? demanda M. de Villars.

— Monseigneur, il y a une trahison et.....

— Je comprends et je m'y attendais, je ne vous en demande pas davantage, Monsieur de La Sagiote, et je me charge de trouver quelqu'un qui sera moins scrupuleux sur le point d'honneur. Il frappa dans ses mains, le dragon de garde entra.

— Trois chevaux frais de mes écuries, dit le comte:

Le soldat salua et sortit.

— Messieurs, vos chevaux doivent être fatigués, l'on va vous en

N'apercevant que le paysan qui semblait retourner à sa maison. (*Voir page* 977.)

donner d'autres que vous voudrez bien garder en souvenir de moi, ce n'est qu'un échange.

— Monseigneur, nous ne méritons pas cette faveur, interrompit le partisan, et je ferai remarquer à Votre Excellence que nous ne sommes que deux.

— Aussi le troisième est-il pour moi, qui tiens à vous accompagner à Uzès, veuillez m'attendre un instant dans la pièce voisine.

— Nous sommes à vos ordres, monseigneur, dirent-ils en se retirant.

Demeuré seul, le maréchal écrivit quelques mots à la hâte, mit deux cent cinquante pistoles dans sa bourse, prit son épée et alla rejoindre les deux partisans.

Les chevaux étaient prêts, ils partirent.

A peine arrivé, M. de Villars se fit conduire chez le brigadier Parate, commandant la garnison d'Uzès, et s'enferma avec lui.

Le lendemain, vers huit heures, Olivier et un homme de la police déguisé en bourgeois étaient assis au portail de la route de Moussac; c'était par là que devaient revenir le paysan et son fils, beaucoup de paysans étaient déjà entrés par cette porte, les uns à cheval, les autres conduisant des charrettes chargées de grains, de volailles et de légumes pour le marché du samedi.

L'homme commençait à désespérer.

— Vous ne les aurez pas reconnus, disait-il.

Olivier pensait qu'il pourrait bien avoir raison.

En ce moment trois cavaliers arrivèrent et se mirent à causer avec le péager préposé à l'octroi, ils débattaient l'entrée d'une outre de vin.

— Je vous dis que c'est du vin étranger dont nos privilèges défendent la vente, disait le préposé de l'octroi.

— Et moi je vous dis que je l'ai recueilli dans ma vigne de la Verdière, répondait le paysan.

— Les voici, fit Olivier, je reconnais le père, mais je ne sais lequel des deux autres est le fils.

L'homme de la police sourit.

— C'est bon, dit-il.

Et pendant qu'Olivier se retirait, il se rapprocha du péager pour mieux entendre.

Après quelque débat les hommes entrèrent et allèrent décharger leurs marchandises sur la place Saint-Castor, près de l'hôtel de ville.

Un bourgeois se promenait indolemment sur cette place, examinant et marchandant, il s'arrêta devant les trois nouveaux venus, regarda la montre du vin dans un gobelet d'étain, la flaira et en demanda le prix.

— Vingt-deux livres le barral, dit l'un des paysans.

L'amateur haussa les épaules et s'éloigna lentement.

— Allons, prenez-le pour vingt, cria le vendeur.

Le bourgeois revint, examina de nouveau, goûta le liquide et reposant le gobelet :

— Je donne quinze, dit-il.

— Quinze livres de ce vin-là ! il m'en coûte plus à moi, s'écria le vendeur. Regardez donc un peu, c'est du rubis à l'œil et du velours à la langue, il n'a pas son pareil dans tout le pays.

— Seize livres, mais pas un denier de plus.

— Allons, prenez-le à dix-huit, c'est un sacrifice que je ne ferais pas pour tout autre.

Le bourgeois hésitait.

— Prenez-le, c'est une bonne affaire.

— Pour vous, l'ami, c'est possible, mais moi j'aime à connaître les provenances.

— Parbleu ! la provenance, c'est ma vigne.

— Votre vigne ! et sais-je où elle est votre vigne, les quartiers sont bien différents.

— Il est de la Verdière, dit le plus vieux.

L'acheteur secoua la tête en signe d'incrédulité.

— Non seulement il n'est pas de la Verdière, mais pas même du terroir, voulez-vous que j'appelle l'expert?

Cette proposition effraya sans doute le propriétaire qui, se rapprochant, lui dit à mi-voix :

— En effet il est de Castelnau, je suis Malarte, le fermier de Peyraube, prenez le vin à dix-sept livres et ne faites pas de bruit.

— Va pour dix-sept livres, rendu à ma maison.

Le fermier chargea l'outre sur son épaule et demanda :

— Où faut-il aller?

— Suivez-moi, dit l'acheteur.

Le vin déposé dans le vestibule, Malarte entra pour se faire payer dans une pièce où deux hommes causaient ensemble; l'un des deux était bien connu dans Uzès, c'était le brigadier Parate, le paysan voyait l'autre pour la première fois.

L'acheteur du vin posa dix-sept livres sur la table, salua et sortit.

— Mlle de Cornély a-t-elle fait bon voyage? demanda le brigadier au paysan.

— Je ne sais pas, balbutia Malarte décontenancé.

— Cependant ton père l'a conduite hier au soir à Castelnau dont tu as la clef.

— Monseigneur! supplia le paysan, je.....

— Et quel jour doit y venir Roland? interrompit le second personnage.

Le paysan resta muet.

— Réponds à Monseigneur le maréchal de Villars puisqu'il te fait l'honneur de t'interroger, reprit Parate.

A ce nom, le malheureux fut pris d'un tremblement.

— Je ne sais pas, Monseigneur, je ne.....

— Très bien, tu t'imagines peut-être que tes mensonges te sauveront; c'est inutile, tu as favorisé l'évasion d'une prisonnière du roi, tu as des relations avec le chef des rebelles, et tu oses venir espionner jusque sous les yeux de Son Excellence; prépare-toi à partir pour Montpellier où l'Intendant te traitera comme tu le mérites..... Et en disant ces mots le brigadier se leva.

— Grâce, monseigneur! grâce! fit le paysan, tombant à genoux, je n'ai fait qu'ouvrir la porte du château; mais ce n'est pas moi qui l'ai conduite.

— Je le sais, c'est ton père; tu n'en es pas moins coupable pour cela. Toute ta famille va être envoyée en prison, nous verrons après.....

— Monseigneur le maréchal, ayez pitié d'un pauvre père de famille qui.....

— Trahit le roi, interrompit sévèrement le comte. Je n'ai que trop pardonné, il faut que justice se fasse. Monsieur Parate, appelez l'officier de maréchaussée.

— Grâce, monseigneur! grâce! suppliait le paysan en se traînant sur les genoux. Grâce, et je vous livrerai la prisonnière.

— Vraiment? il m'est si difficile de la faire reprendre quand je voudrai, que je n'ai nul besoin de toi, mais si d'ici à trois ou quatre jours, tu t'engages à me livrer Roland, je te rendrai la liberté.

— Roland! murmura le paysan, s'il savait que je pense à le trahir, il...

— La liberté, poursuivit M. de Villars, et ces deux cents pistoles, ajouta-t-il en vidant sa bourse sur la table.

A la vue de cette pluie d'or, Malarte eut un éblouissement et étendit instinctivement les mains.

— Faut-il que j'aille prévenir le prévôt? dit Parate.

— Et vous me protègeriez contre la colère des protestants?

— Je te promets qu'il ne t'arrivera rien.

— Jurez-le donc.

M. de Villars fronça le sourcil.

— Ma parole vaut un serment, dit-il. Acceptes-tu?

Le malheureux eut un moment d'hésitation, Roland était son ami, et Mlle de Cornély sa bienfaitrice.

— Allez, monsieur, dit le maréchal au brigadier, cet homme veut être roué.

— Monseigneur, arrêtez..... j'accepte.

— Fais attention, si tu cherches à me trahir, tu es un homme perdu.

— J'accepte.

— C'est bien, relève-toi, je te pardonne et de plus, tu vois cet or, je m'engage à te le compter le jour où tu me livreras Roland.

— Mais je ne pourrai jamais l'arrêter.

— Aussi, n'est-ce pas ce que je te demande; tout ce que j'exige, c'est qu'aussitôt qu'il sera dans un endroit où nous pourrons aller le prendre, tu viennes m'avertir.

— Je vous le promets, monseigneur. Puis-je me retirer?

— Oui, et pas un mot de ce qui s'est passé entre nous.

— Ne craignez rien, monseigneur, dit Malarte, se disposant à sortir.

— Prends donc le prix de ton vin, fit le brigadier. Tu diras qu'on t'a fait attendre pour le paiement.

Le paysan empocha les dix-sept livres et sortit.

Le même jour il revenait à Castelnau.

CHAPITRE LXXXIV

LE CHATEAU DE CASTELNAU

Quand l'espion Malarte eut rejoint au château de Castelnau Mlle de Cornély, celle-ci lui demanda ce que l'on disait de son évasion.

— La ville est à l'envers, répondit-il. Tout le monde discute sur les conséquences de votre départ; l'un vous croit ici, l'autre là, mais l'opinion la plus commune est que vous vous êtes réfugiée à Nîmes.

La fugitive partit d'un éclat de rire.

— Pendant qu'ils me chercheront là-bas, procure-moi du gibier et de la volaille. Roland, auquel j'ai écrit, viendra demain soir, avec quelques-uns de ses officiers. Je veux les recevoir comme le méritent de braves amis. Tu seras des nôtres ?

— Moi, mademoiselle, répondit-il sur un ton de profonde humilité, je n'oserais jamais m'asseoir à votre table, moi, un simple paysan.

— Pour nous, tu n'es pas un paysan, mais un ami, répondit-elle en lui tendant gracieusement la main. Ensemble nous avons été et serons encore à la peine, il est bien naturel que nous soyons ensemble aux réjouissances.

— Les cent louis seront bientôt gagnés, pensa le traître.

Le château de Castelnau, aujourd'hui propriété du marquis de Valfon, est, malgré les modifications qu'il a subies, un des plus beaux spécimens des constructions féodales. Fièrement assise sur une colline d'où le regard embrasse soixante-huit villages et suit, sur un parcours de plus de dix-huit kilomètres, les méandres du Gardon qui coule à pleins bords dans une fertile vallée, ombragée par des peupliers, des mûriers et des châtaigniers, la forteresse forme un vaste quadrilatère, flanqué de hautes tours à chacun de ses angles et enfermant dans son enceinte une cour à laquelle on ne peut arriver du dehors que par une poterne, protégée par un machicoulis et fermée par une pesante herse de fer.

Rien n'a été négligé par les architectes du moyen âge pour la rendre imprenable.

Ses murs extérieurs, épais de deux mètres, sont couronnés d'un chemin de ronde, couvert du côté de la campagne par un parapet continu, percé de meurtrières. Ses caves, voûtées, peuvent contenir d'énormes approvisionnements en vivres et en munitions.

En cas de siège traînant en longueur, un puits creusé dans le roc, à plus de vingt mètres de profondeur, eut suffi pour fournir une eau pure et abondante à la garnison, et dans la tour du nord, huit petites fenêtres, aux embrasures évasées, permettaient au vent qui s'y engouffrait de faire mouvoir une roue horizontale à aubes, destinée à imprimer un vif mouvement de rotation aux meules d'un moulin. De la sorte, en aucun cas les assiégés n'eussent pu manquer de pain.

Enfin et pour comble de précautions, une petite porte en fer ne pouvant s'ouvrir qu'en dedans et masquée par des constructions, permettait, en cas de surprise, aux défenseurs de la forteresse, de gagner, sans être vus par une pente abrupte, le sommet d'une colline couverte d'un épais taillis, absolument impénétrable aux cavaliers.

Tel est aujourd'hui le château de Castelnau, tel il était le 14 août 1704 lorsque, peu avant le coucher du soleil, arriva sous ses murs, Roland, accompagné de huit de ses prophètes favoris : Couteran, Grimaud, Guérin, Mallié, Raspal, Basson, Bourdalic et Marchand.

Mlle de Cornély attendait cette société et s'était préparée à la recevoir. Depuis plusieurs heures les cheminées de l'antique manoir flamboyaient et les zélées protestantes des fermes environnantes préparaient, avec plus de zèle que d'habileté, le repas dont les provisions apportées par Malarte faisaient le fond, et pour lequel, dans la vieille salle des gardes, était dressée une table de onze couverts.

La noble fugitive les reçut avec la plus grande cordialité. Pour chacun elle eut un mot aimable et les introduisit dans la salle du festin.

Quelques moments après, les convives, sauf Guérin, que le sort avait désigné pour veiller à la sûreté de tous, sur le chemin de ronde, festoyaient gaiement sous la présidence de Mlle de Cornély, qui contait les périls de son évasion et vantait, ainsi qu'il le méritait, le dévouement à toute épreuve des deux Malarte, sans lesquels, à coup sûr, elle n'aurait jamais pu mener à bien sa tentative hardie.

Ni le vin ni l'appétit ne manquaient au repas, la sécurité augmentait la gaieté et portait à l'expansion.

Ils se savaient dans un château dont le siège avait été fait vingt fois et dont les assiégeants avaient été vingt fois repoussés ; en outre ils pensaient que les soldats du roi ne pouvaient se douter qu'ils fussent réunis à

Castelnau ; dans ces conditions, il n'y avait rien à craindre et l'on pouvait enfin se livrer en toute tranquillité aux plaisirs de la table.

Roland prit un gobelet, le remplit jusqu'au bord et le leva en disant :

— A notre brave sœur, à celle qui a subile martyre de la prison pour la cause de la religion, à celle qui, comme Pierre, a été retirée du cachot du tyran par l'intervention divine !

— A notre brave frère, à celui que l'indigne trahison de Jean Cavalier n'a pu ébranler, à Roland, notre véritable chef, à celui qui nous mène à la victoire ! répartit Mlle de Cornély, aux applaudissements des convives, qui choquèrent leurs verres.

Seul Malarte ne buvait pas.

— Qu'as-tu donc, frère ? lui demanda Roland, peu habitué à une pareille sobriété, et un peu vexé aussi de l'abstention du paysan, on dirait que tu trembles.

— Ne faites pas attention à moi, capitaine ; jusqu'à présent, je m'étais dominé, j'étais trop honoré de la faveur que m'avait faite Mlle de Cornély en m'invitant, pour ne point assister à cette fête, mais la maladie l'emporte.

— De quoi souffres-tu donc ? demanda Mlle de Cornély avec intérêt.

— J'ai la fièvre depuis trois jours, et quand j'essaie de veiller le soir, elle redouble.

— Malgré le plaisir que tu nous ferais en restant, retire-toi pour te coucher, si tu crois que cela puisse te causer du soulagement, reprit Roland avec affection.

Malarte eut l'air d'hésiter ; il était si heureux, disait-il, d'entendre parler de choses de religion par les défenseurs de la vraie foi, par ceux qui, malgré tous les obstacles et toutes les tentations, étaient demeurés fermes dans la voie droite et que le Seigneur avait marqués entre tous du sceau de l'élection.

Il fallut que tous les convives joignissent leurs instances à celles de

leur chef, qui lui promit de ne pas repartir le lendemain sans lui serrer
la main encore une fois.

Quand il se leva pour sortir, il était tellement faible que Raspal et
Grimaud s'offrirent pour l'accompagner. Il refusa absolument; mais
avec son excellent cœur, comme il n'oubliait personne, il rappela que
l'heure de garde se prolongeait outre mesure pour ceux qui veillaient sur
le chemin de ronde, et qu'il serait grand temps de relever ce pauvre
Guérin.

— Tu as raison. fit Roland. Couteran, va relever Guérin, qui doit
avoir envie de souper à son tour.

Couteran prit un mousqueton accroché au mur et sortit pour aller
prendre la place de son camarade.

— Bon, pensa Malarte, en traversant lentement la cour, rien qu'une
sentinelle de ce côté, et qui, par conséquent, ne peut rien voir de ce qui
se passe au nord, neuf hommes qui seront ivres-morts dans deux heures,
une demoiselle qui n'aura pas l'idée de faire le guet, avec tout cela si je
ne gagne pas mes cent louis, j'aurai du malheur. Pendant qu'ils me
croient couché, tout grelottant de fièvre, préparons-nous à prendre la
poudre d'escampette.

La nuit était venue, mais il faisait un magnifique clair de lune; le
traître, que sa prétendue fièvre n'empêchait pas de tout prévoir, examina le ciel; un nuage qui montait à l'horizon devait, par la direction du
vent, produire une obscurité de quelques minutes, c'était plus qu'il ne
fallait pour atteindre le versant d'un mamelon ombragé par des châtaigniers; une fois là, il n'y avait plus à craindre d'être vu, et on pouvait
gagner la campagne en toute sécurité.

Le paysan prit ses mesures en conséquence, il entoura de linges les
pieds de son cheval, lui attacha la bouche avec une corde pour l'empêcher de hennir, et aussitôt que le nuage commença à voiler la lune, le
traître gagna le bois, le côtoya un moment, s'y enfonça, continua à
marcher pendant un quart de lieue, puis ôtant et les linges et la corde,

et enfonçant ses éperons dans les flancs de son cheval, il prit au galop la route d'Uzès.

Les dix-sept kilomètres qui séparent Castelnau de la ville furent bientôt franchis, mais il fallut du temps pour se faire ouvrir les portes, éveiller le brigadier Parate, lui faire un rapport, le convaincre de la nécessité d'agir sans retard, envoyer prévenir La Coste-Badie, commandant du deuxième bataillon de Charolais, tous les officiers de ce régiment et les deux compagnies des dragons de Saint-Cernin.

Sur les indications précises du paysan, la troupe devait, pour surprendre le château, sans être vue, arriver, non par la route ordinaire, mais, en suivant des sentiers, par le chemin de Saint-Dézery, s'emparer des deux portes à la fois avant que l'alarme eût été donnée, et tout cela vivement afin de ne pas laisser le temps de baisser la herse qui, une fois fixée, ne pourrait plus être enfoncée et changerait le coup de main hardi en un siège périlleux.

Toutes les mesures bien prises et les éventualités prévues, la troupe partit au grand trot, sous les ordres du commandant Coste et guidée par Malarte.

La nuit était devenue complètement noire. De gros nuages interceptaient les rayons de la lune. Tout paraissait donc favoriser l'entreprise, et déjà Malarte faisait de beaux projets sur l'emploi des cent louis qui devaient lui être comptés pour prix de sa trahison.

Cependant on continuait à festoyer à Castelnau.

Après le départ du traître, le repas s'était encore prolongé près de trois heures et, bien que les fumées du vin fussent peu propres à éclaircir les idées, on y avait débattu, avec la plus grande animation, le plan d'une nouvelle campagne à ouvrir par le massacre des catholiques de cinq villages voisins d'Uzès, dont on tâcherait ainsi d'attirer au dehors la garnison pour s'emparer, par surprise, de la ville dégarnie de troupes et s'y fortifier.

Dans ce but et pour donner le change au maréchal, Mlle de Cornély

Par des escarpements infranchissables pour les chevaux, ils gagnèrent la campagne. (*Voir page* 993.)

proposa de partir dès le lendemain pour Nîmes où elle avertirait le consistoire de se tenir prêt à tout événement, et de là pour Saint-Hilaire, afin de déterminer Beulaigue et les autres chefs à se porter sur Alais, à se montrer dans la campagne, et à engager au besoin de petites escarmouches sans danger, de manière à diviser les forces de l'ennemi.

Malgré l'intérêt de cette discussion, dans laquelle furent soutenues les propositions les plus extravagantes par des convives dont la sobriété n'était pas la principale vertu, le sommeil gagnant le président et les orateurs, tous les membres du conseil de guerre improvisé avaient, en trébuchant, gagné leurs lits où ils dormaient d'un profond sommeil, quand du haut du chemin de ronde, Grimaud, apercevant des cavaliers, poussa tout à coup le cri :

— Trahison ! Aux armes !

Et il déchargea son arme en l'air.

Ce fut un véritable effarement dans tout le château. Les Camisards, surpris dans leur premier sommeil et encore sous l'influence de leurs trop nombreuses libations, hésitèrent quelques instants avant de comprendre quel danger les menaçait. Quand ils se rendirent compte de la situation, il était trop tard.

Déjà les dragons descendaient au galop le coteau de Saint-Dézery, et le soleil levant faisait étinceler leurs sabres et leurs carabines. Ils allaient être là.

Il n'y avait qu'un parti à prendre, la fuite : le temps manquait pour abaisser la herse et la fixer. Par suite, toute tentative devenait impossible.

Roland, éveillé en sursaut, s'habilla à la hâte, saisit ses armes et courut à l'écurie pour prendre son cheval ; au moment où il arrivait dans la cour, trois de ses compagnons, Basson, Bourdalic et Marchand, qui s'étaient, par une heureuse paresse, jetés tout habillés sur leurs lits, fuyaient déjà dans le vallon.

Les dragons arrivaient ventre à terre.

Le général des rebelles sentit qu'il était perdu. Tout d'un coup, il se souvint qu'il restait un moyen d'échapper à l'ennemi.

— A la porte de fer! cria-t-il à ses cinq lieutenants qui descendaient, à demi vêtus, le pistolet au poing, et courant affolés dans tous les sens, à la porte de fer!

Ils gagnèrent précipitamment la porte qui, heureusement, n'était pas encore investie et, par des escarpements infranchissables pour les chevaux, purent se sauver à travers la campagne.

Sans Malarte ils étaient sauvés: les dragons, entrés dans la cour, s'étaient trouvés subitement arrêtés; ils ne connaissaient pas les détours du château, et ne savaient de quel côté se diriger pour mettre la main sur les Camisards.

— Faites le tour, cria le traître à La Coste-Badie, ils se sauvent par le côté du nord.

Quelques officiers de Charolais et une dizaine de dragons s'élancèrent dans la direction indiquée.

Les fugitifs traversaient le vallon quand ils virent apparaître leurs ennemis.

— Au bois, mes amis! rugit Roland.

Et il fit feu presque à bout portant sur l'officier de Charolais le plus rapproché de lui.

Le cheval, frappé au poitrail, s'abattit en entraînant son cavalier dans sa chute. Mais cet accident ne retarda pas la poursuite.

Les Camisards étaient arrivés au pied d'un châtaignier énorme. Ils s'y adossèrent, résolus à se défendre.

— Approchez donc si vous l'osez, s'écria Roland, armant son second pistolet, approchez, lâches que vous êtes! Quel est celui d'entre vous qui osera se mesurer avec moi?

Les officiers hésitaient, ils voulaient le prendre vivant; un pareil bandit ne méritait pas de mourir en brave, les armes à la main.

D'un second coup de feu le capitaine blessa à l'épaule un gendarme qui faisait mine de s'approcher.

— Ah ! brigand, s'écria le dragon Soubeyran, ne pouvant plus maîtriser sa rage, tu ne feras plus de mal.

Et, épaulant sa carabine, il l'étendit raide mort.

Maintenant la victoire était facile.

Avant que les Camisards, stupéfaits de la chute de leur chef, fussent revenus à eux, ils étaient saisis et garrottés.

M. de La Coste fit enlever le cadavre et emmener les prisonniers dans la cour intérieure pendant que les dragons fouillaient le château. Il n'y avait plus personne ; Mlle de Cornély, voyant que tout était perdu, et ne tenant nullement à tomber de nouveau aux mains des catholiques, avait profité de la bagarre pour se faufiler dans un sentier couvert. On ne songea pas à la poursuivre, elle n'était point à craindre et n'eût été qu'un embarras.

On n'avait plus rien à faire à Castelnau, et M. de la Coste était pressé de faire connaître à ses chefs les heureux résultats de l'expédition. Aussi après une heure accordée au repos, il donna l'ordre à ses hommes de se remettre en selle.

La petite troupe revint à Uzès, où Malarte, dans l'empressement de toucher son or, eut l'impudence d'accompagner les prisonniers qui le chargèrent de malédictions.

M. de Parate lui fit compter le prix du sang et le renvoya avec dégoût. Puis il fit partir, sous bonne escorte, les prisonniers pour Nîmes, où ils furent mis, en attendant leur jugement, dans les prisons du présidial.

Le cadavre de Roland avait été également transporté dans cette ville. La pacification était encore loin d'y être complète ; catholiques et protestants restaient animés d'une sourde haine les uns contre les autres. Aussi le gouverneur jugea-t-il nécessaire de donner un grand exemple et de frapper les esprits par la terreur.

La coutume du temps voulait que tout coupable fût jugé, même après
sa mort. Un tribunal fut donc constitué en grande pompe : le corps de
Roland fut amené devant lui et un jugement fut rendu par lequel Roland
reconnu coupable d'homicide, de haute trahison envers le roi, fut condamné à être brûlé en place publique.

Cette décision fut annoncée dans toute la ville à son de trompe. Le
peuple était informé que l'exécution aurait lieu le lendemain matin et
il était invité à assister au supplice des restes de Roland.

Le lendemain en effet, au point du jour, le corps, lié sur une claie,
et entouré de hérauts d'armes et de membres du clergé, fut traîné à travers les principales rues de Nîmes.

Pendant ce temps, un haut bûcher s'élevait sur la place des exécutions. Quand le cortège y fut arrivé, Roland fut porté sur le bûcher qui
venait d'être allumé. Des chants funèbres s'élevèrent de toutes parts, et
bientôt le corps de celui qui avait été un instant le chef des rebelles, ne
fut plus qu'un monceau de cendres.

Alors l'exécuteur des hautes œuvres, prenant ces cendres les jeta au
vent en disant : Ainsi périssent les traîtres à leur Dieu et à leur Roi.

Justice était faite.

Quelques jours après, les autres prisonniers étaient jugés, condamnés et exécutés.

Cavalier ne fut pas témoin du châtiment de ses complices. Depuis
quelques jours le nouveau colonel était parti pour Mâcon, à la tête de
cent quinze hommes, et de là s'était rendu à Paris, où Chamillard le
présenta au roi, mais déjà ses illusions s'étaient envolées. A Paris et à
Versailles, on ne fit que peu d'attention à cette puissance déchue. Il
revint à Mâcon, la mort dans l'âme, blessé de cette indifférence, désolé
de s'être soumis et résolu à essayer d'une nouvelle révolte qui lui
rendrait son ancien prestige.

Ce fut dans ce but que, se dérobant tout à coup à son escorte, il déserta près de Montbéliard, se jeta dans la Suisse, passa en Piémont, puis en Hollande, mendiant partout une armée, que partout on lui refusa.

Enfin, n'ayant plus d'espoir que dans l'éternelle inimitié de l'Angleterre pour la France, il se rendit à Londres, y fut nommé colonel, puis envoyé comme sous-gouverneur à l'île de Jersey, où plusieurs années après, toujours enchaîné à ce rocher d'où ses yeux pouvaient contempler cette France, qu'il avait cru réduire à son obéissance et où il lui était impossible de rentrer, il mourut sans avoir pu, non seulement assouvir sa vengeance, mais même tenter de mettre à exécution un seul des projets qu'elle lui suggérait contre sa patrie triomphante.

CHAPITRE LXXXV

LE 30 AOUT 1704

Le 30 août 1704, à dix heures du matin, les cloches de la vieille casthédrale sonnaient joyeusement, une foule nombreuse remplissait la nef tendue de tapisseries et les bas-côtés du chœur, dans lequel des sièges avaient été préparés pour de nombreux invités, dont aucun n'était encore arrivé. Au-devant du grand autel, disparaissant sous les fleurs et éblouissants de lumières, des enfants de chœur, en robes rouges et en rochet achevaient de disposer deux prie-Dieu avec leurs coussins de velour, rouge frangés d'or, et le suisse de la cathédrale, un colosse de six pieds de haut, portant la livrée royale, s'efforçait, avec sa canne à pomme d'argent, de maintenir libre l'allée centrale qui, du chœur, allait à la grande porte, ouverte à deux battants.

Au dedans de l'église, le respect imposait le silence, mais au dehors régnait un tumulte joyeux dans cette foule bariolée, curieuse et sans cesse en mouvement.

— Quelle fête célébrez-vous donc aujourd'hui? demanda un gros bourgeois étranger à un marchand drapier de sa connaissance.

— Si la ville est en fête, mon cher ami, c'est à cause du mariage de Mlle de Saint-Véran avec le colonel vicomte de Laudun.

L'explosion de deux ou trois boîtes tirées au pied de la tour de l'horloge, annonça que messieurs les consuls et les conseillers politiques sortaient pour se joindre au cortège qui se formait à l'hôtel du gouverneur militaire. C'était un honneur inusité que l'administration municipale rendait à la pupille du capitaine comte de Miraman et au brillant colonel de Laudun, dont le courage et l'habileté avaient puissamment contribué au succès final et à la conclusion de la paix.

Aussitôt les balcons se couvrirent de spectateurs. Celui de maître Lartier, sur la place Bellecroix, avait été loué, par son propriétaire, à raison de deux livres dix sous la place. C'était un beau denier pour l'époque.

Des enfants du peuple s'accrochaient aux grilles des croisées, se perchaient sur les bornes ou même grimpaient comme des chats, aux mâts vénitiens.

A chaque instant un cri : les voilà! faisait onduler la foule. Enfin les trompettes sonnèrent et le cortège se mit en marche.

En tête s'avançaient dix dragons, soufflant à pleins poumons de joyeuses fanfares, puis les valets de ville, vêtus de violet et portant sur l'épaule droite la pertuisane enrubannée; puis le massier, précédant les consuls, avec sa masse d'argent; MM. les consuls, en robe rouge et en chaperon, les conseillers politiques, vêtus de noir; puis, quatre voitures dont les

deux premières à quatre chevaux couverts de housses de velours et conduites par des cochers à la livrée du maréchal et du vicomte de Laudun; —
puis encore d'autres carrosses de gala, et enfin, fermant la marche, vingt-
cinq dragons de Fimarcon et vingt-cinq dragons de Poul, portant aux
revers de l'habit un bouquet de fleurs et au bras gauche un brassard vert
et or ou bleu et argent, qui étaient les couleurs des fiancés.

Dans la première voiture, près de la vieille Mme de Miraman, en
deuil, mais dont une lueur de douce satisfaction illuminait la physionomie, était assise Mlle de Saint-Véran en robe blanche de nouvelle
mariée et le front couronné de fleurs d'oranger. Le comte de Villars
et le baron de Sandricourt, l'un en costume de maréchal de France,
l'autre portant l'uniforme de gouverneur de la ville de Nîmes, occupaient le devant du carrosse, aux portières duquel caracolaient, sur
de superbes chevaux, le capitaine Gibertin et un jeune sous-lieutenant
de dragons, Olivier, auquel, le matin même, le maréchal, avec son
brevet, avait remis un costume complet de dragons de Villars.

— Vive mademoiselle de Saint-Véran! vive le maréchal! vive monsieur de Laudun! criait la foule en battant des mains pendant que, du
haut du balcon, tombait une pluie de fleurs.

Heureuse, mais recueillie, Marguerite s'inclinait doucement, tandis
que le maréchal, heureux de cette ovation faite à celle à laquelle il avait
voulu servir de père, saluait la multitude de la tête et de la main.

Dans le second carrosse, avait pris place M. de Laudun, avec deux
de ses cousins et le brave La Sagiote.

Le partisan promenait sur la foule son fier regard et saluait à droite
et à gauche.

Tout à coup son œil étincela d'indignation; sur nn banc et dominant
la foule, il venait d'apercevoir un géant à figure sinistre et férocement
railleuse. Cet homme, c'était Méric, qui, pour braver une dernière fois
son rival, était venu se poster sur son passage en costume délabré et la
tête couverte d'un feutre enveloppé d'un large crêpe noir.

— Brigand! murmura l'Ermite.

Et, profitant d'un moment où le carrosse s'était arrêté près d'un groupe, au milieu duquel Florimond poussait de frénétiques vivats, il se pencha vers son lieutenant et lui dit à mi-voix :

— Méric est ici, surveillez-le.

— Lefèvre est averti, répondit le meunier de Générac.

— Qu'est-ce ? demanda le vicomte.

— Je voudrais savoir pourquoi nous n'avançons plus, reprit l'Ermite.

— Voudriez-vous, par hasard, charger à la baïonnette ? demanda gaiement le jeune colonel.

— Grâce à Dieu, la guerre est terminée, fit l'Ermite devenu sérieux, et demain frère Gabriel retournera à son ermitage de Prime-Combe.

— Quoi, monsieur de La Sagiote, sans venir auparavant passer quelques jours à notre château de Sauve ? demanda une des dames.

— Quand j'aurai repris ma robe grise, peut-être m'y présenterai-je un jour comme mendiant.

— Et vous y serez accueilli comme un ami auquel nous devrons notre bonheur, s'écria Laudun en lui prenant les mains.

Le cortège avait repris sa marche triomphale, quand il s'arrêta de nouveau. Le premier carrosse était arrivé devant la porte de la cathédrale.

Olivier abattit le marche-pied et les vivats redoublèrent.

Le maréchal offrit son bras à Mlle de Saint-Véran et la conduisit à l'autel, suivi de M. de Laudun, sur lequel s'appuyait la marquise douairière de Miraman.

Les fiancés s'agenouillèrent sur les coussins armoriés.

Derrière eux prirent place leurs quatre témoins : le maréchal de Villars et Olivier pour Marguerite, l'Ermite et le baron de Sandricourt pour le vicomte de Laudun.

Les autres invités prirent place dans le chœur.

L'église présentait le plus magnifique coup d'œil.

Les robes rouges des consuls, assis à leur banc privilégié, et les brillants costumes d'officiers tranchaient vivement au milieu des splendides toilettes des dames de la noblesse et des habits de soie, couverts de rubans et de dentelles, des hommes de distinction. Il y eut surtout un moment où la foule put à peine réprimer un cri d'enthousiasme, ce fut quand, sortant de la chapelle du Saint-Sacrement, s'avança, grave et solennelle, la procession des chanoines fermée par Mgr Fléchier, revêtu de ses habits pontificaux, d'une main bénissant les fidèles prosternés, de l'autre s'appuyant sur sa crosse d'or.

Le noble vieillard avait voulu consacrer l'union des deux fiancés et célébrer la messe de leur mariage.

Au moment où, prenant les bagues déposées sur un plateau d'argent, il s'avança pour leur demander s'ils voulaient appartenir l'un à l'autre, il se fit dans l'église un silence profond.

— Charles-Alexandre de Laudun, voulez-vous prendre pour épouse Mlle Marie-Marguerite de Saint-Véran? demanda l'évêque.

— Oui, répondit le colonel d'une voix ferme.

— Marie-Marguerite de Saint-Véran, voulez-vous prendre pour époux M. Charles-Alexandre de Laudun?

Les témoins seuls entendirent la réponse de l'orpheline.

Alors, l'évêque prononça un discours touchant, commençant par ces mots : Heureux ceux qui marchent dans la voie du Seigneur!

Au moment où les nouveaux mariés regagnaient leur carrosse, Florimond s'approcha de l'Ermite.

— Il est en prison, dit-il.

— Qui cela?

— Le maudit. Il voulait pénétrer de force dans l'église, comme un fou furieux, et a essayé de donner un coup de couteau à Lefèvre qui l'a arrêté.

Personne n'entendit leur conversation, tous les regards étaient tournés vers le carrosse dans lequel montaient les nouveaux mariés.

— Vive M. le vicomte et Mme la vicomtesse de Laudun ! criait la foule en agitant mouchoirs et chapeaux.

— Vive Marguerite! répétait, en agitant un vaste parapluie rouge, une bonne Provençale qu'on avait fort remarquée dans le cortège, et qui donnait fièrement le bras à un brillant sous-lieutenant de dragons.

Deux charmantes petites filles précédaient la Provençale, qui ne les perdait pas de vue, et montèrent dans la même voiture.

Ces deux enfants étaient deux sœurs, orphelines, et portaient le glorieux nom de Miraman; la femme qui veillait sur eux avec tant de soin, était dame Brigitte, de Beaucaire, la mère adoptive de la malheureuse assassinée aux-Salles-du-Gardon.

Le lendemain de son mariage, M. de Laudun, pour échapper à l'ennui des invitations et des fêtes, partait avec sa jeune et vaillante femme, pour passer quelques mois au château de Sauve.

Les nouveaux mariés emmenaient avec eux la marquise de Miraman, ses deux petites-filles et Brigitte, devenue l'intendante de Mme la vicomtesse.

Olivier, l'Ermite et M. de Gibertin accompagnèrent, à cheval, les deux carrosses jusqu'au pont de Vézenobres, d'où ils revinrent à Nîmes, rejoindre leurs régiments.

Deux jours plus tard, M. de La Sagiote, que le maréchal avait en vain tenté de retenir auprès de lui, après avoir endossé sa robe de bure, reprenait, à pied, le chemin de l'ermitage de Prime-Combe.

Deux mois s'étaient écoulés.

Un soir, les deux nouveaux mariés, assis sur la terrasse de leurs vieux château, qu'ils faisaient restaurer, causaient du temps passé.

— Qu'est-ce donc que ce cavalier que j'aperçois sur la route du Vigan? fit tout à coup Marguerite.

— Quelque paysan, revenant du marché, sans doute.

— Un paysan n'irait pas aussi vite. C'est un soldat, et il tourne dans l'avenue.

— Ah ! mon Dieu, murmura le colonel, pourvu que ce ne soit pas un ordre du maréchal, mon congé touche à sa fin.

Que nous apportes-tu de nouveau, monsieur le sous-lieutenant ? demanda
Marguerite (*Voir page* 1004)

En ce moment le cavalier arrivait au grand portail. Il sauta légèrement à bas de son cheval et entra dans la cour.

— Bonjour, Olivier, s'écria Brigitte.

— M. le vicomte est-il ici ?

— Oui, avec Mme la vicomtesse. Si tu n'étais pas aveugle, tu les verrais sur la terrasse.

Le jeune homme gravit légèrement les marches et salua respectueusement le colonel qui lui tendit la main.

— Que nous apportes-tu de nouveau, monsieur le sous-lieutenant ? demanda Marguerite.

— Une dépêche de M. le maréchal, ma colonelle, répondit-il en riant.

— Le vilain homme que ton maréchal, fit Mme de Laudun. Je parie qu'il veut m'enlever mon mari.

— Je ne le pense pas, car nous sommes en plein à la paix, grâce aux derniers événements.

— Il y a donc encore des événements dans le monde ? fit-elle en riant.

— Oui, il y avait une grande conspiration. Messieurs les Camisards voulaient former une nouvelle ligue sous le nom de ligue des Enfants de Dieu ; malheureusement pour eux et heureusement pour nous, un des leur les a trahis et, hier, Catinat et Ravanel ont été arrêtés à Nîmes, où ils seront exécutés demain. Déjà, il y a trois jours que Méric rame sur les galères du roi.

— Que dis-tu donc ? s'écrièrent à la fois M. et Mme de Laudun.

— Je dis que Méric est aux galères à perpétuité.

— Qu'a-t-il donc encore fait, le malheureux ?

— Cinq ou six jours après votre départ, Méric, dans un accès de colère contre sa femme, qui refusait de payer une nouvelle dette de jeu, l'a frappée de trois coups de couteau au cœur.

— L'infâme, s'écria Laudun.

— La malheureuse, murmura Marguerite.

Et ils demeurèrent un moment silencieux.

— Que t'écrit M. de Villars ? demanda la vicomtesse à son mari.

— Que tout est tranquille à Nîmes et qu'il me permet de prolonger mon séjour ici.

— Ceci est une bonne nouvelle, apportée par un bon ami.

— Olivier, demain nous faisons célébrer, à Sauve, une messe pour le repos des âmes de ceux que nous avons perdus, pourras-tu y assister avec nous ?

— M. le maréchal m'a accordé quinze jours, reprit le jeune homme, et si vous me le permettez...

— En qualité de ta colonelle, je te l'ordonne, s'écria Marguerite.

— Et cela te donnera le temps d'apprivoiser mes chères petites, interrompit Brigitte ; mais commence par aller poser ton sabre.

TABLE DES MATIÈRES

ANGERS, IMP. A. BURDIN ET Cie, RUE GARNIER, 4.

SUPPLÉMENT AU NUMÉRO 640 DES *VEILLÉES DES CHAUMIÈRES*

Première livraison   Douze pages par livraison.   Chaque livraison suivante
5 centimes.   (Chaque livraison renferme un chapitre entier.)   10 centimes.

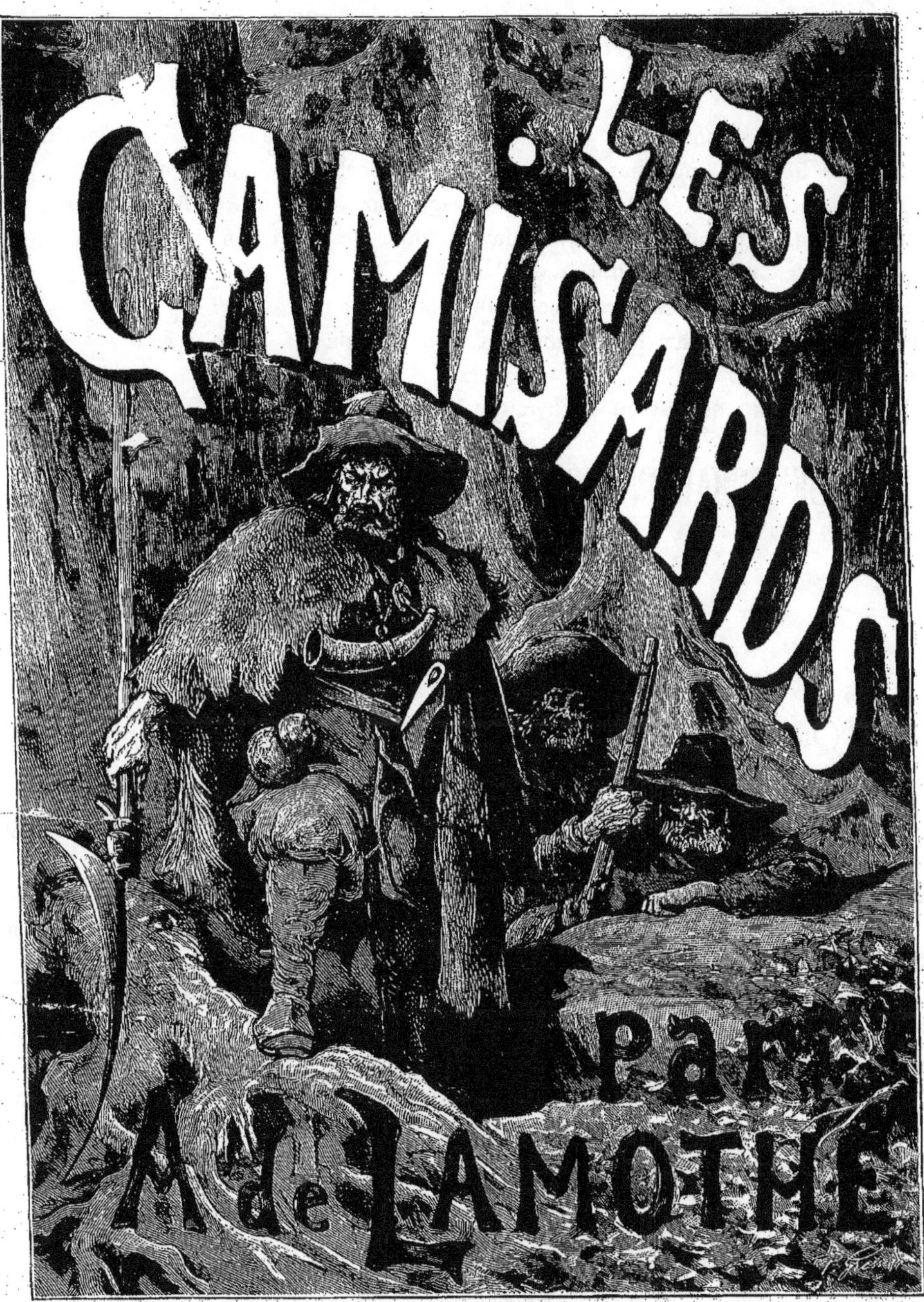

LIBRAIRIE BLÉRIOT
HENRI GAUTIER, SUCCESSEUR, 55, QUAI DES GRANDS-AUGUSTINS, A PARIS
L'ouvrage sera complet en 85 livraisons.

AUX PERSONNES

Qui habitent à proximité d'un libraire.

Les livraisons seront mises en vente, chaque samedi, au prix de 10 centimes, chez tous les libraires, marchands de journaux, colporteurs, et dans les gares.

On peut, si on le préfère, acheter l'ouvrage par séries de 5 livraisons réunies sous couverture. Il paraîtra une série nouvelle toutes les cinq semaines. Chaque série sera vendue 0 fr. 50 chez les libraires.

Les livraisons suivantes seront semblables à la prem de 12 pages de texte, sur beau papier, avec de nombi renfermera un chapitre complet.

L'ouvrage sera complet en 85 livraisons.

LA SECONDE LIVRAISON SERA MISE EN VENTE LE SAMEDI 8 FÉVRIER

AUX PERSONNES

Qui n'habitent pas à proximité d'un libraire.

Beaucoup de personnes, qui n'habitent pas à proximité d'un libraire, d'un marchand de journaux ou d'une gare, se trouvent, par cela même, presque toujours dans l'impossibilité de se procurer les ouvrages qui se publient en livraisons.

Nous ne voulons pas qu'il en soit ainsi pour les *Camisards*. Un ouvrage d'une telle valeur doit être dans toutes les mains.

Moyennant 8 francs envoyés à notre adresse, en mandat-poste ou autre valeur sur Paris, nous expédierons, tous les quinze jours, franco par la poste, deux livraisons des *Camisards*.

L'ouvrage devant être complet en 85 livraisons, les souscripteurs, outre l'avantage de recevoir les livraisons franco à domicile, bénéficieront de cinq livraisons, sans augmentation de prix.

Adresser les demandes, accompagnées de 8 francs en mandat-poste ou autre valeur sur Paris, à M. Henri GAUTIER, éditeur, 55, quai des Grands-Augustins, à Paris.

LA LIVRAISON

Telle qu'elle était. — Telle que nous l'avons faite.

LA LIVRAISON

Telle qu'elle était.

Pren[...] un volume quelconque, de grand for-
[...] dernier chapitre,
[...] que cahier
[...] mis votre
[...] cahiers, au-
[...]ement dit chaque [...] dix centimes
chez tous les libraires de France et de l'étranger...
et se vend par milliers.

N'est-ce pas bien tentant, en effet, d'acquérir
ainsi, peu à peu, sou à sou, des œuvres intéres-
santes, luxueusement éditées, d'enrichir sa bibliothèque sans brèche sensible dans son budget ?

Les amateurs de lecture ont si bien compris les
grands avantages de la livraison, que celle-ci a pris
rapidement un développement considérable, qu'elle
est devenue un des plus précieux instruments de
vulgarisation littéraire.

Mais à côté de ces qualités se place un défaut
si grave qu'il rend un ouvrage en livraisons presque impossible à lire.

Achetez des livraisons au hasard chez votre libraire : vous constaterez que la plupart d'entre
elles se terminent sans que la phrase soit achevée ; quelquefois même le dernier mot est coupé.
Il fau[...] atte[...] [...] pour connaî-
[...] du mot dont

L'unité de l'œuvre est perdue, son intérêt amoindri. Des incertitudes se produisent, des erreurs
mêmes, fatigantes et énervantes. Nous en trouvons la preuve dans l'anecdote suivante, que nous
contait un jour un de nos confrères :

[...] un roman qu'il publiait, tout l'intérêt se
[...]it sur une jeune femme éminemment sym-
[...] Elle tombe malade. Anxiété des lecteurs :
[...]a-t-elle ? succombera-t-elle ? Vient une livraison se terminant par ces mots : « Le lendemain, la jeune femme était ex- » Tout le monde tra-
duit : « était expirante. » Désespoir des lecteurs ;
— plusieurs en pleurèrent pendant huit jours,
et, au bout des huit jours, ils lurent au commencement de la livraison suivante : « trêmement
mieux. » Le paragraphe coupé était ainsi conçu :
« Le lendemain, la jeune femme était extrêmement mieux. Bientôt la convalescence commença. »

La possibilité de telles erreurs constitue un
grave défaut. Mais comment le corriger ? On est
limité dans un nombre de pages restreint. Il faut
bien s'arrêter au bout de son papier, et le hasard
seul peut faire qu'à la fin des huit pages se trouve
une coupure bonne ou mauvaise.

LA LIVRAISON

Telle que nous l'avons faite.

Eh bien ! ce remède proclamé par tous très
difficile à trouver, par quelques-uns même introu-
vable, nous l'avons découvert.

Avec nous plus de coupure, ni au milieu d'un
mot ni au milieu d'une phrase, ni même au milieu d'un chapitre. *Chacune de nos livraisons
contient un chapitre complet.*

— En huit pages, un chapitre, allez-vous dire :
vous n'y arriverez jamais !

C'est vrai ! *aussi nos livraisons ont-elles douze
pages.* Pourtant elles ne coûtent que deux sous...
comme les autres.

Nous donnons quatre pages de plus qu'on n'a
jamais fait. Et cependant notre papier est aussi
beau, notre impression aussi soignée, nos gravures
aussi nombreuses et aussi parfaites... sinon plus.

— C'est de la folie !

— C'est de la sagesse, puisque nous sommes
guidés par le désir de vous satisfaire.

— Autre objection : tous les chapitres d'un roman ne sont pas d'égale longueur. Si vous calcu-
lez votre affaire de façon à ce que les plus longs
entrent juste dans vos douze pages, allez-vous
donc laisser des pages blanches quand les chapitres seront plus courts ?

— Que non pas ! Le dessinateur est là pour
remplir les vides. Quand il le faut, à la grande
gravure, à la vignette de titre, au cul-de-lampe
que contient chaque livraison, il ajoute des dessins, des croquis, des ornements de toutes sortes.
Notre bourse y perd, sans doute. Mais comme
notre œuvre y gagne ! Les voyez-vous d'ici, nos
livraisons, toutes pimpantes avec leurs caractères
elzéviriens, leur impression irréprochable, leur
beau papier glacé. Et comme ces jolies vignettes,
ces croquis à la plume, ces lettres ornées, [...]
culs-de-lampe, zigzaguant, serpentant, je[...]
la fantaisie de l'artiste, accompagn[...]
le commentant, rendent la lecture p[...]
l'intérêt plus grand. Tout est satisfai[...]
l'œil, et nous avons vraiment transform[...]
de publication. Nous avons fait disparaître [...]
fauts, augmenté ses avantages, réalisé, en un [...]
le type idéal de la livraison.

ne livraison chaque samedi. — Une série toutes les 5 semaines.

LA SECONDE LIVRAISON PARAITRA

Le Samedi 8 Février

10 Centimes la Livraison. — **50** Centimes la Série.

Chez tous les libraires, marchands de journaux et colporteurs.

LES CAMISARDS

PAR

A. DE LAMOTHE

Édition de grand luxe, imprimée en caractères elzéviriens, sur beau papier glacé

TÊTES DE CHAPITRES, CULS-DE-LAMPE, GRAVURES DANS LE TEXTE et HORS TEXTE

PAR

ÉDOUARD ZIER

Les **CAMISARDS** sont aussi universellement connus que les **TROIS MOUSQUE-TAIRES** ou **LES MYSTÈRES DE PARIS**. C'est un des chefs-d'œuvre du roman historique. Il a sur ceux que nous venons de nommer cette incontestable supériorité que la morale y est toujours respectée, de même que la vérité historique.

La scène se passe au milieu des sombres montagnes des Cévennes, à l'époque de la révocation de l'Édit de Nantes, époque sanglante entre toutes, et fertile en émouvantes péripéties.

Jamais peut-être le talent de M. de Lamothe ne s'est élevé à une aussi grande hauteur que dans les *Camisards*. A une profonde connaissance de l'histoire, il joint une merveilleuse fertilité d'imagination. L'intérêt, loin de languir, va croissant au fur et à mesure que se déroulent les 85 chapitres qui composent l'ensemble de l'œuvre.

Comme les jeunes filles vont pleurer au récit des malheurs de **Mademoiselle de Miramont** ; comme les jeunes gens vont se passionner pour l'étrange **Capitaine Poul**, l'adversaire implacable de **Jean Cavalier** ! Comme chacun va suivre avec anxiété les péripéties de ce drame terrible, au milieu duquel se détachent les figures de l'archiprêtre de Cheyla, de de Serre, le gentilhomme verrier, de Torte-Gueule, les unes héroïques, les autres étranges, d'autres enfin venant jeter une note gaie au milieu de ce sombre drame.

A une œuvre aussi merveilleusement écrite, aussi savamment charpentée, il fallait des illustrations hors de pair. Le soin en a été confié à M. Éd. Zier, que nul encore n'a égalé dans l'art de faire revivre à nos yeux les différentes époques de notre histoire. Profondément pris par la beauté de l'œuvre, il s'est surpassé lui-même. Il a rendu avec une science parfaite les types rêvés par l'auteur, aussi bien dans ses grands bois de pages que dans ses têtes de chapitres ou ses petits culs-de-lampe.

M. de Lamothe pour le texte, M. Zier pour les dessins, ont fait des *Camisards* une œuvre qui restera comme une des merveilles de la bibliographie française.

L'OUVRAGE SERA COMPLET EN 85 LIVRAISONS

Il paraît régulièrement une livraison chaque samedi, à dater du 1er février.

ANGERS, IMPRIMERIE A. BURDIN ET Cⁱᵉ, 4, RUE GARNIER.

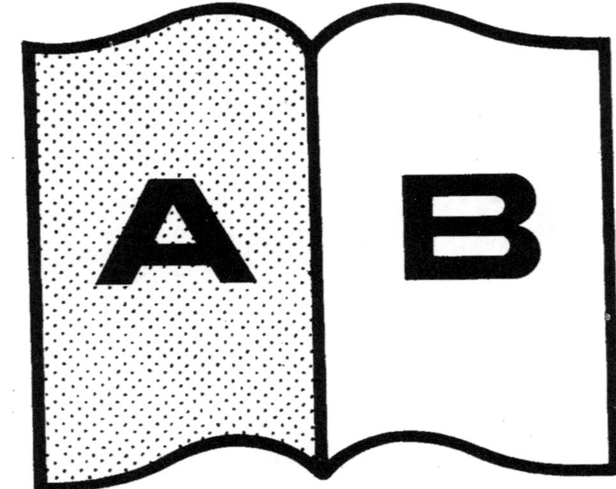

Contraste insuffisant

NF Z 43-120-14

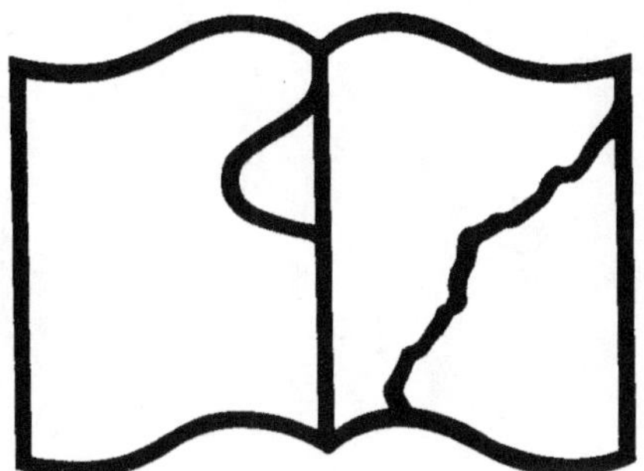

Texte détérioré — reliure défectueuse

NF Z 43-120-11